우리에게는 랭보가 필요하다

NOTRE BESOIN DE RIMBAUD
by Yves Bonnefoy

이브 본푸아

위효정 옮김

우리에게는 랭보가 필요하다

NOTRE BESOIN DE RIMBAUD
YVES BONNEFOY

문학동네

일러두기

1. 이 책은 Yves Bonnefoy, *Notre besoin de Rimbaud*, Paris: Seuil, 2009를 완역한 것이다. 한국어판 부록으로 해당 챕터에서 주요하게 논의되는 랭보의 시작품을 실었다. 「출전」에서 보다시피 애초에 강연 원고였던 「우리에게는 랭보가 필요하다」의 경우, 강연투의 구어적 화법을 살려 옮겼다.
2. 본문에서 '(원주)'라고 밝힌 것 외에는 모두 옮긴이주다.
3. 단행본 및 잡지는 『 』로, 작품명, 시작품, 장 제목, 미간행 원고 등은 「 」로, 무제시는 첫 행을 제목삼아 〔"시 첫 구절……"〕로 표시했다. 각주에 책 제목 없이 시 제목만 있는 시들은 랭보 생전에 묶여 출판된 적 없는, 개별 원고로 전해진 시들이다.
4. 원문에서 인용은 " "로, 대문자 또는 이탤릭체로 강조된 곳은 고딕체로 표기했다.

차례

서문

여기, 랭보만을 문제삼는 책을 한 권 내놓는다. 바로 말해둬야 할 것은, 그럼에도 이것이 랭보에 '대한' 책은 아니라는 것이다. 사실 나는 이 시인의 작품 전체를 총체적으로 고려한 적도, 그의 삶에 대한 연구가 건져낼 수 있던 것을 전부 알아보려고 한 적도 거의 없다. 더하여는, 역사학자나 비평가의 연구 결과를 기민하게 공유하는 게 적잖이 이로운데도 불구하고, 이를 가능하게 해주는 명확하고 분명한 개념들을 필요한 만큼 충분히 자주 사용함으로써 독자의 접근을 내 나름껏 도운 적도 없다는 걱정도 든다.

게다가 이 페이지들에는 전혀 다른 시기에 쓰인 여러 편의 에세이가 실려 있을 뿐, 나는 그것들을 한데 모으기나 했지 하나로 합치려고도, 심지어는 앞뒤를 맞추려고도 하지 않았다. 저 다양한 순간들에 내가 할 수 있는 한에서 이해한 어느 위대한 시적 발의, 그에 대한 일련의 응답들로서 그 글들을 그대로 놔두기로 한 것이다. 어째서? 이제는 거의 오십 년 전에 시작된 랭보에게로의 이 접근이 내게는 무엇보다도 일종의 일기, 이 시인에 대한 나의 애정을 기록한 일기처럼 느껴지기 때문이다.

일기라고? 겪은 것 혹은 생각한 것을 매일매일 적어두는 것, 그런데 이것이야말로 내가 자의식의 다른 차원에서는 하고 싶었던 적이 없는 일이다. 하나의 사실을 끄집어내기, 하나의 인상을 표명하기, 하나의 판단을 내놓기, 그것은 거의 언제나 착각하는 일이기 때문이다. 우리는 하나의 기질에 갇혀 있고, 한 사건의 일부만을 그것도 성급하게 보았을 뿐이고, 한 명의 사람을 본 경우라면 더욱 그럴 수밖에 없다. 각각의 일화에서 모든 것을 끊어내고 우리가 무엇인지, 그리고 빠져나가는 것이 무엇인지를 인식하며 나선형의 하강을 계속해야 할 판에, 실제로는 자기만족으로 꿰맨 소설을 쓰게 되는 것이다. 하지만 자기 삶에서 중요한 순간들에, 자기 앞에 「취한 배」나 『지옥에서 보낸 한 철』을 거듭 마주 세우는 것은 전혀 다르다. 왜냐하면 그것이야말로 가지고 있다고 여기는 확신들을 문제삼는 일이기 때문이고, 그 기대에 어쩌다 부응할 수 있을 뿐이라 해도 그런 요청을 하는 무언가의 영향하에 있게 되는 일이기 때문이며, 그럴 때는 자기 자신 가까이에 머문다는 것 또한 정당한 일이 되기 때문이다.

다르게 말해보자. 실제적이고 '객관적'이라고 간주될 수 있는 요소들, 예컨대 랭보가 사용하는 특정 방언의 뜻을 이해하는 것, 혹은 랭보가 가까운 사람들과 맺었던 관계들을 은폐하고 거기에 오명을 입히곤 하는 전설들을 반박하는 것, 혹은 랭보가 헤쳐나갔던 생각들과 그의 시대에 세계에 대한 의식의 모든 차원에서 통용되던 생각들이 무엇인지 구체화하는 것을 목표로 삼는 작업들에, 나는 더없는 경의를 품고 있다. 한 생애에서, 혹은 그 생애와 사회의 관계에서 가능한 족족 사실을 가려내고, 그럼으로써 그 사실이 다른 무엇으로도 대체할 수 없는 빛을 발하게 함으로써 우리를 이롭게 하는 연구자들에게 나는 감탄한다. 정직한 조사로 이루어진 학문은 많은 영역에서 다른 모든 것보다 우선하는 권리를 갖고 있다. 결단을 내릴 수 있는 것은 학문이고, 따라서 학문이 무수한 추정과 몽상에 맞설 때, 내가 곧잘 추정하고 몽상한다는 걸 누구보다 잘 아는 나는 학문의 손을 들어준다.

하지만 내가 무시할 수 없는 것은, 어떤 랭보의 본질은 세계와의 관계, "진정한 삶"이기를 바라는 삶과의 관계 속에서 작동하며 내가 방금 상찬한 비평의 유일한 수단인 개념적 사고로는 그 관계를 탐색할 수 없다는 사실인데, 개념적 사고는 본성상 유한성에 대한 지각과 욕구를 사상하기 때문이다. 따라서 한 작품을 경험하면서 정작 그 작품이 크게 공헌한 바에 동참하는 것은 단념하든가, 그게 아니라면 다른 유類의 비평적 발화를 무릅쓰든가 해야 한다. 이 다른 비평은, 가장 내밀하게 개인적인 우리의 사고가, 그 본성이 분석적이든 단순한 상상이든 간에 어쨌든 제일의 전선에 나서기를 무릅쓸 때 이루어지며, 이는 물론 이해하고 싶어서이긴 하지만, 이에 못지않게 한 시인이 자기 자신에 가장 가까이 머무르기 위해 취했던 방식을 따름으로써 자기 자신의 범주들을 문제삼기 위해서이기도 하다. 숱한 방황에 바쳐지는 작업이긴 하지만, 말을 탐구하며 그것의 가장 본질적인 양상들을 다시 드러낼 가능성은 다른 식의 접근법을 취할 때보다 더한층 높다. 개념적 연관성보다 다시금 우선시되는 것은, 탐구되는 말이 작업 대상으로 삼은 상징과 아날로지다. 시인이 대담하게 경험하고 견지했던 동시성—"오, 나의 자기희생이여, 오, 나의 멋진 자비여! 그런데 이 세상에서라니!", 『지옥에서 보낸 한 철』에서 랭보는 이런 식으로 쓴다—을 그대로 다시 경험하게 되는바, 이 동시성은 연역적 추론의 이해 능력을 벗어나 있다. 의미작용이 밝혀지는 와중에도 그 충격이나 호소력이 지워지지 않는 이미지들은 이때 분석되기보다는 가리켜 보여지고, 그리하여 그 힘을 간직한다. 한마디로 작품에서 형상성形像性이 드러나는 것이다. 부분적으로는 무의식적인 이 구조물은 개념적 사고가 내릴 수 있는 결론들을 넘어서며, 바로 그 때문에 시의 장소가 된다. 보다 정확히 말하자면, 시의 행위가 된다.

이 행위는 확신을 거쳐가는 법이 없고 결론에 다다르지도 않기 때문에, 그것을 단지 시인의 독특성으로, 시인이 시인 자신만을 표현해놓은 것으로 연구해서는 안 된다는 것이 자명하다. 아니, 거기서는 시를 염두에 두는 모든 이를 향한 하나의 부름, 함께 찾고 생각을 나누자는 제안을 들어야 하며, 이로써 독자는 거기에 동참하지 않을 수 없게 된다. 자기 자신에게 책무를 지우는 것이라고 말하면 어떨지, 그저 자신의 가장 나은 부분에게만이 아니라 그 나머지까지를 아우르는 온전한 자신에게. 왜냐하면 자기 전체를 뒤흔들어야만, 어쨌거나 뒤흔들기를 거부하지 않아야만, 모순들을 다시 경험하고 그로부터 솟아나는 에너지를 빌려 그 부름에 대한 답이 얼마간이라도 명철하게 원천에 닿을 수 있게 될 것이기 때문이다. 그 순간의 반응들이 숙명적인 것은 이 때문이며, 언제나 성급하기만 한 종합으로 이를 대체하려는 일에 신중해질 수밖에 없다.

이처럼 오늘은 랭보, 어제는 보들레르, 아니면 고야, 푸생, 내가 감히 교제를 나눈 이 모든 위대한 정신이 그들을 탐문하는 자보다 더 많은 것을 품고 있다고 느끼면서도(느끼지 못할 리가 있겠는가) 나 자신을 거쳐 그들과 대면하다니, 턱없는 짓이 아닌가? 이는 내가 누구보다 먼저 염려하는 바다. 그러나 일생 동안의 이 교제를 나는 우선, 그렇다, 하나의 문제 제기로 경험하는 동시에 문제 제기라는 바로 그 점에서 배움의 욕망으로, 기획으로 경험한 것 같다. 랭보 앞에서는, 아닌 게 아니라 랭보 자신이 모색중이므로(그런데 또 어찌나 만만찮은 모색인지!), 우리는 판단하지 않는다. 스스로에 대해서도 판단하지 않는다. 오히려 랭보라는 자명함이, 그 시점에 우리가 하는 단언들을 이내 꺾어 이겨서 우리가 걷는 불충분하고 순진한 길을 벗어날 수 있게 도와주기를 바란다. 한 명의 위대한 시인을 읽는다는 것이 문학 애호가로서 그 시인을 위대하다고 결정 내리는 일은 아니다. 그것이야말로 최악의 거만함이다.

아니, 그것은 그 시인에게 우리를 도와달라고 요청하는 일이다. 어쩌면 우리가 지닐 수도 있을 진지함을 향해 얼마간이라도 우리를 이끌고 가주기를, 그의 급진성에 기대하는 일이다. 그렇게 되면 우리의 글도 독자 앞에 놓일 때 나눌 수 있는 진실이 없지 않을 터. 왜냐하면 가장 독특한 것이 곧 가장 보편적인 것이기 때문이고, 딴은 어떤 작품 주변에서 방황하다가 그 황금의 파편을 약간 주워 모으는 일도 없지 않기 때문이다. 자기 자신이 된다는 것은 권리라기보다는 의무이며, 한 시인에게 귀를 기울이는 일은 그 의무를 요구하는 만큼 그 이행을 돕는다.

도움 요청. 따라서 하나의 텍스트, 한낱 텍스트가 아니라 존재의 한 현존을, 하나의 목소리를 경험하는 일.

그리고 어쨌든 내가 랭보에 대해 진실로 말할 수 있다고 여기는 바는, 시에서 그토록 강렬하고 직접적이고 가까운 목소리로 내게 호소할 자는 달리 누구도 없으리라는 것이다. 직접 요청하는 목소리, 단언하고 물론 착각도 하는 목소리, 그러나 다시 시작하는 목소리, 다시 시작함으로써 살아가는 목소리, 머잖아 절망의 외침을 내질렀음에도 후일 랭보는 그 목소리로 남을 것이니, 그것은 우리를 세상에 존재하게 하는 강력한 두 힘으로 지탱되는, 또한 뒤흔들리는 목소리다. 한편에는 실존이 나눔일 수 있으며 따라서 삶에 의미가 있을 수 있다고 믿고 싶어하는 희망이 있다. 다른 한편에는 희망이 빠져드는 잇따른 환상들을 파괴하는, 그러나 동시에 희망이 보다 깊어지고 뚜렷해질 수 있게, 말하자면 갖가지 시도가 완전히 무너져도 굴하지 않는 순결한 희망이 될 수 있게 만들어주는 명철함이 있다. 희망과 명철함Espérance et lucidité, 내가 이 책에 붙일 수도 있었을 제목이다. 아닌 게 아니라 그런 제목은 내가 「취한 배」나 『지옥에서 보낸 한 철』을 읽으면서 갖가지 시도와 착오를 거쳐 끌어낼 수 있었던 명백한 사실을 압축적으로 표현해주었으리라. 하지만 나는 다른 제목을 택했다. 근거가 잘못된 명철함이 희망의 포기라는 재난으로 귀결되고, 그로 인해 오늘날 시 고유의 직관에 대한 모종의 부인이 확산되는 것을 보면서 점점 더 큰 경각심을 가지게 되었기 때문이다. 그리고 이처럼 걱정하는 것이 오늘날에는 별로 읽히지 않거나 잘못 읽히고 있는 랭보가 얼마나 필요하며 또 앞으로도 내내 필요할지를 인식하는 일이기 때문이다.

우리에게는 랭보가 필요하다

2008

1

신사숙녀 여러분, 친구 여러분, 삶의 이 시점, 말하자면 꽤 만년에 접어든 지금, 랭보에 대한 생각으로 돌아오면서 나는 조금 감동하지 않을 수 없습니다. 감동과 더불어, 약간의 진실을 더 잘 이해할 수 있으리라는 희망 또한 느낍니다. 1950년대 이후로 나는 몇 차례에 걸쳐 이 위대한 시인 앞에 멈춰 섰고, 그에 대해 여러 에세이를 썼으며 그때마다 시에 대해, 사회에 대해, 또 개인적으로는 나 자신에 대해 그에게서 많은 것을 배웠기 때문입니다. 진정한 시는 그 독자가 누구건 언제나 독자 자신에 대해 말하며 독자가 자기 존재를 다만 일부라도 자각하도록 의무 지우기 마련입니다.

나는 랭보에게 많은 것을 빚지고 있습니다. 내게 랭보만큼 본질적으로, 다시 말해 삶이 무엇이며 그것이 우리에게 무엇을 기대하는가, 삶으로 무엇을 하기를 바라야 하는가에 대한 계시로서 중요한 시인은 별로 없을 겁니다. 물론 운율법의 힘을 깨우쳐준 라신, 자연의 장소 및 사물을 더없이 단순하게 환기하면서도 그 속에 있는 심연을 예감할 수 있게 해준 베르길리우스도 내게 무척 중요했고, 그다음에는 비니, 셰익스피어, 네르발이 있었고, 그다음에는 예이츠와 레오파르디가 있었고, 여러 차례 이의를 표했지만 커다란 애정을 느끼지 않을 수 없었던 말라르메 역시 거론해야 할 것입니다. 그럼에도 두 작품, 두 사상이 내가 살아가는 데, 즉 존재하도록 애쓰는 데 다른 무엇보다도 더 많은, 더 큰 도움을 주었음을 압니다. 그 작품들 속에서 나는, 감히 이런 단어를 쓸 수 있다면, 두 친구를 발견했습니다. 한 치의 자만심도 없이 이렇게 말하고 있음을 믿어주시기 바랍니다. 두 친구, 바로 보들레르와 랭보입니다.

곧바로 덧붙여야 할 점은 보들레르와 랭보를 함께, 같은 탐색이자 같은 가르침으로서 발견했다는 것입니다. 내가 보기엔 그 가르침이야말로 시의 본질입니다. 말로 화하는 삶의 무한한 다양성이 어쩔 수 없이 빚어내는 갖가지 차이 아래로, 나는 보들레르와 랭보를 잇는 어떤 친족성, 어떤 혈연관계를 봅니다.

2

보다 깊은 차원에 있는 이 친족성이란 무엇일까요? 그것을 보여주는 하나의 징표는 그들이 자기 자신과 세계를 경험할 때—더하여 우선적이라고 할 수야 없겠지만 다른 존재들을 경험할 때—둘 모두가 어떤 양면성의 멍에에 매여 있으면서 동시에 그 자극을 받기도 했다는 사실입니다. 물론 모든 시가 그 멍에를 짊어지지만, 그들에게서는 이 양면성이 더없이 이례적으로 넓은 자장에서 엄격하게, 말하자면 격렬하게 나타났습니다.

한편에는 일체의 특정 대의를 넘어서는, 구체적 확증이라곤 전혀 없는 희망의 충동에 그들이 휩쓸리는 순간들이 있습니다. 거기에는 물론 갖가지 생각이 있고, 나름의 근거들도 없지 않습니다. 그럼에도 그 생각들이 못내 드러내고 마는 것은 모든 추론에 맞서 우위를 점할 수 있는 희망에 대한 욕구입니다. 다른 한편에서 우리는 그들이 나중에 가서 당시 자기들이 단언했던 것과 바랐던 것을 비판하며 욕설까지는 아니라도 고통스러운 규탄을 퍼붓는 모습을 보기도 합니다. 전의 욕구에 못지않게 억누를 수 없는 또다른 욕구의 효력하에 있는 것이지요. 정말로 가치 있는 것이 무엇인지 알아야 한다는 욕구, 환상을 끝장내려는 욕구, 그것은 바로 진실에 대한 욕구입니다.

희망이 있고, 그러나 동시에 명철함 혹은 명철함에 대한 욕구가 있으니, 따라서 두 충동 사이에는 전쟁이 있습니다. 그 전쟁에서 희망은 때로는 그럴 만한 이유로 열렬해지기도 하고, 때로는 또 다른 이유가 있어 기가 꺾이기도 합니다. 두 열망이 빚어내는 행동과 실험에는 서로 반대되는 목적이 있는데, 주목할 것은 이 행동과 실험이 삶의 가장 일상적인 것들 속에서, 시의 기획에 좋이 할당되는 고민과는 한참 먼 것들 속에서 이루어진다는 사실입니다. 그토록 깊은 차원의 친족성을 지녔음에도 보들레르와 랭보가 두드러지게 다른 것은 이 때문입니다. 그들의 생활과 작품, 불가분의 관계에 있는 이 둘을 마주하는 순간마다 나날의 우연에서 비롯될 수밖에 없는 편차가 있겠지요. 극히 다른 장소 및 환경에서 비롯되는 생각이나 의견, 욕망이 컸던 두 사람이 다른 이들과의 관계 속에서 겪게 될 드라마들. 그들이 삶의 가치를, 나아가 그들에겐 실재와도 같은 꿈의 가치를 판단하고자 할 때, 그런 드라마들이 남긴 항구적 영향도 없지 않을 것입니다. 한 사람에게는 어떤 아름다움, 거의 신성한 본질적 아름다움에 대한 신앙이 있고, 다른 이에게는 강압적인 구속들로부터 마침내 해방된 사회에 대한 상상이 있습니다. 그럼에도 세상의 진실이 그들 눈에서 지워지는 것은 잠시 잠깐일 뿐 그들에겐 거듭 나타나는 명철함이 있고, 그것이야말로 둘을 가깝게 만드는 더 중요한 면모입니다.

3

보들레르에게서는 대체로 명철함이 우위를 점합니다. 혹은 거의 우위를 점하는 것처럼 보입니다. 『악의 꽃』 중 대부분은 아니라도 상당수가 환상에 굴했던 것 같지만, 그럼에도 이 시편들 여기저기에서 환상에 대한 비판을 감지하기란 어렵지 않습니다. 보들레르는 꿈꾸지만 자기가 꿈꾼다는 것을 알고 있으며, 심지어 자기 꿈의 속성을 간파하고 있습니다. 감관에 닿아 고이는 색, 소리, 향을 가공함으로써 일상적인 존재의 상황 및 형식을 변모시킬 수 있다고 믿는 것이 그의 꿈입니다. 저녁 하늘의 자줏빛 속에서, 에로틱한 행위의 행복감 속에서 감각들이 갱도를 뚫어 곡괭이도 굴착기도 닿은 적 없는 광맥을 열어젖힐 때, 그 감각들이 만들어낼 조화에 힘입어 자기 자신과 화해하는 삶이 가능해지리라고, 꿈꾸는 보들레르는 생각합니다. 따라서 예술가의 작업이, 또한 누구 못지않게 예술가인 시인의 작업이 노리는 아름다움이야말로 지고의 선善이며, 거기에서 희망이 발원합니다. 아름다움의 절대적 가치를 찬양하는 자들이 눈먼 다수, 혼란스러운 대중 속에서 길을 잃었다고 느낄 때, 이 희망이 그들을 지탱해주고 이끌어줄 것입니다. 보들레르에게는 강력했던 희망이지요. 그도 그럴 것이 그는 유년 시절부터 자기 어머니의 몸과 그녀의 옷가지와 향수들에서 기쁨과 안식을, 아울러 뭔지 모를 약속 같은 것을 느꼈기 때문입니다.

보들레르가 생각하는 아름다움에 현실성은 전혀 모자라지 않습니다. 육체적이고 심지어는 관능적이지요! 그것은 모든 감각의 각성이지, 그저 정신적인 표상에 불과한 경우는 거의 없습니다. 그러니 아름다움도 진정하게 겪은 삶의 한순간일 수 있습니다. 그런 순간이란 연금술사의 도가니 속 금조각만큼이나 드물 테지만요. 그럼에도 이 시인에게는, 본디부터 심미적인 저 선善에 대한 확언만큼이나 그 가치를 부인하려는 생각이 항상 있습니다. 이 부인은 지성 행위보다 훨씬 더 나아간 행위로서 그 역시 직접적이며 게다가 전복적인 경험입니다. 저 위대한 작품에서 내가 주목하는 양면성이 바로 거기에서 나옵니다.

이 양면성, 늘 각성 상태에 있는 그 "이중의 청원"*을 보여주는 한 예는 「만물조응」의 저자가 "내 아이, 내 누이" 즉 그의 욕망을 붙들었던 여자와 맺었던 관계입니다. 그녀는 아름다울 수밖에 없고, 당연히 그녀와 더불어 애정 관계 속에서 행해지는 모든 일은 일체의 감각적이고 관능적인 행위에 대한, 그러니까 성적 행위에 대한 예술적 기획의 기대가 걸리는 기회이자 장소가 됩니다. 그것은 이미 번연한 아름다움에 동조하는 일이고, 세계의 이곳보다 더한 것에 통달한 듯한 제스처 속에서, 존재하고 행동하는 방식 속에서, 나아가서는 시선 속에서, 스쳐지나는 무엇을 깊이 들여다보는 일이라 하겠습니다. 여인은 미의 연금술사와 하나가 되어, 여느 사

---

* "모든 사람의 마음에는 언제나 두 가지 청원이 동시에 있으니, 하나는 신을 향하고 하나는 사탄을 향한다."(보들레르, 『내면 일기』)

람들의 비속한 체험 이상의 것을 탐구하는 그의 파트너가 되어야 합니다. 그녀는 여느 나날의 별다를 것 없는 애인이라기보다는 하나의 종교와 그 전례를 책임지는 여사제인 것입니다.

그런데 이는 보들레르와 그녀의 관계가 감각의 차원에 그칠 것임을, 그가 삶의 다른 유혹, 가령 생식生殖을 하나의 덫처럼 느끼며 거부하게 될 것임을 의미합니다. 따라서 이런 방식으로 사랑받는 여인은 애인에게 일종의 누이로만 남아 영영 불임 관계에 머무는 것을 받아들여야 합니다. 이로 인해 그녀 안에 균열, 불만족, 아쉬움 같은 게 생겨날 수 있고, 그녀에게 매달리는 남자로서는 자신의 확신에도 불구하고 점점 커가는 불안을 지니게 될 것이 분명합니다. 보들레르는 자신이 그렇듯이, 혹은 그렇다고 여기듯이, 자기 애인 잔 뒤발도 "댄디"이기를 바랍니다. 하지만 고유의 진실을 품고 흘러가는 나날 속에서, 그게 가능할까요? 하물며 곤두박질치는 나날 속에서라면?

보들레르는 불안해하고 소위 자격지심을 느끼며, 자기가 거부하는 잔의 욕구를 이해한다는 사실을 그녀에게 숨기기 위해 그녀를 학대합니다. 자기 자신 역시 비하하며 애써 고통스러워함으로써, 그녀에게 큰 해악을 끼치고 있다는 걸 그 자신도 알고 있음을 그녀에게 보이려 합니다. 벗어나고자 했던 공통의 조건에 그를 가혹하게 매어놓는 이 드라마는 그리하여 가장 깊은 내면에서 동정의 체험이 됩니다. 심미적 추구에서 동정은 설 자리도 지닐 의미도 없습니다. 그 길에서 돌아서게 하고 그것이 일개 환상임을 말하며, 그때까지는 진실에 가장 핵심적이고 심지어 가장 영웅적이라고 생각했던 행위에 담겨 있는 허상을 보고 규탄하게 만들 뿐이지요. 한마디로 예술가가 작품활동에서 무한—바깥세계의 무한—을 추구하며 삶의 유한성을 무시하려 할 때, 바로 그 지점에서 모든 삶의 유한성이야말로 진실임이 밝혀집니다. 그녀를 왜곡시키기만 하는 접근들로부터 잔은 빠져나가버립니다.

따라서 보들레르의 사고思考, 그가 시와 맺는 관계의 양면성과 내적 모순은 가장 일상적인 삶의 가장 단순한 사실들, 즉 가장 즉각적인 자기의식의 순간들 가운데 있습니다. 그러니 이 모순성이 그의 시에서 때로는 '이상'에 때로는 동정에 헌신하는 양자택일로 나타나는 게 아니라, 처음 보기에는 확고하고 단호한 단언에 대한 즉각적 문제 제기로 나타난다는 점에 놀라서는 안 됩니다. 보들레르가 자기 자신에게 귀기울이는 일이 그러했습니다. 아름다운 것을 꿈꿀 때 그가 느끼는 고통에 귀기울이기, 더해지는 진실의 고통에 귀기울이기. 그는 고통 속에 진실이 있음을 잘 알았으니까요. 아울러 몇몇 훌륭한 시 속에는 망설임과 의심을 단번에 끊어내는 자각이 있습니다. 그때, 절대는 '저편'에 있고 이편에는 일시적이고 간헐적인 것밖에 없다고 여기던 자가 지닌 희망의 첫번째 층 아래로, 필멸하는 삶의 기간을 위한, 오로지 여기 그리고 지금이라는 절대를 바라는 희망의 두번째 층이 발견됩니다.

결정적인 명철함, 그것이 마침내 진정한 시가 되어 나타날까요? 그렇습니다. 다만 얼마 안 가 그것이 망각된다고는 못해도 다시 수세에 몰리는 것을 보게 되겠지만요. 『악의 꽃』에서 심미적인 것이 규탄된다 해도, 그 꿈은 금세 다시 불타오릅니다. 보들레르에게 정신의 평화는 없습니다. 근본적으로 이원적인 저 기획, 시라 일컬어지는 기획에 어쩌면 평화란 결코 없는지도 모릅니다.

4

하지만 보들레르의 모순에 대해 더 길게 논의하진 않겠습니다. 거기에서 나는 랭보를 보다 잘 이해하기 위한 열쇠를 구했을 뿐이니까요.

그에 못지않은 양면성이 랭보에게 있습니다. 허상의 덫에 걸려드는 희망과, 사태를 있는 그대로 보지 않을 수 없는 존재가 늘 견지하는 진실에 대한 욕구가 벌이는 똑같은 투쟁이 있는 것이지요. 그럼에도 그는 많은 점에서 보들레르와 대비됩니다. 랭보에 따르면 보들레르는 "너무 예술가적"*이었고, 실로 그것이 보들레르를 현혹했던 이념과 감정의 본성입니다. 랭보로 말하자면 지각을 정련한다는 기획도, 아름다움이 피어나는 더 나은 세계 혹은 이전 세

* 1871년 5월 15일 폴 드므니에게 보낸 편지.

계에 대한 꿈도 없고, 이 지상에 임하여 아름다움을 조금이나마 공유 가능한 재산으로 만들어줄 '저편'에 대한 노스탤지어도 없습니다. 그도 그럴 것이 그의 모든 욕망은 일상세계, 지금 이곳의 실존에 대한 생각에 매여 있기 때문입니다. 그 실존이 원기를 빼앗기고 궁핍해졌음을 절감하면서 그는 존재들 사이의 관계를, 남자와 여자 사이의 관계를 재발명하여 이 실존을 개혁하고 재창설해보자고 마음먹습니다. 이로부터 장차 그의 꿈이 될 것이 유래합니다. 아니, 정확히 말하면 그의 꿈들이지요, 사회 혁명이라는 이 목적은 다양한 형태로 시도될 테니까요.

이처럼 이곳 세계에, 사회와 타인에 마음을 쓰기 때문에 랭보는 보들레르보다, 이런 말이 가능하다면, 한 발 앞서 있다는 점을 주목합시다. 「백조」의 시인이 자기 안에 너무 깊게 뿌리박혀 있던 심미적 열망의 결함을 확인한 다음에야 온전하게 마주할 수 있었던 타인과의 관계에, 랭보는 곧바로 들어가 있습니다. 이런저런 신기루에 속아 길을 헤매고 낙담했다고는 해도, 이 점에서 랭보의 희망은 보들레르보다 나날의 일상 속 다른 존재들의 진실에, 그들의 현존에 더 열려 있습니다. 댄디를 자처하는 자가 이웃하며 살아야 하는 많은 이들에게 품었던 것과 같은 경멸이 그에게는 전혀 없습니다. 마주치는 사람을 직접 바라보고 자기 생활과 연결된 이들을 내면 깊이 바라보는 일에서 랭보는 자기 선배보다 낫습니다. 그를 이해하기 위해서는 만남과 나눔을 향한 이 소명을 충분히 가늠하는 것이 중요한데, 그것은 가장 일찍 쓰인 시들에서부터 『지옥에서 보낸 한 철』 마지막 줄에까지 두드러지게 드러납니다.

예를 들어 「감각」, 자아에 들뜬 사춘기 소년이 꾸는 아직 순진한 몽상으로 여겨질 수도 있을 이 몇 줄짜리 시는 그저 번뜩이는 소품 같은 게 아닙니다. 사랑의 모험에 대한 욕망 및 그 욕망이 가져다주는 환상이 확연하다고는 해도, 오솔길과 밀, 풀, 걷는 자의 맨머리를 씻어주는 가벼운 바람의 현존이 그보다 훨씬 더 뚜렷하고 강렬하기 때문입니다. 그런 현실들이 단어 속에 그처럼 오롯하게 나타날 수 있는 것은 땅 위에 존재하는 것이 행복할 때, 존재하는 모든 것 일체가 "무한한 사랑"이 되어 제 것으로 느껴지는 육체와 정신을 가로지르는 것을 느낄 때, 그러면서도 그 행복을 같은 강도로, 생명을 지니고 현존하는 다른 누군가와 나누기를 바랄 때뿐입니다. 「사랑의 사막」의 표현을 빌리자면 한 "젊디젊은 남자"가 쓴 이 운문은 시를 나눔이라는 본래의 목적을 향해 돌려세우면서 고독한 심미적 탐구를 내칩니다. 같은 시기의 「태양과 육체」, 습속의 개혁을 부르짖으면서 장차 대지의 거대한 리라를 일깨울 관능을 찬양하는 이 알렉상드랭* 시구들이 단순한 이데올로기나 수사가 아닌 것은, 가장 소소한 단어에서조차 그 저자를 남녀들 편으로 데려가는 동조의 움직임이 이미 진동하고 있기 때문이니, 그때 남녀들은 애초부터 주어진 완전함이며 받아들여진 완전함, 그 점에서

* 특히 고전주의 시대에 유행한, 12음절의 시형. 프랑스 작시법에서는 가장 긴 정형 시구이며, 장중한 표현에 유리하다.

신들과 마찬가지인 존재들로 여겨집니다.

그럼에도 이 원대한 도약 속에는 사고의 몫이 있으며, 더없이 까다로운 문제를 다룰 때 사고가 취하는 방식에 대한 믿음이 있습니다. 그리하여 생생한 무매개의 직관이 꿈의 그물망에 걸려들게 되는 것입니다. 직관의 도취가 수그러들어서가 아닙니다. 모든 것을 자신의 빛으로 끌어안는 어떤 일체성에 대한 감각과 그것을 느끼는 시인 사이로 "고대의 청춘"에 다시 발붙일 방법에 대한 성찰이 끼어들기 때문입니다. 그리고 이제 그 성찰에 현재의 사회에 대한 관찰, 추악함과 불의에 대한 분개, 경험하는 상황들과 장소들 속 저열함을 쓸어내고 싶은 욕망이 끼어듭니다. 이 모두가 분석이고 가설이며, 이들은 개념의 도구를 중요시하므로 일반화하는 사고의 위험을 키웁니다. 이는 지나친 단순화를 서슴지 않는 이데올로기로 이어지고, 그 같은 단순화를 양분으로 삼아 허상이 자라나지요.

비판적이고자 하는 사고에서 태어나는 꿈이라니, 얼마나 역설적입니까! 이러한 변증법을 보여주는 예로 랭보의 다른 초기 시 몇 편을 눈여겨볼 만합니다. 「물에서 태어나는 비너스」나 「앉아 있는 녀석들」은 겉보기엔 명철하게, 랭보가 자기 주변에서 감지한바 정신적이고도 생리적인 비참을 고발합니다. 그런데 같은 때 쓰여진 시 「대장장이」는 그 풍자적 묘사와 뚜렷한 단절을 이루는 듯하면서도, 실은 자족스러운 상상에 빠져들어 현대사회의 소외 상태를 벗어나는 프롤레타리아트를 그려냅니다. 불공정한 권력 앞에 노동자를 혁명적으로 맞세우면서, 「대장장이」는 1789년의 맹세를 꺼내드는바, 그것은 정의의 맹세였으며 보다 우선적으로는 도처에서 느껴지고 도처에서 오가는 사랑의 맹세였지요. 사상가들이 가야 할 길을 알아차리고 제시하면, 우주라는 리라가 새로이 울릴 수 있으리라는 거지요!

「앉아 있는 녀석들」이나 정치적 색채를 띤 또다른 시 「음악회에서」가 사실주의적 직시를 꾀하는 반면, 「대장장이」는 다분히 유토피아적입니다. 랭보가 손쉬운 이상주의의 덫에 걸려들 위험은 실로 컸습니다. 하지만 이제 주목해야 할 것은, 나쁜 사회에 대한 저 고발이 다름 아닌 과격성을 통해 날카로운 시선을 입증한다는 사실입니다. 그 시선을 통해 랭보는 일체의 선행 관념을 넘어 사물들과 사람들의 외양을 인지할 수 있었습니다. 랭보가 들춰내는 이런저런 세부 묘사는 그의 선입견을 보여주기보다는 그가 인지한 날것의 사실, 분석 불가능하며 자명한 사태를 보여줍니다. 이것은 하나의 표지로서, 랭보의 몽상이 어떤 추상을 일삼았건 간에 그의 희망은 여전히 현실과 접촉하며 "세상에" 머물러 있었음을 보여줍니다. 이후 랭보의 글에서는 하나의 논쟁이 있을 것이니, 유토피아는 제 허상을 직시해야 하며, 그럼으로써 희망의 욕구가 더 깊어져야 하기 때문입니다. 달리 말하면 만물이 이루어내는 일체성과 만물에 존재하는 일체성에 대한 직관에 스스로를 더 직접적이고 더 단순하게 열어놓아야 합니다. 희망의 발원점에 있는 직관이지요.

5

그것이 1870년, 풍자와 권리 주장의 시들이 쓰인 바로 그해에, 또 랭보가 쓴 몇 편의 소네트에서 일어나는 일입니다. 어머니의 집을 벗어나 뫼즈강을 따라 벨기에 방향으로 가면서, 이미 약간의 진정한 삶을 향해 가고 있다는 생각으로, 랭보는 이 소네트들을 썼습니다. 이 시들에서 희망이 무르익거니와 이는 희망이, 당장의 불투명함과 마비 상태야 어떻든 간에, 그 자체로 가치를 지니는 존재의 면모들에 더 주의를 기울이고자 하기 때문입니다. 첫 시기의 과격한 대비—도미에풍, 심지어는 고야풍의 비전들로 지탱되는 동시에 어지럽혀지는 저 대장장이의 권리 주장—는 아름답고 좋은 것들 속의 가장 내밀한 존재에서 뿜어져나오는 듯한 빛에 자리를 내줍니다. 말린에 있는 초록 주막*에서 가히 탐스러운 하녀가 사춘기 소년에게 갖다주는 저 미지근한 햄이 그렇습니다.

달리 말하자면, 며칠간의 가출에서 만난 저 사물들과 사람들은 급격한 성숙의 원인이 되었습니다. 동시에 잠재적으로 이들은 상징이기도 했으니, 희망이 그의 몽상에 저항하는 것, 그러나 새로운 약동으로 새겨질 수도 있는 것과 씨름할 때 거기에 걸린 판돈이기도 했습니다. 온전하고도 무한한 깊이를 지닌 사물들. 또 마찬가지

* 말린은 네덜란드어로는 메헬렌, 벨기에 북부 안트베르펜주의 도시. 「초록 주막에서」는 랭보의 시 제목이다.

로 무수한 잠재성과 울림을 지닌 단어들이 있습니다. 서로 교통하며 나아가 그 교류로 서로를 비춰주기도 하는 사물들과 단어들 덕분에, 희망의 필요와 희망의 판돈에 대한 비판은 바야흐로 시 속으로 대치 전선을 옮겨 각축을 벌이게 되고, 이와 함께 랭보의 시에는 완전히 새로운 미래가 들어서게 됩니다.

놀라운 것은, 열여섯 살밖에 되지 않은 이 어리디어린 시인이 현실과 말 사이에서 벌어지는 그런 일을 대번에 알아차렸다는 사실입니다. 우리가 이 사실을 아는 까닭은 고작 몇 달 후에 랭보가 명확하고도 강렬하게 그 얘기를 하기 때문입니다. 두 차례의 가출 때 만난 두에의 젊은이, 폴 드므니Paul Demeny에게 보낸 1871년 5월 15일 편지가 그것입니다.

"투시자voyant 편지"라 불려온 이 편지는 극히 중요합니다. 이날 제시된 사고에 오늘날 우리는 익숙해져 있습니다. 개념화된 진술은 인간 현실에서든 자연 현실에서든 외양만을 볼 뿐 그 존재의 일체성이나 그 현실이 기입되는 실존의 시간에 대해서는 무지하며 그 점에서 시의 단어 사용은 개념적 진술을 넘어선다는 것을 우리는 잘 압니다. 우리는 압니다, 그렇기에 시는 그것이 쓰여지는 가운데 우리의 진정한 필요에 가닿는다는 것을. 다름 아닌 우리의 유한성을 받아들이는 일, 그 유한성 안에서 자기 안에 집적된 내적 무한을 알아보는 일, 그리함으로써 사회 속에서 우리 가까이에 있는 존재들과 더 직접적인 관계를 맺을 수 있도록 우리 스스로를 개방하는 일, 그래서 어쩌면 사회가 변모할 수 있게 하는 일. 그러므로 개념이 자부하는 자기 목적적인 주장을 물리치는 것, 달리 말해 이데올로기적 담화나 억압적인 선입견, 이 일상의 고정관념을 거부하는 것이 중요하다는 사실을 우리는 더이상 잊지 않습니다.

우리는 이 모든 것을 이해했습니다. 이처럼 말의 습관을 문제삼을 때 어휘 아래의 층위에서 소리가, 또 운율법과 리듬이 어떤 근본적인 역할을 하는지도 이해했습니다. 하지만 가령 보들레르, 그 어느 시인보다 강력하고 구체적인 방식으로 통상적 개념화에 거역하고자 했던 보들레르조차 시적 발명이 그런 목표와 법칙을 지녔음을 명시화할 수는 없었을 것이고, 그렇게 할 생각 자체를 못했을 것입니다. 여태껏 사람들이 말할 줄 몰랐던 것의 핵심을 표현한다는 점에서, 드므니에게 보낸 이 편지는 커다란 진일보입니다. 그 일보를 내딛고 있음을 랭보는 이해했고, 바로 거기에서 언술의 열렬함과 그의 열기가 나옵니다. 희망의 필요가 명철한 시선과 맞부딪히면서 그의 지각만큼이나 그의 사고가 전복되었고, 이제 그는 자명한 사실에서 자명한 사실로 자기 펜이 내달리도록 놔둡니다.

6

그 편지가 말하는 것 중에서 나는 단어들이 자기의식에 미치는 효과에 대한 내용만 되짚어보고자 합니다. 랭보에게서 근본적인 발견의 장소이자 원인이었던 저 이중의 필요, 희망과 진실의 필요를 논의하기에는 그것이 가장 좋은 방법이니까요. 담화의 미로에 갇혀 직접적인 것의 기억을 잃어버린 진술은 시에서 배격되어야 한다고 "투시자"는 요구합니다. 정신에서 그런 진술의 층위란 "자아", 즉 언제까지나 부분적이고 치명적으로 환원적인 의미들을 쌓아올린 가설물에 지나지 않는다고 그는 지적합니다. 그가 또한 아는 것, 그리고 더없이 강력하게 단언하는 것은 자아 아래에 하나의 "나"가 있다는 사실, 그 "나"가 단어들에 의지하기 이전 단계에서 말하는 주체를 붙들어 지킴으로써 일상적 사고로 인해 시야에서 놓치게 되는 세계 내 존재태들과 접해 있도록 한다는 사실입니다. 바로 이 층위, 직접적인 것의 층위에서 저 일자一者가 감지될 수 있으며, 우리는 그 일자를 우리의 행복으로 삼아야 합니다. "나란 하나의 타자JE est un autre"라고 랭보는 단언하는바, 이때 강조 표기를 통해 "나"라는 것이 자아로부터 부과되는 형식 및 형상을 넘어선 의식의 층위임을 분명히 드러냅니다. 덮여 있을 뿐 막혀 있지는 않은 저 "나"의 깊은 곳이야말로 시인이 나아갈 곳이니, 거기에 그의 자산이 있기 때문입니다.

시인은 그렇게 할 수 있습니다, 자아가 현실이라고 상상해온 것의 "착란"을 통해서지요. 그것은 부정의 작업이며, 존재자가 스스로 가하며 감내하는 "고문"을 통해 원기를 회복하는 작업입니다. 정신 속에서, 무엇보다도 말 속에서, 한낱 표상에 지나지 않는 저 자아세계가 그럼에도 강압적으로 부과하는 주요 양상들을 뿌리까지 뽑아내는 일이라 하겠습니다. 이 고문이 있기에 새로운 시는 살아내기 힘든 시련이 되고, 그만큼 시인들 이외의 사람들이 보기엔 어리둥절한 것이 됩니다. 랭보가 통보하는바, "영혼을 괴물스럽게 만들어야 합니다." 드디어 진짜로 태어나면서 겪는 고통이 있을 것이고, 자아의 소심한 눈으론 인지할 수 없을 아름다움이 있을 것입니다.

랭보는 이런 말도 합니다. "시인은 모든 감각sens의 길고 거대하며 조리 있는 착란을 통해 투시자가 됩니다." 좋은 효과로나 나쁜 효과로나, 랭보가 겨눈 이중의 목표를 가장 잘 담고 있는 이 문장을 잠시 들여다보겠습니다. "감각", 이는 곧 개념이 담지하고 있는 단순한 외양 아래에서 가장 무매개적으로 존재하는 경험적 현실과 육체가 관계를 맺는 방식입니다. 그럼에도 이 방식은 일정 부분 우리의 유배지에, 다름 아닌 저 개념의 세력권에 놓여 있으니, 따라서 더 깊은 층으로 내려가 날것의 원래 인상들을 되찾기 위해서는, 그렇습니다, 감각들이야말로 착란시키고 전복시켜야 할 대상입니다. 그런데 저 대목을 '모든 의미의 착란'이라고 읽을 수도 있습니다.* 말, 텍스트, 시에 새겨지고 겹쳐지는 의미들 역시 무수하지요. 얼마 뒤 랭보가 쓰게 될 「모음들」이 그 예입니다. 아닌 게 아니라 랭보는 그 소네트의 의미가 "문자 그대로, 또 모든 의미로" 표현되어 있다고 말했던 것 같습니다.**

---

* 프랑스어에서 'sens'는 '감각'과 '의미'를 모두 뜻할 수 있다.

그런데도 우리의 분석적 습관 때문에—또한 랭보가 편지에서 "미지"라고 명명하는 저 정신의 첨단에 대한 두려움 때문에—시를 읽는 독자들, 그중에서도 특히 비평가들은 의미를 착란시키고 해체하는 데 별 관심이 없습니다. 오히려 정반대로, 자기들이 감지한 의미들을 한데 모아 그중 텍스트의 핵심이라고 추정되는 일관된 생각 하나를 끌어내길 좋아하는데, 그럴 때야말로 표면에서 일어나는 일만 주시되면서 깊은 겨냥점은 부정되고 맙니다. "나"가 다시금 자아에 목 졸리는 것이지요. 예컨대 「모음들」을 '설명'하려는 시도가 얼마나 많습니까! 과감한 신뢰를 보이며 열려 있는 수용을 견지하는 그 시구들을 읽으면서도 주석자들은 숙고의 차원으로, 심지어 그저 자기만족적인 박학의 차원으로 가는 셈이니, 자기네들이 시에 던진 그물이 돌연하고 난폭한 시의 움직임에 찢겨나가는 소리를 듣지 못하는 것일까요!

'sens'라는 단어는 세계와 접해 있는 육체를 가리키는 동시에 말을 속박하는 수많은 의미를 가리킵니다. 랭보가 권장하는 착란의 두 장소가 하나의 생각 속에 합쳐져 있는 것이죠. 시선을, 청각을, 촉각을 교란시킬 것. 동시에 글에서, 이를테면 과거의 수사학으로부터 물려받아 일말의 쇄신 의식도 없이 사용되는 형상들이

** 랭보의 누이동생 이자벨에 따르면, 『지옥에서 보낸 한 철』을 어떻게 이해해야 할지 묻는 어머니에게 랭보는 이렇게 대답했다고 한다. "문자 그대로, 또 모든 의미로 그게 말하는 것을 말했어요."

글 속에 직조해놓는 것을 풀어헤칠 것. 실재하는 것에 대한 통상적 접근을 문제삼을 때 두 가지 파괴가 함께 견지되어야 하는 이유는 무엇일까요? 또 이러한 필요를 랭보가 그토록 절실하게 느꼈던 이유는 무엇일까요? 이 시인의 세계 내 존재가 지닌 근본적 양면성을 떠올리건대, 갖가지 지표가 한꺼번에 사라진 결과 꿈을 꾸려는 충동과 엄연한 사실 직시가 더 직접적으로 맞붙게 되었기 때문이라고 생각합니다. 그 부딪힘은 생각에서건 생활에서건 보다 많이, 보다 제대로 지각할 수 있는 기회가 될 것입니다. 후일 랭보가 말하듯, "진정한 삶"*의 기회입니다.

한편에는 희망에 사로잡힌 꿈, 다른 편에는 저 허상을 물리치지만 저는 저대로 가짜 자명성의 덫에 걸릴 위험이 있는 명철함, 이 둘 사이에서 분열되는 정신에 어떤 일이 일어나는지 살펴봅시다. 몽상의 비전과 제안 아래에는 단어들이 있습니다. 그런데 단어들은 하나씩 나타나지 않습니다. 이미 랑그 속에서 다른 단어들과 결합되어 있고, 그렇게 엮이고 엮이면서 모든 단어가 모든 단어에 결합되어 있지요. 인지되지 않는 만큼이나 강력한 사고의 습관 때문입니다. 가령 당연해 보이는 도덕적 판단들. 더 내밀한 것으로는 지각과 관련된 확신들이 있는데, 그것들은 사실 개개 관용어법의 습관에 지나지 않습니다. 예컨대 색채로 세계를 분할하는 일이 그렇지요. 아울러 보는 방식이 가치 부여에, 나아가 습속에 미치는

* 『지옥에서 보낸 한 철』, 「섬망 I. 어리석은 처녀—지옥의 남편」.

영향이 있게 마련이고요. 사태를 검토할 때 '붉다'나 '검다' 같은 단어에 얼마나 많은 편견이, 두려움 혹은 찬탄이 따라붙습니까! 랑그는 경험적 현실을 드러내는 만큼이나 왜곡합니다. 바로 그렇기에 지각 차원에서 시작된 착란이 단어 사용에까지 역류할 수 있는 것이며, 그 단어들이 예로부터 자기의식에 보태온 몫을 문제삼을 수 있는 것입니다.

이렇게 최소한은, 사슬이 느슨해집니다. 죄수의 사지가 약간 움직일 수 있게 된 것입니다. 개념이 토막내고 가로막은 것에 대한 어떤 예감도 생깁니다. 즉, 실재하는 모든 것과 시인이 맺는 관계에 어떤 일체성의 경험이 나타날 수 있으리라는 예감입니다. 그럼으로써 정신의 반려, 즉 자기 육체가 갖는 직관에 더 큰 신뢰가 생겨나고, 따라서 삶에 더 큰 자유가 생깁니다. 단어들, 기표들이 야단법석을 일으키는데, 그 와중에 그것들의 지시대상들이 돌연 지척에 나타납니다. 지각의 착란이 말 속에 착란을 만들어내고, 이로써 말에 그 순간까지 미지로 남아 있던 길이 열리는 것입니다. 이 사실을 확인한다는 것은 곧 하나의 혁명이 양쪽에서 착수될 수 있음을 깨닫는 일입니다. 가장 통상적인 단어들의 사용에 다짜고짜 혼란을 일으키기, 고정관념의 가르침을 무지르는 자의성으로 문화적 전통의 거대한 기의를 해체시키기. 머지않아 이 작업은 시각과 청각을, 심지어는 촉각과 후각을 교란시키는 작업으로도 이어질 것이고, 그러면 이미 착수되어 진행중이던 직접적 인지의 전복이라는 작업이 더 수월해질 것입니다. 단어의 질서를 문제삼는 자는 사물의 질서를 비판합니다. 둘은 하나의 작업입니다. 위대한 작품의 밑작업이 될 수 있는 작업이지요.

그러한 것이 착란입니다. 연금술 공식으로 말하면 '용해solve'로서, '응고coagula'가 진정한 의미를 지닐 수 있게 해주는 단계입니다. 이 단계야말로 "연금술"이라는 단어를 나중에 랭보가 사용하게 될 용법으로, 즉 예전과 달리 공상적이지 않으며 심지어 새로운 이성을 자처할 만한 작업이라는 의미로 이해할 수 있게 해줍니다. 랭보의 착란은 중세나 르네상스 시대의 발상에 충실한 신비주의적 몽상도 아니고, 그저 문학적인 효과에 달뜬 아방가르드가 던지는 생각 없고 무책임한 선언도 아닙니다. 그것은 사실주의적이고 유물론적인 사고이며, 우리가 확인하게 될 이 독특한 기획의 한계와 착오가 무엇이건 간에, 그 사고에서는 시에 내밀한 무엇인가가 드러납니다.

7

그리고 5월 그날의 랭보에게 착란이 단순한 관념에 불과하다고 할 수도 없습니다. 그것은 철저한 체험을 바탕으로 구상된 하나의 진정한 계획이었고, 심지어는 이미 실행에 들어간 계획이었습니다. 그즈음에 쓰인 한 표본에서 이를 확인할 수 있는데, 그 시를 통해 착란의 변증법 또한 보다 깊게 살펴볼 수 있습니다.

이 유명한 소네트에서 랭보는 그가 "모음들"이라 부르는 것—이것이 알파벳 글자인지 음소인지는 사실 별로 중요하지 않습니다—에 소리만큼이나 색깔이 있으며 'a'는 검정색, 'e'는 하얀색, 'i'는 빨간색이라는 것을 잘 아는 것처럼 굽니다. 이 표면상의 확신으로 인해 앞서 말했듯이 다량의 글이 쏟아져나왔는데, 어째서 그렇게 생각할 수 있다는 것인지 이해하고 싶어했던 비평가들이 무수했기 때문입니다. 조응 이론을 참고하여 상징의 영역을 탐사해야 할 것인가? 아니면 환유를 빌려, 시인의 이러한 선언을 삶의 정황, 예컨대 그가 어린 시절에 좋아했을 색채 발랄한 알파벳 교본과 연결해보아야 할 것인가?

하지만 모음들의 색깔에 대한 랭보의 관심에서 혹은 어떤 모음과 검정색, 초록색, 빨강색의 결합에서 의식적이건 아니건 모종의 특수한 이유가 작용했다고 한들, 이 시구들에서 의미를 지니는 것, 시적으로 의미가 있는 것은 전혀 다른 차원에 있다는 사실을 어떻게 보지 못할 수 있을까요? 색채와 모음들의 결합에서 작용중인 것은 더이상 각 경우에 고유한 동기들이 아닙니다. 왜냐면 처음부터 시인은 자신의 주장이 무엇보다 우연하게, 임의적으로 제시되기를 바랐으니까요. 랭보는 착란을 원합니다. 단어와 사물의 관계에 착란을 끌어들이고자 할 때, 단어의 어떤 요소를 사물의 어떤 양상과 연결하되 이해하거나 상상할 수 있는 이유가 전혀 없는 방식으로 연결해서, 그렇게 말하는 순간 현실에 무질서가 들어서고,

현실 역시 어휘들로 역류하여 어휘들의 관계를 바꿈으로써 세계의 이미지를 해체하게 만드는 것보다 더 좋은 방법이 있을까요?

임의로 'a'와 검정색을 연결시키기, 이는 'a'라는 소리가 들리는 단어—혹은 'a'라는 글자가 두드러지는 단어—에 검정색을 지닌 사물들의 기억을 들여놓는 일입니다. 단, 뒤죽박죽으로, 세계에 대한 당장의 생각이 품고 있는 기대며 가치 속에 그 카오스를 통해 온갖 예측 불가능을 창조해내면서지요. 파리 떼와 악취들이 'a'가 있는 단어들—이를테면 '사랑amour'! 이를테면 '영혼âme'!—에 달려들어 시인 자신이 말하고 싶지 않았던 것을 말하게 합니다. 사고가 자족하며 거하는 우주 공간에서 그 옛날 감지된다고 여겨졌던 음악 대신 "붕붕거림"을, "백 마리 더러운 파리 떼"*의 정신 사나운 홍얼거림을. 하나의 세계 내 존재가 단박에 허물어진 폐허, 그것이 검은 'a'입니다. 그것을 겪기란 매우 힘들 수 있고, 이 점에서 그것은 투시자가 스스로에게 가하는 "고문"의 일부가 될 수 있지만, 바로 그러한 해체들이 만들어내는 프리즘 속에서 더 많은 빛이 나타날 것입니다.

더 많은 빛이 나타날지니, 그도 그럴 것이 「모음들」은 지각과 표현법을 이처럼 동시에 해체하면서 연에서 연으로 나아갈수록 단어들 속의 무매개적 현실—즉 토막 나지 않은 현실, 하나이며 그

---

* 「가장 높은 탑의 노래」.

렇기에 빛 밝은 현실—의 몫이 점점 커져가고, 이후로는 단어에서 개념화할 수 있는 의미가 거의 모두 벗겨져나가니 말입니다. 이 추가분을 랭보는 자기 편지에서 "미지"라고 일컬었습니다만 더 정확히 말하면 미분할의 공현公現이랄까요, 모든 것이 충만하게 현존하는 상태입니다. 여기서 모든 것이란 파리 떼, 악취, 토한 피, "동물들이 흩어져 있는 방목장", 얼굴, "학구적인 이마", 요컨대 언급되지도 주목되지도 않는 일상적인 것들이며, 이것들이 닥치는 대로 과감하게 인지되고 받아들여져 있기에 이 시에서 벌어지는 공현은 더욱 설득력 있게 보일 수밖에 없습니다.

만물로부터, 만물 속에 깃든 전체로부터 일자一者가 솟아오르고, 모든 것은 "새된 소리들"이 됩니다. 과거의 시가 내던 불충분한 음악, 특히 정신적인 음악을 이겨낼 불협화음이지요. 그리하여 마지막 행에서는 공현이 "나팔"의 목소리와 형상을 취합니다. 나팔, 그때까지만 해도 구리 성질이 너무 강해서 음악에서는 날것의 세계에 가장 가까웠던 악기, 과도한 심연의 소리로 일체의 조화음을 덮어버리던 악기입니다. 서구에서 추방된 감각의 충만이 「모음들」 속에 다시 나타났던 것일까요? 그렇다면 그 충만함 안에서 또하나의 심연을 해소할 수 있을까요, 착란이 더 크게 열어놓은 인간의 두 눈이라는 저 심연을? 그 두 눈에서 한 줄기 빛이 솟아나고, 랭보는 그 "보랏빛"을 똑똑히 보며 시를 끝냅니다.

「모음들」이 주창하는 것은 이런 것입니다. 색깔의 사용에서 발산되는 무질서가 낡은 세계 내 존재의 모든 형상을 무너뜨릴 것이며, 낡은 사고의 권역 속에서 그날까지 랭보가 자기 것으로 삼았던 소망 역시 그 형상과 함께 싹쓸이해버리리라는 것입니다. 따라서 「대장장이」의 공산주의적 관념 같은 건 전혀 남아 있지 않고, 목표만은 우주적이었던 「태양과 육체」의 비전도 전혀 없습니다. 하지만 이 소네트는 조금도 희망을 무너뜨리지 않았습니다. 오히려 희망이 바라야 할 원대한 목표를 벌써 조금 제시해 보이면서 보다 근본적인 희망을 다집니다. 그때까지는 표명할 줄 몰랐지만 자기 안에 살아 있던 희망, 지금 랭보는 그것을 인식합니다. 일체성의, 직접성의 실질, 사물과 행동과 생활 속에 있는 그 실질이 물결에 수영객을 실어가는 거대한 파도처럼 육체와 정신 속에 차오르리라, 그것이 자신의 삶을 한순간이나마 "진정한 삶"으로 만들어주리라는 희망입니다. 착란은 랭보가 타고난 희망의 개념화된 형태를, 따라서 가난한 몽상만이 담겨 있던 형태를 찌그러뜨렸지만, 희망의 기저에 깔려 있던 거대한 직관을 더 튼튼하게 다져준 것 같습니다. 허상을 꺾은 명철함은 허상을 흩어버린다기보다는 스스로 더 철저해짐으로써 허상에 진실이라는 바탕을 찾아주고, 허상으로 인해 매번 진창에 빠졌던 도약에 정당한 기반을 마련해주는 것 같습니다.

이 1871년의 봄에, 그리고 이어지는 여름 동안에 랭보는 갈급한 환상과 비평적 요구가 벌이는 논쟁에서 빠져나옵니다. 그에게는 승리했다는 느낌이 있고, 말하는 존재가 과거 자신이 한 말에 무질서를 끌어들임으로써 자신의 무게중심에, 존재 이유에 다가갈 수 있다는 징표가 있습니다. 그가 이렇게 생각한다는 것은 시에 들어서는 자들이 숙고해볼 만한 사실이 아닐 수 없습니다. 희망이 그들을 받쳐주지만, 외양과 미끼로만 희망을 파악하고 표현하는 경직된 단어들에서 아직 벗어나지 못한 그들로서는 희망이 취하는 형태들이 걱정스럽습니다. 자기 안에 있고 자기를 가로질러가며 자기를 불러내고 일으켜주는 어떤 힘의 근본적 가치를 본능적으로 이해하지만, 그로 인해 자기 말 속에 환상이, 거짓말에 가까운 것이 생겨난다는 사실을 그들은 고백하지 않을 수 없습니다. 그런데 그것은 낡은 서정입니다, 이 몇 개월 사이에 랭보가 넘어서게 해주는 바로 그것일 테지요. 그리고 이러한 사태가 이미 시를 생산해내고 있습니다. 1871년 이후 색깔들, 꽃들은 더이상 전처럼 말해질 수 없을 것입니다.

8

그렇다고는 해도 우리가 그 약속에 내내 매달릴 수 있을까요? 랭보가 권하는 착란이 작동시키는 사고의 범주에 대해, 혹은 세계 및 삶과 관계 맺는 경로에 대해 생각해보아야 하지 않을까요? 이 범주와 경로가 어쩌면 그릇되게, 따라서 위험하게 이해된 것은 아닐까요?

다르게 말하자면, 투시자가 자기 "입맛"을 당기는 유일한 것들이라고 말하는 "바위, 석탄, 쇠"에 대해, "흙과 돌"*에 대해 질문을 던져야 하지 않을까요? 그 자체로 바위와 쇠란 물리학자, 자연학자, 엔지니어에게나 존재할 뿐이고, 그때에도 생활의 랑그와는 구분되는 그들만의 랑그로 표현된다는 걸 상기해야 하지 않을까요? 화가와 음악가가 사물 날것의 불거짐을 주목하고 거기에서 색과 소리를 길어내는 것은 사실입니다. 하지만 그들 역시 인간적 장소 바깥에서 일별한 그 양상들을 다시 자기네 삶 속으로 데려온다는 목적에서 그리할 뿐, 혹 그들이 그 양상들을 붙들고 바깥에 머무르고 싶어한다면 머잖아 신비체험 같은 것으로 접어들면서 생활에, 나아가 "진정한 삶"에 양분을 주는 인간적 교류에서는 벗어나게 될 것입니다. 언어에서는 그 무엇도 바깥 그 자체를 말하지 않습니다. 언어에서 모든 것은 세계라고 간주할 하나의 장면을 가져야 한다는 인간적 필요에 따라 요구된 것, 나아가 구성되고 구조화된 것입니다. 간혹 우리의 단어들이 순전히 감관에 속하는 것을 지칭하는 것 같을 때, 가령 검정색이니 보라색이니 일컬을 때에도 그 단어의 기의는 결국 추상, 즉 사물의 고유한 무한에서 인간적 기획을 위해 따로 떼어낸 사물의 이런저런 양상들이므로, 무매개적이라고 자처하는 단어들은 그 기획에서 역설적이게도 궁핍한 욕망들만, 그저 표면에 매달리는 몽상들만 키워내기 십상입니다. 저 공

* "내게 입맛이란 게 있다면, 그건 / 흙과 돌을 향한 것일 뿐 / 딘! 딘! 딘! 딘! 공기를 먹자, / 바위를, 석탄을, 쇠를." (「배고픔의 축제」)

현의 겉모습이 급기야 망상으로 무너져내리는 건 아닐까요? 「모음들」에서 "번들거리는 파리 떼"의 코르셋이 "어둠의 만"과 연결될 때, 어쩌면 이미 그런 것도 같습니다.

자기 탐색의 결정적 순간에 랭보가 제안하는 "길고 거대하며 조리 있는 착란"의 정당성을 시의 관점에서, 시의 진짜 필요와 그 경로의 관점에서 생각해보아야 합니다. 이 문제를 스스로에게 처음 제기한 것이 랭보인 만큼 더더욱 그렇지요. 폴 드므니에게 편지를 보내고 나서 고작 두 달이 지났을 때, 다시 말해 그가 색깔들의 잠재성을 탐색하던 바로 그 시점이었습니다.

이렇게 말하면서 내가 염두에 두는 것은 「취한 배」에서 벌어지는 극적 반전입니다. 시의 초반부는 강렬하고 터질 듯한 이미지들, 쨍한 색채들, 대대적으로 발효하고 부패하는 바다나 늪 밑바닥에서 올라오는 하취로 가득합니다. 「모음들」에 승선하여 마지막 연에 나오는 "나팔"의 마중을 나갔더니, 나팔은 「취한 배」에서 "신비로운 공포로 얼룩진 낮은 태양"이 되고, 근처의 물결들에는 「모음들」 마지막 행에서 언급된 두 눈의 그 보랏빛이 엉겨 있다고나 할까요.* 모든 것을 전복시키겠다는 의지가 과연 뚜렷하게 표명되어 있습니다. 시의 "나"가 외칩니다, "나는 선원들 따위야 아랑곳

* "나는 보았다, 신비로운 공포로 얼룩진 낮은 태양이 / 까마득한 고대의 연극배우들 같은 / 길쭉한 보랏빛 응어리들을 비추는 것을, / 파도가 그 빗살창의 떨림을 멀리멀리 굴려가는 것을!"(「취한 배」)

하지 않았다". 시를 쓴 저자를 은유하는 이 "나" 속에서, 낡은 자아에 억눌려 있던 "타자"가 믿음을 되찾습니다. 옛날의 속박에 대한 난폭한 습격이 힘있게 기술되는바, 배를 인도하던 "배 끄는 인부들", 즉 낡은 사고의 스승들을 그는 "색색의 기둥에 발가벗겨 못박"습니다. 「모음들」이 전통적인 말의 표상, 관념의 연합체, 제반 가치를 검정색, 초록색, 빨간색에 못박았던 것과 같은 식입니다. 그 결과 바라던 미지가 무수한 해방적 비전으로, "믿기지 않는 플로리다들"로, 새로운 종류의 아름다움으로 나타나 주어지고, 그 어마어마함과 흉측함과 격렬함이 제각각의 급류로 소용돌이치다가 돌연 뚜렷해지는 일체 속으로 빨려들어갑니다. 시의 하늘이 "번개로 찢어"집니다.

이처럼 「취한 배」는 찬란하게 괴물스러워진 한 영혼의 발견과 행복의 순간을 그 안에서 내다보듯이 말해줍니다. 이 시의 전반부는 진정 5월의 편지가 기획했던 시학을 예증합니다. 그 편지에서 말했던 것처럼, 랭보가 악궁을 한 번 튕기자 교향곡이 "저 깊은 곳에서 술렁"인 것입니다. 그런데, 어제의 폐허들 속에서 열릴 대단한 미래에 대한 이 묘사는 어째서 숫제 과거로 쓰였을까요, "진정한 삶"의 새롭고도 절대적인 현재가 아니라? 이 얼마나 역설적입니까, 시간의 개념 자체를 흩어버릴 직접성의 경험이 이처럼 실존의 한순간에 지나지 않는다는 듯이 제시되다니요!

그리고 지나치게 많은 미지를 전하기 위해 들이닥치는 저 이미지들 사이에 예전 삶의 잔해가 보이는 것은 무슨 까닭일까요? 가령 "빗살창의 떨림"은 가정집 방을, 너무 수시로 닫혀 있던 덧창을 통과해 아이의 눈앞에 떨어지던 햇빛을 상기시킵니다. 그러므로 "낮은 태양" 가까이에 엉긴 "응어리들"은 과연 "까마득한 고대의 연극배우들"이라 일컬어질 만도 한데, 그것들이 삶의 첫 장면들을 꺼내 보여주는 것 같기 때문입니다. 개중에는 주인공들이 충돌하며 어린 증인을 겁에 질리게 하고, 어쩌면 그의 미래에 깊은 낙인을 남겨놓을지 모르는 장면들도 있습니다. 두 차례, 배 가까이로 익사자들이 "가냘픈 밧줄들", 즉 잔해만 남은 닻줄에 잠시 뒤얽혀 있다가 이내 배로부터 "뒷걸음질치며" 지나갑니다.* 그 익사자들 중 하나는 "사념에 잠겨" 있습니다. 전혀 짐작할 수 없는 생각에 빠져 있다는 점에서, 그는 사체라기보다는 무력한 의식, 사방에서 비전과 황홀경이 몰아쳐도 그 도취에 동참하지 못하는 의식이라고 이해할 수 있을 것입니다.

더한 것은, "미래의 생기"를 노래하는 승전가—"백만 마리 황금 새들", 이 얼마나 굉장한 비전입니까!—를 갑작스럽게 멈추고 랭보가 이렇게 외친다는 것입니다. "그러나 정말이지, 나는 너무

* "이때부터 나는 별들이 잠겨 우러나 / 젖빛으로 빛나는, 초록빛 창공을 집어삼키는 / 바다의 시에 몸을 담갔다, 거기 창백하고 넋 나간 부유물 / 사념에 잠긴 익사자 하나가 이따금 가라앉고." "거의 섬이 되어, 금빛 눈을 한 비방꾼 새들의 / 불평과 똥을 내 뱃전에 싣고 뒤흔들면서 / 나는 항해했다, 내 가냘픈 밧줄들 사이로 / 익사자들이 뒷걸음질치며 잠자러 내려갈 적에!"

울었다!" 그 몇 달간의 열광 아래, 전혀 다른 생각들의 조류가 흐르고 있었음을 보여주는 대목입니다.

9

"나는 너무 울었다"라니? 이 외침 속에 열리는 심연, 이어지는 연들에서 점점 커질 그 심연을 일단 가늠해봅시다. 이젠 "닻줄 풀린 반도들", 가없는 수평선, 바다의 무한과 하늘의 무한을 겹쳐놓는 폭풍우들이 아니라 아주 좁고 헐벗은 장소가 그려진다는 것을, 그리고 고유한 특질로서 하나의 장소란 무엇인지가 한 아이에 의해 자각된다는 것을 확인합시다. 성장한 랭보가, 세계 전체와 별들조차 자신의 경험을 담기엔 충분히 크지 않기에, 일체의 위치 설정을 무시해버리는 것 같은 바로 그 지점에서 바야흐로 이번에는 어느 "유럽의 물", 불행한 한 아이가 물결에 장난감을 띄우며 노는 "물웅덩이"가 반짝입니다. 그렇습니다, 한 장소입니다. 심지어는 가난한 장소지요. 어느 마을 근처의 황혼녘, 보이는 것이라곤 집 몇 채, 나무 몇 그루밖에 없으니까요. "이 침울한 물 눈동자"*에 보트가 있다 한들 그것은 어쨌거나 움직이지 않을 터, 거기에서 무슨 다른 기슭을 찾을 수 있겠습니까? 여기서 의미가 있을 유일한 배는 저 가짜 배, "오월의 나비처럼 여린 배", 필시 그저 종이 쪼가리

* 「기억」.

로 만들어진, 얼마 못 가서 망가질 배겠지요. 두 종류의 꿈, 그것들의 대비를 이보다 더 강렬하게 말할 수는 없습니다. 한 꿈은 무제한에 올라타는 반면, 다른 꿈은 뻔하고 거추장스러운 울타리를 문제삼지 못하니, 그 울타리가 너무 가깝기 때문입니다.

그런데 거의 아무것도 아닌 그 권역을 욕망의 대상이라고, 심지어는 진정한 욕망의 대상이라고 격하게 토로하고 있으니, 「취한 배」의 온갖 생각이 단숨에 뒤집힙니다. "나는 낡은 흉벽들의 땅 유럽이 그립다!" 아까까지만 해도 모든 역사성과 모든 문화에 거부를 표명하며 저항하던 이의 외침입니다. 여기에 랭보는 덧붙입니다. "내가 원하는 유럽의 물이 있다면, 그것은 검고 차가운 물웅덩이". 그 물이 "검고 차갑다"는 것을 그가 모르지는 않습니다. 바로 이 안개와 저녁의 고장에서 자기 어머니가 검고 차갑다는 것을 경험했으니까요. 아이의 비탄, 이후 사춘기 시절 반항의 가장 큰 원인이었지요.

어떻게 이해해야 할까요? 거대한 무질서가 맹위를 떨치는 바로 그 순간에도, 무질서가 치유할 수 있을 것 같던 악을 무질서로는 충분히 이겨낼 수 없으리라는 것을, 나아가 어쩌면 무질서가 결국 치명적인 길로 치달을 수도 있음을 잊지 않았다고밖에. 이제 「모음들」과 「취한 배」를 썼던 몇 달에 대해 랭보가 이 년 뒤에 쓴 이야기를 읽어봅시다. 『지옥에서 보낸 한 철』에 있는 「언어의 연금술」로, 다음과 같이 시작됩니다. "이제 내가 말할 차례다. 가지가지

내 광기 가운데 하나에 대한 이야기다." 1871년 5월 자신의 기획을 염두에 두고 있음이 분명합니다. 그가 곧이어 밝혀 말하는 내용을 보면 알 수 있습니다. "나는 모음들의 색깔을 발명했다." "어느 날인가는 모든 감각에 이해될 수 있는 시의 언어를 발명하리라 자부하기도 했다." 그는 사물을 바라보는 자신의 시선을 통해 "단순한 환각"에 익숙해졌으며, 그 환각이 "단어들의 환각"과 맺는 관계 또한 이해했다고 덧붙입니다. 드므니에게 보낸 편지에서 얘기한 계획, 정확히 그것입니다.

하지만 이때 랭보를 붙드는 것은 그 기획의 부정적인 측면들입니다. "내 성격은 괴팍해졌다." 그는 자신이 "무거운 열병에 사로잡혀" 있었으며, "미물들의 지복"을 질투하게 만드는 무위 상태에 빠져 있었다고 인정합니다. 그가 행복을, 심지어 황홀경을 맛보았으며 스스로를 "빛 자연의 황금 불티"로 느꼈다는 것은 사실이지만, 그 행복은 그를 갉아먹는 벌레였고 "세상에의 고별"이었기에 그는 회한을 느끼지 않을 수 없습니다. 게다가 이 모든 것에 더해, "공포가 찾아왔"습니다. 랭보는 이렇게 말을 맺습니다. "나는 여러 날 동안 잠에 빠졌고 깨어나서도, 계속해서 더없이 슬픈 꿈들을 꾸었다. 나는 죽음을 맞이할 만큼 무르익어 있었고, 위난의 길을 거쳐 나의 유약함이 나를 세계의 끝으로, 어둠과 소용돌이의 나라 키메리아의 끝으로 데려갔다." '취한' 배는 심연의 소용돌이 속으로 빨려들어가는 자신을 보고 있었습니다.

랭보는 또 씁니다. "나는 무지개로 인해 영벌을 받았던 것이다." 검은색 너머부터 보라색 너머까지, 「모음들」에서 무슨 일이 벌어졌던가를 명쾌하게 요약하는 말입니다. "닻줄 풀린 반도들" 위로 나타난 색채의 스펙트럼은 바라던 징표, 새로운 약속의 무지개가 되지 못했습니다. 「언어의 연금술」에 수록된 한 시에서 랭보는 마찬가지로 분명하게 말합니다. "나는 울며, 황금을 바라보았고—마실 수는 없었다." 폴 드므니에게 보낸 편지에서 약속했던 대로, 저 몇 개월 동안 그는 "위대한 환자, 위대한 범죄자, 위대한 저주받은 자"였던가요? 어쨌거나, 오늘의 그는 "지고의 학자"라고는 더 덧붙이지는 않을 테지요.

10

진정한 삶으로 되돌아가기 위해 "투시자"에게 부족했던 것이 무엇인지, 우리로서는 쉽게 이해할 수 있습니다. 한 아이가 우는 것, 많이 우는 것은 언제나 자신이 사랑받지 못한다고 생각하기 때문이며, 그런 생각이 얼마나 직접적이건 얼마나 사실이건 간에 그가 자기한테 소중한 사람들에게서 버림받았다고 여기기 때문입니다. 또 이 사랑의 결핍 때문에 자기 역시 스스로를 사랑하기가 어려울 거라고, 심지어는 불가능할 거라고 예감하기 때문입니다. 자기가 고아라고 생각하는 아이, 혹은 실제로 고아인 아이는 자기도 "불구의 심장"이 될 거라고 예감합니다.* 거기에 비애의 두 원인이 있습니다. 가장 깊은 절망의 기원이 거기에 있습니다.

내가 지금 주목하고자 하는 것은, 랭보가 감각의 무질서를 실험한 이 수개월 동안, 애정 내지 사랑의 관계를 맺는 랭보를 보여주는 상황이 명시적으로건 단순한 암시로건 전혀 없다는 사실입니다. 인간적인 모든 것을 들쑤시고 뒤집기로 되어 있는데, "영혼을 위한 영혼의 언어, 냄새와 소리와 색채 그 모든 것을 압축하면서 사상을 낚아 끌어내는 사상"이어야 할 언어를 발명하는데, 한 개인이 삶에 참여할 때 가장 핵심적인 길 하나가 미답 상태에 놓여 있는 것이지요. 심지어는 그 길을 떠올릴 때마다 초조함과 경멸을 느끼는 것도 같습니다. 이 시기 랭보의 시에서 그의 허기는 "흙과 돌"로만 향한다는 것을 우리는 압니다. 그는 "사막을, 햇빛에 불타는 과수원을, 빛바랜 상점들을, 미지근한 음료들"을, 홀로 자신을 마주할 수 있는 저 모든 장소와 계기를 사랑합니다.** 그는 "눈을 감고" "불의 신, 태양에 몸을 바치"지요, 이 역시 혼자가 되는 일입니다. "빛 자연의 황금 불티"로 사는 것 역시 일체의 현존으로부터, 무엇보다도 특히 살아 있는 존재들의 현존으로부터 떨어져 나가는 일입니다. 이 "연구", 이 "광기" 속에 존재들이랄 게 있습니까? 그야 없지는 않지요, 잎새 밑에서 짖어대는 늑대, 울타리의

---

* "내 가슴팍을 열면, 끔찍한 불구의 심장을 보게 되리라."(『지옥에서 보낸 한 철』 초고)

** 이 인용구에서부터 문단 마지막까지, 『지옥에서 보낸 한 철』의 「섬망 II. 언어의 연금술」 참조.

거미, 그리고 한번은 저 멀리, 헤스페리데스의 태양 아래 움직이는 목수들이 있습니다. 하지만 전경에는 아무도 없고, 초록 여인숙의 하녀 같은 존재는 더이상 자취조차 없습니다.

내가 말하는 게 정말일까요? 이 몇 개월 동안 랭보는 정말로 모든 애정에, 나눔의 욕망에 등을 돌렸을까요? 나는 그렇다고 생각합니다. 사실인즉 랭보는 폴 드므니에게 편지와 함께 「나의 작은 애인들」이라는 제목의 시를 보냈으니까요. 분노와 빈정거림이 어찌나 지독한지 유례없이 힘이 떨어지는 이 마흔여덟 행의 시를 보고 알 수 있는 것이라곤, 당시의 그가 자신의 고독을 스스로 원한 것이라고, 어쩔 수 없이 견디는 게 아니라고 생각했다는 사실뿐입니다. 아닌 게 아니라 이런 관점에서 보면, 랭보가 저 위대한 편지에서 고독에 대해 문제를 제기하는 방식에는 숙고에서 나온 선험적 결심이라고 자처하는 투가 있었습니다. 그는 여자들의 "끝없는 예속 상태"가 분쇄되지 않는 한, 그녀들을 얽어매고 망가뜨리는 소외 상태가 지속되는 한, 그 소외 속에서 그녀들은 내내 말을 빼앗긴 채 시의 과업에 발 들이지 못하리라고 씁니다. 당시의 시 「자애의 자매들」에서 말하듯, 여자는 "커다란 눈동자를 하고도 눈 못 뜬 장님"입니다. 물론 어떤 면에서는 일리가 있는 생각입니다. 그런 생각이 랭보 삶의 어떤 곤란을 드러내는 건 아니라고 생각할 수도 있겠지요.

그럴 수도 있겠습니다만, 보십시오, "너희가 어찌나 싫은지!"

「나의 작은 애인들」의 외침입니다. 랭보는 자기 욕망의 대상을 극도로 신랄하게 놀리고 욕하면서 그 "못난이들"에게서 추한 육체와 비참한 생리만 보려고 애씁니다. 분명코 그는 "잠시 안을 수 있었던 여자"에 "기겁하"는 것입니다.* 그녀가 그의 아팠던 상처, 잊을 수 있기를 바랐던 상처를 헤집어놓으니, 그는 "착란" 속에서 혼자가 되겠다는 생각을 품습니다. 「취한 배」와 같은 시기에 쓰인 시, 「꽃에 대해 시인에게 하는 말」 역시 다르지 않습니다. "바닷새 똥"만큼도 가치가 없고 "황홀의 관장기灌腸器"에 지나지 않는 저 꽃들, 시에서 쫓아내어 고무로, 설탕으로, "의자들"로 만들어야 할 그 꽃들은, 저자가 알든 모르든, 아가씨들을 은유하기 때문입니다.

이 몇 개월 동안 내내, 시의 능력에 대해 그토록 큰 희망을 품고서도, 랭보는 혼자였습니다. 사물들뿐만 아니라 단어들을 대대적으로 휘젓는 동안 그가 살아 있는 영혼을 마주칠 일은 없었습니다. 우리가 확인해야 할 것은 바로 이것이며, 기실 그 자신도 이해하고 후회했던 부분입니다. 그게 아니라면 "나는 너무 울었다"라는 말이 무슨 뜻이겠습니까. 그에게 주어진 현실, 그의 "진짜 진실"이란 "백만 마리 황금 새들"이 아니라 물웅덩이 가에 혼자 남겨진 슬픈 아이라는 사실을 그가 직시하기에 이르렀다는 거지요. 자기 삶에 정히 가치와 의미를 부여하고 싶다면 타인들, 자기를 울게 만들었던 이들과의 관계 속에 자리잡고 행동해야 하며, 그것이야말로 결

* 「자애의 자매들」.

정적인 행동일 것이고, 그렇기에 시일 것이라는 사실을 직시했다는 말입니다. 착란은 이 진정한 경험의 장에서 멀어진 단어들과 사물들만을 대상으로 삼았던 것입니다. 착란의 도움을 받아 랭보는 인간 상황이 아닌 날것의 사물 속에 실재가 있다고, 한 아이의 비애, 한 어머니의 신경증, 한 사회의 소외가 아니라 석탄과 쇠에 실재가 있다고 믿을 수 있었습니다. 그러나 착란 역시 그가 맞서 싸워야 할 혼란의 한 양상에 불과했기에, 착란이 그에게 남겨준 것은 전날보다 더 궁핍해진 처지뿐이었습니다.

11

어쨌든 이후 몇 개월에서 확인되는 바로는 그렇다고 여겨집니다.

1871년 가을에 랭보는 파리로 옵니다. 「취한 배」의 결론에도 불구하고, 아직 많은 희망을 품고서였지요. 그도 그럴 것이 시인들, 특히나 샤를빌을 아예 떠나오라고 부추긴 저 베를렌이 베풀어줄 환대를 믿었으니까요. 그리고 나는 이 몇 달 사이에, 어쩌면 그뒤 몇 년간에라도 랭보가 파리 사회에서 얼마간 의지할 곳과 얼마간 진지한 공모자를 발견했다면 그의 삶이 전혀 다르게 흘러갔으리라고 생각합니다. 하지만 천만에, 그는 얼마나 놀라고 실망하게 될까요! 우선 보들레르 이후에도 시가 있으리라는 그의 믿음에 주된 근거를 제공했던 사람과 마주하면서 말이지요.

베를렌, 랭보는 그를 5월의 편지에서 "진정한 시인"이라 일컬었습니다. 『악의 꽃』의 저자 보들레르가 "최초의 투시자" "진정한 신"이라면 베를렌은 그 후계자였습니다. 또한 랭보는 편지를 주고받으면서 베를렌이 어린 자신을 두고 "전쟁에 필요한 무장을 갖췄다"고 판단했음을 알고 있었습니다.* 시를 하나의 전투, 하나의 혁명으로 만드는 말이지요, 랭보가 바라던 것과 정확히 같습니다.

하지만 어느 결정적인 저녁에 그는 시작품 뒤에 있던 인간을 직접 만나게 되고, 얼마 가지 않아 새로 사귄 자기 친구가 본디 줏대 없고 유약하며 너무 자주 무의미한 행태를 일삼는데다 비참하게도, 소심한 어린 아내 및 그녀의 부르주아 가족과 능청스럽고 심지어는 거짓된 관계를 유지하고 있음을 알게 됩니다. 또한 랭보는 베를렌의 소개에 따라 장난질에 골몰하는 유치한 문학가들과 어울려야 했는데, 그들의 자기만족적인 무책임성은 랭보가 수수방관하며 그들처럼 웃고 마시는 순간에도 가장 증오하던 것이었습니다.

이 모든 것에 랭보는 놀라며 분노했고, 시에 대한 생각의 급소에 타격을 입었습니다. 그는 "스스로를 시인으로 인식했"고, "어마어마한" 고통의 길로 "미지"를 찾아 나설 준비가 되어 있었는데

---

* 랭보의 친구 에르네스트 들라에에 따르면, 베를렌은 1871년 8월 랭보에게 보낸 편지에서 이렇게 썼다고 한다. "당신은 전쟁에 필요한 무장을 멋지게 갖추고 있습니다."

말이지요. 랭보에게도 저만의 모순과 불안이 없지 않았고, 또 과도한 바람에서 나오는 소심함의 반동으로 도발을 일삼는 경향이야 있었지만, 원체 랭보를 이루는 것은 엄격함과 강직함, 반항이었습니다. 그런 그가 지금 누구 못지않게 온갖 욕심과 에고이즘에 빠져 있는 베를렌을 발견하는 참이니, 한번은 그를 두고 "한 마리 돼지"라 일컫기까지 합니다!* "힘들이 드넓게 요동"한다고 그가 상찬했던 도시, "지고한 시"라고 선포했던 저 파리**가 정녕 이런 것이었던가요? 게다가 가짜임이 빤한 저 시적 야심의 모조품들과 그 자신도 당장 연을 끊지 못하고 있으니, 자기 역시 고뇌한다뿐 그래봤자 허울에 지나지 않는다고 판단하지 않았을까요? 첫 시들을 내리누르던 환상들 아래 또하나의, 심지어 가장 나쁜 환상이, 즉 자신이 정말 시인이라고 생각하는 환상이 있었다고 결론 내리지 않았을까요?

어쨌든 이러한 사태 확인, 특히 자기 자신에 대한 이 의구심, 이 깊은 경악이야말로 이후 몇 개월 동안 랭보가 취했던 기이한 행태를 설명해준다는 점을 나는 의심하지 않습니다. 신랄한 패러디, 공격적인 야유, 어느새 친해져 있는 저 처참한 젊은이들 중 아무개를 향해 퍼붓는 욕설 등 난폭한 기행을 보이는가 하면, 자신을 향한

---

* 『지옥에서 보낸 한 철』, 「섬망 II. 언어의 연금술」.

** "폭풍우가 그대를 지고한 시로 축성했다. / 힘들이 드넓게 요동하여 그대를 원조한다. / 그대의 과업은 끓어오르고, 죽음은 노호한다, 선택받은 도시여!"(「파리의 향연 혹은 파리가 다시 우글거린다」)

분노가 공공연한 자기 처벌로 나타나기도 합니다. 『지옥에서 보낸 한 철』 시작 부분에 "나는 진창 속에 드러누웠다"고 쓸 때, 그는 바로 이 시기를 떠올리는 것입니다. "나는 사형집행인들을 불러, 죽어가면서도, 놈들의 총개머리를 물어뜯었다." 더 읽어볼까요. "그러자 봄이 내게 백치의 무시무시한 웃음을 가져다주었다." 당시의 행적과 행동 하나하나가 모든 것과 모든 이를 향한 엄청난 분노로 피폐해진 랭보를 보여줍니다. 그를 파리로 이끌었던 희망은 불행으로 금세 무너졌고, 그는 그 불행 속에 빠져 있습니다. 같은 페이지에서 그는 인정합니다. "나는 마침내 내 정신에서 인간적인 소망을 완전히 사라지게 하기에 이르렀다." 내가 랭보에게 늘 있다고 말했던 소망의 사고가 항상적이진 않았다고 생각하게 될 법한 대목입니다. 그의 명철함이 언제나 희망의 본성을 밝히고 희망을 강화하는 것은 아니라고, 그렇지 못한 순간도 가끔은 있었다고 생각하게 되지요.

랭보와 베를렌이 벨기에로, 다음에는 런던으로 가기 전의 그 몇 개월을, 그럼에도 나는 그렇게 해석하지 않습니다.

사실 당시 랭보의 처신은 너무도 난폭해서 그 아래로 제2의 의미가 비쳐 보이지 않을 수 없습니다. "온갖 기쁨 위로, 나는 사나운 야수처럼 소리도 없이 뛰어올라 그 목을 비틀었다. (…) 불행이 나의 신이었다. 나는 진창 속에 드러누웠다. 나는 죄악의 바람에 몸을 말렸다."* 모든 것에 대한 과히 어마어마한 실망, 그럼에도 그 이상의 뭔가가 있었음을 말해주는 대목입니다. 『지옥에서 보낸 한 철』의 다음 장들 중 하나인 「섬망 I」에서 "어리석은 처녀"의 "지옥의 남편"은 다름 아닌 랭보인데, 그는 이렇게 말합니다. "나는 내 몸뚱이 사방에 상처를 낼 거야. (…) 두고 보라고, 거리에 나가 울부짖을 거야. 정말이지 광분하는 미치광이가 되고 싶다고." 불행 때문에, 절망 때문에 이럴까요? 물론 그렇겠지요. 하지만 어떤 욕망도 있습니다. 모호할지는 모르나 어쨌든 작용중인 욕망, 이끌어주는 욕망, 즉 불운이 느끼게 하는 것 최극단의 경계까지 가보자는 욕망입니다. 홀려 있다고 해야 할 욕망, 바닥—여전히 삶에 머물러 있지만 살 수 없는 지경에 이른 삶—에 다다르고 싶다는 욕망. 그 바닥에 이르는 순간, 모든 표상과 모든 판단, 세계 내 존재에게 의미와 정합성을 부여하는 모든 것의 해체를 경험할 수 있을 것이며 그때 모든 것 아래, 심지어 단어들 아래, 단어들의 환상 아래를 들여다볼 지경에 이를 터. 소망이 완전히 사라졌다? 맞습니다, 하지만 잘 봅시다. 핵심적인 것은 이겁니다. 그건 랭보가 소망을, 그의 말마따나, 사라지게 하기에 "이르렀"기 때문입니다. 그는 심연에 이끌린 만큼이나 그 심연을 찾아 구했습니다.

왜일까요? 끔찍한 낙담 너머로 그가 본능적으로 예감했던바, 자기와의 관계에서 해체를 격화시킬 때, 사고와 애정과 감정의 경험이 이제 곧 무화될 것 같은 때, 거기엔 하나의 가능성이 숨어 있기

* 『지옥에서 보낸 한 철』, 프롤로그.

때문입니다. 그건 단순한 포기나 죽음, 고꾸라지는 짐승 꼴이 된 자신의 상태를 두고 랭보가 한 말마따나 "최후의 꽥" 같은 것이 아닙니다. 아니, 그때 온 정신에 닥쳐올 밤, 육체의 죽음이 아닌 일상적 의식의 죽음은 어떤 변증법의 첫 단계일 수 있으며 그 변증법을 통해 해체된 자아가 지워지면서 절대적으로 새로운 의식, 하나의 새로운 이성이 형성될 수도 있기 때문입니다. 다시금 연금술적 직관의 '용해'와 '응고', 삶의 납을 금으로 바꾼다는 발상입니다. 다만 이번에 깊은 곳에서부터 이 황금을 올라오게 해주는 것은, 더이상 「모음들」 때처럼 감관 인지의 착란 효과에 기대는 한낱 단어들의 착란이 아니라, 그때까지 말하기에서 사용될 수 있었던 모든 방식의 "목 비틀기"입니다. 그렇게 해서 자기 안에 만들어지는 공백이 바야흐로 또다른 층위의 인간적 가능성을 향해 열릴 수도 있다는 것이지요. 자아의 무대 위에서 야망, 판단, 가치, 이 모든 것이 분해될 때 실로 최후의 자명함처럼 자기 자신에 대한 의식이, 이제는 벌거벗겨진 채 거대한 침묵 속 한낱 미약한 소리에 지나지 않게 된 자기의식이 남지 않을까요? 거기에야말로 환원 불가능한 것이, 또한 하나의 재시작이 있지 않을까요? 바로 이 삶의 영점零點에 정신을 위한 제2의 지점이, 다른 방식으로는 접근할 수 없는 미래가 있지 않을까요?

네, 그런 방식으로 생각할 수 있습니다. 심지어 자아의 해체가 희생 행위라고, 여전히 위대한 "일꾼"이 되길 바라는 시인이 성취해야 할 사명이라고 생각할 수도 있습니다. 바로 이러한 직관이 이 계절의 랭보가 내지르는 고함, 절규, 스스로 내는 상처들 속에서 뚜렷하게 보인다고 나는 생각합니다. 낭패를 보았을지언정, 그가 겪어낸 것이 여전히 희망이라고 결론짓는 것은 그 때문입니다. 그의 말마따나 그가 파괴하기에 "이르렀"던 것은 형식들, 허망한 것임을 알아본 형식들뿐입니다. 모든 것에, 자기 자신에 격분하는 랭보, 말발굽 아래는 아니라도 '야비한 작자들'의 연회에서 참석자들의 야유 아래 몸 던지는 저 랭보*는 희망하는 랭보, 여전히 희망하는 랭보입니다. 요컨대 랭보에게서 천부적인 소명을, 조리에 닿지 않는 희망에의 소명을 다시 한번 구해낸 것은 다만 명철함, 마침내 정점에 다다른 명철함이라고 나는 생각합니다. 그것이 기진맥진한 소망으로 하여금 소망의 잠재태 중 가장 핵심적인 것에 다다를 수 있게 해준 것입니다.

12

위에서 인용한 『지옥에서 보낸 한 철』의 첫 페이지로 돌아갑시다. 내가 방금 말한 자아의 해체를 묘사하는 대목입니다. 랭보는

* 여기에서 시사되는 것은 『지옥에서 보낸 한 철』, 「나쁜 피」의 한 대목이다. "쏴라! 나를 쏴라! 자! 아니면 항복해버리겠다.—겁쟁이들!—나는 자살한다! 나는 말발굽 아래 몸을 던진다!" '야비한 작자들'은 베를렌을 위시한 젊은 예술인들의 모임을 가리키는 말로, 이들은 1869년부터 1872년 사이에 비정기적인 만찬회를 가졌다. 그 저녁 모임에서 랭보가 시 낭독에 비아냥거리다가 좌중과 싸움이 붙어 쫓겨났다는 일화가 전해진다.

여기에서 내 가설에 힘을 실어줍니다. 달아나면서 자기 "보물"을 "증오"와 "비참"에 맡겼다고 밝혀놓았으니 말입니다.*

그의 보물? 다른 게 아닙니다. 희망하는 능력, 그저 그뿐이지만 그렇기에 랭보는 그게 자신의 재산인 것을 압니다. 이 능력은 죽지 않았습니다, 단지 "마녀들"의 손에 있을 뿐이지요. 그 손톱이 랭보 안에서 옛 정신이 순 허상으로 짠 직물을, 지난날 흔히 생각되던 대로의 아름다움, 행복하고 낙관적인 아름다움의 직물을 잔인하게, 그러나 실로 마땅하게 찢어발깁니다. 한편 이 소망은 「태양과 육체」 시절에 그랬던 것처럼 다른 사람들과의 관계 속에 놓여 있는 것처럼도 보입니다. 랭보가 찾는 것은 "향연"의 "열쇠"이기 때문이며, 또한 이 향연에 대해, 본원적 순간의 삶에 대해 말하면서 랭보는 "온갖 포도주"가 넘쳐흘렀다고 할 뿐 아니라 "모든 마음이 열"렸다고도 하기 때문입니다.** 그는 "옛날"이라고 명시하고 있습니다. 어제가 아니라 옛날? 확실히 그렇습니다. 우리가 앞에서 봤다시피 모든 감각의 무질서를 도모했던 수개월, 고독의 수개월 동안 그의 마음은 다른 이들의 마음에 대해 닫혀 있었으니까요. 이 "옛날"이라는 표현은 오늘 그가 희망의 핵심이 무엇인지 보다 잘

* "나는 달아났다. 오 마녀여, 오 비참이여, 오 증오여, 나는 너희들에게 내 보물을 맡겼다."(『지옥에서 보낸 한 철』, 프롤로그)

** "옛날에, 이 기억이 확실하다면, 내 삶은 향연이었다. 모든 마음이 열리고 온갖 포도주가 넘쳐흘렀다…… 나는 지난날의 그 향연의 열쇠를 되찾겠다는, 어쩌면 거기서 식욕이 되살아날지도 모르겠다는 생각이 들었다."(같은 글)

이해하고 있음을 보여줍니다. 「태양과 육체」나 「모음들」 시기에, 혹은 「취한 배」 전반부에서 그가 믿고 싶어했던 것과는 달리, 그것은 "온갖 포도주"의 문제가 아닙니다. 희망은 "마음"에, 더없이 초라하고 더없이 순진할지언정 감정에, 애정에 달려 있습니다. 저 위대한 시의 "나는 너무 울었다"는 직관이 이렇게 재확인됩니다.

『지옥에서 보낸 한 철』의 첫 문장들은 이처럼 가장 깊은 희망이 무엇인지 드러내는 데 그치지 않고 랭보가 자기 삶에서 어떻게 그 희망을 되살리고자 했는지에 대해서도 말합니다. "그런데 요사이에, 최후의 꽥! 소리를 낼 지경에 이르러, 나는 지난날의 그 향연의 열쇠를 되찾겠다는, 어쩌면 거기서 식욕이 되살아날지도 모르겠다는 생각이 들었다." 그리고 덧붙여 밝힙니다. "자애가 그 열쇠다."

자애? 확실히 어려운 단어입니다. 하지만 놀랍다고는 할 수 없습니다. 그도 그럴 것이 자아로부터 해방된 "나"가, 모든 지표가 비워진 세계에서, 남아 있는 유일한 현실을 향해 돌아서는 것 말고 달리 무엇을 할 수 있겠습니까? 다른 사람들, 떠오르는 어두운 태양의 역광에 잠긴 채 나타나는 듯한 타인들을 향해 돌아서는 것, 그리고 그때 가장 자연스러운 행동이란 그들에게 "우정의 손길"을 구하여 다시 일어나는 것, 이와 함께 자기만큼이나 그들을 위해 새로운 토양을, 하나의 존재 이유를 구하는 것 아니겠습니까? 자애, 이 순간의 랭보에게 그것은 자아로부터 "나"를 해방시켜준 희생의 고행에 동참하라고 타인에게 제안하는 일입니다. 계속해나가야 할 작업, 혹은 그 타인 쪽에서 말하자면, 이전에는 알지도 감히 바라지도 못했던 것을 감행하면서 이제 막 이해하기 시작한 작업을 제안하는 것이지요. 자애란? 하나의 탐색에 착수하자고 제안하는 것이되, 그 과업을 엄격하게, 엄정하게, 심지어 엄혹하게 이어나가자는 격려를 증여하는 일. 과연 여기에서도, "고통은 어마어마합니다". 삶이 다시 형상을 갖춰감에 따라 잘 아물지 않은 상처, 불안, 망설임 또한 무수하게 되살아나고, 이와 함께 다시 예전 상태로 처박힐 계기들이 끊이지 않으니까요.

성찰과 새로운 기획을 담은 위대한 책에 붙인 이 서문에서 랭보가 말하는 것이 이러한 유의 자애라는 것은, 그렇습니다, 저 격분과 치욕의 몇 개월 끝에 일어난 사건들, 즉 파리를 떠났던 것이나 베를렌을 비참한 생활에서 끌어냈던 것, 그후 런던에서 베를렌과 함께 지내며 처신했던 방식 등을 보면 알 수 있습니다. 그들의 공동생활에 대해 랭보가 남긴 두 이야기 중 하나인 「방랑자들」에서, 랭보는 베를렌을 "가련한 형제" "불쌍한 형제"라 부르지요.

랭보는 베를렌을 경멸했지만 자기 자신만큼 경멸하지는 않았습니다. 그만큼 그를 사랑하기도 했습니다. "불구"일지언정 랭보의 마음은 희생자들 앞에서 쉬이 열렸고, 베를렌 역시 그중 하나임을 금세 알아볼 수 있었으니까요. 랭보는 하찮다고, 더하여 수치스럽다고 여겼던 쾌락을 베를렌과 함께 나누었고, 이는 그에게 많은 고뇌가 따르는 일이었습니다. 갖가지 비참함, 심지어는 순전히 육체적인 비참함이 어떻게 몸의 충동을, 나아가 사랑의 감정을 끌어내리는지 알게 된 순간들이기도 했습니다. 시를 통해 닿을 수 있다고 여겼던 진정한 삶의 강렬함이 그럴 땐, 어쨌든 겉으로 보기에는, 너무 멀리 있지요. 그러고 보면 그가 자기 자신의 고독에서 눈을 들어 베를렌에게 자신의 "기획"—그가 「방랑자들」에서 사용하는 단어입니다—에, 즉 "태양의 아들다운 그 원초의 상태"를 둘이서 되찾는 일에 동참하라고 호소했다는 것이 전혀 놀랍지 않습니다. 자애를 하나의 열쇠로 삼는다는 것, 랭보에게 그것은 파리 도착 첫날부터 자기를 실망시켰던 이 시인과의 관계를 원점부터 다시 시작하는 일이었고, 그러니 모든 것을 백지로 되돌리듯 그 도시를 떠나야 했습니다. 그것은 자신의 분노를 변환시키려는 시도였고, 실로 어린 시절부터 자기 안에 쌓여 있던 "역정"*을 바닥에서부터 뒤엎으려는 시도였습니다. 따라서 삶의 큰 전환점이었지요.

이 지점에서 내가 보기에 핵심적인 사실 하나를 지적하고자 합니다. 이처럼 한계를 향해 나아가는 일, 적어도 그것을 시도하는 일, 즉 현존재 속에서 개념적 사고의 편견들로 틀 잡혀 있는 앎의 방식을, 나아가 삶의 방식을 무너뜨림으로써 새로운 기반 위에 자기의식을 세우려는 이 노력, 그게 바로 시입니다. 감관의 지각을 예찬하는 「태양과 육체」나 감관의 지각을 해체하는 「모음들」에서

* "전 죽어갑니다, 단조로움 속에서, 역정 속에서, 우중충함 속에서 분해되고 있습니다."(1870년 11월 2일 이장바르에게 보낸 편지)

시의 실현은 불충분했거니와, 그것들을 넘어서서 이제 시는 일체성의 직접적인 경험이 되기를 시도합니다. 삶의 모든 행위와 단어의 모든 용법의 중심에 현존하는 일체성을 유일하게 진정한 무한 속에서, 다름 아닌 일상 현실 속에서 직접 경험하고자 하는 것입니다. 1871년 봄에 랭보는 모든 기쁨과 모든 가치를, 아마도 특히는 "고약한" 것으로 느끼게 된 예전의 아름다움을 벗어던졌던바, 이는 체험된 상황들에서 출발하여 가파르고도 위험한 길을, 그러나 시적 절대의 탐구로 곧장 이어지는 유일한 길을 가려는 시도였을 따름입니다. 그런 뒤 자애에 헌신할 때, 그는 다만 시의 두번째 계기에 이르렀던 것뿐입니다. 일단 존재하는 모든 것에서 일자를 떠올리고 알아보았으니, 다음으로는 가까운 존재들 안에서도 일자를 지각하고 거기에 하나의 얼굴을 부여해야 하는 것입니다. "백치의 무시무시한 웃음"—죽음이라는 가난한 황홀경을 향해 곧장 나아가던 웃음—의 경험과, 그런 뒤에는 일체성이라는 목표를 타인에게 제시했던 경험, 이 이중의 경험을 통해 랭보는 근본적으로 양면적인, 더 정확히 말하자면 이원적인 시적 직관의 핵심에 가닿았으니, 곧 일자의 확인인 동시에 타자들의 확인입니다. 5월 13일 편지에서 "스스로를 시인으로 인식"했던 자, 그는 방황에서 일어나며 완전히 시인이 되었습니다.

그러나 우리는 또한 시인이 '된다'는 것이 내내 시인으로 있을 수 있음을 의미하지는 않는다는 것을 압니다. 시적인 것은 언제나 짧은 찰나들 속에서만, 혹은 언어의 황금에서 긁어낸 한갓 부스러기들로만 주어진다는 것을. 개념화되어 있을 수밖에 없는 단어들을 사용하는 이상, 재현의 끝없는 물결에 실려가는 이상, 시인이 존재 속의 현존을 상상할 수 있더라도 그 징표 아래 오래 머무를 수는 없을 것입니다. 베를렌과 랭보가 함께라고 해도 더 나을 것은 없습니다. 둘이서 떠난 다음 어떻게 되었던가요? 『지옥에서 보낸 한 철』에서 이제 완전히 무르익은 명철함으로 그 이야기를 하는 랭보는 그것이 또하나의 "섬망"이었음을 확인할 뿐입니다. 그가 화자로 삼은 베를렌의 목소리를 통해 우리는 그가 자기 자신에게 가하는 폭력, 자기 안의 모든 것을 백지상태로 되돌려주기를 바랐던 폭력이 그를 해묵은 자기혐오에서, 그가 무슨 영예인 양 내세우면서 가라앉혀보려고 애쓰는 그 고통에서 해방시켜주지 않았음을 알게 됩니다. 그러는 한편, 돕고 싶었던 친구의 기대를 저버린다는 사실에 낙담하면서, 그리하여 친구 눈앞에서 자기 과오를 스스로 벌하면서 친구를 기겁하게 하고, 괴로워하게 만들고, 친구의 아이 같은 의존성을 더 키워놓으면서 타자를 해방시키기는커녕 노예로 만듭니다. 정작 자신의 삶에서 아이의 중요한 문제들을 풀지 못했던 그는 아이가 되는 친구의 모습을 고통스럽게 사랑하는 것입니다.

"이 사람은 어쩌면 삶을 바꿀 비밀을 쥐고 있을까? 아니야, 저는 스스로 반박했지요, 이 사람은 그걸 찾고 있을 뿐이야. 결국 이 사람의 자애엔 마법이 걸려 있어." 랭보가 파트너로 삼았으나 구해내지 못한, 그러나 지금 잠시 자신의 극렬한 명철함을 빌려주고 있는 이는 그렇게 결론짓습니다. 옛 인간을 벗고 다시 일어서기란 확실히 어려운 과업입니다. "나는 너무 울었다"라는 시구를 떠올리건대 필시 어렸을 때부터 받아온 상처가 있을 테고, 그것은 금세 또다시 순진한 노릇이 되고 만 희망의 관념이 꿈꾸는 것만큼 쉽게 아물지 않습니다. 제 "불구의 심장"을 어느 "신성한 선생"*이 고쳐주리라는 생각이 랭보에게는 더이상 가능하지 않은 만큼 더욱 그렇습니다. 그가 말하는 "자애"는 기독교의 자애가 아닙니다. 그 자애는 오직 그의 소관입니다. 그는 오히려 그리스도, 저 "에너지 도둑"이 자기 불행의 기원이라고 느낍니다.** 자기보다 너그럽지 못한 사람들에게 그리스도가 말을 위임해버린 탓이라고요.

과연 그렇습니다. 무엇 때문에 랭보는 자신이 좇고자 하는 길에서 그토록 힘들어하는 걸까요? 아이였을 때, 더 지나 사춘기 소년이었을 때조차 그는 신뢰이자 사랑의 욕구, 믿고 나누고 싶다는 욕망 그 자체였는데, 그 시절에 다른 이들의 거짓말을, 그들의 이중적인 놀음을 발견해야 했기 때문입니다. '남들이 뭐라고 할까'에 매여 아들보다 가난한 도덕을 우선시하는 그의 어머니, 믿지도 않으면서 사랑을 가르치는 사제, 그러면서 그들은 만남의 장소이자

* 초고로만 남아 있는 복음서 번안 산문에서 예수를 가리키는 표현이다. "예수는 정오가 지나자마자 들어갔다. 목욕하는 사람도, 가축을 내려보내는 사람도 전혀 없었다. 못에 잠긴 빛은 마지막 포도나무 잎새들처럼 노랬다. 신성한 선생은 기둥에 기대어 죄악의 아들들을 바라보았다. 악마는 그들의 혀를 놀려 조롱을 해댔고, 그러고는 웃거나 부인했다."

** "그리스도여, 오 그리스도여, 영원한 에너지 도둑이여!"(「첫영성체」)

수단이어야 할 기호들을 타락시켰고, 그리하여 당혹스럽고 불행한 일곱 살 시절을 겪은 그는 신뢰가 컸던 만큼 큰 불신을 품을 수밖에 없게 되었으니, 다가올 세월에서 그 불신은 그에게 얼마나 큰 재앙이었겠습니까! 사실인즉 불신에서 분노가, 저 거짓말쟁이 타인들과 너무 순진하게 믿고 드는 자기 자신에 대한 분노가 태어나는 것입니다. 그 뒤를 따르는 오만은 자신에게 특별한 것이 주어져 있다는 느낌, 그 혜택을 어제라면 베풀었으리라, 아니 오늘이라도 기꺼이 베풀리라는 느낌에 기대어 자기 경멸에 맞서 싸웁니다. 아무리 시의 소명이 자명하고 그것이 자기를 부른다 한들, 이 짐을 내려놓을 수 있을까요? "너는 어디까지나 하이에나일 뿐이리라", 저 핵심적인 서두에서 랭보는 외치고, 곧이어 말합니다. "너의 모든 식욕, 또 너의 이기심과 모든 대죄를 이끌고 나가 죽음이라도 붙잡아라." 자애를 열쇠로 삼고자 했던가요? "이 뜬금없는 영감은 내가 꿈을 꾸었음을 증명하는 것"이라고 이제 그는 결론짓습니다. 또는 결론지어야 한다고 여깁니다. "자애", 시 자체인 "나"가 요구도 책망도 없이 유한성의 순간적 절대 속에서 타자와 합류하는 움직임, 그것은 확실히 지고의 현실, 아니 차라리 유일한 현실입니다. 그러나 그 현실에 다다를 수 있다는 생각, 거기에 자리를 잡을 수 있다는 생각은 여전히 한날 꿈에 지나지 않습니다.

다만, 시가 하나의 작품을 가로질러 목소리를 내기 위해 그것이 하나의 삶 속에서 성취될 필요는 없습니다. 몇몇 시인의 글에 나타나는바, 그들이 작업에서 느끼는 불만, 꿈의 추동에 저항하는 명철함, 글쓰기의 덫에서 때때로 벗어나는 그들 판단의 성실성은 그 자체로 이미 의미를 가집니다. 게다가 랭보에게서 저 안달하는 움직임, 저 계시적인 모순은 얼마나 격했습니까! 하나만 예를 들겠습니다. 나는 앞서 「나의 작은 애인들」에서 나타나는 거부를 언급했습니다. 바로 같은 시기에 랭보는 「첫영성체」를 쓰는데, 이 작품으로 말하자면 정말이지 위대한 시입니다. 단어들의 거짓말에 짓눌리는 여성의 조건을 고통스럽게 만드는 소외 상태를 그가 잘 알고 있으며 거기에 공감하고 있음을 보여주는 시지요. 그는 여자를 두려워하고, 그 시기에는 여자를 욕하기까지 합니다. 그러나 희생자는 그의 마음을 사로잡고, 그는 어느새 친구가 되어 영성체하는 저 소녀, 겁에 질리고 혼란에 휩싸인 채 비참한 삶에 바쳐지는 소녀 속에서 성별을 막론한 하나의 인류를, 실존에 대한 나쁜 독해를 발견합니다. "곪은 영혼"과 "비탄에 잠긴 영혼"이 만나는 것입니다.*

자기 조건의 궁지들이 『지옥에서 보낸 한 철』에서 분석되고 깨우쳐진 이후, 『일뤼미나시옹』의 몇몇 시편은 내가 시 특유의 것이라 말하는 이 관심을 더이상 분명하게 내비치지 않는 것 같고, 따라서 그런 시들의 경우 한낱 문학성의 애호가들에게 내맡기는 편이 마땅할 것처럼 보입니다. 하지만 나는 의심치 않는바, 커다란

---

* 「첫영성체」에서, 기독교 교리로 인해 육체적 쾌락에 대한 죄의식 속에서 부부 생활을 영위해야 하는 남자와 여자가 각각 이렇게 불린다. "그리하여 곪은 영혼과 비탄에 잠긴 영혼은 / 네 저주가 흘러내리는 것을 느끼리라. / —네 불가침의 증오 위에 그들은 몸을 눕히리라, / 죽음을 얻자고, 정당한 열정에서 도망치면서."

희망이 아직 체념하지 않고 그 시편들 깊은 곳에서 붉게 빛나 보이지 않았다면, 무엇이든 맥을 잃고 말았을 것입니다. 랭보와 매양 가까운, 과연 랭보가 좋아했던 마르셀린 데보르드발모르의 말을 빌리자면, 그것은 숲속 대장간의 빛입니다.* 랭보가 간파하고 말했듯 "도둑맞은" 것이 분명한 에너지가 쇠해감에 따라 종국에는 희망이 사라지고 말 수도 있을 것입니다. 「취한 배」를 생각해냈던 자가 "광기가 횡행"하는** 유럽에서 달아나 이런저런 장삿배를 전전할 그때에는 비범했던 시야 이제 옛일, 무슨 시가 남아 있겠습니까? 하지만 그의 마지막 글들인 「방랑자들」 「노동자들」 「정령」을 떠올리건대, 거기에만 해도 랭보의 목소리 속 황금이자 빛을 퍼뜨리는 광선으로서의 저 희망, 저 믿음이 있었습니다. 그것이야말로 실패에서조차 랭보의 작품을 하나의 본보기로 만들어주는 것입니다. 또한 그 본보기를 하나의 길로 만들어줍니다.

---

* 마르셀린 데보르드발모르(Marceline Desbordes-Valmore, 1786~1859)는 낭만주의 시인으로, 베를렌은 『저주받은 시인들』에서 이 시인에게 한 장을 할애하며 그녀의 시를 먼저 발견하고 제대로 읽어보라고 권한 것은 다름 아닌 랭보였다고 밝힌다. 인용된 표현은 데보르드발모르가 생트뵈브에게 보낸 1851년 3월 18일 편지에서 죽은 옛 연인 라투슈를 두고 한 말이다. "사실 저는 캄캄하면서도 빛을 내는 그 수수께끼를 정의할 수도, 짐작할 수도 없었습니다. 그것이 주는 눈부심과 두려움을 겪었을 뿐이지요. 그것은 때로 숲속에 있는 대장간 불꽃처럼 어둑했고, 때로는 아이들 축제처럼 가볍고 환했습니다."

** 『지옥에서 보낸 한 철』, 「나쁜 피」.

13

하나의 길, 보들레르적인 길, 형이상학적 꿈으로부터 돌아서서 삶의 갖가지 우연 속에 보다 구체적으로 현신해 있는 실존을 향해 가는 길, 그것은 언어가 던지는 미끼들에서 벗어나 말의 과업을 찾아가는 길입니다. 분노, 자가당착, 낭패를 거쳐가는 길, 그러나 우여곡절 속에서도 고집스럽게, 『지옥에서 보낸 한 철』 끝에서 「아침」이 "새로운 노동" "새로운 지혜"라 명명했던 것, 마침내 도래할 지상의 "성탄"을 다시금 향해 가는 길. 가야 하는 길, 그렇지 않으면 "생명의 왕들, 저 세 동방박사, 마음과 혼과 정신"이 더이상 그들의 선물을 아이 앞에 내려놓지 못할 것이니, 그저 인간에 불과한 저 아이는 제 큰 가능성을 여전히 박탈당한 채 여전히 다시 태어나기를 요구하는 것입니다.

오늘날에는 막혀 있는 길입니다. 우리 가운데 시작품의 엄밀한 텍스트적 역사적 양상에만 매달리는 사람들, 시가 문학활동의 한 장르일 뿐이라고 여기곤 하는 사람들을 두고 하는 생각이 아닙니다. 그들이 그렇게 생각한다는 것은 물론 랭보가 어떤 존재인지를 간과하는 처사이지만, 그럼에도 그들 역시 랭보를 읽는 데 도움이 될 수 있고, 그렇게 해서 랭보의 깊은 의미가 변질되는 것도 아닙니다. 그의 목소리를 사랑하는 사람들은 여전히 쉽게 그 목소리를 들을 수 있는바, 그 목소리에 귀기울이며 보다 많은 것을 기대함에 별다른 혼란을 느끼지 않습니다.

하지만 현재 시를 생각하는 또하나의 방식이 있고 그 접근법만큼은 위험한데, 랭보는 내게 그 위험을 가늠할 기회입니다. 19세기 중반 이후 세계 및 실존에 대한 의식은 그것이 언어와 맺는 관계에서 갖가지 변화를 겪어온바, 나는 그 변화들이 만들어낸 어떤 효과를 지적하려는 것입니다. 과학혁명과 산업혁명은 그 이래로 개념적 사고의 몫을 증폭시켰고, 개념적 사고에서 나오는 담화의 차원을 다양화시켰으며, 이를 통해 사고의, 나아가 지각의 그물망을 어마어마하게 증대시켰습니다. 유한성의 재산에 대한 생각을 놓지 않는 하나의 "나"를 랭보는 자아 아래에서 알아보았건만, 지금 사고와 지각의 그물망은 차이 속에서 바로 그 자아를 구성합니다. 완전히 새로운 상황이고, 여기엔 상당한 이득도 없지 않습니다. 이 개안된 시선 아래서 신화와 신앙은 지워지고, 경험적 현실로부터 신성이 물러나면서 신은 죽었거나 알아볼 수 없는 모습으로 존속할 뿐이니, 좋은 일입니다.

마침내 그리고 다행히도 세속화된 이 사고는 그럼에도 하나의 나쁜 결과를 낳았습니다. 개념이 대상을 잘게 조각내고 개별 실존의 고유한 무한을 아무리 복잡해도 결국에는 추상적인 도식들로 대체해나감에 따라, 우리는 바야흐로 세계와 우리 안에 사물들밖에, 사물적인 것밖에 없다고 생각하기 시작합니다. 즉 물질뿐, 「태양과 육체」의 거대한 우주 리라처럼 떨리며 울리는 것은 전혀 없습니다. 너무나 많은 물건이 제조되고 소비되고 버려지고 다른 것으로 가공되고 구매되고 판매되는 가운데, 저 옛날 흘러들고 흘러나가면서 유한한 존재들을 실어가고 그럼으로써 그 존재들과 그것들이 인접해 있는 장소에 현존성을 확보해주며 그들 삶에 의미를 부여해주었던 저 전체의 일체성에 참여하고 있다고 느끼는 것이 사실상 전혀 불가능해졌습니다. 그리고 이처럼 조각난 세계, 저 바깥의 무질서 속에서는 수수께끼와 침묵만을 봐야 할 것 같고, 저 바깥은 숨쉬는 이도 별도 없는 광막한 밤이라고 단정하고 싶어지지요. 이것이 언어로 보호된 안식처를 구하라고 부추깁니다. 사실, 우리가 활동하고 상상할 때 쓰는 저 단어와 통사 이외에 다른 것이 존재할까요? 이를 알고 이 앎과 함께 살아가는 일, 그것이야말로 궁극적 경험 아닌가요?

그것이야말로 역설적인 생각으로, 이에 따르면 말하는 존재는 자신의 말 속에서조차 비현실에 지나지 않습니다. 그런 생각은, 이제 어디가 위험한지 보자면, 허구로서 인지되고 받들어지는 허구를 삶의 대체품으로 만드는 단어 사용을, 어휘 및 통사의 태엽을 작동시키거나 그 자체에 대해 숙고하거나 그것으로 추상예술을 만드는 데서 즐거움을 느끼는 단어 사용을 정당화하고 싶어합니다. 하지만 그들이 알지 못하는 것 혹은 알려고 하지 않는 것은 단어들이 전혀 다른 과업, 즉 언어 바깥의 현실—유한성—을 이해하려는 과업을 위해, 개념만으로는 표현할 수 없는 의미를 담고 있을 실존의 장소들에 바쳐짐으로써 그 현실에 우리의 실존을 기입하기 위해 만들어졌다는 점입니다. 랭보가 "이 세상에" 있어야 한다는 것을 인식했던 "나"는 바야흐로 다시 자아의 몽상들 아래로 사라지게 되고, 그 몽상들은 다만 글쓰기라는 비실용적 동기를 위해 견지됩니다. 그것이야말로 문학—이번만큼은 이 단어가 적절합니다—을 찬미하되 시는 철저히 무시하는 처사로서, 시의 근본적 타동성은 한낱 환상으로 여겨지고 맙니다. 그럼에도 이 같은 사고가, 그리고 근본적으로 심미적인 그 창작물들이 하나의 '시학poétique'을 자처하며 권리를 찬탈하는 것은 이 단어의 어원 때문인데, 그 어원이 드러내주는 것은 그러나 수사학의 관점에서 시를 축소시키던 고대적 생각에 불과합니다.*

그러라 합시다! 하지만 우리, 랭보의 독자들이 그렇게 생각하기로 할 수 있을까요? 시의 이념을 저버리면서, 그 이름이 시 아닌 다른 것을 의미하게 놔두면서, 단테와 셰익스피어와 보들레르라는 직관과 희망을 단념하면서? 그 직관과 희망은 또한 『지옥에서 보낸 한 철』의 저자가 그토록 강렬하게, 그토록 비극적으로, 그토록 고집스럽게 모색했던 것인데도? 이 작품 마지막에서 그가 여전히 "끌어안아야 할" 현실에 대해 말하고 있는데도?

그러느니 나로서는, 갖가지 개념으로 한갓된 세계 이미지 하나를 직조하여 그 비존재의 덫에 빠지는 지성 밑에서, 짧은 필멸의

* 시poésie의 어원인 그리스어 'poiêsis'는 '만들다poiein'라는 동사에서 파생된 단어다. 이러한 어원에 따른 시의 정의는 시의 가공적 기술적 측면을 강조한다.

시간이 자아내는 필요가 여전히 우리 안에 군림하게 되는 삶의 상황들이 있음을 주목하고 싶습니다. 그 필요를 변환시키고 열매 맺게 하는 열망, 이 얼마 안 되는 나날들 속에서 재현체계로 재구성되지 않은 타인을 만나고 싶다는, 존재란 없다고 논증하는 담화에 겁먹지 않은 타인을 만나고 싶다는 근본적인 욕망, 한마디로 사랑의 욕망이 군림하는 상황들이 있음을. 내가 목도하는바 이 필요들, 이 욕망들, 또한 유용성에 대한 고려로 인해 그토록 자주 얼어붙는 강물을 가로질러 그 필요와 욕망에 형체를 부여하고 심지어는 행복을 안겨주는 행위들, 그 모든 것이 우리의 발밑에 어쨌거나 토양을 펼쳐줍니다. 사방은 밤일지언정 그 토양은 고유한 빛과 함께 면면히 존재하니, 빛은 바로 그 토양에서 올라옵니다. 우리 현대인, 지상의 길에 늦게 들어선 우리가 앎의 두 형식 사이에서 분열되어 있다는 것은 사실입니다. 하지만 우리가 개념적 지식의 지배를 받으면서도 간직해온 교류의 소명이 또하나의 말, 더 본질적인 말의 터전을 마련합니다. 과학이 이해하는 대로의 공간 속에서 이제 우리는 그림자들에 지나지 않습니다. 하지만 우리는 공간 앞에 장소를 창설할 수 있고, 거기에서 교류를 통해 몸을 되찾을 수 있습니다. 우리 사이에서 논의를 개시할 수 있으며, 그 논의가 우리의 존재일 것입니다. 이 같은 사실은 시의 직관을 입증하고 시의 희망을 설명하며, 희망에 매달리는 시적 직관의 고집을 해명해줍니다.

내 느낌, 내 주장은 이렇습니다. 밤의 생각, 불안이 커져감에 따라 그토록 공격적인 것이 될 수 있는 저 생각이 우리를 주눅들게 하도록 내버려두지 맙시다. 꿈에 불과했던, 때로는 그 거짓됨을 제대로 감추지 못하던 허다한 서정성은 얼마든지 넘겨줍시다. 하지만 자아 아래에 있는 "나"의 기억, "나"를 "재발명"하는 과업은 맞서 지켜냅시다. 존재가 있음을 압시다, 존재가 있다고 결의합시다. 존재의 강림을 희망합시다, 준비합시다. 특히 그리고 무엇보다 먼저 이해해야 할 것은 희망이 자주, 어쩌면 늘 환상을 품을지라도 희망 그 자체, 그 본질은 환상이 아니라는 것입니다.

그리고 랭보를 기억합시다. 랭보는 영원한 붕괴 속에서 더없는 용기를 내어 영원한 재개를 꾀했던 자들에 속하기 때문입니다. 그것이 『지옥에서 보낸 한 철』의 마지막 장 「고별」에서 자신이 "흙으로 돌아왔다"고, 그럼에도 "쟁취한 발걸음을 지켜"야 한다고 말할 때 그가 우리에게 기대하는 각성입니다. 랭보를 기억합시다, 우리 자신에게 충실하기 위해서, 우리에게는 그가 필요합니다. 말하자면, 우리는 랭보를 필요로 할 필요가 있습니다.

랭보

1961

구걸하던 유년 시절

1

랭보를 이해하기 위해 랭보를 읽자. 그의 목소리를, 거기 뒤섞여 있는 다른 많은 목소리로부터 가려내기를 바라자. 랭보 자신이 우리에게 말하는 것을 멀리서, 다른 데서 찾는 건 쓸데없는 짓이다. 자신을 아는 일에, 자신을 정의하는 일에, 자기 인식을 통해 스스로 변모하여 다른 사람이 되고자 하는 일에 랭보만큼 열정적이었던 작가들은 별로 없었으니, 이 탐구를 진지하게 받아들이자. 사실 이 탐구야말로 가장 진지한 일이기도 하다. 나는 하나의 목소리를 되찾을 것을, 그 의욕을 해독할 것을, 특히 그 억양을 되살릴 것을 제안한다. 저 격정들, 저 흉내낼 수 없는 순수함, 저 승리들, 저 난파들을.

그 목소리를 들어보자. 그 강경한 매력에 사로잡히기 위해, 하지만 또한 어떤 침묵, 그 목소리를 질식시키고자 했으며 필경 그렇게 하는 데 성공한 침묵을 가늠하기 위해, 우선 가장 신랄한 빈정거림 속에서 그 목소리를 들어보자. 그의 빈정거림이 가장 신랄하다는 것, 이는 물론 그의 혐오가 더없이 크다는 것을 의미한다. "제가 태어난 도시는 시골 소도시들 중에서도 특출나게 멍청합니다."* 열여섯 살의 중학생이 자기 선생에게 단언한다. "얼마나 짜증나는 노릇인지!" 삼 년 후 그는 외친다. "또 어찌나 순진해 빠진 괴물들인지, 이 농부들이란…… 지독하게 갑갑해. 손닿는 곳에 책 한 권, 술집 하나 없고, 거리엔 사건 하나 없어. 어찌나 끔찍한지, 이 프랑스 시골이란!"** 우리는 랭보의 작품 전체에서 이 반反경배의 기도 가락을 추적해볼 수 있다. "아르두앙 코스모라마"***에 대해, 증오스러운 시골에 대해서는 어떠한 말로도 그 혐오스러움을 전할 수 없다는 것만 같아서 정말이지 그것은, 무기력하고 멀리 있는 어떤 신처럼, 형언할 수 없는 존재 같다. 무엇 때문일까, 매혹을 닮은 이 분노는? 하지만 "시골, 전분과 진흙을 먹고 사는 곳"**** "잔혹한 찰스타운"*****이나 같은 유의 또다른 시가지를 아는 이들에게, 나

---

* 1870년 8월 25일 조르주 이장바르에게 보낸 편지.

** 1873년 5월 들라에에게 보낸 편지.

*** 1872년 6월 들라에에게 보낸 편지. "아르두앙Arduan"은 랭보의 고향 아르덴Ardennes의 이름을 비틀어 만든 조어다. 코스모라마cosmorama는 유명 도시나 세계 각지의 사진을 넘겨가며 들여다볼 수 있는 장치다.

**** 1872년 6월 들라에에게 보낸 편지.

***** 1873년 5월 들라에에게 보낸 편지.

는 군郡소재지나 촌락의 극렬한 모순을 상기시키고자 한다. 한편으로는 고독과 흙, 원소들의 현존과 말없는 지속, 사람들이 말없이 살아갈 수 있는 실질적 세계—"추구해야 할 의무, 끌어안아야 할 거친 현실과 더불어 다시 흙에 돌아오게 되다니! 농부다!"*라고 훗날 랭보는 쓴다—, 다른 한편으로는 그 본원적 풍요를 덮고 있는 베일, 빠져나갈 구멍 없는 부동의 사회생활, 침묵을 불순하게 만드는 빈곤한 말, 모두를 향한 각자의 눈길과 각자를 향한 모두의 눈길—예를 들면 머리를 길게 기르고, 담배통을 내려뜨려 물고 파이프를 피우는 저 아르튀르 랭보를 향하는 눈길—속에서 정신을 급격하게 퇴화시키는 협소한 공동체들의 교조주의. 저녁의 느릿느릿한 산책들, 반항하는 영혼의 숨막힘, 랭보는 너희로 인해 고통받았으니, 자기 시 속에 너희 상을 세워 너희의 영속성을 영속적인 것으로 남길 정도였다.

> 볼품없는 잔디밭으로 잘린 광장,
> 나무들도 꽃들도 일체가 규칙 바른 소공원에,
> 더위로 목이 졸려 헐떡거리는 부르주아들 모두가
> 목요일 저녁마다 시샘 많은 어리석음을 안고 모여든다.

"볼품없는 잔디밭으로 잘린 광장"…… 이 시 「음악회에서」 속에는 불안에 휩싸인 원한이 있으며 그것은 한 투쟁의 시작이다.

---

* 『지옥에서 보낸 한 철』, 「고별」.

1870년 어리디어린 랭보는 소심하게, "복장을 흐트러뜨리고"* 무수한 욕망에 사로잡혀, 희망도 사랑도 없는 저 거리들을 필사적으로 돌아다녔다. 이 권태의 영구성을 그는 받아들이지 않았고, 고만고만한 다른 역들로 열려 있을 뿐인 저 역 앞에서, 뿌리 뽑힌 시간을 알리는 역의 추시계 아래에서, 모든 미래와 모든 가능태가 사라져버렸을 수도 있음을 받아들이지 않았다. 그는 누이동생 비탈리처럼, 살아갈 삶이 없어 대로변 나무들을 세어볼 지경에까지 이르는 것을 받아들이지 않았다. "가로숫길에는 마로니에가 백열한 그루, 역 산책로 주위에는 예순세 그루", 머지않아 죽게 될 비탈리는 자기 '비망록'에 그렇게 적고 있다.**

시골은 계모다, 자유를 무너뜨리므로. 시골은 나쁜 절대다. 하지만 이번에는 이 말 속에, 지대한 위험만큼이나 하나의 기회가 있음을 나는 가리켜 보이고 싶은데, 그도 그럴 것이 절대는 절대를 낳기 때문이며 가장 극심한 소외 역시, 모종의 장벽이 치워진다면, 극도의 시에 도달하게 해줄 수 있기 때문이다. 랭보를 논하면서야말로 저 즉각적인 변모를, 저 탈환을 규명하고 또 기릴 수 있다. 일상의 광경을 돌로 만들어버림으로써, 시청이며 우체국이며 의식이

---

* "—나로 말하면, 학생처럼 복장을 흐트러뜨리고, / 푸른 마로니에 아래로, 날쌘 여자애들을 따라간다…… / 난 한마디 말도 하지 않는다. 흐트러진 머리칼이 수놓인 / 그 하얀 목덜미의 살결만 내내 바라본다."(「음악회에서」)

** 비탈리가 '비망록Mémorial'이라고 제목을 붙인 메모는 1875년 5월 1일부터 7월 13일 사이에 작성되었으며, 인용된 대목은 그 마지막 장에 적혀 있다. 비탈리 랭보는 1875년 12월 18일 골결핵으로 사망한다.

보기를 그만둔 만큼 더욱더 유독한 방식으로 의식이 감내하게 되는 모든 것을 한순간의 사나움과 순수 속에 사로잡아 우리 앞에서 비틀거리게 만드는 저 탈환을. 그때는 가능성의 부재 자체가, 돌연 존재 이유를 벗고 나타나는 외양의 신비 속에서, 유용성을 뒤로한 낯섦 속에서, 근본적으로 다른 새로운 가능성을, 거기 있는 것들의 존재 자체와 인간이 맺을 수 있는 새 관계를 드러낸다. 이러한 시적 체험, 「언어의 연금술」이 묘사하는 어떤 변환의 시초는 뒤에서 다시 다룰 것이다. 가장 본질적인 자유를 엿보려면 시골에 버려진 삶의 메마른 얼굴이 필요한지도 모른다.

당장으로서는, 랭보를 둘러싼 태생적 고독에 대한 설명을 마무리짓기 위해서, 1789년에 또다른 절대적 형태로 프랑스 시골이 거부당했던 적이 있음을 떠올려보는 것으로 충분하리라. 대혁명 기간에도 다른 무엇이기보다 필경 주어진 조건에 대한 급진적 거부였던 사건이, 폭력성의 형이상학적 기도企圖가, 실존적 질식 상태의 정치적 표현이 있었다. 랭스에서 국왕들의 도유식塗油式에 쓰는 마르지 않는 기름이 보관되어 있던 성스러운 유리병을 광장에 들고 나와 깨뜨렸던 국민공회의원 륄을, 랭보와 그리 멀지 않은 곳에 놓고 봐야 한다. 채 일 년이 되지 않아 그는 자살했다.* "나는 이

* 클로비스의 세례에 사용되었다고 여겨지는 이 성유병은 893년 단순왕 샤를 3세 대관식에서부터 1825년 샤를 10세의 대관식에 이르기까지 랭스 대성당에 보관되어 있었다. 1793년 혁명정부는 종교의 수호를 받는 왕권의 상징인 성유병의 파괴를 투표로 결정하고, 그 결행을 맡은 필리프 륄Philippe Rühl은 1793년 10월 7일에

따위 민중에 속한 적이 없다"고 랭보는 『지옥에서 보낸 한 철』에서 쓰리라. "나는 결코 기독교인이 아니었다, 나는 고통스러운 형벌 속에서도 노래 불렀던 종족이다. 나는 법률 같은 것은 모른다. 나에게는 도덕감각이 없다, 나는 짐승이다"**…… 랭보는 평온한 시골에 출몰하는 저 존재의 반역자들의 종족에 속하며, 이 종족이 적응할 줄도 소유할 줄도 이득을 볼 줄도 모르고 다만 죽음을 향해 갈 뿐이라는 게 사실이라면 그들은 과연 "열등한 종족"이다. 하지만 랭보는 무슨 소명처럼 그 종족이 신성하다는 것을 이해했다. "아직 어린아이였을 적에, 나는 감옥이 늘 다시 삼켜 가두는 저 완악한 도형수를 찬탄의 눈으로 바라보았다. 나는 그가 머묾으로써 성별聖別되었을 여인숙과 셋방을 찾아다녔다…… 나는 거리거리에서 그 숙명의 냄새를 더듬었다."*** 랭보, 그는 시의 도형수가 될 것이다. 내 말은 그가, 숨막히는 서양의 시골을 부정해야 할 필요에 의해 선과 악 너머—「도취의 아침나절」에서 그는 니체만큼이나 분명하게 말한다****—로 던져졌던 자라는 것이다.

랭스에 가서 문제의 성유병을 광장 기둥받침에 놓고 망치로 내리쳤다. 마지막 산악파 5인 중 한 명이었던 룀이 군사위원회에 회부된 자리에서 단검으로 자살한 것은 1795년 5월 29일이었다.

** 『지옥에서 보낸 한 철』, 「나쁜 피」.

*** 같은 글.

**** "선악의 나무가 어둠 속에 묻히리라고, 폭압적인 성실이 추방되리라고 우리는 약속받았다, 무척 순결한 우리의 사랑을 우리가 이끌어가도록."(『일뤼미나시옹』, 「도취의 아침나절」)

2

하지만 이는 그가 선과 악의 무게를 다른 누구보다 더 가혹하게 짊어졌기 때문이기도 하다. "아직 어린아이였을 적에" 랭보는 후에 그토록 힘써 규탄하게 될, 떠나게 될 저 기독교의 유럽에 살고 있었을 뿐만 아니라, 그중에서도 가장 청교도적이고 가장 메마른 지역인 그의 어머니 랭보 부인의 전제 왕국에 살고 있었다. 비탈리 퀴프에 대해서는 많은 이야기가 있고, 그 지엽적인 이야기를 다룬다는 것은 시에 대한 관심에서일지언정 분명 유쾌한 일이 아니다. 그러나 발언을 시작할 때의 랭보를 제대로 이해하자면, "찰스타운"과 "머더", 위험을 피하고자 그가 영어로 쓴 저 연합 세력 사이에 끼여 있는 그를 보는 일을 어찌 피하겠는가?* 한편에는 아르덴의 확고부동한 지평선이 있다. 랭보는 1854년 샤를빌에서 태어났다. 그곳의 한 지주 가문의 딸이 넉넉한 지참금을 갖추고 직업 장교와 결혼하여 꾸린 가정에서였다. 그러고 나서 그의 유년 시절 전체는 어머니가 여기저기로 옮겨다니며 꾸린 거처들—그랑드뤼의 집이나 "가로숫길"의 집 등—과 두 학교, 즉 늦게야 입학했던 로사사립학교와 생세퓔크르의 황량한 공터에 위치해 있던 시립중학교 사이에서 흘러갔다. 그런데 그 거리와 교실에서조차 그는 기이하게 고립된 모습으로 나타나고, 이는 한 살 위의 형 프레데리크도

---

* 랭보는 1873년 5월 들라에에게 보낸 편지에서 샤를빌을 '찰스타운Charlestown'으로, '어머니'를 '머더Mother'로 지칭한다.

마찬가지다. 둘의 동무였던 에르네스트 들라에는 『친근한 추억』에서 다음과 같이 쓴다.* "보통 초등생들은 놀면서 한껏 웃고 고함을 질러대기 마련이다. 그런데 이들은 기껏해야 짤막한 몇 마디를 주고받을 뿐, 장난질에 침묵을 곁들이는 편을 더 좋아하는 것 같았다." 두 형제는 예사롭지 않게 엄격한 도덕적 제약에 매여 있는 것 같았다. 어머니가 오랜 기간, 마치 그들의 남다름과 고독을 제대로 드러내야 한다는 듯, 두 누이동생과 함께 행렬을 짓게 하여 시장에 데리고 다녔던 그들이다. 루이 피에르캥**의 기록에 따르면 "먼저 두 소녀, 비탈리와 이자벨이 서로 손을 잡고 오고, 두번째 줄에 두 소년이 마찬가지로 손을 잡고 왔다. 랭보 부인이 규정 거리를 유지하며 이 행진 대열의 끝에 섰다." 이 작은 군대는 넓은 뒤칼광장의 동그란 포석들 위, 계란 바구니들과 야채 궤짝들 사이를 야단스레 누볐고, 행인들은 그토록 대단한 엄격함을, 어쩌면 대단한 광기일 수 있는 것을 의아해하며 바라보았다.

랭보 부인은 심혈을 기울여 자기 아이 주위의 고독을 강화시켰던 것 같다. 그녀는 오래지 않아 남편과 헤어졌다. 더 정확하게 말하자면 랭보 대위의 주둔 생활 사이 잠깐의 두 시기를 제외하면 남

---

* 『친근한 추억*Souvenirs familiers*』(1925)은 랭보의 친구 들라에가 랭보 및 랭보를 통해 알게 된 폴 베를렌, 제르맹 누보 등의 시인에 대한 개인적 회상을 묶어 쓴 책이다.

** Louis Pierquin. 랭보의 샤를빌 친구로, 랭보 형제와 시립중학교를 함께 다녔다. 후일 랭보의 죽음을 베를렌에게 알렸으며, 랭보 작품의 출판을 위해 바니에출판사와 이자벨 랭보 사이에서 중개자 역할을 하기도 했다.

편과 함께 산 적이 없었다. 대위는 기민한 정신에 모험심이 강했으며 막내딸 이자벨이 후일 쓰기로는, 어쩌면 되는대로 짐작한 것이겠지만, 태평했다 격렬했다 하는 사람이었다. 그가 아들의 정신에 숨통을 좀 틔워줄 수 있었을지도 모르는 일이나, 아내의 메마른 영혼을 역시 견딜 수 없었던 그는 아내 없이 사는 데 금세 버릇을 들였고, 마지막 아이가 태어난 1860년 이후로 다시 아내를 보지 않았던 것 같다. 그가 디종에서 1878년에야 죽었음을 주목하자. 그의 아들이 알렉산드리아와 키프로스섬에서 제2의 삶을 시작하던 때였다. 그런데도 그들은 다시 만나지 않았던 것으로 여겨지며, 따라서 그들 사이에 있었던 것이라고는 옛날 부부싸움 중에 남편이, 뒤이어 곧바로 아내가 거칠게 땅바닥에 내동댕이쳤던 저 주석 접시뿐이었을 터, 그 접시는 랭보의 기억 속에서 "영영" 땅땅거리고 있었다고 에르네스트 들라에는 썼다. 랭보의 곁에는 또, 게으르고 단순하여 전혀 의지가 되지 않는 형 프레데리크, 순종적인 두 여동생 비탈리와 이자벨이 있었다. 공공연한 폭력이든 억제된 폭력이든 저 끊임없는 일대일 대치 상태를 완충시켜줄 것은 아무것도 없었고, 랭보는 어머니의 한과 불안으로 인해 거기 갇혀버렸다.

랭보의 어머니가 매우 가혹했다는 것이 대개의 생각이다. 그리고 직접적인 증언들이 전하는바, "잘못된" 결혼을 한 자기 아들 프레데리크의 핏줄이라는 죄목으로, 빗자루를 휘둘러 손녀들을 문밖에 내칠 수 있었던 여인의 포학함을 과소평가해서는 안 된다. 게다가 그 결혼은 그녀에 의해 깨지고 말았다. "너희가 내 불행을 만들었다", 임종의 침대에서 프레데리크는 음울하고 소유욕 강한 이자벨에게 말하게 될 것이었다.

랭보의 말을 떠올리지 않을 수 없다. "부모님들이여, 당신들은 내 불행을 만드셨고, 당신들의 불행을 만드셨다!"* 랭보 부인은 완고하고, 인색하며, 거만하고, 감춰진 증오를 품은 메마른 존재였다. 순수한 에너지의 인물, 교조적 맹신에 가까운 신앙으로 지탱되는, 게다가—그녀가 1900년에 쓴 비상한 편지들을 보건대—소멸과 죽음을 사랑하는 인물. 매장 혹은 파묘에 대한 열정이 어려 있는 그 증거 문서들은 그녀의 초상화에 긴요하지만 나는 그것들을 인용할 수 없다. 다만 일흔다섯 살에 그녀가 무덤꾼들의 도움을 받아, 죽은 비탈리와 아르튀르 사이에 있는 자기 무덤에 내려가 밤을 미리 맛보았다는 사실만 말해두자.

그녀가 그토록 비인간적이었던 것은 다만 깊은 불안 때문이었음이 분명하다. 그녀가 떠받든 것은 사회적 관습이 아니라—그녀는 자기 아들이 샤를빌의 웃음거리였던 저 계집애 머리를 하고 다니는 것을 묵인할 것이고, 놀라울 정도로 관대하게 베를렌을 받아들일 것이다—자신의 신경증을 제어하기 위해, 자신의 두 형제들처럼 영락한 신세가 되지 않기 위해 그녀 스스로에게 부여한 절대적 계율이었다. 그녀의 두 형제 중 "아프리카인"이라고 불린 오빠

* 『지옥에서 보낸 한 철』, 「지옥의 밤」.

는 열일곱 살에 알제리로 떠나 타들어가는 방랑의 시간을 보낸 뒤 서른한 살에 죽었고, 남동생은 술로만 삶을 이어가는 한편 역시나 가출을 일삼으면서 자기를 지배하고 싶어하는 누이를 피해 일찌감치 재산을 탕진한 뒤 부랑자로 늙어갔다.

저 결딴난 결혼으로 인한 상처도 있다. "부인은 초원에 너무 꼿꼿하게 서 있다"고, 랭보는 「기억」에서 통찰력 있게, 일종의 애정을 담아 쓴다. 그리하여 고집스러우면서도 사랑에 사로잡혀 있는 듯한 그 여인, 결별 너머에서 그녀를 남편과 헤어지게 만든 거만함을 새로이 벼리는 그 여인을 충분히 상상할 수 있다. "순결한 풀 그 두텁고 젊은 팔에 대한 그리움", 그의 아들은 이어서 쓴다. 그는 "물그림자도 샘도 없는 잿빛 수면水面"의 이미지를 끌어들이는데, 거기에 저 자신인 "움직이지 않는 보트"가 마비된 채 남는다.

그녀가 어린 자식에게 애착을 가진 적도 있었다. 랭보의 후기 산문들에서 "어린 육체"가 그리움의 대상이 되는 것은 이 때문이기도 하다. "아! 어린 시절, 풀, 비, 조약돌밭 위의 호수, 종탑이 열두시를 울릴 때의 달빛!"* 그러나 얼마 되지 않아 랭보 부인은 아이가 "사내꼭지"**가 되는 것을, 남성 중심의 정신과 세계가 자기

---

* 같은 글.

** 랭보의 초등학생 시절 공책에서 발견된 글에 나오는 표현이다. "구두닦이가 되기 위해, 구두닦이 자리를 얻기 위해 시험을 치러야 한다. 그대들에게 주어진 자리는 구두닦이 아니면 돼지치기 아니면 소치기가 되는 거니까. 신에게 감사하게도 나는

에게서 아이마저 훔쳐가는 것을 두고 보지 못하게 된다. 그럼에도 필요했던 아이의 성숙을 그녀는 가로막으려고 했다. 최소한 그의 독립 욕망, 자유의 욕망만은 질식시키고자 했다. 자신을 고아라고 느낀 자에게서 그 결과는, 증오인 동시에 매혹이라는 깊은 양가감정이었다. 랭보는 사랑받지 못한다는 사실로부터 자신에게 죄가 있다고 막연히 추론했고, 동시에 자신이 온전히 결백하다는 생각으로 제 심판자에게서 모질게 등을 돌렸다. "어린애들 몇몇이 하천을 따라가며 저주를 억누른다"***…… 그러나 남자임을 부인당하면서 랭보는 그녀 앞에서 도리어 남자가 되고자 했다. 사랑할 태세를 갖춘 남자, 아버지를 대체할 태세를 갖춘 남자, 그리고 그칠 줄 모르는 냉담함에 이내 실망하고는 새로이 거부할 태세를 갖춘 남자가. 너무 일찍 어른이 되었고, 동시에 너무 오래 "어린아이"였다.

그는 자기 어머니를 닮았다. 그는 어머니의 완고함, 어쩌면 순진함을, 어쨌든 지주다운 실리주의, 좀더 나중에는 탐욕을, 그리고 오만함을 지니게 되리라. 랭보가 그녀 앞에서 곧잘 소극적인 모습을 보이고 기가 꺾인 채 있는 대로의 존재를 받아들이면서 속으로 깊은 혐오를 키울지언정 부동의 상태로 남아 있곤 하는 것도 그 때문일까? 그러나 꺾여 있어도, 의식에서 그는 여전히 자유롭다. 언

그런 걸 원하지 않는다, 넨장맞을! 그와 함께 그대들에겐 상으로 따귀 세례가 주어지고, 그대들은 짐승이라고 불리고, 아닌데 말이다, 또 사내꼭지라나 뭐라나……"

*** 『일뤼미나시옹』, 「젊은 시절 I. 일요일」.

제나 랭보는 명철했다. 나는 「일곱 살의 시인들」, 그 감탄스러운 시를 생각한다. 어린 시절에 대한 진실한 그림으로 간주해도 좋을 그 시에서, 부정하는 정신의 원기가 생생하게 포착된다.

일곱 살의 랭보는 어떠했나? 위기에서 위기로 이어진 그의 삶에서 첫번째 위기가 이 나이에 끼어들었음이 분명하다. 이자벨이 태어난 뒤 부모가 서로 헤어진 때다. 그 얼마 전에는 외조부 니콜라 퀴프의 사망이 있었다. 그래서 랭보 부인은 그랑드뤼의 멋진 집을 떠나 좀더 소박한 거처, 실상 잠시 동안만 머물 거처를 찾아 어느 노동자의 집으로 이사했다. 거기에서 그녀는 한층 강경해진 엄격함으로 자녀들을 이웃의 가난한 아이들로부터 멀찌감치 떼어놓으려 했다. "부인"은 자기 남편과 세상에 원한을 품고 있다. 그들에게 그녀는 중국식 크레이프천과 매일같이 입는 검은 치마의 음울한 호사로 대항한다. 아르튀르 랭보, 그로 말하자면 아이다웠던 유년기를 넘어서서 자기 고독을 가늠하고, 그러면서도 저녁마다 보이는 귀가하는 노동자들 속에서, 그들의 피로와 비참 속에서, 그를 혼자일 수밖에 없게 만든 저 잔인한 사회를 변모시켜야 한다는 생각에 눈을 뜬다. 처음부터 그의 시는 반항이다, 실망한 사랑인 만큼, "새로운 사랑"*에의 욕망인 만큼.

* 『일뤼미나시옹』, 「어느 이성에게」.

3

이 어린 시절을 마무리하기 위해 나는 「일곱 살의 시인들」을 논평하고, 그로부터 랭보의 삶과 생각을 상당 부분 파악하게 해줄 법한 관점 하나를 끌어내고자 한다.

그것은 우선 랭보에게 있는 저 사랑의 욕망, 저 사랑의 사명, 그가 명명한바 "깊은 다정함"*을 확인하는 일이다. 빈정거림과 거부의 표현에도 불구하고, 그의 작품에서 이 감정은 그가 내미는 일종의 신뢰, 일종의 부름처럼 빛을 내곤 할 것이다. "오, 사랑한다는 것, 프시케의 재난인가 힘인가?"** 특히 「사랑의 사막」 전체가 이러한 기대를 증언한다. 랭보의 가장 고결하고 가장 감동적인 작품들 중 하나인 이 페이지들은 그 기대를 말하고 또 말하지만, 거기엔 나쁜 꿈의 번민이, 또 그 기대가 언제나 헛것이 될 것이라는 서글픈 생각이 동반된다. 그도 그럴 것이 랭보가 사랑을 추구할 때 실패를 예감하지 않은 적이 없었다는 것 또한 사실이기 때문이다. "끝으로, 배고프고 목마를 때, 그대를 쫓는 누군가가 있다."*** 『일뤼미나시옹』 중 마침 "유년 시절"이란 제목이 붙은 시에 나오는 어떤 몽상의 결말이다. 이 결말은 감내해야 했던 폭력과 결코 잊히지 않는 낙담을 증언하는 것 같다. 내 생각에 그것은 랭보 부인

* 「일곱 살의 시인들」.

** 『일뤼미나시옹』, 「젊은 시절 II. 소네트」.

*** 『일뤼미나시옹』, 「유년 시절 III」.

이 아들에게 가했던 폭력과 낙담이다. 사랑의 결핍으로, 그녀는 그를 살아야 할 나라에서 쫓아냈다. 신뢰의 세계에서, 즉 고통이야 늘 있겠지만 그렇더라도 사물들과 존재들이 꼭 적대적이거나 허황한 것은 아니리라고 생각할 수 있는 세계에서 쫓아냈다는 뜻이다. 최초의 거짓말이 얼마나 막대한 힘으로 회복 불가능한 파괴를 저지를 수 있는지! "좋은 일이었다. 어머니에겐 그 푸른 시선이 있었다,—거짓말하는 시선이!" 여기 랭보 부인을 보라, 자기 아들에게 관심을 쏟고, 아들 주위에 보호벽을 쌓아올리고, 아들에게 보살핌을 아끼지 않을 뿐만 아니라 필시 과도할 만큼 쏟아붓는 그녀를. 그러나 가장 명철했던 아이는, 언제나 예견 가능한 그 제스처들 속에 실상은 냉담함과 의무가 있을 뿐임을 알아채지 않을 수 없다. 그것들은 사랑과 닮았다, 사실 그렇다, 보살핌과 수고와 관심을 쏟는 것이 사랑의 기호이기 때문이다. 하지만 그건 "거짓말하는" 기호, 내용이 없는 순전한 형식이다. 랭보가 보기에는 충만하고 실질적인 관계들의 세계, 자유롭게 베풀어지는 사랑이 만들어내는 세계가 저 영혼 없는, 의무에서 생겨난 기계로 대체되는 것이다. 아이는 기호들의 허황됨, 그것들의 거짓말을 체험한다. 그것들의 주장과 공허 사이에서 모종의 이중성이 확연해진다. 겉모습에 불과하다는 것을 드러내면서 기호들은 곪아들어가는 동시에 기호들이 닿는 모든 것을 곪아들어가게 하니, 그런 곳에서는 진정한 존재 이유가 갑자기 순환을 멈춘다. 사랑이 사물들을 동원할 때 그것들은 영혼을, 투명성을 가진 것처럼 보인다. 그런데 사랑이 떠나고 나면, 실망한 눈에 사물들이란 이제 불투명한, 죽은 몸체들일 따름이다. 애정으로 아이 가까이에 머무는 어머니, 물리적 현존 속에서 그 의미가 밝혀지는 듯한 어머니조차도 불투명한 무언가, 불길하게 신비로운 무언가가 되어버린다. 그리하여 모든 일상적 세계가, 인간화된 모든 것이, 사랑의 것임을 자처하는 목적을 위해 사회집단이 부려쓰는 모든 것, 즉 장소들이, 거주지들이, 물건들이 바야흐로 적대적인 모습을 띤다. 험상을 짓는 것이다. 이 표류물들 사이에서 그로테스크한 것, 비천한 것, 배설물이 확인될 것이다. 애정의 커다란 거짓을 발견한, 혹은 발견했다고 믿은 랭보에게 그것들은 하나의 증거로 주어질 것이다. 그리하여 랭보는 「앉아 있는 녀석들」 「웅크림들」에서 위선적인 이상理想에 대한 반증으로서, 인간 존재의 별것 없음, 저속하고 비열한 본성의 지표로서 그로테스크함, 비천함, 배설물의 현존을 소리 높여 외칠 것이다. 그는 그것들과 하나가 될 것이다, 「첫영성체」에서 혼이 나간 불안한 여자아이가 "성스러운 밤을 변소에서 보내면서" 사랑 속 합일이라는 거짓말을 겪어내듯이.*

랭보의 수사학 선생 이장바르가 결정적 증언이 될 얘기를 한 바 있다. "어머니와 새로이 대치할 때마다 그의 시 속에 배설의 이미지들이 한아름씩 피어났다." 랭보 자신이 어머니를 "어둠의 입"**

---

* 영성체communion 의식에서 신도들은 그리스도의 피와 살인 빵과 포도주를 받아들임으로써 신과 한몸이 되고, 신자들도 신 안에서 하나가 된다. 이 글에서 저자는 해당 단어를 기독교 의례, 대상과의 합일, 타인과의 소통 등 다양한 의미로 쓴다.

** 1871년 4월 17일 폴 드므니에게 보낸 편지. 위고의 시 「어둠의 입이 말한 것」에

이라 불렀다. 랭보에게서 불투명의 감각, 삶이 지닌 결함들에 대한 강박은 결핍된 사랑의 직접적 결과다. 따라서 나는 이 결핍을 아이 랭보가 겪어야 했던 진정한 형이상학적 폭행으로 간주한다. 그것이 랭보를 "잔혹한 회의주의"***로, 공격성으로, 낭패감으로 몰아갔다. 그것이 랭보에게서 신뢰를 앗아갔는데, 그 신뢰야말로 삶에 있어 발명적이고 창조적인 요소다. 실로 랭보를 이해하기 위해서는 플라톤주의의 가르침으로 돌아갈 필요가 있다. 사랑의 형이상학, 즉 사랑이야말로 감각적인 것을 초월하고, 유배 상태로부터 풀려나 "진정한 삶"****에 참여하게 해주는 동인이라는 주장은 최소한 심리학적으로는 진실하며, 우리의 실존을 존재 속에 기입해주는 것이 무엇인지를 드러내 보인다. 사랑을 박탈당함으로써 랭보는, 존재하는 것과 합일할 저 가능성을 빼앗겼다. 그리하여 그는 실재가, 또한 자신의 의식이, 위험한 이원성들로 쪼개지는 것을 보게 된다.

그 이원성은 맨 먼저, 아주 옛적의 어린 시절에는 일상적 하늘 너머에 있는 더 투명하고 더 자유로운 다른 세계에 대한, 어떤 의미에선 너무도 해방적이고 너무도 '시적'인 감정으로 나타날 것이다. 어린애 같은 그 몽상이 남긴 수많은 잔해가 『일뤼미나시옹』에 있다. "아직 물이 흥건한, 유리창 많은 큰 집"—이 집부터가 실

서 따온 표현으로, 원래의 시에서는 초자연 세계의 계시를 전하는 존재를 가리킨다.

*** 『일뤼미나시옹』, 「삶들」.

**** 『지옥에서 보낸 한 철』, 「섬망 I. 어리석은 처녀—지옥의 남편」.

재와는 별개의 것으로서, 방랑길에 나선 의식이고 사라진 불투명함이며, 적대적 하늘이 잠시 개는 순간이다—에서, 랭보가 "신기한 그림들"을 바라보는 저 "상복 입은 아이들" 중 하나였음을 알 수 있다.* 이 아이들은 다른 곳을 발명한다. 그들이 "잡목림에 버려진 작은 마차, 아니면 리본을 달고 오솔길을 달려내려가는 작은 마차"를, 또는 "길 위, 숲 기슭에, 의상을 차려입은 삼류 배우들 한 무리"를 보거나 본다고 믿을 때,** 큰 서커스단—"요정 나라의 행렬. 실제로는 금칠한 목제 동물들, 천막의 기둥과 알록달록한 지붕을 싣고, 점박이 곡마 스무 마리가 전속력으로 끄는 수레들, 그리고 자기네 가장 놀라운 짐승 위에 타고 있는 아이들과 어른들"***—이 마을에서 잠시 쉬어갈 때, 그들이 잡지에서 "스페인 여자들 이탈리아 여자들이 웃고 있는" 것을 들여다볼 때**** 그들은 사면받았다고 느끼면서 그들이 살고 있는 곳으로부터 도망치고 싶어한다, 불행히도, 모습을 변형시켜야 할 것은 우선 그곳임을 이해하지 못한 채.

"우리는 이 세상에 있지 않아요", 랭보는 쓰리라. "진정한 삶은 없어요."***** 사실인즉 그는 이내 더 깊은 대립에 가닿았다. 확실

* 『일뤼미나시옹』, 「대홍수 이후」.

** 『일뤼미나시옹』, 「유년 시절 III」.

*** 『일뤼미나시옹』, 「바퀏자국들」.

**** 「일곱 살의 시인들」.

***** 『지옥에서 보낸 한 철』, 「섬망 I. 어리석은 처녀—지옥의 남편」.

히 이곳, 도덕의 처량한 지평은 자연을 따르는 삶의 대척점이다. 자연은 그 원칙상 순수하고 자유로우며, 보편적인 사랑의 빛을 담고 있다. 「태양과 육체」가 단언하는바, 남자와 여자는 타고난 투명성을 잃고 전락했다. 그들은 "비너스의 영원한 탄생"*을 잊어버렸다…… 랭보가 자연적인 존재, 풀, 꽃, 새벽, 난바다 위의 구름과 맺는 관계는 손상되지 않은 채 온전하다. 그의 유명한 갈증은 필경 다른 게 아니라 더 비밀스럽고 진정되지 않은 채 남아 있는 갈증이 아직 접근 가능한 물질적 원천들에 전이된 것일 터. 그가 자연 속에서 찾아내는 오물들로 말하자면, 그가 보기에 그것들은 인간이 자부하는 바를 무너뜨릴지언정 자연을 더럽히지는 않는다. 오히려 오물들은 자연의 영적 도덕적 우월성의 증거일 뿐인데, 자연은 이상이라는 비천한 게임을 할 만큼 저열해지지 않기 때문이다. "오! 여인숙의 공중변소에서 취한 각다귀, 지치풀의 애인, 한 줄기 빛에 녹는구나!"** 진정한 빛은 불투명의 기호들을 녹여버린다. 그러나 슬프도다, 그 빛이 제 영광을 사랑하는 자를 맞아들여주지는 않는다. "나는 냄새나는 골목길들을 더듬어 다녔으며, 눈을 감고, 불의 신, 태양에 몸을 바쳤다."*** 더없이 밝은 빛에 싸여서조차, 랭보의 영혼은 여전히 어둡고 불치의 상태로 남아 있다.

지금까지 나는 랭보가 자기 작품 여기저기에 흩어놓은 감정과

* 『일뤼미나시옹』, 「도시들 〔II. "도시들이다!……"〕」.

** 『지옥에서 보낸 한 철』, 「섬망 II. 언어의 연금술」.

*** 같은 글.

믿음을 요약했다.

그리고 우리는 랭보와 함께, 그의 생각의 변전 속에서, 단절의 순간에 이르기까지 그 감정과 믿음을 재발명해야 할 것이다. 우리는 그것들이 진실한지 확인해야 하며, 적어도 시적 진실 속에서 이들을 맞아들여야 할 것이다. 하지만 나는 한때 랭보였던 저 아이, 자신이 존재할 만하다고 믿던 저 사람과 조금 더 같이 있고 싶다. 다른 게 아니라, 앞서 말한 생각들이 너무 빨리 찾아옴으로써 그에게 끼친 해악을 말하기 위해서다. 인간의 처소는 거짓말로 차 있고 사회는 영락했으며 우리의 존재는 질식당했다고 생각하는 것이 과연 옳을 수 있다. 「첫영성체」의 감동적이고도 진중한 목소리가 말하는 우리의 "히스테리"가 "영원한 비너스"와 대립 관계에 있다는 것이 오늘날의 진실일 수 있다. 하지만 그건 어른들의 일이다. 어린 랭보가 관대하게도 온전히 자기 책임으로 떠맡은 우리의 불행감은, 아직 천진한 의식에 너무 이르게 자리잡았기에 그의 자기 경멸을 가중시켰을 뿐이며, 이로써 이 세계의 아름다움, 그가 가치 있음을 굳게 믿는 아름다움으로부터 그를 떼어놓았을 뿐이니, 자기 자신부터 증오하는 자는 무엇도 진정으로 사랑할 수 없기 때문이다. 명철함은 그를 망치기도 했다. 그는 여행을 통해 경이의 나라에 합류하려는 시도를 할 수도 있고 "모든 감각의 조리 있는 착란"을 통해 가장 자연적인 솔직성을 육신에 일깨우려는 시도를 할 수도 있지만, 언제나 「치욕」이 말하는 바의 자기혐오를, 그리고 자기 영혼과 육체의 해소할 길 없는 모순들을 지니고 다닐 수밖에 없으리라.

이처럼 하나의 마음이, "신비로운 민감함"이, 『지옥에서 보낸 한 철』의 어리석은 처녀가 공언하는 저 선의가 있는 한편, 다른 한편에는 저 결연한 증오, 저 "역정"이 있으니, 그것이 그토록 일찍부터 그의 존재를 허물며 관통하지 않았다면 그저 하나의 가면이라고 말할 수도 있었을 것이다. "나는 정의에 대항하여 무장을 단단히 했다. 나는 달아났다. 오 마녀여, 오 비참이여, 오 증오여, 나는 너희들에게 내 보물을 맡겼다! 나는 마침내 내 정신에서 인간적인 소망을 완전히 사라지게 하기에 이르렀다. 온갖 기쁨 위로, 나는 사나운 야수처럼 소리도 없이 뛰어올라 그 목을 비틀었다."* 1873년에 랭보는 자기 안의 악마를 몰아내려 하지만 그 또한 헛일로 끝날 것이다. 그의 모순들 중 가장 깊은 모순, 동시에 가장 비통한 모순은 힘과 유약함의 모순이기 때문이다. 그는 지칠 줄 모르는 도보 여행자, 쉬지 않는 발명자이며 아프리카에서는 가장 맹렬한 노동자가 될 것이니, 성자처럼 혹은 "완악한 도형수"**처럼, 보통의 인간적 목적들에는 적합하지 않기에 해방 상태에 있는 에너지를 품고 있는 자이기 때문이다. 그러나 동시에, 그가 해결하고 싶어하는 문제에 관한 한 그는 일체의 힘을 박탈당한 자, "도둑맞은" 자로 남을 것이다. 사실 그는 이 점을 잘 알고 있고 자기가 "세례

* 『지옥에서 보낸 한 철』, 프롤로그.

** 『지옥에서 보낸 한 철』, 「나쁜 피」.

의 노예"*인 것도 잘 안다. 시골이나 어머니 너머에는 또하나의 적, 게다가 승리한 적인 기독교가 있음을 그는 잘 안다. "그리스도여, 오 그리스도여, 영원한 에너지 도둑이여!" 이 시 「첫영성체」에서, 그러나 더 나중에 쓰인 『지옥에서 보낸 한 철』 『일뤼미나시옹』에서도, 종교는 미망에 빠진 정신이라기보다는 온 존재의 탈진 상태로 나타난다. 아마 이것이 처음 보기에는 너무도 이상한 랭보의 마지막 모순을 설명해줄 것이니, 즉 탐구에서 보이는 결연한 지성과, 그 목적을 달성하기 위해 그가 받아들이는 술이나 마약 등 물질적 수단 사이의 모순이 그것이다. 정서적 소외 상태가 하나의 "독", 거의 신체적인 병이 된 만큼, "태양의 아들다운 상태"**를 되찾기 위해 랭보는 흩뜨려진 동물적 에너지를 되살려내야 한다. 정신적 차원에서만이라면 그는 자신이 애초에 패배당했다는 것을 안다.

그렇게도 부당하게 박탈당한 랭보. 하지만 이 결핍의 도가니 속에서, 소외와 불행이 만들어낼 수 있는 예기치 않은 황금 또한 알아보아야 한다. 보다 멀리 나아가기 위해서는 또다른 결정론을, 따라서 사회학이나 심리학이 우리에게 제시하는 것과는 다른 비평을 제안해야 한다. 랭보가 실로 랭보가 되었다면, 우리가 그의 진부한 조건에 그토록 대담한 저 작품을 대치시킬 수 있다면, 우리는 가령 마르크스주의적 분석이나 프로이트적 분석을 넘어선 또다

* 『지옥에서 보낸 한 철』, 「지옥의 밤」.

** 『일뤼미나시옹』, 「방랑자들」.

른 필연성을, 즉 희생자를 시인으로 변모시키는 기제를 특유한 방식으로 해명해주는 필연성을 발견해야 한다. 이 필연성은 형이상학적이다. 그것은 사물들의 본성이 아니라 사물들의 존재에 결부된다. 정말이지 존재의 와해조차도, 가능태가 생기 없는 현실태—사회, 도덕화된 종교, 닫힌 도덕, 죽어 있는 물건들—로 타락한 사태조차도, 한 예외적 존재가 그것들을 기꺼이, 전적으로, 고통스럽게 자기 책임으로 떠안음으로써 각성에 이를 수 있도록 주어졌던 것만 같다. 시는 바로 그 각성을 꾀한다. 재가 된 바로 그 자리, 언제나 하나의 불씨—하나의 추억, 희미해진 먼 기억, "평범한 체질의 인간이여, 육체는 과수원에 매달린 과일이 아니었던가, 오, 어린 날들이여! 육체는 탕진해야 할 보물이 아니었던가, 오, 사랑한다는 것, 프시케의 재난인가 힘인가?"*—가 남아 있는 곳, 바로 거기서 불이 되살아난다. 그러니 세기말 즈음에 사랑의 총체적 위기랄 만한 것이 있었던 게 사실이다. 빌리에 드릴라당은 쓴다. "우리는 기이한 우리 마음속에서 삶에 대한 사랑을 파괴했소. 그러니 우리가 영혼으로 화한 것이야말로 현실이오! 이후로 삶을 받아들이는 것은 우리 자신에 대한 불경에 지나지 않소."** 말라르메의 생

* 『일뤼미나시옹』, 「젊은 시절 II. 소네트」.

** 빌리에 드릴라당의 미완성 유고 희곡 『악셀*Axel*』(1890) 4막에 나오는 대사다. 각자 귀족 출신의 고아인 주인공 악셀과 사라는 작품의 맨 마지막에 해당하는 4막에 이르러 고성의 지하무덤에서 보물을 발견한다. 그들은 보물이 가져다줄 미래를 꿈꾸나, 살아가며 실현하기엔 그 꿈들이 너무 찬란함을 이내 깨닫고 함께 자결한다. 위에 인용된 악셀의 말에 이어지는 대사가 특히 유명하다. "삶? 그런 건 하인들이 우리 대신 해줄 거요."

각도 거의 비슷했고, 시대의 그 같은 숙명을 수긍하면서 바야흐로 일군의 문학이 태어날 것이다. 그런데 랭보는, "사랑을 재발명"하고 "불을 훔치는 자"가 되기를 시도하면서, 내가 영웅적 인과율이라 명명하고 싶은 것 속에 자리잡는다…… 그렇다, 역사가 이런 식으로 내거는 모든 도발에 우리는 두 가지 대답을 내놓을 수 있다. 거기에 복종하거나—이러한 수동성을 그려내는 데에는 심리적이거나 사회학적인 분석들, 사물들 사이의 연쇄작용을 논하는 분석들이 확실히 더 적합하다—, 거기에 맞서 저항하며 그것이 질식시키려 하는 가능성의 실현을 도모하거나. 바로 그 순간 인과율적 분석은 난관에 부딪히고 시가 시작된다. 완결되고 닫혀 있는 자연적 필연성의 세계 속에서 불가능을 시도한다는 것은 적어도 존재의 각성된 느낌, 죽음에 대한 밝은 직관이기 때문이다.

진정한 시, 재시작인 시, 되살리는 시, 그것은 죽음과 가장 가까운 데서 태어난다. 우리가 '시적 소명'이라고 부르는 것은 조건반사적 투쟁과 다름없거니와, 다만 대개는 범용한 생활의 나쁜 잠이, 죽음에까지 이르는 저 졸음이 그것을 헛된 것으로 만들 따름이다.

암흑과 빛

1

따라서 "사랑은 재발명되어야 한다"*는 것이 랭보의 과제다.

그리고 이를 성취하기 위해, 실재를 원초적 투명성 속에 되세우기 위해, "진정한 삶"을 재발견하기 위해 그가 언어에 의지한 것은 퍽 자연스러운 일이다. 왜냐하면 암흑 상황 속에서 단어들은 특이한 조명 능력을 지니기 때문이다. 사물이 일상의 지평에 말려들어 있을 때조차, 단어들은 그것들이 명명하는 사물로부터 순수함만을 붙들어 간직하는 듯하다. 명명되면, 바야흐로 사물은 최초의 빛 속으로 다시 합류한다. 말해지면, 단어들이 유용성에 얽매이지 않고

* 『지옥에서 보낸 한 철』, 「섬망 II. 어리석은 처녀—지옥의 남편」.

조금이라도 진중하게 발설되면, 바야흐로 사물은 우리를 또다른 세계 속에 맞아들일 준비를 갖추는데, 그 세계에선 가장 구체적인 존재자라도 "무한한 삶의 순수한 흐름"*을 박탈당하는 일이 결코 없다. 시적 언어는 존재를 암시한다. 거기에서 시적 언어가 우리에게 주는 희망이 발원하는데, 다만 그것은 이내 의문시해야 할 희망이다. 기실 단어들을 사랑한다는 것, 보다 빛 밝은 그것들의 권역으로 들어간다는 것, 이는 그림자 잡자고 진짜를 놓치는 노릇이 아니겠는가? 우리는 몽상의 쾌락을 맛보겠지만 그만큼 현실이, 랭보가 결코 잊지 않을 저 "거친 현실"**이 결핍될 것이다. 주관적 사고는 아름답고, 적어도 우리 욕망의 아침나절에는 거기에 쓸 자원이 부족하지도 않다. 하지만 그것은 왕국 없는 여왕이니, 저녁의 비참이 그녀에게 기약되어 있다. "나는 이 여인이 왕비이기를 원하오!" 랭보는 『일뤼미나시옹』에서 쓴다. 인간과 몽상, 감동적이고도 공상적인 이 커플에 대해, 그는 거의 별 쓰라림도 없이 이어서 쓴다. "실제로 그들은 왕이고 왕비였다, 자줏빛 장막이 집들 위로 들어올려진 아침나절 내내, 그리고 그들이 종려수 정원 쪽으로 나아가던 오후 내내."***

따라서 시적인 말은 희망인 동시에 위협이다. 하지만 바로 그렇기에 그것은 적어도 하나의 각성 상태일 수 있으며, 현대의 말에

* 「태양과 육체」.

** 『지옥에서 보낸 한 철』, 「고별」.

*** 『일뤼미나시옹』, 「왕위」.

깃든 가장 큰 불행, 존재의 망각을 피할 수 있게 해준다. 시의 '증인'은 그의 말 자체로 인해 아마 누구보다도 더 유배의 처지에 있겠지만, 감정적으로나 영적으로는 타락의 위험에서 보호되고 있기도 하다. "나로 말하면, 손타지 않은 채 깨끗하다"*고 랭보는 『지옥에서 보낸 한 철』 앞부분에서 말한다. 고독처럼 가난하여, 시는 그로부터 때때로 활력을 얻는다. 영락한 말에 맞서는 싸움이라는 견지에서 보면, 시는 침묵을 닮았다. 과연 랭보에게서 시는 그의 유명한 무언증과 같은 성격을 지니는바, 마지막에 올 전면적 거부의 전조라고도 하겠다.

단어들이 주는 희망, 단어들이 되찾아주는 투명성, 단어들이 가능하다고 믿게 만들어주는 구원에 대해 말하자면, 랭보가 그것을 매우 일찍 예감했다는 징표가 있다. 그가 중학교 시절에 쓴 「학생의 꿈」이라는 라틴어 운문시가 남아 있다. 호라티우스의 시에서 발췌한 짧은 대목이 주제로, 아이인 그를 '논 시네 디스non sine Dis' 즉 "신의 관여를 얼핏 드러내며" 월계수와 도금양 가지들로 뒤덮는 비둘기들이 나온다. 그런데 랭보의 생각은 이 우화를 훌쩍 넘어서 시의 비밀에까지 간다. 빛으로 환한 샘이라는 이 은유가 시에 기대하는 것, 이는 분명 빛이자 열기인 본원적 투명성으로의 복귀이며, 이로써 훗날 랭보가 어떤 방식으로 "태양의 아들다운 상태"**

* 『지옥에서 보낸 한 철』, 「나쁜 피」.

** 『일뤼미나시옹』, 「방랑자들」.

를 되찾고 싶어할지 이해할 수 있다.

백색의 눈부신 빛 한 줄기가
내 어깨 언저리에 퍼지더니 그 순결한 광선으로 내 온몸에 옷을 입힌다.
그것은, 어둠이 섞여들어가 우리의 시선을 어둡게 하는
여느 침침한 빛들과는 전혀 다른 빛이었노라.

……"너는 시인이 될 것이다!" 그러자 내 팔다리로
비범한 열기가 흘러들어왔고, 순결한 수정으로 찬란해진
맑은 샘 하나가 태양 광선에 불타올랐다.

2

오늘날에는 유실되어 전해지지 않지만, 아르튀르 랭보가 중학교 시절에 많은 시를 썼다는 것은 분명하다.

우리에게 남겨진 것 중 가장 오래된 시 「고아들의 새해 선물」은 실로 작시법적으로 능란해서, 그가 수년간 언어에 관심을 기울이며 공부를 해왔음을 알 수 있다. 이 시는 기법이랄 만한 것을 보여주는 마지막 예, 필시 그중 걸작이다. 이 작품은 청소년기보다는 아동기에 가까운 저 잊힌 시기를 대변하면서, 글쓰기의 가장 단순한 쾌락, 즉 낱말들의 순박한 화음, 충만한 각운, 생생하면서도 적절함을 벗어나지 않는 수식어, 유창한 화법 등을 소박한 정서적 만족과 긴밀하게 연결시키는 랭보를 보여준다. 이 시가 축일 밤에 외따로 남겨진, "어머니 없는" 어린아이들을 그리는 것은 우연이 아니다. 이 고아들에 대한 노래에는 읽는 이의 환심을 사려는 투가 있는데, 그로부터 이 몽상에서 기대되는 보상이 무엇인지 알 수 있다. 이 시가 암시하는 세계, 약간 귀여운 태를 부리는 세계, 푸른빛과 장밋빛이 감도는 감상적 문학의 세계, 그것은 아이들이 사랑받는 세계다. 랭보는 누구도 가르쳐주지 않은 자기 존중을 시에서 바라고, 또 어머니가 없다 해도 고아란 어디서건 사랑의 대상이라고 생각할 수 있기를 바라는 것이다.

한마디로 그는 이상적인 것을, 환상을 요구한다. 진부한 길, 천재가 예고되지 않는 길이다. 1870년 초입의 그는 앞으로 될 랭보와 닮지 않았다. 가을에 수사학 반에 들어간 그가 이제 막 이장바르의 눈에 띄었을 때, 그는 여전히 "약간 뻣뻣하지만 온순하고 미적지근한, 깨끗한 손톱에, 잉크 얼룩 없는 공책에, 놀랍도록 정확하게 해오는 숙제에, 이상적인 학교 성적을 받는" 학생이다. 그런데 그해 첫 몇 달간에 어떤 위기가 그를 완전히 뒤바꿔놓는다. 관능이 자기주장을 시작하면서 세계에 또다른 질서와 또다른 의미를 부여하고, 처량한 처소의 암흑 속에 손타지 않고 남아 있는 황금과도 같은 육체의 아름다움을 그에게 가리켜 보인 것이다. 그것은 하나의 희망을 가르친다. 존재에서 기반으로 삼을 만한 것이 거기 나타나기 때문이다. 그리하여 시적 도구가, 일상 현실과는 다른 뭔가를 지칭할 수 있는 저 단어들의 능력이 제 용법을 찾은 것 같다. 조급한 랭보는 「감각」과 「첫날밤」을 쓴다. 그는 자신의 말을 가장 본능적인 삶을 향해 열어젖힌다. 시는 이제 실재의 고발에 주력할 게 아니라 그 풍요를 끊임없이 상기시키면서 감각의 기민성을 유지해야 할 것이며, 이로써 그럼에도 한갓 시가 주지 않는 것을 머지않아 정복할 수 있도록 정신을 채비시켜야 한다. 랭보가 말하는 바, "보헤미안"의 시다. 사회적으로 매인 데가 없는 사람처럼, 보헤미안의 시는 순수 자연, 자유의 순수한 뜸씨를 "감각" 속에서 포착할 것이다. 그러한 시는 또한 행복한 삶에 대한 이론을 공식화해야 할 텐데, 이게 「태양과 육체」에서 이루어지는 일이다. 이 시는 내가 언급한 소외를 소리 높여 거부한다. 이 시는 "영원한 비너스" 안에서 소외를 '극복'하고 목신牧神적 상태의 삶을 찬양하며, 어머니의 배반 너머 대지의 관대한 사랑을 재발견하고, 또한 같은 발상으로 "다른 신"은 나쁘니 그 신을 따르는 일을 멈춰야 한다고 말한다. 「태양과 육체」는 왕성한 힘으로 활기를 띤다. 이 시에서는 랭보가 자기 운명의 주인인 것 같다. 그러나 얼마나 취약한가, 진짜로 굳건한 믿음 없는 그 활기란! 여기 모종의 힘이 있다면, 그것은 오직 희망의 힘이다. 아직 전혀 검증되지 않은 희망, 하나의 생각을 밝혀 말하는 일, 공식화하는 일, 거기에 시적 표현의 광채를 부여하는 일을 통해 머지않아 시인은 그 생각을 자기 삶 속에서도 자유로이 실행할 수 있게 되리라는 희망이다.

희망, 사실인즉 그즈음 여러 정황이 그것을 강화시켰다. 아르튀르 랭보에게서 유년 시절이 끝난 시점이고, 어머니가 초조하고 난폭한 감시를 조금 늦춘 시점이다. 거기에 더해 이제 막 샤를빌중학교에 아주 젊은 선생이 도착했는데 그 역시 시인인데다 파리에서 살아본 경험이 있었다. 조르주 이장바르는 자기 학생에게 일종의 섭리가 될 것이다. 이장바르가 번번이 소심한 정신을 드러내지 않았다는 게 아니다. 게다가 그는 자못 '예술가적'이어서 그 시대의 가장 나쁜 편벽 중 하나에 따라 시를 '부르주아'와 대치시켰는데, 이 역시 랭보와는 거리가 멀다. 그러나 이장바르는 열성적이고 관대했으며, 그리하여 우정과 신뢰의 힘으로 지성의 성숙을 촉진시키고, 그 믿음을 다져주고, 그 선택을 굳힐 수 있도록 도울 것이다. 랭보가 무수한 라틴어 시들을 쓰며 아카데미 콩쿠르 준비를 하던 7월까지의 수개월은 문학의 도제 수업 시기였고, 열기 띤 그것은 삶의 도제 수업과 동일시되었다. 초등생은 파르나스라는 사건에, 라탱 지구에, 편집자들 및 서점들에 입문한다. 방빌에게 보낸 약간 엉큼한 편지에서 그는 쓴다. "이 년 안에, 어쩌면 일 년 안에 저는 파리로 갈 겁니다.—'안키오', 신문사 선생님들이여, 파르나스 시인이 될 겁니다!"* 그리고 그는 덧붙인다. "선생님께서 파르나스에 「나는 한 여신을 믿습니다」를 위한 작은 자리를 내도록 조처해 주신다면, 친애하는 스승님, 저는 기쁨과 희망으로 미쳐버릴 겁니

* 1870년 5월 24일 테오도르 방빌에게 보낸 편지. 랭보가 이탈리아어로 쓴 '안키오 Anch'io'는 '나 역시'라는 뜻으로, 무명 시절의 카라바조가 라파엘의 그림 앞에서 외쳤다고 전해지는 유명한 문장, "나 역시 화가다"를 빗댄 표현이다.

다…… 내가 〈파르나스〉 최신호에 들어간다, 그게 시인들의 사도 신경이 된다!…… —야망! 오오 이 미친 것!" 온갖 야망을 담은 이 시, 「나는 한 여신을 믿습니다」는 「태양과 육체」의 다른 제목이다.

방빌은 그 시를 출판하지 않았고, 랭보는 이내 자기 요구가 지나쳤다고 느끼면서 희망을 버렸던 것 같다. 왜냐하면 그 봄부터 랭보는 풍자시들을 쓰는데, 그 어조가 사뭇 다르기 때문이다. 나는 「물에서 태어나는 비너스」와 「타르튀프의 징벌」을 생각한다. 여기에서 언어는 실존의 보다 비천한 면모를 명명하도록 강제된다. 두 소네트 중 첫번째 시는 「태양과 육체」의 키프리스와 정반대인 기형의 비너스를 보여주는데, 공중 욕탕에서 태어나는 이 비너스는 "항문에 난 종기로 흉측하게 아름답다". 여름이 되자—랭보는 아주 나중에 "내 여름날의 절망들"*이라고, 또 "난 여름을 증오해, 여름은 나를 죽여"**라고도 쓴다—또다른 시들이 이 어두운 광경에 합세한다. 「니나의 대꾸」부터가 욕망의 대상인 저 아가씨 속에 있는 것이라곤 어리석음뿐이라고 폭로한다. 그즈음 랭보가 딴 데 정신이 팔린 어느 "니나"한테서 고약한 일을 겪었을 가능성도 없지 않다. 이제 막 혼자가 되었고—이장바르는 휴가를 떠났다—국가의 재난 속에서 맹위를 떨치는 가소로운 광경들에 역겨움을 느끼고 있었기 때문이기도 하다. "끔찍합니다, 군복을 다시 입는 전역

* 『일뤼미나시옹』, 「노동자들」.

** 1872년 6월 에르네스트 들라에에게 보낸 편지.

식료품 장수들이라니!" 그가 8월 25일에 이장바르에게 쓴 편지다. "저는 여기가 낯설기만 해요, 병이 나고, 화가 치밀고, 어리벙벙하고, 거꾸러져 있습니다." 그러나 무엇보다도 그의 절망은 그가 한 순간 자신의 승리를 믿었기에 더 강력해진다. 「태양과 육체」는 하나의 신앙고백이었다. 그 시는 사랑이야말로 "위대한 신앙"이라고 단호하게 말했고 또한 이를 통해, 사실이 그러한즉, 존재하기 위해서는 사랑을 믿어야 한다고 시사했다. 그러나 열광, 글쓰기의 열광이 수그러들자 "반감"이 다시금 솟구친다.

그러므로 이 처음의 시, 1870년 봄과 여름의 시는, 그 저자가 원했을 법한 자산이나 소유 같은 것을 만들어내지는 않았어도 어떤 의미에서는 진정 창조적이다. 그것은 하나의 앎을 만들어냈다. 랭보는 부득불 발견하지 않을 수 없었으니, 즉 말만으로는 변모하는 데 충분치 않으며 단언하는 것만으로는 존재하는 데 충분치 않다는 것, 그리고 말이란 그것이 줄 수 있다고 주장하는 실재를 우리에게 안겨줄 수 없고, 마찬가지로 우리가 실재를 피하기로 했을 때 그것을 대체할 수도 없다는 것이다. 존재하는 것, 그리고 우선 자기 자신을 변화시키고자 한다면 말 아닌 다른 뭔가에, 겪은 것에, 경험에 기대야 한다는 발견. 이러한 견지에서 희화적이거나 풍자적인 랭보의 시—「음악회에서」나 「타르튀프의 징벌」—는, 우주적 장시 「태양과 육체」의 열광적인 부산함과 비교하면 이미 혁명적 행동에 더 가깝다. 게다가 「물에서 태어나는 비너스」는 예전의 독설, 「대장장이」와 은근히 닮았다. 오래전부터, 들라에의 말을 믿자면 열세 살이나 열네 살부터 랭보는 자기가 살고 있는 사회가 폭력으로 파괴되기를 꿈꾸었다. 그리고 1870년이 흘러갈수록 그의 의식 속에서는 새로운 혁명이 사회를 통째로 개조해야 한다는 생각이 점점 더 뚜렷하게 형성되어간다. 시기도 알맞다. 상장 수여식 날, 떠올릴 수 있는 온갖 영예로 뒤덮여 학교에서 돌아오던 학생 랭보의 마지막 날에 제국의 첫번째 재난이었던 비상부르의 패배* 가 공표된다. 기성 질서가 와해된다. 그것이 허울에 불과했고 진정한 힘들—노동, 본능적인 욕구—을 제대로 조정하지 못했기 때문이 아니겠는가? 그 힘들이 맺게 될 동맹이 장차 기독교를 해체하고 기독교가 마비시킨 사랑을 해방시킬 수도 있을 텐데 말이다. "우리는 가슴에 사랑과도 같은 뭔가를 품고 있었소." 들고 일어난 대장장이가 루이 16세에게 더럽고 폭력적인 군중을 보여주며 하는 말이다. 노동자들, 약자들, 모든 종류의 유배자들이 랭보의 동맹군이다. 하지만 랭보가 따로 지닌 목표는 단순한 사회적 개혁을 훌쩍 넘어선다. 그는 하나의 빛이 다시 불붙기를 바라고, 따라서 더 근본적인 변모 수단이 자기 손아귀에 쥐여진 듯이 보이는 순간 곧바로 정치 문제를 잊어버릴 것이다.

그러므로 랭보가 느닷없이 파리로 도망쳤을 때, 즉 8월 막바지의 어느 저녁에 산책하는 어머니와 누이들을 남겨놓고 처음에는

* 1870년 8월 4일로, 7월 19일 프로이센을 상대로 선전포고를 한 나폴레옹 3세는 비상부르를 비롯해 몇몇 도시에서 참패를 당한다.

샤를루아로 가는 기차를 탔다가 우회로를 통해 수도를 향했을 때,* 그가 행동을 원했던 건지 아니면 말을 시험에 부치고 싶었던 건지 딱 잘라 말할 수 없다. 물론 이 가출에는 혁명에 대한 갈증이 있다. 흔히 말해져온 바와 같이, 랭보는 제정의 임박한 붕괴를 목도하고자 한다. 그럼에도 또한 그가 바라는 것은 진정한 장소, 바로 저 문학의 신화적 장소인 파리에서 결정적인 순간에, 그가 의심하고 있는 것, 즉 시의 능력을 시험대에 올리는 일이다.

3

하지만 그는 이 시험을 시도할 수 없었는데, 그가 생캉탱에서 파리로 기차표 없이 여행을 하는 바람에 감옥에 들어갔기 때문이다. 그리고 더 깊게는, 사면을 받고 보니 정신의 불안이 잠시 누그러졌기 때문이다. 틀림없이 랭보는 이장바르가 쟁드르 자매들의 집에 대해 말하는 것을 들었을 것이다. 거기 가고 싶다는 욕망이 뮤즈 여신과 정의의 여신의 외침에다 나지막한 암시를 더했는지도 모른다. 어쨌든 마자스 감옥에 갇힌 랭보는 이장바르에게 미아로서 호소한다. "선생님께 희망을 걸고 있습니다." 그가 쓴 편지다. "무슨 일이든 해주세요! 선생님을 사랑합니다, 형처럼요, 앞으로

* (원주) 프로이센군은 1870년 8월 29일 르텔-랭스 간 직통선을 차단했다. 파리에 가기가 오랫동안 힘들어질 것 같다는 생각에 랭보는 출발을 서둘렀는지 모른다.

는 아버지처럼 사랑하겠습니다…… (그리고 저를 석방시키는 데 성공하시면, 두에로 데려가주세요.)"* 과연 곧 석방된 랭보는 이장바르의 집에 도착한다. 이참에 중요하게 언급해야 할 것은, 이장바르가 거의 날 때부터 어머니 없는 고아였으며 아버지는 랭보 시에 나오는 아이들의 아버지처럼 "아주 멀리에" 있었다는 사실이다.** 하지만 방금 말한 네 명의 자매들이 그를 거두어 길렀다. 그리고 이장바르는 그들을 정말로 사랑했다. "선생님은 행복하십니다, 이제 샤를빌에 살지 않는 선생님은요!"*** 가출하기 며칠 전 랭보는 이장바르에게 이렇게 썼다.

랭보는 두에에서 긴장이 풀린 것 같다. 어쩌면 행복했던 것도 같다. 우리는 그가 이장바르와 함께 국민군에 지원하는 것을 본다. 총 대신 빗자루를 쓰는 방위대의 말직인데, 샤를빌에서였다면 그는 이것을 "애국순찰주의"—사실 꽤 그럴듯한 이름이다—라 불렀을 것이다.**** 그가 공용 목초지에서의 훈련과 퇴역 하사관을 이처럼 기꺼이 따르는 것은, 처음 겪는 정서적 휴식으로 관대해지고 기분이 좋아져 장난삼아 하는 일임을 의심치 말자. 어머니 집에서

* 1870년 9월 5일 조르주 이장바르에게 보낸 편지.

** 「고아들의 새해 선물」.

*** 1870년 8월 25일 조르주 이장바르에게 보낸 편지.

**** patrouillotisme. 1870년 8월 25일 조르주 이장바르에게 보낸 편지에서 샤를빌 주민을 빈정대며 사용한 표현으로, '순찰patrouille'과 '애국주의patriotisme'를 조합해 만든 랭보의 조어다.

멀리 떨어져 지낸 이 날들은 잊힐 수 없었다. 이장바르가 어쩔 수 없이 랭보를 샤를빌로 데려다놓았을 때, 랭보는 이 유일한 친구가 떠나자마자 다시, 10월 2일에 벨기에로 향하는 아름다운 길을 따라 도망치는데, 그 길은 두에에서 멀어지지 않는다. 10일부터 랭보는 다시 쟁드르 자매들 집에 있다. "어둠의 입"으로부터 전갈을 받은 이장바르가 부랴부랴 퓌메, 샤를루아, 브뤼셀로 그의 뒤를 쫓았지만 헛일, 그리하여 두에로 돌아온 그는 길에서 써내려간 시들을 "인쇄업자용으로" 백지 앞면들에 태평하게 베껴쓰고 있는 랭보를 발견한다.

이 노트는 운좋게 남아 있다. 그리고 그것이 밝혀 보이는바, 아르덴 지방의 길 위 솟구치는 희망 속에서 아르튀르 랭보는 가장 투명하고, 가장 행복하게 자유롭고, 가장 자유롭게 아이 같은 시들을 썼다. 샤를루아로 가는 길, 전나무와 강들 사이로 10월의 빛에 싸인 길, 하늘이 잠시 개는 것 같은 순간이다. 가공의 "다른 곳", 모든 문제가 해소될 그곳에는 아직 접어들지 못했으나 불길한 이곳은 버리고 떠나왔으니, 여행길의 피로도 밤의 추위와 배고픔도 진정한 시작을 위해 지불해야 할 대가인 것만 같다. 그 도보 여행자는 불투명한 실재에 덥석 달려든다. 바뀌어가는 물리적 지평선은 구원을 증명하는 것 같다. 모든 것이 가능하다 예고되고, 시의 말은 이 가능과 함께 다시 태어나 그것과 뒤섞인다. 단어들은 언제나처럼 순수를 말하고 또다른 세계의 빛을 말한다. 그저 얼핏 본 길 위의 사태들도 단어들에 배치되지 않으니, "미지근한 음료들" "여인숙들" "하녀들"은 다가올 기적적인 환대의 은밀한 신호들인 것 같다. "꿈꾸는 엄지동자, 나는 내 길에서 낟알처럼 / 각운을 땄다네."* 부모가 길 잃게 만들고자 했지만 자기 에너지로 나아갈 능력을, 희망할 용기를 다시 얻을 수 있었던 자, 그는 진정한 처소에, 불완전한 계절들 너머의 성城에 다가가고 있는 걸까? 「도취의 아침나절」에서조차 혹독한 무엇이, 상처 같은 무엇이 버티면서 마음이 어두운 채로 남아 있을 테니, 랭보가 이 몇몇 시—「초록 주막에서」「맹랑한 여자」「나의 방랑」—에서처럼 자신이 "진정한 삶" 바로 그 문턱에까지 도달했다고 여긴다는 인상을 주는 일은 이후 결코 없으리라.

그러나 멈춰 서자 그의 환상에 마침표가 찍힌다. 이장바르의 집에 도착해보니, 새로운 것이란 없고 며칠 뒤에는 랭보의 송환을 "차비 없이" 경찰에 맡기라는 어머니의 명령이 떨어졌을 뿐이다. "출발하지 않는다!"** "은신처"도 "성"도 없고, "나아가면, 세상의 끝일 수밖에 없다."*** 그렇다, 랭보가 『지옥에서 보낸 한 철』에서 더없이 씁쓸한 문장을 쓰는 것은 너무 잔인하게 결정적이었던 이 시련을 추억하면서다. "아! 내 어린 시절의 저 삶, 전천후의 대로, 초자연적으로 검소하고 거지 중에서도 상거지보다 더 이해득실에 무심하며, 조국도 친구도 없음을 자랑으로 삼던, 그 무슨 바보짓이

---

* 「나의 방랑」.

** 『지옥에서 보낸 한 철』, 「나쁜 피」.

*** 『일뤼미나시옹』, 「유년 시절 IV」.

었던가.—그걸 겨우 깨닫는다!"* 배가된 강박관념이 바야흐로 그의 시를 어둡게 한다.

벨기에의 길 위나 두에에서—「초록 주막에서」「맹랑한 여자」에서뿐만 아니라 「넋 나간 아이들」에서도—랭보는 그가 바랐던 대로의 사물들, 무구하고 투명한 사물들을 되찾았었다. 이 행복한 나날들 동안 그는 자신을 알아내고, 그 무고함을 확인하여 회복되기 시작했었다. 그래서 나는, 이장바르도 확언한 바대로, 「일곱 살의 시인들」이 그 시기에 적어도 초안은 구상되었음을 의심치 않는다. 여행 소네트들과 이 자기의식의 위대한 시 사이에 지적으로나 문학적으로나 현저한 진척이 있는 것은 사실이나, 당시 랭보가 매우 빠르게 변천해갔다는 것 또한 분명한 사실이기 때문이고, 무엇보다도 이 같은 객관성과 청명함과 거리두기를 획득했던 것은 오직 그때뿐이었기 때문이다. 어머니의 집으로 다시 이끌려와, 틀림없이 지난번과 마찬가지로 이장바르가 "괴물스러운 몽둥이질"이라 부른 것으로 맞아들여진 뒤 그는 11월 2일에 이장바르에게 다음과 같이 쓴다. "전 죽어갑니다, 단조로움 속에서, 역정 속에서, 우중충함 속에서 분해되고 있습니다." 그리고 이후 오랫동안 폐쇄적이고 강박적인 말, 그녀 자신의 증오와 두려움의 온갖 찌끼들이 담긴 말에 순응하게 될 것이다.

---

* 『지옥에서 보낸 한 철』, 「불가능」.

「앉아 있는 녀석들」「저녁 기도」「파리 전가戰歌」「나의 작은 애인들」「웅크림들」「교회의 빈민들」이 모두 그뒤 수개월 동안 쓴 시들이다. 말에 기대는 일, 한때 흥분을 자아낸 그것이 지금은 분노의 배설제로 기능할 따름이다. 불투명한 단어, 사물들에 대한 빈정거림, 추함에 대한 뻔뻔스러운 암시, 영혼을 짓누르는 물질의 과도함 속에서 앞서 내가 포착하고자 했던 것이 이번에는 거의 승리에 이른다. 1870년에서 1871년으로 넘어가는 그 겨울과 봄은, 들판을 배회하기도 하고 샤를빌시립도서관에서 손 가는 대로 책을 읽기도 하고 겨울 풍경 속에서 돌풍을 맞으며 정돈되지 않는 생각을 이어가던, 불안정하고 어두운 시기다. 랭보의 반항은 과히 격렬해서 그는 다시 열린 학교에 다니기를 거부했다. 그는 1871년 1월 1일 프로이센군의 폭격이 메지에르를 파괴하는 것을 샤를빌 성문에서 보았고, 전쟁이 빗장을 걸어놓은 길거리의 집들과 작은 성들을 쳐다보았다. 그는 보다 본질적인 부재를 드러내는 이 은유들을 사랑했다. "붉은 길을 따라가면 빈 여인숙에 도착한다. 성은 팔려고 내놓았다. 덧문들은 떨어져나갔다.—사제는 교회 열쇠를 가지고 가버렸으리라.—정원 근처, 관리인 초소들에는 인적이 없다. 울타리가 너무 높아 살랑거리는 우듬지밖에는 보이지 않는다."* 깊디깊은 들판들, 어쨌든 그곳은 최악의 유배 기간 동안 자원이 되어주었다. 우리가 「앉아 있는 녀석들」을 읽을 때, 육체와 행동과 사고의 노화증에 대한 강박을 떨치지 못하는 그 시선 속에서도 하늘과 땅의 빛

* 『일뤼미나시옹』, 「유년 시절 II」.

만은 손상되지 않은 채 아득하게 남아 있음을 확인할 수 있다. 때 묻은 낡은 의자들 속에서, 꺾어진 그 밀짚들 속에서 랭보는 "늙은 태양의 영혼"을 알아보고 그것에 경의를 표하지 않는가? 간신히 남아 있는 이 광채가 난폭하고 위태로운 그의 표현주의에 색을 입힌다.

그리하여 나는, 그의 앞에서 또 그의 내부에서 펼쳐지는 세계, 폭풍우가 몰아치다 잠시 개이기를 거듭하는 저 세계를 그려본다. 「미셸과 크리스틴」에서처럼, 더 나중에는 「눈물」에서 "뇌우가 저녁까지, 하늘을 바꾸었"을 때처럼. 검고 미끈한 수면水面의 세계, 쏟아지는 세계, 그러나 또한 갑작스럽게 붉은빛이 감도는 세계. "아이였을 적에, 어떤 하늘들이 내 시력을 정련했다"*고 마지막의 랭보는 쓸 것이다. "진흙덩어리 검은 하늘을 밝힐 수 있을까"라는, 줄기찬 보들레르식 질문이 그의 마음속에 있었다. 이 보들레르의 시 「불치不治」와, 필시 랭보에게 비슷한 상징을 굳혀주었을 저 본원적 여인숙**을 상기한다면—나는 바로 위에서 "빈 여인숙"을 인용했다—랭보가 나중에 "일뤼미나시옹"이라 부르게 될 것의 형이하학적이고도 형이상학적인 시초를 알 수 있을 것이다. 주지하다시피 이 단어는 랭보에게 "채색 판화painted plates"를 의미했고, 거

* 『일뤼미나시옹』, 「전쟁」.

** "여관 유리창들에서 반짝거리는 희망은 / 불어 꺼지더니, 영영 죽어버렸다! / 달도 없고 불빛도 없이, 험한 길 가는 순교자들은 / 어디서 묵을 곳을 찾으려나! / 악마가 여관 유리창들을 모조리 꺼버렸으니!"(보들레르, 『악의 꽃』, 「불치」)

기엔 아마 아이가 도피처를 구하던 "신기한 그림들"의 기억이 곁들여져 있을 것이다. 따라서 "일뤼미나시옹"은 초월적 앎이나 정신이 추출해낸 그노시스적 지식이 아니라, 어떤 희망의 돌파구, 잡힐 듯 말 듯한 어떤 은총의 섬광을 의미한다. 온통 캄캄하고 안개로 부옇지만, 거기 있는 것은 정녕 하나의 마술적 세계다. 거기에서는 좋은 것에 대한 일체의 기대가 오로지 하나의 변신을 향해 있기 때문이다. 사소하기 그지없는 것이 열쇠로 나타날 수 있고, 초현실이 자아낼 법한 공포를 불어넣을 수 있다. 「언어의 연금술」에서 읽을 수 있는바, "보드빌의 타이틀만 보아도 내 앞에 경악스러운 것들이 세워지곤 했다." 그중 한번은 「미셸과 크리스틴」, 스크리브의 보드빌 희곡이었으리라. 여인숙을 하는 젊은 여인이 소심한 아이를 사랑하는 이 작품에서 막대한 재산을 갑자기 손닿는 곳에 놓아주는 것은 다름 아닌 서투른 대화들이며, 그때 서투름은 자명함이자 절대다.

랭보는 또한 「언어의 연금술」에서 말한다. "나는 문 위의 장식, 연극의 배경화, 곡마단의 천막, 간판, 채색한 민속판화 등 치졸한 그림들을, 교회의 라틴어, 철자 없는 외설서, 우리 조상들이 읽던 소설, 요정 이야기, 어린 시절의 소책자들, 낡아빠진 오페라, 바보 같은 후렴구, 순진한 리듬 등 시대에 뒤떨어진 문학을 좋아했다." 우리는 거기에서 재현하지 않고 암시하는 모든 것, 이곳의 가치로 따지자면 과히 빈궁하지만 바로 그렇기에 다른 곳의 현현처럼 보일 수 있는 모든 것을 알아본다. 모든 순진한 예술은 비의秘儀 입문의 성격을 띤다. 랭보는 위의 대목에 이어 쓴다. "나는 모든 마법을 믿었다."

요컨대 나는 말할 수 있다. 「앉아 있는 녀석들」에도 불구하고 「웅크림들」에도 불구하고, 그 겨울과 봄 몇 달 동안 랭보는 사물들의 암흑에 굴했다기보다 오히려 자기 희망을 급진화했다고, 그것을 더 깊고 더 절대적인 것으로 만들었다고. 이 세계 속의 온갖 불가능에 치여 전전하면서, 그는 일종의 은총을 기다리는 데 제 희망을 걸었다. 미처 알지 못한 채로, 그는 곧 말하게 될 결정적 회심을 위한 준비를 다졌다. 지금 당장의 그는, 어쨌든, 아직 커다란 위험에 처해 있다. 말에 의지하는 일, 그것이 하나의 실패로 귀착했음을 그는 잊을 수 없다. 들라에의 증언에 무리하게 힘을 싣지 않더라도—그에 따르면 랭보는 "끔찍하게 비천한 호구지책들을, 또한 그가 세부 상황을 잔악하게 그려가며 늘어놓은 묘사만으로도 카페 유리창에 온 하늘 불을 내리게 만들었을 습속들을 자기 것인 양 얘기하며 즐거워했다"—동성애, 그가 진정으로 받아들인 적 없는 그것이 혼란을 증폭시킨 것도 바로 이때라고 짐작할 수 있다. 또 2월 28일부터 3월 10일에 걸친 그의 세번째 가출이자 제대로 된 첫번째 파리 체류는 실망과 비참일 뿐이었다. 시인들은 만나지 못했고, 길거리를 돌아다니다 센강 둑길에서 잠을 잤고, 결국 걸어서 샤를빌로 돌아오는 것으로 끝이 났다. "아아! 썩은 누더기, 비에 젖은 빵, 만취, 나를 십자가에 못박은 일천 개의 사랑!…… 진흙과 페스트에 갉아먹힌 피부, 머리칼과 겨드랑이에 득실거리는 구더기들,

심장에는 더 살찐 구더기들, 연령도 감정도 없는 미지의 사람들 사이에 자빠져 있는 내 모습이 다시 떠오른다…… 나는 거기서 죽을 수도 있었다."* 끝으로 다가오는 여름의 위험이 있다, 움직이지 않는 빛의 계절, 절망의 계절.

아르덴 길 위의 랭보, 들라에와 함께 근처 벨기에 국경을 넘으며 어느 세관원의 수상쩍은 몸수색에 치를 떠는 랭보, 분명 그는 더이상 "옛 여행자"**, 그토록 순수한 소망에 가득차 있는 1870년 가을의 여행자가 아니다. 모든 것이 그에게 들이대는 죽음에, 정신의 죽음, 영혼의 죽음, 더 깊게는 자유의 죽음에 동의해야 하지 않을까? 그러나 자유는 인간이 자기 죽음에 동의할 때만 죽는 법이다. 희망과 마찬가지로 자유는 그것이 물리적 생활 속에서 점점 줄어들수록, 우리가 원하기만 한다면, 점점 더 급진적인 것이 되어, 한층 더 절대적인 행위를 할 수 있는 능력을 키워갈 수 있다. 랭보의 욕망이 바로 그와 같았다. 그는 어떤 휴식을 위해서건 자기 영혼을 파는 것은 결단코 받아들이지 않았다. 두번째 가출 뒤 집에 돌아온 그는 이장바르에게 다음과 같이 썼다. "저는 끔찍할 만큼 고집스럽게 자유로운 자유를 앙망합니다."*** 이 단어 중복엔 많은 의미가 있다. 자유를 가장 본질적인 측면에서, 그것이 존재해야 할 온갖 이유들 이전으로 거슬러올라가 말하자면, 어떻게 이보다 더

---

* 『지옥에서 보낸 한 철』, 「고별」.

** 「갈증의 코미디」.

*** 1870년 11월 2일 조르주 이장바르에게 보낸 편지.

잘 말할 수 있겠는가? 이제는 랭보가 자기를 인식하고 자기 이야기를 할 때 천재가 보이는데, 이것에 우리가 놀라서는 안 된다. 왜냐하면 천재란 바로, 적어도 시에서만큼은, 자유에 충실하다는 것이기 때문이다.

결심

1

그리하여 5월, 그에게 언제나 가장 큰 에너지의 달이었으며 결단과 작품의 달이었던 이 5월에 그는 돌연히 다시 일어나 자신을 짓누르는 위험에 맞서니, 잠시나마 위험에서 빠져나가는 듯하다. "투시자"의 편지가 이 대결을 말해주며, 그것은 귀감이 되는 행위다. 가장 가난하고 모든 소망을 박탈당한 자유가 그 풍요로움을, 그 창조의 힘을, 말 그대로 그것의 시를 입증해 보이기 때문이다.

랭보를 위협하는 가장 큰 위험이 무엇인가? 당연히 자신에 대한 혐오다. 그는 쓴다. "나는 앉은 채로 산다, 이발사 손에 맡겨진 천사처럼."* 또 이장바르에게 보내는 한 편지에서는 다음과 같이 쓴다. "저는 파렴치하게 얹혀 지내고 있습니다. 학교에서 보던 옛 얼간이들을 파헤쳐내서, 행동으로든 말로든 멍청하고 더럽고 나쁜 온갖 것을 지어내어 그들에게 넘깁니다……"** 불길한 숙명을 꺾지 못했다는 사실, 「웅크림들」을 떠올리는 강박적 존재가 되었다는 사실, 「나의 작은 애인들」을 쓰는 겁에 질린 존재가 되었다는 사실로부터, 랭보는 고결하게도 자신이 비천하다고 결론짓는다. "내가 줄곧 열등한 종족이었다는 것은 매우 명백하다."*** 나는 노예들과 패자들의 종족이다, 랭보는 생각하는 것이다. 그의 번민에는 분명 좌초하는 파리코뮌을 보는 데서 오는 몫도 있었을 터, 실상 코뮌은 그를 닮았기 때문이다. 전쟁의 혼란 속에서 시작된 박탈당한 자들의 항거, 그러나 미래 없이, 금세 환상에서 깨어난 사람들이 가열하게 이어간 항거. 전투의 날들 동안 랭보는 파리에 가지 않았다. 갔다고 생각하려는 사람들이 오래전부터 있었지만, 1871년 5월 13일과 15일의 편지들로 그가 샤를빌을 떠나지 않았다는 사실이 증명되는 듯하다. 그럼에도 그의 심정은 항거하는 도시의 "미지의 검은 자들"****과 함께 있었으며, 이는 「잔마리의 손」이나 「파리의 향연, 혹은 파리가 다시 우글거린다」의 몇몇 대목으로 충분히 입증된다. 그는 이 싸움을 이해했다. 행동 대원이라기보다는 깊은 의미를 꿰뚫어보는 증인으로서, 그는 싸움의 불꽃 언저리에 있는 자신을 상상한다. "좋은 기회다, 나는 외쳤고, 하늘에서 불꽃과 연기

* 「저녁 기도」.

** 1871년 5월 13일 이장바르에게 보낸 편지.

*** 『지옥에서 보낸 한 철』, 「나쁜 피」.

**** ["저것들은 우리에게 무엇이냐, 내 마음이여……"]

의 바다를 보았다. 왼쪽에서, 오른쪽에서, 십억 개의 벼락처럼 타오르는 모든 부富를 보았다."*

그렇다, 바로 그 5월의 초입에, 난관에 처한 파리코뮌을 지켜보면서, 랭보는 거의 절망을 맛본다. 그의 모든 시 중에서 「도둑맞은 마음」은—물론 「치욕」도 있지만—가장 위태롭고 어둡다. 침과 "수프 토사물"로 더럽혀진 심장이라는 은유는 사랑을 도둑맞아 그토록 오래전부터 참아내야 했던 고통을 드러낸다. 거기에 "어떻게 할 것인가, 도둑맞은 마음이여?", 즉 전적으로 무력하다는 생각이 더해진다. 이 시에서는 랭보의 유일한 의지처, 시에 대한 약간의 믿음마저 사라진 것 같다. 아닌 게 아니라 그는 이미 시에 대해 증오와 열정적인 애착이 한데 뒤섞인, 혼란스러운 감정을 느끼지 않았던가? 시에 완벽한 순수도 실제적인 효율성도 없다는 사실, 그로 인해 랭보는 일종의 공격적인 수치심을 피력하며 그것을 조롱하지 않았던가? 두에에서 이장바르에게 하루 열 번씩 몽테뉴의 모호한 문장을 소리내어 읊조리면서 말이다: "뮤즈들의 삼각의자에 앉은 시인은 격정에 차서 입에 고이는 것을 죄다 쏟아낸다네 운운". 거기 담긴 수상쩍은 암시는 저 새로 쓰인 시의 조롱과 별로 다르지 않다. 그것들은 비참에 미美로, 부재에 현실로 대항한다고 자부하는 시, 그러나 실은 역겨운 토로에 불과한 시의 허영을 고발한다. 「어느 사제복 아래의 마음」은 필시 이 시기에 쓰였거나 다듬

* 『지옥에서 보낸 한 철』, 「나쁜 피」.

어졌을 텐데, 「도둑맞은 마음」과 동일한 정신의 제목을 단 그 이야기 역시 거의 같은 것을 말하고 있기 때문이다. 작품은 그로테스크한 신학생 속에 있는 약간의 랭보를, 그리고 멍청한 추녀의 모습으로 여성을 보여준다. 그러면서 비루한 물건을 놓고 가증스러운 모호함을 구사하는 시 나부랭이들을 비웃는데, '서정적'인 시구들과 거기 담긴 헛된 소망이 스러진 뒤에도 그 비루한 물건만은 존속하게 되어 있다.

"이 글에 아무 뜻도 없는 건 아니에요." 5월 13일 이장바르에게 보낸 편지에서 「도둑맞은 마음」에 대해 랭보가 쓴 말이다. 전기 작가들은 그리하여 이 시를 일화로, 즉 방탕이나 주취의 와중에 겪었음직한 상황들로 설명하려 했으나 「도둑맞은 마음」이 내심 '뜻하고자' 하는 바는 한순간 랭보의 온 존재를 수몰시킬 뻔했던 자기혐오다. 지나간 모든 포부, 모든 기획, 모든 이상으로부터 그를 떨쳐내는 일종의 절대적 구역질. 이 끔찍한 상태의 출구는 역설 아니면 죽음뿐.

랭보는 역설을 선택했다. 5월 13일과 15일, 결연하고 신열에 가득찬 고압적인 두 통의 편지가 이장바르와 드므니에게, 물론 그들이야 이해하지 못할 테지만, 저 "투시자"의 철학을 전한다.

2

이 결심의 형이상학적 면모가 이후 극히 강력하게 드러날 것인바, 이를 보다 잘 가늠하기 위해 이제는 또하나의 깊은 유년 시절, 읽은 책들과 받아들인 영향들의 유년 시절을 들여다보아야 하지 않을는지? 그러나 내가 여기서 짚을 수 있는 것은 불완전할 수밖에 없다. 게다가 나로서는, 가증스러운 만큼이나 매혹적이었던 그리스도교의 결정적 개입, 즉 교리문답 교육과 복음서 강독에 대한 언급을 일단 보류한다면, 있었음이 분명하되 핵심적이었던 만남으로 두세 가지를 언급하면 충분하다고 생각한다. 반면 추정된 바 있는 다른 많은 만남은 허상에 불과하다. 아르튀르 랭보의 독서에 대해서 사람들은 그 폭과 일관성을 너무 부풀려왔다.

그중 가장 오래전의 것, 또 가장 중요하게 남게 될 것은 보들레르 작품과의 만남이다. 틀림없이 랭보는 그의 작품을 고티에가 서문을 쓴 1868년의 판본으로 1871년부터 이미 알고 있었을 터, 「파리의 향연, 혹은 파리가 다시 우글거린다」「악惡」「자애의 자매들」에서, 심지어 「잔마리의 손」에서도 『악의 꽃』 시편들이 미친 영향의 첫 징후들이 발견되기 때문이다. 실상을 말하자면 랭보는 특히 「축복」과 「성 베드로의 부인否認」의 리듬과 이미지를 이어간다. 시인의 어머니가 내지르는 저주에 대해, 버티는 시인의 끈질김에 대해, 여자들 사이에서의 비참에 대해, 고통 속에서 획득되는 종국의 순수한 영광에 대해 말하는 감탄스러운 구절들을 과연 그가 감동하지 않고, 그 외침에 애착을 느끼지 않고 읽을 수 있었겠는가?

"아! 이 조롱거리에게 젖을 먹이느니
차라리 살무사나 한 무더기 낳고 말 것을!
덧없는 쾌락의 저 밤에 저주 있으라,
그때 내 뱃속에 내 죗값을 배었으니!"

……

그럼에도, 한 천사의 보이지 않는 가호 아래,
폐적된 아이는 태양에 취하고,
……

"나는 압니다, 고통이야말로 둘도 없이 고귀한 것,
지상도 지옥도 그것만은 결코 물어뜯지 못하리니."*

말할 것도 없이 랭보는 이 장엄한 신앙에 대번 사로잡혔을 것이다. 확신까지는 아니더라도—그는 어떤 신앙의 움직임도 완수해내지 못한다—최소한 그것이 근거 있는 것이기를 바랄 수밖에 없는 건, 캄캄한 지평의 변모를 위해서다. 존재의 변신, 납에서 금으로의 변화, 정신의 새로운 시작에 대한 직관이 『악의 꽃』 도처에 있다. "행동이 꿈의 자매가 아닌"** 이 세계에서, 그러나 이제 작

* 『악의 꽃』, 「축성」.

용하는 시라는 개념이 형성되니, 분석하는 지성인 동시에 신비로운 화학인 시다. 랭보는 보들레르를 뒤따라 이 길로 매우 신속하게 나아갈 것이다. 의심치 말자, 랭보가 「자애의 자매들」, 감탄스럽기 그지없는 「첫영성체」의 결말부를 쓸 수 있는 것은 그가 『악의 꽃』을 읽었기 때문이다. 보들레르 없이는 영혼에 대한 그토록 훌륭하고 그토록 믿을 만한 지식을 그토록 단기간에 손에 넣을 수 없었을 것이며, 보들레르 없이는 그가 약간의 자기 신뢰를 찾아내는 일도 결코 없었을 것이니, 그 약간의 믿음 덕분에 그는 문득 증오 없이, 심지어는 연민을 갖고 판단할 수 있게 된바, 연민은 염세적인 생각의 와중에서도 조금은 사랑의 어조를 띤다. 이 시들은 랭보가 시에서 어른으로 나타나는 첫 시들이다. 거기에서는 그가 이뤄낼 수도 있었을 "승리"가 얼핏 보인다. 스토아적 평정 상태에서 자기 안에 있는 저 잔혹한 회의주의를 극복하는 것. 그럼에도 이 시들은 계속해서 고독과 유배만을 말한다. 그도 그럴 것이, 두 시 모두 여자의 삶의 조건을 주제로 삼는데, 「태양과 육체」에 이미 적시되었듯 남자와 실재세계의 매개자가 되어야 할 그녀는 더이상 그 역할을 수행하지 못하며, 이는 그녀의 영혼이 그만큼 곪아 있기 때문이다. 기독교는 여자의 영혼을 비탄에 빠뜨려 모든 삶을 "비탄에 잠기게" 만들었다.*** 그 이래로 거대한 부재가 된 여자, 랭보가 할

** 『악의 꽃』, 「성 베드로의 부인」.

*** 「첫영성체」는 "영원한 에너지 도둑"인 그리스도를 향한 원한에 찬 외침으로 끝나는데, 이 문장에서 시사되는 것은 그 외침이 시작되는 두 행이다. "그리하여 곪은 영혼과 비탄에 잠긴 영혼은 / 네 저주가 흘러내리는 것을 느끼리라."

수 있는 것이라곤 무력감을 느끼며 그녀의 고통스러운 경고를 듣는 일뿐이다.

"아시나요, 내가 그대를 죽게 한 것을? 그대의 입,
그대의 심장, 있는 것 모두, 그대들이 지닌 것 모두를 취했죠.
그리고 나는 병들어 있어요. 오! 밤의 물을 흠뻑 머금은
죽은 자들 가운데 나를 눕혀주었으면!

나는 아주 어렸고, 그리스도가 내 숨결을 더럽혔어요.
그는 내게 혐오감을 쑤셔넣었지요, 목구멍까지 차도록!
그대는 양털처럼 깊은 내 머리칼에 입맞추었고,
나는 그리하도록 놔두었으니…… 아! 그대들에게야 좋지요,

남자들이여! 생각도 못하지요, 가장 사랑스러운 여자는
더러운 공포가 깃든 그녀의 의식 아래에선
가장 헤픈 여자이며 가장 고통스러운 여자임을,
그대들을 향한 우리의 충동은 죄다 과오임을!

이는 나의 첫영성체가 잘 치러졌기 때문.
그대의 입맞춤, 나는 그걸 전혀 맛볼 수 없었지요.
내 마음에도, 그대의 육신이 껴안은 내 육신에도,
예수의 썩은 입맞춤이 우글거리고 있으니!"

이 장중하고 너그러운 시구들과 예전의 포악한 시구들 사이의 거리는 아득하기만 하다.

> 오, 나의 작은 애인들아,
> 너희가 어찌나 싫은지!
> 넝마쪽으로 아프게 동여매라,
> 너희들 못난 찌찌를!

지금 막 랭보에게 시의 책임을 가르친 것은 보들레르다. 그럼에도 저 「첫영성체」와 가령 「발코니」, 보들레르가 사랑의 감정을 표현한 여하한 시 사이에는 여전히 얼마나 신비로운 거리가 남아 있는지! 그 거리가 드러내는 것은 두 시인의 마음, 그 순수함의 더하고 덜함이 아니라 둘에게 주어진 본원적 비참의 차이다. 그중 연장자는 얼마나 덜 불우했나!

> 석탄의 열기로 불 밝혀진 저녁들,
> 그리고 장밋빛 수증기의 베일에 싸인, 발코니에서의 저녁들,
> 네 젖가슴이 내게 얼마나 부드럽던지! 네 마음이 내게 얼마나 좋던지!
> 우리는 자주 불멸의 것들에 대해 얘기했었지,
> 석탄의 열기로 불 밝혀진 저녁들.*

* 『악의 꽃』, 「발코니」.

물론 보들레르의 작품에서 여자에 대한 불신은 매우 크다. 그는 여자가 "죄지은" 존재이며 "냉담한" 존재라고 말했다. 심지어 한번은 "가증스럽다"고까지 했다. 최초의 죄로 인한 실총이 남자보다 여자에게 훨씬 깊게 새겨졌다고 생각하기도 한다. 그러나 남자나 여자나 어떻게 말하자면 상처 입은 존재들일 따름이므로 그들은 서로를 부축할 수 있고, "깊은 연년세세 속을" 함께 바라볼 수 있고, 최소한 시에 도달할 수 있다. 그것은 랭보의 경우에서처럼 절대적인 분리는 아니다.

내 생각에 진실은 다음과 같다. 보들레르가 시도한 변환과 랭보가 희망을 걸어볼 수 있었던 변환은 필시 같은 목표를 향하지만 이 공통의 연금술에서 그들에게 주어진 자원은 같지 않았으니, 따라서 새로운 시인은 『악의 꽃』에 제시된 길에서 벗어나지 않을 수 없었다. 보들레르는 허무로부터 승리하기를 원한다. 또한 그는 안다, 존재가 파편화를, 분산을, 죽음을 너무 쉬이 수긍함으로써 손상되어버린 세계에서는 유한한 대상과 필멸의 인간에 헌신하는 것이야말로 총체적 존재가 찰나 속에서 구현될 수 있을 결정적 변이의 첫 단계임을. 그런데 이 애착은, 그에게 운좋게 주어졌던 사랑이다. 사랑, 그것이 존재한다는 것을 그는 옛적에, 초조한 어린 시절의 "하얀 집"에서 배울 수 있었다.* 랭보는 이 필수적인 증여를 받

* 『악의 꽃』의 제목 없는 시, ["나는 잊은 적이 없다……"]에서 보들레르의 옛날 집

지 못했다. 그는 따라서 그것 없이 지내려고 하거나, 시의 길을 통해 그것을 재발견하려 할 것이다. 그러나 보들레르에게서 아직 사라지지 않았음이 느껴지는, 기진맥진이 되었으나 뜨겁기만 한 저 개별적 행복에는 가닿지 못한다. 보들레르가 "금빛을 몸에 두른 천사들"에게 자기도 사랑을 실천한다는 정당성을 내세워 호소할 때,** 랭보는 자기 의사와 상관없이 루시퍼의 번민만을 겪는다. 존재를 재발명할 수 있기 전에, 그는 "사랑의 재발명"부터 시도해야 했다.

그래서 보들레르를 따라 창조적 주체성의 자유로운 길로 갈 수가 없으므로, 그는 납을 금으로 바꾸는 더 비인칭적이고 더 물질적인 방법들을 제시하는 사변들에 관심을 둔다. 이 몇 개월 동안 그가 연금술 책을 몇 권 들춰봤다는 데에는 의심의 여지가 없다. 하지만 랭보가 연금술이라는 은유에 감응했다고 해도, 그에겐 거기 깊게 빠져들 시간도 취향도 없었다. 그의 반감은 「자애의 자매들」에서 에두름 없이 표명된다.*** 내가 생각하기로는 이 시기 "검은

이 그려진다. 어머니의 재혼으로 깨어지게 될 이 평화로운 유년 시절은 보들레르에게 아득하나마 가장 행복에 가까운 상으로 남는다.

** 1861년판 『악의 꽃』 에필로그로 구상되었던 시 초고, ("현자처럼 조용하게 저주받은 자처럼 온화하게 나는 말했다……")의 한 구절이다. "금빛, 자줏빛, 주홍빛을 몸에 두른 천사들이여, / 오, 내가 완벽한 화학자처럼, 성스러운 영혼처럼 / 내 의무를 다했음을 증언해다오."

*** "그러나 검은 연금술과 성스러운 연구는 / 상처 입은 자, 그 음울하고 오만한 학자에게 혐오를 자아낸다."(「자애의 자매들」)

연금술"이나 "성스러운 연구들"에 대한 그의 접근은, 같은 시기에 확인되는 파바르의 리브레토*나 동양 이야기들에 느끼는 매혹과 마찬가지로 몽상적인 성격을 띤다. 실상 무의미하지 않은 흥미이고, 진정으로 시적인 관심이다. 찢어지는 검은 하늘과 마찬가지로 연금술은 비현실적 인과율의 세계, 기적으로 주어지는 자유 같은 것을, 사면을, 구원을 암시하기 때문이다.

그럼에도 보다 중요한 건, 최근의 연구들이 보여주었듯, 또다른 독서였다. 역시나 단기간에 두서없이 행한 독서였다. 샤를빌에서의 마지막 수개월 동안 랭보가 자주 어울렸던, 은비주의 사상 애호가 브르타뉴의 중요성을 부풀릴 필요는 없으며** 철학 이론에 대한 랭보의 인내심, 아니 관심조차 마찬가지다. 그에게는 약간의 중심 개념들, 하나의 새로운 관점이 필요했고 그걸로 충분했다. 맞다, 랭보는 엘리파스 레비나 발랑슈를 읽었을 수 있다.*** 하지만 그가

---

* 샤를시몽 파바르(Charles-Simon Favart, 1710~1792)는 극작가이자 오페라코미크극장의 단장이었으며, 리브레토는 오페라의 대본이나 가사 등을 뜻한다. 베를렌이 랭보에게 보낸 1872년 4월 2일 편지에 따르면 랭보는 베를렌에게 파바르의 〈잊힌 아리에트〉의 악보를 보내주었다. 베를렌은 『말없는 연가』(1874)의 「잊힌 아리에트」 연작 첫 시에 파바르 작품의 가사 한 구절을 제사로 인용했다.

** 샤를 브르타뉴(Charles Bretagne, 1837~1881)는 샤를빌 제당공장에서 일하던 세관원으로, 이장바르를 통해 그를 알게 된 랭보는 한동안 그의 집으로 편지를 배달받았다. 랭보를 독려하여 베를렌에게 시를 보내도록 주소를 알려주었으며, 두 시인은 1872년 벨기에로 가는 여행길에 그의 집에 들러 함께 어울리기도 했다.

*** 엘리파스 레비(Éliphas Lévi, 1810~1875)는 성직자 출신의 은비주의 사상가로, 특히 『고등마법의 교리와 제례의식』(1856)으로 큰 성공을 거두었다. 2부

무슨 체계의 학도가 된 것은 아니다. 천계론天啓論이나 카발라에서 취한 생각들, 한때 머릿속에서 아득한 소망들처럼 나부끼던 생각들을 돌연 결집시킬 수 있었던 것은, 순전히 그가 완력과 본능을 다해 자기 삶의 전복을 시도했기 때문이다.

은비학과 천계론이 랭보에게 시사한 것은 다음의 생각들이다. 가장 먼저, 하나의 야망. 그것은 랭보 자신의 항상적 욕망과도 멀지 않은 야망인데, 즉 인간을 존재 속으로 송환하자, 태초에 존재했던 일체된 상태로 되돌리자는 것이다. 다음으로, 모순적일 수 있으나 시적으로는 결합이 가능한 생각들이 있다. 엘리파스 레비의 사상에서 신적 실재란 인간이 자기 안에 일깨울 수 있고 일깨워야 할 하나의 리듬이라면, 발랑슈의 사상에서 그것은 잠시 잃어버린 말이다. 발랑슈가 많은 이에 이어 가르치는바 세계는 신의 말이며, 따라서 언어, 저 옛날 오르페우스가 부여한 이름들 덕분에 사물들의 실질 그 자체를 담지했던 언어야말로 여전히 남아 있는 열쇠다. 한 시인, 정신의 영웅이 와서 보편적 랑그를 되세울 것이며, 직관

로 구성된 이 책의 전반부에서 저자는 마법의 이론적 원리를 카발라 및 기독교의 관점에서 논하고, 후반부에서는 강령술, 점술, 주술 등 각종 마법의식에 필요한 도구의 구체적 사용법을 다룬다. 피에르시몽 발랑슈(Pierre-Simon Ballanche, 1776~1847)는 프랑스의 사상가로, 『사회적 역사윤회론』(1827~1829)에서 대혁명을 전우주적인 카오스 국면으로 해석하는 한편, 인간의 세계가 주기적인 파괴와 재건을 겪게 되어 있다고 주장하며 기독교 교리와 사회 진보 이념을 결합시키고자 했다. 그의 저서 『오르페우스』(1832)는 고대 신화와 구별되는 은비학 전통의 오르페우스를 소개함으로써 이후 낭만주의 시대의 오르페우스 상에 큰 영향을 미쳤다.

적이고도 열렬한 그 랑그 안에서, 그 랑그에 의해 하나의 새로운 이성이 되세워질 것이다. 거기에서 랭보는 항상 예감해왔던, 말에 깃든 신비로운 권능을 알아본다. 그 역시 이 희망을 사랑한다. 갖가지 성전聖傳들이 설파해온 희망, 즉 인간은 신과 불투명한 물질의 도중에 있다는 것, 인간이 자기 안에 신의 불티를 지니고 있다는 것, 아울러 인간이 자유롭다는 것. 인간은 스스로의 구원을 결정지을 수 있다.

하지만 이를 위해서는, 엘리파스 레비가 가르치는바, 인간은 스스로를 "투시자"로 만들어야 하고, 나중에야 나타난 사회질서를 버려야 하며, 신의 법칙을 직관함으로써, 말하자면 본능적이고 단도직입적인 신성의 현상학을 통해서, 신에게 속한 것들과의 내밀한 관계를 재발견해야 한다. 발랑슈 역시 비전을 말하며, 그의 경우 그것은 언어에 의해 만들어진다. 이중의 화두가 있는데, 한쪽은 가장 객관적인 현실을 위한 것이요, 다른 한쪽은 언어를 위한 것이다. 바로 거기에, 끊임없는 모순 속에서도 시가 내세우는 이중의 전제가 놓여 있다. 탐구의 저 양극은 랭보가 시인으로서 알던 바다. 탐구를 격화시키는 것만으로 마침내 각성의 상태에 이를 수 있단 말인가? 심지어 신과 대등해질 수도 있단 말인가? 이 지점에서 철학자들은 그에게 경고한다. 어떤 경우든 대가를 치러야 할 것이다. 최악의 고통을, 인격의 능지처참을 받아들여야 할 것이다. 기독교에 의해 고안된 개인이기를 그만두어야 할 것이니, 그것은 식물인간 같은 오늘날의 삶이 갇혀 있는 어두운 감옥일 뿐이다.

3

랭보가 이와 함께 비범한 생각을 품은 것은 아마 5월 초 바로 그때였고, 이는 향후 이 년간, 아니 필시 영영 그의 운명을 결정지을 생각이었다.

이 순간 그의 삶에 하나의 사건, 정신의 사건이 일어났다는 사실은 5월의 편지 두 통에 담긴 열정만으로도 넉넉하게 입증된다. 그는 열에 들떠 일련의 발견을 쏟아내듯 편지에 옮겨 적는데, 그러한 발견은 위기 상태에서만 이루어지는 법이다. 그 직관의 본질이 무엇이었느냐 하면, 의심치 말자, 그것은 「도둑맞은 마음」에 표현된 비천함을 장차 올 정신의 영웅에게 요구되는 대가와 서슴없이 동일시했다는 것이었다. 랭보는 이장바르에게 쓴다. "지금으로선, 저 자신을 최대한 천하게 만들고 있습니다. 왜냐고요? 저는 시인이 되고 싶으니까요, 그러니 저 자신을 투시자로 만드는 일을 하는 것입니다. 선생님은 결코 이해하지 못하실 테고, 저도 좀처럼 선생님께 설명드릴 수가 없을 것 같네요. 모든 감각의 착란을 통해 미지에 도달해야 합니다. 고통은 어마어마하지만, 강해져야 하고, 시인으로 태어나야 합니다. 그리고 저는 스스로를 시인으로 인식했습니다." 「도둑맞은 마음」에서 랭보는 조롱당하는 반항자로서 제 비참한 상황을 말하고 있었다. 그는 제 "마음"을, 사랑의 능력을 강탈당했음을, 그리하여 자기에겐 온갖 더러운 것들에 대한 매혹에 가까운 심려만이 남아 있고 그걸 "수리수리마수리" 거짓말

시로 정화한다는 건 허망할 뿐이며 그외엔 달리 어떤 도움도 기대할 수 없고 다른 어떤 행위도 시도할 수 없는 처지임을 인정했다. 그런데, 엘리파스 레비나 발랑슈를 재미삼아 읽다가, 새로운 사상을 전하는 "천사들"의 반열에 들기 위해 겪어야 할 모든 것뿐만 아니라 "나란 하나의 타자"라는 사실을, 사람은 부지불식간에 앎의 수용체이며 부지불식간에 앎을 계시하기에 이를 수도 있다는 사실을 그는 불현듯 이해한다.* 그러므로 자신은 대가를 치르는 중이며 그의 비참은 필요한 고통이라는 것을, 그의 절망조차도 철학자들이 권유하는 인격의 단절, 유한한 관심사 및 너무 인간적인 야망과의 단절임을. 그토록 고통스러웠던 저 기진맥진 상태의 의지("저는 파렴치하게 얹혀 지내고 있습니다"), 그것은 나쁜 주관성과 타락한 모든 격식의 분해다. 즉 지옥으로의 하강이며 거기서 그는 구원자로 되돌아올 것이다. 길을 잃었다고 생각하고 있었는데, 이제 보니 그에게 작용하는 미지의 힘에 의해 그는 정신의 증인이 되는 일에 누구보다도 가까이 와 있는 것이다. 그는 덧붙여 쓴다. "그건 제 잘못이 아니에요. '나는 생각한다'라고 말하는 것은 틀렸어요. '내가 생각된다'라고 말해야 할 텐데요. ―말장난을 해서 죄송합니다."

* (원주) 파스칼식의 느닷없는 깨달음이 랭보에게도 있었다고 말하려는 게 아니다. 다만 한 인간의 경험에서, 감내되던 필요가 자유로 변하는 순간을 짚어볼 수 있다는 것이다. 핵심이되, 흔히는 감춰져 있는 순간. 그럼에도 모든 비평은 저 순간에서부터 출발해야 한다.

이 말장난을 이해하자. 또한 새로운 생각이 "붕대 감고" 치유됨으로써 얼마나 놀라운 에너지를 느닷없이 풀어놓을 수 있었는가를 이해하자.* 절망한데다 수치마저 느끼면서 너무도 오래 좌절해 있던 그의 자존심은 이제 그만큼 막대한 과업들을 그에게 제안한다. "나는 신을 창조한 자다", 베를렌의 「사랑의 죄」에서 그는 이런 말을 하는 자로 그려질 것이다. 적어도 그는 "시인"이 되고자 한다, "위대한 환자, 위대한 범죄자, 위대한 저주받은 자, ―또한 지고의 학자!" 그는 저 "무시무시한 일꾼들", 천계론에 따르면 존재의 귀환을, 랭보의 명명에 따르면 "진정한 삶"을 준비하는 자들 중 하나가 되고자 한다. "삶을 바꾼다"는 욕망, 유년 시절부터 짊어진 이래 일상에서 농익은 그 욕망에 이제 그는 얼마나 강력한 형이상학적 종말론적 힘을 실어넣는가!

지금의 그에게는 용기가 무척 쉬워 보인다는 것을 나는 의심치 않는다. 그 용기로 그는 자기 운명의 방향을 향해 나아가기로 결심한다. 고통과 고문을 악화시키면서, 동시에 거기에 의미를, 하나의 적극적 가치를 부여하면서. 어제까지만 해도 고통의 원인이었던 차이를 지금 그는 자신의 영광으로 삼는다…… 그는 드므니에게 쓴다. "제 말은 영혼을 괴물스럽게 만들어야 한다는 겁니다. 콤프라치코스**를 전범으로 삼는다고나 할까요! 얼굴에 사마귀를 심

* 프랑스어에서 '생각하다penser'는 '붕대를 감다panser'는 단어와 발음이 동일하다. 따라서 '내가 생각된다On me pense'라는 문장은 '내게 붕대가 감긴다On me panse'라고도 들린다.

어놓고 그것을 경작하는 사람을 상상해보십시오…… 온갖 형식의 사랑, 고통, 광기, 그는 자기 자신을 탐색하고, 자기 안에서 온갖 독을 길어내어, 거기서 정수만을 간직합니다. 모든 믿음을, 모든 초인적 힘을 동원해야 할, 이루 말할 수 없는 고문이지요"…… "무시무시한 일꾼"은 아르튀르 랭보가 자기도 모르게 내뱉었을 뿐인 모든 거부를 걸머질 수 있다. 「나의 작은 애인들」을 반복할 수 있다(거기에 실렸던 증오는 아마 줄어 있을 터, 그 대신 초연함이 더해질 것이다). 그러므로 겉보기에 하찮은 이 시가 '투시자' 편지 속에 자리잡고 있다는 것은 우연이 아니다. 소외는 일종의 창조적 고행임이 밝혀졌다. 악덕은 진실을 덮고 있는 저 장막을 흐트러뜨리는 수단 중 하나다. 랭보는 그의 어두운 시들, 그의 말마따나 한 편의 "경건한 노래"로서 「웅크림들」을, 또는 「도둑맞은 마음」을, 비천함이 가장 위태롭게 두드러지던 시들을 더 열렬하게 재천명할 수 있다. "다음의 글을 선생님께 드립니다. 이건 풍자일까요, 선생님 식으로 말씀하신다면? 이건 시일까요?" 어쨌거나 이 시들은 "주관적" 시의 분해, 연금술로 말하면 '부패putrefactio'의 과정이다.

** comprachicos. 빅토르 위고의 『웃는 남자』(1869)에 나오는 조어로, 아이들을 사들여 신체에 기괴한 변형을 가한 뒤 되파는 인신매매꾼들을 가리킨다.

4

“제 말은, 투시자여야 하며, 투시자가 되어야 한다는 겁니다!” 랭보의 결심에서 골자는 그가 명명하는바 “주관적인” 시에서 “객관적인” 시로 이행하는 데 있다.

그는 이장바르에게 쓴다. “선생님의 주관적인 시가 매양 끔찍하게 밍밍하리라는 것은 차치하더라도요.” 그리고 드므니에게는 뮈세에 대해 다음과 같이 쓴다. “오! 그 밍밍한 콩트들과 속담 희극들!…… 뮈세는 아무것도 할 줄 몰랐습니다. 장막의 거즈 천 뒤로 보이는 비전들이 있었지만 그는 눈을 감았습니다.” 과연 주관적 시란 이상성에, ‘예술적’인 심미주의에, 유희에 골몰하는 시일 것이다. 또 감정에서 길들이기 쉬운 부분만 취하는 감상적 서정적 시일 테고, 한마디로 말해 인신을 관습의 망에 가두어놓을 뿐 존재하는 것의 초월성을 향해 열어 틔우지 못하는 시다. 이 주관적 시에 자신이 오랫동안 수긍했던 것을 물론 랭보는 잊지 않는다. 「고아들의 새해 선물」과 「태양과 육체」는 주관적 시였는데, 몽상 속에서 충만한 삶의 이미지들이 너무 쉽게 솟아나기 때문이다. 「나의 방랑」이나 「초록 주막에서」나 길에서 지은 소네트 전부도 마찬가지다, 그 시들이 품고 있던 환상에 대한 응답이 전혀 나타나지 않았으니까. 하지만 가장 최근의 시들, 랭보가 여전히 쓰고 있는 시들 역시 주관적 시다. 변혁해야 할 시점에 말하는 것으로 만족하는 「자애의 자매들」과 「첫영성체」가 그렇고, 또 「앉아 있는 녀석들」

「저녁 기도」「웅크림들」도 마찬가지이니, 왜냐면 혐오건 증오건 그 시들이 그려 보이는 태도들은 그걸로 만족하는 자를 심리적 무대에, 망상이 상연되는 무대에 붙들어놓기 때문이다. 오늘날까지 모든 시가 저 공백에 지나지 않았다. 카발라의 관점에서 이는 식물인간 같은 삶이 영위되는 하급 층위에 해당하며, 원초적 존재가 파편화되었을 때 나타난 개체성의 발로다. 그리하여 랭보는 지금 생각한다, 이 거짓말 시를 넘어서는 일이 곧 우리의 불행한 조건과의 결별이라고. 그는 "객관적인" 시를 신성한 삶에 돌아가는 일로, 되찾은 참여 속에서 감정들과 태도들을 넘어서는 일로, 하나의 파편적 시각, 감관에 주어진 모든 가능성 중 하나의 '조정 값'에 불과한 우리의 감각을 미지의 실재적 불꽃 속에서 태워내는 일로 예고한다. 우리의 삶은 그리스적 삶과 달리 더이상 조화롭지 않으며 신성한 리듬에 합치되지 않으므로, 현상태의 우리 삶을 연소시킴으로써 실재를 재발명해야 한다. 실재는 새로움과 동일시되는데, 새로움이라는 말이 지닌 가장 급진적이고 가장 "괴물스럽고" 가장 파괴적인 의미에서다. 그리고 참됨은 말하자면 저 "미지"라는 존재의 무매개적 비전과, 해방과 동일시된다.

이처럼 랭보는 자신의 정서적 붕괴에, 학대당해온 자신의 끔찍한 영혼에 정신상의 근거를 마련하고 그것들에 의미와 가치를 부여했다. 비전, 역사적으로야 뜻밖이지만, 정신적으로 보자면 그것은 한 청소년이 겪었던 정서적 비참의 변신이다.

존재를 배우기 위해 어떤 기술들을 발명하려 했는지, 그가 거지반 말해놓았으니 조금 뒤에 이야기해볼 것이다. 언어와 직관 사이에 어떤 새로운, 이제까지 없던 관계를 발명하려 했는지. 비전에 대한 이 욕망에서 지금 강조하고 싶은 것은, 혐오되던 표현이 비장한 의미를 지니게 될 때 그가 거기에 투여하는 어마어마한 에너지다. 이는, 이렇게 말하면 어떨까 싶지만, 계산에서다. 랭보가 예감하는 미지는 의식의 지평을 무너뜨리고, 이로써 그를 짓누르는 불투명함을 흩어놓기 때문이다. 그리하여 광적으로, 으레 그렇듯 무지막지하게, 그는 이 구원을 향해 투신한다. 오래전부터 그는 일상적인 응시 속에서 환상의 광시증光視症을 찾아 구해온 터였다. "일곱 살의" 시인은 시상視像을 보려고 "어지러운 눈을 짓누른다". 「감각」을 위시하여 곳곳에 표현된바 미지근한 음료들, 젖은 초원의 냄새, 골목길의 악취에 대한 끌림부터 이미 사물들의 외양 아래에서 작용하는 불투명한 내부를 드러내는 모든 것에 대한 열렬한 관심을 보여준다. "오래전부터 나는 있을 수 있는 모든 풍경을 손아귀에 쥐었다고 자부했다"고, 랭보는 『지옥에서 보낸 한 철』에서 쓰리라. 하지만 그해 여름에 쓰여질 위대한 시 두 편을 예고해주는 것은 전혀 없다. 게다가 몇 달 전까지만 해도 그렇게나 존경하는 것 같았던 방빌에게 이 기똥차게 무례한 시, 「꽃에 대해 시인에게 하는 말」을 보낸다는 것은 전혀 예측 불허의 일이었다.

나는 이 시가 랭보의 가장 감탄스러운 작품들 중 하나라고 본다. 필시 그의 가장 순수한 에너지가 드러나는 시이기도 할 것이다. 뛰어난 "주관적" 시인이었던 방빌은 꽃을 노래하고 또 노래했다. 백합과 카네이션과 맨드라미 장식이 평온하기만 한 그의 사고를 한층 편안하게 달래어준다. 그런데 이 "황홀의 관장기灌腸器들"이 샤를빌에서는 상스러운 욕지거리를 들을 수 있음을 그가 알게 되다니.

매양 프랑스적인 식물들,
퉁명스럽고, 폐병을 앓는, 우스꽝스러운
그것들 사이를 땅딸보 개들의 배腹가
황혼녘마다 평화롭게 항해하지.

더하여, 시인이라 자칭하는 누군가가 꽃에 대해 주창되던 아름다움에 감히 "일꾼들"인 식물의 수액, 포도당, 나뭇진의 유용성을 맞세우다니. 물론 그러한 주장은 하나의 은유다. 수액은 형상 너머의 것으로부터 오니, 사물밖에 모르던 이에게 존재를 상기시킨다. 장식물에 불과했던 것 속의 실질적인 것, 양분은 미지가 지닌 도취의 효력을 이른다. 또한 존재를 쓸모로, 서정을 상업으로 폄하하는 일에는 불모의 아름다움에 대항하는 논쟁적 가치가 있다. 랭보가 반어적인 방식으로, 엇길을 빌려서 일종의 시학을 쓰고 싶었다는 데에는 의문의 여지가 없다. 꽃에 대해 시인에게 말하는 부정不定인칭 'On', 그것은 여전히 괴물 같은 존재이자 고문당하는 존재이며 가깝고도 먼 존재, 드므니에게 보낸 편지의 그 존재다. "하나의 타자"인 "나", 기이한 알시드 바바*의 야유적이되 약간은 모호한 목소리 속에서 잠시 드러날 수도 있는 존재. 그럼에도, 가장 상스러운 풍미가 정신에 행사하는 매력을, 또한 직접적으로 시적인 그 효력을 무시해서는 안 된다. 『지옥에서 보낸 한 철』의 마지막 문장들에서 모습을 나타내게 될 "농부", 훗날 랭보가 희망을 버린 후 현신하게 될 "식민자"와 "상인", 이들은 랭보에게 시를 받아적게 만드는 저 영매의 인칭 'On'에 사물에 대한 그들의 가차없는 앎을 빌려준다는 점에서 높이 기려질 수 있다. 사물의 특질에 대한 부인으로부터, 형상의 파괴로부터, 실질에 대한 돌연한 직관으로부터 한 줄기 뇌우 같은 빛이, 너무 협소했던 시의 하늘에서 여태껏 보지 못했던 한 줄기 번개가 틀림없이 솟구칠 것이기 때문이다.

꽃들에 대한 야유, 공황을 불러일으키는 꽃들의 반反서정, 그것은 낡은 감관의 해체, 인간적 구획에 대한 불시 습격이다. 또한 랭보에게는 "토사물"처럼 겪어야 했던 해묵은 자기 증오를 온갖 수액들의 분출 속에서 후련히 해소하는 일이기도 했다. 그렇다, 야만스럽고 파악할 수 없고 춤을 추는 이 시 속에는 진정한 행복이랄 것이 있다. 그렇기 때문에 고백하건대 나는 이 시를 「취한 배」보다 좋아한다. 그해 여름의 또다른 대기획이며 보다 초조한 황홀경인 「취한 배」는 비전의 해방이라기보다는 그에 대한 신화다. 비전의 폭을 족히 말해주지만, 그 실패 역시 미리 그려 보인다.

---

* Alcide Bava. 1871년 8월 방빌에게 이 시를 보낼 때 랭보가 쓴 별칭 사인으로, 여기에 딱 한 번 등장한다.

「취한 배」는 보들레르의 「여행」에서 나왔고, 그것만이 핵심적인 출전이다. 한 시인이 앞서 사회의 기성 질서를 시험하고 선과 악을 뛰어넘고자 했고—"지옥이든 천국이든 무슨 상관이랴?"고 그가 적시하지 않는가—"미지의 밑바닥으로, 새로운 것을 찾기 위해" 뛰어들어 잠기고자 했으니,* 아르튀르 랭보가 그에게서 취한 몇몇 단어를 알아볼 수 있는 구절이다. 하지만 사랑에 대한 생각으로 명철함을 지킬 수 있었던 보들레르는 죽음 속의, 죽음에 의한 출구만을 찾아 구했었다. 「여행」에서 말해지는바, 우리의 방랑에서 풍경은 우리의 이미지를 되비추면서 끝없이 되풀이된다. 가장 참된 실재는 몽상 속 다른 곳에서가 아니라 각 존재와 각 사물 속에서 찾아야 할 것이니, 그것들의 유한성 속에서 저 빛을 감지해야 할 것이다. 이 희망을, 적어도 이 순간만이라도, 랭보는 들을 수 있었을까? 어쨌건 간에 그는 재개된 탐색 신화를 자기 것으로 삼았고, 그

---

* 보들레르의 시 「여행」 중 특히 마지막 두 연이 시사된다:

> 오, 죽음이여, 늙은 선장이여, 시간이 되었다! 닻을 올리자!
> 이 고장은 지겹다, 오, 죽음이여! 출항을 준비하자!
> 하늘과 바다가 먹물처럼 컴컴하다 해도,
> 그대가 아는바 우리 마음은 빛살로 가득차 있다!
>
> 우리에게 그대의 독을 부어 힘을 보해다오,
> 저 불꽃이 그만큼이나 우리 뇌수를 태우니, 우리는 원한다
> 심연의 밑바닥으로 뛰어들기를, 지옥이든 천국이든 무슨 상관이랴,
> 미지의 밑바닥으로, 새로운 것을 찾기 위해!

탐색의 길이 바로 여기에도 하나 있음을 공표할 수 있다고 여겼다. 그는 논리적 사고와 감관의 전통이라는 "배 끄는 인부들"이 학살당한 뒤 시끄럽게 분출되는 깊은 색채들 속으로, 잔잔한 강 저편 뇌우 몰아치는 광대한 바다인 양 열리는 실질 속으로 정신을 던져 넣게 될 움직임을 흉내내 보인다. 그 비전 속에서 그는 도래할 "생기"를, 토대 잡힌 삶 하나를, 하나의 앎을 동시에 발견한다. 그는 "보았고" 그는 "안다"고, 랭보는 말한다. 어쨌든 그의 묘사는 이미지들에 대한 가시지 않는 허기—그토록 오랫동안 합리성과 회화성에 갇혀 있었던 우리 시 전체가 느끼던 허기—로 발효를, 수액의 순환을, 소용돌이를 뒤쫓는다, 거대한 잠재 상태를 뒤로하고 격렬하며 시끄럽고 번개처럼 재빠르되 심연처럼 드넓은 행위로 이행하는 와중에 있는 모든 것을. 오래도록, 시의 소망이 지속되는 한 오래도록 그것들은 확실히 흐뭇한 이미지들로, 가장 강력한 미지의 이미지들로 남을 것이다.

그럼에도 거기 있는 것은 미지에 대해 실재의 우리 쪽에서 가질 수 있는 이미지들, 형상들에 불과하다. 이내 「취한 배」에 저 미지의 장소 자체에 대한, 혹은 그 미지에의 접근에 대한 의심이—"이 바닥 없는 밤 속인가"—더 심각하게는 미지 탐색의 가능성 자체와 그 진실성에 대한 의심이 나타난다. "그러나 정말이지, 나는 너무 울었다"고 랭보가 갑작스럽게, 비범한 지성을 내보이며 쓴다. 사랑이 부족한 까닭에 어제까지도 계속되던 불안한 자기 허비가 전력투구의 가능성을 원천봉쇄했을 수도 있다. 꿈은 막대하나,

여전히 먼저 진정시켜달라고 졸라대는 옛 좌절감의 보잘것없는 나라에 그가 제 욕망을 붙들어놓았을 수도 있다. 랭보가 정말로 저 배처럼, 취하여 저편 바다로 가기를 원하는 게 확실한가? 이 무익한 도취 속에서, 그는 차라리 저 "익사자"와 비슷하지 않은가? 시에서 세 번,* 저만의 황홀경에 빠져 멍하니 지나가는 그 익사자 말이다. 언제나 자신을 알고 있으며 언제나 자신에 대해 밝혀 말하지 않을 수 없는 랭보는 과연 문득 제 진짜 소원을 드러낸다.

내가 원하는 유럽의 물이 있다면, 그것은
검고 차가운 물웅덩이! 향기 속에 굳혀진 황혼녘에
슬픔에 찬 아이가 웅크려 앉아
5월의 나비처럼 여린 배를 띄우는 곳.

저 붙박이 물이 무엇이겠는가, 새삼 뚜렷해지는 유년의 장소가 아니라면? 그리고 여기 새롭게 등장한 배는 무엇이겠는가, 미지나 존재의 심층에 대한 욕구와는 또다른 욕구, 즉 사랑하는 사람이 준 것이라면 작디작은 것으로도 기꺼워할 사랑에 대한 욕구가 아니라면? 정말이지, 랭보가 보여주는 아이는 "슬픔에 차" 있다. 아이는 이 사랑을 맛보지 못했고, 갈무리되지 못한 유년 시절의 불가해한 유약함과 "바다의 시", 즉 잠재태의 온갖 힘이 자기 안에서 대치하는 것을 은연중에 알고 있다. 「취한 배」에서는, 랭보의 많은 시가

* 사실은 두 차례다(이 책 47쪽의 각주 참조).

그렇듯, 희망의 첫 도약을 꺾고 명철함이 승리한다. 그리하여 겨우 발명된 비전은 허망한 것으로 드러난다. 그 비전이 풀어놓는 야만적인 듯 원초적인 사랑, "쓰디쓴 적갈색"의 사랑은 그다지 크지도 값지지도 않아서, 아낌없이 베풀어짐으로써 성별聖別되는 한 사람의 단순한 애정만 못하기 때문이다. 비전은 우주적 리듬을 타는데, 그것이 한 심정의 필요를 만족시켜줄 수 있을지는 확실하지 않다.

5

우리는 다가오는 수개월간 이러한 모순들이 점점 더 강하게 드러나는 것을 보게 될 것이다. 당장으로서야 스치듯 인정되었을 뿐이다. 랭보는 영웅적 기획에, "불을 훔치는" 일에 몸과 마음을 바칠 것이다.

그는 파리 상경을 준비한다. 그간, 즉 "투시자" 편지와 「취한 배」의 마지막 연들 사이에, 결정적인 사건들이 일어나 그의 계획을 뒤흔들었기 때문이다. 여름 초입에 그는 혼자였고, 머잖아 샤를빌을 뜰 수 있으리란 희망도 별로 없었다. 이장바르에게 보낸 7월 12일 편지가 보여주는 그는 몹시도 궁하고, 심지어 서점에 빚을 지고 있다. 또다른 편지, 8월 28일 드므니에게 보낸 편지는 집에서의 처지를 한층 어두운 빛으로 그려낸다. "피의자 처지입니다. 저는 일년 넘게 일상적인 생활을 떠나 있었어요, 뭘 위해서인지는 선생님도 아실 테고요. 가히 형언할 수 없는 이 아르덴 지방에 줄곧 갇혀, 단 한 사람과도 교제하지 않으면서, 불결하고 어리석고 고집스럽고 신비로운 무슨 작업에 파묻혀서는, 질문들과 거칠고 악의적인 부름들에 침묵으로만 답하며 법외 상황에서도 의연한 모습을 보여줌으로써, 저는 마침내 숙취의 납 투구에 짓눌리는 일흔두 명의 관료만큼이나 완강한 어머니를 자극하여 잔혹한 결단을 내리게 만들었지요." 강요되는 일이냐 가출이냐, 둘 중 선택해야 한다. 그리하여 랭보는 드므니에게 조언을 구하고, 어쩌면 도움까지도 바랐을 수 있다. 그러나 드므니는 답하지 않는다. 그가 5월의 위대한 편지에라도 답을 했을까? 전날의 두세 친구들과 랭보 사이에 골이 깊어지는 것은 주목할 만하다. 랭보는 이제 그들을 만나지 않을 것이며, 더이상 그들에게 편지와 시를 보내지 않는다. 천재가 그를 높이 끌어올렸고, 그 높이에서 들려오는 그의 말에 그들은 더이상 귀기울이지 않았다.

그런데 어느 여름날, 샤를빌의 동지 브르타뉴가 예전에 자기가 만난 적이 있는 폴 베를렌에게 시를 보내보라고 권한다. 랭보는 오늘날 유실된 편지 두 통을 쓰고, 얼마 지나지 않아 베를렌이 답한다. "오십시오, 위대한 영혼이여", 무척이나 경탄스러웠던 시인이 말한다. 그가 처음으로, 랭보를 파리에 맞아들이겠다는 제안을 해온다. 랭보는 9월 말에 그와 합류한다.

절대와 말

1

떠나기 며칠 전 랭보는 들라에에게 털어놓는다. "아아! 내가 거기 가서 뭘 할 수 있을까." 그는 뭔지 모를 의혹을 느낀다. 하지만 파리에 도착한 뒤, 그는 폴 드므니에게 보낸 5월의 편지에 선언했던 결심을 자신의 시와 생활방식으로 재표명한다.

그리고 이는 다분히 순수의 정신에서였다. 그가 드디어 "파리"에 있지 않은가. 이 단어가 불러일으킬 수 있는 온갖 오해를 간과해선 안 된다. 랭보가 꿈꾸었던 파리는 보들레르의 파리이자 코뮌의 파리다. "성스러운 도시"*, 시와 반항이 동일한 것으로 나타났

* 「파리의 항연 혹은 파리가 다시 우글거린다」에서 랭보가 파리를 칭하기 위해 쓴

던 곳. 하지만 그가 와 있는 파리는 "객관적" 시의 그 고귀한 장소가 전혀 아니다. 그것은 난폭한 열정이 문학가들에 대한 그의 순진한 존경을 침식하기 전, 이장바르와 함께 한때 사랑한다고 믿었던 파리에 훨씬 더 가깝다. 자기만족에 기꺼운 알량한 시인들과 보헤미안들이 미와 예술을 논하는, 기실 협소한 세계—그러나 그는 딱히 거기서 나가지도 않으리라. 스스로를 "예술가"라 느끼지 않는 랭보로서는 단박에 그 세계가 싫어졌을 것이다. 그러므로 금세 그가 꾸며낸 태도를 취하고 촌티를 내세우는 모습을 보인다면 이는 가짜 무질서와 허황된 반항을 심판하고 모욕하기 위해서이기도 했다. '심미적' 자기만족이야말로 가장 심각한 불순이다. 그에 대항하여 랭보는 하나의 모럴로서 "길고 거대한 착란"을 내세웠다.

"조리 있는 착란". 파리의 랭보에 대해 한 편의 전기를 쓸 수 있다면 마찬가지로 한 편의 논리학서를 쓸 수도 있을 터, 외관상의 방황과 그의 작업에 엄밀한 질서가 있으니 말이다. "온갖 형식의 사랑, 고통, 광기". 하지만 무엇보다도, 그것들이 펼쳐질 공동의 장으로서, 고행과 다르지 않은 궁핍이 있다. 파리의 랭보는 가난하다기보다는 가난에 매료되어 있다. 베를렌이나 방빌이 돕고 싶어 할 때마다 그는 주어지는 안녕을 피해 빠져나간다. 그에게는 아무것도 아닌 장소가 필요했는데 그것이 불결한 방들이고, 이 세계의 흐름에 따라 무화되는 순간들이 필요했는데 배고픔의 날들이 그

표현이다. "저기 있다, 서구에 자리잡은 성스러운 도시가!"

것일 수 있다. 이런 빈궁함에 베를렌과의 우정이 더해지는데, 그것은 얼마 안 가 에로틱한 애착이 되어 그를 방탕과 정서적 무질서 속으로 던져넣는다. 다음으로는 압생트, 어쩌면 마약도 이때부터다. 최소한 "압송프"*는 있다. 랭보는 단순한 음료들, 초급 단계의 술이었던 샤를빌의 "맥주나 포도주 잔술"** 너머에서 그 "초록 기둥"***을, 새로운 "초록 여인숙"의 연금술적 아름다움을 발견하며, 그것은 갈증의 돌연한 완성이자 밝혀지는 진실, 갈증의 재발명이다. 이후 랭보의 갈증이 어떠한 것으로 남게 되는지는 잘 알려져 있다. 망망하고 달래지지 않는 갈증, 이렇게 말하면 어떨지 모르겠으나, 존재론적인 갈증이다. 랭보는 갈증에 그의 가장 아름다운 시들 중 한 편을 바쳤다. 「갈증의 코미디」, 심연의 목소리들이 울려 퍼지는 그야말로 "전설적인 오페라"다. 포도주, 사과주, 우유, 리퀴르 술, 차, 커피에의 갈급한 욕구—"아! 저 단지들을 죄다 거덜 내야지!"—는 먼 조상들, 저 태양의 동시대인들이 일찍이 그랬던 것처럼, 수액의 순환과 자연의 리듬 속에서 잦아들고 싶은 욕망임이 밝혀진다. "속임수 없는" 태양의 직관, 본질적 해갈의 길에서 압생트는 가장 오래 머무른 단계 중 하나가 될 텐데, 이는 그 술이 "객관적" 시의 기적과 비슷한 기적을 통해 하나의 불과 하나의 비

* 1872년 6월 들라에에게 보낸 편지에서 랭보는 압생트의 발음을 변형하여 이렇게 칭한다.

** 1871년 5월 13일 이장바르에게 보낸 편지.

*** "입성하자, 슬기로운 순례자들이여, / 저 초록 기둥의 압생트주에……"(「갈증의 코미디」)

전을, 품는 동시에 풀어놓기 때문이다. 그것은 일체성의 체험이다. 후일 랭보는 그것으로부터 벗어날 수 있게 되고, 그 가증스러운 모호함을 간파하여 술이란 실질이라기보다는 몽상이고 존재에의 접근이라기보다는 쉬이 체념하는 수동 태세라는 사실을 알아채게 될 것이다. 하지만 지금으로서는 취기 속에서 "시적 고물故物"*의 "전설"과 "비유"**를 녹여 흩뜨리기를 즐기고, 형상들로 이루어진 음울한 우주의 분해를 흡족하게 지켜보는바, 형상들의 우주는 바로 그때 랭보가 더 대담한 방식으로, 하나의 새로운 단어 사용법을 통해 반박하고자 한 것이기도 하다.

그도 그럴 것이 주요한 착란, 다른 모든 착란을 대체한다고도 할 수 있을 착란의 수단이자 장소는 말이기 때문이다. 이 시기 전체에 대해 랭보는 하나의 진술서를 남겼고, 거기엔 적절하게도 "언어의 연금술"이라는 제목이 붙는다. 그리고 당시의 시들은 단어들이 어떤 용법들의 "고문"을 받음으로써 그가 미지라 일컬었던 것을 향해 열릴 수 있었는지 잘 보여준다.

* "시적 고물이 내 언어 연금술에 좋이 한몫을 차지했다."(『지옥에서 보낸 한 철』, 「섬망 II. 언어의 연금술」)

** "아니다, 이제는 없다 그 순결한 음료들, / 유리잔을 채울 그 물의 꽃들은. / 전설도 비유도 / 내 목마름을 풀진 못한다."(「갈증의 코미디」)

2

랭보가 말하고자 했던 "체계", 자신의 넌더리나는 조건을 벗어나 "진정 불을 훔치는 자"가 되고자 하면서 의지했던 "체계"를 내가 설명할 수 있다고 자처하진 않겠다. 그래도 몇 가지 생각은 개연성 있게 제시할 수 있다고 여기며, 이를 통해 그토록 많은 발명이 이루어진 그 몇 개월 동안 랭보에게서 언어와 시적 포부가 어떤 관계를 맺었는지 조금이나마 해명할 수 있을 것이다.

우선 '미지', 그의 새로운 시학과 직접적으로 결부되는 이 단어는 어떤 의미로 쓰이고 있는가? 미지는 "비전"의 대상이다. 드므니에게 보낸 편지에서는 과연 그렇게 말해지지만 그 이상 자세한 것은 드러나지 않는다. 현 순간 탐색되지 않은 현실세계의 한 부분, 또는 미처 인지되지 않은 감각적 외양의 한 면모를 가리킬 뿐이라고 생각할 수도 있겠지만, 이는 「취한 배」나 「꽃에 대해 시인에게 하는 말」에서 당장은 은유의 필요로 인해 사물들이나 장소들이 언급될 뿐, 사실 "믿기지 않는 플로리다들"이 있는 곳은 외양들의 세계를 진정으로 뚫고 나가야 이를 수 있는 먼 곳, 시선의 한계 저편이라는 점을 무시하는 처사가 될 것이다. "나는 신비로운 공포들로 얼룩진 낮은 태양을 보았다."* 이건 단순히 희귀한 광경이라기보다는 하나의 현현에 가깝다. 또한 랭보가 "장막의 거즈 천

* 「취한 배」.

뒤로 보이는 비전들이 있었다"*고 쓸 때, '실제'로는 장막이 아닌 것을 표적으로 삼는다는 점에는 의문의 여지가 없다. 하지만 그가 생각하는 것이 무슨 초현실계는 아니다. 그는 천사들이 있다고 믿지 않았고, 보이지 않는 능력들에 대한 믿음을 카발라 전통으로부터 빌려오지도 않았다. 그가 아는 것이라곤 "불의 신, 태양"과 "빛 자연"**뿐이다.

그렇다면 초자연적 대상이 아니면서도 외양세계에는 생소한 대상이란 대체 무엇인가? 많은 정신에서 외양이란 모든 실재의 척도가 아닌가. 어쩌면 '비전'이나 그 미지에 객관적 가치라곤 없는 게 아닐까? 그렇게 여겨지기도 할 것이다. 어쩌면 랭보는 환각과 꿈으로 만족하는 게 아닐까? 랭보가 그런 것들을 경험했다는 점에는 의심의 여지가 없다. 심지어 그는 그것들을 부추긴다. "나는 단순한 환각에 익숙해졌다. 나는 자유자재로 공장 대신 회교 사원을, 천사들이 만든 북 치는 학교를, 하늘 가도街道에서 사륜마차들을, 호수의 밑바닥에서 살롱을 보았다"고, 「언어의 연금술」 앞부분에 쓴다. 찰나의 착란들, 그것들을 통해 영혼은 "괴물스럽게" 될 수 있고 진정한 야만의 본성을 되찾을 수 있다. 그러니 어떤 의미에서는 영혼이야말로 비전이 자리할 곳이다. 도래할 보편적 랑그에 대해 랭보는 그것이 "영혼을 위한 영혼의 언어"***라고 언명한 바 있

* 1871년 5월 15일 드므니에게 보낸 편지.

** 둘 모두 『지옥에서 보낸 한 철』의 「섬망 II. 언어의 연금술」에 나오는 표현이다.

*** 1871년 5월 15일 드므니에게 보낸 편지.

다. 그럼에도 그가 존재하지 않는 것에 기반을 둘 수 있다고 생각한다면 이 골수 현실주의자를 무시하는 처사가 되리라. 그는 말했다. "시인은 진정 불을 훔치는 자입니다." 또한 『지옥에서 보낸 한 철』에서 그는 단언한다. 가장 높은 시적 순간에는 의식이 현실의 절대 속에 녹아 없어진다고, "나는 빛 자연의 황금 불티가 되어 살았다"고.

"빛 자연"! 다시금 우리는 이 단어들과 마주하게 되었다. 동격으로 딸린 단어 '자연'이 강조되어 있음을 주목하자. 이 구절이 시사하는바, 그 현실주의적이면서도 영성적인 의미를 짚어보기 위해서는 랭보가 엘리파스 레비나 발랑슈의 저작에서 읽을 수 있었던 것을 떠올려야 하니, 즉 우리의 감각에 주어진 것은 상대적 가치만을 지닌다는 것, 존재는 온갖 외양 너머에서 절대의 얼굴을 하고 나타난다는 것이다. 감각은 우리의 전락을 말할 뿐이다. "진정한 삶"을 재발견하기 위해서는 먼저 감각의 직물을 찢어버려야 한다. 이렇게 해서 환각들, "섬망증"이 지닌 기능, 즉 부정의 기능이 규명된다. 또한 이렇게 해서, 서로 파괴하고 파괴되는 양상들 너머에서 이루어질 지고한 만남 하나가 시사되는데, 그것이 진정한 비전일 것이다. 한마디로 말해 비전이란 가면 벗겨진 사물들의 즉자에 대한 지각으로서, 물론 우회적이고 역설적이며 순간적일 수밖에 없다. 즉자란 그 아연실색할 무매개성에 있어서 형상이라기보다는 힘이요, 광경이라기보다는 법열이며, 상태라기보다는 비상飛上이다. 신비주의자들이 묘사하는 "밤"과 같은 것이라고 봐야 할까? 하지만 잊지 말자, 랭보에게는 우리의 현존재가 밤이다. 그가 가장 깊은 현실, 일상적 지각에 의한 변질로부터 해방된 실재를 묘사하고자 할 때 그는 광채를 말할 것이며, 여인숙의 "취한 각다귀"가 햇빛에 녹듯 그 속에서 자신이 녹아 사라질 불을 말할 것이다. 우리는 태양의 아들들이 아니던가? "나는 하늘로부터 암흑에 속해 있는 푸른빛을 떼어냈다"*고 랭보는 쓴다. 마침내 굳은 외양의 짐짝을 던져버린 그는 비전을 통해 스스로를 자유에 열어젖히니, 자유야말로 존재의 실질이다. 불구이며 거짓된 우리의 감각이 부정하던 그 "불" 속으로 마침내 뛰어든 "황금 불티".

이처럼 "미지"는 빛이자 리듬, 더없는 행동, 어떤 "행복"이다. 어쨌거나 그것은 이성적 용법에 붙들려 있는 언어에 대한 격렬한 부정이다. 이성적 용법은 외양들의 세계에 매달리지 않는가? 사물의 외관만을 말하지 않는가? 그러한 용법은 존재에서 하필이면 부재인 것을 대상으로 삼지 않는가? 그것이 "영혼을 위한 영혼의 언어"가 아니라는 것만은 확실하다. 그렇다, 하지만 마찬가지로 진실인 것은 그 어두워진 언어 속에 하나의 불티가 남아 있다는 사실이며, 그리하여 이제는 파리에서의 수개월 동안 랭보의 시적 희망에 분명 자양분이 된 것을 말해야겠다. 내가 '꽃'이라고 말하면, 그와 함께 모든 소여가 문제시된다. 우리의 암흑 저편으로 절대적인 것의 희미한 윤곽이 그려진다. 분리된 단어는 다시 말이 되어 실재

* 『지옥에서 보낸 한 철』, 「섬망 II. 언어의 연금술」.

의 내면적 성질에 대한 우리의 직관을 형상화한다. 그러므로 자신이 사랑했던 것을 단어 속에서 되찾을 수 있다고 생각하지 않는 시인은 없다. 말라르메가 "모든 꽃다발에 부재하는 꽃송이"를 상기할 때, 이는 이데아에, 지적 원형에 우리의 유한성과 죽음을 대비시키기 위함이었다. 보들레르가 "백조"를 명명할 때, 이는 모든 것이 그림자에 지나지 않는 곳에서 하나의 진정한 현존을 되살리기 위함이었다. 마찬가지로 랭보는 저 구원자 단어들로 무장했다. 다만 랭보를 사로잡은 것은 이데아나 존재의 현존이 아니라 감관의 표상들 너머, 언제나 그토록 가까이 있으면서도 언제나 감추어져 있는 저 존재의 실질적이고 찬란하며 운행중에 있는 즉자였다. 그때, 명명한다는 것은 이 "미지"를 향해 몸 돌린다는 것이다. 명명하는 일은 존재하는 것들의 격렬한 불꽃에 직접적으로, 더없이 맹목적으로 참여하게 해주는 듯하다. 단어들이 개념의 설득에 굴하지 않는 것만으로도 충분하리라. 단어들이 소용에 버티는 것만으로, 정상적인 감시 태세에 있는 정신의 기대를 저버리고 가능한 한 명명되지 않은 것의 빛 속에 머무르는 것만으로 충분하리라. 나로서는 랭보가 이제 쓸 시들, "무無의 노래들"의 포부가 이렇게 규명된다고 생각하며, 이는 또한 분명한 철학이 없는 시, 가장 소박한 노래들의 전통이 언제나 지녀온 포부이기도 하다. 그 노래들이 지각 혹은 생각의 상투형들로 이루어진 장막을 태워버리다시피 한다는 점을 이해한다면, 가장 '투명한' 노래들이라고도 할 만하다. 저 "순진한 리듬" 속에서, "시적 고물" 속에서, 누군들 "초록 잡목숲"을 떠올리지 않겠는가?* 그때 초록이라는 속성은 다른 모든 속성 및 그 자체의 상대적 양상들로부터 떨어져나온 것으로서, 더이상 외양이 아니라, 거의 손에 들어온 존재가 제 무색의 빛 속에서 드러내는 얼굴이 된다. 이번에는 소진의 시이자 귀환의 시, "삶을 바꾸기" 위한 시, 비의秘儀 입문의 시다. 게다가 이 시는 제 고유한 의미를 분명히 발설하는바, 나무, 샘, 종달새, 새가 지키는 정원 등 미지가 드러나 보이는 지점들이자 멈춰 서야 할 문턱들의 은유를 통해, 또 다가가는 순간에도 유배의 느낌을 간직하는 그 본질적 멜랑콜리를 통해서다.

"귀리야, 귀리야, 좋은 날이 널 데려오리", 랭보는 두에에서 이렇게 흥얼거렸다. "와야 하리, 와야 하리, 마음 앗을 그 시간이", 「가장 높은 탑의 노래」에서 그는 쓸 것이다. 랭보는 의식적인 시를 쓰면서, 존재를 향한 저 노래들의 기다림을 이어받는다. 마찬가지로 일종의 시학인 「갈증의 코미디」에서 그는 이러한 애착을 토로한다. 그렇다, 우리의 본성을 알려주고 그것을 영속화시키는 정수精髓들, 신화들이 있다. "물의 요정들" "비너스" "방랑하는 유대인". 그것들은 늘 "정령"의 보살핌을 받아왔기에 오래되었고, 그 순진한 비유들엔 어쨌거나 좋은 점이 있었으므로 "소중하며", 그럼에도 사태를 간추려 말하는 성구에 지나지 않으므로 "유배자들"

---

* 본푸아는 〈봄의 팡파르〉라는 전통 노래를 떠올리는 것으로 보인다. "성대한 봄의 행렬이 / 초록 전나무 숲 근처를 지나가네. / 그러더니 금방 온 천지에 들리는 건 / 즐거운 합성들, 노래들뿐. 이 무슨 황홀한 종알거림이 / 수풀에서 솟아나는고. / 초록 잡목숲의 새들아, / 그건 너희 노래라네."

이다. 그러한 비유들의 모호한 상태가 우리의 앎을 정련할 수도 있고, 이 시적 "코미디" 2막에서 발언하는 "정령"이 그 비유들에 물결을 휘저으라는 둥, 눈雪을 "말하라"는 둥 우리의 장소를 인간적인 것으로 만들라고 요구하는 것이 옳을 수도 있다. 하지만 랭보 그는 이러한 '정령'의 시에서 자신의 소명이나 평화를 발견하기를 원하지 않는다.

> 아니다, 이제는 없다, 그 순결한 음료들,
> 유리잔을 채울 그 물의 꽃들은.
> 전설도 비유도
> 내 목마름을 풀진 못한다.
>
> 노래꾼이여, 너의 대녀代女는
> 이리도 광포한 나의 갈증,
> 갉아들며 비탄에 빠뜨리는
> 주둥이 없는 마음속 히드라.

"노래꾼이여, 너의 대녀는……" 가능한 한 분명하게, 이 구절은 랭보의 시적 갈증이 시적 고물, 무명의 노래들에 의해 세례의 자리로, 다시금 신성해진 삶의 문턱으로 옮아갔음을 알려준다. 이제 랭보의 시적 기획은 노래꾼이 암시만 해놓은 존재의 포착을 굳히는 것이다. 일체의 외양 너머에 있는 혼을 사로잡았으니, 그는 불분명한 리듬들과 모음 반복—절룩거림, 불완전한 기호들, 제대로 맞물리지 않는 순환 형식—을 부려써서 그 베일을 마저 벗긴다.

황금시대

언제나 천사 같은
목소리들 중 하나가
—바로 나를 두고—
푸르락푸르락 설명해준다:

이 천 가지 질문이
갈래갈래 가지 쳐서
이르는 곳은 결국
도취와 광기일 뿐.

이리도 즐거운, 이리도 쉬운
이 맴돌이를 모른다 하지 말라.
그건 물결일 뿐, 초목일 뿐,
그리고 그것이 너의 가족!

그러고는 그 목소리 노래한다. 오,
이리도 즐거운, 이리도 쉬운
그리고 맨눈에도 보이는……
—나도 함께 노래한다,—

이리도 즐거운, 이리도 쉬운
이 맴돌이를 모른다 하지 말라,
그건 물결일 뿐, 초목일 뿐,
그리고 그것이 너의 가족!…… 운운

이어서 한 목소리가
—천사 같기도 하지!—
바로 나를 두고
푸르락푸르락 설명해준다.

그리고 곧바로 노래한다
누이 같은 숨결로,
독일인의 어조로,
그러나 뜨겁고 충만하게.

이 세상은 악독하지,
그게 놀라운가!
살아라, 막연한 불운 따윈
불길에 던져버리고.

오! 예쁜 성城이여!
네 삶은 얼마나 맑은가!
그대는 어느 시대의 것인가,

우리 큰오빠의
왕자 같은 천성이여! 운운

나도 같이 노래한다:
수도 많은 누이들아! 전혀
대중적이지 않은 목소리들아!
나를 감싸다오
정숙한 영광의 빛으로…… 운운

이 감탄스러운 시는 미지에의 접근에서 단연코 최극단의 순간이며, 내가 시 전체를 인용한 것도 그런 이유에서다. 작품은 아마 5월, 랭보가 샤를빌로 돌아왔을 때—베를렌은 아내와 재결합하기를 바랐고, 랭보가 떠나는 것이 그녀를 진정시키기 위해 치러야 할 대가였다—쓰여졌을 것이다. 수고본의 날짜를 믿자면 좀더 나중의 것으로 추정할 수도 있지만* 어쨌거나 시는 본가의 기억을 담고 있는데, 거기에서 랭보의 여동생들이 얘기하고 노래하는 소리가 들려오기 때문이다. 자기 방에 틀어박혀, 어렴풋한 그녀들의 목소리를 듣고 있는 랭보가 훤히 상상된다. 그는 착란의 정점에 이르렀고, 환각과 "마술적 궤변들"과 모든 외양의 해체를 나날의 행복으로 삼고 있다. 「언어의 연금술」 초고에서 그가 저 유명한, 되

* (원주) 랭보가 적는 날짜는 시를 쓴 날짜일 때보다 정서한 날짜일 때가 훨씬 많다. 「일곱 살의 시인들」은 쓰는 데 긴 시일의 작업이 필요했을 것이나 거기에는 1871년 5월 26일이라는 날짜가 적혀 있다. 「황금시대」는 1872년 6월에 정서되었다.

찾은 참여에 대한 문장을 쓴 것도 「황금시대」를 인용하기 바로 전이다.* 그런즉 그의 눈앞에서 감관의 지각들이 흐트러진다. 침묵은 그에게 천 가지 변신의 밑그림이다. 하지만 이 시의 계기, 이 시가 저 그림자들과 저 빛들 속에서 형태를 갖추게 만든 것은 누이들의 노래 덕분에 랭보가 몽상 속에서 마침 순진한 시의 저 단어들을 들었다는 것인바, 그 단어들은 절대적 실재를 너무도 훌륭하게 말할 줄 안다. "예쁜 성"이나 "물결" "왕자"는 논리의 무질서 속에서 어떤 잠재의식에 돌연 형상을 부여하여 그것을 활성 상태로 이끄는 듯한데, 그 잠재의식은 인격보다 광대하고 시선보다 무수하며 음악보다 직접적이어서 이제껏 자립적이고자 했던 사고는 그 의식 속에서 그리고 그 의식에 의해 존재하는 것 속에서 용해된 듯이 나타날 수 있다. 목소리들은 "푸르락푸르락vertement" 말하지 않는가, 마치 연금술적으로 그 목소리들이 초록vert이라는 속성으로 변환되었다는 듯이?** 그것들은 "물결onde"이요 "초목flore"이 아닌가? 순수한 빛의 이 무음 'e' 속에서, 마치 세잔의 말년 수채화들의 열린 형태들처럼, 가장 유동적인 실재가 주어지고 있으니 말이다.

* 본푸아가 이하의 대목에서 상세하게 참조하는 「언어의 연금술」 초고 해당 대목은 다음과 같다. "나는 이성과 행복을 찾았다고 믿었다. 나는 암흑에 속하는 푸른빛을 떼어냈고, 빛 자연의 황금 불티가 되어 살아갔다. 아주 진지했다. 나는 그것을 멍청하게 표현했다. —「영원」— 기쁨에 겨워, 나는 전설적인 오페라가 되었다. —「황금시대」—"

** 'vertement'은 일차적으로는 '심하게, 가혹하게'를 뜻하는 부사지만, '초록색의, 푸른'을 의미하는 형용사의 여성형 'verte'에 부사 형성 어미 '-ment'이 더해져 있는 형태로 인해 중의적 의미가 생겨난다.

「언어의 연금술」 초고에서 랭보는 바로 이 시를 인용하면서 "기쁨에 겨워, 나는 전설적인 오페라가 되었다"고 외칠 것이다. 초록, 맑음, 초목과 물의 목소리들에 사로잡히고 둘러싸여 무색 깊이의 빛들을 "살면서", 그는 자기 안에서 한낱 개인적 인격의 문제들이 녹아 사라지는 것을 느꼈고, 그리하여 투명성이 된 그는, 예전처럼 숙고하거나 행동하는 게 아니라, 진짜로 "있다".

나는 이 "맑은 삶"에 조금 더 머무르고자 한다. 그 삶에의 접근이 랭보의 운명 전체를 좌우하기 때문이다.

그는 또다른 시에서, 탈진에 이른 기쁨의 억양으로, 이 삶을 되찾은 영원이라고 말했다.

> 다시 찾았다.
> 무엇을? — 영원을.
> 그것은 태양과 함께
> 가버린 바다.

시의 다른 버전에 따르면 "태양에 섞인" 바다, 그것은 랭보의 가장 깊고 가장 오래된 소원으로, 즉 일상의 불투명이 천연의 빛 속에서 지워진 상태다. 경험의 가장 높은 곳, 낮과 밤을 넘고 시간을 넘고 심지어 희망조차 넘어선 자리에 이르면, 열망하던 해방을 단숨에 받아들이는 행복이 있으리라.

파수꾼 영혼이여,
그토록 헛된 밤과
불타는 낮의
고백을 중얼거리자.

인간적 동의로부터,
공통의 충동으로부터
너는 훌쩍 벗어나 거기
날아오른다, 네 뜻대로.

"이 시기, 그건 내 영원한 삶이었고, 쓰여지지도 노래되지도 않은 삶,—섭리처럼, 두고 믿어질 뿐 노래로 불리지 않는 그 무엇이었다"고 랭보는 「언어의 연금술」 초고에서 쓴다. "섭리"에 덧붙여, 그는 "일자세계一者世界의 법칙들"이라고 쓰려다 말았다. 말을 소진시키는 일체성, 내재적이며 필설로는 표현할 수 없는 하나의 원칙, 그야말로 되찾은 불을 염두에 두고 있는 것이다.

하지만 그는 또한 같은 초고에서, 게다가 같은 시에 대해, 자기가 "멍청하게" 표현했다고 말한다. "나는 이성과 행복을 찾았다고 믿었다"고 그는 쓰거니와, 이로써 그것이 하나의 환상이었다는 점이 강조된다. 이에 더해, 「언어의 연금술」 최종 원고에서는 다음과 같이 덧붙인다. "내 건강은 위협을 받았다. 공포가 찾아왔다. 나는 여러 날 동안 잠에 빠졌고 깨어나서도, 계속해서 더없이 슬픈 꿈들을 꾸었다. 나는 죽음을 맞이할 만큼 무르익어 있었고, 위난의 길을 거쳐 나의 유약함이 나를 세계의 끝으로, 어둠과 소용돌이의 나라 키메리아의 끝으로 데려갔다." 되찾은 영원, 그것은 "고귀한 순간들"*이다. 즉 하나의 환상, 그뿐이다. 한 페이지와 바로 다음 페이지 사이의 이 모순은 무엇을 의미하며, 대체 어떻게 그런 게 있을 수 있나? 그런데 「황금시대」에서도, 이제 불협화음을 하나 들어보아야 한다. 우선, 시가 남는다는 단순한 사실에서다. 단어들은 존재의 내재성 속에 완전히 용해되지 않고 언제나 하나의 의미를, 하나의 리브레토를 펼쳐 보이므로, 거기에서 의식이, 따라서 제한된 조건의 불행이 견지된다. 다음으로는, 리브레토의 주제 자체에서다. 서로 뒤섞이고 서로 와해시키며 다시금 시작되는 저 목소리들을 들어보자. 그 "초록"의 삶 핵심에 있는 하나의 사실, 그것은 이 목소리들이 랭보에 대해("바로 나를 두고") 말하고 있다는 것이다. 그리고 비의 입문의 콩트들에서처럼 그가 "왕자 같은 천성"을 지녔다고 얘기된다고는 해도, 여전히 그는 또한 "큰오빠"로 등장하여 여동생들은 그의 위태롭고도 이해되지 않는 걱정들로부터 등을 돌린다.

살아라, 막연한 불운 따윈
불길에 던져버리고.

---

* 『지옥에서 보낸 한 철』, 「지옥의 밤」.

존재의, 혹은 존재 탐색의 "불"이 있다. 그러나 또 한켠에는, 이 탐색 자체가 "막연하게" 고백하듯 "불"과 결부될 수 있는 기이한 불행이 있으며, 비전의 가장 맑은 순간들에조차 그 불행에 대한 직감이 잔존한다. "막연한 불운"이란 무엇인가? 랭보의 시 한 편 한 편을 읽어가며, 우리는 그것을 재발견해야 한다.

3

"계속해서 더없이 슬픈 꿈들을 꾸었다"……「언어의 연금술」 초고에서는 이 문장 바로 다음에 이 꿈들 중 하나가 「기억」이라는 시로 나타난다.

그리고 정말이다, 너무도 기막히게 신비로운 이 시가, 적어도 그 일부만큼은 일차적 의미의 꿈을 다룬다고 생각하는 순간 저절로 환하게 밝혀진다. 혹자들은 이 시를 어느 축제날 오후 어머니와 여동생들을 "초원에" 버려두고 떠났던 랭보의 첫 가출 당시의 추억으로, 아니면 가장 해묵은 떠남, 즉 떠나간 아버지에 대한 암시로 이해하려 했지만, 사실 그 모든 테마는 보다 더 근본적인 상징 속에서 서로 뒤섞인다. "그녀", 그것은 뫼즈강이다. 강은 내부의 어둠, 숙명으로 인해 빛과 헤어지는 쪽으로 가서 아치 모양 다리 아래로 사라진다. 하지만 그것은 "아내", 랭보 부인이기도 하다. 함께 덜 칙칙한 삶을 꾸릴 수도 있었을 동반자와 같이 산 너머로 사라진 태양에 대한 음울한 아쉬움을 무릅쓰면서, 신경증과 오만으로 그녀는 삶의 원초적 흐름에서 떨어져나왔다. 랭보 부인은 움직이지 않는 강이다. 그녀는 들라에가 그의 첫 책에서 언급했던, 강둑에서 탄식하던 미친 여자이기도 하다. 그녀는 또한 노란 꽃, 고여 있는 물의 미나리아재비이고, 고립과 죽음을 택한 여자다. 고립과 죽음을 택하면서 그녀는 자기 아들을 거기 붙들어놓았다. 뫼즈강의 물 위로 옛 아침들의 보트가 다시 나타난다. 집과 학교 사이 몇 분 걸리지 않는 길을 가던 랭보가, 매여 있던 무거운 사슬을 헛되이 흔들어보곤 하던 그 작은 배다.

이 침울한 물 눈동자의 장난감인 나, 나는 꺾을 수가 없구나,
오, 움직이지 않는 보트여! 오! 너무 짧은 팔이여! 이 꽃도
저 다른 꽃도. 나를 괴롭히는 저기 노란 꽃도,
잿빛 물과 동무하는 푸른 꽃도.

아! 어느 날개가 흔들어 떨어뜨리는 버들의 꽃가루!
오래전부터 뜯어먹힌 갈대의 장밋빛!
언제까지나 붙박인 내 보트, 그리고 저 가없는
물 눈동자 바닥에 끌리는 그 쇠사슬, ―어느 진흙탕에?

"언제까지나 붙박인 보트", 그것은 정녕 랭보다. 어머니의 불행으로 인해 그는 신경증의 무의식, 깊이를 알 수 없는 그 "진흙탕"

에 닻이 박혀 있다. 온갖 "행복"에도 불구하고, 「취한 배」 마지막 부분에서 표현되었던 번민이 다시 나타나 이제는 또렷이 의식하게 된 마력처럼, 좌절의 고백처럼 수긍된다. 초고에서는 「기억」에 이어 "검은 키메리아, 죽은 자들의 고장"이 언급된다. 군데군데 끊어진데다 빠진 단어들로 모호한 대목이지만, "무시무시한 것들"과 연결되어 있는 "작은 보트"를 알아볼 수 있다. 그러니 랭보가 그 자리에 넣으려고 했던 분실된 시 「세상의 끝」은 필시 반反「취한 배」, 의기양양한 항해 너머 죽음으로 향하는 치명적 항로를 그린 시였으리라.

「기억」은 1872년에 쓰였다. 아마 랭보가 샤를빌에 머물며 다시 파리로 돌아가기만을 기다리던 저 5월에 쓰였을 것이다.

그런데 똑같은 생각, 예감, 번민을 또다른 꿈 이야기들인 「사랑의 사막」에서도 볼 수 있다. 이 글은 필시 「기억」보다 약간 전에 쓰였을 것이고,* 어쨌든 거기 나타나는 감정은 눈과 추위, 파리에서 보낸 겨울 몇 달과 관련되어 있는 듯하다. 그 첫 대목인 「일러두기」는 다음과 같이 말한다. "이 글은 한 젊은이, 젊디젊은 남자의

* (원주) 들라에가 「사랑의 사막」 작성 시기로 제안한 1871년 봄은 전혀 받아들일 수 없다. 랭보의 감정 이력에서 이 글은 「기억」 및 「치욕」과 떼어놓을 수 없으며, 랭보의 상상력 이력에서는 대도시의 겨울로부터 받은 인상 이후에 위치한다. 물증만 놓고 보더라도, 부이얀 드 라코스트에 의해 이루어진 수고본 검토가 1872년이라는 날짜를 뒷받침해준다.

것으로서, 그의 삶은 아무데서나 펼쳐졌으니, 어머니도 없이 나라도 없이, 사람들이 알고 있는 모든 것을 아랑곳하지 않으며 일체의 도덕적인 힘을 회피하였던 것, 이는 이미 여러 가련한 젊은이가 했던 바와 마찬가지다. 하지만 그로 말하자면, 권태와 혼란이 어찌나 심했던지, 끔찍하고도 치명적인 수치심을 향해 가듯 죽음을 향해 갈 수밖에 없었다."

이어서 "더없이 슬픈 꿈들"이 나온다. 여기에서 주목할 점은 랭보에게서 산문이 분석, 인식, 고백의 기능을 수행하며 두각을 나타내기 시작한다는 점이다. 운문보다 찬찬하고 회의적인 산문은 그의 마음을 마비시키는 갈등들을 보다 잘 표현한다. 「사랑의 사막」에는 대단한 명철함을 예고하는 아름다움이 있다. 랭보가 "행복"과 도취의 몇 달 동안에도 자신의 변치 않는 불운에 대한 감각을 더없이 생생하게 견지하고 있었음을 여기에서 볼 수 있다. 우선, "여자"와의 이별. "나는 불빛 없는 방에 있었다. 누가 와서 그녀가 내 집에 있다고 말했다. 그리고 나는 내 침대에서, 불빛도 없이, 완전히 내 차지가 되어 있는 그녀를 보았다! 나는 무척 감동했는데, 거기가 가족의 집이었다는 것이 큰 이유였다. 그런 만큼 비탄이 나를 사로잡았으니, 나로 말하면 누더기 차림이었고, 그녀로 말하면 몸 내주는 사교계 여자, 곧 떠나야 할 처지가 아닌가! 이름할 수 없는 비탄. 나는 그녀를 붙잡았고, 거의 발가벗겨진 그녀를 침대 밖으로 내동댕이쳤다. 그러고는 이루 말할 수 없는 유약함을 느끼며, 그녀 위로 쓰러져 불빛 없는 카펫에서 그녀와 함께 나뒹굴었다. 가족의 등불이 하나하나 옆방들을 붉게 물들였다. 그러자 여자는 사라졌다. 나는 신이 더이상 요구할 수 없을 만큼 눈물을 쏟았다." 랭보는 뒤이어 그녀를 좇아 눈 덮인 넓은 정원을 뛰어다녔으나 헛일이었다고 말한다. 그는 그녀가 이제 다시 오지 않을 것을 안다, 왜냐면 "시혜의 순배가 되돌아오기까지는 별 하나가 다시 만들어지는 것보다 더 오랜 시간이 걸릴 것"이기 때문이다. 현실적 여자로 현신하여 빠져나가는 것은 살아 있는 모든 것의 영혼, 항성들의 동력인 사랑 그 자체다. 우주적 원칙이, 존재의 중력 자체가 제 영원한 운동에서 이 "길 잃은 영혼"을 밀쳐낸다.

밀쳐내어지는 이유로 말하자면, 그것도 랭보는 모르지 않는다. 있는 존재에서 느낄 수 있었던 그의 행복이 흔들리고 깨지는 것은 "가족의 등불"이 다가와서다. 『지옥에서 보낸 한 철』에서 랭보는 다음과 같이 쓸 것이다. "시가지에서 진흙이 갑자기 붉고 검게 보였다, 옆방에서 램프가 돌아다닐 때의 창유리처럼"…… 어머니의 엄습, 바로 그것이 모든 실재로부터 그를 떼어놓았다.

그래서 「사랑의 사막」은 크나큰 슬픔의 고백이기도 하다. "이 모든 사태에, 나는 엄청나게 울었다…… 내 몸뚱이의 모든 눈물이 그 밤과 함께 다하도록 내버려두었다…… 정말이지, 이번엔, 세상의 모든 아이보다 더 많이 울었다." 「취한 배」의 "나는 너무 울었다!"가 여기에서 존재 이유를, 영속성을, 깊이를 발견하는 것이다. 「사랑의 사막」의 아이는 저 장시 끝부분의 아이와 똑같은 아이, 여전히 한 존재에, 유한한 하나의 지평에, 한 장소에, 주고받는 사랑의 끈 하나로 결속되기를 원하는 아이다. 가정, 집, 나라를 유배지로, "사막"으로 겪어야 했던 아이, 그는 "시혜의 순배"가 돌아와서 마침내 우주 안에, 아무리 보잘것없을지라도 자기 자리가 하나 마련되기를 바란다. 그가 비전에 요구했던 것도 다름 아닌 그 사랑이다. 고유한 불길 속에서, 격렬한 원천 속에서 다시 사로잡은 사랑. 하지만 "고귀한 순간들"은 그의 삶에 불을 돌려보내주기는커녕 그의 온 힘을 앗아갔을 뿐이고 그리함으로써 그의 저항 신경을 무너뜨려놓았음을, 사회 속에서 살아가며 사랑을 받거나 베풀 그의 미약한 능력을 마저 파괴했음을 이제 그는 깨달았다. 말을 잃고, "누더기 차림"으로, 험상궂은 낯을 하고 그가 "행복"이라 말하는 것으로부터 돌아올 때, 무슨 원기가 남아 있어 그에게 없는 자기 신뢰를 사랑하는 이들과의 교류 속에 세워놓을 수 있겠는가?

달리 말하면 현실을 덩어리로, 실질로 되찾으려 한 결과, 이제 그는 바로 그만큼 조화와 합일로서의 현실을 잃어버린다. 훗날 『지옥에서 보낸 한 철』의 프롤로그에서 그려지게 될 것이 바로 이것이다. 원초적 삶, "진정한 삶"이 "온갖 포도주"의 향유였다고 일컬어지는 그 대목에서 동시에 그것은 사랑 속 합일이었다고도 일컬어지는데, 신비로운 우연의 일치라 하겠다. 이걸 쓸 줄 아는 자는 사랑의 두 형식이 서로 불화하는 이상 "미"와 "힘"은 새로 시작될 수 없음을 이해했다. 폴 드므니에게 보내는 편지에서 이미 랭보는 그리스인들의 "조화로운 삶"을 거론했었다. 이 그리스의 사회성이, 이 "미"가 타락하여 "어느 날" "고약"해진 것은 사실이지만, 그러나 현재의 불행에 격분하는 것, 미지를 구실로 삼아 미에 욕을 퍼붓는 것, 사랑의 존재가 되기 전에 증오가 되는 것, 그게 정말로 진짜 조화, 진짜 선에 이르는 방법일까? 오히려 거부당한 대향연에서 스스로를 좀더 배제시키는 일이 아닐까?

시는 우리를 일체성의 탐색에, 현존 자체와의 가능한 한 절대적인 결속에 전적으로 매달리게 함으로써, 다른 존재들로부터 우리를 떼어놓고 사라졌다고 생각했던 이원성을 다시 세워놓을 수 있다. 시는 영영 막다른 길에 지나지 않을 수 있다. 시의 진실을 찾을 곳은 실패의 고백 속에서일 뿐.

하지만 이러한 생각은, 적어도 당장에는, 랭보를 위로하지 못하리라. 그는 말하기에 별로 마음 쓰지 않고, 여전히 구원을 요구한다.

4

바라 마지않으나 다가갈 수 없는 그 구원의 관점에서, 이제 그는 자신이 완강한 모순의 덫에 걸려 있음을 본다. 한편에는 저 "행복"이 있다. 몇 분간의 환영, 그 이후로 배고픔을 견디듯 행복의 추구를 견뎌내고 있으니, 이제 그것은 저주와 악습의 성격을 띨 뿐이다. "나는 무지개로 인해 영벌을 받았던 것이다. 행복은 나의 숙명, 나의 회한, 나의 구더기였다. 힘과 미에 바치기에는 언제나 내 삶이 너무 크리라."* 「취한 배」 첫 부분에서 기리어졌던 "색깔들"의 현현이 저 무지개 속에 있음을 알아보자. 무지개는 외양의 해제인 동시에 투시 지평의 광막함이며, 일별된 빛에 랭보가 걸 수 있다고 믿었던 희망이다.

그리고 다른 한편에는 착오의 느낌이 있다. "그는 여자들을 사랑하지 않았으니—혈기는 가득하였건만!—영혼과 마음, 그의 힘 전부를 이상하고 서글픈 착오들 속에서 길렀던 것이다." 따라서 하나의 욕구가 있고, 다음으론 그것을 가로막는 명백한 사태가 있으니, 이 갈등 속에 1872년 5월과 6월의 주저와 낭패감이 있다. 이 시기에서 가장 어두운 시는 분명, 겉보기와는 달리, 「오월의 기치旗幟」일 것이다. 여름의 시, 그러나 여름의 절망, 사납고 칙칙한 절망의 시다. 아이러니한 자연에는 만사 불구하고 창공과 총림이 있고, 이건 그야말로 죽은 자들의 고장, "검은 키메리아"의 길이다.

오월의 기치
보리수 말간 가지들에서
병약한 각적소리 죽어간다.
그러나 영성靈性의 노래들은

---

* 『지옥에서 보낸 한 철』, 「섬망 II. 언어의 연금술」.

까치밥나무 덤불에서 나부끼고.
우리의 피 우리의 혈관에서 웃을지니,
저 뒤엉키는 포도넝쿨들을 보라.
하늘은 천사처럼 이쁘고.
창공과 물결은 합일을 이루고.
나는 나간다. 한 줄기 빛에라도 다치면
이끼 위에 쓰러져버릴 테다.

인내할 것, 지겨워할 것
그건 너무 간단하다. 내 고생 따위야.
극적인 여름이 그 운명의 수레에
나를 매어주기를 바라노라.
오, 자연이여, 정말이지 네게서 한껏
—아아, 덜 외롭게, 덜 허무하게!—죽고 싶구나.
목동들이야, 이상하기도 하지,
세상에서 얼추 죽어간다지만.

계절이 나를 닳아 없애주기를 바라노라.
자연이여, 나를 네게 바치노라,
또 내 허기도, 내 모든 갈증도.
괜찮다면 먹여다오, 물 대어다오.
어느 무엇도 날 현혹하지 못하니,
태양에게 웃음 짓는 것은 조상에게 웃음 짓는 것,

하지만 나는 무엇에도 웃고 싶지 않으니,
이 불운이여 자유로울지어다.

이 황폐한 시구들이 말하는바, 비전의 허망한 인내가 있고, 지겨움이 있고, 실패로 인한 무수한 고통이 있다. 하지만 어째서 거기 갇혀 있는가, 살해하는 시간 속에 뛰어들어서 치명적인 계절들에 몸을 맡긴 채 절대적인 절망이 주는 음산한 기쁨을 느낄 수도 있는데? "태양에게 웃음 짓는 것은 조상에게 웃음 짓는 것"이라고 랭보는 쓴다. 이 놀라운 시구는, 「사랑의 사막」과 마찬가지로, 존재를 사랑하는 일이 존재하는 온갖 것을 사랑하는 일과 불가분하다는 것, 하나가 없을 때 다른 하나도 느낄 수 없다는 것을 의미하지만, 그러한 생각이 이번에는 모든 사랑에 대한 오만한 거부로 이어질 뿐이다. 「오월의 기치」는 불행의 황홀경, 자체의 공허를 기쁨으로 삼는 황홀경으로 간주될 수 있다. 가장 물질적인 것을 제외한 온갖 배고픔과 온갖 갈증의 거부, 모든 환상과 모든 희망의 포기, 거기서 어쩌면 일종의 씁쓸한 자유가 태어나리라.

그런데 어쩌면 랭보는 어느 날 완전히 이 적극적 절망에, 이 명철함에, 이 진짜 혹은 마지막 출발에 다다르게 될지도 모른다. 그가 유럽을 떠날 때 "이 불운이여 자유로울지어다", 이런 말이 그의 운명에 마침표를 찍었을 수도 있다. 하지만 이 순간의 랭보는 말만큼 단호하게 자기모순의 포기를 택하지는 않았다. 「오, 계절이여, 오, 성城이여」에서는 오히려 체념이 드러나는데, 과연 그 시는 「언어의 연금술」에서 "행복"의 숙명을 인정하는 대목에 곁들여져 있다. 과연 그렇다, "행복"이 "영혼과 육체"를 앗아, 구원의 "온갖 노력"을 흩날려버렸다. 행복이 그의 "말"에서 조화의 반영, 어쩌면 그 예고일 정합성을 앗아가버렸다. 하지만 누가 행복의 유혹을 피할 수 있으랴? 절대에 기초한 삶의 진정한 장소이자 진정한 시간, 바라던 성들과 계절에는 물론 다다르지 못한 상태지만, 행복이라는 그 위대함 없는 만족은 모든 존재에, 심지어 훌륭한 태생의 존재에조차 내재되어 있는 "결함"일 뿐이다. 여기에서 랭보의 자기 증오는 「오월의 기치」에서보다 덜하고, 쓰라림보다는 멜랑콜리에 가까워서, 그는 "아침 기도 시간, '그리스도 오셨네'에 맞춰" 떠오르는 해와 함께 다시금 하나의 희망에 굴할 순간에 더 가까이 가 있다.

「가장 높은 탑의 노래」에서 희망은 노골적으로 다시 나타나 동의를 얻는다. 똑같은 멜랑콜리의 어조를 구사하는 이 "무無의 연구"는 시도삼아 쓰인 영적 자서전이기도 하다. "은둔" "인내" "탑", 이러한 단어들이 무엇을 의미하는지 이제 우리는 안다. 즉 착란, 불을 되찾길 원했으나 헛되이 틀어박혀 환영을 추구했을 뿐인 삶을 뜻한다. 그런 뒤 시는 "행복"과 함께 어떤 중독 상태가 나타났는지, 행복이 어떤 황폐함을 초래했는지 전한다.

마치 저 초원,
망각에 맡겨져

넓어지고, 향과
가라지 피어나
백 마리 더러운 파리떼
사납게 웅웅대듯이.

아! 이리도 가련한 영혼의
천날 홀아비 생활……

그러나 "홀아비 생활"—「사랑의 사막」을 읽은 사람이라면 이 표현을 쉽게 이해하리라—너머로, 착오의 느낌 너머로, 우리는 갑자기 희망에 굴하는 말들을 듣게 된다.

아! 마음들 사로잡힐
그 시간이여 오라!

이는 또한 "행복"에 중독된 상태에서 벗어나 구원을 완수할 새로운 방법에 대한 첫 암시다.

5

아! 이리도 가련한 영혼의
천날 홀아비 생활,

가진 것이라곤
성모의 상像밖에 없네!
동정녀 마리아에게
기도하려는가?

랭보가 처음 겪은 "홀아비 생활" 중 하나는 「첫영성체」가 말해주듯 동정녀가 그에게 "책 속의 동정녀", 신심이라곤 전혀 깃들어 있지 않은, 그저 "상"이 되어버린 것이었다. 그런데 1872년 5월 혹은 6월의 낭패감 속에서 그는 유년 시절의 종교를 다시금 돌아본다.

거기엔 의문의 여지가 없다. 그는 쓴다. "나는 여행하며, 뇌수에 쌓인 마법들을 털어내야 했다. 내 더러움을 씻어주리라는 양 내가 사랑했던 바다 위로, 위안의 십자가가 떠오르는 것을 나는 보았다."* 그렇다고 해서 랭보가 믿음을 되찾을 수 있었다는 말은 아니다. 단지 카발라의 가르침 이상으로, 경험의 좌절 자체가 랭보 안에 기독교의 몇몇 도덕 범주를 되살려놓았다는 것이다. "나는 내가 받은 세례의 노예다", 「지옥의 밤」에서 그는 말하리라.

그는 선악을 넘어서고자 했고, 그렇게 해서 황금시대를 유괴하듯 되찾아 다시 살고자 했고, 실패했다. 물론 "투시자" 편지의 인본

* 『지옥에서 보낸 한 철』, 「섬망 II. 언어의 연금술」.

주의적 견지에서 프로메테우스인 그는 가장 고귀하고도 가장 불행한 인간이라고 자처할 권리가 있겠지만, 또한 스스로를 루시퍼에 견주어 생각하면서 정도를 벗어나는 행위로, 특히 오만의 죄를 저질렀다고 여길 수도 있다. "모든 대죄"라고 악마는 그에게 속삭이리라.* 무엇보다도 탐욕이 있었다, 타산적이고 소유적인 태도가. 내가 보기에 이때부터 랭보는 바로 그러한 에고이즘 탓에 자기가 "시혜의 순배"를 놓쳤다고 생각했거나 생각하고 싶어했으며, 그때 "지난날의 향연의 열쇠"로 "자애"라는 기독교적 개념에 대해 숙고했던 것 같다.

이게 정말 놀라운가? 가장 막연한 의미로 쓰일 때조차 자애란 포기라는 사실을 내가 잊은 건 아니다. 「태양과 육체」의 요구들을, 투시자의 기획을, 심지어 「사랑의 사막」에서 표현되는 욕망들을 포기해야 할 터. 파리에 처음 도착한 랭보가 온전히 받아들여지고 싶다는 아이다운 욕구에서 온갖 무례함을 과시할 때 그렇게도 안달하며 얻고 싶어했던 다른 사람들의 동의조차, 자애는 구하지 않는다. 하지만 이 포기 속에서, 사랑이 새로 태어날 수 있지 않을까? 또한 그것이야말로 중요하지 않겠는가? 어쩌면 한때는, 광대하되 정도를 벗어나지 않는, 이기적이되 오만하지 않은 찬란한 사랑의 시대가 있었을지도 모른다. 하지만 오늘날, "에너지 도둑" 그리스

* "너는 어디까지나 하이에나일 뿐이리라" 운운, 그토록 사랑스러운 양비귀꽃으로 내게 관을 씌어 주었던 악마가 소리친다. "너의 모든 식욕, 또 너의 이기심과 모든 대죄를 이끌고 나가 죽음이라도 붙잡아라." (『지옥에서 보낸 한 철』, 프롤로그)

도의 권역에서는 이타적이고 무소유적이며 고통받는 유의 사랑만 이 가능한 것은 아닐까? 유배당한 자들의 상부상조랄까, 그 덕분에 그들은 적어도 타인에게 증여함으로써 고독에서 벗어나고, "태양의 아들다운 상태"를 조금쯤은 되찾을 수 있지 않을까? "무정한"*, 그러나 사랑이 너무 많은 랭보가 아직 던져보고만 있는 이런 질문들을 나는 뒤에서 다시 다룰 것이다. 랭보가 그 질문들을 언제나처럼 자기 방식으로, 즉 삶으로 살고자 노력하면서 숙고하게 될 것은 벨기에와 런던에서, 베를렌과 함께다. 감탄스러운 시들, 우리 언어로 쓰인 것 중 필시 가장 아름다운 몇몇 시를 통해서, 또한 "영적 사냥" 덕분에, 그때 그는 자기 심정의 진실이 제대로 밝혀지는 것을 보게 될 것이다.

지금은 6월, 그는 밤에 작업하고, 그것은 번민의 시간인 동시에 실제처럼 느껴지는 행복의 시간이다. 날짜란에 'Jumphe'**라고 적은 편지에서 그는 들라에에게 쓴다. "요즘은 밤에 작업을 해. 자정부터 새벽 다섯시까지. 지난 달, 무슈르프랭스가街의 내 방은 생루이고등학교 정원 쪽을 향해 있었어. 좁은 창문 아래로는 커다란 나무들이 있었고. 새벽 세시면 촛불이 희미해져. 온갖 새가 나무에

---

* 1870년 11월 2일 이장바르에게 보낸 편지에서 랭보가 스스로에 대해 따옴표를 넣어 사용한 표현이다. 이장바르의 회고에 따르면, 어머니의 처사에 격분하는 랭보에게 "정말이지 가끔 보면 네겐 심정이라는 게 없다는 생각이 든다"는 꾸지람을 한 적이 있다고 한다.

** '6월juin'을 변형시킨 표기다.

서 일제히 울어대고. 그러면 끝이야. 더이상 일은 안 해. 그 형언할 수 없는 새벽의 첫 시간에 사로잡힌 나무들과 하늘을 봐야만 했거든." 『지옥에서 보낸 한 철』의 말들을 생각하게 된다. "행복이여! 죽음에 이르도록 감미로운 그 이빨이 새벽닭 울음소리에 맞춰,—아침 기도 시간, '그리스도 오셨네'에 맞춰,—가장 음울한 도시들에서 내게 경고를 보내오곤 했다."*

그토록 불안한 황홀경과 비통한 질문들로 가득한 장면에 이제 나는 또하나의 번민을 추가해야 하는데, 필시 가장 강렬했을, 운명에 대한 번민이다. "투시자" 편지에서 「사랑의 사막」까지 고작 일 년 남짓 흘렀을 뿐인데, 읽어보면 마치 한평생이 두 글 사이에 가로놓여 있는 것 같다. "투시자" 편지의 저자는 미래형으로 쓴다. 그는 하나의 기획과 생활을 시작할 참이며, 시간은 그를 불안하게 하지 않는다. 이에 반해 「사랑의 사막. 일러두기」의 저자는 단순과거만을 사용하고, 그가 보기에 자기 삶은 완료되었다. 착오들이 아무리 "이상"했다 한들, 어떻게 열여덟 나이에 그것들이 결정적이라고 생각할 수 있단 말인가? 하지만 그도 그럴 것이, 랭보는 유년시절이 끝나기 전에 모든 걸 해결해놓아야 했다. 게다가 실은 그것이야말로 그의 천재의 원천이며, 생각할 수 있는 모든 해법을 탐색하고자, 레 추기경의 표현을 빌리자면 비범한 것과 불가능한 것을 가려내고자** 신열에 들린 듯 가진 모든 재능을 사용할 때 그가

* 『지옥에서 보낸 한 철』, 「섬망 II. 언어의 연금술」.

보일 수 있었던 열렬함의 원천이다. 유년 시절 초입에 받은 상처를 치유하고자 하는 이는 아이의 천진성을 간직한 채여야 한다. 어른이 되고 분별을 갖추면, 그땐 정말 아무런 방도가 없을 것이다. 랭보는 이것을 알고 있으며, 따라서 그 착오들이 머지않아 치명적이 될 수 있다는 것도 알기에, 그는 자기 안에 고여 있는 그것들로 번민한다. 「사랑의 사막」에서와 같은 절망***에서 나온, 그러나 정말이지 비극적인 자기 증오가 함께 나타나는 「치욕」을 보자. 이 시는 필시 저 6월 중의 어느 밤에 쓰여졌을 것이며, 분명 날이 밝기 한참 전이다.

치욕

칼날이 저 뇌수를,
새로울 것 없는 증기만 피워내는
저 허옇고 푸르뎅뎅하고 기름진
덩어리를 가르지 않는 한,

** 레Retz 추기경 폴 드 공디(Paul de Gondi, 1613~1679)는 루이 14세 즉위 초기에 귀족들과 연합하여 프롱드의 난을 일으켰고, 이후 당시의 정치적 상황을 그린 『회상록』을 남겼다. 인용된 문구는 한 당파의 지도자에게 필요한 자질에 대해 말하는 대목에 나온다. "그런 자질들 가운데, 단호함은 판단력과 짝을 이룬다. 즉 영웅적 판단력으로, 비범한 것과 불가능한 것을 구분하는 데 주로 사용되는 능력이다."

*** (원주) 운명에 대한 의식은 「미셸과 크리스틴」에서도 나타난다. "뇌우 몰아치는 종교적 오후"가 지나간 뒤, "노란 숲과 맑은 골짜기"로, 복귀된 삶의 장소로, "푸른 눈의 아내" 곁으로(「기억」에도 "푸른 꽃"이 나온다) 투시자는 돌아갈 수 있을 것인가? 하지만 시 마지막에 그리스도가 다시 나타나 이 "목가"에 종지부를 찍는다.

(아아! 녀석은 잘라내야 하리, 제
코, 제 입술, 제 귀,
제 배를! 제 다리도
내버려야 하고! 오, 기적이여!)

허나, 아니, 정말이지 장담컨대
놈의 머리에 칼날이,
놈의 옆구리에 돌멩이가,
놈의 창자에 불꽃이

가해지지 않는 한, 말썽쟁이
꼬마, 그리도 어리석은 저 짐승은
한시도 쉬지 않고
술책을 쓰고 배신을 하고

몽로쇠의 고양이마냥
온 천지에 악취를 풍기리라!
놈이 죽을 땐 그래도, 오 신이시여!
무슨 기도라도 피어오르기를!

이 시의 기조 아래 말을 맺고자 한다. 「치욕」은 그 저자가 어느 정도까지 불행해질지를 보여준다. 이 불행이라는 말을 가장 철저한 의미로 받아들여주기 바란다. 랭보가 처하게 될 그 모든 상황,

그가 자기 것으로 삼으려 애쓸 그 모든 생각 이상으로, 이 불행을 상기할 필요가 있으리라.

그렇게 하면, 이참에 덧붙이는 말이지만, 그의 진지함을 낮춰 보는 일은 없을 것이다. 그가 「치욕」을 쓴 것은 몇 달간의 파리 체류 시기로, 쓸데없는 도발들, 무례한 농담들에 그렇게나 골몰하던 때, 빈번히 실없이 굴던 인물이 벌이는 "가벼운 복수극"과 "호환虎患 같은 사태들"*에 잠자코 휘말릴 때, 공동으로 쓰던 〈젠장 앨범 Album zutique〉에 패러디 시들을 써서 보태던 때다. 하지만 그 모든 것은 기분전환을 꾀하고, 그러면서도 자기 안에 그런 유치한 무책임에 대한 욕구가 있음을 발견하며 기막혀하는 정신의 놀이일 뿐, 그 아래에선 더없이 삼엄하고 불안한 경계가 한시도 늦춰지지 않는다. 그리고 이 모든 것은 필시, 「사랑의 사막. 일러두기」의 죽음처럼, "끔찍하고도 치명적인 수치심"일 뿐이다.

랭보는 1872년 7월 7일, 베를렌을 데리고 파리에서 먼 곳으로 돌연히 떠난다. 베를렌이 남긴 이야기에 따르면 이 여행은 도피처럼, 더욱이는 방학 맞은 중학생들의 익살극처럼 시작되는 것이 사

* 1872년 4월 베를렌이 랭보에게 보낸 편지에 나오는 표현들이다. "우리는 너도 아는 누군가를 위한 가벼운 복수극을 꾸미고 있어. 네가 돌아오자마자, 네가 조금이라도 재미를 느낄 것 같으면, 호환 같은 사태들이 벌어질 거야! 아르덴에서 보내야 했던 네 석 달과 똑 같은 내 여섯 달과 관련이 없지 않은 신사 말이야." 베를렌이 준비하는 복수극은 랭보를 샤를빌로 돌려보내도록 압박했던 장인을 향한 것으로 추정된다.

실이다. 그럼에도 나는 의심치 않는바, 그것은 랭보가 내린 심각한 결정이며 또한 하나의 고귀한 기획이니, 예의 투시자의 기획만큼이나 중대한 그 기획이 이제 그의 마음을 차지한다.

자애의 기획

1

랭보가 폴 베를렌에게 애착을 가진 것은 특히 파리에서의 막바지 달들, 비전의 모험이 너무 거짓되고 파괴적인 것으로 드러났을 때다.

그들이 처음 만난 이래 우정에 대한 랭보의 욕구를 베를렌이 외면한 적이 있었다는 말이 아니다. 그의 괴상한 도착에 베를렌은 놀랐으나 그에게 충직했다. 아르덴의 농부가 "나막신 끌고"* 오만하게 베를렌의 장인 장모 집에 입성했을 때 베를렌은 친지들의 힐난에 저항했고 랭보를 따라 그의 가공할 착란을 함께했다. 그는 랭

* 『일뤼미나시옹』, 「삶들」.

보에게 찬탄하고, 랭보와 함께 다시 술에 손을 댄다. 베를렌은 특유의 조마조마한 태평함으로, 자기로서도 그 진지함을 모르지 않는 탐색을 일련의 놀이들로 바꾸어놓는다. 봄이 되자 다른 시인들과는 동떨어진, 시인들의 가치를 별로 개의치 않는 작은 패거리가 하나 형성된다. 개중에는 리슈팽이 있고, '가브로슈'라는 별명으로 불린 포랭도 있다. 이 작은 동아리 속에서 랭보와 베를렌의 동지애는 진작부터 그리되어 있었던 관계, 즉 본격적인 애정 관계로 확실시된다. 그걸 부정하고 싶은 이들이 아직도 있는지 모르겠다. 증거는 부족하지 않다. 베를렌의 편지들, 자기만족적인 꿈 이야기들, 그가 내보이는 "위선"도 있지만, 가장 의미심장한 방증은 장인 장모의 격분과 아내의 개입으로 인해 3월에는 랭보가 아르덴으로 돌아가야 했다는 사실이다. 랭보는 거기서 5월까지 머무른다.

하지만 랭보가 1872년 봄에 이미 오래전부터 소위 자신의 "악덕"을 베를렌과 나누고 있었다는 사실이 자명하다고 해도, 내 생각엔 열정의 격동들, 『지옥에서 보낸 한 철』의 가장 유명한 장에 그 기억이 남겨져 전기 작가들의 혼란을 가중시키는 저 열정의 격동들이 곧바로 그 관계에 나타났을 것 같지는 않다. 처음 몇 달 동안 랭보에게 동성애는 "조리 있는 착란"의 한 요소에 불과했을 것이다. 그것은, 랭보가 쓴 단어를 빌리자면, 악덕의 성질을 지녔을 뿐, 모든 탐색에 있게 마련인 어두운 몫에 대한 수긍, 사물 속의 불투명성에 대한 수긍, 인간 속의 사물성에 대한 수긍, 천진성과 투명성을 회의와 냉소로 밀쳐내는 모든 것에 대한 수긍이었다. 욕구불만의 랭보, 반란자 랭보에게 문제는 하나의 섹슈얼리티에 다른 섹슈얼리티를 맞세우는 데 있다기보다는 규범에 탈선을 맞세우는 데 있었다. 또한 모든 형식의 쾌락에 척박함을, 어쩌면 때로는 역겨움을 맞세우는 것. 유배로부터 태어난 그의 동성애는 오랫동안 여러 방편 중 하나에 지나지 않을 것이며, 바로 그렇기 때문에 내내 솔직한 저 작품에서 동성애가 그렇게나 근원적이면서도 그렇게나 쉽사리 파악되지 않는 사안이 되는 것이다. 행복으로 경험되었더라면, 동성애는 랭보에게 그것대로의 강박과 선택안을 강요했으리라. 반항으로 경험되면서, 동성애는 랭보를 또다시 보편의 사고로 이끌어갈 따름이다. 내가 보기에 착란 시기의 동성애는 랭보가 그토록 찬탄하던 저 도형수의 성스러움과도 같다. 정서적 공포를 휘두르려고 하는 「외설 시편」의 시들조차 비극적인 순수성의 소리를 내기 때문이다.

게다가 무엇 때문에 랭보 자신이 우리에게 말한 것을 부인한단 말인가? 그런데 랭보의 동성애가 사실임이 확실하다고는 해도, 또한 그것이 랭보에게 전혀 도덕적 과오가 아니었다고는 해도, 그가 동성애를 다소 비탄의 어조로, 또다른 사랑의 파국으로 묘사한다는 것 역시 사실이다. 그에게는 여전히 사랑에 대한 욕망이 있었고, 그걸 경험해보려고도 했다. 「기억」의 "움직이지 않는 보트" 근처에서, 어머니의 "노란 꽃"에 맞세워지는 "푸른 꽃"이 그것이다. 「자애의 자매들」이 말하는바 "잠시 안을 수 있었던 여자"가 그것이다. 꽤 나중에는 다음과 같이 쓸 것이다. "어느 날 저녁 나는 미를 내 무릎에 앉혔다.—그러고 보니 그게 고약한 년임을 알았다." 자기 안에 알 수 없는 금기가 있음을 인정하지 않을 수 없었다. 그는 이 금기에 의해 "이상하고 서글픈 착오들"에 던져졌다. 「나쁜 피」에서도 그는 이 악덕에 대해 말할 것이다. "철들 무렵부터 내 옆구리에 고뇌의 뿌리를 박은—이제 하늘까지 자라나 나를 때리고, 나를 엎어뜨리고, 나를 끌고 가는 그 악덕." 그의 눈에 동성애는 음성적인 열정, 하나의 박탈이자 좌절로 남아 있다.

그럼에도 이 가능성 전무의 지평에서, 실존의 그 기정 사실 속에서, 다른 감정 하나가 차츰 형상을 취해간다.

그 감정은 이미, 어떤 면에서는, 한 무제시에서 표현된다. 파리에서 쓰인 것이 분명한 이 시에서, 꿈과 뒤섞이는 의식의 확언이 펼쳐 보이는 기이한 변증법에 각별한 관심을 기울일 만하다.

> 저것들은 우리에게 무엇이냐, 내 마음이여, 저 피와
> 불잉걸의 바다는, 저 수천의 살육은, 저 분노의
> 기나긴 절규는, 모든 질서를 뒤엎는 저 지옥의
> 오열은, 잔해들 위로 여전히 부는 삭풍은,
>
> 저 철저한 복수는? 아무것도 아니라고!…… —아니, 아직도,
> 우린 철저한 복수를 원한다! 기업가들아, 왕들아, 원로들아,
> 멸망하라! 권력이여, 정의여, 역사여, 무너져라!

그것은 우리가 받아내야 할 빚. 피를! 피를! 금빛 불길을!

전쟁에, 복수에, 공포에 모든 것을 바쳐라
내 영靈이여! 상처 속에서 뒹굴자. 아! 꺼져라,
이 세상의 공화국들아! 황제들,
군대들, 대장들, 민중들, 이젠 지겹다!

성난 불길의 소용돌이를 누가 휘젓겠는가,
우리와 우리가 형제라고 상상하는 사람들이 아니라면?
우리 몫이다! 공상의 친구들이여, 우리는 기꺼우리라.
우리는 결코 노동하지 않으리라, 오, 불의 파도여!

유럽이여, 아시아여, 아메리카여, 사라져라.
우리 복수의 행진이 온 누리를 점령했다,
도시며 시골을!—우리는 박살나리라!
화산들이 솟구치리라! 그리고는 대양을 덮쳐서……

오! 내 친구들이여!—내 마음이여, 의심치 말라, 그들은 형제들
이다,
미지의 검은 자들, 우리가 가기만 하면! 가자! 가자!
오, 불행이로다! 몸이 떨리는 게 느껴진다, 늙은 대지가,
나를 덮치고 점점 그대들에게까지! 대지가 녹아내린다.

이 시의 첫 발상, 그것의 명시적인, 더 정확히 말하자면 의식적인 생각은 혁명과 질서 전복이 랭보에게 더이상 아무것도 아니라는 것, 그럼에도 그는 여전히 그걸 부르짖는다는 것, 심지어는 그게 그에게 마땅한 몫이라는 것이다. 존재 이유를 잃은 대상에 대한 욕망을 왜 그렇게 붙들고 있는가? 파괴 작업이 반란자들을 새로운 형제애로 결집시켜주기 때문에? 그렇다, 하지만 시의 움직임은 그런 생각도 금세 뛰어넘는 듯하다. 연에서 연으로 내달리면서, 거의 행복에 겨운 광란의 기세로, 랭보는 끊임없이 확장되는 파괴를 향해, 더욱더 원초적인 불길을 향해 미래를 열어젖힌다. 불길은 사회적 대상에서 우주적 대상으로 번져나가, 급기야는 파괴자들도 파괴되는 원초적 공평무사의 밤과 합류한다. 물론 불가능한 미래, 몽상의 억지스러운 자유 속에서만 떠올릴 수 있을 뿐 몽상과 함께 찢겨나갈 미래다. 막바지로 향하면서 시는 어떤 꿈의 가장 강렬한 순간들을 보여주는 것만 같고, 그러니 남아 전해지는 유일한 수고본에서 마지막 시행 뒤에 다음과 같이 적혀 있는 게 전혀 놀랍지 않다. "그건 아무것도 아니다! 나는 여기 있다! 여전히 나는 여기 있다." 마치 꿈에서 깨어나, 해결되지 않은 문제들과 함께 정신을 되찾는다는 듯이.

진실을 말하자면 랭보는 이러한 유의 꿈을 통해, 어쩌면 모호했을지 모르나 통렬하게 감지되던 모순의 해결을 시도했다고 보는 편이 옳다. 그는 전투의 "형제들"이 어떤 존재들일지 '상상'은 할 수 있지 않느냐고 말하고, 한술 더 떠서는 그들을 "공상의 친구들" "미지의 검은 자들"이라고 부르면서 그 형제애의 진지성을 의문에 붙이는 듯하다. 그도 그럴 것이 혁명이 완수되면, 전투 동안의 연대로는 공동의 삶과 관계된 더 어려운 문제를 버텨내지 못하리라는 것을 그가 모를 수 없기 때문이다. 따라서 그는 부단한 내전 속에서만 혁명의 미래를 상상할 수 있고, 그리하여 정치적 집결은 절대적인, "검은" 당파가 된다. "오! 내 친구들이여!—내 마음이여, 의심치 말라, 그들은 형제들이다". 이 형제애가 랭보의 가장 큰 욕망이라는 것, 이는 저 허망한 해법이 어쨌든 똑똑하게 보여주는 바다.

달리 말하자면 그는 "비전"에 몰두하던 저 몇 달 동안 전혀 다른 성질의 감정을 키우고 또 무르익게 만들었으니, 즉 합일과 형제애에 대한 욕구다. 그 욕구를 실현시킴으로써 우리 시대의 실총 상태인 존재와 삶의 결핍을 보상받을 수 있으리라는 희망이다. 그러한 합일은, 애초부터 소통될 리 만무한 "불"이 아니라 동정에 의해서, 사람들의 비참 자체로, 각자가 그것을 서로 알아보고 공유함으로써 이루어지리라. 기독교가 원인인 불행에 맞서기 위한 것이되 확실히 '기독교적'인 감정인 저 합일은 여타 다른 형태의 사랑에 앞서 갖춰야 할 자기 신뢰를 북돋아주었으리라. 하지만 문제는 희망이 걸린 그 합일 역시 발명되어야 한다는 것이었다. 파리에서 랭보는 문학인들의 동지애에 별 깊이가 없음을 보았다. 얘기를 나눠봤자, 거기선 모두 혼자라는 것을 그는 안다. 그러니 투시의 황홀경이 좌절되고 그가 전에 없이 헐벗은 처지가 되어 "자기 친구들"이기를 바랐던 이들에게로 돌아갈 때, 그들이 자기에게 진정한 "자애"의 감정을 품어주길 바라기란 틀렸음을 그는 이미 확인했던 것이다.

하지만 자신이 그 감정을 존재하게 만들 수 있지 않을까, 누군가가 자기에게 애착을 가져주기를 바라는 대로 자신이 다른 이에게 애착을 가진다면? 베를렌과 그를 묶어주는 부재와 좌절의 유대 속에 한 존재를 진정으로 이해할 기회가, 사랑을 줌으로써 스스로를 해방시킬 기회가 있지 않을까? 받을 수 없을 때는 줄 수 있다는 것만도 이미 대단한 일이다. 그러므로 나는 「어리석은 처녀」에 기억이 담겨 있는 그 시기에 랭보가 특정한 계획을 품고 있었다고 생각한다. 단연 불행한 한 존재, 「방랑자들」의 표현을 빌리자면 결함에 짓눌리고 유배당한 신세이며 노예가 된 존재를 위해 헌신한다, 그를 신뢰의 기적에 눈뜨게 한다, 요컨대 그의 구원을 떠맡는다는 계획이다. 아주 나중에 그는 같은 시 「방랑자들」에 쓸 것이다, "나는 성심성의를 다하여 태양의 아들다운 그 원초의 상태를 되찾아 주겠노라고 약속했다."

"가련한 형제여!" 랭보를 사로잡은 것은 열정이 아니라 의무와 과업이라는 관념이었고, 그 의무와 과업의 지평에서 언제나처럼 그는, 또 혼자서, 스스로를 모색하고 있었다. 하나의 과업. 이는 또한 언제나처럼 상실을 풍요로 변환시키는 과업, 계속되는 저주의 도전에 응하는 과업이기도 하다. 기독교를 피할 수 없다면 기독교

안에서 살자, 그것이 가르치는 자애에 헌신하자, 그렇게 해서 기독교 고유의 지옥살이를 누그러뜨리자. 여자들이 "자애의 자매들"이 되려 하지 않고 될 수도 없으므로, 그 자신이 "언니"가 되자*, 평정과 사랑을 받을 수 없을지언정 베풀자. 파리는 실망이요 거짓일 따름이었으니, 떠남으로써 정신을 추스르자, 다시 "옛 여행자"가 되자, "동굴의 술과 거리의 비스킷으로 배를 채우며" 오로지 고행으로만 도취하자. 어쨌거나 행동하자, 수개월을 "몽유병자"로 살아온 자에게는 행동한다는 것만도 이미 잃어버린 기원에 가까이 가는 일이니까. 갈피를 잃은 랭보 속에서 불침번을 서는 저 의식이 말한다. "그는 몽유병자로 살아가길 바라지요. 선의와 자애만 가지고 그가 이 현실세계에서 살아갈 권리를 얻을까요?"

2

하지만 이번에도 여행은 희망에 부응하지 않는다.

기획 속에 재액이 너무 많이 남아 있었다. 투시의 "행복"에, 최소한 도취 상태에 중독이 되어 있었던 만큼, 몽유병자로 사는 생

---

* (원주) 『지옥에서 보낸 한 철』에는 "사랑받는 누이sœur aimée"라고 되어 있다. 나는 그것이 "언니sœur aînée"의 오식이라고 생각한다. "그이는 젊은 어머니 같은, 언니 같은 태도로 돌아갔어요"라고 읽어야 한다. 베를렌의 『토성인 시집』 중 「소원」의 "언니 없는 곤궁한 고아"라는 표현을 참조할 것.

활은 벨기에에서도 런던에서도 두 여행자를 파리에서와 마찬가지로 위태로운 삶에 가두었다. 먼저 했던 하시시와 압생트에 더해 아편까지 했던 것도 런던에서였던 것 같다. 부둣가 중국 아편굴에 랭보와 베를렌이 드나들었을 가능성은 꽤 높다. 아닌 게 아니라 무질서한 정신에 런던은 가히 탄복할 만한 도시다. 끝이 난 모든 계획에 런던은 대도시의 광대함과 교역 및 선편을 통해 열리는 제2의 지평선을 끌어들인다. 랭보는 거기에서 새로운 출발이라는 생각을 사랑하는 법을 배웠다.

하지만 실패의 진정한 원인은 말할 것도 없이 계획 자체에 있었다. 『지옥에서 보낸 한 철』만 읽어봐도 이를 알 수 있는데, 베를렌을 화자로 삼은 「어리석은 처녀」에 그 원인이 밝혀 쓰여 있기 때문이다.

지옥의 남편

한 지옥 길동무의 고백을 들어보자.

"오, 거룩한 남편, 저의 주님, 당신의 하녀들 중에서도 가장 가련한 여자의 고백을 물리치지 마세요. 저는 길을 벗어났어요. 저는 취했어요. 저는 부정한 몸입니다. 무슨 놈의 삶이!

용서하세요, 거룩한 주님, 용서하세요! 아! 용서하세요! 얼마나 많은 눈물을 흘렸는지! 나중에 또 얼마나 많은 눈물이 흐르길, 저는 바라는지!

나중에 저는 거룩한 남편을 알게 되겠지요! 저는 그분에게 순종하도록 태어났어요. ─지금이야 다른 남편이 저를 때릴 수 있지만요!

지금으로선 세상 밑바닥에 있는 몸! 오, 내 친구들!…… 아니, 친구들은 아니지…… 이런 섬망이, 이런 고문이 어디 또 있으리라고…… 바보 같으니!

아! 고통스러워요, 저는 부르짖습니다. 정말로 고통스러워요. 그렇지만 제가 하지 못할 일이 무엇이겠어요, 가장 멸시받을 인간들의 멸시까지 뒤집어쓰고 있는 제가.

아무튼, 이렇게 속마음을 털어놓자고요, 스무 번을 다시 되풀이해야 하더라도, ─그만큼 침울하더라도, 그만큼 무의미하더라도!

저는 지옥 남편, 어리석은 처녀들의 신세를 망쳐놓은 그 사람의 노예입니다. 바로 저 악마지요. 그 사람은 유령도 아니고 허깨비도 아니지요. 그러나 지혜를 잃은 제가, 영벌을 받아 세상에선 죽어버린 신세인 제가, ─누구도 나를 죽일 수는 없을걸요! ─어떻게 당신에게 그 사람을 설명할 수 있겠어요! 이제는 말조차 할 수 없는데요. 저는 슬픔에 빠져 있습니다, 웁니다, 무섭습니다. 조금만이라도 서늘한 바람을, 주님, 원하신다면, 정말 원하신다면요!

저는 과부입니다…… ─저는 과부였지요…… ─아니 그럼요, 저도 옛날에는 제법 착실했지요, 해골이 되려고 태어나지는 않았어요!…… ─그이는 꼭 어린애 같았지요…… 그이의 신비로운 민감함이 저를 사로잡았어요. 인간의 도리를 모두 잊어버리고 저는 그 사람을 따라갔지요. 무슨 놈의 삶이! 진정한 삶은 없어요. 우리는 이 세상에 있지 않아요. 그 사람이 가는 곳에 저도 가지요, 그럴 수밖에 없어요. 게다가 그 사람은 자주 제게 화를 내지요, 저에게, 이 불쌍한 영혼에게. 악마! ―그는 악마예요, 아시겠어요, 그는 인간이 아니에요."

보다시피, 이 장 전체에서도 마찬가지인데, 어리석은 처녀는 자기를 괴롭히는 해괴한 존재를 자신이 잘 이해하지 못한다고 여기고, 그를 설명하려 하지 않는다. 베를렌의 당황, 이는 랭보가 자기 운명의 난제를 자각하는 방식이다. 그럼에도 그가 자진해서 소환한 이 증인은 자애라는 원래의 의도가 어떻게 변해갔는지 비할 데 없이 날카롭게 묘사한다. 랭보는 사물과 존재를 있는 그대로 수용하기를 바랄 수야 있었지만, 그건 간단한 일이 아니었다. "아아! 움직이는 인간이 그에게는 모두 그로테스크한 섬망의 노리갯감으로 보이는 날들이 있었지요. 그는 오랫동안 소름끼치게 웃곤 했어요." 상황의 부조리가 너무 심해서, 랭보는 그걸 어떻게든 변형시키지 않고는 받아들일 수가 없다. 따라서 그의 사랑은 요구가 된다. "게다가 그 사람은 자주 제게 화를 내지요, 저에게, 이 불쌍한 영혼에게. 악마!…… 그이는 나를 몰아세우지요, 이 세상에서 저와 무슨 관계가 있었다 싶은 것은 무엇이든 들먹이며 제게 창피를 주는 것으로 시간을 보내고, 제가 울면 화를 내지요." 구원하려는 욕망이 컸던 만큼 이제 괴롭힘이 심해진다. 더 사랑할수록, 또 사랑하는 상대와 자신을 동일시하면서, 특유의 야만적인 엄격함으로 상대의 약점들을 헤집는다. 비전을 찾아 구하던 예전과 마찬가지로, 이 혹독한 요구는 결국 세계에 대한 그의 줄기찬 거부가 취하는 하나의 형식이다. 어리석은 처녀는 이를 알고 있다. "잠들어 있는 그 사랑스러운 육체 곁에서, 밤마다 얼마나 많은 시간을 뜬눈으로 지새우며, 그 사람이 왜 그토록 현실에서 탈출하려 하는지 따져보곤 했던지. 어떤 인간도 그런 소원을 품은 적은 없을 텐데요."

자애, 수긍의 길로 돌아가고자 하는 시도는 얼마 안 가 다시금 실제의 사태에 대항하는 낡은 루시퍼적 반항이 되고 말았다. 예기치 못한 변모들! 자애의 신, 전락한 영혼의 거룩한 남편을 모방하려 한 결과, 랭보는 "지옥 남편"이 되고 말았다. 구원하기를 바란 결과, 절망 속에 빠뜨렸을 따름이다. 해방시키고자 한 결과, 더 노예로 만들어놓았다. 한 인간에게 "태양의 아들다운 원초의 상태"를 되찾아주고자 한 결과, 맹목적인 분개에 휩싸여 타락과 죽음을 음산하게 찬양하기에 이르렀다. 지옥 길동무는 말한다. "저는 치욕을 영예로, 잔인함을 매력으로 삼는 그 사람의 말에 귀를 기울이지요. '나는 먼 종족의 후손이야. 내 조상은 스칸디나비아인들이지. 그들은 서로 옆구리를 찔러 그 피를 마셨다고.—나는 내 몸뚱이 사방에 상처를 낼 거야, 문신을 새길 거야, 몽골인처럼 흉악하게 되고 싶어. 두고 보라고, 거리에 나가 울부짖을 거야. 정말이지 광분하는 미치광이가 되고 싶다고. 보석을 내게 보이지 마, 양탄자 위로 기어다니며 몸을 뒤틀어댈 테니. 나의 재산, 그것에 온통 피가 발렸으면 좋겠어. 나는 절대로 일을 하지 않을 거야……'" 이 낭패감, 이 혼미함은 타락한 자애의 마지막 경련이다. 이 무지막지한 애정에 짓눌린 "불쌍한 영혼"은 매혹과 동시에 서글픈 혼란을 느꼈음을 고백한다. "아아! 제 신세는 정말이지 그 사람에게 달려 있었지요. 하지만 그 사람인들 제 흐릿하고 맥없는 생애로 뭘 어찌 할 수 있었겠어요? 그 사람이 저를 더 낫게 만들지는 못했지요, 죽게 하지야 않았지만! 처량한 울분을 느끼며, 저는 그이에게 때때로 말했어요. '당신을 이해해요.' 그는 어깨를 으쓱하곤 했지요."

"이 사람의 자애엔 마법이 들려 있고"…… 확실히 그렇다. 이 영국 땅의 랭보, 사랑하며 고통받는 그의 제스처와 말이 어떤 모델의 지배를 받는지 우리는 잘 알고 있지 않은가. 다시 한번 어리석은 처녀에게 귀를 기울이자. "가끔 그이는 인정어린 사투리 비슷한 말투로, 회한을 자아내는 죽음에 대해, 이 세상에 확실히 존재하는 불행한 사람들에 대해, 고통스러운 노동에 대해, 여러 가슴을 찢어놓는 출발들에 대해 이야기하지요. 우리가 취해 뒹굴던 누추한 방구석에서, 그이는 우리를 둘러싼 사람들, 그 비참한 가축들을 생각하며 눈물 흘리곤 했어요. 어두운 거리에서는 술꾼들을 일으켜주었고요. 모진 어머니가 어린애들에게 품는 동정심 같은 게 있었지요." 우리는 또다른 모진 어머니를 「일곱 살의 시인들」에서 만났다. "동정심"을 맛보았음에 행복했던 어린 시절로 말하자면, 또다른 기억의 시에서 얼핏 보았다. 나는 이미 그 시를 인용했고 앞으로도 재차 인용할 텐데, 랭보의 운명을 규명해주는 그 작품의 빛이 그만큼 지대하다. "평범한 체질의 인간이여, 육체는 과수원에 매달린 과일이 아니었던가,—오 어린 날들이여!—육체는 탕진해야 할 보물이 아니었던가,—오 사랑한다는 것, 프시케의 재난인가 힘인가?"* 아이가 어린 한, 그의 어머니는 사랑으로 정다웠고 그에게는 세계가 주어져 있었다. 아이가 "사내꼭지"가 아닌 한, 고개 드는 의식이, 시선이 아닌 한, 여자는 자기 신경증의 속박을 느끼지 않고 아이에게 헌신할 수 있었다. 랭보 자신도 비참한 사람들과 술꾼들을, 시선이 없는 사람들을, 그들 앞에서 아르튀르 랭보가 되라고 강요하지 않는 사람들을 온전히 사랑할 수 있다. 그러나 자기를 이해하고 자기에 대해 판단하는 지적 존재 앞에서, 자신이 스스로에게 품고 있는 부정적 판단을 내리지 않을까 두려워지는 눈 앞에서, 그는 다시 도덕적 편견과 가학적인 소심증을 놓지 못하는 저 완강한 비탈리 퀴프의 불안한 영혼이 된다. 랭보 자신도 훈계자가 되어 있지 않은가? "회한을 자아내는 죽음, 이 세상에 확실히 존재하는 불행한 사람들, 고통스러운 노동, 여러 가슴을 찢어놓는 출발들", 의심치 말자, 이것들은 "부인夫人"의 단골 주제였으며, 그것은 아들 속에서 그녀가 부활하고 있다는 첫 징조다.

3

"여러 밤을 그 사람의 악마가 저를 사로잡아서 우리는 뒹굴며, 저는 그이와 싸웠지요! ―밤이면, 자주, 술 취한 그 사람은 길거리나 집에 숨어 기다렸다가 죽을 지경으로 나를 겁주지요. ―'놈들이 정말 내 목을 자를 거야, 구역질나겠지.' 오! 그가 범죄의 냄새를

---

* 『일뤼미나시옹』, 「젊은 시절 II. 스무 살」.

풍기며 걸어다니고 싶어하던 그날들!" 폭력, 말다툼, 혐오감, 또한 금전적 어려움과 육체적 피로로 원래 생각했던 태양은 점차 멀어져간다.

첫번째 이별은 1872년 말, 떠도는 비방을 잠재우고 마틸드 모테에게 또하나의 이혼 사유를 주지 않기 위해서였다. 랭보는 샤를빌로 돌아와 성탄절을 보낸다. 얼마 지나지 않아 베를렌은 친구 르펠티에에게 보내는 편지에 "끔찍한 공허"라고 쓴다. 그런 뒤 독감에 걸린 그는 죽게 되었다고 생각하며 랭보를 부르고, 달려온 랭보는 그런 상황에서라면 능히 베풀 수 있는 진정한 헌신을 아끼지 않는다.

그다음 이별은 4월이었고, 정황은 잘 알려져 있지 않다. 유약해빠져서 금세 공동의 삶으로 돌아갔다며 분통을 터뜨리는 「지옥의 밤」의 랭보를 근거로 짐작하자면, 실제적인 다툼이 없었을지언정 그 이별은 절교의 성격을 띠었으리라는 것이 내 확신이다. 봄과 함께 그의 낭패감이 더욱 심해졌다고 생각할 수 있다. 범죄에 대해 느끼는 이끌림과 그가 「요한복음」 번안 산문 초고에 표현한 그리스도 강박이 분열을 일으키는 듯하다. 그러니 고독 속에서 밀어붙이는 철저한 성찰이 자신에게 큰 도움이 될 수 있을 거라는 판단은 이때부터 있었을 것이다.

어쨌거나 우리는 그가 곧바로 로슈, 어머니가 장만한 농장으로 돌아갔음을 안다. 그리고 거기에서 성찰에 착수하는데, 누이동생 이자벨의 말을 믿자면 피로로 기진맥진이 되고 불면에 시달리며 밤새도록 끔찍하게 신음하면서다. 4월과 5월 동안 그는 밤낮으로 "이교도의 책" 혹은 "니그로의 책"에 몰두한다. 들라에에게 보낸 편지에서 그는 쓴다. "내 운명은 이 책에 달려 있고, 그걸 쓰려면 잔혹한 이야기를 아직 여섯 개나 더 지어내야 해." 아마 『지옥에서 보낸 한 철』에 실린 아홉 편의 "이야기"들 중 긴 장들은 이미 썼을 것이다. 「나쁜 피」「언어의 연금술」은 확실하고, 베를렌의 기억으로 채워져 있으나 예기치 못한 운명의 논리가 마련해놓은 파국에 대한 암시는 전혀 없는 「어리석은 처녀」도 어쩌면 이때 쓰였다고 봐야 한다.

그러는 사이 베를렌이 아르덴 근처로 여행을 오고, 거기엔 저의가 없지 않다. 그는 다시 랭보를 만난다. 그리고 5월 27일, 둘은 다시 런던으로 떠난다.

무슨 일이 있었나? 무엇이 랭보를 움직였나? 그저 유약해서인가, 책을 완성할 일이 엄두가 나지 않아서인가, 베를렌의 애정을 대신할 만한 것은 영영 없을 것이라는 느낌 때문인가?

여하간에, 성찰을 시작했던 참이고 또한 쌓인 경험도 없지 않았던 터에, 그에게 이것은 다만 재추락, 아무것에도 이르지 못할 출발로 여겨질 수밖에 없다. 뒤이은 수개월은 공동생활 중 가장 난폭한 시기, 비아냥과 분노로 더없이 무거운 시기가 될 것이다. 랭보는 계획을 저버린 스스로를 용서할 수 없다. 그는 「지옥의 밤」을 쓰고, 거기에서 자기 신경증의 노예가 된 자의 불행이 진술된다.

나는 선과 행복으로의 회심을, 구원을 얼핏 보았었다. 그 비전을 묘사할 수 있을까, 지옥의 공기는 찬송을 허용치 않는데! 그것은 수백만의 매혹적인 인간들, 그윽한 영성의 음악회였고, 힘과 평화였고, 고귀한 야망들이었고, 그 밖에 어찌 다 말하랴?

고귀한 야망들!

그러고는 여전히 삶이다! ─저주란 영원하지 않은가! 제 팔다리를 자르려는 인간이라니 과연 영벌을 받은 자가 아닌가?

초고에서는 여기 더해 다음과 같이 쓰여 있다. "아! 고귀한 야망들! 나의 증오. 나는 격분의 생활을 다시 시작한다, 핏속에서 뒹구는 분노를, 짐승의 삶을……" 이 몇 주간의 랭보는 가장 어두운 랭보다. 두 배로 절망한 존재는 베를렌에게 걸핏하면 싸움을 걸어대고, 그처럼 부당한 대우에 넌더리가 난 베를렌은 어느 말다툼을 마지막으로 돌연히 숙소를 떠나 다시 벨기에행 배에 오른다.

4

멀어져가는 친구에게 당시 랭보가 보낸 두 통의 편지보다 감동적인 것은 없다.

이는 해방의 한 가능성이 거기 나타나 보이기 때문이고, 그러나 또한 이 기회가 순식간에, 아마도 영영, 사라지기 때문이다. 랭보는 항구로 달려갔고, 부둣가에서 손짓하며 베를렌을 불렀지만 헛일이었다. 베를렌이 자기를 떠났다는 것을 알아차렸을 때 랭보는 그가 가버린 것이 진정한 고통의 발로라고 생각했고, 자신이 사랑받는다고 여겼다. 이때만큼 그가 불신과 에고이즘과 오만을 거의 내려놓기에 이른 적이 없다. 다음이 첫번째 편지다.

런던, 금요일 오후

돌아와, 돌아와, 소중한 친구, 유일한 친구, 돌아와. 네게 맹세해, 착해질게. 너한테 불퉁스럽게 굴었던 건 그저 하던 농담을 물고 늘어지느라 그랬던 것뿐이고, 난 그걸 이루 말할 수 없이 후회하고 있어. 돌아와, 다 잊힐 거야. 그 농담을 네가 믿다니, 무슨 불행인지. 요 이틀 동안 나는 끊임없이 울고 있어. 돌아와. 용기를 내, 소중한 친구. 아직은 가망이 있어. 네가 여정을 되짚어오면 그만이야. 우리는 여기서 정말로 용기 있게, 인내심을 가지고 다시 살아갈 거야. 아아! 제발 이렇게 빌게. 게다가 이것들은 네 재산이잖아. 돌아와, 네 물건들 모두 그대로 있을 거야. 우리가 한 얘기가 다 실없는 것이었단 걸 지금쯤 너도 잘 알고 있기를 바라. 끔찍한 순간이었지! 하지만 너는, 내가 배에서 내리라고 손짓을 보냈을 때, 왜 오지 않았어. 이런 순간에 이르자고 우리가 이 년을 함께 살았다니! 뭘 할

작정이야? 여기로 돌아오고 싶지 않다면, 네가 있는 곳으로 내가 너를 찾아가면 좋겠어?

그래, 잘못한 건 나야.

오! 넌 날 잊지 않겠지,* 응?

아니야, 너는 날 잊을 수 없어.

나는, 내겐 아직도 여기 네가 있어.

말해봐, 네 친구에게 대답해봐, 우리가 더이상 함께 살면 안 되는지.

용기를 내. 얼른 답장해줘.

여기에서 더이상 오래 머물 수 없어.

네 진심에만 귀기울이도록 해.

얼른 말해줘, 내가 가서 너와 합류해야 할지.

한평생 너의 벗인

랭보

얼른 대답해줘, 월요일 저녁 이후로는 여기 더 머무를 수 없어. 내겐 여전히 1페니도 없고, 그걸 우체국에 쓸 수도 없어. 네 책들과 원고들은 베르메르슈에게 맡겼어.

---

* (원주) 나는 여기에서 앙리 기유맹이 제안한 텍스트 해독을 고려했다. M. Henri Guillemin, *Connaissance de Rimbaud*, Paris: Mercure de France, n° 1094 (1954. 10), p. 244.

더이상 널 보지 말아야 한다면, 해군이나 육군에 지원할 거야.

오, 돌아와, 내내 자꾸 울고만 있어. 널 다시 찾아오라고 말해줘, 갈게, 그렇게 말해줘, 전보 보내줘—나는 월요일 저녁에 떠나야 해, 넌 어디로 갈 거니, 뭘 하고 싶어?

하지만 베를렌 역시 "바다에서" 그에게 편지를 쓰던 참이었다. 그는 자살하겠다는 위협으로 다시 한번 아내와의 화해를 시도할 참이라고 알려온다. 그러자 랭보는 시시비비를 가리는 투로, 이제는 완전히 식어버린 듯이 답장한다.

소중한 친구,

"바다에서" 썼다고 적은 네 편지를 받았어. 네가 틀렸어, 이번만큼은, 게다가 심하게 틀렸어. 우선 네 편지에는 확실한 게 전혀 없어. 네 아내는 오지 않을 거야. 혹은 세 달 뒤에 오겠지, 삼 년 뒤에 오거나, 알 게 뭐람. 숨을 끊는 일로 말하자면, 내가 널 알아. 너는 그러니까, 네 아내와 네 죽음을 기다리면서 난리를 치고, 헤매고, 사람들을 진저리나게 하겠지. 뭐야, 너는 아직도 서로 화를 낼 때 한쪽만큼이나 다른 쪽도 틀렸었다는 걸 인정하지 않는구나! 하지만 마지막 잘못을 저지르는 건 네가 될 거야, 왜냐, 내가 널 다시 부른 다음에도 너는 끈질기게 거짓 감정들에 매달렸으니까. 나 아닌 다른 사람들과 함께하는 네 삶이 더 좋을 것 같니, 생각을 해봐!—아! 당연히 아니지!—

베를렌이 수동적이고 유약할 따름이라는 사실, 다른 이들의 사랑을 필요로 하지만 결코 사랑을 주지는 못한다는 사실을 그는 똑똑히 확인했다. 랭보 자신도 그저 유약함으로, 때가 무르익은 검토를 미루는 나태함으로 베를렌에게 돌아오라고 애원했던 것이었고, 그뒤 브뤼셀로 가서 그를 만나게 될 것이었다.

브뤼셀의 '드라마'를, 어떻게 해서 술에 취한 베를렌이 떠나겠다는 랭보에게 두 차례 총을 쏘았는지 다시 풀어 얘기하진 않겠다. 이미 끝나 있던 탐색들에 삶이 마침표를 찍었을 뿐이다.

손목에 가벼운 부상을 입은 랭보는 브뤼셀의 병원에서 치료를 받는다. 베를렌은 구금되고, 선고상으로는 2년간의 징역에 처해진다.* 그렇다, 파국이다. 자애라는 기획의 실패. 언제나 양가적이었을 뿐 사랑이 되기엔 부적합했던 애정. 더 심각한 것은 거의 끝난 유년 시절이다. 랭보에게는 이제 하나의 과거가, 하나의 기억이 있기 때문에, 유년의 잠재성을 소위 '일생'으로 바꾸어놓는 그 자국들이 자기의식에 남겨졌기 때문에. 따라서 이제부터 그는 승리한 숙명에 잠자코 복종해야 할 것인가? 아니면 아직은 숙명의 제어를 희망할 수 있을까, 로슈의 명철한 나날들에 시작된 검토, 진작에 자체의 법을 제시해 주었을 저 철저하고도 결정적인 책을 마지막 순간에 다시 붙들어 제대로 끝마침으로써?

---

* 모범수로 인정받은 베를렌은 감형을 받아 1875년 1월 16일에 출소한다.

그는 브뤼셀을 떠난다. 필시 걸어서였을 것이다. 그리고 7월 말 혹은 8월 초에 어머니 집에 도착한다. 책 마지막 페이지에 기입된 날짜에 따르면 그로부터 몇 주 뒤에, 그는 『지옥에서 보낸 한 철』 집필을 끝마친다.

지옥에서 보낸 한 철

1

『지옥에서 보낸 한 철』은 아르튀르 랭보가 시도했던 모든 형이상학적 기획에 대한, 낭패감 속에서 착수했으나 끈기와 엄격함으로 완수하기에 이른 검토다. 또한 모색이니, 랭보는 삶을 바꾸는 문제에 대한 답을 이번만큼은 결정적으로 찾아보려 한다.

이 문제와 관련하여 이제 세 가지 실패가 주어져 있었다. 각 실패의 묘사에 『지옥에서 보낸 한 철』의 장 하나씩이 할애되고, 그에 앞서 「나쁜 피」는 그 실패들을 소개하고 대조한다. "모든 도덕에서 면제받았던" 투시자 기획의 실패는 "언어의 연금술"이라는 부제가 달린 「섬망 II」에서, 자애의 기획 혹은 정념 윤리의 재발명이라는 기획의 실패는 「섬망 I」에서 "어리석은 처녀"에 의해 그려진다. 마지막으로 진실에 대한 요구에서 실패했으니, 더이상 효력을 믿지 않는 투시자의 착란을, 또는 참담한 결과를 깨닫고 난 뒤에도 베를렌과의 관계를 오로지 유약함으로 붙들고 늘어졌을 때다. 이 마지막 실패가 필경 제일 분했을 터, 『지옥에서 보낸 한 철』에서 가장 초조하게 규탄될 그 실패는 「지옥의 밤」에서 말해진다.

하지만 당장, 또한 이제 시작될 논의의 주요 실마리 중 하나로서, 짚어두어야 할 점은 랭보가 오로지 자신을 위해 『지옥에서 보낸 한 철』을 썼다는 것이다. "내 운명은 이 책에 달려 있다"고 그는 들라에에게 밝혔다. 그는 자기를 발견해야 했고, 스스로를 다잡아야 했으며, 다가오는 시간을 대비하여 자기 의지에 하나의 계약을 제시해야 했다. 그처럼 고달픈 압박 속에서 쓰는 자는 읽히는 일을 신경쓰지 않는다. 이 페이지들 거의 전체에서 무수히 나타나는 그처럼이나 대범한 생략들, 그처럼이나 분명하게 개인적인 암시들이 그 증거다. 돈이 없는데도 랭보가 인쇄업자에게 원고를 맡겼다는 사실도 들 수 있다. 아직 치러야 할 대금이 있는 이상 자기는 책을 대여섯 부밖에 못 받으리라는 것을 알지만, 발의된 헌장이 객관적 가치를 지니고 자기 곁에서 그 자체로 존재할 수 있게 하기 위해서라면 그것만도 충분할 것이었다.

하기야, 어떤 시작품이 모종의 감정이나 지식, 생각을 '전달'하려고 착수된 적이 있는가? 시인의 관심은 발명하고 확인하는 데 있고, 그때 문제는 사는 것이지 말하기가 아니다. 그는 결과적으로 말하게 될 뿐이다. 그의 명쾌함 역시 그의 수수께끼들과 맞닿아 있다. 스스로 알아내야 할 때는 밝혀 말하고, 자기가 이미 아는 것에 대해서는 입을 다문다. 모색하는 고독, 바로 이 고독 때문에 그럼에도 그는 위대하다. 그의 진실은 캄캄한 잠행을 통해 빛을 발한다. 그리하여 완성된 시가 모든 사람에게 가치를 지닌다면, 이는 그 저자가 사적인 경험 속에서 오직 자기 자신이 되기만을 바랐기 때문이다.

『지옥에서 보낸 한 철』은 시적 창조에 관한 이 불변의 법칙을 예증하니, 우리의 재산이다. 일체의 거래에서 벗어나 있으면서도 우리 모두의 재산이 된 푸트 인쇄소*를 상징으로 삼자. 랭보가 보편과 합류할 수 있었던 것은 그가 자기 불안 속에 틀어박혔기 때문이다.

위 사실을 밝혔으니, 책 자체를 보자. 난해한 텍스트라는 것, 이는 너무 쉬이 말해져왔고 또 너무 쉬이 잊히는 사실이기도 하다. 그런데 이 난해성 자체에 의미가 있다. 그것은 여러 생각이 동시적이라는 것, 랭보의 삶에서와 마찬가지로 무엇도 그 동시성을 결정적으로 통제하거나 조직하지 않는다는 것을 의미한다. 예를 들어 수많은 생략—"오, 나의 자기희생이여, 오, 나의 멋진 자비여! 그런데 이 세상에서라니!"—은 대치중인 직관들이, 그것들의 화해

* Poot. 『지옥에서 보낸 한 철』이 나온 인쇄소 이름이다.

를 도모할 수 있을 그 어떤 변증법보다도 더 진정하고 더 실질적이라는 것을 말해준다. 『지옥에서 보낸 한 철』은 어떤 생각의 공식화라기보다는, 사고와 그것을 만들어내는 자가 서로에게 부과하는 시련, 매 순간의 전투다. 그 격정적인 폭력 속에서 때때로 전투는 더이상 춤의 격앙과 구분되지 않는다.

어떤 모순들이 있는가? 무엇보다 먼저, 랭보가 "식욕"과 "악덕"이라고 부르는 것의 온갖 제약과 숙명을 겪어본 지금, 너무 완고하고 항구적인 지상의 여건과 구원의 야망 사이의 갈등이 있다. 또한 그렇게나 큰 슬픔이 그토록 당연하게 나타나는 이 책에서 매우 감동적인 것은, 언제나 구박당하면서도 언제나 되살아나는, 삶을 저주하고 싶지 않다는 욕망이다. 비참과 원기의 모순, 철저하게 버려진 상태와 지칠 줄 모르는 소망의 모순. 옛날 「태양과 육체」에서처럼, 그뒤 착란과 온갖 "고문"을 넘어온 지금에도 랭보는 "힘과 미"라는 관념을 놓지 않는다. 자연의 지평 내에서 자기를 신뢰하며 스스로를 자유롭게 발산할 줄 아는 삶은 그 두 가지를 재산으로 삼을 것이다.

하기야 그가 희망을 포기한다면 어떻게 되겠는가? 그는 모순이 현실의 숙명임을 이해했고—나는 이 점을 밝히고자 한다—이제 자기 마음과 정신 속에 모순을 위한 자리를 마련하려 할 것이다. 그리하여 우리 역시 서로 대치하는 저 운동들을 받아들이지 않을 수 없을 것이니, 격렬한 생각의 저 뇌우들을 우리는 사랑하게 될 것이다. 그렇다, 용어들을 추출해서 무슨 형이상학적 색인을 만들기보다는, 제 소용돌이 속에 모든 것을 끌고 들어가는 『지옥에서 보낸 한 철』의 변전 속에서 그 격돌들을 다시 살아보는 편이 더 값질 것이다. 이러저러하게 표명된 생각보다, 승리 없이 소진하고 있다는 것 자체가 랭보의 진실에 훨씬 가깝다. 이 작품에 대한 끊임없는 주해에 이제 나도 가담해보려 한다. 그 페이지 수라야 대단할 것이 없으나, 그럼에도 인간의 양면성에서 무엇 하나 지워낸 것이 없기에 이 작품은 우리에게 거의 성스러운 책들 중 하나가 되었다.

2

『지옥에서 보낸 한 철』은 「나쁜 피」로 시작하는데, 가장 먼저 쓰이기도 한 이 부분에서 랭보는 다른 존재들과의 관계를 통해 스스로를 규정해보려 애쓴다. 그가 절대적인 차이로 느낀 것, 때로는 그토록 비극적이었던 그 느낌, 그건 정말로 절대적인가? 랭보에겐 동류가 없는가, 전혀 한 번도 없었던가?

그렇게 해서 랭보가 자신을 대상으로 어떤 작업을 수행하고 싶었는지 곧바로 헤아려보아야 한다. 틀림없이 그는, 사회 속에서 또 그 역사적 변전 속에서 변증법적 대립 관계에 있는 여러 인간 유형 중 하나와 자신을 동일시함으로써 약간의 안정을 맛보고 싶었을 것이다. 그는 성공하지 못한다. 하지만 그 야망과 실패 자체가 책

뒷부분을 밝혀준다는 점에서 의미가 있는데, 그것들을 통해 시적 상황의 고독함이 드러나기 때문이다.

"프랑스 역사의 어느 지점에라도 내 선례가 있다면!" 자신이 처해 있는 역사적 순간에서—마치 우리 눈으로 보는 것처럼—이 고독을 보는 랭보, 그의 첫 사유는, 우선 역사에서 내내 배제되어온 사람들에게로 향한다. 그는 "열등 종족"을 소환하여 정신 앞에 세운다. 타고난 맹신성과 본능을 넘어서지 못하고, 역사의 전설집에 인물 하나 내놓지 못한 종족이다. 그는 쓴다. "골족은 짐승 가죽 벗기는 자들로서도, 풀 태우는 자들로서도 그들 시대에 가장 무능했다." 그러고는 못박아 말한다. "내가 줄곧 열등한 종족이었음은 매우 명백해 보인다. 나는 반역을 이해할 수 없다. 내 종족이 봉기했다 하면 오직 약탈을 하기 위해서였다. 자기들 힘으로 죽이지 못한 짐승 앞에서 늑대의 꼴이 바로 그렇다." 자크리의 난은 실로 사회적 무능만큼이나 정신적 무능을 드러낼 따름이다. "상것"들은 잠자코 십자군 원정에 동원되었고, 잠자코 "그리스도의 평의회"에서 배제되었으며, 고귀한 종족에게서도 신에게서도 버림받았다. 하나의 인격이 되기에 이른 자는 고귀하나니, 그리하여 그는 포악하고 불의할지언정 자유를, 구원의 개념을, 그리스도의 말을 이해할 수 있다. 이에 반해 열등 종족의 비참은 다른 데 있지 않으니, 그들은 우상숭배자인 동시에 신성모독자이며, 신을 갈망하면서도—"나는 게걸스럽게 신을 기다린다. 나는 영원히 열등 종족이다"—의식을 가질 수 없는데, 의식이야말로 인격에 신의 접견을 위한 하나의 형식을 마련해주는 것이다.

보다시피 랭보는 구원의 관점에서 역사에 접근한다. 그는 소망이라는 종교의 선물이 미치지 않는 곳에 남겨진 자들의 "종족"을 그려 보였다. 신은 그 "상것"들에게 "고귀함"과 "자유"를 내려주지 않았고, 이 자질들 없이는 구원의 사유가, 운명과의 대결이 허락되지 않는다. 그런데 이제 그는 오늘날 그들이 그 구원을 집단적 방식으로 성취하려고 하는 것을 발견하니, 즉 그들은 존재와 자연을 동일시하면서, 자연을 전유하는 과학이 마침내 자기들에게 실재에 대한 통제권을 가져다주기를 바라는 것이다. "이제 방랑자도 없고, 이유가 불분명한 전쟁도 없다. 열등 종족이 모든 것을 뒤덮었다. 흔히 말하듯, 민중이요, 이성이다. 국민과 과학이다." 더하여, "우리들은 성령에게 나아간다". 과잉 상태의 자연을 과학으로 길들인다는 이 발상에는 헤겔적이라기보다는 미슐레*적인 것, 키네**적인 것이 있지만, 랭보는 그것이 조직이나 노동의 가치 아래서가 아니라—열등 종족은 "나태"하다—삶을 변환시키겠다는 영 불합리한 욕망에서 착수될 것임을 잊지 않는다. 감정적 기원을 따져보면, 도래할 과학 역시 하나의 종교적 사태다. 비록 "상것"으로

* Jules Michelet. 긴 기간에 걸쳐 낭만주의 역사서의 대표작 『프랑스사』(1833~1873)를 집필한 역사가.

** Edgar Quinet. 독일에서 수학한 프랑스 역사가이자 헤르더의 『역사철학』 번역가로서, 자유주의 사상에 기반하여 제정 및 교권을 강력하게 비판했다. 대표 저서로 『이탈리아 혁명』(1848~1851), 『대중의 계몽』(1850), 『대혁명』(1865) 등이 있다.

서는 결코 될 수 없었고 된 적도 없는 저 개인이라는 것은 도래할 공동 사회에 여전히 없을 것이고 그 때문에라도 과학은 이교에 지나지 않을 테지만 말이다.

요컨대 랭보는, 그가 읽고 탄복했을 것이 분명한 『마녀』의 미슐레와 같이,* 개인의 종교인 기독교가 미개한 "골족"을 진정으로 바꿔놓지는 못했다고 여긴다. 하지만 그가 이에 기쁨을 느낀다고, 혹은 그 성스러운 "상것"들 속에서 아무러나 자기 동류를 찾기를 바랐다고 생각한다면 오산이다. 하나의 육체와 함께 하나의 영혼을, 구원과 함께 "구원 속 자유"를, 직접적인 향유가 자아내는 온갖 행복으로 가득한 본능적 삶과 깊은 탐색을 요하는 인격 고유의 경험을 동시에 바라는 그의 이중적 욕구가 뚜렷하게 드러나는 것을 우리는 곧 보게 될 것이다. 그의 불행이기도 한 양면성, 이는 그가 기독교 이전의 인간인 동시에, 기독교까지 넘어서는 한 개인의 온전한 출현이 어떤 것일지를 열렬하고 갈급하게 이해하는 인간이라는 것이다. 그를 제약하고 소외시키는—"나는 이해하나, 이교도들의 말로밖에는 설명하지 못하므로 나는 침묵하고 싶다"—저 열등 종족에게서 돌아서는 것은 이제 그의 숙명이다. 그들은 그와 같은 것을 욕망하지 않고 그는 그들에게서 자신을 알아보지 못한다.

저 시대, 곧 우리 시대의 문턱에서 그가 생각하고 또 반복해서

---

* (원주) 이 책 313쪽 「덧붙이는 말」 1 참조.

말하는바, "신흥 귀족", 과학을 통한 정신의 실현, 이교도 혈통의 집단적 구원은 기독교가 제안하고 시작했다가 얼마 지나지 않아 배반한 자유의 수련을 대신하지 못한다. 진정한 종교적 체험이 가져다줬을 것을 여전히 앙망하는, 어쩌면 마지막 몇 사람 중 하나임을 자각하는 그는, 논리적으로, 신이 자기를 저버렸다는 사실에 놀란다. "이교도의 피가 되돌아온다! 성령이 가까웠는데, 그리스도는 어찌하여 나를 도와 내 넋에 고귀함과 자유를 주지 않는가. 오 호통재로다! 복음은 지나갔다! 복음! 복음."

여기에도 역사에 대한 고찰이 있다. 니체의 "신은 죽었다!" 같은 것인가? 그러나 신의 존재 여부는 랭보에게, 필시 니체에게도 마찬가지겠지만, 부차적이거나 아예 의미가 없는 문제다. 둘 모두가 더이상 도움은 없다는 것을, 인간 존재 속에 개인화의 욕구, 구원 속에서도 견지되는 의식의 욕구는 남아 있되 발걸음을 뗄 수 있도록 도와줄 신의 손길이 이제는 없다는 것을 확인할 뿐이다. 존재하거나 말거나, 신은 더이상 우리와 소통하지 않는다. 그는 랭보를 설계해놓고 완성하지 않는다. 현대의 의식은 랭보와 함께 버림받음이라는 영지주의적 경험을 재개했다. 그러니 샤를빌의 어느 담벼락에 랭보가 휘갈겼던 "염병할 신"은 하나의 반교권주의적 반항이었던 만큼이나 1871년 이래로는, 먼 곳의 '게으른 신Deus otiosus'을 깨우려는 시도였음이 분명하다.

"복음은 지나갔다!" 이젠 어떤 답도 오지 않을 것이다, 랭보는 이제 안다. 침묵과 미래의 익명적 "성령" 사이에서 이제 기댈 것은 자가 방편들뿐이라는 것도 안다. 그러니만큼 그는 당장 이 방편들의 시험에 나설 것이며, 이로써 정말로 "현대적"인 행위, 즉 신 없이 '신성한' 삶을 창설하려는 시도를 스케치한다.

3

게임에서 손을 빼야 하지 않을까? 이제 우리에게 개인적 구원을 향한 길은 없으니, 언제까지나 끝내 열등한 우리 종족의 가장 익명적인 욕구들을 받아들여야 하지 않을까? 랭보의 첫 생각이다.

> 나는 아르모리크의 해변에 있다. 여기저기 마을이 저녁 어둠 속에 환히 불을 켜고 있구나. 내 하루의 여정이 끝났다. 나는 유럽을 떠난다. 바다의 대기가 내 폐를 불태우리라. 오지의 풍토가 내 피부를 그을리리라. 헤엄을 친다, 풀을 짓찧는다, 사냥을 한다, 무엇보다도 담배를 피운다, 끓는 쇳물같이 독한 술을 마신다,—저 경애하는 선조들이 모닥불을 둘러싸고 하던 것처럼.
>
> 강철 같은 사지에, 어두운 피부에, 분노어린 눈을 하고 나는 되돌아올 것이다. 내 낯짝을 보고 모두들 나를 강한 종족으로 여기리라. 나는 황금을 지녔으리라. 나는 빈둥거리며 포악을 부리리라. 여인들은 뜨거운 나라에서 돌아온 그 사나운 불구자들을 보살핀다. 나는 정치사건에 휘말리리라. 구원받으리라.

"구원받으리라"! "짐승 가죽 벗기는 자들" "풀 태우는 자들"의 후예는 실질의 세계로, 바다, 아프리카, 미개척의 땅으로 돌아갈 수 있을 것이며, 억지로 끌어들인 모험적 노동을 통해 척박한 자연을 금으로 변환한 뒤, 취득한 금의 익명성 속에서 마음 끌리는 아무에게나 주인-노예의 관계를 강요할 수 있을 것이며, 그 안에서 기독교식 남녀 관계의 난점들은 사라질 것이다. "사나운 불구자"라는 묘사에 후일의 병에 대한 예감 같은 게 있다고들 떠들어왔지만, 여기서 랭보가 암시하는 것은 그저 자신의 정서적 불구성, 「도둑맞은 마음」이나 「사랑의 사막」이 이미 그려낸 바 있는 그것임이 분명하다. 「나쁜 피」 초고에서 그는 쓰지 않는가, "내 가슴팍을 열면, 끔찍한 불구의 심장을 보게 되리라."

하지만 그가 하나의 불구성을 다른 불구성과 바꾸고 싶다는 욕구를 품었을 수는 있다. 육체적 불능이 그를 일찍이 중단되고 만 아이 상태로, 모성적 보살핌의 대상으로 돌려보내주리라는 것이다. 그렇다, 그것이야말로 그가 느낀 가장 어두운 유혹이었을 수 있다. "제 팔다리를 자르려는 인간이라니 과연 영벌을 받은 자가 아닌가?", 그는 「지옥의 밤」에 쓰리라. 그렇다면, 저 가짜 원시인 속에 그 얼마나 선명한 기독교적 도덕의식이 남아 있는 셈인가! 또 얼마나 위험한 유약함이 아직 그의 계획 속에 남아 있단 말인가! 과연 랭보는 지체 없이 계획의 허망함을 인정한다. 대마초, 술, 온갖 감각을 자청해 겪으면서 뭘 해결했던가? 1870년의 「감각」,

그런 유의 몽상은 얼마 안 가 허다한 시가 드러내는 "반감들"로부터 그를 지켜주지 못했다. "풀을 짓찧는다" "담배를 피운다"는 것부터가 이미 그에겐 어려운데, 감각에서 행복을 구하는 것도 이미 하나의 신앙 행위이기 때문이다…… "출발하지 않는다.—이 땅의 길들을 다시 걸어가자, 내 악덕, 철들 무렵부터 내 옆구리에 고뇌의 뿌리를 박은—이제 하늘까지 자라나 나를 때리고, 나를 엎어뜨리고, 나를 끌고 가는 그 악덕을 짊어지고." 동성애를 탓하는 대목이라고 볼 수도 있다. 하지만 더 깊게는, 도둑맞은 마음을 탓한다고도 할 수 있다. 바로 거기에서 랭보가 자신의 에고이즘, 반감이라고 부르는 것이 생겨나니, 여기에서와 마찬가지로 다른 곳에서도 그 모든 "역정"이 늘 랭보의 믿음과 사랑을 저지하리라.

그런고로 이제 랭보는, 아직도 이런 말에 무슨 의미가 있다면, 새로운 길을 궁리한다. 모두 허물어뜨리기, 모두 파괴하기, 가장 먼저 진실을. 혹은, 테러도 여전히 "정의"에 대한 관심이고 하나의 참여이니만큼 그보다 더 허무주의적인 방식으로, "혹독한 삶"을 받아들이기, "단순하게 우둔해질 것,—말라붙은 주먹으로 관 뚜껑을 들어올린다, 앉는다, 질식한다." 이렇게 해서 그가 피하고자 하는 것은 무엇인가? 이제는 불구성이나 그 고통이 아니다. 오히려 자기 안에서 끊임없이 그것들에 반발하고, 그것들을 덜어낼 수 있기를 희망하고, 그 반대편에 "성스러운 이미지"를 맞세우다가 이내 더 큰 좌절과 고통에 빠지고 마는 순진함을 피하자는 것이다. 환상의 삶, 잔인한 새 시작의 삶, 이 "지옥"을 그는 다음과 같이 요약한다. "아아! 나는 이렇게나 버려진 신세, 어느 성상聖像이건 가리지 않고, 완전을 향한 도약을 바친다." 비슷한 재추락에 대해 그는 「지옥의 밤」에서 말할 것이다, "—내 지긋지긋한 어리석음이여." 그렇다 해도 "어리석음"은 끈질겨서, 랭보는 자신이 그것을 없애고 싶어하는 그 순간에도 여전히 거기에 사로잡혀 있음을 드러내 보인다. "깊은 구렁텅이에서 주여, 나는 바보가 아닌가!" 내쫓긴 신세가 더없이 자명하다 해도, 지금의 그에게서는 신을 향한 도약이 단연코 더 강력하다. 다른 이들의 방법을 빌려 유배 상태를 얼버무릴 수 없는 랭보, 그로서는 본원적 왕국의 광휘를 다른 많은 이들처럼 잊어버릴 수 없다.

하나의 본질적 모순, 또한 본질적 고독이 이처럼 고백으로 나온 뒤, 그러나 곧바로 어조가 바뀐다. 문장들이 덜 몰아치고, 덜 격돌한다. 평정까지는 아니더라도 모종의 거리두기가 가능해지면서 연속적인 생각을 할 수 있게 되는 것 같다. 자신이 다르다는 것 자체로부터, 여느 사람들이 품는 계획들에 자신이 영 무능하다는 사실로부터, 또한 전혀 상이한 두 "종족", 즉 귀족과 상것, 과거를 만든 종족과 미래를 움켜쥐는 종족 양쪽 모두에게서 멀리 떨어져나오면서 또하나의 형제애가 그를 맞아줄 수 있음을 알아차리니 말이다. 역사 속에서 은밀하게 이어져온, 반란자들의 동업조합이 그것이다. "아직 어린아이였을 적에, 나는 감옥이 늘 다시 삼켜 가두는 저 완악한 도형수를 찬탄의 눈으로 바라보았다. 나는 그가 머묾으로써 성별聖別되었을 여인숙과 셋방을 찾아다녔다. 그가 했을 생각으로, 나는 푸른 하늘과, 들판에 꽃핀 노동을 바라보았다. 나는 거리거리에서 그 숙명의 냄새를 더듬었다. 일개 성자보다 더 많은 힘이, 일개 여행자보다 더 풍부한 양식良識이 그에게 있었고—그의 영광과 그의 분별을 말해줄 증인은 그 자신, 오직 그 자신뿐!" 바로 이것이 거부의 피, 세례가 당치 않은 피, 제목이 말하는 진정한 "나쁜 피"로서, 랭보 부인은 자기 아들의 그 피를 누누이 꾸짖었을 것이다. 하지만 랭보 자신은 이 유전적 성격을 기꺼이 받아들이고자 한다. 다른 이들의 조악한 목표에 냉담하기만 한 지성과 힘을 그에게 준 것은 오직 그 피가 아닌가? "겨울밤에, 잠자리도, 옷도, 빵도 없이 가는 길에, 어떤 목소리가 내 얼어붙은 가슴을 조였다. '연약함인가 힘인가. 너로구나, 힘이다'……" 여기에서 우리는 미슐레와 키네, 랭보의 지적 상상력을 길러준 이 두 스승이 당시 주창했던 바의 영웅상을 생각해야 한다. 특히 키네에게서 인간의 운명은 분류되지 않는 자들, 배척된 자들에게 달려 있다. 그는 다음과 같이 쓴다. "종족의 회복은 다름 아닌 개인들에 의해 이루어진다는 것이 분명해진다…… 그 개인들은 처음 마주할 때 아연함을 자아낸다. 그들을 어디에 분류해야 할지 알 수 없다. 그들은 전쟁을 몰고 다니고, 모든 것이 그들과 적대한다."(『창조』, 1870, II, 252~253쪽). 그러나 미슐레나 키네가 위대한 배제자들에게 부여하는 과업은 정신의 점진적인, 따라서 세속적인 실현이다. 이에 반해 랭보가 그들의 가르침에 힘입어 자기 힘을 확신하면서 바라는 것은 오로지, 다시 한번, 구원이다.

“그렇다. 너희들의 빛에 내 눈은 닫혀 있다. 나는 짐승이다, 니그로다. 그러나 나는 구원받을 수 있다.” 어쩌면 자기 안의 가짜 “니그로”를, 소위 점잖다고 하는 행동의 위선과 마비 상태를 씻어내기만 하면, 깊은 데 있는 원래의 “힘”이 다시 활기를 띨지도 모른다. 방금 전에 내려놓은 변모의 노력(“출발하지 않는다!”)을, 지금 랭보는 착수할 수 있다고 느낀다. 개인의 구원은 불가능하므로, “복음은 지나갔”으므로, 신은 더이상 대답하지 않으므로 그는 날감각에 도움을 구할 참인데, 앞에서처럼 그것이 망각이기를 바라는 게 아니라 하나의 신앙 행위이기를, 즉 그가 예전에 필요성을 깨달은 바 있는 저 “미지”, 지각 깊숙한 곳에 있는 “미지”에 대한 신앙 행위이기를 바란다. 무매개의 인간이여, 춤꾼이여, 진짜 “니그로”여, 다시 시작하라! “너희들은 가짜 니그로들이다, 너희 편집광들, 잔인하고, 인색한 놈들. 상인 녀석아, 너는 니그로다, 재판관 녀석아, 너는 니그로다, 장군 녀석아, 너는 니그로다. 황제, 이 해묵은 가려움증아, 너는 니그로다. 너는 사탄의 양조장에서 나온, 세금 없는 술을 마셨다.—이 민중은 열병과 암으로 영감 들려 있다. 불구자들과 늙은이들은 어찌나 존경할 만한지, 끓는 물에 삶아지고 싶어한다.—가장 영악한 길은 이 대륙을 떠나는 것, 여기선 저 비참한 자들에게 볼모를 마련해주려고 광기가 횡행한다. 나는 함의 자손들이 세운 진정한 왕국에 들어간다”…… 더이상 소년기와 은퇴기 사이에 갔다 오고 말 여행이 아니다. 이번에는 절대적 출발, 깊이로의 출발이다. “나는 아직 자연을 알고 있는가? 나는 나를 알고 있는가?—이제 말은 필요 없다. 나는 죽은 자들을 내

뱃속에 묻는다. 고함, 북, 춤, 춤, 춤, 춤!" 무슨 말인가 하면, 대상과 주체, 자연과 인간 사이 일체의 구분을 지워 없애자는 것, 의식이자 기억이며 타인에 대한 고단한 관심인 언어를 망각하자는 것이다. 다름 아닌 "열등 종족"의 발원지에, 그러니 이 종족이 오늘날 주창하는 과학적 야심의 대척점에, 랭보는 그처럼 충동에 따르는 삶, 감각에 의한 삶의 능력이 있다고 단언하고, 그러면서 인격신에 대한 관념 때문에 멀리했던 그 능력을 자기 것으로 삼아보려고 잠시나마 노력하는 것 같다.

하지만 또 어쩌면 랭보는 그런 가담의 움직임을 흉내내는 것뿐인지도 모른다. 자기가 짊어진 속박을 더 깊이 인정하고 규정하기 위해서다. 어쩌면 그는 지나간 삶의 갈등을 다시 겪어보려는 것뿐인지도 모른다. 이미 그는 비전의 시기에 내가 방금 묘사한 것과 비슷한 좌절을 겪었고, 따라서 그가 지금 만들어내려고 하는 신화는 "착란"에서 "자애"로 넘어갔던 예전 시기 또한 밝혀준다.

"백인들이 상륙한다." 부르주아적이고 과학적인 이 세기말에, 본능적 행동의 말살이라는 요컨대 기독교적인 과업을, 이번에야말로 결정적으로 완수하는 듯한 서구의 식민지 원정에 대해 랭보가 느꼈던 불안은 후일 「민주주의」에서 다시 한번 드러날 것이다. 그도 그럴 것이, 랭보 역시 피식민자이기 때문이다. 랭보 내부에서도, 그가 원초적인 것, 선과 악 이전에 다다랐다고 생각할 때마다, 지체 없이 "백인들이 상륙"하여 기독교 교육의 가차없는 권력을 저 "벌거벗고 다녀야 했을"* 육체에 행사하기 때문이다. "세례를 받아들이고, 옷을 입고, 노동을 해야 한다"…… 그리하여 바라 마지않던 자유의 기슭에서조차 랭보는 기이한 대목을 쓰게 되니, 거기서 그는 패배한 "니그로"로서 교육받고, 부양되고, 약간의 성의만 보이면 "구원될" 처지에 놓인 자신을 본다. "나는 추호도 악행을 저지르지 않았다. 하루하루가 내겐 가벼울 테고, 회한의 괴로움도 면제될 것이다. 선행에 대해서는 거의 죽은 영혼, 장례식의 촛불처럼 엄격한 빛이 솟아오르는 영혼의 고뇌를 나는 느끼지 않으리라"…… 이 절 전체에는 많은 혼동을 자아낸 가톨릭적 색채가 있다. 절 마지막에서 랭보는 다음과 같이 결론을 내린다. "나는 철이 들었다. 세상은 선하다. 나는 삶을 축복하리라. 내 형제들을 사랑하리라. 이건 더이상 어린 시절의 약속 같은 게 아니다. 늙음과 죽음에서 도피하려는 희망도 아니다. 신은 내게 힘을 주고, 나는 신을 찬양한다." 그러니까 회심한 것인가? 아니, 이 문장들을 그렇게 이해해선 안 된다. 현실화되지는 않았지만 언제든 확인될 수 있는 사태를 말하는 이 문장들에는, "함의 자손들"의 원시적 자유 상태로 되돌아가려는 순간 포로가 되는 의식, 세례의 노예인 랭보의 의식이 보일 반응이 기술되어 있다. 그가 저 자유로 되돌아가기를 원할 때, 기독교적 범주들에 매인 그의 예속성이 당장 일깨워져 심화되고, 이렇게 두 경향은 상쇄되면서 그를 "지옥"의 번민 속에 남

* "빛나는 눈, 갈색 피부의 젊은 남자, / 벌거벗고 다녀야 했을 스무 살의 아름다운 육체"(「자애의 자매들」)

겨둔다.

일찍이 「태양과 육체」에서도 관능적 삶의 계획은 "다른 신"의 기억을 지워 없애지 못했다. 그리고 1871~1872년 "모든 감각의 착란"과 런던 몇 개월간의 "자애" 사이, 「언어의 연금술」과 「어리석은 처녀」 사이에 유사한 대립 관계가 있음을, 감각하고 생각하고 사랑하는 그 두 가지 방식이 여기서와 마찬가지로 금세 서로를 무화시키는 것을 우리는 앞에서 보았다. 사실 「나쁜 피」는 랭보의 신앙심이 아니라 기독교가 그에게 행사하는 지배력을 표현하며, 그의 정신 속에 불가항력적으로 현존하는 증오스러운 범주들을 표현한다. 그럼으로써 이 절은 "섬망" 두 장에 대한 서문이 되고, 그토록 상이한 두 장의 결론들을 앞서 해명해준다. 알다시피 「언어의 연금술」은 투시자의 시도를 완전히 지난 시절의 일로 제시한다. "그것은 다 지나갔다"고, 랭보는 끝에 가서 쓴다. 이에 반해 다른 "섬망"은 완결된 것처럼 보이지 않는다. 자애의 온갖 어려움이 토로되었음에도 불구하고 마지막 몇 줄은, 아이러니하긴 해도 매우 뚜렷하게, 미래로 열려 있다. "그이가 덜 거칠기만 해도 우리는 구원받을 텐데!…… 어느 날 어쩌면 그 사람은 기적처럼 사라질 거예요. 그러나 저는 알아야 해요, 그 사람이 하늘로 다시 올라가야만 한다면, 내 애인의 승천을 조금이라도 보았으면 해요!"…… 여기에서 우리는 「나쁜 피」의 다음 대목에서 표현된 생각을 다시 발견한다. "백인들이 상륙한다…… 나는 어린애처럼 안겨가서, 모든 불행을 잊고 천국에서 놀게 될 것인가!" 그리고 특히 다음 대목이 그렇다. "천사들의 분별 있는 노래가 구조선에서 솟아오른다. 그것은 신의 사랑이다." 고함과 춤의 계획에서는 금세 아무것도 남지 않는 데 비해, 다른 필요, 세례의 아들에게 속하는 그것은 1873년 8월 당시 사라지지 않았고, 아마 그후로도 완전히 사라지는 일은 없을 것이다. 랭보에게서 마지막 발언권을 차지하는 것은 언제나 기독교 도덕이다. 그리고 이제부터 그는 이 자명한 사태 가운데서 길을 터봐야 하는 것이다.

어쨌든, 지금 그는 갖은 노력이 소용없음을 안다. "권태는 이제 내 사랑이 아니다. 분노, 방탕, 광기, 그것들의 도약과 재난을 모두 아는바, —내 모든 짐이 벗겨진다. 어지러워하지 말고 내 무구함의 폭을 가늠하자."

"태형의 격려는 더이상 요구할 수 없으리라. 나는 내가 예수 그리스도를 장인으로 삼아 혼례를 올리려고 승선했다고는 생각하지 않는다"…… 앞의 신앙고백을 진지하게 받아들인다면 설명할 수 없었을 이 문장들은, 랭보를 분열시키고 몰락케 하는 이중의 전제를 여기서 다시 발견하는 순간 명확해진다. 이와 함께 이제는 두 존재 방식 중 어느 하나를 위해 다른 것을 부정하려 해도 소용없다는 확신, 자신이 바라던 불가능한 종합이 무엇을 의미하는지에 대한 분명한 의식을 발견할 수 있다. "나는 내 이성의 포로가 아니다. 신이라고 나는 말했다. 나는 구원 속에서도 자유를 바란다." 자기 깊은 곳의 이 본질적 모순, 즉 한편에는 도덕적 필연성을 거쳐서만 구원하는 신이 있고, 다른 한편에는 직관적 본능의 존재를 흐트러뜨리는 것을 용인치 않는 천성이 있음을 제대로 이해했다는 건 잘된 일이지만, 처음으로 "쟁취한 이 발걸음"은 전혀 행복 같지 않다. 오히려 불모의 중립성이라고 할 수 있을 터, 그것은 어서 와야 할 죽음 속에서나 해소될 것이다.

『지옥에서 보낸 한 철』에서 처음으로 죽음에 대한 생각이 나타난다. 하나의 출구인 죽음, 비극적인 빛 속에서 모든 것을 박탈당한 이들에게 한순간이나마 세계를 돌려줄 수 있는 죽음이 더 일찌감치 고려되지 않는다는 게 놀라울 수 있으나, 랭보의 용기가 아무리 크다 한들 그는 진정으로 죽음을 원할 수 없음을 우리는 예감한다. "이렇게 노처녀가 되어버리다니, 죽음을 사랑할 용기가 없으니!" 랭보처럼, 사랑을 박탈당한 자는 죽음도 박탈당한다. 온화한 용인이라는 선물을 받지 못한 자, 진정으로 사랑받은 적이 없는 자는 죽음을 감수할 수 없다. "우둔해질 것"을, 비천함을, 범죄를 바랄 수는 있을지언정—"범죄 하나를, 어서, 내가 인간의 법에 의해 무無에 떨어질 수 있도록"—이 죽음이라는 신앙 행위에 랭보는 결코 가담할 수 없을 것이다.

「나쁜 피」 막바지 대목에서, 랭보는 무슨 생각을 하는가?

이렇듯 죽음에 접근할 수 없는 그로서는 사슬에 묶인 채 남아 있을 수밖에 없다. 불가능한 구원, 그가 품은 종교적 열망의 모순으로 인해 이 삶은 하나의 부조리 판, 무엇도 마땅찮거나 가소로울 뿐인 연극이 된다. "그칠 줄 모르는 소극笑劇이로다!…… 인생이란 모두의 손에 놀아나는 소극이로구나." 설상가상으로 이곳에선 어떤 휴식도, 물러설 기회도 있을 수 없는데, 다른 이들의 가치와 기획을 어쨌든 감수해야 하는 것이야말로 다른 이들처럼 바라거나 느낄 수 없는 불행을 타고난 자가 받는 벌이기 때문이다. "앞으로 갓!" 그는 끌려나가 떠밀려간다. 속은 암흑이고—"아! 폐가 타오른다, 관자놀이가 웅웅거린다! 내 눈 속에 밤이 굴러간다, 저 태양으로 인해!"—도무지 내키지도 않지만, 그런 사정이야 어찌되었건 그는 이 종국적 불화를 피할 수 없다. 그러니 어쩌면 일종의 명철함이, 어쩌면 각성의 상태가 엿보이는 듯도 하다. 하지만 미래는 전혀, 이 캄캄한 마지막 페이지 속에서는 그 윤곽조차 떠오르지 않았던 것 같다.

하기야 랭보는 이 장 어디에서도 제 불행한 조건을—이제 변환은 고사하고—완화시키려 하지 않는 것처럼 보이는데, 이는 눈여겨볼 점이다. 그래서 「나쁜 피」에는 심리적 성찰이 전혀 없다. 마찬가지로 사회 비판도 전혀 없다. 파리코뮌에 열광했던 자, 1871년 봄에 "공산주의 헌법 초안"*을 썼던 자가 오늘에는, 삶을 변화시키

* 들라에는 1871년 8월에 랭보가 "공산주의 헌법 초안"을 작성하여 자신에게 편지로 보냈다고 회상한다. 이 문서는 현재 남아 있지 않으나, 들라에의 기억에 따르면 랭보는 거기에서 직접 투표 및 코뮌을 통한 직접 정치, 노동 자치, 화폐 폐지 등을 제안했다고 한다.

기 위한 정치적 조건에 무관심해 보인다. 하지만 우리가 보았듯이, 그 대신 랭보는 십자군 원정에 호락호락하게 동원되었던 무질서하고 쉽게 속는 군중을 그려 보였고, 거기엔 큰 의미가 있다. 혁명가는 심리적이든 사회적이든 주어진 천성을 고치고 개선시키기를 바라는 반면, 십자군의 인간은 그것을 변모시키기를 원한다. 그리고 랭보의 진짜 조상은, 파리코뮌과 함께 끓어올랐던 순진한 첫 희망에도 불구하고, 후자다. 「나쁜 피」의 관심은 구원이지 치유가 아니다. 그것은 말하자면 덫에 걸린 의식의 현상학으로서, 의식의 돌연한 희망과 도약과 추락에 대한 핍진한 묘사는 다만 의식을 기적과 은총의 문턱에 붙들어놓기 위해서다. 정제된 치료제, 상대적인 해결책을 구하느니, 보다시피 「나쁜 피」의 저자는 불가능한 해법과 사라진 잠재성의 높은 영역에 머물기를 택할 것이며, 이로써 진정한 음료의 그림자라도 간직하고, 그리하여 늘 그래왔듯이 격돌하면서 "지상에서 시적으로 거주"*하고자 한다.

4

하지만 그건 유약함을 일절 고려하지 않았을 때의 얘기다. 그런데 유약함은 고쳐지지 않았고 그리하여 다시, 이 페이지들이 쓰여

* 독일 시인 프리드리히 횔덜린(1770~1843)의 무제 작품 〔"어여쁜 푸르름 속에……"〕의 인용이다.

지자마자, 가장 강력한 현실로 돌아와 『지옥에서 보낸 한 철』의 기획 자체를 무너뜨린다. 「나쁜 피」는 5월에 쓰여졌다. 몇 주 뒤 런던, 「지옥의 밤」이 재추락을 증언한다. 랭보가 "나는 선과 행복으로의 회심을, 구원을 얼핏 보았었다"고 쓸 때, 마약 복용 경험을 암시하는 것일 수 있다. 모든 것을 미루어 짐작하건대, 영국 생활 동안 랭보는 여러 차례에 걸쳐 베를렌과 함께, 아편이든 하시시든, 마약을 했다. 그리고 지금 우리는, 낙원을 약속해놓고 이내 습관의 해악만 몰고 오는 모든 것을 그가 얼마나 싫어했을지 안다. 하지만 그런 모험의 나쁜 결미를 묘사하면서 랭보가 화를 내고 번민하는 것을 보면, 단순한 실망이 아니라 훨씬 심각한 무언가를 느끼고 있음이 분명하다. "나는 유명한 독을 한 모금 삼켰다.—나에게 온 충고에 세 번 축복 있으라!—내장이 타들어간다. 독액의 격렬함이 내 사지를 비틀고, 나를 일그러뜨리고, 땅바닥에 내동댕이친다. 목이 말라 죽겠다, 숨이 막힌다, 소리를 지를 수가 없다. 지옥이다, 영원한 형벌이다! 보라, 어떻게 불길이 재차 솟구치는지! 나는 더할 나위 없이 잘 타들어간다. 가라, 악마여!" 진실을 말하자면, 그 독이 무엇이었든 어쨌거나 다시 개시되었으므로, 그리고 랭보가 그 유혹을 거절할 수 없다고 판명되었으므로, 거기서 어떤 희망이 고집을 피우고 있음을 알아보아야 한다. 그런데 「나쁜 피」의 마지막 페이지들에서 저자의 화를 돋웠던 것은 바로 이 희망, 너무 끈덕진 이 순진함이었다. 탈진에 이르는 "행복", 감정적 휩쓸림, 씁쓸한 환멸로 이어지는 생활이 런던에 돌아오면서 다시 시작되었다. 하나의 명철함, 하나의 인식에 도달했다고 믿었던 랭보이건만,

이제 보니 그는 가볍디가벼운 부추김에 넘어가 냉큼 독을 삼키고는 또다시 저 터무니없는 희망들과 끔찍한 깨어남의 "지옥"에 갇혀 있는 것이었다. 그러니 그는 진실을 따를 수 없단 말인가? 자신의 형이상학적 조건에 대한 묘사를 완성한 참에, 더 하찮은 재액, 심리적인 것에 불과한 재액에 흔들려 이제 강직한 증언자로 남을 수도 없다니, 그래야만 하는가? "그런데도 내가 진리를 붙들고 있고, 정의를 보고 있다니. 내가 온전하고 확고한 판단력을 지녔고, 완성을 향한 준비가 되어 있다니……" 「지옥의 밤」의 불행을 살찌우는 건 무엇보다도 이 유약함이다. 그러나 랭보의 에너지는 이를 순순히 받아들이지 않는다. 이 깜빡거리는 예지의 책 첫 부분에서 희망으로부터 해방되었다고 믿었던 랭보, 이제 그는 어째서 자신이 여전히 희망에 묶여 있는지 그 이유를 파헤쳐보려 한다.

이렇게 해서 「지옥의 밤」은 심리 분석을 시도하는데, 「나쁜 피」에 이 분석이 전무했다는 사실을 주목할 만하다. 「일곱 살의 시인들」의 관점을 다시 취하면서, 그리고 「첫영성체」의 순결한 난폭함을 되살려, 랭보는 자신의 유년을 향해 돌아서서 기독교를 고발한다. 기독교가 그에게 선악의 환상을 영벌로 부과했다는 것은 예전에 간파했으나, 꺾이지 않는 희망의 고문 또한 그것이 내린 영벌이다. 쓰라림을 느끼며 지금 그는 쓴다, "나는 내가 받은 세례의 노예다." 구세주의 종교가 그에게 보다 참된 다른 세상의 관념을 불어넣었고, 그런 약속으로 이 세상을 영영 무의미하게 만들어버렸다. "아, 이것 봐라! 삶의 시계가 방금 멈췄다. 나는 더이상 이 세상에 있지 않다." 또 있다. "나는 내가 지옥에 있다고 믿는다, 따라서 나는 지옥에 있다." 아르튀르 랭보에게 기독교적 희망은 본질적으로, 형이상학적 탐구에서 반박할 수 있는 전제가 아니다. 그것은 하나의 독이니, 어린 시절 이래로—"부모님들이여, 당신들은 내 불행을 만드셨고"—교묘하게 실재에서 육체성을 걷어내고, 존재하는 것과 말하는 존재의 관계를 환각과 환술로 대체하여 일체의 진정한 존재 경험을 망가뜨려 놓았기에, 오늘날에는 그 대신에 우유부단과 지겨움과 "상상할 수 있는 온갖 찡그린 표정"만이 있을 뿐 결국 모든 것은 한갓 예술, 공허한 배우 노릇에 지나지 않는다…… 랭보는 자기 안에서 암약하는 배우에 대한 강박을 전 작품에 걸쳐 드러내 보였다. 진실을 진짜로 살지 못하고, 진실의 "코미디"를 연기할 뿐인 배우. 「지옥의 밤」에서 랭보는 아무도 없는 빈 무대 위에 올라 그가 과도하게 지닌 이 "재능"을 선보이며, 거기에서 우리의 소외된 처지를 여실히 드러내는 징후를 본다. "들으시오!…… 나는 온갖 재능을 다 가지고 있습니다!—여기에 아무도 없는데 누군가가 있습니다. 내 보물을 펼치고 싶지는 않군요.—니그로들의 노래를 들으시겠어요, 천녀天女들의 춤을 보시겠어요?" 이후 현대 예술이 입증할 것인바, 그것은 "니그로"의 방식을 흉내낼 재능을 가질 순 있어도, "함의 자손"의 실질적 삶을 소생시킬 힘은 가질 수 없는 세계다.

따라서 「나쁜 피」와 비교할 때 「지옥의 밤」에서는 근본적인 관점 변화가 나타난다. 「나쁜 피」에서는 일종의 '절대' 의식이 자신의 모순을 확인하고 한계를 인정하며 그 한계를 뛰어넘지 못하는 자신의 무능에 괴로워했으나, 그 자기성찰은 여전히 자신의 차이점과 고독을 통해서만 이루어졌고, 그리하여 "상것"에게서나 귀족에게서나, 서양에서나 미개척지의 나라에서나 똑같이 멀리 떨어진 상태에서, 마치 의식이 존재와 함께 태어나 존재를 증언할 뿐 어떤 순간에도 외부의 개입은 겪어보지 못했던 것만 같았다. 역사를 가로질러 동류를 찾아내느라 역사의 변전 및 중대한 결과를 낳은 역사상의 사건들은 무시되었고, 멀든 가깝든 어떤 원인이 현재의 난국을 낳았는지는 살펴지지 않았다. 또한, 신앙심으로 지탱되지 않는 만큼 더욱 수상한 기독교의 지배력이 실토된다고는 해도, 어떤 필연적 혹은 우발적 방식으로 기독교가 그 권위를 행사하는가 하는 질문도 제기되지 않았다. "나는 가슴에 은총의 타격을 받았다"라고 랭보는 썼다…… 그것이야말로 형이상학적 파열의 진짜 요인이며 하나의 기정 조건, 은총에 뒤따르는 행복이야 있건 말건 모든 의식이 필연적으로 마주치게 될 사실이라고 볼 수도 있었으리라. 그런데 이러한 묘사의 대척점에 「지옥의 밤」은 하나의 심리학, 하나의 비평을 제시한다. 약간 마르크스적이고 전前프로이트적인 이 페이지들에서는 무의식이, 드러나지 않는 곳에서 작용하는 관념들이, 자유롭다고 자처했던 사고의 소외태가, 다시 말해 의식의 변전 속에서 우발성이자 "독"이 될 수 있는 모든 것이 발견된다. 기독교에 배태된바 우리 영혼 속 병적 기질이. 규탄되었으나 불가사의하게 다시 돌아온 희망에 배태된바 저 파괴적 기독교와의 꺼림칙한 친화성이. 미래에 배태된바 가차없는 불모 상태가. 왜인고

하니 한 종교와 한 시대의 도덕적 영적 구조물들에 묶인 "노예"에겐 자기가 바라는 것, 참되다고 여기는 것을 되찾을 권리조차 없기 때문이다.

실로 구체적인 조건에 처해 있는 이 존재 아르튀르 랭보, 그는 이렇게 해서 스스로가 보기에 다시금 진정한 성찰의 주제가 된다. 그러니 『지옥에서 보낸 한 철』에서 「지옥의 밤」에 이어 「언어의 연금술」과 「어리석은 처녀」, 랭보가 남겨준 두 자화상이 나오는 것은 가히 논리적이다. 한순간 그가 품었던 희망들과 변함없이 이어지는 그의 좌절들이 이번에는 완전한 일인칭 이야기로 다루어진다.

5

그렇지만, 이 보충적 분석이 매우 중요하다고 해도 결국은 앞에서 이루어진 성찰의 두 양상을 부연할 뿐이므로, 내가 앞에서 파리 혹은 런던의 랭보를 좇으며 끌어다 쓴 이 페이지들을 여기서 다시 다루지는 않겠다. 『지옥에서 보낸 한 철』에서 랭보의 관심은 과거가 아닌 미래를 향해 있고, 따라서 우리는 두 장의 위대한 "섬망" 너머에서 랭보가 운명을 걸었던 생각의 움직임을 되짚어보아야 한다.

이 움직임은 「불가능」 맨 첫 단어들에서부터 재개된다. "아! 내

어린 시절의 저 삶, 전천후의 대로, 초자연적으로 검소하고 거지 중에서도 상거지보다 더 이해득실에 무심하며, 조국도 친구도 없음을 자랑으로 삼던, 그 무슨 바보짓이었던가. — 그걸 겨우 깨닫는다!" 내 생각에 랭보는 브뤼셀과 아르덴 사이의 길, 마지막 모험으로 다치고 열에 떨며 돌아오던 때를 이렇게 떠올리고 말하는 것 같다. 그리고 이토록 고귀하게, 이토록 순결하게 규탄되는 "바보짓"이란 구원에 대한 강박이라고, 그에 수반되곤 하던 세속적 목표들에 대한 무관심이라고 나는 이해한다. 우리가 앞서 보았듯이, 이제 랭보는 자신이 이 희망의 영벌에 처해 있다는 것을, 그 희망이 자신의 덕일 수 있었던 만큼이나 지금은 자신의 "악덕"이라는 것을, 도처의 저속함을 피하게 해주었을 뿐인 그것이 허망했음을 안다. 그리하여 그는 새로운 계획을 품는다. 모든 형이상학적 결단이 희망으로 인해 어그러질 것이라면, 희망의 구상을 아예 경멸함으로써 가장 무서운 이 악마라도 피해보는 건 어떨까? 「나쁜 피」의 여러 "출발", 구원에만 관심을 두었던 만큼 종교의 소외라는 올가미 속에 그대로 머무르는 셈이었던 그 출발도 마찬가지다. "순교자의 영예를, 예술의 빛을, 발명가의 오만을, 약탈자의 열의를 악마에게" 쓸어보내자, 그럼으로써 구원론적 사변의 "교묘하고도 어리석은 고문"에서 벗어나자, 부동의 평정을 유지하는 듯한 "동양"의 운명론적 예지를 재발견하자. "나는 탈출한다!" 하지만 이렇게 "서푼어치 이성"을 되찾았다고 생각하면서도 랭보는 또한 우리에게 그것이 "금방 지나간다!"고 말하며, 실제로 얼마 안 가 벗어나려던 범주들의 세력권에 다시 떨어진다. 실상 그가 말하는 저 "예지"란 무엇인가? "교회의 사람들"이 그에 대해 적확하게 지적하는바, "옳은 말이다. 내가 꿈꾸던 것은 바로 에덴동산이었다." 여전히 그것은 바뀐 삶, 본래의 지복 상태로 되돌아간 삶, 구원 몽상의 한 화신에 지나지 않는다. "영적 횡설수설"을 물리치자마자 어느새, 가령 오늘날의 결함 많은 현실 아래에 묻혀 있을 온전한 "운동"이니 "형식"이니 "빛"을 말하면서, 랭보는 또다시 꿈을 꾸기 시작한다.

"나의 영이여, 조심하라. 과격한 구제책 같은 것은 없다. 스스로를 단련하라!" 하지만 바로 그 영이 "잠들어 있음"에야, 단련은 어렵지 않겠는가! 여전히 잠복 상태에 있는 형이상학적 소망에 조종당하지 않을 탈출 시도란 있을 수 없다. "인간의 노동", 즉 과학의 원칙과 변전에 가담하기, 유일하게 진정으로 세속적인 이 계획은 과학이 느리기 때문에 거기서 기적이 나타날 가능성이 전혀 보이지 않는다며 기각된다. 나태는, 쉬운 시를 쓰며 몽상을 일삼는 삶으로 말하자면, 어디에 다다를지 빤히 보인다. "어릿광대, 거지, 예술가, 강도,—성직자! 병원의 내 침대 위로, 향냄새가 그렇게도 강렬하게 내게 되살아왔다, 성스러운 향료의 파수꾼, 신앙고해자, 순교자……" 「불가능」과 「섬광」의 이 페이지들에서, 어쩌면 랭보는 런던 생활을 다룬 장에서 그토록 가혹하게 느꼈던 숙명을 끝끝내 확인하고 싶은 것인지도 모른다. 하지만 이번에는 완전히 닫힌 원이다. "불가능"이 확실하다. "유년 시절의 더러운 교육"으로 인해 이 삶은 끊임없는 반항에 바쳐졌으니, 허망하고도 파괴적인 오만에서 벗어나지 못할 것이다.

“그건 진정 지옥이었다. 옛날 그대로의 지옥, 사람의 아들이 그 문을 열어놓은 지옥.” 랭보는 「아침」에 이렇게 쓴다. 율법의 음울한 치하, 탈출을 허용치 않는 지옥.

그리하여 우리는 여기, 『지옥에서 보낸 한 철』 중 가장 어두운 지점에 왔다. 포기요 끝장일 수도 있었으리라. 그토록 오래전에 시작된 밤, 한순간 섬광이 가로지르고 간 밤은 이제 완전히 캄캄하고, 무엇도 빛을 예고하지 않는 것 같다. 그런데 랭보가 “아침”이라 부르기로 한 것은 다름 아닌 이 암흑의 순간이며, 틀림없이 거기에 이 책의 가장 비밀스러운 의도가, 랭보의 에너지가 만들어낸 가장 고귀한 움직임이 있다고 보아야 한다.

오늘날에는 망가지고 마비된 이 삶 역시 「태양과 육체」에서 말하던 대로 영광스럽고 순결할 수 있음을 그는 잊지 않으려 한다. “나에게도 한때는, 사랑스러운, 영웅적인, 전설적인, 황금 종이 위에 써두어야 할 청춘이 있지 않았던가, —너무 벅찬 행운이!” 그와 동시에 찢겨진 생각의 또다른 축, 즉 그가 처한 작금의 유약함 역시 잊지 않으려 한다. 둘 사이에서, 이번에는 분노 없이 그는 끝없이 새로 시작되는 헛된 소망을 받아들인다. “똑같은 사막에서, 똑같은 밤에, 언제나처럼 나의 피로한 눈은 저 은빛의 별을 바라보며 깨어나나, 언제나처럼 저 생명의 왕들, 세 동방박사, 마음과 혼과 정신은 도무지 움직이는 일이 없다." 이 헐벗은 희망을 받아들이는 그의 목소리는 지금 더없이 진지하고 더없이 순결하다. 그렇다. 본질이 바뀌어 황금이 만들어진 것도 아닌데, 구세주가 온 것도 아닌데, 그는 이 희망을 별이라고 말한다.

새벽을 앞둔 이 시간에 랭보는 희망으로 전향했다고 나는 굳게 믿는다. 내 말은, 그가 자신의 "지옥"이라 부르던 것, 조바심, 도약, 환멸, 쓰라림으로 이어지는 그 움직임은 진정될 수 없으며 불안을 자아낼 수밖에 없다는 것, 이로써 바로 그 자체가 삶임을 그가 이해했다는 것이다. 예전처럼 순진하게 굴지 않되 그렇다고 헛되이 평정 상태를 꿈꾸지도 않으면서, 오직 그 움직임만을 이 부재의 세계 속 유일한 현실로 인정해야 한다는 것을, 그것을 받아들여야 한다는 것을, 대양의 물결에 떠가는 배처럼 거기에 몸을 맡겨야 한다는 것을 그는 이해했다. 해소책 없는 모순을 수긍하기, 서구세계의 환상이 빠져 있는 잠에서 깨어나기. 이미 「불가능」에서 랭보는 이 각성 상태를 얼핏 보고는 "예지" "순수"라고 불렀다.

과연 「아침」에 이어지며 『지옥에서 보낸 한 철』을 끝마치는 「고별」에서, 랭보는 거듭 이 수긍을 말하게 된다. 얼마나 분열적이건 우리의 조건인 것, 바로 이 점을 받아들인다.

그렇다, 이 책의 격앙된 흐름 속에서 체험된 모든 모순이 「아침」에서와 마찬가지로 견지되고 있다. "벌써 가을이다!" "영원한 태양"의 부재, 유한성의 쏜살같은 계절들, "비참의 항구", 하늘에 붉은 기운이 도는 것이 보일 때조차 결정적으로 물질에 매여 있는 인간의 장소. 다른 한편에는 "거룩한 빛을 발견"하고자 남아 있는 이들, 절대에 대한 그들의 가시지 않는 욕망, 그리고 곧이어 찾아드는 환상, 헛된 만큼이나 끈질긴 그 환상이 실의에 빠진 자, "절망한 자" 랭보로 하여금 여전히 현재형의 문장을 쓰게 한다. "때때로 나는 환희하는 하얀 민족들로 뒤덮인 끝없는 모래밭을 하늘에서 본다", 끝끝내 기만적인 "진정한 삶"의 신기루. 저 여건과 저 희망 사이에는 어떤 통로도 놓이지 않았고 놓일 수도 없다. "나는 초자연적인 힘을 획득했다고 믿었다. 그런데, 자! 내 상상력과 추억들을 묻어버려야 하는구나!" 하지만 그 같은 아포리아에서 한탄이 새어나와선 안 된다. "어찌하여 아쉬워하랴", 랭보는 쓴다. 차라리 그 아포리아에 경의를 표할 것, 척박하나 위생적인 그것은 진실의 계기이므로.

"내가! 마법사라고도 천사라고도 자칭하며 모든 도덕에서 면제받았던 내가, 추구해야 할 의무, 끌어안아야 할 거친 현실과 더불어, 내가 흙으로 돌아오게 되다니! 농부다!" 농부가 흙이라는 물질의 숙명을 피할 궁리를 하지 않듯이, 정신이 노동인 곳에서 숙명을, 한계를 부인해서는 안 된다. 이와 같은 것이 "새로운 시간"의 깨우침이며, 그것은 진실과 동일시된다.

그리하여 『지옥에서 보낸 한 철』 마지막에서 랭보는 제 역사의 종국에 다다른 서양으로 돌아와, 기독교의 세기들로부터 너무 쉽게 받아들인 야심과 꿈, 신화와 "섬망" 속에서, 가장 심각한 소외와 다름없는 순진한 맹신을 규탄하고, 그러나 동시에 우리 의식이 체념 상태에 빠지는 것을 거부하면서 종교적 환술을 넘어서는 일종의 사실주의를 제안하는데, 다만 이 말에는 실존적 의미가 부여되어야 한다. "절대적으로 현대적이어야 한다." 랭보에게 소외란 결국 정치적 경제적 사태가 아니라 정신적 사태인 것 같다. 말하는 존재, 욕망하는 존재가 소외되는 것은 그가 조바심을 내며 꿈에 빠져들 때다. 그럼으로써 그는 자기 한계에 대한 인식을 상실하는데, 그 인식이야말로 유일하게 자명한 현실의 기반이자 그것에 이르는 길이기 때문이다. 현대성, 그것은 "농부"의 앎이니, 어떤 기적도 닿지 않는 실재에 대한, 비참인 동시에 희망인 인간 조건의 가혹하지만 위생적인 이원성에 대한 앎이다. 그리고 미래는 소유나 영광이 아니라 진실에 달려 있을 것이다. 구원 강박이나 그에 대한 헛된 부정이 물러난 대신, 우리 안에 존재랄 게 있다면 결코 얻어내지 못하나 결코 포기되지도 않는 이 욕망 속에만 있다는 창조적 인식이 들어섰기 때문이다. 체념한 자들이나 쉽게 믿는 자들로부터 멀리 떨어져, "이 계절 저 계절에 기대어 사멸하는 사람들로부터 멀리 떨어져" 우리는 유한성과 끝끝내 대치한다.

6

하지만 무엇이 이 새로운 사실주의의 수단이 될 수 있을까? 더하여, 내가 「고별」에서 볼 수 있다고 생각한 가치의 전복은 더 확실하게 증명되어야 하지 않을까?

이 책 마지막 페이지들에 적어도 한 번은 이 생각을 검증할 수 있는 계기가 나타나 있는데, 그렇지 않았다면 이처럼 무모한 주장을 내놓기가 사실 망설여졌으리라. 이 페이지가 유독 비밀스럽고 툭툭 끊기며 생략을 일삼는다는 건 사실이다. 마치 랭보는 다 밝혀 쓰기를 주저했던 것 같고, 품고만 있는 생각이 그걸 공식화한 표현보다 더 창조적이라는 사실을 알기에, 자기 자신의 텍스트를 무녀의 말처럼 대하고 싶었던 것만 같다. 어쨌든 우리는 한 단어에 멈춰 서자. 하나의 전망을 다시 열어젖히는 그 단어는 틀림없이 최후의 기획이 지닌 가장 심오한 면모를 밝혀줄 것이다.

"끌어안아야 할 거친 현실"을 자신의 미래로 제시한 직후에, 랭보는 다음과 같이 쓴다. "내가 틀렸는가? 나에게 자애란 죽음의 자매련가?"

즉 그의 새로운 기획에 "자애"의 역할이 있다는 것이다. 그리고 틀림없이 『지옥에서 보낸 한 철』이 완성된 후에 쓰여졌을, 적어도 책이 다 쓰여졌다고 가정하는 것 같은 프롤로그를 지금 다시 펼쳐

보면, 반쯤 소리 죽여 말해진 이 생각에 대한 랭보의 또다른 암시가 있음을 주목하며 우리는 보다 큰 확신을 가지게 된다. "그런데 요사이에, 최후의 꽥! 소리를 낼 지경에 이르러, 나는 지난날의 그 향연의 열쇠를 되찾겠다는, 어쩌면 거기서 식욕이 되살아날지도 모르겠다는 생각이 들었다." 조금 뒤 그는 덧붙여 쓴다. "자애가 그 열쇠다." 우리는 우리대로 자애를 열쇠삼아 『지옥에서 보낸 한 철』의 침묵을 열어야 하는 것 아닐까?

「어리석은 처녀」의 한 문장을 떠올려보자. "선의와 자애만 가지고 그가 이 현실세계에서 살아갈 권리를 얻을까요?" 그리고 이 "자애"의 기획에 대한 기억이 랭보를 유약한 베를렌의 곁으로 한 순간 돌려보냈던 것을 떠올리자. 베를렌을 "태양의 아들다운 그 원초의 상태"로 돌려보내자는, 잃어버린 온전함을 율법의 세계 속에서 되찾아주자는 계획을 품으면서 랭보가 기댔던 것도 있는 그대로의 사물들과 사람들에 대한 사랑이었고, 따라서 "사람의 아들이 그 문을 열어놓은" 이 지옥에서 그의 모델은 그리스도가 세상에 깨우친 새로운 감정이었다. 하지만 그때는 자기 증오가 타인들에 대한 사랑을 가로막았다. 그럼에도 『지옥에서 보낸 한 철』에서 이 "섬망"이 딱 부러지게 결론나지 않았음을 잊지 말자. 다만 어리석은 처녀는 말한다, "그이가 덜 거칠기만 해도 우리는 구원을 받을 텐데!" 또 말한다, "어느 날 어쩌면 그 사람은 기적처럼 사라질 거예요." 아이러니하게 혹은 부끄러운 듯이 언급되기는 해도 "애인의 승천", 그를 지옥에서 빼내고 싶다는 욕망은 확실히 잊기 힘든 꿈이었을 것이다. 그것은 「고별」이 이제 더 결연한 어조로, 또한 보다 제한적이고 명철한 야망과 함께, 다시금 실현을 도모하는 위대한 생각의 양분이 된다.

어쨌든 나는 그렇게 생각한다. 단지 「아침」과 「고별」에서 랭보는 자애 안에 있는 창조적인 힘을 다름 아닌 자기에게 돌려 스스로를 받아들이고자, 자신의 희망뿐만 아니라 자신의 "바보짓"과 "악덕", 어느 날 「치욕」이 그렇게도 잔인하게 까발렸던 모든 것을 받아들이고자 했을 따름이라고 생각한다. 사랑을 베풂으로써 인류를 과오에서 해방시킨 저 "사람의 아들", 스스로에게 그 사람이 되자, 자기 자신을 불완전하고 부족한 그대로 받아들이자, 우리와 실재 사이에 그토록 깊은 골을 내기 십상인 오만과 소유욕과 조바심을 녹여 없애자, 이러한 기획이 내가 말한 희망에의 동의와 겹쳐지면서 거기에 깊이를 주고, 그럼으로써 그의 미래에 기여한다. 자애는 "타오르는 인내"이니, 당한 것을 받아들인 것으로, 고통을 존재로, "죽어 심판을 받게 될 육체들"을 저 전야前夜를 지새울 몸으로 전환시켜줄 것이며, 그리하여 오게 될 새벽에는 진실이, 다시 시작되는 삶을 위해 "하나의 영혼과 하나의 육체 속에서" 세워지리라.

이와 같이 인간적 의무이자 역사적 현대성과 동일시되는 자애, 마침내 이 자애는 책 끝에 가서 그토록 결연하게 단언되는 고독의 서원을 설명해준다. 과연 랭보는 다음과 같이 쓴다. "우정의 손길에 대해 나는 무슨 말을 했던가! 썩 좋은 이점, 그것은 내가 옛날의 거짓 사랑을 비웃을 수 있고 저 허위의 부부들에게 창피를 안겨줄 수 있다는 것이다.—나는 거기서 여자들의 지옥을 보았다." 여자에게 "자애의 자매"가 되어달라고 헛되이 요구하던 그는, 의지할 곳 없음이 그리 빤한 이 세계에서 오직 자기 자신으로 모든 타인을 대신하면서 스스로를 인정하고 스스로에게 활력을 불어넣는다. 빈 하늘에 다시 "시혜의 순배"가 돌게 할 이는 오직 그 자신이다. 자신의 위대한 과업, 사랑의 재발명을 완수하되, 도형수나 성자처럼 오로지 혼자서 해야 한다.

그렇다고는 해도 얼마나 기이한가, 자애와 고독이 동시에 단언되다니! 얼핏 드러난 현실이 다시 사라진 건 아닐까, 이 자급자족에서 표출되는 것은 그저 예전의 "오만", 예전의 "악마"가 아닐까? 여전히 믿음 대신 에고이즘이 아닌가? 다른 한편으로, 실재란 이루어져 있는 상태인 만큼이나 가능의 상태고, 인간인 만큼이나 자연이며, 응당 인내해야 할 대상인 만큼이나 응당 탐구해야 할 대상이라는 게 사실이라고 해도, 또 인내가 새로운 사랑의 의지를 통해 창조적 고행으로 변화되었다고 해도, 세계와의 관계를 자애와 동일시하는 것은 위험하지 않을까? 이미 한차례 서양 역사에서, 자애가 존재를 동강내고 종국에는 삶에서 도무지 멀어지고 만 적이 있지 않은가.

랭보가 「고별」에서 저어하지 않고 승리감을 드러냈음을 우리는 안다. “승리를 내 손에 쥐었다고 말할 수 있기에 하는 말이다. 이齒 갈기도, 식식거리는 불길의 소리도, 독기 서린 한숨도 가라앉았다. 추잡한 기억은 모두 지워졌다.” 그러나 그는 또한 말한다, 또한 안다, 그의 싸움은 끝나지 않았다. 아직 “전야前夜”일 뿐, 아침이 겨우 가까울 따름이다. “성가聖歌는 없다. 쟁취한 이 발걸음을 지켜라. 가혹한 밤! 말라가는 피가 내 얼굴 위에서 김을 낸다. 그리고 내 뒤로는 아무것도 없다, 저 무서운 떨기나무밖에는!……” 창조하는 사랑의 실천으로 율법을 넘어서고 싶은 랭보의 기억 속에 저 떨기나무, 저주스러운 불모의 선악과나무가 여전히 위험스럽게 버티고 있다.

더 분명하게, 프롤로그에서 “자애가 그 열쇠다”라고 말한 그가 곧바로 덧붙인다. “이 뜬금없는 영감은 내가 꿈을 꾸었음을 증명하는 것! ‘너는 어디까지나 하이에나일 뿐이리라’ 운운, 그토록 사랑스러운 양비귀꽃으로 내게 관을 씌어주었던 악마가 소리친다. ‘너의 모든 식욕, 또 너의 이기심과 모든 대죄를 이끌고 나가 죽음이라도 붙잡아라.’” 정말 그렇다. 자애가 한 존재를 다른 이들에게서 더 떨어뜨려놓는다면, 게다가 다른 이들로부터 떨어져나갔다는 것이 바로 그 존재의 대죄이자 한탄 거리였다면, 자애는 “죽음의 자매”일 수 있다.

그렇기는 해도, 그가 탐색하며 겪은 주관적 시간에 대한 경의의 표현으로, 랭보를 내버려두자. 지금 그에게 관건은, 스스로를 현혹하는 위험을 무릅쓰고라도 다시금 하나의 과업, 하나의 목표를 품어보는 것이기 때문이다. 침울했던 수개월을 겪고 난 끝에, 결심의 자원과 활기를 되찾았다는 것만도 이미 대단하다고 해야 할 것이다. 삶의 욕망이 되살아났다. 하나의 사실이었던 고독, 그걸로 끝인 것 같았던 고독이, 언제나처럼 변증법적으로 작용하는 시의 에너지에 의해, 행복 없는 여건의 변모를 도모할 수단이 되었다. 게다가 인간 사회도 더이상 절망적이리만치 무관하지는 않은 것이, 그 현대성의 전투에서 랭보는 첨병으로 복무한다고 자처할 수 있기 때문이다.

이 장을 마치며, 하나만 지적해두고자 한다. 『지옥에서 보낸 한 철』에서 시 쓰기를 단죄하고 있다는 주장, 어쨌거나 시에서 등을 돌리고 있다는 주장은 곧잘 제기되어왔고, 나 역시 그걸 반박하진 않겠다. "예술은 바보짓이다", 『지옥에서 보낸 한 철』 초고는 딱 잘라 말한다. 시가 반항의 공범이자 환영의 원천이며 모종의 구원에 대한 몽상적 사고였던 만큼, 다가올 인내 속에 시적 창조의 자리는 없다.

하지만 그토록 어렵사리 품은, 게다가 모순적인 구상에 랭보가 끄떡없이 충실할 수 있을까? 제 "친애하는 사탄"에게 다시 한번 복종하지 않을까? 알다시피 나는 지금 『지옥에서 보낸 한 철』 프롤로그의 마지막 문장들을 염두에 두고 있다. 여름 동안의 성찰에서 아마 마지막 순간일 텐데, 벌써 "뒤늦게 올 자잘한 비겁함"*이 예감되고 있다.

* 『지옥에서 보낸 한 철』, 프롤로그의 마지막 문장은 다음과 같다. "하오나, 경애하는 사탄이시여, 내 간청하건대 눈동자의 화를 좀 푸시라! 그런즉, 뒤늦게 올 자잘한 비겁함을 기다리며, 작가에게서 묘사력 내지 교훈적 능력의 결핍을 사랑하는 그대, 나 영벌받은 자의 수첩에서 이 한 몇 장을 찢어 그대에게 바치는도다." 여기에서 '뒤늦게 올 자잘한 비겁함'이란 『지옥에서 보낸 한 철』 이후에 출간될 작품을 예고한다는 해석이 있다.

마지막 시들

1

지금까지 나는, 아마 표가 났을지 모르겠는데, 아르튀르 랭보의 산문시집 『일뤼미나시옹』을 참조하거나 인용하는 일을 되도록 삼갔다.

그 작성 시기가 아직 정확하게 밝혀지지 않았기 때문이다. 확실히 『지옥에서 보낸 한 철』에서 랭보는 시에 정말로 등을 돌리는 것 같고, 이로 인해 오랫동안 랭보 연구자 대부분은 그의 모든 글이 예외 없이 1873년 여름 이전에 쓰였다고 확신했다. 그러나 아래에서 거론하게 될 몇몇 사실이, 논쟁적인 시들 중 최소한 두세 편은 『지옥에서 보낸 한 철』 이후에 쓰였음을 보증해주는 것으로 보인다. 그리고 실증적인 명백성만 놓고 따지자면, 시에 대한 대대적인 부인을 말하는 그 시집 이전에, 『일뤼미나시옹』 중 어떤 시편의 초안이라도 나와 있었다고 확증해주는 건 아무것도 없다.

따라서 이 수수께끼를 통째로 남겨두고, 『일뤼미나시옹』을 하나의 전체로서는 아니더라도 최소한 하나의 오롯한 문제로서 검토하고, 변동적인 『일뤼미나시옹』의 정신이 지금은 좀더 분명해졌을 다양한 시기와 어떻게 맞춰질 수 있거나 없는지를 알아낼 필요가 있다고 나는 생각했다. 물론 지금부터 갈 길이 상대적으로 얼마나 어두운지 잊지 않는다는 조건하에서.

아르튀르 랭보의 삶, 생각, 작품에서 우리에게 여전히 불분명하거나 불가해한 것으로 남아 있는, 대개 끝끝내 그렇게 남아 있을 국면이 얼마나 많겠는가! 유익한 의심의 정신을 일깨우기 위해서라도, 나는 무엇보다 먼저 그 점을 상기시키고자 한다.

가령 1872년에 베를렌이 말하는 "기도들"*에 대해, 수없이 논의되었으나 여전히 유실 상태인 "영적 사냥"**에 대해, 1873년 5월 랭보가 로슈에서 "니그로의 책" 첫 부분을 쓰고 있을 당시에 베를

---

* 1872년, 아마도 3월에 베를렌이 랭보에게 쓴 편지에 나오는 표현이다. "네 편지는 고마웠고, 네 '기도'에는 호산나!…… 그래도 네 '못 쓴'(!!!) 시들, 네 기도들(!!!)을 보내줘."

** 1872년 가을에 베를렌이 처가에 남아 있던 자기 물건들을 되찾고자 작성한 목록에 "영적 사냥"이라는 제목이 달린 랭보의 수고본이 언급된다.

렌이 보내달라고 했던 "전망터"*에 대해 우리는 뭘 아는가? 예전에 쓰인 산문 대부분이, 아마도 영영, 사라졌을 것이다.

그리고 거의 같은 정도로 심각한 구멍에 대해 말하자면, 『지옥에서 보낸 한 철』 직후의 15개월 내지 18개월, 틀림없이 결정적이었을 그 시기 동안 이루어진 랭보의 만남과 독서와 친교에 대해 우리는 무엇을 알고 있나? 우리에게 알려졌다면 불가결한 지표로 부각되었을 사건들이 그사이 있지 않았을까? 1874년 6월, 여행하는 일이 좀처럼 없는 랭보 부인이 런던까지 온 것은 무엇 때문인가? 「삶들 II」나 「삶들 III」을 읽을 때, 자전성이 확연한 그 시들을 우리가 다 이해했다고 자신할 수 있을까? "나는 앞서간 모든 사람과는 전혀 다른 가치가 있는 발명가다. 심지어는 음악가로, 사랑의 음자리표 같은 무언가를 발견했다"고 랭보는 쓴다. 이 문장을 『지옥에서 보낸 한 철』의 프롤로그, 한순간 사랑의 "열쇠"였던 저 자애와 연결지어봐도 모호함은 여전히 가시지 않는데, 그도 그럴 것이 여기에서는 암시가 음악을 향해 있기 때문이다.** 오늘날 너무 쉽게 간과되는 랭보, 즉 "잊힌 아리에타(가사와 곡)"을 좋아했고(혹은 썼고),*** 고티에의 『하시시 클럽』을 읽었으며, 음악 전파자로서

---

* "얼른 편지 줘. '전망터'를 보내줘. 넌 네가 쓴 단편들을 곧 받아볼 수 있을 거야." (1873년 5월 18일 베를렌이 랭보에게 보낸 편지)

** '열쇠'를 가리키는 프랑스어 'clef'는 음악 용어로 '음자리표'를 뜻하기도 하며, 따라서 문제의 시구 'la clef de l'amour'는 '사랑의 열쇠'로도 '사랑의 음자리표'로도 이해될 수 있다.

*** "〈잊힌 아리에타〉 가사와 곡, 매력적이야! 연주하고 노래해봤어! 그렇게 섬세한

"투시자"의 역할에 대해 숙고했던 랭보, 나중에는 피아노를, 「지옥의 밤」에서 규탄된 "유치한 음악들"의 그 피아노를 갖고 싶어할 랭보,**** 요컨대 모종의 "새로운 조화"에 대한 순진한 밑그림을 그리면서 피타고라스 철학이나 오르페우스교적 개념들을 되살렸을 가능성이 충분한, 사변적이고 조마조마한 에너지의 존재가 있지 않았을까?

또한 「삶들 III」에서 그는 쓴다. "파리의 어느 낡은 골목에서 나는 고전 학문을 배웠다." 그가 자기 삶을 이야기할 때는 진지하고자, 진실을 기하고자, 꾸며낸 얘기는 전혀 섞지 않았다는 점을 상기하면서, 솔직히 말해 나는 이 문장을 문자 그대로 이해하고 싶고, 똑같은 수수께끼를 담고 있는 다른 문장들과 견주어보건대 그가 뒤늦게 모종의 학문에 입문했을 가능성을 열어두고 싶다. "나는 어두운 안락의자에 앉아 있는 학자. 나뭇가지와 비가 서재의 격자창을 덮친다."(「유년 시절 IV」) "내게 잠언을 강설했던 브라만은 어떻게 되었는가?"(「삶들 I」) "은둔이건 선교건, 저 성스러운 노인에게."(「봉헌」) "이 세상에 한 노인만이 혼자, 조용하고 아름답게, 전대미문의 호사에 둘러싸여 있다면,—나 그대 앞에 무릎 꿇으리."(「문장들」) 이 "전대미문의 호사"는 우리를 다시 「삶들 III」로 이끈다. "동방 세계 전체로 에워싸인 어느 장엄한 처소에서

우편물이라니, 고마워!"(1872년 4월 2일 베를렌이 랭보에게 보낸 편지)

**** 1875년 12월 들라에가 베를렌에게 보낸 편지에 따르면, 피아노 레슨을 받는 랭보를 위해 어머니가 피아노를 대여한다.

나는 방대한 작품을 완성하고 유명한 은둔기를 보냈다." 저 호사라는 것은 필시 마약, 즉 하시시와 아편을 암시하고, 우리는 그 명성 높은 마력이 『일뤼미나시옹』의 몇몇 시편에서 뚜렷하게 드러나는 것을 보게 될 것이다. 그것은 모종의 가르침이나 "방법"*과 따로 뗄 수 없는 것으로 나타나는데, 랭보의 삶에 대해 지금까지 우리에게 알려진 한에서는 그게 어떤 것일지 짐작할 만한 단서가 전혀 없다. 1873년 가을, 다시 수개월간 파리에 머무르면서 그는 어떤 만남들을 가졌는가? "낡은 골목", 나의 공상은 랭보가 살았던 캉파뉴프르미에르가街 지척에 있는 당페르 골목**에, 대도시가 귀띔하는 무수한 것들에, 그리고 저 지칠 줄 모르는 상상력에 가닿는다. 조악한 초상화 한 점***이, 그것 역시 그 거리 근처에서 어쩌면 바로 이 몇 개월 사이에 그려졌을 텐데, 하지만 누구에 의해, 무슨 이유로 그려졌을까? 초상화가 보여주는 당시의 랭보에게서는 깊은 슬픔 같은 것이 엿보이는데, 이는 『지옥에서 보낸 한 철』 마지막 페이지들에 나타난 영웅적인 정신과는 사뭇 대조적이다.

갖가지 방면에, 그리고 더 오랜 기간에 걸쳐 있는 랭보의 체험은 "투시자" 편지와 『지옥에서 보낸 한 철』 사이, "하나의 영혼과 하나의 육체 속" 진실에 이르는 시기의 지적 얼개를 단연 넘어서

* "우리는 그대를 인정한다, 방법이여!"(『일뤼미나시옹』, 「도취의 아침나절」)
** le passage d'Enfer. 그대로 해석하면 '지옥의 골목'이라는 뜻이다.
*** 277쪽 이하에서 다시 다루어지는 알프레드 장 가르니에Alfred-Jean Garnier의 초상화를 이른다.

는바, 그 시기로 축소시키고 싶은 마음이 드는 것은 무지 때문이다. 그러니 마지막 산문시들을 해로운 선입견 없이 고찰하기 위해서는, 모른다는 이 느낌을 정신에 새겨둘 필요가 있다.

2

확실한 것은 몇 가지 사실로 요약된다.

우선 수고본 날짜. 필체 비교 연구를 통해, 『일뤼미나시옹』의 시편들 중 상당 부분이 1874년 봄, 즉 『지옥에서 보낸 한 철』이 인쇄되고 난 지 몇 달 후에 정서되었음이 입증되었다. 랭보가 다시 나타나는 것도 이때다. 그는 시인 제르맹 누보와 함께 런던에 있다.

하기야 그 시들이 1874년에 필사되었다고 해서 같은 해에 쓰였다는 보장은 없다. 더 중요한 것은, 어떤 시들의 몇몇 지표를 보면 그 시들이 나중에 쓰였으리라는 점을 알 수 있다는 점이다. 이미 지적되어온바, 1874년 4월에 출판된 플로베르의 『성 앙투안의 유혹』이 「야만」 「유년 시절 I」 「도시들 I」 「도시들 II」에 영향을 미쳤을 가능성은 매우 높다. 자주 강조되었듯이 「새벽」에 쓰인 "폭포Wasserfall"라는 단어는 아마 독일어 공부에서 유래한 것일 텐데, 랭보는 이 언어를 1874년 말에 가서야 제대로 공부하기 시작했다. 특히 반박하기 어려운 두 가지 사실을 짚어두겠다. 『일뤼미나시옹』의 한 시, 「방랑자들」에서 베를렌과의 모험을 이야기할 때 (“가련한 형제여! 형제 때문에 나는 얼마나 많은 밤을 지새워야 했던가!”) 확연한 거리를 취하며 담담함을 유지한다는 것, 그런 시가 더없이 격했던 『지옥에서 보낸 한 철』의 시기에 쓰였을 리는 만무하다는 점이다. 두번째로는 「젊은 시절」, 『성 앙투안의 유혹』이 명시적으로 암시되는 이 작품의 한 절에 “스무 살”이라는 제목이 붙어 있다는 점이다. 랭보는 말한다, “이 여름에 세계는 얼마나 꽃으로 가득찼던가!” 이 단편이 쓰인 것은 플로베르의 저작이 출판되고 수개월이 지난 1874년 가을, 그가 “스무 살”이 되었을 때가 아닐까?

따라서 어느 모로 보나 『지옥에서 보낸 한 철』 한참 후에 쓰인 시가 최소한 두 편이 있고, 이렇게 해서 우리에게는 그토록 단호하게 표명되었던 거부에도 불구하고 랭보가 시 쓰기로 돌아왔다고 생각할 정당한 근거가 있는 셈이다. 이 사실에서 출발하여 나는 몇 가지 가설을 무릅써보겠다.

먼저 『일뤼미나시옹』 전체 작품 중에서, 「젊은 시절」과 긴밀한 유사성을 보이면서 하나의 그룹으로 묶이는 시 서너 편을 추출해, 이를 통해 랭보의 생각에서 뚜렷하게 구분되는 한 시기를 규명해 보고자 한다. 「젊은 시절」은 시에 담긴 자전적 지표들만으로도 매우 중요한 시다. 이 시에서 랭보는 아득하게 보이는 시간들을 향해 돌아서 있으며, 그의 의식은 다른 글에서보다 더 성숙한 것 같고 심지어는 더 체념적이다. 그런데 똑같은 특징들이 세 편의 「삶들」 연작과 「전쟁」에서 다시 발견된다. 가라앉힐 수 없는 기억이, 희망과 좌절 사이에 끼여 있는 양면적 "현재"에 대한 강박이 똑같이 있다. "현재로서는 소박한 하늘 아래 어느 아릿한 시골의 신사로서, 나는 구걸하던 유년 시절을, 견습 시절을, 또는 나막신 끌고 도착했던 일, 이런저런 논쟁들, 대여섯 차례의 홀아비 생활, 내 완강한 머리가 동료들과의 공명을 방해했던 몇 번의 결혼을 감동하며 추억해보려 한다. 옛날 내 일부였던 신적 쾌활함이 아쉽진 않다. 이 아릿한 시골의 소박한 공기가 내 잔혹한 회의주의를 매우 활기차게 키워주고 있기 때문이다."(「삶들 II」) "현재로서는 순간들의 영원한 굴절과 수학의 무한이 이 세계에서 나를 추격하고 있고, 여기서 나는 기이한 어린 시절과 어마어마한 애정으로부터 존경을 받으며 모든 시민적 성공을 감내하고 있다."(「전쟁」) "하지만 현재로서는, 이 노고가 채워지고 나면,—너, 너의 계산은,—너, 너의 초조함은……"(「젊은 시절 II. 소네트」) 랭보 자신이 의식하고 있는 이 "현재로서는"에 멈춰 서서, 그가 했던 성찰을 식별해보자.

랭보 자신이 그걸 우리에게 분명히 말해주는 듯한데, 역시 「젊은 시절」에서다. "계산을 옆으로 치워놓으면, 하늘의 피할 수 없는 하강과 추억들의 방문과 리듬들의 회합이 주거와 머리와 정신세계를 점령한다." 영국의 "일요일", 휴무의 시간이자 "연구"가 다시 시작되기 전이다. 저 긴 시를 시작하는 이 문장은 어떤 생각의 요소들을 모두 집결시키고자 하며, 또한 실로 집결시키고 있다고 볼 수 있다. 그 생각이야 그다지 일관적이지 못할 수 있고, 심지어 모순적이기까지 할 수 있다. 너무 빨리 이해하려고 들지 말자. 다만 가령 저 "계산들"을, 이 작품군 곳곳에 흩어져 있는 다른 암시들과 나란히 놓아보자.

비슷하게 「젊은 시절 II」에서, "너, 너의 계산은,—너, 너의 초조함은—그대의 춤이며 그대의 목소리일 뿐"이라고, 또한 이 춤과 목소리는 "발명과 성공이라는 이중 사건"의 원인이라고 단언된다.

다음으로, 「젊은 시절 IV」에서 우리는 읽게 된다. "그러나 너는 이 작업에 착수할 터, 모든 화음적 건축적 가능성이 네 보좌를 둘러싸고 요동하리라." 그리고 마찬가지로 "수학의 무한"이 언급되는 「전쟁」에서는, "권리 싸움이건 힘 싸움이건, 전혀 예상할 수 없는 논리의 전쟁"이 "음악 한 소절만큼이나 단순하다"고 말해진다. 그로부터 우리는 다시 「삶들 II」의 문장을 떠올린다. "나는 앞서간 모든 사람과는 전혀 다른 가치가 있는 발명가다. 심지어는 음악가로, 사랑의 음자리표 같은 무언가를 발견했다." 이들 대목에서 매번, 실로 모든 것이 두 개의 핵심 개념을 중심으로 조직된다. 하나의 새로운 기획, "발명"이라는 개념, 그리고 어떤 "화음", 그 화음 작업이 될 하나의 계산이라는 개념. 이 개념들이 그저 언급될 뿐, 대수롭잖다는 듯 밝혀 말해지지 않는다는 것은 사실이다. 『지옥에서 보낸 한 철』의 특징으로 남아 있는 저 분석의 결의가 『일뤼미나시옹』에서는 나타나지 않는다.

그럼에도, 이제 「젊은 시절 III. 스무 살」에서 "교훈적 목소리는 추방되었고"라는 구절을 읽으면, 그리고 랭보는 자기 기획의 실패도 말할 줄 알았다는 생각을 우리가 받아들이면, 정신이나 스타일상 이 시군과 무척 가까운 또하나의 시 「바겐세일」이 저 "발명"이란 무엇이었던가를 규명해줄 수 있을 것이다. 그 시에서 랭보는 쓴다. "판매함…… 다시 구성되는 목소리들, 합창과 오케스트라가 지닌 온갖 에너지의 우애로운 각성 및 즉석 적용. 우리의 감각을 해방시킬, 다시없는 기회!…… 판매함. 계산의 적용, 화음의 미증유 도약, 짐작도 못한 발굴품과 용어들, 즉시 소유." 문맥에서, 랭보의 모든 희망이 중고 판매된다. 순진한 믿음과 에너지의 마지막 재고품이 조롱에 부쳐지는 이 시는 실로 마지막 시일 수도 있었으리라. 하지만 바로 그렇기에 거기에서, 밤이 들이닥치기 전에, 그가 희망했던 것이 한순간 빛나는 것을 볼 수 있다. "육체들, 목소리들 판매함…… 판매함, 모든 인종, 모든 세계, 모든 성性, 모든 혈통을 넘어서는, 값없는 육체들!" 말하자면 그것은 신성의 새로운 현신이 아닐까, "유대인들도 팔지 않았던 것", 오늘날의 "저주받은 사랑"과 선악에 헌신하는 "대중의 지옥 같은 성실성"은 영영 모를 수밖에 없는 것.

그러니 "목소리들" "각성"이라는 이 단어들로, 랭보는 교향악과도 같은 인간 조건의 실현을, 그 본질 속에 담긴 잠재성들의 리드미컬하고 일관적이며 춤추는 듯한 해방을 말했던 게 아닌가? 햄

릿 속에서 불협화음을 내던 저 "차임벨", 이미 불안했던 시대의 증언자 오필리어의 애탄을 자아낸 그 불협화음이 결정적으로 고쳐진다는 희망을?

이를 확신하기 위해, 여전히 불분명한 암시들을 마저 이해하기 위해, 랭보를 다시 만나 그의 광대무변한 새 생각을 온전히 가늠하기 위해, 전에 없이 넘쳐나는 에너지, 발명의 정신을 갖춘 그를 재발견하기 위해서는, 지금 저 비범한 시 「정령」을 읽는 것만으로도 충분하다. 우리의 언어로 쓰인 가장 아름다운 시들 중 하나인 이 시는 그러나 여기서 제시될 관점으로 보지 않는다면 가장 난해한 시들 중 하나로 남고 말 것이다. 왜냐면 한때 시도되었던 주장과는 달리, 랭보가 "잃어버린 자애보다 더 너그러운 오만함"이라고 쓸 수 있었던 저 기민하고 영광된 존재는 그리스도가 아니기 때문이다. 반대로 이 "정령"은 그 오연한 활기 속에서, 내가 앞에서 인용한 시들에서 시사된 모든 것, 거기 잠재된 모든 개념을 다시 가로지르며 밝혀 보인다. 「바겐세일」의 "우리의 감각을 해방시킬, 다시없는 기회"는 "그의 육체! 꿈꾸던 탈출"로, 발명된 사랑의 "음자리표", 즉 사랑 속 음악적 열쇠는 "그는 사랑, 완벽하고 재발명된 박자"라는 표현으로 다시 언명되고 확언된다. 실상 이 시 전체가, 새로운 조화 속에 "다시 구성되는 목소리들"을 열렬하게 단언하며 생각지도 못한 깊이를 펼쳐 보인다.

"정령"이란 전복적 직관의 한차례 행동 돌입이고, 어떤 생각이 완성되는 순간, 어두운 구석이 없는 비전의 순간이다.

황홀 상태의 충만하고도 불연속적인 격정을 지닌 "정령"은 기민한 이동 속에서 그것이 엿보이는 순간, 또한 사라질 수도 있는 순간, 즉 그것이 진정으로 존재하는 순간에 더이상 한계도 장소도 시간의 불구성도 모르게 된 한 존재를 시사한다. 그것은 "현재"이자 "미래", 실제의 공간을 가로지르는 무한한 "여행"이기 때문이다. 그것은 "영원"이다. 단 더이상 이 단어는 우리와는 별개인 조건, 즉 시대에 따라 갈아치워진 신적 존재들이 누렸을 뿐 우리에겐 언제나 잠재적었던 상태를 가리키는 것이 아니라, 우리에게 온전히 내재되어 있는 하나의 능력을 가리킨다. 이 능력을 갖추는 자는 자신의 모든 가능성을 동시에 실현시키고 자기 육체의 소외태에서 벗어나게 될 것이다. 이렇게 자기 자취를 매 순간 잃어버리는 존재, 즉각적 자유와 즉각적 소유를 누리는 존재, 현재의 나—그 아래에서 "나란 하나의 타자"임을 랭보는 알고 있었다—를 넘어서서 일종의 절대적 "그"가 누리는 지고한 행복을 되찾는 존재. 따라서 오늘날의 인간 조건을 정히 넘어선 존재, 그러나 어쨌든 무슨 신이라고 생각해선 안 되는 존재. 왜냐하면, "마실 것과 먹을 것을 정화시킨 그" "거품 이는 겨울과 여름의 소란을 향해 집을 열어놓은 그", 그가 세계를 다시 성스럽게 만들고 불투명에서 끌어내어 욕망에 되돌려준다는 것은 사실이지만, 이는 다만 우리 안의 인간적인 것이 해낼 수 있는 가장 고매한 행위가 효력을 발휘했기 때문이다. 또한 그가 "폭풍우 치는 하늘과 황홀의 깃발들 속"에서, 우리의 지평 너머에서 모습을 드러내는 것은 사실이나, 그것은 자연에서 초월성으로 넘어가는 경계가 아니라 실존의 경계임을, 즉 삶에서 자유롭고 순결하게 남아 있는 것 속에서임을, 옛날 어린 랭보의 희망이 현신했던 저 "채색 판화들"의 하늘 속에서임을 이해하자. "정령"은 여기에 있다. 그것을 알아보고 따르기만 하면 된다고, 랭보는 분명히 말한다. 그것이 여느 신처럼 하나의 "약속"을 한대도, 그것은 다만 인간적인 가능성에 대한 약속일 뿐이니—"오, 우리 건강의 즐거움, 우리들 능력의 도약, 그에게 바치는 이 기적인 애정과 정념"—도덕적 굴레를 타파함으로써 그 가능성이 복원될 "무한한 삶", 그 삶을 이룰 가슴 뛰는 잠재성들을, 우리는 우리 힘과 우리 지성과 우리 감각 속에서 예감한다.

나는 미켈란젤로의 〈노예〉 연작을 생각한다. 질료에 갇힌 죄수들, 그러나 무엇보다도 심리적인 숙명에 갇힌 죄수들, 그들을 마비시키는 것은 다만 자기 욕망을 감히 진지하게 받아들이지 못하게 된 일개 나의 유약함이기에. 랭보의 "정령"은 인간을 향해 돌아서주는 신이 아니다. 그것은 자신의 절대에 이르기로 결심한 인격, "고대의 침략보다 더 어마어마한 이주"를 자기 본질 내부에서 끝마치고자 하는 자이니, 실상 침략은 역사적으로 인류가 "진정한 삶"을 되찾고자 꾸려왔던 서투르고 맹목적인 노력 중 하나에 지나지 않기 때문이다. 간단히 말해 기권에서 행동으로, 소외에서 현존으로, 법에서 자유로 옮겨간 존재,* 그러므로 비참에서 비극으로, 세계 밖의 비참에서 존재 내부의 비극으로 옮겨간 존재, 랭보는 이것을 우리에게 단 몇 마디 말로 한없이 말할 줄 안다. "오, 세계여! 그리고 새로운 불행들의 맑은 노래여!"

랭보가 「정령」에서 그려 보인 것, 나는 그것을 일컬어 우리 영광의 가능태라 하겠다. 그러니 「태양과 육체」에서처럼, 요컨대 "순진한" 첫 시들에서처럼, 그는 다시 한번 현 사태와 그 아포리아보다는 미래의 예감에 매달리기로 결심하는 것이다, 아포리아가 아무리 육박해올지라도.

3

이제부터는 단호하게 이 새로운 전망을 받아들이는 한편, 「정령」과 『지옥에서 보낸 한 철』을, "오만함"과 "자애"를, 요컨대 사랑의 두 개념을 대비시킴으로써 이 마지막 기획의 의미를 이해해야 한다고 여겨진다.

다시 「정령」을 보자면, 랭보가 "그는 사랑, 완벽하고 재발명된

* (원주) 제라르 드 네르발의 『동방 여행기』, 「시바의 여왕과 정령들의 왕자 솔로몬 이야기」의 아도니람을 볼 것. 대홍수 이전의 비밀을 찾아내 돌에서 형상을 끌어내는 자, 하나의 기호 속에서 궁신들 및 사제들의 허망한 세계와 창조적인 "열등" 종족을 구분해내는 자. 또한 고독한 자, 그가 받아들이는 것은 발키스 여왕의 찬탄과 어린 제자 베노니의 사랑뿐이다.

박자, 경이롭고 예기치 못한 이성이며, 영원이다. 숙명적 자질의 사랑을 받는 기계다"라고 쓸 때, 영원하고도 관대한 이 "이성"이 『지옥에서 보낸 한 철』 마지막에서 제안되었던 "타오르는 인내"와 비슷하다고 볼 여지가 있는가?

아니, 『지옥에서 보낸 한 철』에서 랭보는 조화의 잠재태들에 그토록 깊이 열려 있는 저런 사랑을 말한 적이 없다. 거기서 그는 일종의 자애를 규정했고, 그것은 소리 높여 규탄되는 "초자연적 힘" "축제" "승리"로부터 가능한 한 멀리 떨어져서, 지상의 "거친 현실"이라는 현 사태 속에서 존재들과 사물들을 있는 그대로 사랑하는 일이었다. 완전히 기독교적인 개념은 아닐지언정, 어쨌든 그리스도의 말이 결정적으로 규정해놓은 개념이었다.

「정령」에 깔려 있는 형이상학, 그 뒷배경은 전혀 다르다. 그도 그럴 것이, 이 시에 나오는 "이성" "박자" "사랑을 받는 기계" 등은 아주 특정한 세계의 이미지, 즉 선이란 곧 박자요 세계의 영혼이란 곧 항성들의 영원하고도 가차없는 기계장치이며, 사랑이란 곧 감각계의 울림통에서 수數와 보편 이성의 끝없는 합주를 발견하는 일이라고 보는 그리스적 사고의 우주상을 그려 보이기 때문이다. "이성"을 이처럼 질서, 실재, 미와 구분되지 않는 어떤 선善의 부름으로 이해하는 것은 『일뤼미나시옹』에 나타나는 그 단어의 의미를 왜곡하는 게 아니다. 「정령」과 매우 유사한, "어느 이성"에 부쳐진 시에서 말해지는바, "네 손가락이 북 한번 울리면 모든 소리 떨쳐지며 새로운 화음이 시작된다." 즉, 이 이성은 조직하는 능력으로서, 일차적으로 주어지는 지각 정보에 맞대응한다. 「정령」에서 사랑이라 일컬어지는 것, 그것은 "태양과 별들을 움직이는 사랑,"* 저 항성들을 움직이는 혼이 아닌가? 규칙적인 움직임으로 나타나는 그 항성들 자체가 모든 것의 지고한 이성이 아니겠는가, 우리 능력과 우리 운명까지를 포함한 모든 것, "숙명적 자질의 사랑을 받는 기계"라는 것은?

어쨌든 그러한 사고에서, 법이란 더이상 도덕적 의무, 랭보에게 그토록 고통을 주었던 그 선악의 딸이 아니다. 그것은 질서의 반영이자 그 자신 절도 있는 박자이며, 존재의 지적 본질에 참여하는 것이니—주장하다시피 이성을 가리키는 그리스어 단어 '노모스nomos'는 적절한 조화 상태를 표현하는 동시에 음악의 화음을 가리키는 말로도 쓰인다—「정령」의 배경을 이렇게 규정하면서 나는 이 시에서 똑똑히 표명되는 "옛날의 온갖 무릎 꿇음"에 대한 거부, 죄과로 규정되는 기독교적 우주에 대한 거부를 다만 풀어 말하고 있을 따름이다.

애매한 점이 하나 남아 있긴 하다. 이 결단과 참여와 미래의 시에서 모든 것이 "그리스적"이진 않다. 또한 그리스적인 것 모두가 여기에 있지도 않다. 이 초조한 열렬함 속에서는, 늘 지혜라는 말

* 단테의 「천국」 33곡 145행, 즉 『신곡』의 마지막 구절이다.

로 끝맺음되던 철학의 초연한 충고들을 찾아볼 수 없다. 「정령」에서 하나의 암울한 여건이 자유와 영광으로 변이된다면 그 변이를 완성짓는 것은 명상이 아니라 작용인바, 마치 한 자락 바람이 최고천의 움직이지 않는 완성태를 쓸어내고 모든 것을 실존의 차원으로 끌어내려놓은 것 같다. 그러니 「정령」을 헬레니즘의 관점에 놓고 봐야 한다면, 구원 관념 및 신비에 기반하는 피타고라스 철학이나 오르페우스교의 발상들과 관련지어보는 편이 적절할 것이다. 「정령」이 말하기를 하나의 이성, 하나의 자연이 있는 것은 인간 존재, 오직 그만을 위해서다. 절도節度 잡힌 하늘, 변전 없이 도는 별들이 인간에게서 그 존재를 앗아가게 하지 말지어다! 진실로, 기독교적 범주들을 잊기에는 랭보가 기독교의 존재론을 너무 깊이 겪었다. 따라서 랭보의 포부를 가늠하고 이해할 곳은 그리스적 우주와 구원에 대한 인간 중심적 몽상의 역동적 종합 속에서지만, 단 그 종합은 본질의 발현보다는 영광의 그리스도 쪽에 더 기울어져 있다.

그렇다고는 해도 이 작품군의 시들이 자연의 조화라는 생각에 따르고 있음을 확언할 수 있으며 확언해야 한다. 그 조화 가운데서 죄가, 그리하여 "또다른 사랑"이, 자애의 고통스러운 사랑이 사라졌다. 인간적인 것에서 신성한 것에 이르기까지는 이제 잠재와 현실 사이의 한 걸음만 남아 있을 뿐이다. 영혼의 내력도, 과거의 죄과와 도래할 속죄도, 어느 신이 자기 하늘을 박차고 내려와주든 말든 전혀 상관없이, 다만 충만하게 체험된 순간의 깊이 속에서 우리에게 내재된 신성이 참모습을 드러낼 것이며 "그는 가버리지 않을 것이다, 그는 하늘에서 다시 내려오지 않을 것이다, 그는 여자들의 분노와 남자들의 유쾌함과 이 모든 죄악의 속죄를 완수하지 않을 것이다. 그가 존재하고 사랑받음으로써, 구원은 이루어졌기에." "꿈꾸던 탈출" "형식과 행동의 아찔한 속도"는 오로지 "더욱 강력한 음악"에 달려 있으며, 그리하여 비로소 "합창과 오케스트라가 지닌 온갖 에너지의 우애로운 각성", 사랑의 음악적 열쇠로 랭보가 암시했던 것이 무엇인지 밝혀질 참이다. 말하는 존재, 노래할 수 있는 존재는, 모든 피조물이 그러하듯 잠재 상태에 있는 음악이다. 거의 침묵으로 잦아든 자기 "목소리들"을 십분 실천적인 그노시즘의 발명을 통해 되살리는 일은 오직 자신에게 달려 있다. 「정령」을 쓰는 랭보는 더이상 투시자가 아니라는 것, 이는 하나의 사실이다. 그의 눈에 비친 실재는 여전히 어떤 리듬의 속성을 띠고 있지만, 그는 더이상 시인이 "무시무시한 일꾼"이 되어 기력을 탕진하고 황홀하게 드러나는 미지 속에서 "고꾸라져야" 한다고 생각하지 않는다. 리듬과 미래는 접근 가능한 완성태로 우리 안에 있고, 우리는 폭력이 아니라 "열쇠"로 그것들을 해방시킬 수 있을 것이다.

4

그러므로 "투시자" 편지 이후 『지옥에서 보낸 한 철』을 완성하기까지 랭보의 생각에 대해 내가 제시할 수 있다고 여겼던 묘사들이 조금이라도 정확하다면, 파리 첫 체류의 돌격적인 황홀도, 그 뒤 자애에서 강구된 구원도, 「정령」과 「젊은 시절」을 중심으로 묶이는 시들에서 조화의 재편성과 동일시되는 저 삶의 충만한 실행과는 전혀 비슷하지 않다. 「정령」에서 「바겐세일」까지, 저 희망에서 또하나의 실패까지, 다른 어떤 기획과도 혼동될 수 없는 하나의 온전한 기획이, 그에 더해 필경 무척 특정적인 사건이 하나 있을 것이니, 이제 그것들을 랭보의 변전 속에 놓고 보아야 하며, 그때에 비로소 우리는 그의 작품의 마지막 면모를 제대로 이해할 수 있을 것이다. 어려운 문제다. 발상이 다르다고 해서 서로 다른 시기에 속한다고 단정할 수는 없기 때문이다. 한 작가가 정확히 같은 시기에 서로 배치되는 두 직관을 좇는다, 하나에서 예감된 실패가 닥쳐오기 전에 다른 하나의 지적 기반을 마련한다, 그리하여 한꺼번에 두 가지 실험을 진행시킨다, 『일뤼미나시옹』의 몇몇 대목을 『지옥에서 보낸 한 철』과 동시에 쓴다, 충분히 가능한 일이다. 시적 지성에는 여러 경향이 동시에 깃들 수 있고, 그 지성이 랭보에게서만큼 뚜렷하게 자기 시련 및 이를 통한 탐색에 바쳐질 때도 사정은 다르지 않으니, 잊지 말아야 할 것은 그 동시성 자체가 실재에 대한 관심의 크기를 보여준다는 사실이다. 달리 말해, 「정령」 같은 격한 긍정조차 한순간 의식을 지배했을 뿐, 내가 앞에서 묘사한 『지옥에서 보낸 한 철』의 귀착점이 되는 자애 기획의 진행에 잠시 끼어들었던 것에 불과할 수도 있다.

하지만 "스무 살"이라는 준거점이 있는데다 앞서 내가 인용한 시들이 뚜렷한 일관성을 보이는 만큼, 우리로서는 이 시들을 묶어 1874년 가을과 결부시키게 된다. 보다 변증법적이고 급박한 『지옥에서 보낸 한 철』에서 이 다성적인 시들로 오면서 훨씬 더 무르익은 표현법이 나타날 뿐만 아니라, 『일뤼미나시옹』의 몇몇 시편은 「정령」의 명시적 기치 아래 놓고 그 개념들의 빛을 빌려 읽을 때 「고별」을 넘어서는 변화를 우리에게 드러내 보여주기 때문이다.

우선 「대홍수 이후」. 『일뤼미나시옹』 수고본 꾸러미 중 가장 큰 비중을 차지하는 원고철의 첫 페이지에 배치된 이 시와 관련하여, 기실 『지옥에서 보낸 한 철』일 수밖에 없는 과거가 이 시에서 어떻게 부인되는지 이제까지 아무도 제대로 강조하지 않았다는 점이 놀랍다. 하지만 그렇게 보기만 하면 시는 얼마나 단순한가! "대홍수 이후", 즉 파괴의 의지가 나타난 뒤 또 물러난 뒤에, 확실히 삶은 재개되어 "비버들은 집을 지었"고, "대상隊商들은 길을 떠났"고, 좋은 봄소식도 왔건만, 기쁨을 자처하는 이 순간에 의외의 꺼림칙함이 첫 대목에서부터 뒤섞인다는 점이 눈에 띈다. "대홍수의 관념이 다시 가라앉자마자, 토끼 한 마리가 잠두 풀과 물결치는 방울꽃 속에 멈추고는 거미줄 사이로 무지개에 기도를 올렸다." 이것이야말로 랭보가 쓴 것 중 유일하게 아양을 부리는 문장이라 하겠다. 여느 아양과 마찬가지로, 이 문장은 거짓이 있음을 드러내고, 바야흐로 그 거짓이 인정된다. "오! 숨어들어가던 보석들,—벌써 눈길을 던지던 꽃들." 시 마지막 문단에 가서 확인할 수 있듯이, "눈길을 던진다"는 것은 피어난다는 것, 시든다는 것이다. 일순 빛나던 순결한 현실은 거의 곧바로 퇴색했다. 다시 언제나와 같은 상태—"저 높이 층진 바다"—드라마의 상태로 돌아왔고, "아직 물이 흥건한, 유리창 많은 큰 집"의 아이는 또다시 신기한 이미지들에 허술한 환영의 도움을 구해야 한다. 그리하여 돌연 랭보는 다시 끓어오르는 조바심을 고백한다. "솟구쳐라, 연못이여,—거품이여, 다리 위로, 숲을 넘어 굴러라,—검은 홑이불과 오르간이여,—번개여, 천둥이여,—높아져라, 굴러라,—물이여, 슬픔이여, 높아져라, 대홍수들을 다시 일으켜라." 이 대홍수들이란, "슬픔"의 소산이란 무엇인가? 부정하고 반항하는 정신, "투시자" 편지에서 표명되었고 『지옥에서 보낸 한 철』 프롤로그에서 다시금 환기되었던, 일체의 질서에 대한 격렬한 거부가 아니라면? 후자에서 랭보는 "나는 도리깨의 징벌을 불렀다"고 외쳤다. 그는 또한 자기 보물을 "마녀들"에게 맡겼다고 말했는데, 우리는 여기 『일뤼미나시옹』 첫 시편의 마지막 문장들에서 그녀들이 새로이 흠모받으며 소환되는 것을 본다.

랭보가 『지옥에서 보낸 한 철』을 쓰면서 앞당겼다고 생각했던 대홍수 끝에 뒤따라온 것은 존재와의 새로운 언약을 알리는 "무지개"가 아니라 "권태"다. 나는 「대홍수 이후」에 1873년 가을의 기억이 담겨 있다고 생각한다. 수수께끼의 알프레드 장 가르니에가 그린 초상화에는 당시의 슬픔이 완연하다.* 랭보는 희구하던 "타오르는 인내"를 금세 잃어버렸다. 그는 자신이 한때 거부와 오만으로부터 외양에 항의할 힘을 길어냈음을 기억해낸다. "여왕, 질그릇 단지 속 잉걸불에 불을 일으키는 마녀"에게, 온갖 환영의 마약들에, 그는 새로이 호소할 준비가 되어 있다. 「콩트」가 말해주는 바와 같이, 그는 또한 모든 새로운 만남에, 모든 정신의 모험에 준비가 되어 있다. 그 시에서, 난폭하나 아무것도 파괴할 수 없었던 왕자, 즉 자신의 열망과 우울 사이에서 고통스럽게 분열된 젊은이는 어느 날 한 정령이 나타나는 것을 보게 되고, 정령은 그에게 경이로운 것을 약속한 뒤 왕자와 함께 "본질적인 건강" 속에서 사라진다.

1873년 10월과 이듬해 봄 사이 랭보의 삶과 관련하여 아무것도 남아 있지 않다는 사실을 나는 위에서 이미 상기한 바 있다. 어떤 "고전 학문"을, 어떤 "전대미문의 호사"를 그가 겪게 되었을지, 우리는 더이상 알 수 없다.

그러나 하나의 전복적 발견이 있었음을 보고하는 『일뤼미나시옹』의 시 한 편이 있으니, 「정령」이나 「콩트」에서 언급되는 "본질적인 건강"과 무척 유사해 보이는 그 발견을 이 시점에 고찰해보는 것이 좋을 것 같다. 이제 살펴볼 「도취의 아침나절」은 특히 「정

* (원주) 말할 것도 없이, 가르니에의 그림에 적힌 날짜(1873년)가 그림 뒷면에 적힌 날짜(1872년)보다 더 믿을 만하다. 내가 보기에 이 초상화는 거의 확실하게 1873년 가을에, 즉 랭보가 1872년 6월 이후 처음으로 파리에 돌아와 아마 다시 캉파뉴프르미에르가街에서 지낼 당시에 그려졌다.

령」과 많은 유사점을 보인다. "전대미문의 작품" "경이로운 육체"가 여기 다시 나온다. 정령의 약속—"이 미신들아, 이 오래된 육체들아, 이 살림살이들이며 이 시대들아, 물러서라!"—에 「도취의 아침나절」의 약속이 대응한다. "창조된 우리 육체와 우리 정신에 주어진 이 초인적인 약속을 뜨겁게 끌어모으자. 이 약속을, 이 광란을! 우아함이여, 과학이여, 난폭함이여! 선악의 나무가 어둠 속에 묻히리라고, 폭압적인 성실이 추방되리라고 우리는 약속받았다, 무척 순결한 우리의 사랑을 우리가 이끌어가도록". 기독교 도덕의 피안, 이 역시 힘과 영광의 미래에 대한 생각이다. 그러나 강렬한 삶이 어떤 것이며 어떤 것일 수 있는지를 절대성 속에서 묘사하는 데 주력하는 「정령」과는 달리, 「도취의 아침나절」은 개시의 시, 약속이 선포될 수 있게 해준 은총의 사건에 대한 이야기다. "도취의 짧은 철야여, 성스럽구나!" "온갖 촌스러움"이 지나간 뒤 "처음"으로, 육체가 "경이"로워지고 하나의 "방법"이 발견된다. 그 창시적 사건의 여러 양상이 딱히 밝혀 말해지지는 않지만, 순간을 포착하려 애쓰는 신열 가득한 글쓰기 속에서 그것들은 어렵지 않게 알아볼 수 있다. 한켠에는, "팡파르"가 있다. 실제 음악이거나, 그게 아니라면 적어도 그 신비로운 행위에 음악과의 친화성이 있음을 말해준다. "혹독하나, 내가 휘청거릴 일은 전혀 없는 팡파르!"라고 랭보는 쓴다. 「정령」의 한 대목을 떠올리자, "울리고 요동치는 온갖 고통, 더욱 강력한 음악 속에서 잦아들고." 더하여 「바겐세일」이나 「전쟁」이나 「젊은 시절」에서 "우리의 감각을 해방시킬 다시없는 기회", 새로운 "건강"과 결부되었던 모든 음악적 암시를 떠올려보자.

다른 한켠에는 "독"이 있다. "우리는 독을 믿는다"고 랭보는 쓴다. 그는 또 말한다, "팡파르가 변질되어 우리가 옛날의 불협화음으로 되돌아갈 때가 올지라도, 이 독은 우리의 모든 혈관에 남으리라". 마지막으로 "여기 암살자들의 시간이 온다"고도 썼는데, 이야말로 모호한 구석 없이 비밀을 밝혀주는 대목이다.

이 암살자들이란 하시시 복용자들일 수밖에 없기 때문이다. 이런 생각을 한 것이 내가 처음은 아니다.* '산山노인'에게 절대 복종을 서약했던 그들 역시 "날마다 삶을 송두리째 바쳤"고, 산노인은 이 충복들에게 법 준수의 의무를 면제해주었다.** 실베스트르 드 사시가 주장한 어원을 랭보가 알고 있었다는 것, 놀라울 게 있는가? 『인공 낙원』(2장, 「하시시의 시」)을 읽는 것으로 충분했고 우리는 랭보가 그 책을 읽었음을 안다. 게다가 마약이라는 가설을 세워놓고 읽으면 시 전체가 환히 밝혀진다. 랭보는 "그것은 약간의 역겨움으로 시작"한다고 쓰는데, 보들레르는 하시시의 효과를 묘사하면서 "상당한 메스꺼움과 구토감"을 언급한다. "그것은 아이

---

* (원주) Maurice Saillet, *Sur la route de Narcisse*, Paris: Mercure de France, 1958, 127쪽 이하 참조.

** '암살자'를 뜻하는 'assassin'이라는 단어가 '하시시 일파Hachachin'에서 기원했다는 설이 있다. '산山노인'이라 불리던 그들의 지도자는 반대파에 암살자를 보내곤 했으며, 그들의 용기를 북돋우거나 공을 치하하기 위해 하시시를 복용하게 했다고 전해진다.

들의 웃음 아래 시작했다"고 랭보는 적었는데, 보들레르는 생뚱맞고 이해할 수 없는 환희, 그의 표현을 빌리자면 "어린애 같은 쾌활이라는 첫번째 국면"이라고 말한다. 보들레르의 묘사 중엔 "말단부가 싸늘해지는 느낌"도 있는데, 그것이 어쩌면 「도취의 아침나절」에 나오는 "불꽃과 얼음의 천사들"이나 『일뤼미나시옹』의 몇몇 시에서 언급되는 한기 및 얼어붙는 감각(「철야 I」, "그리고 꿈이 선선해진다")을 설명해줄지도 모른다. 아닌 게 아니라 하시시를 이용했다는 또다른 증거는 여러 시에 나타난다. 「도취의 아침나절」을 중심으로 하시시 음용자 및 흡연자의 몽상을 규정하거나 묘사하는 텍스트들을 모아보자는 생각을 떠올리는 데 꼭 "암살자"라는 열쇳말이 필요한 것은 아니다. 예를 들어 「H」와 「도취의 아침나절」의 대응 관계는 단어 대 단어로 증명될 수 있을 것이다. 다음으로, 대강 추려보는 선에서 말해보면, 「비속한 야상곡」 「미의 존재」 「번민」 「야만」 등 유동적이고 인상주의적인 이야기들이 있는데, 이 작품들에서는 몽상에서 반복적으로 나타나는 요소들, 특히 변형된 난롯불 이미지가 어렵잖게 식별된다. "한 줄기 숨결이 벽난로 아궁이의 경계를 흩뜨린다"(「비속한 야상곡」). "검은 화덕의 석판, 모래톱에 지는 실제 태양들"(「철야」). "서리 돌풍 속 비 내리는 잉걸불, —감미로움이여! —우리를 위해 영원히 탄화되는 대지의 심장이 내던지는, 다이아몬드 바람비로 쏟아지는 불, —오 세계여! —(들을 수도, 느낄 수도 있는, 해묵은 은둔지와 해묵은 불길에서 멀리 떨어져)". 마지막의 시 「야만」을 보라, "나날과 계절들이, 인간들과 나라들이 멀리 사라진 뒤", 저 "장엄한 처소" "유명한" 은거지(「삶들 III」)에 받아들여졌다는 듯이, 옛적의 독에 기대어 자신의 고독으로부터 세계를 추출하는 법—"오, 감미로움이여, 오, 세계여, 오, 음악이여!"—을 익히는 랭보가 있다.

「도취의 아침나절」의 "독"은 분명 하시시다. 그런 다음에는 모든 것이 다음의 핵심적 질문에 가닿을 것이다. 『일뤼미나시옹』의 하시시 시편들이 「정령」 「바겐세일」 「젊은 시절」과 그토록 가깝고, 「대홍수 이후」의 권태에 의해 소환되었다는 게 그처럼 분명한 이상, 그 작품들이 『지옥에서 보낸 한 철』 이후일 수밖에 없다고 전제한다면, 혹은 내 관점에 따라 확실시한다면, 어떻게 하시시는 음악과 결합하여 이 모든 시가 확언하는 "방법"이 될 수 있는가?

5

아무래도 이 시점에서 랭보의 마약 경험이 제법 오래되었다는 사실을 상기하는 게 좋을 것 같다. 에르네스트 들라에가 『친근한 추억』에서 확언하는 바에 따르면 랭보는 이미 1871년 가을, 파리 체류 초기 몇 달 동안에 하시시를 복용했다. 하지만 그때 그에겐 흑백 달무늬 말고는 아무것도 보이지 않았고, 이에 그는 냉담하게 "제대로 망가진 인공 낙원"이라고까지 말했다. 1872년 시들에 하시시로 빚어진 풍경의 자리는 전혀 없으며, 따라서 랭보가 끊임없이 손을 댔다고는 해도 마약은 결국 "조리 있는 착란"의 한 수단일 뿐 그 유일한 기능이란 외양의 제국을 무너뜨리는 데 도움이 된다는 것이었지, 그것이 만들어내는 여하한 신기루에 랭보가 특별히 빠져드는 일은 없었다. 베를렌과 함께 살던 시절 영국에서 한 아편 또는 하시시의 의미는 보다 불분명하다. 파리 시절 경험의 연장판, 심지어 확장판이었다는 점은 확실하다. 이자벨의 증언에 따르면, 랭보가 1873년 5월 로슈에 왔을 때는 여러모로 상당히 심각한 금단 증상을 보였다고 한다. 이에 근거하여 「도취의 아침나절」에 표현된 열광이 영국 시절과 결부되어 있다고 결론짓는 사람들도 있었다. 하지만 「방랑자들」에서 "희귀한 음악대들이 지나가는 들판 저편에, 나는 미래의 밤의 호사로 환영을 창조하곤 했다"고 쓰는 랭보는, 이내 거기 덧붙여 "막연하게 위생적인 이 오락이 끝나고 나면……"이라고 썼다. "도취의 짧은 철야", 그 쩌렁쩌렁한 승리의 어조와 비슷한 것은 아직 전혀 없다.

내 생각에 랭보는 오랫동안 하시시를 별로 좋아하지 않았다. 뼛속 깊은 현실주의자라 마약이 부추기는 환영을 싫어할 수밖에 없었을 것이고, 「지옥의 밤」에서 그 거짓됨이 가차없이 고발당하고 있다는 것도 이미 하나의 사실이다. "그만하면 됐다!…… 내게 주입되는 착오들, 마술, 가짜 향기, 유치한 음악들." 「야만」에서 랭보는 말하리라, "오! 피 흘리는 고깃덩이 깃발, 바다와 극지의 꽃들로 짠 비단 위에 펼쳐지고, (그것들은 존재하지 않는다)". 실재 속에 "진정한 삶"을 창설하고자 하는 이에게, "태양의 아들다운" 상태를 되찾고자 하는 이에게, 잠시뿐인 모조의 낙원이 무슨 가치가 있겠는가? 악령이 우리에게 지옥의 "불은 볼썽사납다"고, 분노는 "끔찍하게 어리석다"고 속삭인다 해도, 가시지 않는 욕망의 지옥이 정직함으로서나 희망으로서나 차라리 낫다. 그 "경애하는 사탄"은 무시무시한 각성으로 이어지는 진정제로 우리를 더욱 지독하게 고문하려는 것이다.

그런데 마약의 행복에는 두 측면이 있어, 일체의 공상에 가장 적대적인 정신조차 거기에 유혹될 수 있다.

「도취의 아침나절」에서 가장 눈에 띄는 것은, 외부세계가 변형되었음을 드러내는 지표들이 없다는 것이다. "오, 나의 선善이여! 오, 나의 미美여!" 이렇게 쓰면서 랭보는 두 소유격에 강조의 밑줄을 그었고, 이로써 그 체험에서 문제되는 것이 무엇보다도 그 자신, 자기와의 관계에 들어선 자신임을 시 첫 단어들에서부터 표명한다. 그는 "처음으로" 보는 "경이로운 육체"를 말하고, "창조된 우리 육체와 우리 정신에 주어진 초인적인 약속"을 말하며, 옛것이 된 촌스러움을 암시하니, 이 모든 것은 하시시의 효력이 이번만큼은 특유의 방식으로, 괴롭고 불안한 '나'를 향해 작용했음을 알려준다. 랭보는 문득 자신을 달리 본다. 이것이 금세 지나갈 것을, "팡파르가 변질되어 우리가 옛날의 불협화음으로 되돌아갈 때가 올" 것을 그는 잊지 않지만, 그렇다고 해서 자신의 새로운 시선을 한낱 환영으로 치부하는 것 같지도 않다. 어째서? 그의 철학이 바뀐 바로 그만큼 마약에 대한 그의 태도가 바뀌었기 때문이다. 진정한 삶을 외부세계의 전복에서 구하는 한, 하시시는 그에게 아무것도 주지 않았다. 하지만 인간 존재가 다양한 능력과 가능성으로 이루어진 하나의 다발, 하나의 잠재적 탁월성이라고 생각하게 된 이상, 그는 도취라는 제2의 상태에서 자기 눈으로, 밝혀진 자신의 몸속에서, 도래할 완성태를 일별할 기회를 찾아낼 준비가 된 것이다. 인간의 현실이 하나의 약속이되 다만 퇴락한 실존의 나쁜 졸음으로 흐려져 있다면, 마약이 지나치게 일상적이기만 한 시선을 약화시켜, 드디어 깨어나 믿음을 지니게 된 의식에 길을 열어주지 않겠는가?

하시시 복용자, 보들레르가 과연 "인간 신"이라고 했던 자는, 그렇게 해서 자신의 "정령"을 인지하고 체험한다. 그가 "저 영원을 즉석에서 붙들" 수 없다 해도 그에게는 어쨌든 그것을 하나의 핍진한 계시로 해석할 권리가 있고, 그 판독과 조화의 운용에 도움이 되는 모든 수단을 이용하여 거기에 생명을 부여해볼 권리가 있다. 이 지점에서 자연히, 우리는 음악과 다시 마주하게 된다. 음악에도 "경이롭고 예기치 못한 이성"(「정령」)이 깔려 있고, 그것은 곧 별들과 인간들의 혼이다. 하시시가 그걸 통찰할 수 있게만 해준다면—감각의 신속성과 직관의 풍부함을 한없이 증대시키는 것이야말로 하시시의 효력인 듯하다—음악은 「바겐세일」에서 언급되는 "합창과 오케스트라가 지닌 온갖 에너지의 우애로운 각성"이 될 수 있을 것이다. "우리의 감각을 해방시킬 다시없는 기회", 사랑의 재시작이 될 수 있을 것이다.

수의 철학 혹은 신비주의에서, 음악은 언제나 핵심적인 역할을 담당해왔다. 플라톤이 『티마이오스』에서 말하길, 우리 안의 어그러진 주기적 운동을 바로잡아 동조와 질서의 상태로 되돌려놓을 때, 화음은 우리 영혼의 동맹자다. 피타고라스 철학이나 오르페우스교에서 도취와 음악의 관계는 더 창조적이고 역동적이다. 음악을 통해 우리 안에 깃든 신성한 존재를 인식하기, 그러한 것이 목표이며, 그렇게 해서 우리의 운명을 바꾸는 것이다. 다른 한편으로는 테오필 고티에의 『하시시 클럽』을 떠올릴 수 있는데, 그는 자기 친구들의 체험에서 음악이 차지했던 중요성에 대해 증언했다. 랭보 역시 주의깊은 탐구의 시간에 마약과 음악을 조합하여 자기 정신의 능력을 일깨우고자 했다는 것이 나의 가설이다. "다시 구성되는 목소리들" "리듬들의 회합" "화음의 미증유 도약" "조화로운 황홀경", 이 모두가 바로 이 "작업"에 대한 암시들이다. 하시시의 명징한 상태 속에서, 음악의 해조諧調를 빌려 우리의 본질을 드러내기, 우리를 과오의 우주 속에 매어놓는 심리적 도덕적 인과율의 자리에, 우리를 잠시나마 자연의 변전 속에 자리잡게 해줄 리듬의 자명성을 끌어들임으로써.

랭보의 마지막 기획을 마저 드러내기 위해, 이제 나는 가장 중요하면서도 가장 제대로 이해되지 못한 시들 중 하나인 「운동」에 천착해보고자 한다. 모든 점에서 이 시는 앞서 내가 고찰한 『일뤼미나시옹』 시편들과 비교해볼 만하며, 과연 우리는 "조화로운 황홀경"과 "고대적 야만"이 다시 나오는 것을 본다.

운동

쏟아지는 강 비탈 위에서의 옆질 운동이,
선미船尾의 소용돌이가,
비탈면의 쾌속이,
해류의 거대한 왕복이
전대미문의 빛과
화학적 신발견을 통해 끌고 간다,
골짜기와 소용돌이의
물기둥들로 둘러싸인 여행자들을.

그들은 개개인의 화학적 자산을 찾아가는
세계의 정복자들,
스포츠와 안락이 그들과 함께 여행한다.
그들은 이 배에 싣고 간다,
종족과 계급과 짐승들의 교육을.
휴식과 현기증,
대홍수의 빛을 향해,
탐구의 끔찍한 밤을 향해.

과연, 장치들—피, 꽃, 불, 보석—사이의 한담에서,
달아나는 이 뱃전의 야단스러운 계산에서,

—보이는구나, 수력水力 구동 도로 너머로 방파제처럼 굴러가는,
괴물 같은, 끝없이 빛을 발하는—그들 탐구의 비축분이,
조화로운 황홀경과
발견의 영웅주의에 싸여 몰려가는 그들이.
더없이 놀라운 대기大氣의 사건들에
젊은 커플이 방주 위에 외따로 떨어져서
—용인되는 고대적 야만인가?—
노래하며 자리를 잡는다.

"쏟아지는 강" "해류의 거대한 왕복" "수력 구동 도로"의 의미는 자명하다. 그것은 내재된 에너지를 드러내는 물질이며, 저 "세계의 정복자들", 다시 말해 "탐구의 끔찍한 밤"을 향해 가는 수학자들과 물리학자들에 의해 변환될 막대한 힘이다. "휴식과 현기증", 즉 정확한 공식과 무한한 실제 응용—「바겐세일」의 "계산의 적용"이다—, 과학은 물리세계의 법을 구현하리라. 그리하여 과학은 사회를 싣고 갈 "배", 쇄신된 미래의 새 "방주"가 되리라. 과학이 "너무 느리다"*고 여겼던 랭보이지만, 그가 자연적 사회적 여건을 재조직하는 과학의 무한한 능력에 늘 매혹을 느꼈다는 데에는 의심의 여지가 없다.

하지만 마지막 네 행은 통상적 의미의 과학으로 설명되지 않는

* 『지옥에서 보낸 한 철』, 「섬광」.

다. 우리는 저 "젊은 커플"을 랭보가 계시와 황홀의 기조 아래 그려낸 다른 커플들과 비교함으로써 보다 잘 이해할 수 있다. 「왕위」의 커플, 또는 「콩트」의 커플인 왕자와 정령, 그들은 물론 사랑하고 사랑받는 이들이지만 당장 있다기보다는 예감되는 커플, 불안한 의식이 제 영광의 가능태와 조우한 뒤 옛 "촌스러움" 너머로 미리 그려 보이는 커플이다. 랭보의 상상이 꿈꾼 이 마지막 배 위에, 외따로 떨어진 독특한 정신이 다시 나타난다. 이 정신은 주관적 현실, 개인이 자기 자신과 맺는 관계 역시 변모되기를 바란다. 랭보가 과학의 변전에 자신의 음악적 사변을 대치시킨다고 보는 것은 옳지 않다. 하나의 동일한 이성이 가시적 우주와 생명의 운동을 모두 관장하는 만큼, 두 기획은 당연히 서로 비슷하다. 두 기획이 모두 하나의 에너지와 하나의 "새로움"을, 하나의 빛을 풀어놓는 만큼 이쪽 기획이 다른 기획의 은유가 될 수 있다는 것, "전대미문의" 진보를 이루는 이쪽이 다른 한쪽에 자리 하나를 마련할 수 있다는 것 또한 논리적이다. 더 나아가서는 바로 둘의 일치로부터, 오직 둘이 일치할 때에야 비로소 제2의 방주가 만들어질 수 있었으니, 그것은 한 사회를 구원할 뿐만 아니라 그 사회에 비축되어 있는 능력을 구원할 방주다. 하지만 과학이 집단적 발명으로서 시대에 종속되어 있는 데 반해 인간의 변환은 개인의 일로 남아 있으며, 따라서 어쩌면 자연의 전유를 앞지를 수도 있을 것이다. 방주의 뱃전에서, 새로운 시인은 외따로 떨어져나오리라, 노래하리라, "자리를 잡"으리라, 다른 사람들이 그를 보고 미래의 시간을 상상이라도 할 수 있도록.

하나의 약속을 들려줌으로써 이 새로운 낙관주의가 사회 속에 전파되기 위한 바탕을 마련하는 것, 이는 실로 랭보가 품은 조화의 기획이 지닌 다양한 면모 중 하나임에 틀림없다. 그는 "새로운 화음"을 창안한 저 "이성"에게, "네 한 걸음, 그것은 새로운 사람들의 궐기이며 그들의 전진"이라고 말한다.* 또한 「젊은 시절」에서 말해지듯이, "힘과 권리"는 "춤과 목소리"를 되비춰야 하며, 그것들의 이름으로 "혈통과 종족"에 대항하여—즉 우리 기독교 선조들이 물려준 심리적 도덕적 소외에 대항하여—최초의 절대 전쟁을 벌여야 하니, 그것이 「전쟁」에서 예고되는 하나의 전쟁, "권리 싸움이건 힘 싸움이건, 전혀 예상할 수 없는 논리의 전쟁"이다. 「대장장이」에서 구상된 사회적 성찰, 파리코뮌의 시련 속에서 무르익은 뒤 『지옥에서 보낸 한 철』에서 완전히 잊히지는 않은 채 중단되어 있던 성찰이 이제 하나의 결론을 형이상학적으로 발견하는 바, 대개는 불안하게 제시되는 시 체험의 요구들이 여기에서는 드디어 흡족한 방식으로 표현되어 있다.

6

내가 설명하려고 한 게, 랭보가 스스로에 대한 생각을 바꾸려고

* 『일뤼미나시옹』, 「어느 이성에게」.

애쓰면서 모종의 악기 건반을 두드리며 화음을 뽑아내고 있었다는 얘기로 들릴까? 이는 생각과 실제적인 실현을, 몽상의 첫 나날들과 십중팔구 진짜로 착수되지는 않은 "작업"을 혼동하는 처사가 될 것이다.

제라르 드 네르발은 『동방 여행기』에서 쓴다. "하시시는 신과 비슷해질 수 있게 해준다…… 도취는 육체의 눈을 흐려놓음으로써 영혼의 눈을 밝혀준다. 육체라는 무거운 감옥지기로부터 해방된 영靈은, 간수가 열쇠를 내놓고 잠든 독방의 죄수처럼, 탈출한다. 영은 공간과 빛 속을 즐겁게 자유로이 돌아다니며 마주치는 정령들과 허물없이 말을 섞고, 정령들은 돌연하고 매혹적인 계시를 눈부시게 펼쳐 보인다. 수월한 날갯짓 한번으로 형언할 수 없는 행복의 대기 속을 가로지르는데, 일 분 남짓한 공간이 영원처럼 느껴지니, 그만큼 이 모든 감각은 빠르게 이어진다."* 랭보가 「정령」에 옮겨놓은 인상들이 여기에 있고, 개중 어떤 것은 단어까지 똑같다. 그러나 또한 하시시 복용자들이 품는 영적 포부의 진정한 속성, 행동으로 이어지지 않는 허황한 의욕의 징후도 있다.

하시시 복용자는 자기 생각을 실행하기보다는 꿈으로 꾼다. 오래 기만되는 법이 절대 없는 랭보의 정직성은 이를 알아채지 않을 수 없었다.

---

* 『동방 여행기』, 「칼리프 하켐 이야기」.

어쨌든 『일뤼미나시옹』은 확연하게, 이번에도, 실패에 대한 인정이다. 「도취의 아침나절」이나 「정령」 등 행복한 시들 옆에는, 여전히 조화의 기획이라는 파장 아래 머물러 있으면서도 모종의 의구심을 내비치는 시들이, 더하여는 모든 희망의 파산을 선고하는 시들이 있다. 「번민」에서 랭보는 묻는다. "그게 가능할까, 줄곧 좌절된 야망을 그녀가 용서하게 해준다는 것이,—안락한 결말이 궁핍한 세월을 보상해준다는 것이,—어느 하루의 성공이 우리를 이 숙명적 미숙함의 수치 위에서 잠들게 해준다는 것이?" "우리를 온순하게 길들이는 흡혈마녀"는 그저 자기 미끼에 꾀여든 자들을 갖고 놀려는 게 아닌지, 그는 걱정한다. 마찬가지로 「왕위」에서는 날빛 속에 거하는 남자와 여자가 "계시"와 "마침내 끝난 시련"을 되찾지만, 그 모든 것을 다만 아침의 진실로 만들어버릴 저녁이 동시에 예감된다. 마지막으로 앞에서 이미 언급한 저 「바겐세일」의 포기가 있다. 우리는 이 시를 불가능한 포부들의 염가 처분으로 어렵잖게 이해할 수 있다. 그런 포부들을 생각해낸다는 것이 그 자체로 좋았을 수 있다. "짐작도 못한 발굴품과 용어들" 덕분에, 달리 접근할 수는 없던 능력들을 "즉시 소유"했을 수도 있다. 하지만 이렇게 낚아채온 것은 잠들어 있는 우리 지성에 받아들여지지 않는다. 「콩트」에서 말해지듯, "우리의 욕망에는 격조 있는 음악이 부족하다." 이것이 영영 내려진 결론이다.

가상의 아프리카로 떠나기에 앞서 "해변 모래밭에서 깊이 취한 잠"에 빠져들기, 『지옥에서 보낸 한 철』에서 능히 예견했던 그 취한 잠이 이 음악의 몽상 속에 있음을 랭보는 분하게 인정해야 했을 것이다. 그가 역시 예고했던 "뒤늦게 올 자잘한 비겁함"이 자신의 마지막 시들 속에 있다는 것도.

어쨌든 "격조 있는 음악"의 포기를 드러내주는 징후가 되는 것은, 몇몇 시에서 실재에 대한 그의 강박이 완결된, 현실화된 형태로 돌아온다는 것이다. 스무 살이 되자마자 그 강박이 바야흐로 그의 삶을 운명의 치명적인 경계 속에 가둬놓을 것이다. 1874년 가을 일요일이면 그를 점령하는 것이 "리듬들의 회합"뿐만은 아니다. 더불어 "추억들의 방문"이 있고, 심지어는 그것이 "연구"를 한 순간 중단시킨다고 한다. 그런데, 이 추억들은 모두 의식의 첫 몇 해, 이후 그의 미래를 판가름냈음이 분명한 그 시절의 기억들이다. 이 점에서 그것은 실패의 지표, 혹은 그 고백이다.

그는 쓴다. "어린애들 몇몇이 하천을 따라가며 저주를 억누른다." 그는 그중 하나였다. 신비로운 기회는 아이였을 적에 주어졌다가 망쳐졌다, 이것이 고칠 수 없는 실재다. "평범한 체질의 인간이여, 육체는 과수원에 매달린 과일이 아니었던가, —오 어린 날들이여! —육체는 탕진해야 할 보물이 아니었던가, —오 사랑한다는 것, 프시케의 재난인가 힘인가?" 랭보의 끊임없는 질문을 그처럼 슬프게 표현하는 이 감탄스러운 문장을 몇 번이라도 인용할 수 있다. 또한 랭보는 「젊은 시절 IV」 마지막 부분에서 다음과 같이 말한다. "너는 아직도 앙투안의 유혹에 머물러 있다." 하시시의 환상 속에서 우주적 "에로스"의 역능을 다시 만들어내고자 할 때도, 그의 강박은 여전히 한 인간이 다른 인간에게 가질 수 있는 더없이 보잘것없는 사랑이다. 「취한 배」 마지막에서 이미 그랬듯이 그는 다만 "유럽"의, 가장 평범한 사람들의 세계 속에서 한 자리를 갖길 원하는데, 그 자리야말로 사랑이 정해주고 맡아주는 자리일 것이기 때문이다. 그리고 "스무 살"이 된 오늘, 이 욕망과 회한은 어느 때보다 그를 짓누른다. "육체의 천진함은 씁쓸하게 가라앉았고", 사랑을 재발명할 기회는 아이다운 순진성과 함께 영영 사라져버렸을 공산이 크기 때문이다. 앞서 언급했듯이 랭보의 천재, 그 에너지, 그 급박함은 다른 무엇이기에 앞서, 사랑하는 능력의 재발명을 끔찍하게 빨리, 너무 늦은 일이 되기 전에 완수하려는 노력이었다. 불치성이 선고되는 지금, 진실을 추구하는 그의 정신이 씁쓸한 사실을 붙들고 「바겐세일」을 읊어준다. 이 시에서 상업의 은유는 얼핏 보였던 애초의 비전들이 퇴색하여 이제 무기력하고 어그러진, 볼 장 다 본 물건들이 되고 말았음을 말해준다. 혹시 이 은유를 이어가려고, 그렇게 해서 시시한 방식으로나마 진실의 표현을 견지하고자 어느 날 랭보는 장사꾼의 직업을 택하게 되는 걸까? 어쨌든 당장 지금부터 그는 완벽하게 익명적이며 "현대적이라고들 여겨지는 대도시"를, 자기와 판박이인, 존재하지 않는 존재들로 가득한 대도시를 매섭게 이해하며 바라볼 수 있다. "여기서는 모든 것이 내 마음을 닮았기에, ―우리의 활발한 딸이자 하녀인 저 눈물 없는 죽음을, 절망한 사랑을" 그는 바라본다. 이 시 「도시」에서 시도하듯이, 이제 그에게 남은 것은 체념하고 유형살이를 받아들이는 일뿐이다.

불가능과 자유

1

유년의 끝, 어떤 이지적 결정보다도 강한 구속력을 행사하는 그것이 닥쳐와 "삶을 바꿀" 희망을 앗아가면서, 랭보는 이내 글쓰기를 그만둔다.

『일뤼미나시옹』의 몇몇 시편이 1874년 이후에 작성되었음을 입증하려는 시도가 최근에 있었고, 주장된 논거들에는 별 설득력이 없었지만 그게 사실일 수도 있다.* 하지만 서너 차례 시 쓰기로 돌아갔다는 게 무슨 의미가 있는가? 하나의 소망과 습관이 단번에 끊기지 않을 수 있음을 보여줄 따름이다.

---

* (원주) 이 책의 315쪽 「덧붙이는 말」 2 참조.

확실한 작성 날짜가 있는 텍스트 하나에서 다가올 수년간의 새로운 정신을 찾아보는 편이 차라리 낫다. 시가 자부하는 것들을 끔찍한 난폭함으로 부인하는 텍스트다. 1875년 10월, 일 년 남짓 독일과 이탈리아를 여행하고 온 랭보는 친구 들라에에게 편지를 쓴다. 그는 "과학계 대입자격시험"을 준비할 것이라고 말하고, 그러나 다른 한편으로는 닥쳐온 군복무 걱정을 하고 있다고도 말하면서 그 참에 "꿈"이라는 제목의 짧은 시 한 편을 즉흥으로 쓴다. 아니면 썼던 것을 편지에 옮겨 적은 것일 수도 있다. 그런데 어그러뜨린 운문 몇 줄로 이루어진 이 최후의 "전설적인 오페라" 대본에서 우스꽝스러운 변장 아래, 랭보의 운명을 무너뜨린 형이상학적인 드라마 요소들이 마지막으로 한데 모여 변질되는 동시에 철폐된다.

꿈

내무반에서는 배가 고파—
정말 그래……
발산, 폭발. 한 정령이 나타나서 :
"나는 그뤼에르다!"—
르페브르 : "켈레르!"
정령 : "나는 브리다!"—
군인들이 자기들 빵 위에 자른다 :
"이게 삶이지!"

정령—"나는 로크포르다!"

—"이게 우리 죽음일지니!"……

—나는 그뤼에르다

그리고 브리다!…… (계속)

왈츠

그들이 우리를 합쳐놓았다, 르페브르와 나를…… (계속)

내무반, 「도둑맞은 마음」에도 나왔던 냄새 고약한 장소, 이는 곧 삶, 결국 불투명이자 부재뿐인 삶이다. 병사들이 "자기들 빵 위에 자른다"고 하면서 과연 랭보가 그렇게 말하지 않는가, "이게 삶이지!" 음울한 인내, 그리고 배고픔의 장소, 이곳의 공기중에도 발산과 폭발이, 옛날 랭보가 실재의 변모라는 기대를 걸었던 그것들이 있다. 다만 이제 랭보는 한때 「어느 사제복 아래의 마음」에서 그랬듯이 그 추잡한 특질만을 꼬집어낼 따름이다. 해체된 이 캄캄한 실재로부터, 이 구역질나는 신성함으로부터 "정령" 하나가 다시 한번 튀어나온다고 해도, 저 옛날 "마실 것과 먹을 것을 정화"시키며 약속을 나르던 그 눈부신 존재는 바로 그 점에서 더욱 혹독한 규탄의 대상이 된다. 새로운 정령은 외친다, "나는 브리다!…… 나는 로크포르다!…… 나는 그뤼에르다!"…… 극히 무겁게 반反시적인 현실들 너머에는 무엇도 없다고 단언하는 것이다. 그러한 도발 속에서—"이게 우리의 죽음일지니", 병사들의 말이다—영원히 자포자기 상태를 이어가더라도 어쩔 수 없다.

랭보의 포기가 이번에는 결정적이라는 것을 보여주는 또하나의 징후는 집중적인 언어 공부다. 1874년 말부터 그는 독일어, 이탈리아어, 러시아어, 얼마 안 가서는 아랍어와 기타 등등의 언어에 뛰어든다. 시는 언어를 절대의 시련에 부침으로써만 만들어진다는 것을 기억해야 하며, 따라서 언어의 상대적 양상만을 좇는 이 말 공부 속에서 시에 대한 은밀하고도 적극적인 부인을 알아보아야 한다…… 베를렌과 들라에가 보기에도 과연 랭보는 완전히 변했다. 지난 몇 년간의 "인간Homme"이 일개 오메Homais가 되었다는 것이다.* 베를렌의 시 "불행이로다! 그 모든 재능이……", 불쾌하지만 직관이 있는 이 작품에서 엿보이는 랭보는 더이상 외설에도 이죽거림에도 분노에도, 요컨대 무의 매혹에도 전혀 저항하지 않는다. 『지옥에서 보낸 한 철』의 작가가 헛되이 도모했던 희망, 더이상 참아내지 않으리라던 희망은 이제 몹시도 쇠약해졌다.

물론, 그의 마음에서 희망이 끝내 완전히 지워지지 않았을 수도 있다. 랭보 자신에게조차 감춰져 있던 그 희망이 1875년부터 랭보를 유럽 끝에서 다른 끝까지, 그리고 자바섬에까지 끌고 다닌 것일 수도 있다. 좀더 나중에 그가 악착스럽게 돈을 모을 때도, 희망이 그 숨겨진 에너지였을 수 있다. 이런 의미에서 하라르는 지난 삶에

* 플로베르의 『보바리 부인』에 나오는 약제사로, 실증주의 시대의 과학자를 자처하는 속물 소부르주아다. 들라에에게 보낸 1875년 11월 27일 편지에서, 베를렌은 랭보의 근황을 물으며 "오메의 소식을 보내달라"고 쓴다.

대한 부인이 아니라 그 연장이 아니겠는가. 철저하게 구체적인 방식으로, 결혼을 해서 아들을 갖고, 아들과 함께 아들 안에서 완전히 행복한 삶은 아니더라도 최소한 의식이 있는 명철한 삶을 다시 시작한다는 계획을 랭보가 품을 때, 또한 상징적으로, 그가 허리춤에 가지고 다녔다고 회자되는 수 킬로그램의 황금이 한때 헛되이 찾아 구했던 형이상학적 태양의 기억을 간직하고 있다면, 그리하여 모든 합리적인 계획 너머 비합리의 잔재가 빛나고 있음을 보여준다는 게 사실이라면 말이다.

만약 내 고통이 체념한다면
어쩌다 내게 황금이 얼마큼 생긴다면
내가 찾는 곳은 북방일까,
포도밭의 나라일까?*

심지어 불구의 몸과 병도, 마침내 모성적인 한 존재의 손길에 몸을 맡기는 새로운 나태에 대한 허가로서 희구되지 않았던가? 희망 자체가 하나의 병, 실로 모든 형태의 안정된 생활을 무너뜨리고 운명을, 심지어는 육체를 폐허로 만드는 중한 병일 것이다. 대신 그것은 실질을 다 잃은 채 소위 절망적인 상황에서도 이어질 수 있다. 다리가 잘리고, 섬망 증세를 보이며, 더이상 가망이 없어진 랭보가 마르세유 병원 병실에서 앞뒤가 맞지 않는 문장들을 받아적

* 「갈증의 코미디」.

게 한다. "저는 완전 마비 상태입니다. 그러므로 일찌감치 승선해 있고자 하니, 몇시에 선상으로 가야 할지 말해주십시오……" 이것이 죽기 전날, 그의 마지막 문장들이다. 그럼에도 우리는 거기에 내가 묘사하고자 한 희망의 범주가 모두 다시 나타나 있음을 본다. 도둑맞은 사랑의 소산인 신비로운 "마비 상태", "진정한 삶"의 상징으로서 수차례 꿈꿔온 배, 그리고 이 둘을 잇는 불굴의 것, 희망의 비이성적인 "그러므로".

하지만 랭보가 옛날의 자기 시들을 "개숫물"이라 부른 것도 이 병원 침대 위, 그의 삶 마지막 수개월간의 일이다. 희망이 랭보 안에 남아 있었다 해도, 거기서 나오는 모든 기획은 의식에 떠오르자마자, 『일뤼마나시옹』 마지막 시들 중 하나에서 언급된 저 "잔혹한 회의주의"에 의해 처단된다. 1875년 이래로 랭보 안의 의식적 존재는 "삶을 바꾸기"를 포기했다. 그것이 내가 이 책에서 방랑과 고된 노동의 십수 년을 이야기하지 않으려는 이유다. 삶을 바꾸기를 원한다는 것, 그것은 보편을 행사한다는 것이고, 증언한다는 것이며, 공동의 의식 앞에 나선다는 것이다. 반면 삶을 바꾸기를 포기하는 자는 한 운명에 틀어박힌다는 것이고, 따라서 그 사적 특질을 존중받을 권리가 있다. 나는 익명의 삶으로 돌아간 사람의 자취를 악착같이 좇는 게 점잖지 못한 일이라고 여겨진다. 아프리카의 랭보가 가족들에게 보낸 편지를 읽지 말자. 한때 "불을 훔치는 자"가 되고 싶어했던 이가 이걸 팔았는지 저걸 팔았는지 알아내려고 하지 말자.*

2

차라리 저 무덤 앞에 멈춰 서자. 신기루라곤 없는 곳, 이 샤를빌 공동묘지에 그토록 많은 젊은이가 오고 싶어했다. 확실히 거기, 날짜 표시만 되어 있는 돌덩이 아래 죽음의 부동성 속에서 승리하는 것은 질료요 한계, 실존적 가능성들의 퇴락이니, 거기에 맞서 랭보는 그토록 분투했다. 심지어 그는 한때 꿈꾸었던 대로 신성하게, 요컨대 행복하게 패배하지도 못했다. 그가 "빛 자연의 황금 불티"로 살고자 했을 때 죽음이란 존재와의 혼융과 다름없었을 텐데, 천상 소부르주아 아니면 농부의 것 같은 이 갑갑하고 사회적이고 인색한 무덤은 어느 삶에서 삶이 도둑질당했음을, 어느 청년이 미래를 내주고 운명을 받아들여야 했음을, "태양의 아들"의 자유를 내주고 장사꾼, 일꾼의 조건에 짓눌려야 했음을 입증해준다. 하지만 운명이 이 무덤에 봉해지면서, 그 운명을 구성하는 요소들이 거기 한데 모인다. 최초의 랭보, 그 "정령", 발명과 힘을 소진한 탐구자가 불가능한 약속으로 자신을 속였다는 이유로 잊어버리고자 했던 그 "정령"이, 세계 끝까지 가서 정령으로부터 아주 벗어나려 했던 자 곁에 다시 존재할 수 있게 된 것이다. 거기 다가가는 많은 사람 앞에 일어나 말하는 것도 바로 그 난폭하고 터무니없는 정령이다. 정히 그것이 약간의 돌덩이로 자신의 역설적 권위를 만들어내고 있음이 보인다. 그것은 실패라는 생각을 부인한다. 이 뿌리칠

---

* (원주) 이 책의 318쪽 「덧붙이는 말」 3 참조.

수 없는 인상 속에 멈춰 서자. 그것이야말로 아르튀르 랭보의 시작품이 들려줄 가장 강력한 가르침이다.

그러나 두 가지 사고방식이, 정신의 변전에서 두 가지 근본적 양태가 있음을 유념하자.

첫번째는, 우리의 조건이 실제적으로 제시하는 여러 가능성 중 하나를 선택하는 일로만 자유를 이해하는 것이다. 우연한 선택이라는 생각을 좋이 받아들일 수 없으므로, 이러한 사고는 소위 객관적인 인식을, 따라서 합리성을 중시하게 된다. 헤겔이 가르치길, 자유는 필연의 인식이다. 이 필연의 요구 혹은 권리를 이해하길 거부하는 자, 또는 선택을 거부하는 자에게는 이내 파문이 선고되리라. 이러한 관점에서 보면 랭보는 아무 쓸모가 없었다. 그는 실질적으로 주어진 가능성들 중에서 선택할 줄 몰랐다. 만족한 부르주아도 일관적인 개혁자도 되지 못했고, 필연을 '알지' 못했으며 심지어 그것을 인정하지도 않았다. 맞다, 이 합리적 관점에서 그의 시는 하나의 오류이며, 그것을 정당화해서는 안 된다. 혁명가들, 사회와 법의 한순간, 한 양상에 항의하는 이들에게조차 랭보의 정신착란은 감당되지 않는다. 그들이 낡은 도덕에 대한 그의 비판을 받아들인다 해도 전략적으로 그리할 뿐 그를 이해하지는 못한 채다. 랭보가 아직 살아 있다면 그들은 새로운 법에 만족하라고 요구할 것이며, 순순히 따르지 않는 그를 단죄하기도 할 것이다.

그러나 여기 자유의 이름을 주장하는 또다른 존재 양태가 있으니, 우리에게 주어진 가능성 내에서 최선의 것을 가려내고자 사고를 국한시키지 않을 때다. 이러한 사고는 자기 욕망을 절대 속에 설정하기 때문에, 그 억제할 수 없는 욕망을 실재가 충족시키는가 아닌가에 따라 실재의 제안들을 받아들이거나 내치는 일을 보류한다. 욕망이 도대체 "불가능"해 보인다 해도, 사고는 그것을 붙들 것이다. 그 엄격한 요구를 상대적인 만족보다 선호하기 때문이다. 자기 조건을 감내할 수밖에 없을 것이나, 그렇다고 해서 주어진 여건을 변호하는 데 동의하지는 않을 것이다. 심지어 가끔은 영웅적으로 여건을 고발하기도 할 것이다. 그 경우 온갖 낙심, 온갖 비참을 받아들일 것이며 심지어 그것들을 가중시킬 것이니, 절대적인 증언을 위해서다. 그가 보기에 절대적인 증언이란 별로 터무니없는 일이 아니다. 전혀. 그것은 인간의 영예다. 어쩌면 이 사고는 그 증언이 하나의 출구를 뚫어줄 거라고 믿을지도 모른다. 왜냐면 내가 거론하는 이 사고, 절망도 스토아주의도 아닌 그것은 현실이 이성에 의해 개선될 수 있는 만큼이나 기적에 의해 변신할 수도 있다고 확신하기 때문이다. "객관적" 사고는 의식과 자연의 관계를 영속성 속에 놓고 우리를 마냥 그 안에 가둬놓으려 드는데, 전면적 거부에 존재의 토대를 두는 이 사고는 그 관계를 변환시키고 싶어 한다. 사실, 진정한 죽음이란 '절대지絕對知'에 있는 게 아닌가? 이에 반해, 한계와 죽음을 개선할 수 있고 수용할 수 있는 것으로 받아들이길 거부함으로써 눈 뜨인 시선에는 하나의 새로운 자유가, 하나의 실행 가능한 영원이 있지 않은가?

이 두번째 사고를 정의하면서 나는 아르튀르 랭보의 탐색을 요약했다고 할 수 있다. 그런데 이 견지에서 보면, 누가 그를 일개 패배자로 여길 수 있을 것인가? 그에게 선악의 세계, 우리가 태어나고 살아가는 법의 세계 속에서 "불가능한 것"은 사랑이었다.

그는 오늘날 "부재하는" "진정한 삶"에 바람직하게 참여한다는 게 무엇인지에 대한 직관을 품고 있었고, 어떤 활기, 어떤 신뢰를 욕망했으니, 이것들을 그는 사랑이라 일컫고 믿음과 동일시했다. 그리고 그는 이 충만한 실존이 오늘날 부정되고 있음을 확인했는데, 선악의 사고가 자연스러운 잠재성 중 한 부분만을 적법한 것으로 인정하고 다른 모든 잠재성을 희생시켜가며 그것만을 강요했기 때문이다. 치명적인 분열이다, 랭보는 생각했다. 가능한 삶, 즉 현재 우리에게 주어진 모든 미래에서 따로 떼어져 중시되는 그 한 부분은, 보다시피 이제 역사의 변전 속에서 하나의 추상처럼, 미리 완결된 하나의 사태처럼 존재한다. 그것의 순간들, 행위들은 고착된 죽음의 납빛을 띤다. 그리고 다른 가능태가, 억압당한 몫이 그 아래로 하나의 빛처럼 나타나 보인다. 그리하여 우리의 실존은 낙심에 바쳐졌다. 모든 감각적 풍요가, 가까운 동시에 손댈 수 없어, "고약"해질 것이다. 모든 자기의식은, 남녀에게 무능을 깨닫게 하는 만큼, 자기 경멸로 이어지지 않을 수 없다. 그 결과 모든 심장은 "불구"다. 모든 합일이 어그러지니, 타인도 우리처럼 자기 절망의 죄수이기 때문이다. 성性은 더없이 가혹한 모순들을 거느리게 될 것이다. 여기에서 성은 여전히 건강한 삶의 첫 충동으로 남아 있지만, 영영 억눌린 잠재성으로 그칠 뿐 불완전한 실행과 불구의 생각을 떨치지 못할 것이니, 그도 그럴 것이 성의 진짜 대상은 하나의 육체가 아니라 하나의 삶일진대 바로 그 진짜 대상이 없기 때문이다. 실재에의 동참, 그 리듬 자체였을 성이, 여기 금지된 것의 기치 아래에서는, 한 명의 랭보를 그가 악덕이라고 부르는 것 속에 가둬버릴 수 있다.

"지옥"이다. 그는 또한 말했다. 법의 미래뿐이다. 하지만 망각을 통해, 어쨌든 우리에게 남겨진 만족의 개선을 통해 거기서 빠져나가려 하는 대신, 시인들 중에서도 가장 급진적인 이 시인은 비참을 온전히 떠안아 그걸 변모시키기로 결심했다. 사람들이 그에게 얘기하는 바에 따르면 이미 한번 어느 "사람의 아들"이, 오늘날처럼 법률의 지평만 있는 곳에서 "새로운 사랑"의 해방을 인류에게 선사하고자 똑같이 했다지 않은가? 이 구원자의 가르침이 그대로 갑갑한 법이 되어 지금 그리스도는 "에너지 도둑"이 되었지만, 그의 처음 행적은 숙고할 만한 것으로 남아 있으니. 그리스도와 마찬가지로 도래할 시인은 법에 맞서 아니라고 말함으로써, 영혼들이 처해 있는 "지옥의 계절"에 마침표를 찍어야 한다.

그리고 랭보가 외양의 세계를 해체함으로써 "불을 훔치는 자"가 되려고 했을 때, 처음 한 번은 성공했다고 생각했다. 자연의 현실, 그 박동하는 심장의 "비전", 되찾은 주관성의 힘들의 해방. "타자"라는 이 무한을 증대시키고자 무너뜨린 것은 바로 불투명하고 무기력한 저 해묵은 "나"다. 모든 착란, "온갖 형식의 사랑, 고통, 광기"가 자신의 내부에 도덕률이 자리잡게 한 이 나쁜 인간으로서의 시인을 "산 채로 수술"*했으리라. 하지만 시에서 그토록 새로운 이 기획은 랭보를 실패로 이끌었을 뿐이다. 때로 무매개의 자연에 닿았다고 여긴 적도 있지만, 힐끗 본 어마어마한 풍요를 사람들에게 나눠줄 수는 없었으니 말이다. 자유로운 사고의 직관을 타고 솟구쳐올랐던 그는 법의 부동성에 부딪혀 부서질 뻔했다.

하지만 법의 틀 안에서, 법을 파괴할 게 아니라 넘어서야 한다고 생각하게 된 것도 바로 그때다. 그는 생각했다. 법이 우리에게 마련해놓은 우주 속에서 절대의 길을 재발견하기엔 너무 늦었다고. 우리의 세계 내 현존은 영영 도덕적 본질로 규정된, 금지들로 제한된 하나의 인격이 되어버렸고, 이제 그것이 가질 수 있는 미래란 어찌나 빤한지 죽음의 형상을 하고 있다고.

하지만 이 실태가 바로 자신의 존재임을 받아들일 자유가 그에게 남아 있다. 다른 존재들과 마찬가지로 자기 자신을 있는 그대로 사랑하고, 이러한 "자애"로부터 모두의 존재 이유를 확보해주는 새로운 사랑을 창안해낼 자유가. 이 사랑의 재발명에 랭보는 곧바

* "산 채로 시 절단 수술을 한 자"는 말라르메의 「아르튀르 랭보」에 나오는 표현으로, 랭보의 절필과 다리 절단 수술을 동시에 암시한다.

로 착수했다. 이번에도 그는 넘어설 수 없는 장애물과 맞닥뜨렸으니, 우리는 그게 뭔지 알고 있다. 자기에게 주어진 인격을 있는 그대로 받아들이면서 그가 재발견한 것은, 어둠에 빠져 고통받는 존재로서 그 인격이 품고 있던 심리적 악덕들, 소심함과 죄책감과 오만함의 신경증, 일찍이 그가 가장 흔한 형태의 사랑조차 누리지 못하게 만들었던 바로 그 악덕들이다. 저 합일에 대한 생각을 고독 속에서 견지해야 할 것인가, 아니면 자애란 "죽음의 자매"일 뿐임을 고백해야 할 것인가? 이것이 『지옥에서 보낸 한 철』의 불분명한 결말이다. 어려운 확언이 있고, 실제 만남들에서는 실행할 수 없는 자애가 있으니, 이는 "무정한" 랭보가 그토록 광막하면서도 마비 상태에 빠진 마음 깊은 곳에 언제나 지니고 있던 잠재태의 사랑과 슬프게 닮아 있다.

그러니 랭보는 불가능에 부딪히기만 했지 아무것도 해결하지 못했고, 어떤 기적도 일어나지 않았다. 심지어 그는 고통받는 개인이 될 것인가, 빛의 천재가 될 것인가, 기독교냐 카발라냐 사이에서 분명하게—철학적으로—선택하지도 못했다. 『지옥에서 보낸 한 철』에서 축제와 기쁨의 몽상을 기껏 단죄해놓고서는, 얼마 안가 마지막 산문시들에서 다시 끄집어내고, 그러고는 또다시 저버리니 말이다. 그는 5월 아르덴 지방의 "물웅덩이"와 비슷하여, 도처에서 재개되는 삶 속에서도 "검고 차갑"게 남아 있다. 그는 실패했다. 사람들은 거듭 그렇게 말할 것이고, 자기 자신의 삶을 따져보면, 즉 그가 가지길 꿈꾸었으나 가지지 못했던 재산으로 따져보면 그게 사실이다. 확실히 절대적인 희망은 그에게 기쁨의 허망한 찰나들 이후 실존의 기나긴 황혼과 숱한 씁쓸함만을 안겨주었다.

하지만, 그토록 미친듯이 표명된 저 희망이 결국 관철되지 않으리라고 누가 감히 말할 수 있겠는가? 가령 희망으로 지탱되었던 직관은 의식과 심정에 어떤 길을 내는가! 미래와 랭보 사이에 한 장소가 세워졌다. 그의 거부 덕분에 그의 삶은 우리에게 일종의 방주가 되어, 우리의 오만이 거기에 실려 살아남았다. 이 시인이 능히 규탄했던 상황, 즉 과학과 기독교라는 추방의 힘들이 더해지면서 생겨난 실존의 위기가 여전한 만큼, 우리 시대의 존재는 그에게서 투쟁에 도움이 되는 많은 것을 배울 수 있다. 대상과 현존의 차이, 충만한 실존과 단순한 생존의 차이. 사랑과 교조화된 도덕법 사이의 파멸적인 반목. 삶에 대한 믿음이 몇몇 시인의 본보기에 따라 조금씩 명확하게 표명되다가 어느 날엔가는 마침내 한 아이에게 유익한 교육이 될 수도 있을 것이다. 남자와 여자가 완전히 새로워지는 일은 여전히 가능하다. "혈통과 종족이 죄악과 비탄으로" 우리를 몰아붙이지만, 지금도 "대지는 왕자들과 예술가들이 풍성하게 돋아나는 사면을 지녔"다.* 이처럼 선악으로부터 보호받아 태어날 아이, 건강한 방식으로 키워보고자 랭보가 갖고 싶어했던 그 후손은 그리하여 마침내 세계와의 만남을 향해 나아가 자신의 숙명을 가지고 할 만한 일을 대담하게 탐색할 수 있으리라. 랭

* 『일뤼미나시옹』, 「젊은 시절 II. 소네트」.

보의 성찰을 물려받은 이 상속자라도 "불가능"의 속박에서는 해방되지 못할 테니 말이다. 『지옥에서 보낸 한 철』에서, 「정령」에서 치러진 투쟁은 그의 실존을 도덕적 구속에서 해방시켜 자신의 절대적 한계를 마주할 수 있게 해줄 따름이다. 그 투쟁은 그를 제 비참으로부터 해방시킬 것이나, 다만 비극의 "새로운 불행"을 향해 그를 열어놓기 위해서다. 니체가 심지어 기쁜 황홀로 묘사한 그 불행의 노래는 "맑다".

랭보의 위대함으로 남을 점은 자기 세기와 자기 장소에서 누릴 수 있었을 일말의 자유를 거부하고 인간의 소외를 증언하며 그들을 행복 없는 동의에서 불러내 절대와의 비극적 대면으로 이끌어가려 했다는 것이다. 이러한 결심과 그 꿋꿋함이야말로 그의 시를 우리의 언어 역사상 가장 해방적인 시로, 따라서 아름다운 시 중 하나로 만든 것이다. 원한다면 하나의 무덤이라고 해도 좋다. 놓쳐버린 구원들의 무덤, 으스러진 조촐한 기쁨들의 무덤, 엄격한 요구로 모든 균형과 모든 기쁨으로부터 떨어져나간 어느 삶의 무덤. 그러나 자유의 불사조, 타버린 소망들을 제 육체로 삼는 새는 여기서 새로운 날개로 대기를 치며 날아오른다.

덧붙이는 말

1

224쪽.

랭보는 일찍부터 『마녀』의 영향을 받았다. 이 책의 「머리말」 첫 부분—"여자는 방법을 고안해내고 상상을 한다. 그녀는 꿈과 신神을 출산한다. 어떤 날엔 투시자가 된다……"—과 "투시자" 편지만 비교해봐도 이를 확신할 수 있다. "나란 하나의 타자입니다"라는 문장의 기원도 어쩌면 『마녀』에 있을 수 있는데, 미슐레가 다음과 같이 썼기 때문이다. "여타 모든 민족이 그렇듯 그리스에도 마귀 들린 자, 정신이 흐려진 자, 귀신 들린 자가 있었다…… 그때부터 도처에서, 스스로를 혐오하며 자기 자신에 대해 끔찍함을 느끼는 그 가엾은 우울증 환자들이 배회하는 것이 보인다. 스스로를 둘로 느낀다는 것, 저 타자를, 당신 안에서 가고 오고 거니는 그 주인을 믿는다는 것이 과연 어떨지 생각해보라……"(1권 1부) 들라에에게 보낸 1872년 6월자 편지와 『마녀』의 「에필로그」 한 대목 역시 비교해볼 수 있다. "나는 정확히 여섯시에 일어나곤 했다. 병기창의 대포 소리가 작업 개시 신호를 주는 시각이다. 여섯시부터 일곱시까지, 나는 가슴 벅찬 순간을 누리곤 했다." 마지막으로 이 「에필로그」 전체는 확고한 엄숙함을 지닌 아름다운 어조의 문체로, 또한 아침에 비유되는 새로운 정신에 대한 감동적인 신념으로, 『지옥에서 보낸 한 철』의 마지막 페이지들을 상기시킨다. 미슐레는 랭보가 미래에 대해 열정적 관심을 갖도록 북돋워주었다. 나쁜 도덕적 사회적 질서 때문에 변질된 세계에서 어떻게 몇몇 존재—그중에서도 마녀—가 혈혈단신으로 빠져나오는지, 현재의 가치부터 거부하지 않는 한 갈 수 없는 곳이 되었다는 이유로 사회집단이 악마적이라고 규정하는 궁벽진 장소에 그들이 어떻게 뛰어드는지, 그리하여 거기에서 어떻게 하나의 저항을 시작하는지, 아직 불분명한 포부를 품고 있는 한 인류를 위해 어떻게 해방된 미래를 준비하는지를, 미슐레는 랭보에게 가르쳐주었다. 또한 랭보가 과학에 관심을 갖게 해주었다. 왕년의 "투시자"가 "과학애호가"*가 될 뻔했다는 것, 이를 보다 잘 이해하기 위해 미슐레가 마녀에 대해 말

* 중학교 시절의 랭보가 시 외에도 수학, 건축, 공학 등에 관심을 갖고 해당 분야의 책들을 섭렵했다고 전하면서 베를렌이 사용한 표현이다. "그는 생애 마지막에 가서 전반적 '과학애호philomathie'에 대한 이 유년 시절의 취향을 다시 느꼈던 것 같다. '과학애호'라니 거창하지만, 말에 대해 누구보다도 소박했던 그가 극히 예외적으로 애착을 보였던 단어다."(「아르튀르 랭보」, 〈더 세나트〉, 1895년 10월)

했던 것을 떠올려보자. "그녀에게서 산업이 시작된다, 특히 인간을 치유하고 다시 만드는 현대적인 산업이."(「머리말」) 이러한 비교 작업을 더 발전시키고 에드가 키네의 경우까지 확장시켜보는 것은 매우 흥미로울 것이다. 특히 마가렛 A. 클라크가 『랭보와 키네』(시드니, 1945)에 수록한 몇몇 인용문에서 출발할 수 있을 것이나, 아쉽게도 저자는 그 문장들을 랭보의 생각에 제대로 연결시키지는 못했다.

2

297쪽.

어쨌든 문제될 수 있는 시는 얼마 되지 않는다. 『일뤼미나시옹』 전체에서 이미 몇 개의 작품군이 추려졌다. 「정령」 「전쟁」 「젊은 시절」 「바겐세일」에 필시 「삶들」 「어느 이성에게」 「운동」 「번민」 「콩트」를 더할 수 있을 텐데, 이들 모두가 어떤 식으로든 새로운 조화의 기획에 대해 말하고 있기 때문이다. 다른 한편, 「도취의 아침나절」 작품군으로는 「미의 존재」 「철야」 「신비」 「비속한 야상곡」 「꽃들」 「야만」 「H」 「요정」과 아마도 「봉헌」을 꼽을 수 있다. 하시시 경험이 결정적인 것으로 보이는 시들이고, 어떻게도 분석되지 않는 시들이기도 하다. 나는 앞에서 이 두 작품군의 대략적인 작성 시기를 추정했고, 「대홍수 이후」에 대해서는 그보다 더 전의 날짜를 제안했다(1873년 가을). 나머지로 어떤 시들이 있나? 우선, 중요한 세번째 작품군이 있다는 것은 확실하다. 뤼시앵-그로 수고본에서 거의 연달아 나오는 「다리들」 「바큇자국들」 「도시들 I」 「도시들 II」가 있고, 여기에 외따로 전해진 「곶」을 더할 수 있다. 이 시들의 문체는 많은 점에서 매우 유사하다. 그 시들에서 표현되는 세계의 비전은 매번 비슷한 방식으로 어그러져 있어 좀처럼 알아보기가 힘들다. 세밀하면서도 가변적인 인상들로 이루어진 이 광대한 파노라마들은 어쩌면 아편이 만들어낸 것일 수 있다. 과연 여기에서는 「도취의 아침나절」이나 「야만」에서 볼 수 있는 유려하고 원초적인 묘사가 전혀 없다. 이 작품군은 1873년 봄, 베를렌과 함께 런던항에 드나들 때 쓰였다고 생각할 수 있을 것이다. 이 시들 사이에 랭보와 베를렌의 공동생활을 이야기하는 「방랑자들」이 끼어 있다는 것이 우연일까? 단 랭보가 그 시들을 오늘날 뤼시앵-그로의 이름으로 불리게 된 원고 묶음에 정서하던 시점에 「방랑자들」은 이미 쓰여 있었다는 게 내 생각이다. 따라서 이들 모두는, 어쩌면 베를렌이 1873년 5월 18일 편지에서 언급한 「전망터」라는 작품도, "시적인 산문"이라는 보들레르적 기획을 실현하고자 했던 첫 시도의 잔해들이 아닐까. 아닌 게 아니라 『악의 꽃』의 시인은 "시적인 산문"의 이상이 "거대한 도시를 빈번하게 왕래"하면서 태어난다고 예고했다.* 그렇다고 해서 내가 1874년에야 출간된 플로베르의 『성 앙투안의 유혹』의 어떤 대목과 「도시들」을 관련짓는 연구가 있었음을 잊은 것은 아니다. 랭보는 옛날 시들 혹은 초

* 샤를 보들레르, 『파리의 우울』, 「아르센 우세에게」.

고 상태로 남아 있던 시들을 1874년에 다시 손봤을까? 결론을 내리기란 어렵고, 사실 경솔한 일이 될 것이다.

나머지 몇몇 작품 역시 날짜 추정이 어렵다. 「출발」「문장들」「노동자들」「퍼레이드」「유년 시절」「새벽」「메트로폴리탄」「역사적인 저녁」「도시」「보텀」. 그중 첫번째 시 「출발」은 랭보의 사고를 전형적으로 보여주는바, 따라서 어느 시기에나 속할 수 있다. 「문장들」은 지난 시들(1872년 7월 벨기에 이후 1873년 가을 사이?)에서 선별한 발췌문들로 이루어진 것일 수 있다. 「노동자들」에서는 북쪽 고장의 2월이 언급된다. 그게 1874년의 2월일 수는 없는데, 당시 랭보는 제르맹 누보와 함께 런던에 막 도착한 참이기 때문이다. 단절 및 무능의 이미지와 그토록 깊이 결합되어 있는 저 "헨리카"는 아마 1873년 2월의 런던에서 랭보의 삶에 등장했을 것이다—랭보는 『지옥에서 보낸 한 철』의 「고별」에서 "나는 거기서 여자들의 지옥을 보았다"고 썼다. 어쩌면 그 이듬해에 런던으로 돌아온 랭보가, 그러고 보면 비슷한 제목이 달린 「방랑자들」과 함께 당시의 기억을 되살려 「노동자들」을 쓴 게 아닐까. 「퍼레이드」에서도 비슷한 유의 반성적 성찰이 나타난다고 할 수 있고, 어쨌거나 그 시 역시 「메트로폴리탄」「보텀」과 마찬가지로 영국에서 보낸 한때와 관련지을 수 있다. 「새벽」과 「유년 시절」은 특히 「대홍수 이후」와 유사하다고 본다. 「도시」와 「역사적인 저녁」의 경우, 거기 나타나는 슬픔과 실망은 「바겐세일」과 가깝다. 『일뤼미나시옹』의 모든 시편이 1874년 말 이전에 쓰였을 가능성이 높다.

3

302쪽.

랭보의 초상에서 그가 임종시 가톨릭으로 회심했다는 추측을 내가 고려에 넣고 있지 않다는 사실이 어쩌면 의아하게 여겨질 수도 있겠다. 그에 대해 내가 느끼는 바는 다음과 같다. 그토록 느닷없는 영적 변화, 게다가 기진맥진한 육체에 섬망이 오가는 가운데 찾아든 변화를 마침내 품게 된 확신이라고 여기는 것이야 물론 신자들의 권리다. 단, 그들의 확신 역시 무엇에 못지않게 하나의 신앙 행위라는 것을 인정한다는 조건에서다. 또한 신에게 자신을 맡기는 그 순간과 관련지어 랭보의 지난 삶을 재해석하지 않는다는 조건에서다. 혹자들이 좋이 말했던 것과는 달리, 신 앞에서 내내 신을 거부하다가 마침내 꺾여 신의 사랑에 기쁘게 항복하기에 이르는 어느 정신의 도주가 이 삶이었다는 것은 사실이 아니다. 그러한 이해의 이점은 이 전범적인 운명을 신의 존재에 대한 일종의 증거로 삼을 수 있다는 것이다. 하지만 그것은 작품에 어긋나는 이해라는 게 명백하지 않은가, 그의 작품은 명철한 만큼이나 정직했는데? 랭보는 "삶을 바꾸기"를 원했다. 그리고 만약 신이 명백하게 모습을 드러냄으로써 이 기획에서 그를 도울 수 있었다면, 그는 기꺼이 제 영혼을 팔았을 것이다. 사실 몇 차례는, 헛되이, 신을 믿기 위해 할 수 있는 모든 것을 해보기도 했다. "병원의 내 침대 위로, 향냄새가 그렇게도 강렬하게 내게 되살아왔다"…… 예수의 약속을 잊을 수 없었던 이 영혼에게서 그런 희망이 싹튼 것이, 마르세유의 '회심'이 있었다면 말이지만, 그때가 처음은 아니었다. 하지만 다른 때와 마찬가지로 신은, 랭보에게 의식이 남아 있는 동안에는, 대답하지 않았던 것으로 보인다. 저 도덕의 배후로서 수시로 증오받았고 가끔 "게걸스럽게" 기다려지기도 했던 기독교 신은 『지옥에서 보낸 한 철』이나 『일뤼미나시옹』에서 늘 하나의 부재였고, 랭보의 탐색에 증언의 가치가 있다면 바로, 그리고 다만 이 신성의 죽음, 니체 역시 묘사한 바 있는 그 죽음과 관련해서다. 믿을 수 있다면야, 죽어가는 자의 감정을 신이 깨어났다는 신호로 삼으라. 하지만 수시로 신을 도발했으나 그의 침묵 말고는 무엇도 마주치지 못한 시 속에서 신의 현존을 찾지는 말라.

다시 랭보

1976

1973년, 로제 뮈니에는 다음과 같은 질문을 던졌다.

1. 랭보의 작품은 요즘 비평 분야에서, 심지어는 해석 분야에서도 별로 거론되지 않는다. 무엇 때문이라고 생각하는가?

2. 횔덜린이 근원을 향해 돌아서는 반면, 랭보는 미래를, 우리 앞에 놓여 있는 미지를 향해 있는 듯하다. 이것이 랭보와의 거리 및 랭보 작품의 어려움을 일부분 설명해주진 않는가?

3. 이러한 의미에서 랭보는 살아 있으며, 살아 있기를 그치지 않는다. 당신에게는 그가 어떤 의미에서, 어떤 방식으로 살아 있는가?

4. 랭보의 작품에 다가가기 위해 그의 침묵을, 시와의 결정적 결별까지 포함하여 그의 운명 전체를 고려해야 할까?

5. 당신은 그의 침묵을 어떻게 해석하는가? 그 침묵이 시 경험 차원에도 걸쳐 있다고, 따라서 시 경험을 이해하는 데 도움이 된다고 보는가?

6. 당신이 보기에 랭보의 작품은 '문학'에 속하는가?

*

1. 랭보의 작품은 요즘 비평 분야에서, 심지어는 해석 분야에서도 별로 거론되지 않는다. 무엇 때문이라고 생각하는가?

몰이해, 그렇다, 어떤 몰이해 때문이다. 시를 텍스트로서, 텍스트를 구조로서 연구하는 이들, 그러면서 문채文彩나 애너그램 등을 작품의 궁극적 구현으로 여기는 듯한 이들이 오늘날 비평가들 사이에서 우위를 점하면서 빚어진 몰이해다. 말라르메 같은 몇몇 시인은 그들 자신이 이러한 방식을 꿈꾸었으므로 새로운 분석 방법이 정당화될 수 있다. 그 시인들이 의도했던 것을, 심지어 성취했거나 의미 있다고 결론지은 것을 찾아낼 수는 있기 때문이다. 그러나 이 분석 방법이 밝히지 못하는 문제가 있으며 이는 어쨌거나 매우 심각한 사안인데, 즉 분석 대상이 되는 시인의 창작 과정 중 어느 시점에선가 복수複數적이며 침묵하는 글쓰기, 따라서 그 자체를 목적으로 삼는다고 할 수 있을 글쓰기로의 투항이 이루어질 때 그로 인해 다른 유의 열망이 억압된 적이 전혀 없는가 하는 문제다. 다른 한편 새로운 분석 방법은 몇몇 틀에 매혹된 나머지 그런 틀과는 가장 이질적인 시들을 거기에 부당하게 끼워맞추기도 한다. 방법이 불완전해서인가? 그렇다기보다는 우려하건대 검열의 일반화에 지나지 않을 때가 많다. 글 내부의 관계들 덩이를 놓고 작가의 발화 전체라는 지반—그 관계들을 당연히, 게다가 무한정하게 보유하고 있는 지반—에서 한 덩이 한 덩이 뒤엎어보면서 그 더미로 검열을 강화시키는 것이다. 그러한 작업의 정밀함에 힘입어, 그들은 자기네들의 가설에 지나지 않는 것을 검증된 사실로 여기게 만든다. 즉 우리의 현존이, 의미작용signification이 아닌 의미sens의 근원으로서의 현존이 저 단어들의 무대 위에서, 당연히 경험된 시간이 빠져 있고 타인의 의지도 사라져버리는 그곳에서 흩어져버린다는 가설이다. "비웃지 않고, 한탄하지 않고, 저주하지 않고, 다만—쓰기."* 글쓰기란 다성적多聲的이되 부재일 것이다. 스피노자가 욕망과 감정을 이성적 사유로 변환시키면서 기대했던 저 아타락시아를 글쓰기가 누리게 해줄 것이다…… 그러나 랭보가 남는다. 최근 몇 해 동안의 시도들이 고쳐놓지 못한 자명한 사실 하나는 그의 '텍스트' 검토에서 나오는 건 기껏해야 얼버무리는 답뿐이라는 것, 그의 경우 문체론적 범주를 정신적 경험의 범주보다 앞세움으로써 큰 이득을 볼 수 없다는 것이다. 「첫영성체」에서 여성의 조건에 대해 성찰할 때나 『지옥에서 보낸 한 철』에서 자기 자신의 조건과 정신의 운명에 대해 성찰할 때나, 랭보의 의도가 글쓰기의 부富를 축적하는 데 있지 않았다는 것은 확실하며, 모든 것을 보건대 이 시인에겐 문학성이 실제적인 가치일 수 있다는 생각이 아예

* 스피노자의 『정치론』 1장 4절에 나오는 표현을 변형시켜 인용한 것으로, 원래의 문장은 다음과 같다. "나는 인간의 행위를 비웃지 않고, 한탄하지 않고, 저주하지 않고, 다만 이해하는 것에 세심히 신경을 썼다."(베네딕투스 데 스피노자, 『정치론』, 공진성 옮김, 도서출판 길, 2020, 53쪽)

없는 것 같다. 그의 작품 대부분에는 진지하게 성찰되고 상술되어 교류에 부쳐지는, 그뿐만 아니라 정신의 체험을 통해 실로 교류되어 가치를 지니게 되는 보다 중요한 의미작용이 있으며, 그것이 부단히 분출되는 그의 언어적 발명보다 더 강력하다. 『일뤼미나시옹』이나 1872년의 몇몇 시에서 기술의 자유로운 진행이 무수한 요철과 탈선에 내맡겨지는 것 같을 때조차 그 위에는 채워지지 않은 채 떠도는 거대한 욕망이 운행중이고, 그로 인해 말의 층 각각은 심사숙고된 생각에 흡수될 가벼운 이탈들이 된다. 이 타동적 시는 텍스트의 "새로운 꽃" "새로운 별" 한참 너머에 있다고 말할 수 있을 것 같다. 아니 사실, 어떻게 의심할 수 있겠는가? 그것은 평범하기만 한 말, 다만 변모된 말임을. 갖가지 반항 가운데서도, 더 정확히 말하자면 의식 속에서 반항이 깨어나는 바로 그때, 랭보는 글쓰기에 대한 세심한 제어를 거부했는데, 오늘날 말라르메의 계승자들은 그 글쓰기의 제어야말로 제한된 행동, 그러나 작가에게 고유하며 종국에는 결정적인 행동이라고 단언한다. 바로 그렇기에 랭보에게서 오늘날 비평이 잃어버린, 아니, 비평이 덮어놓은 차원을 보아야 한다. 랭보가 그토록 강력하게, 그토록 올바르게 상기시켰던 바, 시에서는 하나의 말parole—하나의 현존, 타인을 향해 던져진 하나의 부름—이 가능하며 필경 그것이야말로 핵심인 것이다.

2. 횔덜린이 근원을 향해 돌아서는 반면, 랭보는 미래를, 우리 앞에 놓여 있는 미지를 향해 있는 듯하다. 이것이 랭보와의 거리 및

랭보 작품의 어려움을 일부분 설명해주진 않는가?

사실 나로서는 랭보가 은폐되는 사태의 현 원인이 그러한 작품 철학에 있다고 보는데, 이 철학은 미래의 경험뿐만 아니라 근원의 경험도 잘못 이해하고 있다. 텍스트이고자 하는 작품 혹은 그들이 단순한 텍스트로 해석하고자 하는 작품은, 모두 기정 현실만을 건드리고 본질 간의 관계만을 포착하며, 의식과 세계가 맺는 관계에서 하나의 상태만을 기록한다. 따라서 그러한 작품은, 거기 담긴 단어들이 랑그의 변전에 기여한다 할지라도, 돌이킬 수 없이 과거에 놓이게 된다. 그런데 이 과거는 근원이 아니다. 왜냐면 시가 인지하는 근원이란 우리의 조건 자체이기 때문이다. 어떤 가능성, 실현되기만 한다면 한 장소의 질과 한 의미의 빛을 보증해주리라고 예감되는 그 가능성이 사라지지 않았다는 의미에서. 물론 이 가능성은 단어들 이전의 것이고—랭보는 "오, 어린 날들이여!"라고 쓴다—, 어쩌면 우리의 지평에서 그 가능성을 지워버린 것은 다름 아닌 단어들일 수도 있으니, 따라서 그것은 과거의 밑바닥에 과거보다 먼저 있었던 것처럼 존재한다. 하지만 신비로운 일은, 개념의 무기력으로 가능성을 허무는 단어들이 그것을 가리켜 보이기도 한다는 점인데, 이는 개념 내용을 초과하는 의미의 몫을 통해서다. 그리하여 단어들은 얼마간의 희망을 담아 던지는 온전한 물음 속에 그 가능성을 소생시킨다. 그때 가능성은 말의 개혁을 통해 이루어질 어떤 미래에 대한 약속인 듯 투명함을 되찾고 역사 속에 하나의 과업으로서 기입되는데, 이 과업을 그나마 보증해주는 것은 우리가 여전히 지닌 유일한 말, 시다. 이미 「태양과 육체」에서부터 랭보는 존재의 전과거前過去를 인간 사회의 미래로 변환시키는 이 운동에 온전히 동조했다. 맞다, 그는 향하고 있다. 당겨져 있다, "새로운 불행들의 맑은 노래"*를 위해 깊은 청음聽音을 거쳐 현을 조율해야 하는 악기처럼. 그가 "세상"이라고 부르는 것에 대한 전적인—비극 속에서도 여전히 태양을 향하는—찬동. 이것이 랭보가 어려운 이유인가? 그렇게 말할 수도 있다, 보통의 문학은 좀처럼 그런 목표를 겨냥하지 않으니까. 다만 하나의 사실을 덧붙여 밝혀둘 필요가 있는데, 어쩌면 이를 통해 위대한 시들에 대한 잘못된 독해 중 하나를 밝혀보일 수 있을 것이다.

잃어버린 근원에서 출발하여 그 시적 실현—재림—까지 나아가는 이러한 도약은, 실상 현재의 조건에 대한 성찰을 거치며 또 거칠 수밖에 없다. 그 성찰의 와중에, 가능성을 파괴하고 소외를 야기한 정신적 사건들이 최초의 빛을 역광처럼 받으면서 무리지어 떠오른다. 그러므로 랭보는 "육체는 과수원에 매달린 과일이 아니었던가,—오, 어린 날들이여!"라고 쓰면서 이내 다음과 같이 덧붙여 썼다. "혈통과 종족이 우리를 죄악과 비탄으로 몰아붙였다."** 그런데 이처럼 "잘못" 혹은 "오류"—랭보 자신이 쓴 단어들이다—에 대한 생각이 정신을 압도할 때에는 최초의 나날들에 대지

* 『일뤼미나시옹』, 「정령」.

** 『일뤼미나시옹』, 「젊은 시절 II. 소네트」.

의 숨쉬는 듯한 아름다움이 어떠했건 잃어버린 조건의 풍경을 찬찬히 되살려볼 의욕도 시간도 없는 법이다. 미래의 시인이 근원을 포착하는 것은, 근원을 부정하는 것으로 인해 벌써 근원이 꺼져드는 것이 보이는 바로 그 각도에서다. 그의 기억 행위가 이미 하나의 기투企投이며, 현 역사의 암흑을 가로질러 앞을 향한다.

이런 이유로 랭보는 횔덜린보다 더 어렵게, 아니 정확히 말하자면 더 힘들게 읽힐 수 있는데, 힘들다는 말에는 쓰라리다는 의미와 함께 엄격하다는 의미도 있다. 그 자체로 이미 역사에의 재참여가 되는 회상, "거친 현실"*과 이미 드잡이하는 이 회상을 받아들이려 하지 않는 이로서는 세계의 아침 속에서 지체중인 듯한 저 「에게해 군도」의 작가가 보이는 가능성의 떨림과 창설 행위에 대한 강박을 무시하는 편이, 그가 그저 최초의 땅을 꿈꾸었다고 생각하는 편이 훨씬 생산적이리라—꿈을 꿨다고, 하나의 텍스트에 으레 기대되는 대로 말이다. 시는 그토록이나 자발적으로 솟는 꿈이니, 그럼에도 그것이 어려운 까닭은 시가 능동적이고 까다로운 기억 행위를, 즉 근원으로부터 그 공유될 수 없는 빛만 취할 뿐 언제나 지금 여기의 땅으로 돌아오는 기억 행위를, 허약해진 시간에 휴식이 되는 저 조화와 평화와 비시간의 묘사 행위보다 선호해야 하기 때문이다. 이 까다로움의 정당성을 느끼지 못한다는 것은 시의 가장 높은 이유가 실현될 수 없는 것을 상상하는 데 있지 않고 삶

* 『지옥에서 보낸 한 철』, 「고별」.

을 구체적으로 바꾸는 데 있음을 간과하는 일이다. 또한 평화, 나눠 먹는 빵, 축제 등 특정 경험이 어떤 목가적 관습의 속임수를 깔고 있는지, 아니면 어떤 체험의 깊이에서 얻어진 것인지 느끼지 못하게 되는 위험에 처하는 것이기도 하다. 말이란 그러한 재화들을 꿈꾸는 데 그치지 않고 한순간 직접 경험하기도 하기 때문인데, 그 한순간이 덧없음을 시인 역시 모르지 않는다.

3. 이러한 의미에서 랭보는 살아 있으며, 살아 있기를 그치지 않는다. 당신에게는 그가 어떤 의미에서, 어떤 방식으로 살아 있는가?

그렇다, 랭보는 이처럼 살아 있다. 우리 앞에, 아니 그보다는, 우리보다 앞장서서.

셰익스피어와 보들레르를 제외하면 나는 누구에게도 랭보에게처럼 애착을 느끼지 않는데, 무슨 본래적 친근함을 느껴서는 아니다. 그의 느닷없음은 내 것이 아니며, 되돌아와 다시 이어지는 리듬을 좋아하는 나로서는 시작부터 벼락처럼 내리치는 그의 리듬을 따라갈 수 없다. 그러나 나는 『지옥에서 보낸 한 철』의 마지막 페이지들을 생각한다. 그가 불가능한 것이 있음을 확인한 뒤, 그럼에도 그 너머로 가는 게 가능하다고 결론짓는 순간이다. 그토록 헐벗겨져 있으면서도 그토록 확연하게 빛이 가로지르는 이 페이지들을 읽노라면, 나는 "신은 죽었다"라는 말이 (물론 니체의 양면성에 대해서는 분명한 유보를 표해두는 한에서) 정신의 유해만을, 지난날 정신의 불충분만을 보면서 원초적 신성함과 미래 사이, 땅과 땅 사이에서 지속되던 공위空位 기간의 종말을 확인하는 데 그치는 순진한 말이라고 느끼게 된다. 진실은 신이 실질로서, 또 집단에 의해 태어나야 한다는 것인데 말이다. 점차적이든 돌연하게든 신이라는 이름 자체가, 일찍부터 부재하던 존재를 쓸데없이 지시하기를 그치면서, 그 탄생을 도모하리라는 가능성도 배제할 수 없다…… 모두의 앞장에 서서 랭보는 이것을 체험했다. 기독교와는 무관하다. 물론 그는 "자애가 그 열쇠"*라고 말한 적도 있다. 그럼에도 기독교인들의 자애는 비참을 공유하고 법을 보완하는 데 그쳤으며, 역사가 잘 보여주듯이 자애로 법 자체를 전복시킬 순 없었다. 그러한 자애란, 비극적이되 밀물 같고 불 같은 저 「정령」이 그려 보이는 거대한 교류의 음화陰畵에 지나지 않는다. 심지어 종교적인 것 일체와도 상관이 없다, 종교적인 것은 공위 상태였으니까. 랭보가 보여준 것은 필요한 믿음이다. 일체의 내용을 떠나 구출된 믿음은 의기양양하게 순수 운동으로 환원되며, 그 운동 속에서 회의라는 악은 소진되어 사라진다. 그 같은 발명의 순간들은 진실 이상의 것이다. 불확실함을 억누르는 이 발명의 순간들에, 이편에서 더할 수 있는 것이 존재하는 대로의 각자가 품고 있는 모순뿐이라 해도, 저편에서는 그 순간들의 빛이 불확실을 일소한다.

---

* 『지옥에서 보낸 한 철』, 프롤로그.

4-5. 랭보의 작품에 다가가기 위해 그의 침묵을, 시와의 결정적 결별까지 포함하여 그의 운명 전체를 고려해야 할까? 당신은 그의 침묵을 어떻게 해석하는가? 그 침묵이 시 경험 차원에도 걸쳐 있다고, 따라서 시 경험을 이해하는 데 도움이 된다고 보는가?

랭보가 말한 모든 것 속에서 침묵은 활성 상태로 존재했고, 처음부터 그랬다. 몽상 밖으로 나가는 일, 다른 사람들이 대답하지 않을 것이 거의 확실한데도 대화를 시도하는 일("그러나 우정의 손길 하나 없다!"*)에서 그가 무릅쓰는 위험이 내다보일 때의 현기증. 랭보 시의 '텍스트'에 구멍을 내는 이 여백, 그의 절필에 대한 이 예고는, 주변 상황으로 인한 실패의 두려움이자 나중에는 그 실패의 확인이 된다는 점에서 본질상 역사적이고, 매 순간 극복된 그의 고뇌 속에서 보자면 말을 하고자 하는 의지의 장소이자 증거 같은 것이기도 하다. 간헐적이다가 최종적인 것이 된 침묵, 수사를 절제하는 그 깊은 묵언증의 대립항에 대해 우리는 생각해야 한다. 또한 랭보라는 특별한 경우에서 시의 피안, 즉 아프리카에서의 저 과묵한 나날들을, 기꺼이 홀가분해진 '신비' 체험의 장으로 여기는 것이야말로 가장 틀린 생각임을 이해해야 한다. 물론 "절대"에 대한 사유가 말의 폐허 속에 세워질 수도 있다. 하지만 교류에 대한

* 『지옥에서 보낸 한 철』, 「고별」.

일체의 희망으로부터 그처럼 물러난 상태에서의 신비 체험은 더이상 삶 속에 존재한다는 행위를 느끼지 못하게 하는데, 실은 그 행위에야말로 신비가 있다. 아니, 그럴 때 신비 체험에서 겪게 되는 것은 한낱 이미지일 뿐, 그 사유라는 것도 한때 부조리라 일컬어지던 것, 말하자면 진부한 불모 상태에 불과하다. 그것은 무(無, néant)이며, 공(空, vide)의 충만함과는 반대된다. 진정한 신비는 더 높은 것을 구한다. 랭보가 하라르에서 모종의 진정한 신비 체험을 했다 해도—모르지만 가능한 일이다—그것은 침묵을 결심했기 때문이 아니라 침묵을 결심했음에도 불구하고였으며, 그의 말을 지탱하던 일체성의 희망을 다른 길을 통해 다시 취했던 것이라고 보아야 한다.

6. 당신이 보기에 랭보의 작품은 '문학'에 속하는가?

혼란만 자아내는 이 단어를 둘로 나눌 필요가 있다. 작가들 또한 구분해서, 자기 자리에 하나의 '텍스트'를 남기고자 하는 자들과 삶 내지는 자기 삶을 바꾸고 싶어하는 자들을 구분해야 한다. 밑줄 긋는 이들, 얼마간의 '기표들'이 있는가 하면, 삭제하는 이들, 행동들이 있다. 물론 양극 사이에는 지속적인 상호작용이 있다. 갖가지 세계를 창조하는 데 능한 말의 자질, 그 외양상의 자유는 뫼비우스 띠의 이면을, 즉 체험된 시간을, 납득해야 할 유한성을, 운명에 부여할 의미를 망각하지 않는 작가들조차 매혹하기 마련이다. 다른 이들과 마찬가지로 랭보는 한순간 '문학'에 열광했다—"내가 〈파르나스〉 최신호에 들어간다…… 야망! 오오, 이 미친 것!"*—하지만 그는 아직 아이였다. 오래지 않아 그는 글쓰기 방편을 모조리 불태우고, 쓰기보다는 질문하면서, 문학의 손아귀를 벗어났다.

* 1870년 5월 24일 방빌에게 보낸 편지.

랭보 부인

1979

1

나는 랭보와 그의 어머니의 관계로 돌아가보려 한다. 예전에 제시했던 대강의 밑그림에 정확성을 기하는 묘사나 뉘앙스를 약간 더하고자 함이다. 때로는 거기서 약간 더 나아갈 수도 있겠다.

우선은 순전한 심리학의 여건을 정신적 경험에 연결하는 문제로 돌아가야 한다. 랭보에게서 정신적 경험은 가족 상황의 갖가지 국면 및 오이디푸스적 문제들과 뒤섞여 시작되었다는 것이 사실인 만큼, 시의 핵심에 있는 그 관계가 어떻게 구축되는지 위대한 작품을 예로 삼아 보다 쉽게 이해할 수 있을 것이기 때문이다. 생각해보면 랭보 부인은 성격과 성향의 관점에서, 어쩌면 신경증의 관점에서도, 규정이 가능하고 실제로 그렇게 규정되기도 했다. 특히 우리 모두가 동의하는바, 그녀의 운명에서 결정적이었던 것은, 아직 무척이나 젊고 세상에 대해 별로 아는 게 없던 그 여인에게서 남편이 떠난 순간부터, 그리고 아이들 앞에서 억압적이진 않을망정 적어도 규범적이어야 하는 아버지의 역할을 자신이 떠맡아야 한다고—그런 사회에서 슬프게도 그것은 거의 의무였다—판단한 순간부터, 그녀의 몫이 된 고독이었다. 내가 예전에 생각했던 것만큼 그녀에게 잘 맞는 일은 아니었던 것 같다. 어머니가 된 그녀가 특히 아들들이 성장함에 따라 보인 우악스럽고 환상 없는 모습에 못지않게, 젊었을 적 비탈리 퀴프는 꽤나, 적어도 몽상에 잠길 때만큼은, 공상적이고 겁이 많았다는 것을 우리에게 전해지는 그녀의 편지들에서 알 수 있다. 그 엄격한 얼굴은 뿌리깊은 성향에서 나온 만큼이나, 혹은 그 이상으로, 축조된 것이기도 했다. 또한 아르튀르가 느낀 혼란의 많은 부분은 그녀의 모습이 어렵사리, 그러나 끝내 양성성을 갖추는 과정에서 직접적으로 기인했을 텐데, 그렇게 되기까지 그녀는 자신의 공황 상태나 약점을 다른 이들에게, 특히 모든 걸 너무 다 알아버리는 그 아들에게는 숨기려 했을 법도 하다. 법, 나날의 법, 사회계층의 법, 그것이 랭보에게 덜 서투르고 덜 모순적인 방식으로 나타났더라면, 여전히 선입견이 곧 교조이던 이 시대에 아버지의 확신들이 랭보에게 일상적인 본보기로 주어졌더라면, 야외 음악당의 목요일 저녁 콘서트에서 자기 자리 하나는 쉽게 얻을 수 있었으리라—물론, 그 까다로운 정신이 거기가 앉았을 거란 말은 아니지만. 역으로, 권위의 원칙이 그토록 빳빳하긴 해도 어쨌든 치마를 입었다는 것, 남자들의 불손함이나 상스러움에 화가 치밀어 뺨이 붉어지는 순간들을 겪었다는 것, 이는 확실히 그녀의 아이가 보다 변증법적인 법을, 힘이자 우아함인 삶에 보다 가까운 법을 염원하는 데 일조했을 것이다. 랭보의 매력으로 남게 된, 물론 최악의 역경 속에서는 그의 약점이기도 한 저 "신비로운 민감함" 역시 거기서 기인한다. 가장 격한 순간에도, 허우대 좋은 몸을 난폭하게 휘둘러 자신의 불분명한 남성성을 내보이려 할 때조차도, 랭보는 여성적 가치와 방식을 끝내 떨치지 못하게 된다. 그 여성적 자질들로 인해, 그는 남자들이 무엇보다도 자신이 지배자라는 생각으로 대담해지는 사회에서 여자들과 성적으로 대면하는 데 어려움을 겪게 될 것이며 그리하여 스스로를 경멸로 무장할 텐데, 이는 확실히 겁에 질린 파트너 쪽에서 볼 때 덜 평범하되 음울한 그 같은 소년에게 먼저 다가가게끔 할 만한 처신은 아니었다. 지켜보자면 얼마나 슬픈가! 얼핏 본 소녀들에게 '선험적인' 경멸을 품지 못해서, 이 사춘기 소년은 대번에 그럴싸한 줄거리를 엮어 실제로 경멸할 만한 대상들을 꿈꾸게 되니. 그리하여 니나는 순결한 여자로 상정되었다가 제 "사무실", 즉 어느 관료에게 붙어사는 여자로 밝혀진다! 랭보는 어떤 식으로든, 그리고 따지고 보면 거의 낯선 사람과 결혼한 자기 엄마가 그랬듯이, 몸 파는 일을 받아들인 여자들하고만 결합할 수 있으리라. 충분히 부자가 되어 조국으로 돌아와 어느 여자-노예의 보살핌을 받아내리라는 상상 속의 저 "사나운 불구자", 그것은 정녕 그다⋯⋯ 그렇다, 이 점에서는 다른 많은 방법과 마찬가지로 심리학적 혹은 사회학적 분석이 훨씬 적확하게 밝혀줄 수 있는 차원에서 랭보를 결정지은 요인들과 원인들이 있고, 그것이 존재에 대한, 일체성을 향하는 정신에 대한, 언어에 대한 어떤 사변보다도 나을 수 있다.

하지만 그러한 방식의 규정과 설명이 랭보의 경우에는 과도하다고밖에 할 수 없다. 그렇게 랭보의 실존에 던져진 그 그물망을 잡아당기다보면 금세, 아무리 이해하려고 해도, 표명된 이상으로 살아낸 저 희망이 어떻게 그에게 허락되었는지 더이상 헤아릴 수 없게 되기 때문인데, 그럼에도 우리는 그의 사고에서 그게 가능했음을 안다. 마찬가지로, 억제와 결여로 설명되어야 할 랭보의 시가 어째서 꿈을 통한 보상을 좀처럼 꾀하지 않는가도 이해할 수 없게 된다. 「도둑맞은 마음」「사랑의 사막」「치욕」의 저자가 그 시들에서 욕구불만을, 모순을, 무능력을 말한다는 것, 또한 바로 거기서 그것들을 이겨내고자 한다는 것, 내가 부정하는 건 그게 아니다. 다만, 그의 천재가 나타나기 전에 쓴 초기의 몇몇 텍스트와 곧 닥칠 끝이 감지되는 『일뤼미나시옹』 대여섯 편을 제외하고, 그가 심리비평이 기대할 만한 방식의, 즉 소외당한 이들에게 유일하게 남아 있는 수단을 통해 결여를 보상하거나 갈망을 승화시키는 방식의 초월을, 다시 말해 꿈 작업과 상징적 전환을 꾀하지 않는다는 사실은 충분히 주목받았던가? 그토록 자발적인 투시의 시에 말라르메의 「에로디아드」식 여주인공—상당히 양성적이고, 육체와 가치의 대립을 해소하기에 썩 알맞은 존재—은 없다. 허구가 있다 해도 짧은 찰나일 뿐 금세 통렬한 증언으로, 비평으로, 투쟁으로 돌아선다. 박탈당한 존재, 그러나 자신이 꿈을 꾼다고, "신기한 그림들"을 바라본다고 말하는 이 존재에게는, 쓰기 시작하는 순간 "소중한 이미지"가 더이상 필요하지 않은 것만 같다. 그의 "소녀들"과 "여왕들"은 그가 작품에 들여놓지 않는 "그림자 쪽"을 위해 존재할 뿐이다.* 욕망이 자기 단어들에서 분출될 때 그는 즉시 그것을 체험의 상황들로 다시 끌어다놓는데, 그 방법들은 예전에 짚어보았다. 게다가 괄목할 만한 점은 무의식의 상징체계, 더없이 적절하게 거절된 욕망도 활성 상태로 남아 있을 수밖에 없는 그 차원에서조차, 1870년 말 기질이 단련된 이후의 랭보는 자기 깊은 곳에서 작용하는 뭔가를 감지할 때마다 곧바로 그것이 취하는 그럴싸한 모양새를 의심하고 그 허상들을 폭로하면서 그런 것들을 가꾸어내는 이상주의를 비웃는 데 힘쓴다는 것인데—"나는 앉은 채로 산다, 이발사 손에 맡겨진 천사처럼"**—그만큼 랭보에게는 도피의 욕망보다 진실의 필요가 컸던 것이다. 아버지 없이 지배 성향이 강한 어머니 밑에서 자란 수많은 이의 행적을 설명해주는 힘들 외에 또다른 힘이, 전혀 흔치 않은 이러한 경험에 작용중이라는 데는 의심의 여지가 없다.

따라서 나는 그 어머니와의 관계로 돌아간다. 내가 보기에 그것은 핵심적이되, 심리학에만 기댈 수 없는 다른 해석의 여지가 있

* "중국 먹물의 쾌적한 풍미를 돋우면서 검은 가루가 내 철야 위로 조용히 내린다.—샹들리에 불꽃을 낮추고, 침대에 몸을 던져 그림자 쪽으로 돌아누우니 그대들이 보인다, 내 소녀들이여! 내 여왕들이여!"(『일뤼미나시옹』, 무제 단편들)

** 「저녁 기도」.

다. 나는 기질적 특징 및 가족 상황의 여건으로부터 하나의 요소를 예전보다 더 명확하게 구분해보고자 한다. 그 요소는 처음부터 거기에 딸려 있었으나 필연적인 것은 아니었고, 그럼에도 어찌나 강력했던지 내가 보기에는 이미 형이상학적인 성격을 띤 하나의 정신적 도발이었고, 시라 불리는 저 반항에의 선동이었다. 랭보 부인! 저 깊은 차원에서 그녀가 어떤 존재였는지, 우리는 언제야 의견 일치를 보게 될까, 아니 무엇보다 그 점과 관련해 우리 자신이 어떻게 생각하는지를 언제야 알게 될까? 오래전 내 첫 에세이에서 나는 비탈리 퀴프가 "완고하고, 인색하며, 감춰진 증오를 품은 메마른 존재"였다고 썼고, 너무 어둡게 색칠한 그 초상화에 이후 약간 후회를 느꼈다. 왜냐면 오늘날 우리가 더 잘 알게 된 그녀의 편지들에서 보여지는바, 늙어서까지도 그녀는 젊었을 적의 열망을 다시 가질 수 있는 존재였기 때문이다. 소설적 공상의 기미는 그녀의 삶이 긴 "인내"—그녀의 아들한테서 자주 나오는 단어다—이자 잿빛 세월, 순전한 의무가 되었을 때 황급히 파묻혔을 뿐이다. 그녀 역시 어느 날을 맞아, 혹은 연이은 계기에 따라 "어린 날들"의 행복을 단념해야 했다. 그리고 노년에 들어선 그녀가 딸에게, 교회에서 불구자를 한 명 보았는데 그가 죽은 아들인 것만 같았다고 전할 때, 그녀를 뒤흔든 것은 다름 아닌 사랑의 마음이라고 말할 수 있을 것만 같다. "무진히도 애를 썼지만 눈물을 억누를 수가 없었단다." 이튿날 이자벨에게 이렇게 쓰면서, 그러나 그녀는 분명히 밝혀둔다. "물론 고통의 눈물이었지. 하지만 그 깊은 곳에는 내가 설명할 수 없는 무언가가 있었어."* 또다른 계제에, 1907년, 여든두 살이 된 그녀가 소식을 전한다. "딸아, 여기 많은 군인이 지나가고 있는데, 그 때문에 네 아버지가 떠올라서 마음이 무척 뒤숭숭하구나, 함께 행복하게 살 수도 있었을 것을." 그런데 곧이어 다음과 같이 덧붙인다. 심지어 밑줄로 강조 표시까지 했는데, 그녀의 다른 편지 어디에도 없는 일이다. "나를 그렇게나 애먹이던 아이들 몇이 없었더라면." 우리를 또다른 현실로 불러들이는 언급이다. 두 아들이 그녀에게 대체 뭘 했길래 자기 행복을 망쳤다고 강변하는가? 오래전에 끝난 이 결혼생활의 의미가, 아들들이 그녀에게 맞서기 전—"일곱 살" 혹은 사춘기 전에는 분명 그렇지 않았다—까지만 해도 아주 끝장이 난 건 아니었다는 것은 무슨 의미인가?

하지만 아이 아르튀르나 친권에서 벗어난 아르튀르 앞에서 랭보 부인이 어땠는지, 어떤 모습을 내보였는지 잠시 미뤄두고, 이번에는 다른 시기를 탐문해보고자 한다. 그들이 마지막으로 대치

---

* 1899년 6월 9일 이자벨에게 보낸 편지의 일부다. "어제는 내게 무척 감동적인 날이었단다. 눈물을 무진 쏟았고, 그런데 동시에, 그 눈물 깊은 곳에서, 내가 설명할 수 없는 어떤 행복을 느꼈어. 그러니까 어제, 미사에 막 도착해서 무릎 꿇고 기도를 올리고 있는데 내 곁으로 누군가가 왔어. 처음에는 주의를 기울이지 않았지. 그러고 나서 내 눈앞에 기둥에 기대놓은 목발 하나가 보였지, 불쌍한 아르튀르한테 있었던 것 같은 목발이. 나는 고개를 돌리고, 어안이 벙벙해지지. 그건 정말 아르튀르 그애였어. 같은 키, 같은 나이, 같은 얼굴, 잿빛이 도는 흰 피부, 턱수염 없이 콧수염만 약간 있고. 그리고 한 다리가 없었지. 이 남자애는 지극히 깊은 동감의 눈빛을 하고 날 바라보았어. 무던히도 애를 썼지만 눈물을 억누를 수가 없었단다. 물론 고통의 눈물이었지, 하지만 그 깊은 곳에는 내가 설명할 수 없는 무언가가 있었어. 사랑하는 내 아들이 정말로 내 곁에 와 있다는 생각이 들었어."

하며 크게 부딪쳤던 시기, 내가 보기에 더이상은 모호한 구석 없이 랭보 부인이라는 존재의 가장 독특한 성격이 드러나는 시기다. 1891년 5월, 아르튀르는 프랑스에 돌아왔고, 아파서 마르세유의 병원에 있고, 한쪽 다리가 절단될 것이고, 어머니가 그의 곁에 왔다. 그런데 6월 8일 그녀는 자신이 사는 먼 시골로 다시 떠난다, 아들이 눈물로 애원하는데도. 혼자 남아 있는 이자벨도 아픈 건 아닌지 걱정했던 것일까, 충분히 가능한 일이지만 최소한 설명은 해주어야 했다. 미래에 대한 불안과 몸의 고통으로 피폐해진 아들에게, 약간의 인내 혹은 애정을 기울여서. 하지만 그런 건 전혀 없었다. 일주일 뒤 랭보는 누이에게 다음과 같이 쓴다. "엄마가 떠날 때 난 무척 화를 냈어. 이유를 이해할 수 없었거든…… 죄송하다고 해주렴." 사실 랭보 부인은 아들이 자기를 붙들려고 했다는 것조차 용납할 수 없었던 것 같다. 아들을 그렇게 죄책감에 버려둔 채 이후 일체의 교류를 거부하니 말이다. 이 순간부터 마지막까지 이제 아르튀르의 대화 상대는 이자벨밖에 없을 것이다. 밤낮으로 우는 아들, 숨막히는 더위 속에서 잠들지 못하는 아들에게, "부인"은 이후 편지 한 통 쓰지 않는다. 우리에게 전해지는 이자벨의 두 편지—6월 30일, 7월 4일—에도 비탈리의 기척으로 해석할 수 있는 것은 전혀 없다. "그럼 이만 쓸게, 나의 소중한 아르튀르, 오빠를 마음으로 포옹하며." 이자벨의 말이다. 단 한 번 7월 8일, 랭보 부인이 수확철을 맞아 일하고 있는 로슈의 영지에 오빠가 곧 돌아온다고 생각한 어린 누이는 저 "나"를 감히 "우리"로 만들어보지만, 13일 및 18일 편지에서 "우리"는 다시 사라진다. 18일 편지에는 그럼에도 어머니의 전언이 있다. "엄마의 충고: 돈을 잘 관리해라, 혹 돈이 예치되어 있다면 증서를."

무관심인가, 원한인가? 우선, 필시 의식적인 차원에서는 자기가 옳았다는 확신이 있을 것이다—"나는 최선을 다했다"고, 그녀는 이자벨에게 6월 8일 편지에 썼다. 따라서 다른 이는 그저 알아듣고 법에 굽혀야 한다. 하지만 이제 다른 쪽 사실들도 고려해보자. 랭보의 죽음이 정말로 가까워졌을 때다. 그는 7월 24일 드디어 로슈에 도착했으나, 채 한 달이 지나지 않아 벌써 겨울이 두렵다고 말하면서 꿈에 그리는 태양을 향해 다시 떠난다. 사실 그의 상태는 끔찍하고, 점점 더 헌신적인 이자벨의 보살핌을 받으며 마르세유에 도착하고 나서도 급격히 악화만 될 뿐이었으니, 그가 삶의 마지막 순간을 앞두고 있다는 것은 분명코 모두에게 빤한 일이었다. 그런데 9월 22일 딸이 기이한 투로, 어머니 앞에서 보이는 그 모든 존경과 숭앙을 버리지 않으면서도 감히 목소리를 높인다. "내 소중한 엄마, 엄마의 짧은 몇 마디를 방금 받았어요, 정말이지 간략하네요. 더이상 우리한테 편지를 쓰거나 제 질문에 답하고 싶지도 않을 정도로 우리가 보기 싫어지신 건가요?" 그리고 좀더 뒤에서는, "엄마한테는 무관한 일로 보이긴 하지만 저로서는 아르튀르 오빠가 정말 아프다고 말씀드려야겠어요." 10월 3일 편지에서는, "무릎 꿇고 빌게요, 제발 제게 편지를 써주세요, 아니면 한마디라도 보내주세요…… 제가 엄마한테 대체 뭘 어쨌길래 이렇게 절 괴롭게 하시나요?" 사실 랭보 부인은 전날 딸에게 편지를 썼고,

그 편지는 도착한다. 오늘날 유실되긴 했으나 주로 농장의 일거리, 걱정거리를 얘기했던 것이 분명한데, 이자벨이 10월 5일에 다음과 같이 답하기 때문이다. "맞아요, 전 정말 요구도 많아요, 하지만 용서해주셔야 해요." 그러고는 "엄마가 얼마나 바쁘실지 알고 있어요, 인내와 용기를 갖고 하인들을 대하세요". 그런 다음에는 우유, 암소와 돼지와 말과 그것들의 건강, 귀리며 밀에 대한 빈틈없는 얘기가 이어지고, 그러고 나서야 어쨌든 마음 못 가누던 누이로서 죽어가는 오빠 얘기를 꺼내도 되겠다고 느낀다. 아들에 대한 동정의 말은 단 한 줄도 할애되지 않았다는 게 분명하다, 그랬다면 이자벨이 얼마나 기뻐하며 감사를 표했겠는가! 그는 이미 그가 모은, 최대한 적절하게 "예치"해야 할 돈으로 환원되었으니, 이자벨은 여전히 10월 5일 편지에서 아르튀르가 뛰어들지도 모르는 상거래들에 대해 어머니를 안심시켜야 했다. 필요하다면 거짓말을 해서라도 그를 말리겠다고 이자벨은 확언하지만, 비탈리 퀴프를 진정시키진 못했다. 상속 문제가 10월 28일 이자벨의 편지에, 우리가 아는 회심 건으로 행복하기 그지없는 와중에서도 다시 나타나기 때문이다.

어떤 악의적 예단도 끼어들지 못하도록, 뚜렷하게 의견을 밝히고 있는 그 몇 줄을 여기 인용하는 것이 온당하겠다. "엄마의 편지와 아르튀르에 대해 말하자면요, 오빠의 돈은 일절 기대하지 마세요…… 저는 오빠의 의사를 존중하기로 완전히 마음을 굳혔고, 그걸 실행할 사람이 저 혼자뿐이더라도 오빠의 돈과 물건들은 오빠가 적당하다고 여기는 사람한테 갈 거예요. 오빠를 위해 제가 해온 일, 그건 탐욕에서가 아니었어요.* 내 오빠이기 때문이고, 온 우주가 저버린 그를 홀로 의지가지없이 죽게 내버려두고 싶지 않아서였죠." 돈이라! 하지만 그건 대략 4만 프랑에 불과했다. 당시 『저주받은 시인들』 한 권이 3.25프랑에 팔렸고, 다른 아들 프레데리크의 증언에 따르면 랭보 부인은 이미 "삼십만 프랑의 부자"였다…… 이렇게 자잘한 걸 파고드는 내가 못마땅할 것이다. 하지만 온전히 이해하기 위해서는 자잘한 것들이 필요하다.

2

그럴 수 있다, 지금 내게는 그렇게 보인다. 양심에 별 거리낌 없이 내쳐진 고통, 그토록 일찌감치 다 끝난 일로, 운명으로 정리되고 언제나 떠받들어야 할 황금이라는 염포에 덮여 그토록 박정하게 매장된 그 고통을 보면서, 나로서는 새로이 확신을 갖게 되었기에 하는 말이다. 랭보 부인은 사랑할 수 있었다, 물론이다. 심지어 그녀는 아들을 사랑했다. 주목한 바 있듯, 그녀는 아르튀르를 다른 아이들보다 좋아했고, 오랫동안 그는 그녀에게 말을 놓은 유일한 아이였다. 다만 그것은 경계선 안쪽에서였다. 아니, 더 정확하

* (원주) 이자벨이 이런 생각을 하는 것으로 볼 때, 일전에 이미 비탈리는 딸에게(필시 저 유실된 편지에서도) "아르튀르의 돈"으로 결혼 지참금을 마련할 수 있겠다고 일러두거나 상기시켰을 거라 짐작할 수 있다.

게는, 법과 의무와 선에 대한 자기 관념의 프리즘을 통한 사랑이었을 뿐이다. 이런 범주들은 추상적이고, 모든 약동을 억누르고, 신경써야 할 일을 건조하게 다스릴 뿐 깊은 개인적 관심은 억압하므로, 그것은 일종의 죽음 속 사랑일 수밖에 없었다. 비유가 아니라 정말로, 다른 이를 죽은 자로서, 미리부터 "훌륭한 죽음"에 바쳐진 자로서 사랑하기—누가 알겠는가, 심지어는 다름 아닌 죽음 그 자체, 삶이 야기하는 끔찍함보다 낫다고 여겨지는 죽음에 대한 사랑일 수도 있다. 임종의 고통을 겪는 아들을 걱정하지 않는 것이 과연 랭보 부인에게는 가능했다. 그는 죽어가고 있었고, 그를 사랑하는 까닭에 그를 욱여넣어 가두고 싶었던 이미지 속으로 마침내 그는 온전히 옮겨 담길 수 있었다. 하나의 이미지, 먼 나라에서 정성스럽게 날아와 옛 과오에 대한 벌충으로서 가족 장부에 기입되는 약간의 돈은 분명 거기에 근사한 효과를 더할 것이다. 아아, 물론 그렇게 돌아왔을 때 "번듯한" 누군가와 결혼을 시킬 수 있었다면 더 좋기야 했겠지만, 이런 결말도 따지고 보면 같은 유다. 낙 없이 살아남은 자들은 한 존재의 명예를 감시하며 지킬 수 있을 것이니, 그는 적어도 지금부턴, 스스로를 해칠 위험으로부터 안전해졌다. 이 정돈된 상태의 유익함을 그가 진작 느껴야 했는데…… 오만과 죽음으로 빚어진 그런 사랑이 있을 수 있다는 생각이 오늘날의 내 독자, 그런 재난을 면한 자에게 지나쳐 보인다면 「음악회에서」의 시간을 잠시 떠올릴 필요가 있다. 푸짐하건 변변찮건 제각기 부를 과시하는 의례가 맥없이 반복되면서 주위를 배회하는 모든 가능성을 질식시키고 존재한다는 행위를 너무도 철저하게 물화시킨 나머지, 샤를빌에서는 위선적인 쾌락주의자—하지만 그 역시 무수한 비탈리 퀴프에게는 죄인이었으리라—가 아닌 이상 존재하기를 그만둔다 해도 크게 잃을 것이 없었다. 또한 랭보 자신『지옥에서 보낸 한 철』에 다음과 같이 썼던 것을 잊지 말아야 한다. "이렇게 노처녀가 되어버리다니, 죽음을 사랑할 용기가 없으니!" 무슨 말인가 하면, 절대적 죽음이야말로 삶에 온당한 값을 매기고 삶을 유일한 기회로, 다시없을 맛을 지닌 과일로 만들어주는 것인데, 그것을 마주보지 않으니 죽음이란 이제 정체된 의식이 다다르게 될 막다른 골목에 지나지 않게 되었다는 것이다. 이렇게 어머니나 누이들처럼, 신중함과 추상과 법의 사막에 처하게 되리라. 그러므로 혼동하지 말자! 숨 거두는 침실 앞에서 의연하고, 조종弔鐘과 무덤에, 로켓 목걸이 속에서 바래져가는 머리카락 등에 익숙해져 있다 한들, 랭보 부인처럼 죽음을 사랑한다는 것은 죽음의 의미를 직관한다거나 우리의 조건을 있는 그대로 명철하게 자각한다는 게 아니다. 아니, 그것은 일종의 꿈이다. 그 속에서 고통과 최후와 마지막 눈길과 작별은 그림자들에 불과하니, 세계 내 존재의 고대적 기쁨을 경직된 몇몇 가치로 철저히 대체하기로 했을 때 남게 되는 그림자들과 하등 다를 것이 없다.

랭보 부인. 결국은 그저 '남들이 뭐라고 할까' '다들 하는 것' '해야 하는 것' '난 그래야 했어'라는 종교의 가장 극단적 본보기 중 하나, 가장 팽팽하고 가장 광신적인 수도자 중의 한 명이니, 저 옛날 사랑의 법으로 계율이 부과되었던 모든 곳에 그 종교가 그림자를 드리웠다. 이는 더없이 숙고해볼 만한 교훈이다. 샤를빌에서든 다른 곳에서든, 한결같이 육화incarnation의 신을 내세워온 바로 그 문명 속에는 동굴 속 미광과 냉기로 탈육화excarnation하는 교의가 하나 있고, 이 교의를 따르는 일반 독신자들 가운데 랭보 부인은 단연 여사제인바, 법을 섬기는 데 일생을 바치면서 오직 미지의 것을 기지의 것으로, 무궁무진한 것을 반복적인 것으로 환원시키는 데서만 기이한 기쁨을 느낀다. 교회에서 불구자가 그녀 곁에 왔을 때—그는 이 자리를 원했다, "지극히 깊은 동감의 눈빛으로" 비탈리를 바라보지 않았던가—그에게서 그녀가 보고 싶어했던 것이 무엇일까, "무척 경건하고" "예배 과정을 속속들이 잘 알고 있는 듯한" 젊은이가 아니라면 말이다. 자기 아들이 성장하면서 선택했던 것과 정확히 반대되는 존재, 그러나 그녀가 받아들일 만하다고 여겼을 삶—거기 노동이 곁들여져야겠지만—의 방식 중 하나다. 설명할 수 없었으나 그녀의 고통을 달래주었던 저 "무언가"는 결국 아르튀르가, 반항 아래 어떤 진지함이 깔려 있는지 그녀도 익히 알았고 그 나름의 종교적 선택에서마저 과격하기로는 자신을 빼닮았던 저 아르튀르가, 돌아와서 그녀가 옳았다고 인정하는 것을 한순간이나마 꿈꿀 수 있다는 행복이다. 그들이 맞서던 시절에 그가 교회의 낯선 불구자처럼 "잿빛이 도는 흰 피부"를 하고 있었다는 것, 심지어 기진한 걸음걸이와 걱정스러운 쇠약함을 보였다는 것에도, 그녀는 전혀 마음 아파하지 않았으리라고 나는 의심치 않는다. 그 대가로 아르튀르가 확실히 회심할 것임을 알 수만 있었다면 말이다. 마찬가지로 그가 죽는 게 그녀에겐 전혀 마음 아플

일이 아니었다. 그녀에게는 일생을 잘 꾸렸다는 느낌, 의무가 완수되었다는 느낌만이 실재하는 것이기 때문이다. 이 망령과 만나고 몇 달 뒤 1900년 6월 1일, 랭보 부인이 딸에게 새로 단장한 가족 납골당에서 일꾼들의 도움을 받아 아버지와 아이들 사이에 마련된 자기 자리에 들어가봤다고 쓸 때—이 예사롭지 않은 편지를 나는 내 옛날 책에서 이미 인용한 바 있다—그것은 흡족한 마음으로 선친이 "완벽하게 정직한 분"이었음을 확실히 해두기 위해서였고 또한 무엇보다도, 교회에서 받은 계시 때문이었을까, "내게 무엇도 요구한 적 없고, 자기 노동과 지성과 바른 행동으로 한몫의 재산을 모아왔던 내 불쌍한 아르튀르"를 신과 사람들 앞에서 소리내어 부르기 위해서였다. 이 '재산'에 흐뭇함을 느끼는 것, 그것은 허영심이 아니다. 지금까지 내가 말한 것으로 그 점이 충분히 감지될 수 있기를 바란다. 그것은 심지어 인색도 아니다. 아르튀르의 유산을 그녀가 물고 늘어질 때 한순간 그렇게 생각할 수도 있었겠지만, 아니다. 틀림없이 오랜 번민 뒤에 이렇게 말하게 되고 그럼으로써 진정되는 것은 남에게 인정받아야 한다는 필요이며—그걸 남이라고 할 수 있을지는 모르겠다. 교조화된 실존은 오직 타자의 시선 속에서만 존재의 허울을 얻을 수 있다는 게 사실이지만, 그러기 위해 그 타자 역시 사회적 법으로 환원되니 말이다—그 인정은 원칙과 가치의 비호 아래 이루어져야 하고, 돈이 그토록 힘들고 더디게 모아졌으니만큼 모든 기쁨의 경건한 희생을 의미할 수 있을 때라야, 돈은 저 원칙 및 가치가 취하는 형태들 중 하나가 된다.

요약하자. 혹은 이것을 조금 다르게, 하나의 개념으로 말해보자고 해야겠다. 희망 없이, 깊게 보면 믿음도 없이 이루어지는 이러한 정신적 조작이 그럼에도 담지하고 있는 근본적인 종교성을 잘 보여줄 개념이기도 하다. "무덤에 내려갔다"는 저 일화가 비탈리라는 정말이지 어울리지 않는 이름*을 가진 이 여인이 실존 앞에서 취하는 태도를 그토록 명료하게 표상하고, 그녀가 스스로 한 선택을 그토록 설득력 있는 색채로, 아니 차라리 그림자로 그려낸다면, 이제 밝혀 말하건대 이는 그 일화가 저 존재 방식들의 토대가 되는 행위(이 아름다운 단어가 여기 알맞을지 모르겠지만)를 거의 도식적으로 드러내주기 때문이다. 나는 한시적으로, 이 고찰 내에서 그 행위를 이미지로 자기 봉인하기, 이미지 속에 매장되기라고 명명하려 한다. 기실 내가 무엇을 말했던가? 보다 강렬한 삶이 될 수도 있었고 보다 드넓은 앎을 갖출 수도 있었던 한 실존이, 자신의 수천 가지 잠재성을 희생시키고는 확정적이고 경직된 가치들을 상정함으로써, 사라진 잠재성에 비하면 한낱 비현실이고 허구인 차원으로 완전히 도피하는 움직임에 대해서다. 한낱 이미지에 불과한 차원이라고도 말할 수 있겠다. 우리의 의지와는 상관없이 모든 이미지 속에는, 이미지가 흥미로울 때조차, 절대화시켜서는 안 될 자의적 단정들과 단순화시킨 표현들로 이루어진 하나의 망이 있으니까. 따라서 샤를빌의 저 이미지는 빈곤하다. 하지만 그 본래적

* '비탈리Vitalie'라는 이름에는 라틴어의 'vita'에 해당하는 '생명, 삶'의 의미소가 있다.

궁핍함에 대한 보상으로 이미지가 가져다주는 것이 있으니, 그 이미지가 희구된 것도 그 때문이다. 즉 명료한 구조를, 다른 모든 진실에 대한 확정적 부인을, 단순한 행동 원칙을, 따르기만 하면 더 이상 의심 없이 불안을 억누를 수 있으며 우주의 광막함이 그 사람 속에 일으켰던 당초의 현기증을 피할 수 있게 해주는 모든 것을 가져다주는바, 의당 그는 우주의 광막함 속에 대담하게 뛰어들었어야 할 테지만 속박이, 물려받은 억제가 이미 그를 가로막고 있었다. 이미지란 지레 달아나 소외에 더 깊이 파묻히는 일이다. 전날의 욕구불만을 얼버무리려는 다음날의 속박은 더욱 커져 있기 마련일 테고, 급기야는 욕망, 행동, 만족, 그 모든 것이 하나의 표상체계로, 저절로 작동될 수 있을 만큼 충분히 폐쇄적인 가치체계로 굳어져갈 것이다. 내가 말하는 것은 이미지이지, 이데올로기가 아니다. 원칙과 명확한 개념의 권위 아래 숫제 닫혀 있는 구조를 더 분명하게 가리키기 위해서는 이미지라는 말보다 이데올로기라는 단어가 낫다고 여겨질 수도 있겠다. 그럼에도 이미지라는 말을 쓰는 것은, 소리 죽인 시골의 삶이 바로 얼마 전까지도 잘 보여주었듯이 랭보 부인의 세계는, 그리고 자기 운명과 더불어 다른 이들에게 마련된 운명을 결정했던 그녀의 선택은, 명시적 사고라기보다는 실천이기 때문이다. 이미지는 또한 감정들이요 하나의 감수성이며 더 나아가서는 심미적 취향들이고, 유리글로브 아래 간직된 말린 오렌지꽃이나 옛날 미사 경본 갈피에 끼워두던 저 성화 속에서 발견할 수 있는 구체적인, 심지어 무한한 모든 것이다. 이미지에 모든 것을 묻고 모든 것을 바친 나머지, 어느새 그것이 한낱 행동 지침을 훨씬 넘어서는 무언가가 된다는 것을 이해할 필요가 있다. 이미지는 하나의 장소가 된다. 진짜 사물들을 가지고 마련되는 장소, 거의 절대와 다름없는 그곳, 아무리 휑하다 한들 무슨 상관이랴, 우리는 그 안에 들어갈 수 있다. 가족 묘소의 대리석과 흙내 속으로 들어간 랭보 부인처럼.

그러니까 내가 강조하는 것은, 이 글이 최종적으로는 한 시인을 연구 대상으로 삼는 만큼, 이미지의 구체성, 그 무섭도록 구체적인 성질이다. 바로 그 성질을 통해 이미지는 종교적 열망을 포획할 수 있으며, 현생에서부터 조우되고 경험되는 구원의 인상을 주기에 이른다는 것. "공식"이자 심지어 "장소"*로서 이미지는 한 사람 속에 있는 모든 에너지를 제 쪽으로 끌어들이고, 그의 자질들—가령 힘, 고집, 더해서는 열의—을 이용하되 조심성을 앞세워 그 자질들이 펼쳐지는 장을 축소시키기를 서슴지 않으며, 수많은 감각 현실에 충만함의 외양을 남겨주되 그것들의 충동질이 가공할 자유에까지 이르게 놔두지는 않는다. 저 부동의 시골, 잼과 사과주와 우유의 고장, 또한 "미지근한 햄",** 때에 따라서는 "시금한 포도주"***의 고장. 추상화의 땅, 그럼에도 범람하는 자연의 몇몇 형태가, 용인된 형태가 얼마 되지 않는 만큼 더 큰 반향을 울리며 기승을 떨치는 땅. 그것만으로도 감관의 자질은 일상적 존재 속으로 필

* 『일뤼미나시옹』, 「방랑자들」.

** 「초록 주막에서」.

*** 「갈증의 코미디」.

요한 만큼 뻗어나가고, 물론 그 와중에는 장롱 속에 너무 가지런히 정리된 자수 침대 시트들처럼 야릇하지만 매혹적인 것이 없지 않다. 랭보가 「감각」을 쓸 때, 그것이 존재하는 것들의 풍요를 발견하는 일이라고 생각해선 안 된다. 아니다, 그건 전부터 익히 알고 있었다. 다만 「감각」에서는 타인을 규제하는 체계를 흐트러뜨리는 방식으로 그 풍요의 양상을 확언하는 것이다. 마찬가지로 그가 아이일 적 몸담았던 세계에 대해서 관능이 부재했다거나 부인당했다고 생각지도 말자. 선행조건들을 충족시키기만 한다면, 관능은 거기에서 용인되었고 심지어 퍽 강렬하게 경험될 수 있었다. 불행히도, 그럴 수 있다. 그 예를 하나 제시해보겠다. 예전에 『랭보』(1961)에서 「일곱 살의 시인들」을 분석할 때 나는 초등생 랭보, 사춘기 랭보를 대하는 비탈리의 냉혹함을 강조했다. 어떤 점이 랭보에게 엄마의 무관심, 메마름으로 여겨졌을 수 있는지를. 그런데 「젊은 시절」의 저자가 작품활동 마지막에 이르러서도 여전히 지니고 있는 것, 심지어 필시 그의 삶 마지막 날까지 간직하게 될 것은 "어린 세월"에 대한 그리움이다. 그가 썼다시피 육체가 과수원에 매달린 과일이었던 세월, 즉 육체가 하나의 충만함이자 자연과 정신 사이 균형의 요소였던 세월이다. 열여섯 살부터 스무 살까지 "진정한 삶"을 모색하며 들이붓게 될 비범한 에너지, 그 자원을 랭보는 분명 이 짧은 시기로부터 길어냈고, "진정한 삶"에 대한 직관은 그처럼 다름 아닌 어머니와의 관계 깊은 곳으로부터 그에게 왔다. 일곱 살, 어머니에게 느낀 충격을 우리한테 말하면서 어머니를 고발하는 바로 그 시기에는, 그러나 또한 주지하다시피 어머니에 대한 역력한 열정, 홀로 된 여자라는 새로운 조건에 처한 어머니를 지켜주고 싶다는 역력한 욕망과 함께, 그의 실존의 첫 나날들에서 "사내꼭지가" 불거져나왔으며, 그 위기의 시간이 오기 전까지만 해도 극히 관능적인 친밀성이 어머니와 아들을 묶어주고 있었음은 의심의 여지가 없다…… 확실히 두 시기의 대비에 놀라움을 느낄 수 있다. 하지만 보다 중요하게는 "이미지로 된" 실존, 적어도 우리 기독교세계에서 그것이 지니게 되어 있는 가장 뚜렷하고도 가장 위험한 특질 중 하나를 간파해야 한다.

우리는 익히 알고 있지 않은가? 너무 부유하지도 너무 궁핍하지도 않은 옛날 소도시들의 직감에 따르면, 바오로 사도가 서한이라도 보내주었어야 할 조심스럽고 눈에 띄지 않는 사람들의 저 망망한 교회의 신학에 따르면, 갓난아이와 어리디어린 아이는 "천사"다. 성적 성숙의 시기, 알다시피 제어하기 어렵고 따라서 규범에 해가 될 수 있는 시기 이전에 있기 때문이다. 이 얼마간의 첫 계절 동안은 걱정 없이 아이를 사랑할 수 있다. 마음놓고 사랑할 수 있고, 심지어 거의 탐욕스러운 관능으로 사랑할 수 있다, 아이가 선하고 진실한 것은 지금뿐이니 머지않아, 당장 내일이라도 죽어야 하리라고 은연중에 생각할 위험이 있을지언정. 랭보가 1869년 6월에 치른 전국 라틴어 시 작문 대회에서 주어진 주제—이런 대화야말로 정신적 조건화 실험의 좋은 예라 하겠다—는 르불이라는 작자가 쓴 「천사와 아이」라는 시편인데, 거기에서 이러한 변증법이 뚜렷하게 감지된다. 천사는 요람을 들여다보며 말한다.

나를 닮은 귀여운 아이야,
천사는 말했더라, 오오! 나와 같이 가자

그러고는 작은 인간에게 삶의 불순함을 낱낱이 열거하며 삶을 떠나는 편이 나을 거라고 설명한다. 일곱 살, 아들이 더이상 게루빔 천사 혹은 그렇게 보일 수 있는 존재가 아니게 되었을 때, 신이 천사를 보내 그를 거둬가주셨으면 좋겠다고 비탈리가 의식적으로 바랐다는 건 물론 아니다. 하지만 아들에게서 남자를 보기 시작하자 그녀는 이전 날 마음을 쏟아놓았다는 것이 언짢아져서, 너무 일찍 너무 가혹하게 억눌린 자기 자신의 욕망을, 여전히 기세 좋은 그 강렬함을, 엄격하고 시샘 어린 교육에 모조리 옮겨부었다.

일곱 살! 이렇게 우리는 내가 전에 고찰한 바 있는 저 훌륭한 자전적 시편으로 되돌아왔다. 대략 1861년, 보들레르와 플로베르가 이제 막 경범재판소에 회부되었던 시점에,* 이러저러한 삶의 조건들이 어떻게 한 아이를 시인이 되고 싶다는 바람으로 이끌었으며 한 명의 랭보로 거듭나게 만들었는지를, 그러나 나는 이제야 이해하기 시작했다. 그러니까 한편에는, 영혼의 속박이 있다. 겁에 질린 자들, 겸손한 자들의 저 윤리가 모든 선택을 짓누르는데, 너무

* 플로베르의 『마담 보바리』는 1857년 1월, 보들레르의 『악의 꽃』은 같은 해 6월에 공중도덕과 미풍양속을 문란하게 했다는 죄목으로 기소되어 전자는 무죄, 반면 후자는 유죄판결을 받는다.

무분별한 만큼이나 너무 구체적이고 일관적이어서 그런 것이 있다는 사실을 폭로하기도 어려울 지경이 되었다. 자명한 것으로 통하던 이러한 규범 속에 놓고 볼 때 아르튀르의 엄마가, 특정 행동이나 편지에서 흔히 유추되는 대로 유례없는 오만함과 완고함의 원천이었다고 생각해선 안 된다. 차라리 그녀를 다른 이들과 마찬가지로 한 명의 희생자로 간주해야 하며, 다만 그녀의 자질과 함께 명백한 유약함—말하자면 그녀의 용기와 함께 폭력성이 감돌던 어두운 기질—이 그녀를 교조적인 단정의 한 극단에 이르게 했을 뿐, 이는 그만큼 절망과 번뇌를 숨기기 위한 것이기도 했다. 바로 거기에 양면성이 있고, 사랑이 고픈 아이가 보기에는 그 양면성이 세계-이미지에 깊이를 만들어낼 수밖에 없다. 그럼에도 세계-이미지의 빈곤함은 머지않아 분명하게 간파되고 아이는 그 속박을 깨부수고 싶어질 것이니, 모순과 양가성, 덫의 시작이다. 그리고 다른 한편에는, 저 새롭고 까다로운 의식이 있다. 다름 아닌 진지함으로 인해, 게다가 물려받은 격렬함으로 인해 그 의식은 분노하고 반항하며, 비탈리 퀴프가 열정적으로 정당화하고 섬기는 거짓 질서를 대번에 싸잡아 문제삼을 것이다. 보다시피 앞으로의 삶에서 존재가 세계와 맺게 될 관계가, 그 의미가 달린 문제다. 음화로, 이미지의 안전함 속에서, 그러나 자유는 마비된 채 살 것인가, 아니면 양화로, 즉 일단은 거부 속에서, 위험 속에서 살아볼 것인가. 이 영혼의 발생기에서 성격상의 특징과 오이디푸스적 긴장이 나름의 역할을 한다 해도 이는 더 깊은 저 갈등 속에 기입된 한에서이나, 그 갈등이 일으키는 의혹, 비난, 원한, 묵언이 그것들을 악화시키고 곪아들게 만들 것이다. 아아, 확실히 그렇다, 어머니가 남성적인들, 아버지가 부재한들, 그 결과 아들이 소위 성적 규범이라는 것을 교란하는 데 골몰하게 된들, 그런 것들은 하나의 삶에서, 세계를 바라보는 한 시선에서 전혀 중요하지 않다. 그런 건 언제라도, 샤를빌에서조차, 다른 식으로, 따뜻하게, 진실을 위해 감수될 수 있고 감수될 수 있었으리라. 또한 오이디푸스콤플렉스가 동성애로 이어졌다 해도, 동성애자라는 사실이 "끔찍한 불구의 심장"*을 가졌다는 뜻은 아니다. 진정한 차원, 즉 정신의 차원에서 중요한 것은 교류가 실재하는가, 인간 집단이 하나의 삶인가, 사랑이 한낱 단어가 아닌 다른 무엇인가 하는 문제다. 또는 자기만의 삶이 태동하던 무렵, 존재들과 사물들 속에서 신열에 들떠 예감했던 가능성을, 다름 아닌 단어들이 질식시키고 말았는가 하는 문제다.

여기까지 말했으니, 시에 대한 어느 위대한 생각의 기원이었던 저 대립을, 이제 다양한 유의 부연 설명을 더해가면서 좀더 제대로 되짚어보는 일이 내게 남아 있다.

그러한 부연 설명들 중 하나를 독자들은 어쩌면 예상했을지도 모르겠다. 사고 및 감정의 정통주의를 부인하고자 할 때, 가장 자연스러울 듯한 선택은 소외가 기승을 부리는 바로 그 차원에 개입하는 것, 다시 말해 정치적이든 종교적이든 윤리적이든 하나의 행

* 『지옥에서 보낸 한 철』, 「나쁜 피」 초고.

동을 하는 것이지, 고작 모호함과 양면성이 들끓는 글쓰기가 아니니까 말이다. 닫힌 구조에 던져야 할 대답은 행동을 통한 참여라고, 랭보 자신도 그렇게 느낀 것처럼 보일 수 있겠다. 「대장장이」에서부터 파리코뮌을 향한 열광을 거쳐 『지옥에서 보낸 한 철』의 "삶을 바꿔야 한다"에 이르기까지, 자기만의 꿈에서 벗어나 정치적 행동으로 나아가려는 모색이 여러 차례에 걸쳐 무척 뚜렷하게 나타나기 때문이다. 그럼에도, 강조할 필요가 있을까, 즉각적 전복을 외치는 가히 신실해 보이는 이 열성분자가, 책임감 있는 성찰을 한 첫날부터, 또 직접적이고 과격한 행동을 말하는 바로 그 순간에도, 거의 외곬으로 글쓰기에만 전념한다는 것 역시 하나의 사실이다. 누구나 느끼듯 그에게 글쓰기는, 사회구조를 부정하는 말을 쏟아내며 시간을 좀 보냈다 싶으면 부정하던 구조를 그대로 내버려두고 마는 여흥 같지가 않다는 것 또한 사실이다. 의심의 여지없이 랭보에게는 자각과 의지에 따라 일체의 단기적 요청으로부터 벗어나 다채롭고도 독자적으로 단어들을 운용한다는 일과, 서구의 정신적 비참에 대한 거부 사이에 긴밀한, 심지어 유기적인 관계가 존재했다. 그러한 탐색이 랭보가 제기하는 질문에 맞는 답이었건 아니었건 간에 그것은 그의 첫 수단이자, 에너지가 다할 때까지 그를 붙들어놓을 기획이 될 터였다. 그러니 랭보와 함께 우리는 시 역시 "삶을 바꿀" 하나의 방편이 아닌지 자문해야 한다. 누가 알겠는가, 심지어 가장 중요한 방편이 아닐지. 이외의 행동 형식들은 얼마 안 가 제각기 새로운 소외의 형식이 될 소지가 있으니 말이다.

이러한 질문들을 던짐으로써 랭보 부인에게서 멀어지려는 것도, 따라서 이 장을 끝내려는 것도 아님을 독자는 보게 될 것이다. 앞에서 살펴본 아이 시인과 어머니의 관계 속에서 다시 한번 대답이 드러나기 때문이다. 그 대답은 비탈리로 대표되는 것이 지닌 이중적 양상과 결부되어 있다. 한편에는 의미 차원의 교조주의가 있고, 다른 한편에는 그 의미를 표명하는 기호 차원의 양면성이 있으니, 이것이 수수께끼가 되어 기호의 특질을 드러내 보인다. 다르게 말하자면, 어머니는 반항의 원인인 만큼이나 시적 소명의 원천으로 밝혀질 것이다. 어머니의 이미지 신봉은 우리가 보게 되듯 기세등등할 것이나 그녀가 하는 말과는 역력한 모순을 이룰 터, 그리하여 아들이 그 거짓말을 꿰뚫어볼 수 있게 될 것이다. 이 모든 것이 심지어는 너무도 뚜렷해서, 나로서는 일반론적으로 한 아이가 어머니의 말에서 길어낸 놀라움 혹은 의혹이 그를 언어에 대한 성찰에, 언어의 자명한 약점들에, 그럼에도 언어에 바라는 능력들에 영영 묶어놓는 게 아닌가 자문하게 된다.

3

그러니 이미지로 산다는 일에 대한 첫 자각이 묘사되는 「일곱 살의 시인들」을 다시 살펴보자. 확실히 랭보의 묘사는 단순화되어 있어 그가 일종의 신화를 만들어내고 있다고도 볼 수 있는데, 하지만 그만큼 더 의미심장하기도 하다. 그는 먼저 사람들이 자기에게 바라는 존재 방식에 대한 거부를 말하고, 다음으로는 거기서 빠져나갈 수 있게 해주는 몽상들을 말한다. 그런데 갑자기, 자기 눈을 손으로 세게 눌러 만들어내는 "형상들"을 언급한 뒤 곧바로 그는 외친다. "불쌍하구나!" 그런 뒤 전혀 다른 면모로 아이를 휘젓는 감정들이 다음의 시구들에서 표현된다.

> 불쌍하구나! 어울려 지내는 건 저 아이들뿐,
> 비실비실하고, 훵한 이마에 뺨 위에는 시들어가는 눈,
> 노랗고 진흙으로 시커메진 여윈 손가락을
> 똥냄새 나는 낡아빠진 옷 속에 숨긴 채
> 바보들처럼 온순하게 얘기 나누는 아이들!
> 더러운 동정심에 빠진 그를 발견하고
> 어머니가 질겁하면, 아이의 깊은 다정함이
> 이 경악을 향해 뛰어들곤 했다.
> 좋은 일이었다. 어머니에겐 그 푸른 시선이 있었다, —거짓말하는 시선이!

한 아이에게 틀림없이 매우 중요했던 무엇, 사랑을 말하는 것 같지만 사랑에서 나온 것이 아닌 저 시선, 그리고 더 중요하게는 그 거짓말에 대한 고발. 나는 예전에도 이 시구를 고찰한 바 있지만, 그때는 다양한 층위의 의미를 충분히 파고들어가지 못했다. 오늘 나는 거기서 적어도 두 가지 의미를 보는데, 그중 두번째만이

시에 대한 성찰에 유효한 가치를 지닌다. 단어들로 분명하게 명시되는 첫번째 의미의 경우, 랭보의 반항이 시 쓰기와는 전혀 다른 듯한, 사회 속 어떤 행동의 상상으로만 표명되기 때문이다. 저 가난한 어린아이들을 "불쌍하게" 여기는 것, 특히 그들과 어울려 놀면서 그들에게 한참 말을 걸고 그들의 낮은 목소리를 들으러 간다는 것, 그것은 이미 기성 가치를 "착란"시키고자 하는 행위이되 그 가치가 가장 치욕스러워하는 행위를 해 보임으로써 그것과 같은 차원에 머무르는 일이다. 기성 가치를 받아들이지 않는 자들, 혹은 그 가치에 걸맞지 않다고 여겨지는 자들에게 귀를 기울이는 일. 이 경우에 랭보는 현상태의 세계 속에 그를 버려놓고 갈 비전들에 힘입어 나쁜 세계로부터 달아나지 않는다. 그는 나쁜 세계에서, 분명하게 설정되어 모두가 감시하는 경계를 대놓고 넘는다. 바로 그렇기에 그 위험을 무릅쓰는 아이를 본 어머니가 질겁하고, 아이 편에서는 한순간이나마 그 경악이 사랑 때문이라고 꿈꿀 수 있음에 쾌감을 느끼는 것이다. 비탈리가 겁을 먹은 것은 사실 이 가난한 어린아이들에게 이나 옴이 있을까봐 걱정해서가 아니겠는가? 그러니까 그녀는 아들의 건강을 염려하는 것이고, 그러느라 자신의 원칙과 계율을 잊어버리고 아들에게 큰 사랑을 느끼는 것일 터, 그런데 사랑이야말로 정통주의를 무너뜨리고 말을 창설하는 위대한 힘이 아닌가. 사실은, 그리고 이것을 아들도 모르지 않는데, 그녀는 이 나쁜 만남에서 그가 얻어올 수 있을 말이나 생각, 나쁜 본보기들에 경악하는 것일 뿐이다. 중요한 것은 그가 되어야 할 모습에 대해 그녀가 품고 있는 생각이지 그의 실제 모습이 아니다. 아닌

게 아니라 그가 일곱 살 때, 그녀는 자기 재력이면 접근권이 있겠다고 여겨지는 것보다 더 가난한 구역에 얻어야 했던 집에 살며 조바심을 냈다. 그녀는 그곳을 떠나 "가로숫길"로 이사할 채비를 한다. 그녀가 질겁한 것은 소지주로서의 오만에서였을 뿐, 이 점에서 그녀의 시선은 거짓말을 한다. 아들은 이해했고, 이것이 내가 말한 첫번째 층위의 의미다.

그런데, 그녀의 걱정이 무엇인지 그토록 정확하게 파악하고 있으면서도 랭보가 이를 밝혀 말하지는 않는다는 점, 그저 자기가 간파한 표지, 즉 "푸른 시선"이 질겁했다는 정황을 언급하는 데서 그친다는 점을 주목할 만하지 않은가? 감정의 껍데기에 불과한 것에 주의를 기울인다는 사실, 이는 그가 어머니의 애정을 기대하는 것 말고도 다른 것에 마음을 쓰고 있음을 보여주는 게 아닐까? 필시 더 작다 할 수 없는 관심일 텐데, 저 표지를 집어낸 것도 결국 관심이기 때문이다. 실로 또하나의 시선이 눈여겨본 그 시선은 전혀 단순하지 않다. 말하자면 그것은 표지인 동시에 기호이며, 직접적으로도 은유로도 기능한다. 질겁하며 흔들린다는 점에서, 어머니의 시선은 하나의 표지, 얼굴의 홍조나 흥분이 말 않고 삼킨 이러저러한 감정의 표지인 것과 마찬가지로 그녀가 느낀 동요의 표지일 뿐이다. 그런데 그 시선은 "푸르다". 이 푸른색이 아이가 체험하고 싶어하는 환상에서 핵심적이라고 보면, 전혀 다른 독법이 가능해진다. 어째서 푸른색은 감동적인가, 푸른 눈 속에 질겁 외에도 다른 정서적 반응이 있을 수 있다고 기대되는 것은 무슨 이유에선

가? 말할 것도 없이, 빛에 다름 아닌 푸른색은 매우 자연스럽고 설득력 있는 은유를 통해 자기의식의 구름과 폭풍과 파란 많은 폐쇄 상태가 일소되었음을 암시하기 때문이며, 이는 엄연히 사랑이 이루어내는 일이기 때문이다. 푸른색은 내가 이미 언급한 "열린" 말을 암시한다, 즉 의미하는 듯 보인다. 그리고 감정의 동요가 그 암시를 확증해주는 것처럼 나타나 보일 때, 저 살아 있는 말이라는 사태가 성립되고 증명되는 것만 같다. 기호들—단어들이건 의미가 부여된 행동들이건—의 체계가 유폐로부터, 교조주의로부터 해방될 수 있다고 자처하는 것이다.

간단히 말해, "푸른 시선"은 그러므로 일곱 살의 시인에게 바야흐로 삶 자체가 될 기호에 대한 희망일 수 있다. 따라서 그런 꿈을 꾼 뒤 혹은 그런 꿈의 이면에서 이 눈이 "거짓말"한다는 것을 기억하거나 깨달아야 할 때, 속죄된 것만 같았던 기호체계 전체로 실망과 불안과 낭패감이 뻗어나갈 것임을 의심치 말자. 감정의 동요는 그러니까 언제나와 같은 비현실에 지나지 않는 것으로 판명되었는데, 그런데도 시선은 푸르단 말인가? 영원토록 허상만을 지키려 하면서, 그러면서도 집에서, 교회에서, 자애와 사랑에 호소하는 문장들을 줄곧 뇌까릴 셈인가? 한때 충만한 의미가 담겨 있었거나 말거나, 겉보기로는 전혀 변한 것이 없어도 단어들이 의미를 잃어버릴 수 있음이 이렇게 증명된다. 단어들은 거짓말할 수 있다. 이 괴상한 이원성, 혹은 이중성을 걱정해야 하지 않겠는가? 언어의 약점을, 모든 말을 위협하는 그 위태로움을? 이와 같은 것이 「일곱 살의 시인들」에 기원이 새겨진 또하나의 생각이다. 사랑을 기대했던 자리에서 발견한 무관심에 대한 성찰에 더하여, 이 훌륭한 시편은 그에 못지않게 고통스러운 놀라움, 즉 단어들이 그 결여를 쉬이 때우는 데 능하다는 사실이 불러일으킨 놀라움을 말한다. 그것은, 어떻게 말하자면 언어의 원죄다.

이러한 발견이야말로, 이제 앞서 꺼냈던 문제로 돌아갈 수 있거니와, "삶을 바꿔야 한다"고 주창했던 결연한 열성분자, 폭력을 두려워하지 않았을 그가 곧장 혁명적 행동으로 뛰어들지 않았던 이유를 이해할 수 있게 해준다. 얼마나 신실하건, 얼마나 열렬하건, 최초의 의도가 얼마나 좋다고 느껴지건, 행동에는 언어가 침투해 있고, 언제나 언어가 행동을 결정하고 규제한다. 그러니 "깨어남의 순간"*이 지나가고 나면 행동 역시 저도 모르게, 말을 바꾸지 않고도 거짓말할 수 있다고 가정해야 하지 않겠는가? 이런 조건에서 무엇을 할 것인가, 모든 것이 판에 놓이고 모든 것을 잃을 수도 있는 자리인 그 양면성과 우선 정면으로 대치하는 것이 아니라면? 존재를 창설하는 저 말이 트이는 순간, 그러나 거기 방치된 무의미가 가장 훌륭한 대의를 무화시킬 수도 있는 그 순간에 말의 핵심을 향해 나아가는 것이 아니라면? 물론 랭보는 파리코뮌이 승리하기를, 헌법이 바뀌기를, 비참이 꺾이기를 바랐다. 하지만 그가 자각을 한 이상 그에게만큼은 다른 긴급한 일이, 해결해야 할 다른 문

* 『지옥에서 보낸 한 철』, 「불가능」.

제가 존재한다는 것을 그는 아는 것이다.

이렇게 해서 지금부터는 랭보가 지닌 생각의 핵심에, 그의 시학의 문턱에 들어서게 된다. 그는 무엇보다도 자기가 단어들 속에서 확인한 분열과 퇴색의 성향이 역사적 우연은 아닐까 자문할 것이다. 낙관적인 이 첫번째 가설이 옳다면, 미래에 대한 우리의 수수께끼 같은 소망은 다치지 않고 남을 것이다. 서구의 이 시대에, 특히 샤를빌에서, 랭보는 그렇게 생각할 만한 좋은 이유들을 지척에서 찾을 수 있었다. 기독교는 "에너지 도둑"임을, 그 유토피아적 비현실주의가 사고에서 육체를 박탈하고 있음을 그는 쉬이 확인한다. 선악의 종교가 통제하는 랑그 속에서 진정한 현실은 더이상 명명되지 않고, 따라서 우리의 진짜 욕구는 충족되지 않는다. 다른 것들이 그 자리를 차지하고서 육체는 불만족 상태로, 영혼은 빈 상태로 버려두는 한편 권력에 대한 탐욕과 원칙에 대한 왜곡된 애착을 부추겼으니, 그 결과 사람들은 랭보 부인이 그러하듯 이데아에 의해서만, 이미지로만 존재하기를 좋아하게 되었다. 이제 우리에겐 타락하고 빈곤해진 단어들만 남아 있고, 그 때문에 우리는 나쁜 말에 처해 있다. 이러한 것이 「일곱 살의 시인들」과 같은 시기, 아니면 그 직전에 쓴 폴 드므니에게 보낸 편지에 출몰하는 생각이다. 이 절대적 재시작의 선언문은 우리에게 남아 있는 가능성을 깨우쳐준다. 우리는 덫에 걸려 있다, 그건 사실이다. 그러나 언어가 우리에게 남겨놓은 빈곤한 쾌락을, 그것이 우리에게 허용하는 반쪽짜리 지식을 거부하자. 우리 안의 모든 범주, 모든 감각 습관을 폭력으로 깨부수자. 백지상태를 만들면 바닥이, 우리의 힘이, 미래의 조화가 다시 나타나리라. 이때 랭보는 도래할 보편적 언어를 꿈꾸었다. 현실과 단어들을 다시 접합시킴으로써, 이 언어는 단어들을 자명성에 봉헌하고 단어들 속에서 힘과 수액의 순환이 멎는 사태를 막을 것이다. "영혼을 위한 영혼의 언어", 저항할 수 없는 "보편적 사랑"으로 말하는 존재를 감싸는 언어. 「언어의 연금술」이 증언하듯, 그는 미칠 지경에 이르기까지 이 작업에 힘썼다.

그런데 사회와 말에 대한 성찰을 시작하자마자, 랭보는 말의 불안정성에 대해서도 자문했었다. 단어들이 변한 것도 아닌데 말이 그처럼 쉽게, 말의 행위 도중에도 갑자기 황폐한 심연으로 떨어질 수 있다는 것, 이 "전락"이 모든 언어체계에 내재된 성질은 아닌가 하는 물음이었다. 기독교가 상상하는 인간의 원죄도 실은 그러한 내재적 불안정성의 반영일 뿐이라는 설명이 가능하고, 그 경우 원죄란 언어 타락의 원인이 아니라 결과인 셈이다…… 랭보가 이 두번째 유의 성찰 역시 해나갔다는 증거로, 그가 새로운 언어를 준비하며 "모든 감각의 착란"에 몸을 맡기는 바로 그 시기에, 새로운 언어가 도래하는 순간 새 언어 탐색이 아닌 모든 글쓰기 작업은 기각되어야 할 텐데도, 당장 주어져 있는 랑그를 자기 작품에서 더없이 진지하게 활용했다는 사실을 들 수 있다. 즉 도래할 "꿈꾸던 탈출"을 기다릴 것 없이, 말하기를 시도해야 한다고 주장하는 것이다. 요컨대 이 지점에서 우리는 현대 시학의 문제들에 다가간다. 랭보가 우리의 유익을 위해 그토록 멀리까지 끌고 나간 경험에 접근하는 것이다.

우리 역시 자문해야 한다, 어떻게 그는 시작품이 길이라는 믿음을 이어갈 수 있었나? 기호의 결함을 발견했으니 오히려 불신으로, 심지어는 거부로 이끌렸어야 하지 않나? 분명 말의 위험은, 우리가 타인 속의 욕구에 성실히 귀기울이고자 단어들에 기댈 때조차 단어들이 구조로 그룹을 지어 그대로 응고되면서 모색의 지평을 틀어막는다는 데에, 그리하여 기존의 랑그가 의문에 부쳐지고 생성에 들어서야 할 때 단어들 스스로 랑그가 되고 대답이 된다는 데에 있을 것이다. 그런데 시작품에도 똑같은 위험이 있고, 어쩌면 시작품이 그 위험을 가중시키는지도 모른다. 물론 시작품이 통상적인 말의 코드를 위반하기는 한다. 하지만 다의성과 난해한 이미지를 증폭시킨다는 점에서, 시작품은 무의식적 욕망이 상징적으로 표현될 기회가 넘쳐나는 잡동사니 판이기도 하다. 그리고 이 무의식적 욕망은 비탈리 퀴프의 욕망만큼이나 폐쇄적이고 자기중심적인 만큼, 머지않아 그것만의 세계-이미지가 체계를 이루어 가장 사소한 단어들까지 지배하게 될 것이다. 시작품은 말을 짓누르는 구조의 숙명을 더 복잡하게도, 더 무겁게도, 더 취약하게도 만든다지만, 비탈리가 검열하던 심층으로 그 숙명이 동시에 더 두터워지는 만큼, 결산을 하자면 시작품은 필경 숙명을 더 공고하게 만드는 건 아닐까. 이는 랭보 자신이 더없이 분명하게 말해놓은 것이기도 하다. 「꽃에 대해 시인에게 하는 말」에서 그는 크게 분노하며 서정시의 전통을 공격한다. 서정시 전통은 선한 것, 아름다운 것을 열렬히 떠받든다지만, 이른바 그 사랑 속에는 그저 시인 개인에게만 속하는, 털어놓고 말할 수조차 없기가 일쑤인 사적 욕구와 이해관계를 숨기고 있을 때가 없지 않다. 한 사회를 개혁하고자 할 때 시에 매달릴 수 있다고 생각하지 않는 자들이 꺼내드는 비판이다. 하지만 고유한 의미의 글쓰기만큼이나 행동 역시 언어에, 말에 속한다는 사실을 그들은 망각하고 있다.

랭보는 "주관적" 시를 규탄했다. 그건 사실이다. 하지만 그는 시 작업을 그것으로 환원시키진 않았다. 바야흐로 그의 정신과 마음속에서, "삶을 바꿔야 한다"는 욕망과 글쓰기 작업이 어떻게 양립할 수 있었는지 보다 잘 이해할 수 있는 순간이 왔다. 사실 모든 글쓰기는 "폐쇄적"이고, 랭보 자신이 그 증거다. 「일곱 살의 시인들」, 시의 기원이 밝혀지는 바로 그 텍스트에서도, 시의 자리는 시인이 외톨이 몽상가로 그려질 때에야 비로소 드러난다. 전투에 뛰어들고 싶고, 파리에서 무기를 집어든 저 노동자 군중이 근처 변두리에서 "웃고 투덜거리"는 소리를 듣고, 그럼에도 그는 여전히 "기진맥진 멍청"해진 채로 안쪽 눈에 맺히는 환영이나 긴 몽상 속에 "누워" 있다고 고백하지 않을 수 없다. 이 긴 몽상은 의미심장하게도 그를 사막으로 이끌어 그 고독 속에서, 고독에 의해서만 자유가 "빛날" 것이다. 결말부는 세계의 차원으로 조금씩 확장되어 가지만, 마지막에는 덧문이 닫혀 있는 아이의 방이 세계를 대체한다. 그사이 아이가 도발삼아 찾아가던 가난한 아이들과는 사뭇 다른 "옆집 노동자의 딸"이 등장하여 그를 또다른 놀이로 불러들인다. 이 작품에서 언급되는 네번째 홍채, 여자아이의 눈동자는 "갈색"이다. 그것은 잡지에 나오는 스페인 여자들이나 이탈리아 여자들의 눈 색깔, 즉 섹슈얼리티를, 쾌락을 의미한다. 사랑, 그러나 랭보가 푸른 눈의 맑은 빛에 바라는 정신적 원기와는 아주 다른 의미에서의 사랑이다. 이 여자아이는 랭보가 살아가면서 시시때때로 만나거나 꿈꾸게 될 "동무"일 뿐, 진정한 교류를 위해 선택한 존재, 그 선택 자체가 어머니의 금지에 맞선 아이의 승리가 되었을 "아내"가 될 수는 없다. 역으로, 트집거리가 될 만한 부적절한 품행이 눈에 띄어도 비탈리는 갈색 눈동자의 여자아이를 보아 넘길 수 있는데, 어차피 슬쩍 하는 놀이이기 때문이다. 이 시편에서 나이가 약간 더 많은 여자아이가 놀러왔던 기억이 상기될 때—"여덟 살이었다" "주먹질과 발길질에 멍이 든 채"—소년의 대응에 얼마간의 마조히즘이 있음을 저자가 굳이 드러낸다는 점도 주목할 만하다. 그때 그는 수동적이고, 그것은 자기 어머니와의 여러 순간에 그가 받아들였던 수동성이다.

그럼에도, 고독과 몽상의 순간들에 대한 이 묘사는 그저 어떤 존재 방식이 더 큰 포부에 억눌린 채 전혀 다른 얘기를 하다가 흘린 지표들이 아니라는 점, 그것이 랭보가 자진해서 숙고를 거쳐 우리에게 넘겨준 정보들이며 그 시대의 대다수 심리학자들보다 훨씬 더 멀리까지 밀어붙인 자기 해명 작업의 결과물이라는 점은 여전히 사실이다. 꿈꾸는 자와 그것을 증언하는 자의 분리가 이 시편에서 이루어지는 것이다. 이와 함께 시적 특질이, 즉 단어들의 리듬과 음악, 이미지들의 신선함이 만들어내는 총체적 인상이 우리에게 와서 머무르는데, 그것은 명쾌함과 단순함과 결연한 진지함을 통해 진실을 찾는 자, 그리하여 덧문이 닫힌 자기 방에까지 타인의 시선을 맞아들이는 자로부터 오는 것이다. 운율의 규칙성은, 특히 알렉상드랭 시구에서는 낭만주의의 거대한 말을 섬처럼 끊어놓곤 했다—위고의 독백, 비니의 『운명』의 혼잣말, 네르발의 『환상 시편』에서 밑도 끝도 없이 서로를 되비치는, 잘 여며진 시구들을 생각해보자. 그런데 「일곱 살의 시인들」에서는, 「첫영성체」 및 1871년 봄에 쓰인 다른 두세 시편들에서와 마찬가지로, 그 규칙성이 돌연 척도로 나타나 거기에 맞춘 박자가 관례를 따르면서도 유연성과 합리적인 함축성을 띠고, 그리하여 굽이굽이 똬리 튼 꿈을 한 겹 한 겹 저며낼 수 있게 도와주는 것 같다. 그러면서도 괴이쩍은 자음 반복이나 너무 독립적인 이미지는 멀리함으로써 정직한 만큼이나 깊은 하나의 가설적 의미를 타인에게 제시하고, 그와 동시에 위대한 리듬들에서 태어나 위대한 희망을 싣고 울리는 저 열렬함, 저 열광을 드러내준다. "인권선언의 아들", 공화주의자로 거듭난 자의 알렉상드랭 시구란 어떤 것일지, 그 예를 이 시구들에서 볼 수 있지 않은가? 정신적 체험을 담을 수 있는 만큼 머지않아 정신분석을 뒤따라 무의식에 귀기울이며 그 에고이즘을 무너뜨릴 수 있을 알렉상드랭, 요컨대 옛날의 시가 그저 감내할 수밖에 없던 상상계의 범람 앞에서 능동적일 수 있을 알렉상드랭을? 이러한 형식은 구현된 적이 없었으니, 19세기의 특징이라 할 정통성의 해체는 다소간 불안한 저마다의 비전에 골몰하는 개체성만 양산해냈기 때문이다. 그러나 랭보에게서 우리는 그것을 감지한다. 다의성의 장에서도 빛의 의지가, 타자의 말을 만나기 위한 하나의 기획이 가능하다면 그게 어떤 것일지, 우리는 알게 된다. 간단히 말해, 꿈 쓰기의 발효, 응고, 결정結晶 등 느닷없는 화학작용을 눈 감고 받아들이는 것 외에 또하나의 법칙이, 또하나의 생성 원인이 시인의 작업 속에 존재하고 있음을 알게 되는 것이다.

그런데 이 원리, 시적 창조의 두번째 법칙을 랭보의 이후 작품에서 살펴보면, 그것이 반격을 받아 위태로워져 있음을, 그럼에도 아직 식별 가능하며 여전히 어떤 에너지로부터 받은 활기를 띠고 있음을 발견하게 된다. 왜냐면 잘 알려져 있다시피 랭보의 전 작품은 전날 만들어낸 것과의 단절로, 재시작들로, 그가 "출발"이라 일컬은 것으로 이루어지기 때문이다. 또한 명백하게도, 자기 앞에서나 다른 사람들 앞에서나 진실하고자 하는 바로 그 욕구가 매번 조바심을 내게 하고 단절을 거듭케 하기 때문이다. 이 엄격한 요구가 일찍이 「태양과 육체」의 흥분을 누그러뜨리면서 보다 개별화되고 보다 분명히 역사화된 자기 인식을 구하게 했던바, 그 자기 인식이 성장한 때가 바로 이 1871년 봄이다. 그러나 또한 같은 요구로 인해, 금세 다시 이런 유의 내적 성찰도 어차피 불구가 된 랑그의 범주에 갇혀 있는 건 아닌가 이내 생각하게 되니, 그리하여 랑그에 대항하여 "모든 감각의 착란"을 포고하게 된다. 그 착란으로 인해 1872년에 "공포가 찾아"오고 "사람들이 가두어둔 광기"를 이해하게 된다 한들, 추억과 꿈의 "진흙탕"에서 반짝이는 「기억」의 개울을 지나 『지옥에서 보낸 한 철』의 마른 땅에 다다르게 하는 저 명철한 심문을 재개하는 것도 바로 그 요구를 통해서다. 글쓰기의 원환圓環 속으로 결연하게 뛰어드는 랭보는 언제나 그 유폐를 깨뜨리고 싶어한다. 그리하여 또한 언제나, 강행된 글쓰기로 자기 뒤에 빛의 궤적을 남기니, 그 예를 하나 제시하겠다.

타인을 재현할 때의 예다. 그 자체로 미리 생각할 수 있듯이, 타인의 재현이란 글쓰기의 검열을 받으면서도 글쓰기를 위협하는 만큼, 글의 짜임새 속에서 가장 엉큼한 변형을 거치게 될 것이다. 「대장장이」가 그러했다. 고결하게, 사회에 책임이 있다고 느끼던 아이로서 랭보는 사회로부터 배제된 자를 가리켜 보이기 위해 한 노동자에게 발언권을 주지만, 유창한 논변의 허울을 쓴 노동자의 말은 이상주의적 비현실적 도덕론의 재탕에 지나지 않는다. 가필한 윤곽선이 두드러지는 이 양화陽畫의 타자 이미지는, 거짓되었다고는 못해도 순진함을 벗어나지 못한다. 진정한 대화는 없이, 사고 속 갖가지 범주에 따라 이미지가 착상된 뒤 바로 그 이미지가 사고의 범주를 보증해준다. 그런데 이제 「일곱 살의 시인들」의 배제된 자들을 살펴보면, 랭보는 자기에게 중요한 것, 혹은 자기 것으로 되어 있는 것이 그들에게는 없다는 사실 말고는 아무 말도 하지 않는다. 후에 베를렌이 말하게 되듯, 무엇보다도 "온갖 재능"을 가진 그에게는 "울툭불툭한 이마"가 있는데—골상학이 높은 지능의 표식으로 삼던 이 "융기부"는 중학교 시절에 많은 결실을 내게 된다—그들에게는 슬프게도 "휑한 이마"뿐, 이들은 "바보들

idiots"이기 때문이다. 라틴어를 할 줄 알았기에 랭보는 그 단어에서 'idiotus'라는 어원을, 즉 못 배운 사람, 가난한 계급에 속해 있기에 앞으로도 무지 상태에 머무를 사람이라는 개념을 알아볼 수 있었다. 이 아이들에겐 아무것도 없다. 그들은 아무것도 아니다. 순전한 생물학적 소여일 뿐, 사회는 그들을 백지상태로 내버려둔다. 그러나 또 생각할 수 있는 것은, 그 백지에는 사회의 제한과 선입견 역시 기입되어 있지 않다는 것이다. 그리하여 그들에 대한 꿈이 시작된다. 전날의 대장장이가 당시 철학자들의 사상에 기대어 빚어내던 자기상보다 훨씬 더 많은 것이 그들의 침묵과 그들의 두려움 속에 담겨 있지 않은가…… 잊지 말자, 랭보가 글을 쓰던 시기는 새로운 기간산업이 득세하면서 세계의 과거를 그토록이나 파괴해놓은 시기이기도 하다. 마구잡이로 생겨난 변두리 동네에서, 최초로 이중의 가난이 축적되기 시작한다. 이 "두텁고 영원한 석탄 연기"* 속 물질적 궁핍과 장소의 추악함에, 촌락에서 뿌리째 뽑혀와 공장의 수요에 충당되는 자들의 문화적 빈곤이 더해지는데, 촌락에는 아직 얼마간 숨을 이어가는 대지에 대한 믿음이라도 있지 않은가. 그런데 오늘날 저 19세기 말의 참담한 사진들을, 더러운 벽돌 벽이나 까만 석고 벽 아래 저 해쓱하고 겁먹은 아이들을 들여다볼 때 생각하게 되는 것은, 아니, 세계의 맹목성이나 고삐 풀린 폭력에 대한 비관만이 아니다. 거기에는 뭐랄까, 됫박으로 덮어둔 등불** 같은 것이 있어서, 그 누더기들 속에 정신의 가장 순결한 미

* 『일뤼미나시옹』, 「도시」.

래가 있음을 느낄 수 있다.

그러한 것이 랭보의 직관이기도 했다. 이는 「정령」에서 새 시대의 이주와 변모와 탄생을 끌고 예견할 수 없는 미래를 향해 가는, 순수한 에너지로 이루어진 어떤 존재에 대한 예감으로 표현될 것이다. 어떤 이들은 죽은 삶을 살며 앎과 확신으로 살을 찌울 때, 그들의 시선에서는 그 앎과 확신이 번민 혹은 체념으로 지워졌고, 그리하여 이 시선과 마주친 랭보는 우리에게 불가촉천민 혹은 희생양의 "뺨 위 시들어가는 눈"을, 눈물로 씻긴 홍채를 보여준다. 그것은 지배적인 존재 방식, 사회와 시대 속에서 알량한 땅뙈기를 절대화하며 가소로운 만족을 느끼는 자들의 "거짓말하는" "푸른 시선"에 대한 하나의 대안으로 제시되며, 이 대안은 더이상 유토피아적이지 않다.

그런데 내가 주목하고 싶었던 것은 이 위대한 지시 행위만이 아니다. 이제 그 결과가 이 작품 자체에서, 또한 앞으로 이루어질 랭보의 시 행위에서 어떻게 나타나는지 살펴보자. 즉 일종의 확장이 이루어져서, 그 덕분에 내가 말하는 '열린' 기의—저 가난한 아이들, 사회집단의 타자—가 훨씬 더 근본적인 타자성과 생성의 기표가 된다는 점을 주목해야 한다. 먼저 쉽게 확인할 수 있는바 「일곱

** 마태복음 5장 13절을 시사하는 표현이다. "등불을 켜서 됫박으로 덮어두는 사람은 없다. 누구나 등경 위에 얹어둔다. 그래야 집안에 있는 사람들을 다 밝게 비출 수 있지 않겠느냐?"(공동번역 개정판)

살의 시인들」에서 타자의 현존은 저 "휑한 이마" "여윈 손가락"에서만 확인된다는 점이다. 첫 시행에서부터 언급되는 "어머니"로 말하자면 화자의 주체성을 희생시켰기 때문이고, 반면 갈색 눈의 소녀는 놀이를 위해서만 오고 놀이 상대로서만 중요하기 때문이다. "타자"라고 말할 수 있는 것, 말하는 존재가 필요로 하는 그 대화 상대는 따라서 사회구조의 빈 상자 즉 부재로만, 말할 수 없는 것이자 사용되는 랑그 너머에 있다고 예감되는 피안의 기호로서만 표지된다. 그런데 이 형언할 수 없음 자체, 수수께끼의 형상을 하고 있지만 미래로 풍요로운 이 현현은 바로 그렇기 때문에 "나"의 말 속에서 타인의 고유한 존재가 진정하게 표명되기 위해 필수적인 형식으로서 의미를 지니는 게 아닐까—말이 절대적 가치를 지닌다는 지고한 증거인 표현 양식, 두려운 미지에 꾀바르게 덮어씌워지곤 하는 표현 양식을 "나"의 말에서 완전히 몰수함으로써? 형상이란 신이 스스로를 낮추어 머무르는 상태라고 보는 신학들에서와 약간 비슷하게, 한 랑그의 바깥에 대한 직관은 더이상 양화로, 순진하게, 일관적으로 재현된 형상을 취하지 않는다. 그러한 재현이 그것을 빚어낸 말의 범주들을 다시금 공고히 할 뿐이라면, 이 직관은 개념들과 단어들 사이에서 그저 빈 울림소리만 내면서 그것들이 모든 것을 말할 수 있다는 느낌 속에 불안을 퍼뜨린다. 하지만 이 점에서 그 직관은 작용하며, 그저 말의 대상으로 남지 않고 랑그 깊은 곳에서 하나의 선동이 되어 귀를 기울이라 종용한다. 그런 만큼 시에서 이 직관은 개개의 시작품에 설치되는 지나치게 확실한 구조들의 근사한 환영을 거부해야 한다는 설득력 있는 이유가 되기도 한다.

요컨대 랭보가 자기 꿈속에 틀어박혔다고, 고독에 전념했다고 말할 것인가, 그 자신도 그렇게 생각하는 듯하니까? 그렇다 해도 어쨌거나 「일곱 살의 시인들」에서는, 다른 많은 작품에서도 그렇듯, 재현이나 상징을 토대까지 뒤흔들고 난 다음일 것이다. 그는 거기에 미지라는 균열을 가하고, 그 균열을 기호들 너머의 기호로, 거짓말하지 않는 유일한 기호로 만들었다. 스스로의 결여에 몸을 부딪혀 그것을 인정함으로써 풍요로워지는 변증법적 발언, 그것이 우리에게 영향을 미친 결과 이제는 우리 역시 시의 작용에 대해 보다 주의깊은 질문을 던지지 않을 수 없다. 이 시구들이 만들어내는 저 효과, 보다 깊은 진실 같다는, 돌연 "열린" 말 같다는 효과는 무엇인가? 시적 특질에 비해, 그것은 뭔가 우발적인 것인가? 시적 특질이란 다만 다의성과 이미지를 통해 개인의 존재를 펼쳐 보이는 데 달려 있을 테니까? 아니면 오히려 시적 특질의 본성이 거의 이해된 바가 없는 만큼, 그것이야말로 으뜸가는 특질이 아닐까? 시를 한 개인 혹은 한 집단이 부리는 랑그의 지고한 표현으로 정의해야 할 것인가? 그보다는 기호체계 전체를 놓고 할 수 있는 지고의 경험이란 그 한계에 대한, 그 근본적 불충분성에 대한 생각으로 향하는 일인 만큼, 하나의 균열에 대한 사고를 통해서 그 경험이 지닌 역동성 및 그 경험이 가리켜 보이는 미래와 함께 다채롭게 체험된 정통성 위반이야말로 훨씬 더 위대한 풍요라고, 그 무엇보다도 전적으로 더 시라고 불릴 자격이 있다고 생각해야 하지 않을까? 결국 시작품이 어느 세계 내 존재의 표현형식에 불과하다 해도, 더 포괄적이고 더 강력한 다른 형식들이 존재한다는 걸 능히 알아볼 수 있는 저자가 그 형식을 생각하고 연마하며 그 형식을 통해 경험적 "나"보다 훨씬 더 멀리에 있는 보편적 자아를 겨냥하고 있다는 것 역시 사실이다. 지각의 바닥에, 어쩌면 역사의 끝에 있을 그 보편적 자아만이 존재를 이해하는 데 적실한 차원일 것이다. 그렇다면 시라는 것은, 이른바 시인이 품고 있는 통상적인 열망과 그 상징적 충족을 제어하는 일인 만큼이나 가장 고매한 욕망에 따라 그처럼 "앞장서"* 나아가는 일, 운명 속을 더듬어 나아가는 일이기도 할 것이다.

요컨대 이렇게 말해두자. 아마 그릇되게 시poésie라는 하나의 이름으로 지칭되는 것의 역사 속에는 두 종류의 정신이 있을 것이다. 한편에는 가진 단어들에 만족하는 자들, 따라서 시작품poème을 지향하는 자들, 작업이 끝났다고 결정되는 순간 일체의 관계가 그대로 모여 쌓이는 형성된 형식을 지향하는 자들이 있다. 그때 존재할 수 있는 의미작용이란 무한하되 다만 악기의 현을 지나가는 소리와 같으며, 거기에서 무의식이 가시적 형식을 취하는 동시에 심층의 정리를 하게 될지도 모르지만, 그렇다고 한들 거기서 자기 욕망이 문제시되거나 비밀이 토로되지는 않을 것이다. 이런 유의 시

* "시는 더이상 행동에 리듬을 부여하지 않을 것입니다. 그것은 앞장서 있을 것입니다."(1871년 5월 13일 이장바르에게 보낸 편지)

인들로는 물론 에드거 앨런 포나 앞서 언급한 네르발이 있었고, 가끔씩 보들레르도 그러했고—「여행에의 초대」의 보들레르—심지어 어느 정도는 랭보도 그랬다. 말의 울타리를 깨부수려 하는 어떤 의지도 가끔은 잔존하는 욕망과 깨고 싶지 않은 꿈으로 둔해지게 마련이니까. 그런가 하면 두번째 정신 역시, 실제에서보다는 포부나 희망 속에서이긴 해도, 유구하게 존재한다. 거기에서 만나게 될 시인들이 사용하는 리듬과 각운은 대번에, 본능적으로, 모든 형식 너머에 있는 형식을 상기시키고, 우리에게 있는 랑그들 이상의 것이 될 언어를, 개인적 무의식의 망상을 일소하며 최후의 투명성을 향해, 보편을 향해 곧장 나아갈 말을 상기시킨다. 그들 역시 시작품에 기탁한다, 다른 식으로라면 불가시적일 그들의 탐색을 제어할 거울로 삼기 위해서라도. 하지만 그들은 거기에 커다란 위험이 있음을 알며, 따라서 그들의 작업은 무엇보다도 시작품의 위협적인 권위를 거부하는 일이다. 달리 말하면, 하나의 시도에서 다른 시도로 넘어가면서 한 작품의 건축이 아니라 한 운명의 진실을 기하는 일이다. 그들은 찾되, 발견하지는 못한다. 이렇게 해서 아까 제기되었던 질문에 드디어 대답하게 된다. 그들로서는 당연히, 이론으로든 실제로든, 그들이 살고 있는 사회 속에서 닫힌 구조를 거부하는 일과 글쓰기 속에서 방황하는 일 사이에 어떤 모순도 없다. 오히려 내가 보기에 극히 정당한 그들의 생각에 따르면, 이렇게 그들 자신의 무일관성을 경험하는 것이야말로 행동에 모순되기는커녕 언어의 무기력증으로부터 말을 지켜내는 유일하게 좋은 방법이다. 언어가 무기력하다는 것은, 곧 일체의 완제된 공식이 손닿는

데 있어서 원래 말하고자 했던 바 이외의 목적에 쉬이 전용될 수 있다는 것이니까. 그들은 시작품을 믿지 않는다, 시의 영락에 불과하므로. 그러나 인간의 기호가 소외되고 탈환되는 모습이 펼쳐져 보이는 유일한 장소로서 그들은 시작품을 받아들이고 더 나아가 원하기도 한다. 물론 하나의 열망이 시작품을 들어올린다는 조건에서다. 달리 말하면 이데올로기가, 심지어 철학조차도 놀라움, 경이, 스캔들이라는 원천을 금세 망각하는 반면, 이 시인들은 그들 자신이 여전히 생생한 기억이고, 그 기억을 들리게 만드는 것을 소명으로 삼는 것이다.

4

이렇게 해서 우리는 마지막으로 다시 한번 랭보 부인을 마주하게 된다. 사랑의 말에 기반하노라 자처하는 문명의 단어들을 그녀가 거짓되게 사용한다는 것, 아들은 이를 의식했고 바로 그 의식에서 그가 시에 대해 바란 것이 생겨났기 때문이다. 또한 이 시점에서 몇몇 사항을 되짚거나 부연할 필요가 있기 때문이기도 하다. 보다 일반적인 이 논의를 통해, 제각기 강렬했던 두 사람의 대치에 깔려 있던 복합적 관계의 위상을 마저 정립할 수 있을 것이다. 첫번째 사항은 이 글을 계획한 순간부터 내게는 자명해 보였던바, 즉 어떤 이가 통상적인 말에 만족하지 못한다면, 그래서 더 많은 단어와 더 많은 울림을 지닌 말을 원하건, 아니면 사고의 정통주의 속에서 가장 단순한 단어들조차 덮어쓰게 되는 보수화와 추상화의 더께를 헐어내고 싶어하건, 어쨌거나 그를 제대로 이해하기 위해서는 우선 그의 어머니가 어땠는지, 더하여 그에게 어머니가 어땠는지를 살펴봐야 한다는 것이다. 모든 사태에 앞서 있는 어머니의 존재가 태동하는 의식과 세계 사이의 관계를 주재하기 때문인데, 상당히 긴 이 기간 동안 아이는 아직 사물들이 멀리 있건 말건, 끔찍하건 말건, 각각을 분간하거나 구분할 줄 모를 뿐더러 그러고 싶어하지도 않는다. 따라서 존재하는 모든 것을 하나의 생명으로 인지할 뿐만 아니라 자기에게 달라붙는 하나의 시선으로, 자기 현존에 관심을 갖는 하나의 현존으로, 즉 온전한 두 현실이 맺는 일체적 관계의 일환으로만 인지하는 것이다. 그런데 이처럼 온전한 실존 하나가 다른 온전한 실존 곁에 함께 현존하는 상태, 단어들이 말할 수 있는 것보다 더 내밀하고, 단어들보다 더 많은 앎과 가능태로 풍요로운 그 공존은, 마술적 인식의 근거 없는 믿음들을 채 떨치지 못한 수동적 직관이라고는 해도, 어쨌거나 종교 창시자들이 약속하거나 좀더 나중에는 위대한 시인들이 꿈꾸었던바 하나의 언어, 살아 있는 말이 미래 속에 집결시킬 수 있을 공동체에 대한 직관이다. 따라서 이 시기부터 어머니는 정신의 지평에서 막연하되 자명한 사태로 자리하며, 단 말로 표현되지 않는 이 최초의 의미 위로 머지않아 자립감의 욕구, 공격 충동, 욕망의 갈등이 종용하는 다른 유의 자명성이 닥치게 된다. "일곱 살"에, 이 자기의식이 단단해지면서 사람들이 규제하는 랑그의 지지를 구했다. 최초의 현존 바로 그 속에서부터 자기에게 골몰하려는 욕망이 자라

났고, 그것은 언어의 모든 상태에 내재되어 있는 듯하다. 그러므로 선명하게 드러나진 않아도, 거기엔 분명 위험한 구석이 있다. 그런데 앞으로 이루어질 변화에서도 어머니의 역할은 남아 있다. 그전에는 사랑을 베푸는 사람으로서 그저 있기만 하면 되었다. 이제부터는 자기가 이행하던 사랑을 이해해야 하고, 그 의미를 더 밀어붙이는 동시에 이를 내보이며 가르쳐야 한다. 가령 때가 되면, 성장한 아이가 어머니로부터 떨어져나가 느끼게 될 애정 앞에서 어머니가 사라져줄 수 있음을 내비쳐야 한다. 바깥세계의 필요만이 반영되는 법칙을 말하는 역할이 아버지에게 돌아가는 우리 사회에서, 말을 보전하는 일은 적어도 한순간 어머니에게 달려 있다. 의심치 말자, 어머니는 그러므로 수많은 시적 소명에서 중요한 인자가 되어왔다.

어머니가 마땅히 되어야 할 어머니로 있어준다면, 즉 증여를 북돋는 증여가 되고, 다른 신뢰를 개방시키는 신뢰가 된다면, 그렇게 해서 자기 자신에게 접근하게 된 아이는 분명 오늘이든 내일이든 타자의 현존을 향해, 가장 평범한 단어들로 매일 말해지는 가장 단순한 감정의 가장 내적인 계시를 향해, 스스로를 열어젖힐 수 있을 것이다. 하지만 그중 어떤 것도 그가 시에, 아니 다만 시작품의 창작에라도 관심을 가지리라고 말해주진 않는다. 내가 방금 말한 시 혹은 시작품의 양면성과 불안정성은 기호들의 패러독스에 강박을 가지다시피 한 의식을, 더하여 글쓰기의 실행을 전제로 한다. 앞서 강조했듯이 내가 보기에는 글쓰기에조차, 의식적이건 아니건 자아의 자기 수렴, 자기 중심화의 위험이 있다. 그렇기 때문에 글쓰기가 법에 맞서는 항의가 아니라 감춰진 세계의 보전일 수 있는 것이다. 여전히 하나의 랑그일 뿐, 말parole은 아닐 수 있다. 글쓰기는 유년기로부터 태어나지만, 거기서 신뢰의 아름다운 순간들이 아니라 사물에 대한 마술적 지배의 꿈을 보존하게 되기도 한다. 가장 진정한 시를 향해 태어나기 위해서는, 바야흐로 사방에서 모호함과 현혹을 싣고 들이닥치는 단어들에 싸여 있대도 신뢰를 "재발명"하겠다는 이 서원을 향해 태어나기 위해서는, 따라서 아직 거기에 있는 어머니가 가히 유익할 것이다. 심지어 그녀 안에서 한편으로는 사랑의 능력이, 다른 한편으로는 집단의 랑그, 내가 세계-이미지라고 명명한 유폐의 힘을 그녀 역시 감내하고 있음이 감지된다는 것조차 유익할 것이다. 사실, 기호의 두 가지 존재 방식 사이에서 어머니가 분열된 것만 같다면, 시를 촉진하는 그녀의 효력은 더욱 클 수밖에 없으리라. 그때 저 이원성은 자가당착이라기보다는 하나의 신비처럼 보일 테니까. 심지어 그 분열이 마비로 밝혀진다면, 단어들의 증여자가 사회의 담화에 겁먹은 나머지 그 담화를 받아들인다면, 그러나 서투르게 받아들인다면, 그리하여 사랑을 불편해한다면, 그럼에도 여전히 사랑하기를 원한다면, 시의 소명은 더욱 확고해질 것이다.

그런데 따지고 보면 랭보 부인의 경우가 거의 그러했고, 이러한 생각은 내가 예전에 그렸던 그녀의 초상화에 현저한 수정을 가한다. 비탈리는 꽉 막힌 주변 사회의 원칙들을 깊이 받아들였으나 거기엔 분명 어떤 긴장이 없지 않았다. 그 사나운 긴장은 그녀 안에 싸움이 있었음을 드러내는바, 어쩌면 그녀의 아들이 『지옥에서 보낸 한 철』 마지막 페이지에서 겪은 싸움만큼이나 격렬했을 것이다.* 랭보 부인, "초원에 너무 꼿꼿하게 서 있는" 부인? 물론 법의 신자다. 그러나 모순도 열기도 없는 신봉자라기보다는 아픈 데를 찔린 회심자에 가까워서, 그 열광, 그 엄격함, 신앙을 확언할 때의 그 과도함은 감춰진 양가성이 있음을, 억눌린 불경함이 있음을 알려준다. 1854년의 저 오후,** 랭보 말마따나 낮은 목소리로 "얘기 나누는" 아이들 앞에 더없이 무뚝뚝한 엄격주의가 번민을 배경으로 깔고 나타나지만, 그전의 계절, 여러 계절 동안에는 그래도 좀더 부드럽고 수용적인 뭔가가 있었다. 그렇지 않았다면 랭보가 "어린 세월"에 그리움을 느꼈겠는가? 신뢰의 순간들을 위해, 그토록 덧없이 지나간 순결한 그 시절로부터 특유의 "신비로운 민감함"을 간직했겠는가?*** 랭보 부인은 한때 순진하고 쉽게 믿는 젊은 비탈리였고, 최악의 순간에도 첫 존재 방식, 그 상냥함의 흔적을 간직하고 있었다. 그녀에게 있었으나 지금은 저 멀리 캄캄한 하늘 속에 있어 "되돌아오려면 별 하나가 다시 만들어지는 것보다 더 오랜 시간이 걸릴" "시혜의 순배"를, 그러나 당장의 슬픔 속에

* "정신의 싸움도 인간들의 전투만큼이나 격렬하다."(『지옥에서 보낸 한 철』, 「고별」)

** 앞 대목에서 「일곱 살의 시인들」의 배경이 되는 시기는 1861년경으로 추정되었다. 1854년은 랭보의 출생년도이다.

*** "그이는 꼭 어린애 같았지요…… 그이의 신비로운 민감함이 저를 사로잡았어요."(『지옥에서 보낸 한 철』, 「섬망 I. 어리석은 처녀—지옥의 남편」)

서도 아들은 여전히 감지하고 있었다. 누가 알겠는가? 어쩌면 이미 한 번, 아르튀르가 막 일곱 살이 되려던 그때에도, 그녀는 허를 찔린 듯 혼란을 느꼈던 것인지도 모른다. 실로 아르튀르와 그의 형은 조급히 법 아래 매몰될 수밖에 없는 어른으로 씨가 여물어가고 있었다. 사실이 그렇다. 하지만 두 조무래기 남성성 앞에서의 조급함, 그것은 그녀 안에 있는 씁쓸하고 창피하고 그럼에도 기이하게 마음을 사로잡는 기억, 그녀가 사랑했으며, 여전히 사랑한다는 기억을 잠재우기 위한 조급함이 아니었을까?

그녀와 남편의 결별에 대해서 우리는 거의 아무것도 모른다. 「일곱 살의 시인들」이 회상하는 시기보다 몇 달 앞서, 굉장히 격한 다툼 뒤에 그렇게 되었다고 알려져 있을 뿐이다. 하지만 그걸 지켜보던 "매우 총명"한 아이가 많은 걸 이해할 수 있었다는 데에는 의심의 여지가 없으며, 또 한 편의 훌륭한 작품 「기억」이 이를 잘 보여준다. 거기에 명확하게 쓰인바, "부인"이 "너무 꼿꼿하게", 꽃들 사이에서 캄캄하고 차갑게 서 있는 것은 남자가 떠나간 다음부터다. 최종의 결별, 실로 그것은 상처 입고 자존심이 상한 비탈리가 남자들이란 통제 불가요 악이라고 못박아 결론 내려야 했던 순간이다. 슬프게도, 필시 그녀가 더 나쁜 생각도 했을 순간이다. 지금 저 만년의 편지를, "그렇게나 애먹이던" 아이들이 랭보 대위와 행복할 수도 있었을 그녀에게 방해가 되었다던 기이한 문장을 떠올려보자면 말이다. 기이한 말이 아닌가, 십 년 후에나 있을 아르튀르의 탈선이 어떻게 신혼 때의 행복을 어지럽혔단 말인가? 아이

때를 문제삼는 거라면, 네다섯 살 난 아이들의 부산스러움이 남편과의 삶에 뭐 그리 큰 영향을 끼칠 수 있었단 말인가? 아니, 아마도 많은 자녀를 두는 것이 이 철새 같은 남편에겐 맞지 않았다는 사실을 그녀가 잊지 않고 있었다고 이해해야 할 것이다. 따라서 그녀는 아이들의 존재를 한스럽게 여겼고, 급기야는 그런 생각을 아이들의 존재 방식들에 대한 이런저런 판단으로 정당화하기에 이르렀던 것이다. 부분적으로 무의식적이었던 이 선고는, 그들이 "사내꼭지"였던 수년 동안 그녀가 보인 엄격함의 원인 중 하나였다. 그 완고한 도덕주의에는 스스로에겐 나무랄 데가 없다고 믿고 싶은 욕망도 숨겨져 있었던 것이다.

많은 요소가 합세하면서 아르튀르 랭보의 유년기 막바지는 그저 통상적인 상황, 재로 덮이는 불씨 같은 것만이 아니게 되었다. 비탈리에게 위기의 순간이 있었고, 그에 응하여 아들에게는 놀라 불안해하는 애정만큼이나 "반감"이 생겨났고, 실로 수수께끼 같은 이 반감을 그는 「일곱 살의 시인들」 첫머리에서 그토록, 지나칠 정도로 소리 높여 표명했다. 혼란에 사로잡힌 여인은 복수심에 차서, 동시에 안전을 기하기 위해 법의 전투부대에 자원해 들어가지만, 그러한 참전을 촉발시킨 실망이 아직은 생생하게 남아 있다. 저 법으로부터 한 줌의 평화가 도래할 것이나, 지나치게 열성적인 찬동의 소용돌이에 휩싸여 있는 지금으로서는 전혀 그럴 기미가 보이지 않는다. 놀란 아들은 사랑하는 엄마에게서 어떤 변화가 일어났음을 확인하며 일종의 당혹감을, 심지어 동요를 느끼는데 이것이 그의 도발을 부추기니, 그 도발들은 과연 실험이고 얼마간은 희망이다. 지금 거짓말을 하는 저 "푸른 시선"은 정말로 그러는 건가, 영원히 그러려는가? 모든 것을 덮어버린 저 메마름은 겉보기야 어떻든 하나의 태도, 하나의 외부가 아닐까, 한낱 빌려온 담화일 뿐 아무것도 아니어서, 진짜 단어 몇 개로 기습하듯 단숨에 흩어버릴 수 있지 않을까? 존재 안에 균열이 감지되는데도 존재 전체를 동원하고자 하는 저 소집령의 신비. 말의 신비.

보다시피 내 가설은, 억압과 긴장의 본보기였던 이 어머니가 랭보에게, 적절한 단어일지는 모르겠지만, 혜택이 되었다는 것이다. 그리하여 우리가 기호를 변화시키자고 결심할 때, 우리는 저 긴장의 길항 요소들에 대해 숙고함으로써 그 활력의 가르침을, 그리고 어쩌면 슬프게도, 맹목적인 격렬함의 가르침을 얻어낼 수 있을 것이다. 랭보 부인의 말은 진정한 사랑의 말과는 판이하게 다르지만, 그럼에도 노예로 태어난 의식의 미적지근함이나 무지함과는 대척점에 있다. 소외시키는 말이지만 이해해볼 거리 또한 많으니, 이러한 유의 말들은 정신의 두 차원에서 일어나는 변증법적 연결을 명확하게 보여주기 때문이다. 이런 목소리들에 귀를 기울이다보면 형이상학적이거나 종교적인 사변들을 향해 나아가게 될 수도 있고, 목적을 자각하건 못 하건 언어의 깊은 곳을 즐겨 두드리는 저 희귀하고도 특별한 감수성이 무르익게 될 수도 있다. 반면 그 목소리들을 너무 자주 캐묻다보면, 그 패러독스에 의아함을 느끼면서도 힘에 매혹되다보면, 그것들의 방식과 그것들의 결여에 갇혀

버리게 될 수도 있다. 그 캄캄한 열렬함에, 그 오만의 섬망증 속에, 사랑에 자리를 내주지 않는 지배 충동에. 정말이지 많은 위험이 랭보를 위협했다.

그러나 이 글을 마치기 위해 나는 그중 가장 해로운 위험이 아니라, 이 영웅적 가계에서 사랑이 무르익지 않았다는 단순한 사실에서 비롯한 한두 가지 위험을 상기하고 싶다. 짐작컨대 모든 아이가, 또 유년을 돌아보는 모든 어른이 열렬하게 바라는 것은, 그 시절에 자기 부모들 역시 열렬한 모습을 하고 있으리라는 것이다. 부모들이 더이상 곁에 없을 때 갖가지 유물을 들여다보는 것은 어머니나 아버지가 사랑했음을, 정말로 사랑했음을 발견하거나 확인하면서 감동하기 위해서다. 무엇을? 하나의 사물이든 하나의 장소든 그들의 어릴 적 고향이든, 그건 별로 중요하지 않다. 마치 자기 실존의 증거가, 자기 존재를 실감할 권리의 증거가 돌아보니 거기 있었다는 듯이. 하물며 어느 순간 어머니에게서 영혼의 메마름을 경험하게 되었다면, 그런 뒤 똑같이 그 부재의 종교의 신봉자가 되는 대신 말을 해방시키고 모두의 운명을 바꿀 정신의 영웅이 되자고 결심하게 되었다면, 늘 혼란스러운 태도를 보이는 그녀에게 강렬함을, 진실을 상기시켜 주자는 꿈을 꾸지 않을 수 없을 것이다. 아직 그녀와 함께 있을 때 그녀의 원래 자질을 되찾아주고 그녀를 자유 상태로 돌려보내주지 못한다면, 다른 무엇을 이룰 수 있겠는가? 그러한 것이 랭보였고, 랭보의 생각이었다. 「고아들의 새해 선물」에서부터 「나쁜 피」 「유년 시절」까지, 너무도 분명하다. 「기억」

뿐만이 아니다. 엄격함과 희망, 꿈과 까다로움이 차례로 빛을 발하다가 단단히 굳어가는 작품의 조직 전체가 그렇다. 그러므로 「첫날밤」에서, 사춘기 소년이 꿈속 애인을 우리에게 보여주면서 그녀가

> 내 커다란 의자에 앉아,
> 반쯤 벌거벗고……

있다고 할 때, 혹은 「사랑의 사막」에서 "여자"가 자기에게 와줘서 무척 감동했는데 "거기가 가족의 집이었다는 것이 큰 이유였다"고 말할 때, 번민의 다른 원인들에 앞서 우리가 알아보아야 하는 것은, 어머니의 승인을 얻어냄으로써 도둑맞은 마음이, 어머니 책임이었던 신뢰 능력의 상실이, 최초의 결여가 있었던 바로 그 장소에서 고쳐지는 것을 보고 싶다는 욕망이다.

하지만 사정이 그렇다면, 얼마나 위험한가! 너무 화해를 바란 나머지, 상대의 과오마저 이해하려 한 나머지, 그 과오를 자기 몫으로 짊어지게 될 것이고, 그러므로 그걸 고칠 수 있으리라는 자기 신뢰를 잃어버리고 말 것이다. 랭보가 어머니가 된다는 것은, 저 스스로가 시편들을 쓰던 시절부터 생각했듯, 단순히 유전에 의해서인가? 아니면 내가 방금 언급한 것, 경직된 목소리들이 일으키는 매혹 때문인가? 둘 못지않게 크게 작용했던 요소는, 자신이 성토하는 모든 면모를 자기 앞으로 달아놓을 필요를 그가 느꼈다는 점이다. 랭보가 「일곱 살의 시인들」에서 거짓말하는 자기 어머니

의 눈에 대해 얘기하면서도 불명확함을 남겨둔 채 "그 푸른 시선"이라고 말하는 반면, 자신의 푸른 눈에 대해서는 시 첫머리에서부터, 그것도 하필 자기가 뭔가를 감추고 있었다고 언급하는 대목에서 자기 것으로 명시하여 말하고 있음을 주목해야 한다. 어머니처럼 자기도 저 "열등 종족"의 "푸르고 흰 눈"*을 지녔다고 지레 믿는 게 아니겠는가? 그가 분하고 고통스럽게 생각하기로, 그리스도의 말을 전혀 이해하지 못했던 그 "나쁜 피"로는 사랑을 할 수 없는 것이다. 그러니 이 진실한 장시를 쓰고 몇 개월 뒤 그가 파리에 도착했을 때 베를린의 젊은 부인 마틸드 모테, 그러니까 한 시인의 아내였던 그녀에게, 그녀의 표현을 빌리자면 그의 눈은 "파랗고 무척 아름답"지만 "음흉한 기색"이 있다는 확신을 불어넣게 되는 것도 어떻게 보면 그럴 만하다. 정신의 재시작을 위해 파리로 갔던 자는 벌써부터 스스로를 의심하며 자기 자신을 비난하고 있었던 것이다. 자신의 미숙함을 동원해가며 그다지 자기 성격도 아닌 이중성을 과시하고 있지 않은가. 과연 카르자É. Carjat의 사진에서는 그 이중성을 밀어내고 진짜 시선, 시인의 시선이 나올 것이다.

그 대신 또하나의 함정에 빠지게 된다. 모든 시작품에 내재된 양면성 때문이지만, 그 양면성이 랭보의 경우 비탈리를 마비시키던 양면성과 얽혀 있어 더욱 악화될 수밖에 없었다. 르불의 고약한

* "나는 골족의 선조들에게서 푸르고 흰 눈, 좁은 두개골, 싸움에서의 서투름을 물려받았다."(『지옥에서 보낸 한 철』, 「나쁜 피」)

시에서 흡사 어머니의 대변자인 양, 아직 요람에 있는 어린애가 타락의 나이 전에 죽기 바라던 "천사"를 기억할 것이다. 그것은 받아들여지지 않은 유혹으로, 비탈리 퀴프의 아들이 그때는 이겨낼 수 있었던 위험으로 그쳤던가? 그런데 좀더 일찍 있었던 또다른 라틴어 작문 시험에서는 그의 잠재적 운명과 너무나도 기이하게 공명하는 주제, 즉 호라티우스의 송가 한 편에서 발췌한 구절을 바탕으로 자신이 시인이라고 꿈꾸어보라는 주제가 주어졌고, 그는 어린 힘을 다하여 시제詩題에 응했는데, 그러한 소명이 자신을 어떤 재난적 유혹에 노출시킬지에 대한 예감도 없지 않았던 것 같다. 로마 시인은 신들에게 선택된 아이가 비둘기 몇 마리로부터 월계수와 도금양 가지를 받는다고만 말하는 대목에서, 랭보는 충분히 감미로운 이 비둘기 사자使者들에 이어 남성성과 성년기의 상징인 포이부스 아폴론을 몸소 나타나게 하고, 그런 다음엔 "모든 뮤즈들"을 등장시켜 아이를 "부드러운 팔"에 안아 어르게 하니 말이다, 마치 아이가 아직 요람에 있다는 듯이…… 슬프다, 엄마의 사랑이 너무 고픈 이에게는 말을 개혁한다는, 말에서 불순함을 벗겨낸다는 영웅적 기획이 애매한 유혹들로 치장될 위험이 있다. 쉽게 이해할 수 있듯이, 시에는 무의식의 지분이 있는 만큼, 다른 이들이 사용하는 랑그의 폐쇄회로를 규탄하는 단어들마저도 시작품을 사사로운 랑그로 만들어 그 안에 갇히게 할 수 있다. 또한 그때를 틈타서 시작품의 관용어법에는 보다 고급한 자질이 있다고 꿈꾸고, 그것이 가난한 랑그들 사이에서 신들의 언어를 반영해 보인다고 상상할 수도 있다. 요컨대 미래와 모두의 구원을 아무리 각별하게 염려한대도, 스스로를 일종의 천사로 느낄 위험이 있는 것이다. 그런데 그것은, 어머니와 가장 친밀하고 신뢰어린 관계를 맺었던 바로 그 몇 년 동안에 어머니가 바라던 것이 아닌가? 아이가 천사이기를, 혹은 천사가 되기를. 그러니 이 몽상, 무의식적인 결심을 통해 기획으로 전환될 수 있는 이 몽상 속에는, 그녀와 화해할 수단이 있는 게 아닌가? 어머니의 화가 돋아나는 바로 그 순간 진정시킬 수 있을 터. 후에는, 어머니가 유발한 이 천사병의 연장선상에서 악천사, 타락 천사, 기대를 배반하는 천사가 되어 보임으로써, 여전히 자신을 꺾고 이기는 그녀에게 복수를 할 수도 있을 것이다. 천사는 물질적 조건에서 완전히 벗어나 있는 존재라고 여겨질 때, 바로 그 기대를 배반하려는 천사는 비속해지기까지 한다. 『젠장 앨범』의 「저주받은 아기 천사」를 떠올려보라! 비탈리에게 충격을 줄 만한 단어들로 표현된 아기 천사, 아르튀르가 짊어진 운명의 극히 양면적인 성격이 그와 같다.

천사라는 멍에가 자살 의향을 부추기는 한편 더없이 높은 뜻을 걸머지웠다는 것, 그 증거는 이 사춘기 소년이 「천사와 아이」에서, 문제로 주어진 도착倒錯적인 주제에 따라 라틴어 시구를 지어내야 했을 때 원래의 내용에 가한 다양한 변형들이다. 이러한 작문 시험에서는 문법을 신경쓰느라 정신이 없는 상태에서 빠른 시간 내에 작성해야 한다는 압박이 심리적 자동기술을 위한 이상적인 장을 만들어내는 만큼, 이 짤막한 작문을 약간이나마 주의깊게 검토해볼 필요가 있다. 가장 먼저 눈길을 끄는 것은 몇 줄의 내용이 덧붙여졌다는 것인데, 이 시행들에서는 죽음이 기원되는 아이와 랭보 자신이 얼마나 구체적으로, 실존적으로 동일시되는지가 드러난다. 이후 몇 달 안에 쓰일 「고아들의 새해 선물」의 무대 배경과 극적 상황이 벌써부터 나타나 있기 때문이다. 매우 추상적인 르불의 텍스트에 등장하는 의식 없는 아기 대신에, 여기서 묘사되는 것은 자기에게 어머니가 있음을 이미 아는 아이, 그녀가 자기에게 줄 선물을 꿈꾸는 아이이다. 내가 그 선물에서 처음 몇 년간의 어린 시절을, 나중에 「젊은 시절」에서 언급될 "탕진해야 할 보물"을 알아본다는 것이 놀랍지는 않으리라. 다음으로 랭보는 「일곱 살의 시인들」에서 강렬하게 표명될 염려를, 사람들은 솔직하지 않고 사물들의 외양은 거짓을 말한다는 강박적인 생각을 정확하게 표현하고 있다. 라틴어 시구를 내가 다시 번역해보면, "여기 지상에서는 아무도 믿을 수 없다…… 꽃냄새에서조차 뭔가 씁쓸한 것이 올라온다". 르불이 "불쌍한 어머니여, 네 아들은 죽었다"라고 쓴 마지막 대목에 이르러, 랭보는 더없이 묘한 여덟 줄의 시행을 만들어낸다. 아름다운 기억 하나와 더불어 위태로운 열망들이 지나간다. 아이 생각에 눈물을 흘리는 어머니가 보인다. 그러고 나서 아이가 "흰 눈 같은 날개를 달고" 어머니의 꿈에 나타난다. 어머니는 "그의 미소에 미소 짓고", 아들은 "엄마의 입술에 신성한 자기 입술을 맞춘다". 아름다운 기억, 확실히 「제4목가」의 기억이다. 베르길리우스의 시에도 마지막 시행들에서 빛나던 이 미소가 있으니 말이다. 요람의 아이가 미소 짓는 어머니를 알아보고 마주 짓는 미소, 자기에게 주어지는 애정을 그처럼 알아볼 수 있다는 사실로부터 아이가 강력한 신뢰를 길어내는 미소, 일단 자기 자신에 대한 것이되 또한 삶에 대한 것이기도 한 그 신뢰 덕분에 후일 아이는 신들의 원탁에, 더해서는 여신들의 침대에 다가갈 수 있을 것이다. 그때 하나의 미소는 곧 출산이다. 그럼에도 베르길리우스의 작품에서 주고받는 사랑은 마냥 순수하여, 애매한 성적 뉘앙스는 전혀 실려 있지 않다는 점을 주목해야 한다.

그런데 랭보에게선 어떤가! 성숙을 가로막는, 운명을 거스르는 저 교류가 그의 감수성을 깨우는 동시에 짓밟는 지금, 천사의 꿈을 만들어내는 동시에 변질시키는 것, 역설적이게도 사뭇 관능적이고 엄연히 지상적인 그 동기가 무엇인지 우리는 보게 된다. 또한 「어리석은 처녀」와 베를렌의 시 「사랑의 죄」가 증언하듯, 랭보가 "삶을 바꿔야 한다"고, 우선 자기 삶부터 바꿔야 한다고 마음먹을 때마다 천사의 꿈에 따라야 한다는 생각이 어째서 현기증처럼 그를 사로잡는지를 보게 된다. 반항이 나타난 곳, 반항이 자라난 바로 그 자리에, 노스탤지어가 있다. 「첫영성체」나 「잔마리의 손」, 1872년에 쓰인 훌륭한 진실의 시들을 밀어내고, 『일뤼미나시옹』의 몇몇 시편이 수면水面 아래로 잠겨들면서 멀리 반짝이는 보물들을 덧없이 껴안는다…… 의심치 말자. 어머니와의 관계, 가장 내밀하고 모호한 바로 그 관계에서부터 말의 필요만큼이나 자유의 포기가, 꿈에 지나지 않는 단어들이, 무언증의 미래가 랭보의 운명 속에 조금씩 자라나고 있었다.

꽃에 대해 시인에게 하는 말

1976

테오도르 드 방빌이 1871년 8월에 익명의 인물에게서 우편으로 받은 한 시를 〈현대 파르나스〉에 출판했더라면, 늙어가던 파르나스 시인들과 이미 그들보다 베를렌을 좋아하거나 말라르메를 발견하는 중이었던 젊은 인사들은 완전히 낯선 생각 하나를 마주하게 되었으리라. 시에 대한 생각이 어떻든 간에, 시를 우러러보고 그것을 가장 고귀한 가치로 받든다는 점에서는 그들 모두 일치를 보고 있었다. 그런데 「꽃에 대해 시인에게 하는 말」 아래에 나오는 이름, 저 알시드 바바Alcide Bava는 시를 공격하고 그것이 거짓이라 말하면서, 대놓고 시를 진창 속으로 끌고 들어간다.

어떻게 그걸 의심할 수 있을까? 오랜 시간이 지나 이 시가 이리저리 공들여 출판되고 갖가지 방식으로 연구된 지금에는, 거기서 고발되는 것이 다만 시에 그것이 차지해야 할 진정한 자리를 내주지 않는 현대의 삶이라고 강변되기도 한다. 이 시에서 시인들을 공격하는 이상하고 난폭한 목소리는 상업과 과학으로 시인들로부터 승리를 거둔 부르주아를 표현할 뿐이고, 표현되는 만큼이나 실은 패러디되는 이 새로운 인간이야말로 알시드 바바의 진정한 적이라는 것이다. 하지만 그러한 독해는 근저에 깔려 있는 명백한 사실들과 어긋난다. 그가 부르주아의 표상이라 해도, 이 재빠르고도 끈질긴 시절詩節들로 말하는 자에게는 그토록 넘치는 격정이, 날카롭기 그지없는 새로운 시각이, 한마디로 이제까지 미처 알려지지 않은 서정에 속하지만 그처럼 풍부한 시적 성격이 있어, 그 역시 한 명의 시인, 그저 패러디된 인물이 아니라 시를 놓고 다른 시인들을 비판할 권리를 지닌 시인으로 보아야 할 것이다. 더 나아가, 「꽃에 대해 시인에게 하는 말」에서 이루어지는 것은 막판 뒤집기 재판이 아니다. 그런 경우라면 피고인이 마지막에 결백한 것으로 밝혀져 고발인을 도리어 고발할 텐데, 이 시는 전혀 그렇지 않다. 비난은 가장 구체적인 것을, 그러므로 시 창작에서 가장 어렵고 가장 은밀한 것을 향하며, 너무도 강력하고 타당한 방식으로 이루어지는 이 비난에 우리는 급기야 뒤흔들리고 만다.

우선 꽃에 대해, 그리고 꽃에 대해 시인들이 말할 수 있는 것에 대해 말하는 자는 이미 시인들이 하는 일의 본질에 가까이 가 있다. 주목하자. 이는 그로부터 얼마 전 〈현대 파르나스〉에서 또 한 명의 새로운 시인인 젊은 스테판 말라르메가 생각하고 들려준 것이기도 하다. 이 잡지의 첫 묶음집, 오랫동안 후속 호가 나오지 않아 단권으로 남아 있었던 1866년호에 실린 말라르메의 여러 작품 중에서, 마침 「꽃들」이라는 제목을 단 시를 알시드 바바는 읽을 수 있었다. 말라르메 역시 혁신자로서, 그 자신 예기치 못했던 게 분명한 그 몇 해 동안 이전에도 이후에도 비근한 예가 없는 열정과 야심으로 시의 기획을 재정비하고 있었으나, 알시드 바바는 거기에도 시의 '영원한 철학philosophia perennis'이라 할 생각 하나가 자리잡고 있음을 발견할 수 있었다. 그 유구한 내력을 따라 또 한번 말라르메가 표명하는바, 미를 유용함과 구분해야 하며, 미를 더 중시해야 한다는 것이다. 그리고 이 세상에 속한 그 어떤 것보다도 우월한 현실 하나가 미 속에 드러나고 있음을 느껴야 하며, 우리 중 이를 알지 못하는 자들 곁에서 미의 사자使者가 되어야 한다는 것이다. 꽃은 저 결여된 절대의 한 단편, 혹은 그 흔적으로 남아 있는 이 세상의 모든 것에 대한 적절한 상징이며, 꽃에게 예찬을 바치는 것도 바로 그 때문이다. 왜냐면 꽃들은 존재라기보다는 형식이며 그러므로 본질, 지각세계의 허무 속에 발가벗겨져 있는 듯한 본질이기 때문이다. 거기엔 의심의 여지가 없다고 말라르메는 말하며, 바로 이 지점에서 그의 열의가 뜨거워진다. 한 시인이 상상의 비약 속에서 혹은 정념의 혼돈 속에서 미를 발견한다 해도, 혹은 단순하고도 훌륭한 행동들을 지켜나감으로써 자기 삶 한복판에 미를 합치시켰다고 생각한다 해도, 그리하여 분열된 순간들에 시간과 경험과 이러저러한 운명으로 현현하는 하나의 삶이 미와 연결된다고 믿을 수 있게 된다 해도, 그가 미를 태어나게 하는 것은 여전히 단어들을 통해서이고 글쓰기의 응집 속에서이며, 즉 생산되는 순간 비시간적인 것이 되는 형식 안에서이므로, 따라서 시인이 떠맡아야 할 것, 시의 무한한 의미작용을 통해 꾀해야 하는 것은 곧 모든 존재에 대한 부인이며, 우연성의 길에 대한 거부다. 작업으로서의 시, 작업의 생산물으로서의 시는 유한성이라는 것을 모른다. 그렇다면 차라리 시의 기반이 되는 이지理智에 전념하면서 그에 힘입어 필멸의 시간 바깥에 순수 개념의 학문 하나를 희미하게나마 그려보고자 하는 편이 낫다. 말라르메의 시에서 "모든 꽃다발에" 분명히 부재하는 꽃들*은 첫째로는 시의 양면성에 대한 환기요, 둘째로는 하나의 정신적 고양으로 간주되는 시의 실천 속에서 내디뎌야 할 새로운 걸음의 지시다.

알시드 바바의 차례가 되어 그가 꽃들을 해석할 때도 마찬가지다. 단 말라르메와 달리 그는 저 본질의 연금술에 가치를 부여하지 않으며, 또 가장 아름다운 꽃들조차, 아니 가장 아름다운 꽃들이야말로 거짓말의 계기에 불과하다고 주장한다. 그가 거부하는 것은 어떤 절대에 대한 꿈이라기보다는 시가 거기에 접근한다고 주장하는 방식이다. 말라르메에게서 시는 "백합들의 흐느끼는 백색"에 대해 말한다.** 좋다. 그럼에도 가히 꺼림칙한 사실은 케르

* 말라르메가 르네 길의 『언어론』에 붙인 서문에 나오는 표현이다. "내가 '꽃!'이라고 말하면, 내 목소리에 따라 여하한 윤곽도 남김없이 사라지는 망각의 밖에서, 모든 꽃다발에 부재하는 꽃송이가, 알려진 꽃송이들과는 다른 어떤 것으로, 음악적으로, 관념 그 자체가 되어 그윽하게, 솟아오른다."(스테판 말라르메, 『시집』, 황현산 옮김, 문학과지성사, 2006, 23쪽)

** 말라르메의 「꽃들」에 나오는 구절이다. "그리고 당신은 백합들의 흐느끼는 백색

드렐이라는 어느 선생이 백합을 노래하는 게 그가 급진 왕당파이기 때문, 또한 급진 왕당파로 처신하는 것이 물질적으로 그에게 크게 이득이기 때문이라는 점, 마찬가지로 어떤 각운쟁이가 그 꽃에 관심을 가지는 건 툴루즈 플로라 백일장에서 백합으로 상징되는 보상을 바라기 때문일 뿐이라는 점이며, 이를 그가 의식하건 말건 별로 중요하지 않다. 지각세계의 범람 속에서 이러저러한 순간적 양상을 추출하는 자에게는 응당 그럴 만한 이유가 있고, 그러니 그가 무슨 신비 경험이나 학문을 한다고 자부해봤자 은밀한 차원에서는 언제나 모종의 개인적 필요에 의해, 전적으로 이 세계의 것인 정념에 의해 결정된 채일 수밖에 없다. "이렇듯" 고발자는 다짜고짜 외친다.

> 이렇듯, 매양, 황옥黃玉의 바다
> 출렁이는 검은 창공을 향해
> 백합들, 이 황홀의 관장기灌腸器들이
> 그대의 밤에 작동하리라.

신랄한 비평이 이어진다. 백합들은 "보이지도 않는다". 우리의 정원과 초원이 있다고는 해도, 거기엔 주관적이고 추상적인 관념뿐, 야바위꾼의 손놀림이 훌륭한 기교를 사용하여 오래전부터 시

을 만들었으니 / 한숨의 바다 위를 스치듯 굴러가며 / 희미한 지평선의 파란 향 연기 가로질러 / 눈물 젖은 달을 향해 꿈꾸듯 올라가네!"(같은 책, 60쪽)

의 소맷부리에, 즉 알렉상드랭에 쑤셔넣어온 것 역시 백합의 환영에 지나지 않는다. 눈속임을 찬미하다니 그 무슨 협잡인가! 게다가 우리 시대에 와선 더더욱 용인될 수 없는 일이 아닌가! 학문—여기서는 수학, 화학 등 가장 통상적인 의미의 과학을 의미한다—이 모든 것을 분석하고 변형할 수 있게 해주는 시대에, 다른 것들과 마찬가지로 식물들도 노동에 착수시켜 상징적 사고를 실천으로 바꾸어가는 이 현대에, 비판적 사고에 힘입어 군주의 주장과 사제의 특권을 규탄할 수 있게 된 이때에, 아직도 상징을 조작해가며 앎이 아닌 이득만 찾고 있는 말이라니! 그러나 이제 주창하자. 보편적인 것, 가장 사심 없는 차원의 정신적 경험이라고 여겨지는 것, 하나의 발언이라고, 더해서는 하나의 메시지라고 자처하며 심지어 스스로 그렇다고 믿기도 하는 것이 실은 빈 관념체계일 따름이며, 서글프도록 범속한 탐욕으로 인해 스스로의 비非존재 안에 살뜰하게 갇혀 있는 겉치레의 그물망일 따름이라고. 때로는 풍요롭지만, 어쨌든 제각각의 목적을 품고 있어서 타인이 바랄 만한 것에 대해서는 진정한 관심이 없고 타인의 존재권과 발언권을 인정할 줄도 모르는 언어라고.

마르크스와 동시대에 위치하며 프로이트를 예고하는, 이 규탄이 지닌 진실성을 우리는 감지한다. 또한 가장 위대한 작품들도, 예를 들어 필시 이 시에 계기를 제공했을 말라르메의 작품도 이 규탄의 표적이 될 수 있음을 감지한다. 언뜻 보기에는 말라르메의 시학보다 더 무사무욕한 것도 없다. 그의 산문 「행동 제한」에서 표명되듯, 글 쓰는 자는 "아무개"로서의 자신을 부인하고 이 세계의 야심을 등져야 한다는 것이 그 전제조건이기 때문이다. 또한 그것이야말로 개체성이 가장 덜한 시학이라고도 생각될 수 있다. 말라르메가 단언하듯, 예술의 소산인만큼 학문의 소산이기도 한 그 같은 글쓰기 속에서 "꽃들"은 사사로울 뿐인 욕망을 투사하기 위해 선택된 현실이 아니라 지각 경험의 다양성으로부터, 즉 "대응하는 양상들"*로 나타나는 우주의 다양한 결합 일체로부터 추출할 수 있는 본질에 대한 은유이기 때문이며, 바로 그렇기 때문에 글쓰기란 한 가닥의 이지를 충분히 광대하게 펼쳐냄으로써 저자를 폐지된 우연 속 미미하기만 한 자리에 재설정하는 일이 될 것이기 때문이다. 하지만 여기서 심리비평가의 말을 들어보자. 아니, 선택이 있었잖은가! 이 시인은 꽃들의 기능을 과장하여 세계의 모든 것으로 일반화시키고, 다른 무엇보다도 꽃들에 대해 말하기를 고집하며, 그중에서도 가령 백합이나 대표적인 붓꽃 등 몇몇 꽃을 붙들고 늘어진다. 작가가 자기 부근의 세계를 얼마간 넓혀놓을 수 있다 해도 사실 그의 관점이란 불완전할뿐더러, 그 모든 것은 일종의 연극, 즉 심리적 갈등 요소들의 충돌이 재현되고 그 해소가 모색되는 장場을 위해 있을 뿐이며 꽃들, 특히 백합은 거기에 동원되는 상징 중 하나에 지나지 않는다. 그다음, 거짓말의 관점에서 볼 때나 그에 따르는 빈곤화의 관점에서 볼 때나, 소위 아름다움을 이유로 취

* 말라르메가 유일무이할 "작품"에 대한 자신의 기획을 설명하며 사용한 표현이다. "인간의 학문을 통해, 우주 전체 속에서 대응하는 양상들을 되찾은 미……"(외젠 르페뷔르에게 보낸 1867년 5월 27일 편지)

해진 꽃이 너무 일찍 죽은 어린 누이를 의미하건 케르드렐 선생 식으로 더 평범한 탐욕을 의미하건 큰 차이는 없다. 그도 그럴 것이 어느 경우에건, 삶 속에서는 물론이요 좀더 높은 것이기를 원했던 저 앎 속에서도 변질이 일어나고 말 것이기 때문이다. 말라르메는 장면을 만들어내야 한다는 욕망에 전념한 나머지 소위 "순수 개념" 속 꽃들로부터 이 연극에 적합한 것만을 취하는데, 이로써 꽃들의 본성은 침해되고 그것들의 현존재는 폐지된다, 우리에게 공통의 준거점이 되어줄 수 있는 것은 이 현존재뿐인데도. 그리하여 소통은 단절되고, 현존은 중지된다. 공동체가 모색되던 곳에서 각자는 자신의 고독으로 되돌아오고, 고독 속에서 의미는 흩어진다. 더 높은 곳에 머무를 것, 하지만 이로써 더 개관적概觀的이고 총괄적인 조망을 견지하게 되니, 어떤 말라르메를 지배하는 이 은밀한 관심은 더욱 파괴적인 것이 되고 말리라.

확실히, 이러한 비판에는 일리가 있다…… 하지만 그걸 밀고 나가다보면, 우리 역시 벌써 멀리까지 밀고 왔다고 할 수 있는바, 그 비판이 부당하다고 느껴지기도 한다. 프로파간다, 지나치게 내세워지는 덕목, 거의 언제나 거짓말과 다름없는 범속성, 그것들을 나름의 관점에서 비판하기, 그야 좋다. 하지만 말라르메를, 그가 정신적 삶 깊은 곳에서 욕망을 느끼고 있다는 이유로 질책할 수 있는가? 욕망은 모든 존재의 숙명이며, 따라서 보편을 자처한다면 그것을 받아들일 수밖에 없는데도 말이다. 자기를 이끄는 동기를 인정하지 못하고, 시 쓰기에서 우연을 줄일 수 없다는 사실도 받아들이지 못하니—말라르메는 후에, 그러나 너무 늦게 그리하게 될 것이다—그는 분명 진실을 놓치고 있으며, 또한 커다란 교류가 가능한데도 그 기회를 축소시키고 있는 셈이다. 하지만 이로써 말라르메는 감각과 몽상을 위한 공간 하나를 만들어내기에 이르렀으니, 거기서 그를 제외한 다른 이들은 긴장을 조금 풀어놓을 수 있을 것이고, 요컨대 보다 낫게 살 수 있을 것이다. 오늘날 그 누가 한차례 솟구친 생각으로 하나의 진실과 하나의 정주지를 만들어내겠다 하겠는가? 꽃에 대해 시인이 질책당하는 것은 따지고 보면 언어로 인해 우리가 처하게 된 분열 상황—신학자들은 전락이라고 말하리라—일 뿐이니, 언어는 일반을 생각하지만 우리는 개별적 삶에 매여 있는 까닭이다. 또한 이 비평은 숭고를, 보편을 향한 노력을 간과하는데, 이는 큰 잘못이다. 가장 위대한 몇몇에게서 정직하게 이루어진 그러한 노력은 모든 시적 글쓰기가 지녔다고 할 수밖에 없는 이상주의에 어쨌거나 실제적인 의미를 부여하며, 진실과 교류의 내용 또한 마련해준다.

부당함의 증거라면 「꽃에 대해 시인에게 하는 말」이라는 이 시에서부터도 찾아볼 수 있다. 물론 이 시는 꿈꾸기만 하는 대신 우리에게 말을 걸면서 진심으로 교류를 원하는 어떤 존재의 목소리를 낸다지만, 그 역시 여러 차원에서 어쨌거나 하나의 텍스트인바, 따라서 원한다면 우리는 이 시에도 혐의를 두고 그 유죄를 입증할 수 있다. 반복해서 말하건대 이 기각 사유서의 진정성을, 이런 표현이 더 낫다면 그 에너지와 폭을 의심할 수는 없다. 단순한 고발에서 출발한 이 크나큰 거부는 벼락처럼 내달려 착오가 만들어낸 이차적 양상들을 꿰뚫고 가며, 이는 그 스캔들이 진정으로 깊이 느껴진 것임을 보여준다. "매양 프랑스적인 식물들"이라고, 알시드 바바는 쓴다. 도저히 흉내낼 수 없는 이 고찰은, 단어들 속의 이상화理想化로 야기된 궁핍함이 얼마만한 숨막힘(아닌 게 아니라 시골에서 유발되는 것과 비슷한 숨막힘)으로 체험되었는지를 여기서도 번개처럼 드러내거니와, 사물들이, 모든 사물이 그 "황혼녘" 속에서는 변두리 남새밭의 "퉁명스러운, 폐병을 앓는" 채소 처지를 벗어나지 못한다는 것이다. 이렇게 번개는 의식의 가장 캄캄한 구석들에 빛을 던지고, 같은 작업에 지성으로만 매달리는 자라면 분명 지나치고 말았을 것들을 환히 밝힌다. "바닷새 똥", 한 방울 "양초의 눈물", 문학적으로 이름할 수 없지만 그렇기 때문에 상징의 가장假裝을 아예 벗어나는 현실들을.

다른 한편 이 단순한 논리는 동일한 방식으로, 그러나 무지막지하게 난폭한 활기를 띠고 내달리면서 너무 자명하게 너무 직접적으로 유용한 나머지 누구도 그 유용성을 부정하거나 거기 다른 욕구가 깃들 수 있다고 생각하지 않았던 것, 곧 날것의 양식糧食에 새로운 가치를 부여한다. 일종의 "유물론"적 초석이라 할 이 원초적인 양식은 이로써 거짓말의 혐의로부터 벗어나고, 그 무더기는 도래할 강력함에 무게를 더할 것이다. 「꽃에 대해 시인에게 하는 말」에 나타나는 것이 단순한 시적 가치의 전복이라고 여겨지기도 했는데, 이 시에서는 꽃의 아름다움이 선사하는 황홀함과 대칭을 이룬다는 듯이 식물에서 분비되는 고무가 더 낫다고 판정되고, 관조보다 과학이, 오래된 영적 서정주의보다 달러와 광고와 상품 거래가 낫다고 판정되기 때문이다. 하지만 응축적인 나머지 분출하는 듯한 이 시의 결말부에 가까이 갈수록, 이 "유용성"이 환상으로 변해간다는 사실 또한 주목해야 한다. 신화 없는 새로운 환상, 고열로 불태워버리는 순수 강도의 환상, 언어에 앞서 불길로 먼저 감침질된 환상. 단순한 물질적 재화의 축적과는 전혀 다른 것으로 나타날 어떤 중심에 다가가면서 모든 시선과 모든 가치가, 새로운 가치마저 해체되는 듯하다.

> 찾아라, 실성한 초원의 청색 위
> 은빛 솜털이 몸을 떠는 곳에서
> 불의 알들로 가득찬 꽃받침들,
> 향유 속에 구워진다!
>
> 찾아라 목화 엉겅퀴를,
> 잉걸불 같은 눈目을 한 당나귀 열 마리가
> 그 솜뭉치에서 실 뽑는 노동을 할지니!
> 찾아라, 의자가 될 꽃들을!

"창백한 사냥꾼"에게 내려진 새로운 정신의 명령이다. 유용성은 단순히 논쟁을 야기하기 위한 가치였을 뿐 그 또한 지워져야 하며, 한낱 거짓말에 지나지 않았던 아름다움과 함께 어떤 현실의 도래 속에서 침몰할 것이니, 그 도래는 그것을 형용하고자 애쓰는 모든 말보다 백만 배 더 농후할 것이다.

이 시에서 이루어지는 진정한 가치 전복은, 아름다움에서 유용함으로가 아니라, 본질essence—옛 시의 명망 높은 수단이었으나 검증될 수 없는 것이기에 거짓말로 한없이 조작 가능한 것—에서 사물들의 실질substance로, 이지를 넘어서며 그럼으로써 하나의 도그마에 바쳐지는 인간적 교류가 일절 틈입하지 못하도록 밀어내는 저 사물들의 두께에 대한 직관으로 옮겨간다는 데 있다. 언어를 넘어서는 사물의 초월성이야말로 "검은 창공"이라 일컬어야 할 것, 너무도 깊어서 거기 던져지는 지성의 모든 가설이 캄캄해지는 진실의 우물이다. 계속해서 논리적이고도 정력적으로 알시드 바바는 변형 및 변모의 작업을 제안하는데, 아직 시에서는 미지의 것이지만 어쨌든 과학의 소심한 행보를 벗어나게 해줄 작업이다. 물론 상세한 지식과 그 실제적 활용은 세계의 얼굴에서 낡은 상징적 접근을 씻어내는 데 유효하다. 하지만 그렇게 해서 "플로리다주"나 "보아뱀들"이 스베덴보리풍 낭만주의의 "노르웨이"를 대신하여 지리적 정확성을 기한들, 이 모든 형상을 넘어 저 너머로 가는 진정한 투시적 돌파가 없다면 그게 무슨 소용인가? 정신의 "덧창"은 여전히 닫혀 있을 테고, 여전히 본질의 그물망이 펼쳐져 있을 테고, 딴은 정확한 지리야 "시적 고물" 속에도 있었으니 기나긴 "보아뱀" 무리를 이룬 "12음절 시구"의 비호자들, 저 파르나스 시인들과 다를 게 없고, 그런 것이야 르콩트 드릴 이래 신물나게 봐오지 않았던가…… 서정의 눈속임만큼이나 과학 역시 넘어서서, 우리가 사용하는 모든 개념 속에서 일어나는 결정結晶작용을 해체해야 하는바, 그 결정작용을 통해 단어가 존재로부터 분리되어 랑그 속에 확립되고, 이로써 랑그를 굳은 것으로 만들어 집단의 발명 작업을 저해하기 때문이다. 부정의 작업이 우선 필요하고 또 언제나 필요할 것이니, 말parole을 해방시키기 위해서다.

그리하여 알시드 바바의 말과 함께 나타난 것, 이 새로운 생각의 궁극적 가치를 이루는 것, 그것은 희망과 다름없다. 무역이나 산업 기술에 대한 옹호 따위가 아니다. 가장 단순한 명명 행위까지도 끝없이 스스로 비판하는 이 관대한 작업을 통해, 사회는 마침내 존재들의 합일체가 되고, 거기서 그들 각각의 필요가 더 온전하게 토로되고 다른 필요와 어울리면서 또한 정화되어 진정한 삶으로 채워지게 될 것이라는 희망이다. 본질—그 자체 환상에 지나지 않으면서 실제적으로는 온갖 인색함과 공모하는 본질—을 끊임없이 다시 해체함으로써 은밀한 상징화의 놀음에 빠져 있는 우리의 악습이 근절되어 허울 좋은 이상주의로부터 더 구체적인 이익을 향해 갈 수 있다면, 기표 아래 기의의 미끄러짐이 중단된다면, 가령 지방 부르주아들이 사회적 성공의 진열대로만 삼는 저 키오스크 음악회가 사라진다면, 이 움직임 속에서 위고와 미슐레 등이 꿈꾸던 인류가 창건될 수도 있으리라. 「꽃에 대해 시인에게 하는 말」에서는 과연 무진장한 수액이 흘러나와 채취되고 변모되며 또 판매되기까지 하지만, 이 시의 존재론적 기반은 날것인 물질세계, 즉 물질주의적 색채를 띠는 자연에 대한 새로운 생각이 아니라 사회의 장래다. 이 "언제까지나 더" "언제까지나 다르게"의 시학에서 기호signe는 더이상 단어에서 개념을 향해 가지 않고, 매양 굳어 있는 나머지 사물을 놓치고 마는 관계에 머무르지 않는다. 여기서 단어는 한 인간의 부름에서 다른 이의 응답을 향해 가며, 다른 이는 그것을 듣는 동시에 변모시키고 그 의미를 확장시켜 세계를 더 가깝게 만든다. 그것은 언약의 표징signe d'alliance이며, 시 첫마디에서부터, 미완의 상태로 주어져 있어 우리가 마저 완성해야 하는 은유들의 범람 속에서, 절뚝거리는 가운데서도 이어지는 저 리듬 속에서, 분노를 감칠질하는 저 웃음 속에서 우리가 예감하는 것도 바로 그것이다.

요컨대 여봐란듯 내보이는 이 괴짜 행세, 요란하게 얼룩덜룩한 이 외투는 광기 아니면 적어도 고독의 소산이라 생각되기 쉽지만, 실은 다른 무엇이기에 앞서 무릅쓴 위험의 소산이며 관대하게 냉큼 받아들인 불완전성의 소산으로서, 더 자유롭고 느슨한 교류를 만들어내기 위한 것이다. 확실히 하나의 "새로운 노동"이며, 무엇보다도 새로운 정직함이다. 그럼에도 앞서 언급한 논지로 돌아가 이 신념을 뒤흔들어보고자 한다면, 더없이 격한 이 주장도 그것이 규탄하는 바를 이미 품고 있음을, 케르드렐 선생은 아니더라도 최소한 말라르메나 여타 이상주의 시인에게서 일어나는 유의 미끄러짐이 여기서도 일어나고 있음을 밝혀내기란 어렵지 않을 것이다. 가령 저 "노동"에의 강박을 생각해볼 수 있다. 본질과 이지의 범주를 끌어내리려는 셈이니, 알시드 바바가 인간 활동 속에서 노동의 차원을 가리켜 보이려고 고무며 송진이며 온갖 수액을 한참 동안 거론하는 데에는 이유가 없지도 않다. 수액은 그것을 짜낼 때면 외면상의 형태를 일체 넘어선 저편 밑바닥으로부터 솟아나는 것만 같기 때문이다. 이 은유가 기본이 되고, 여기에 광맥이라든지, 광맥을 파헤치는 모험가라든지, 식민자들이 씨 뿌리는 먼 땅 등의 발상이 더해진다. 하지만 이상하다, 시의 전개가 보여주듯 여기서 모색되는 사고는 존재론적인데도, 이 모든 침투며 개척 활동은 외부 자연에 국한되어 있다. 정신을 지배하는 이상주의의 왕국을 깨뜨려야 할 이 위대한 기획은 어째서 물질에 대한 실천 이외의 실천들에 대해 전혀 고찰하지 않는가? 다른 수액들, 즉 땀과 피가 있지 않은가, 그것들이야말로 이미 인간의 꿈과 거짓말에 더 특유한 수액, 따라서 진정한 말이 길을 내야 할 곳에서 대면해야 할 수액이 아닌가? 달리 말해, 새로운 습속과 새로운 남녀 관계를 발명해야 하지 않겠는가, "사랑의 놀라운 변혁"*을 완수해야 하지 않겠는가? 새로운 정신의 주인공이 "영매"로 인정되었다고는 해도, 시 마지막까지 상인과 식민자의 이미지에 붙들려 있다는 사실, 이는 그가 과격한 단언을 하는 중에도 마음 쓰고 있는 진짜 대상을 말하는 일에서는 소심하다는 것을 보여주지 않는가? 이 소심함이야말로, 채 털어놓지 못한 동기가 알시드 바바를, 또 필경 아르튀르 랭보를 얽어매고 있음을 보여주지 않는가?

* 『일뤼미나시옹』, 「콩트」.

게다가 저 수액의 유출, 광맥과 지층으로의 저 침입이 흩어놓되 해체하지는 않는 상징체계에 틀림없이 성적인 의미가 있음을 어찌 몰라볼 수 있겠는가? 이로부터 결론지어야 할 사실은 텍스트의 표면 아래서 저 "식물들"이란 인간들, 새로운 시인이 만나고 대면하자고 마음먹는 이들이라는 점, 또한 시인은 그들의 태도를 규탄하고 그들의 가면을 벗기고 그들을 몰아붙이지만 무척 난폭하게, 달리 말하면 무척 소심하게 그렇게 한다는 점이다. 가령 그에게서 격렬한 분노를 불러일으킨 저 꽃들은, 문학에서—심지어 말라르메의 작품에서—뿐만 아니라 꽃을 원형 중 하나로 간직하는 무의식 깊은 곳에서도 흔히 그렇듯, 소녀들이 아닌가? 하나의 의혹이 우리 안에 생겨나는바, 이 시가 던지는 의혹들과 같은 정신에서지만 이번에는 저자를 겨냥한다. 그가 닫힌 언어를 비판하고 보편의 독백을 깨부수는 일에 나섰던 것은 단지 그 꿈이 자기와 소녀들 사이를 가로막는 지나치게 코드화되고 지나치게 검열되는 관계에 대한 모종의 통음난무적 극복을 은밀하게 속삭였기 때문이라는 식의 진부한 주장을 하려는 것은 물론 아니다. 그렇다기보다 나는 그가 새로운 사회를 상상하는 이 순간에, 그의 주장에 따르면 마찬가지로 새로운 사랑을 자기 정신 속 무언가의 강제에 따라 가장 범속하게 성적인 관계의 장으로 끌어내려버린다고 보는 것이다. 교류가 공표된 자리건만, 끝까지 물질적 차원으로만 획일화된 은유들이 빚어내는 성적 상징은 오히려 겁탈을 연상시키고 자아의 두려움을, 성급한 닫힘을 드러내 보이는 듯하다. 해방의 욕망 아래 또다른 소원이 목적을 달성하려고 수를 쓰고 있음을 알아볼 수 있는바, 시가 정반대의 주장을 내보이고 있다는 점에서 그 소원은 사실상 성취된 셈이다. 말의 욕망, 자기 증여의 욕망이 의식에 제시했던 과업으로부터 도망치고 싶다는 소원이다. 그렇다. 꽃에 대해 함구하는 것, 스스로에게 함구하는 것은, 그가 타인을 받아들이고 싶어하는 만큼이나 타인을 거부한다는 사실, 그가 타자의 진실과 맞설 준비가 되어 있지 않고 특히 타자가 여자일 때는 더구나 그러하다는 사실이다. 그럼에도 격정적인 저 요구에서 그가 시인이었던 것은, 낡은 서정의 시대에 그랬듯이, 실제로 되거나 가질 수 없는 것에는 단지 말로 가닿는 것만이 유일한 방법이었기 때문이라는 사실이다.

이러한 나의 가정이 꽤 무모하다고 말하리라.

하지만 이는 또한 오늘날 우리가 알시드 바바에 대해 1871년 여름의 그 순간적 출현이 말해주던 것보다 더 많은 것을 알고 있기 때문이고, 아르튀르 랭보의 초기 작품을 좀더 정연하게 파악하게 된 지금에는 몇몇 시의 양면성을 온전히 재발견할 수 있기 때문이다. 랭보의 생애 속에 놓고 보면, 단 석 달 전에 폴 드므니에게 보낸 저 위대한 편지가 있다. 편지에는 시인이 스스로를 "불을 훔치는 자"로 만들어야 한다고, 또 시인이 여성을 속박으로부터 해방시킬 것이라고 쓰여 있지만, 정작 거기에 옮겨 적힌 시는 「나의 작은 애인들」이다. 「꽃에 대해 시인에게 하는 말」의 이미지들과 매우 비슷한 조합—"침" "고무" "누액淚液"의 "증류수" "야릇한 달"—

과 그에 비견할 만한 에너지를 보이는 시인데, 단지 이번에는 원한과 욕설의 에너지다. 난폭한 계절에 쓰인 시들이고, 바로 그렇기에 감정 토로는 더없이 시원스럽고 자신감은 더없이 두드러지지만, 여기에서도 무척 어둡고 폐쇄적인 뭔가가 버티고 있어 이 시들을 흐리게 하고 심지어는 흐트러뜨린다. 예를 들어 「취한 배」에서는, "미래의 생기"의 문턱에서조차, 또한 그 생기를 미리부터 흘려보내는 것들, 즉 알코올, 수액, 발효하는 늪지, "적갈색들", 신비롭게 비옥한 똥, "창공의 콧물" 사이에서조차 뒷걸음질로 가라앉아가는 저 "익사자"가 있으니, 한 영혼에서 영영 닫혀버린 부분의 상징이다. 자유를 정말로 되찾았다고 믿었음에도 "달은 모두 잔혹하고 태양은 모두 쓰라리"고 남자와 여자는 몇백 년 묵은 갈등 속에서 여전히 벽을 쌓고 있으니, 다른 시들에 따르면 이 갈등은 기독교 탓이다. 일찍이 「골짜기에 잠든 자」에서도 여름 아침의 열기 속에 식물의 원소적 기쁨이 한 젊은이를 감싸고 있었는데, 평온하게 자는 것 같아 보이지만 실은 죽은 자다. 다른 시들에서도 곳곳에, 빛 가운데 어두운 얼룩을 남기는 저 까마귀들하며 오후의 하늘에 밀어닥치는 저 뇌우들, 또한 존재의 수액 자체라 할 물을 향해 몸을 기울인 저 초조한 의식이 있으니, 어떨 때에는 더하여 "나는 울며, 황금을 바라보았고—마실 수는 없었다"*고 고백하기에 이르기도 한다. 이 황금에 대해, 「꽃에 대해 시인에게 하는 말」을 열쇠삼아 많은 것을 얘기할 수 있을 것이다. 무의식의 이미지들을 스치듯

* 『지옥에서 보낸 한 철』, 「섬망 II. 언어의 연금술」.

보여주는 저 "물웅덩이" "물 눈동자"의 나르키소스적 "물결무늬" 속에서,* 황금은 부富로, 되찾은 일체성으로 나타나면서도 갈증을 채워주지는 않는다. 그 같은 강제 추방이 한없이 되풀이되고, 아프리카에서 "상인" "식민자"로 보낸 마지막 몇 해의 랭보 역시 그 증거가 될 텐데, 그는 자기 재산을 그 노란 금속 막대들로 바꾸어 혁대에 지니고 다니지만 결국 거기 손대지 못한 채 죽을 것이다. 그저 다음과 같은 사실을 잘 새겨두자. 결합을 표현하려 하지만 겁탈의 이미지들에 봉착하고 마는 자가, 자기 꿈으로부터 시를 해방시키려 하지만 저 너머에는 꿈으로밖에 갈 수 없게 된 자가 랭보 안에 있음을. 사람들이 거부하는 차이 속에서 점화시킬 수 있으리라 생각했던 위대한 말을 그 자신 저만의 목적에 구속하고 있음을. 다만 다른 이들은 경멸과 오만으로 그 목적을 봉인해 버리지만, 그의 경우 소유라기보다는 방어를 위해서다.

저 시선이 가르쳐주는 것이 하나 더 남아 있고, 이제 우리는 그 가르침을 작품 전체로 확장시켜볼 수 있다. 내가 보기에는 이 마지막 가르침이야말로 핵심적인 것으로 간주해야 하는데, 이유인즉 그 가르침이 변증법적으로, 하나의 확연한 도약을 통해, 언제나 실패하지만 언제나 다시 시작하는 뛰어넘기를 통해 「꽃에 대해 시인

* "언제까지나 붙박인 내 보트, 그리고 저 가없는 / 물 눈동자 바닥에 끌리는 그 쇠사슬, —어느 진흙탕에?"(「기억」) 해당 시에서는 강가 풍경이 기억의 풍경과 겹쳐지며, 그러한 이유로 제목 "기억mémoire"이 '내 물결무늬들mes moires'라는 동음이의 어구로 해석되기도 한다.

에게 하는 말」의 요구를 제 순결함 속에 복구시키기 때문이고, 그리하여 우리에게 이 시를 서구 역사 속에서 이루어진 또하나의 몽상이라기보다는 시와 모럴 사이 잘 알려져 있지 않은 경계부에서 이루어진 정말이지 새로운 경험으로서 계속 따져 묻게 만들기 때문이다. 그 확연한 도약은 랭보가 초기 습작—여느 범박한 시들과 다를 바 없이 상징적 충족으로 가득찬 「고아들의 새해 선물」—부터 내내 자신의 유약함을 꿰뚫어보길 그치지 않았기 때문이고, 자신의 순진함과 게으름을 부단하게 자인했기 때문이며—"나는 앉은 채로 산다, 이발사 손에 맡겨진 천사처럼"*이라고 그는 쓴다—스스로를 밝히려 노력하면서 그 너머로 가는 일을 그침 없이 시도했기 때문인데, 그토록 강렬하고 그토록 순결한 이 노력이야말로 그의 진정한 증언이 된다. 이때에도 나중에도 랭보는 결코 만족한 저자가 아니었고, 따라서 그의 시들 중 어느 한 편의 양면성이나 모순으로는 판단될 수 없다. 시 쓰기 마지막에 가까워서도 그는 여전히 "충분히 알았다. 삶이 멈추는 순간들을. —오 웅성임과 환영이여!"**라고 말할 것이니, 랭보에게 그런 멈춤의 순간들이란, 만들어진 작품에 초조해하면서 더 깊이 파고들고자 그것을 찢어버릴 줄 아는 두번째 시선을 위한 기회일 뿐이다. 자신의 불행한 숙명을 그는 누구보다도 먼저 안 사람이다. 바꾸어 말하면, 작업을 통해 랭보는 그 숙명에 대답하며, 진실과 진정한 고통에 자리를 내주

* 「저녁 기도」.

** 『일뤼미나시옹』, 「출발」.

는 이 작업의 용기가 「꽃에 대해 시인에게 하는 말」 속에 남아 있는 자기 무지를 벌충해준다.

색 너머의 색

1978

1

오늘 내가 하려는 것은 하나의 시학에 대한 이해가 아니다. 그저 한 편의 시를 읽으며 거기 깃들어 있는 힘들을 식별하고 그것들이 어떻게 작용하는지 보다 잘 느껴보고자 한다. 내가 보기에 랭보에 대한 접근에서는 이와 같은 직접적 접근이 충분히 이루어지지 않는다. 인간으로서 그의 운명이나 시인으로서 그의 의도가 지니는 가장 일반적인 의미를, 즉 존재의 방식, 혹은 감각이나 사고의 방식을 해독하는 데 지나치게 주력하는 까닭이다. 말할 것도 없이 그 방식들은 작품 전체를 가로지르고 있는데, 그것들의 매듭을 각각의 작품 속에서 풀어봐야 한다고는 생각지 않는 것이다.

나는 랭보의 시 한 편을 읽고자 하는데, 주어진 시간이 한정되어 있는 만큼 일부러 가장 단순한 작품들 중 한 편, 한눈에도 확연하게 의미의 밀도가 낮아서 별 볼 일 없는 범작으로 간주해도 좋을 법한 시를 골라보겠다. 이미 상당한 수준에 이른 작품들 사이에 멋모르고 끼어들어가 있는 소품이랄까, 바로 「니나의 대꾸」다.

멋모르고 끼어들어가 있다고? 우리가 이 시를 발견하는 시기에 랭보는 이미 제 자질을 모두 갖추고 있으니 하는 말이다. 이 시는 「드므니 문집」에 실려 있는데, 거기에는 「목 매달린 자들의 무도회」나 「타르튀프의 징벌」처럼 시시하고 잊힐 만한 습작들도 있지만, 우리가 「태양과 육체」나 「음악회에서」를, 또한 아르덴 지방의 가출 길 위에서 이 소년이 낟알 까내듯 거둔 기막힌 소네트들을 마주하게 되는 것도 이 문집에서다. 즉 「초록 주막에서」 「맹랑한 여자」 「나의 방랑」이 있고, 필시 「골짜기에 잠든 자」도 이때의 작품일 것이다. 랭보로부터 이 시들을 건네받은 시인의 이름을 달고 있는 이 '문집'은 사실 그저 손으로 쓴 원고를 모아놓은 것으로, 1870년 10월 두에에서, 바로 앞에서 언급한 네 편의 시가 쓰인 직후 랭보가 지난해 선생이었던 이장바르의 양가養家에 두번째로 머무르는 동안 정서했다고 알려져 있다. 이 문집의 원고 중 「니나의 대꾸」에는 8월 15일이라는 더없이 확실해 보이는 날짜가 뒤따라 적혀 있다. 이 시인을 연구하다보면 정확한 정보가 너무도 자주 부족한데, 이 경우 그런 정보 하나가 우리에게 주어져 있는 셈이다.

그런데 이 날짜를 몰랐다면 「니나의 대꾸」에서 무얼 이해할 수 있었을까? 실로 랭보에게 이 시기는 매우 중요했고, 당시 그가 겪은 파란들이 많은 시어를 밝혀준다. 1870년 8월, 그를 파리로까지 이끌었던 8월 29일 첫 가출이 있기 직전, 이 시기는 긴 잠재기를 그처럼 돌연하게 무지르는 반항의 폭발이며, 그와 함께 「일곱 살의 시인들」의 아이가 품었던 "역정"과 꿈들이 단번에 되살아나는 때다. 십 년 전에 일곱 살의 첫 불길이 일어났던 이래로 랭보의 상황은 아닌 게 아니라 여전히 똑같았고, 특히 가족들과의 관계가 그러했다. 부재하는 아버지, 이제는 오래되었다. 그리고 자기 아들처럼 지독한 어머니가 있는데, 도를 넘어서곤 했던 그녀의 권위적 태도, 자기 사회의 가치에 노심초사 절절매는 그녀의 모습은 일찍부터 아들을 심각한 혼란에 빠뜨렸다. 랭보 부인은 자체로 오롯이 하나의 세계다. 그녀에 대해 나는 두 기회를 빌려 길게 얘기한 바 있으며, 세부적인 사실이나 근거는 거기에서 찾아볼 수 있을 것이다. 오늘은 핵심만을 상기시키고자 하는데, 실상 그것은 널리 받아들여진 견해이기도 하다. 아직 어리디어린 네 아이가 있음에도 불구하고 남편이 비탈리를 버렸을 때, 그녀는 스스로를 흔히 말하듯 품격으로 휘감았고, 내세울 수 있는 위신을 마지막 행복으로 삼았으며, 종교의 법과 세속의 법을 막론하고 법에 모든 것을 종속시켰다. 그런데 이처럼 갑갑하게 운용되는 법은 더이상 살아 있는 관계가 아니며, 타인의 자유를 보살피고 나아가 그것을 증대시키려는 사상이 될 수 없다. 그것은 강제되는 온갖 구속을 치러가면서 견지하는 가치의 절대화이며, 타인의 욕망에 맞세워지고 그보다 우선시되는 존재의 선험적 모델이니, 설사 그 타인이 입으로는 사랑한다고 되뇌여주곤 하는 저 아이들이라도 마찬가지다. 이 도식에 따르는 한에서만 랭보 부인은 아르튀르를 받아들이고 도와줄 터인데, 그가 지닌 풍부한 재능에서 생겨나는 그의 요구로 말하자면 그런 도식으로 충족될 수 없었다. 이처럼 무시당한 아들은 그리하여 자기가 사랑받지 못한다고 생각할 것이며, 또 사랑을 말하는 단어들 역시, 어머니의 입에서 나오건 교회 사제의 입에서 나오건 거짓말에 지나지 않는다고 생각하리라. 사회적 삶 전체가 코미디에 지나지 않고, 우리의 언어와 문화란 전에 있던 투명성의 타락일 뿐이라고.

거기에서 그의 반항이 생겨나고 그와 동시에 전혀 상반된, 따지고 보면 논리적으로 상보관계에 있는 경향 또한 생겨나는데, 즉 경의를 받을 만해 보이는 대상이 나타나자마자 열광하며 찬양하는 경향이다. 자연이라는 존재가 그 경우로, 저 광대하고도 무진장한 자연은 그럼에도 그 주변의 많은 이들로부터 비방당하고 검열당하고 억압받고 있었던 것이다. 아주 어렸을 때 비탈리 곁에서 경험했던 아름답고 낙관적인 계절들의 기억을 랭보는 더없이 생생하게 간직하고 있었고, 따라서 사회적 세계의 강직성과 위선은 그에게 의식될 때부터 저 원초적 충일함에 대한 배반처럼 보였다. 이 배반에 그는 놀라기도 했던지라, 더 자유로운 말이 한번 발화되기만 하면 충분히 그것을 극복할 수 있으리라고 생각하려 했다. "대지는 왕자들과 예술가들이 풍성하게 돋아나는 경사면을 지녔건만 혈통과 종족이 그대를 죄악과 비탄으로 몰아붙였다"라고 그가 「젊은 시절」에 쓰는바, 막 스무 살이 된 그때에도 여전히 얼마간 놀라움을 보인다. 사실 처음에는 자기가 자연적 장소의 가치를 자유롭게 외칠 수만 있다면 그 즉시 모든 것이 바뀌리라고 믿었던 것이다.

하지만 우리가 말하는 랑그가 기독교로 몇 세기에 걸쳐 혼탁해지고 어두워져 있음을 그는 금세 깨달았고, 그러자 그의 시는 외침을 늘어놓기보다는, 이따금씩 우리의 단어들을 불시에 덮쳐 거기에 생기를 불어넣고 그것을 새로이 채색하는 "감각"을 간결하게 날것 그대로 받아적게 된다. 1870년 봄 채 열여섯도 되지 않았을 때 그가 유창한 웅변으로 자신의 신념을 표현하는 시 「태양과 육체」를 썼던 것은 사실이지만, 3월의 시 「감각」부터는 오늘날 사위어 있는 단어들을 하나씩 다시 타오르게 할 단순하고도 원초적인 행복들에 더 직접적으로 주력하는 말이 보다 효과적일 것임을 예감한다. 자기가 원하는 건 날감각의 시라고, 대강 그런 얘기를 친구 들라에에게 1870년 말에도 했다고 한다.

실제로 당시 그의 시들은 세계의 아침을 받아들이는 듯 너무도 강렬하고 신선해서, 우리로서는 이 단순한 삶의 순간들의 시인인 그가 한편에 있고, 다른 편에는 우리 서구의 고장들에서 저 똑같은 자연에 대해 썼던 다른 모든 이가 있다고 생각하게 되었다. 뇌우가 별안간 씻어낸 유리창의 이 맑은 빛을, 그에게서가 아니라면 또 어디에서 볼 수 있겠는가? 각종 신화가 잔뜩 들어차 있는데도 미상불 아름다운 「태양과 육체」의 시구들에 비하면 플레이아드파 시인들의 봄도 문화요 기예일 뿐인 듯 보인다. 크레티앵 드 트루아의 『그라알 이야기』 도입부조차도 「나의 방랑」 앞에서는 빛을 잃으니, 이 시에서 우리는 이미 황무지의 어부왕을 예감한다. 그런 뒤에는 뭐가 있을까…… 고전주의며 낭만주의며 우리의 문학 전부가 이 열여섯 살의 랭보 앞에서는 늙어 보인다. 이는 그가 욕망에 목소리를 내어주기 때문이며, 또한 무엇보다도 그것을 하나의 희망으로 삼기 때문이다. "초록 주막"으로 들어가서, "미지근한" 햄과 버터 바른 빵과 맥주를 주문하고, 탐내며 그러나 아직 어린애처럼 하녀를 바라볼 때 그는 단지 감각적인 외양들, 이미 추상의 소산인 그것들만을 감지하는 게 아니다. 아니, 그가 감지하는 것은 실질 자체이며, 저 단순한 세계의 사물들에 존재를 붙들어 매어주는 일체성이다. 먼 모험이나 미답의 땅, "믿기지 않는 플로리다들"에 대한 랭보의 꿈은 흔히 생각하는 것만큼 크지 않다. 그에게 저 이국취미는 하나의 궁여지책일 뿐, 그의 꿈은 차라리 베르나르댕 드 생피에르식이다.

그러나 그의 작품에 이런 행복한 시들이 많지 않다는 것은 사실이다. 그리고 이 몇 안 되는 시들 곁에는 분노나 절망을 말하는 시들이 너무도 많아서, 우리는 그의 세계 내 존재를 이루는 자재에 어떤 균열이 있다고 짐작하지 않을 수 없다. 게다가 한 가지 눈여겨보아야 할 것이 있다. 그가 그려내는 감각들이 "진정한 삶"의 강렬함을 지니는 바로 그만큼, 거기에는 삶이 제공하는 경험 속에 있게 마련인 근본적 다양성이 결여되어 있다는 것이다. 예를 들어,

가출 때의 소네트들에는 배고픔, 목마름, 걷는 일의 즐거움, 풀이 주는 기쁨, 별 뜬 하늘, 안개가 있고 이들 모두가 물론 행복한 경험들이지만, 벌써 「맹랑한 여자」의 또다른 하녀, "숄을 반쯤 풀어헤친" 그 여자 앞에서는 말이 혼란에 빠지고 관능은 주저하며, 랭보는 그녀를 안아보려고 할 수 있었을 텐데도 스치기만 할 뿐, 여전히 어린아이 같은 제스처말고는 아가씨의 도발적 제스처에 응답하는 것이 전혀 없다.

탈출한 자, 낙관하고 기뻐하며 이제 곧 전혀 다른 삶을 살게 될 것이라고 생각하는 자의 인내심일까? 그러나 이후에 나오는 「외설 시편」에서조차, 그의 작품은 하나의 욕망 관계, 한 여자를 향한 사랑의 충동에 대해서는 일절 말이 없다. 성性과 관련된 것들이라면 앞으로 쓰여지게 될 어떤 시에서도 행복한 방식으로 체험되지 못할 것이며, 외려 그 모순적 성격과 메마름과 필연적 비애가 말해질 것이다. 일찍이 「태양과 육체」에서는 사랑이야말로 "위대한 신앙"이라고 유창한 웅변으로 부르짖을 수 있었지만, 거기에서 실제로 겪은 경험이 느껴지지는 않는다. 이 소년이 감히 자기와 더 가까운 곳을 향할 때면, 대담한 그의 상상력에서 아양에 가까운 묘사들이 나오는데 「겨울을 위해 꾼 꿈」 「첫날밤」이 그러하고, 아니면 처음에 꿈꾸던 행복과는 정반대되는 공격성과 불투명성과 앙심의 혼합물이 나오는데 1870년 7월의 시 「물에서 태어나는 비너스」에서부터 이미 "투시자"의 대기획에 착수했던 시기의 「나의 작은 애인들」에 이르는 시들까지가 그러하다. "자연"이 제시하는 것에 대한 믿음과 여자들을 향해 쌓인 불신이 격하게 맞부딪치니, 확실히 그에게 여자들은 "무한한 생명"의 물줄기*보다는 그가 싫어하는 사회를 상기시킨다. 그가 거짓된 이상화나 풍자 속으로 숨지 않고 성性에 대해 말할 수 있었던 경우는 사실 매우 드물어서, 「일곱 살의 시인들」 「자애의 자매들」 「첫영성체」, 좀더 후에는 「사랑의 사막」과 『일뤼미나시옹』의 몇몇 드문 시편만이 그에 해당한다.

「감각」이 요구하던 대로 인간 존재가 육체로, 자연스러운 충동으로 돌아갔으나, 이로써 확인할 수 있었던 것은 그 충동이 높이 평가받고 공인될 때조차 거부되고 유폐될 수 있다는 사실뿐이다. 여기에 놀라울 것은 없다. 그도 그럴 것이 배고픔, 목마름, 높게 자란 풀섶 가운데로 멀리 걷고 싶어하는 것, 농부의 땅에 속한 냄새와 소음을 사랑하는 것, 이 모든 욕망과 즐거움은 아주 어린 시절—즉 "일곱 살" 이전, 어머니가 아직 실망을 안겨주지 않았을 때, 모진 어머니이거나 말거나 "어린애들에게 품는 동정심"이 있었을 때—의 랭보에게 존재했던 것들로, 따라서 의구심이 자리잡기에 앞서 대상을 찾아내고 분화되어 세계에 대한 하나의 실천이 될 수 있었다. 이와 달리 성性은—「일곱 살의 시인들」이 보여주듯—비탈리의 태도에서 사랑이 한낱 말에 지나지 않을 수 있다는 사실이 발견되던 시기에야 나타났으며, 그 탓에 하나의 약동이 꺾

* "저 위대한 키벨레 여신의 시대를 나는 그리워하노라, / ……그녀의 양쪽 가슴에서 광활한 땅 곳곳을 적시는 / 무한한 생명의 순결한 물줄기가 흘러나왔고"(「태양과 육체」).

여버린 것이다. 번연한 청교도적 금기, 애정이란 겉모습에 지나지 않는다는 의심, 랭보가 제기해야만 했으며 딱히 틀리지 않은 비판들이 랭보의 성을 짓밟아놓았다. 한쪽에는 원초적인 배고픔과 목마름이, 다른 쪽에는 성이 있고, 랭보는 "어른스러운" 종합을 할 수 없었다. 그래서 가장 나중에 쓰인 『일뤼미나시옹』의 몇몇 시편조차, 화해시킬 수 없는 두 부분으로 쪼개질 위험을 늘 마주해야 하는 삶 속에서, 여전히 유일한 자원이라는 양 "어린 날들"에 기대고 있는 것을 보면 마음이 움직이지 않을 수 없다.

"끝으로, 배고프고 목마를 때, 그대를 쫓는 누군가가 있다"*, 랭보는 저 마지막 시들 중 한 편에서 쓴다. 얼마나 큰 확신으로 시작되었건, 감각의 시는 결국 이 강제 추방에, 뇌우가 하늘을 "저녁에 이르기까지"** 바꿔놓을 장소로 내쫓겼다는 느낌에 이르게 되었을 뿐이다. 삶에서 꿈꾸었던 의미, 꽃과 풀에 바짝 다가가 속죄받은 냄새와 색깔 속에서 찾아 구했던 의미로부터 최초의 찬양은 배가 된 무의미만을 끌어냈을 뿐이고, 이는 육체와 정신의 분열 때문이다. 이 좌절과 랭보가 거기서 느꼈던 고통을, 또한 스스로를 경멸할 수 있는 저 자의식이 이내 겪게 했던 위험들을 과소평가해서는 안 된다. 「니나의 대꾸」가 이를 증언하는바, 1870년 여름부터다.

* 『일뤼미나시옹』, 「유년 시절 III」.

** 「눈물」.

2

여기까지 읽은 이들은 아마, 하나의 삶이나 사상의 반영을 찾아내려고 너무 애쓰지 않으면서 한 편의 시를 있는 그대로 읽겠다는 내 약속이 별로 지켜지지 않고 있다고 생각할 것이다.

하지만 저자와 그가 생각한 의도를 작품 속에서 확인하려고 하는 것과, 텍스트가 그 의도와 어긋날 수 있음을 알면서도 읽기에 앞서 그것을 떠올려보는 것은 다른 일이다. 우리가 문학 감상을 하고 싶을 때도 랑그 공부가 쓸데없는 일이 되지는 않는다. 마찬가지로 한 작가의 랑그, 즉 어휘, 통사, 그뿐만 아니라 우연한 사건들로 맺어지는 작가의 일시적 결심들을 아는 일이 어떤 시 해석에서 반드시 위험한 선입견을 걸머지우는 것만은 아니다.

따라서 이제 「니나의 대꾸」를 다뤄보려는 나에게 딱히 과도한 눈가리개가 씌워졌다고 느껴지지는 않는다. 내가 여전히 자유롭다는 증거로 이 시가 내게는 빈약해 보인다는 사실을 우선 지적할 수 있는데, 내가 알기로 랭보가 이 시를 쓴 시기는 그의 천재까지는 아니더라도 장점은 살펴볼 수 있을 법한 시기이니 말이다. 앞에서 나는 「니나의 대꾸」가 '소품'이라고 말했다. 글쎄, 실은 그 말도 과분해 보이는 것이, 이 단어가 장점을 축소시켜 이르는 표현인 데 반해 이 시는 장점이라곤 전혀 없는 축에 가깝기 때문이다. 게다가 지루하기란! 스물일곱 개 연 중에는 가령 "나는 네 입속에다 말할 테지"처럼 가히 대담한 구절이 몇몇 있다지만, 그래도 거의 처음부터 끝까지 읽는 이는 시구를 건너뛰고 싶어지고, 작위성을 강하게 풍기는 이 열광을 끝내고 싶어진다. 이러한 인상은 니나가 긴 침묵을 떨치고 "그럼 내 사무실은?"이라고 외침으로써 전체 풍경이 뒤바뀐 이후에도 지워지지 않는다.

아닌 게 아니라 "사무실bureau"이 무엇을 뜻하는지 이해해야 한다. "그", 자칭 연인인 자가 구미 당기는 말로 끝없이 늘어놓는 유혹의 '시'와 대조를 이루는 "그녀", 그것은 하나의 거절이며, 침울한 건지 소심한 건지 알 수 없지만 일단은 그녀가 어느 상점 계산대의 일자리를, 늘 똑같은 제스처로만 이루어지는 것이라도 그것이 보장해주는 안정을 훨씬 더 맘에 들어한다고 생각할 만하다. 요컨대 또 한 명의 랭보 부인이라고. 그런데 이 시대의 여자들이 그런 일을 하는 경우는 매우 드물었다. 그리고 같은 달에 쓰인 또다른 시 「음악회에서」를 읽어보면 "부풀어오른 뚱뚱한 사무원들gros bureaux bouffis"이 그들의 "뚱뚱한 마님들"을 끌고 다니는데, 이것만으로도 그 "대꾸"의 의미를, 즉 저 "사무실"이 사무원, 즉 한 명의 남자이며, 니나가 몸을 사리는 것은 웬만한 형편의 신사에게 부양받으며 매여 있기 때문이라는 것을 충분히 알 수 있다.* 니나는

* 'bureau'라는 단어에는 '사무실' 외에도 '사무원'이라는 의미가 있다. 여기에서 언급되는 「음악회에서」의 시구는 다음과 같다. "부풀어오른 뚱뚱한 사무원들은 제 뚱뚱한 마님들을 끌고 다니고, / 그 곁에는 여자들이, 친절한 코끼리 조련사들인 양, / 광고판 같은 옷주름 장식을 늘어뜨리고 붙어간다."

억압적인 사회가 만들어내는 한 명의 여자, 자유롭지 못하기에 얼마든지 팔릴 수 있는 여자, 따라서 더이상 스스로에게 속하지 못하고 또한 스스로를 알지도 못하는 여자다.

그렇기 때문에 이 세 단어는 앞의 연들과 대비를 이루면서 젊은 친구의 꿈이 허망함을 보여주는 효과를 지니는 것이다. 또한 세계와 계절에 대해 그가 말하는 모든 것에서 순진함만을 읽어내도록 요구함으로써, 우리가 시인의 시시함으로 평가하려던 것을 뛰어난 심리학자 랭보의 강점으로 옮겨 적게 만든다. 복수형이 쓰인 "니나의 대꾸Les reparties de Nina"라는 제목 역시 마찬가지의 효과를 지녀서, "마리안의 변덕Les caprices de Marianne"이나 "스카팽의 간계Les fourberies de Scapin"에서처럼 이 니나가 다른 많은 여자 중 하나일 뿐임을 뜻하게 된다. 이 시는 코미디의 한 장면이며 한 편의 '개막극'으로서, 방빌의 작품 중에도 비슷한 유의 운문이 여럿 있다. 따라서 여기에서 말하는 이는 시인 자신이라기보다는 그가 재미로 상상해 본 꼭두각시일 뿐이다.

랭보의 시선은 「니나의 대꾸」에 연루되어 있지 않은 셈이다. 그럼에도 내가 보기에는, 마지막 대목을 읽고 난 후에도 그전에 우리가 느낀 거북함은 가시지 않는다. 어쩌면 랭보는 이 시행들을 소신을 갖고 썼다가, 우리가 보기에도 진실성 없는 시행들이니만큼 이내 자신이 틀렸음을 깨닫고 텍스트로부터 또한 자기 자신으로부터 물러나 한 젊은 여인에게 비난을 돌리는 게 아닌가 생각해볼 수 있다. 그렇지 않다. 「니나의 대꾸」 116개 행 중 앞의 115개의 시행*은 그저 시시함과 환상을 흉내내는 게 아니다. 그것은 실제로 빈곤한 시다. 왜인지 알 수 있을까?

물론이다. 이들 시행의 글쓰기 속에 있는 모순을 인식하기만 하면 된다. 말하자면 그 글쓰기가 표명하는 것, 즉 세계에 대해 그것이 부르짖는 사상이, 각 시행에서 마주치게 되는 지각의 양상과는 전혀 다르다는 모순을. 내가 생각하는 것이 '심미적 자아', 즉 작품을 생산하는 '자아'와 경험 생활의 자아, 즉 글쓰기가 부인하는 자아 사이의 대립이 아님을 즉각 밝혀둔다. 모순은 작품의 자아 내부에 자리잡고 있기 때문이다. 다만 작품이 함구하는 경험 역시 매우 깊은 곳에 균열을 지닌 것으로 밝혀지기는 할 것이다. 마치 글쓰기가 정합적일 수 있는 것은, 글쓰기로 대신하려 하는 세계 내 존재가 이미 정합적일 때뿐이라는 듯이.

그러나 우선은 이 시에서 그 기나긴 유혹이 말하는 바를 듣고, 그처럼 열렬한 감정이 단어들에, 하나의 말에 어떤 효과를 지녀야 했는지 생각해보자. 「니나의 대꾸」가 내세우는 말, 그것은 강렬하게 '하나'된 세계에 강렬하게 현존하는 한 존재의 기쁨이며, 그 자연스러운 발로, 그 욕망의 강렬함은 바깥으로 보자면 깨어나는 봄

---

* 「니나의 대꾸」는 총 108행이며, 이 시의 다른 버전인 「니나를 붙드는 것」은 112행이다. 저자의 혼동으로 보인다.

을, 제 육체로 보자면 자각하는 성性을 말해준다. 그러므로 여기서 환기되는 모든 지각과 모든 감각은 단 하나의 지점에서 발생해야 하며, 바로 그 출구 지점을 통해 사랑의 힘이 정신 속으로 쏟아져 들어와 과거의 습성을 극복해야 한다. 예를 들어, 겨우 두 달 뒤에 쓰인 「초록 주막에서」의 경우, 이미 강조한 바와 같이 욕망은 여전히 성숙하지 못한 채이지만, 그러한 인격상의 분열은 이제 막 들어서서 식당에 눈을 돌리는 저 소년이 그 순간의 감정 및 사물들에 가닿는 시선의 중심이자 기원이 되는 것에 전혀 방해가 되지 않는다. "저녁 다섯시", 그것은 여기이며 지금이고, 하나의 장소와 하나의 공식에 대한 꿈이다. 벽걸이 융단의 "주제들"—"퍽 순진한", 필시 전원시나 목가의 주제들—젊은 하녀의 "생생한 눈빛", 그 밖에 도착한 자가 문득 발견하는 게 무엇이건 간에 그 모든 것은 한 인물을 거쳐가니, 그는 시의 저자인 동시에 지금 탁자 아래 다리를 뻗고 있는 저 가출 소년 랭보다. 텍스트의 이러한 정합성이 화가나 예술가의 솜씨일까? 아니다. 실제로든 꿈으로든, 진짜로 경험한 인상들은 자연스럽게 제자리에 내려앉는다.

바로 이 정합성이 「니나의 대꾸」에는 없다. 한 참된 의식의 광원으로 수렴되기는커녕, 저 "맑은 새순들"이나 "자주개자리 풀숲", 좀더 뒤에 나오는 "외양간"이나 "할머니의 돋보기안경"은 레퍼토리에서 빌려온 상투형에 지나지 않으며, 하나 옆에 다른 하나가 놓여 그저 쌓아올려질 뿐 구조화되어 있지 않음을 쉽게 알아볼 수 있다. 이로써 그렇게나 마음이 사로잡혀 있는 것 같은 저 목소리가 자신이 욕망한다고 말하는 것에 실은 진정으로 몰두해 있지 않다는 사실이 드러난다. 랭보가 이 봄날 아침을 후일 선술집의 오후를 겪고 말하는 식으로 체험했다면, 그 시대의 변변찮은 소설들에 나오는 침실 묘사에서 곧바로 꺼내온 듯한 저 "잠옷"이나 "샴페인"이나 "자지러지는 웃음"을 덧붙임으로써 전원의 요소들을 퇴색시켰을 리 없다. 이 텍스트에서 그가 언급하는 대상들은 외부에 의해, 즉 코드화되어 있고 전형적이며 선정적이긴 해도 진부하게만 암시적인 의미들로 연결되어 있을 뿐, 온 존재와 온 무의식이 내걸리는 진정한 접착 상태 속에서 대상들을 결합시키는 구체적이고도 때로는 유기적인 관계들로 연결되어 있지는 않다.

사이비 시골 분위기를 내는 그뢰즈J. P. Greuze풍 그림들을 생각해보자. 우유 핥는 고양이나 새장 속 방울새 등 재미있을 수는 있어도 전체적으로는 현실성을 깨뜨리는 디테일로 잔뜩 채워진 이미지들, 이는 그것들이 시선의 단 한 순간으로, 꿈에 지나지 않을지언정 그것들과 함께 사는 삶의 한 장면으로 설득력 있게 통합되지 못하기 때문이다. 장르화의 요소들을 빌려오는 이 랭보는 마찬가지로 시가 아닌 수사학의 요소들을 조합하고 있을 뿐이다. 그리고 그는 이 공허를 생동감 있는 문장("우린 갈 거야, 그렇지?" "오! 드넓은 초원"*)이나 걷고 있음을 드러내려는 리듬, 무심함을 드러

* 이 표현은 「드므니 문집」에 포함된 「니나의 대꾸」가 아니라 이 시의 다른 버전, 즉 이장바르에게 보낸 편지에 동봉된 다른 버전인 「니나를 붙드는 것」에 나온다. "열일곱 살! 너는 행복할 거야! / —오! 드넓은 초원 / 사랑에 빠진 드넓은 들판! / —

내려는 귀 걸치기를 구사하는 연 배치의 율동감이나 단어 및 새로운 어법의 대담성("장밋빛으로 물들이며" "난롯불이 환하게 밝힐 때" "나에게 웃겠지" "나는 마실 거야 / 너의 산딸기 나무딸기 맛을" 등)으로 그저 엉성하게 메운다.** 과연 문체의 쾌활함에는 요동이 있고, 에로틱한 흥분으로 급하고 잦게 멎는 호흡이 있다. 그러나 거기에서 들끓는 것은 상상이지, 하나의 행동이 그려지지는 않는다.

간단히 말해 「니나의 대꾸」가 말하는 세계는 가상의 장소이지 진정한 경험이 아니다. 그리고 여기서 우리가 느끼는 거북함을 야기하는 모순은 실재하지 않는 그 '비非장소'와, 느껴진 것이라 자처하는 욕망의 소리 높은 주장 사이의 모순이다. 이 모순이 지배적인 한, 시가 주워섬기는 여러 표지 자체에 의해서는 아닐망정 우리에게는 시의 의도가 와닿지 않는다는 사실에 의해, 저자의 존재 혹은 저자가 원하는 존재를 표현하고자 하는 시의 시도는 무산되고 만다. 또한 그 모순으로 인해 「니나의 대꾸」는, 마지막의 대꾸에도 불구하고, 거의 처음부터 끝까지 어마어마한 요구이며 엄격함인 아르튀르 랭보의 작품에서 따로 떼어, 저 거짓된 이상화의 너무도 긴 역사 속에 다시 놓여야 할 것처럼 보인다. 1871년 7월 「꽃에 대해 시인에게 하는 말」은 바로 그것을 규탄할 것이다……

말해봐, 더 가까이 와봐!"

** 형용사를 동사로 만든 신조어('roser' 'clairer')나 동사 보어를 생경하게 조합한 구문들이다('riant à' 'boire ton goût').

그러나 서둘러 밝히자면, 그럼에도 나는 「니나의 대꾸」에서 이 밋밋한 진부함 이외의 뭔가를 본다. 모든 것에도 불구하고 드러나는 장점, 그것은 애인의 말들에 대한 니나의 거부, 시의 맨 마지막에 가서야 불거지는 듯한 거부가 사실은 텍스트 내에서 이미 시작되고 있다는 것이다. 이때 텍스트는 수사적 어법들의 정적과 의미 결핍 아래로 하나의 긴장을, 나아가 역동성을 만들어낼 하나의 뇌관을 끌어들인다.

3

한 시의 텍스트가 어떻게 스스로의 '거짓'을 고백할 수 있는가? 어떻게 수사법의 연습이 수사법 연습이기를 그치지 않으면서 진정한 글쓰기의 원천들 속에 다시 잠겨들 수 있는가?

이 경우에는 우선 하나의 감각 정보, 즉 색깔이 줄기차게 언급되고 있다는 점, 또한 색깔이 특별히 강조되어 있지는 않더라도 어쨌든 그 채색이 신중하지 않게 이루어진 탓에 주위에서 감지되는 세계의 다른 양상에 섞여들 기미를 보이지 않는다는 점을 주목할 수 있을 것이다. 마치 랭보가 봄을 꾸며내고 진짜 삶의 인상을 주려고 애쓰는 중에 색깔이 지각을 앞질러가는 것 같고, 나아가 예찬되는 '현실'들 앞에 약간 어긋나게 가로질러 놓이는 것 같다.

어긋나게? 나뭇가지가 초록이라고 말하는 것, 아침이 푸르다고, 잠옷이 하얗다고, 눈동자가 검다고, 심지어 들장미나무가 분홍빛이라고 말하는 것조차, 자연스럽다 못해 관습적이지 않은가? 그렇기는 해도, 음절수로 치자면 소네트 한 편 길이보다 길지 않은 첫 부분에서만, 포도주 같은 햇살, 피 흘리는 숲, 검은 눈을 둘러싼 눈시울에서 또한 푸른색에 장미색, 즉 서너 색을 더 마주치게 되는데, 각각의 색상은 색조 차이 없이 각기 또렷하게, 텍스트 내의 다른 색과 꼭 접해 있으면서도 각기 따로 등장한다. 무슨 말인가 하면 간혹 랭보가 하나의 구성, 하나의 풍경 스케치를 만들어내고자 다음과 같이 쓸 때,

너는 자주개자리 풀숲에
　　네 흰 잠옷을 담그겠지,
네 검고 큰 눈에 둘러싸인 푸른 시울을
　　바람에 장밋빛으로 물들이면서,

저 푸른색 광채가 재깍 일렁이면서 장밋빛으로 아롱져 무지개를 만들어내고, 그 다색이 관계의 스케치에 균열을 내고 만다는 것이다. 「니나의 대꾸」에는 너무 많은 색깔이 너무 원색조로 존재해서, 제각각 아무리 자연스럽대도 그 효과들이 한데 모여 희구되는 대상이 떠오르게끔 다스려져 있지는 않다. 이런 욕망의 발언에서라면 응당 그랬어야 할 것인데도 말이다. 차라리 모자이크랄까, 이

시의 색채 구사는 의미 요소들을 바닥에서부터 깎아들어가고, 거의 얼룩덜룩하다 싶은 온갖 색조로 제시되는 세계는 희미해지고 마는데, 실상 이 세계가 매우 미심쩍은 세계임을 우리는 보았다.

그러니 내게는 이것이야말로 글을 쓰는 순간부터, 상투형들의 힘으로 "거친" 현실에서 너무 날렵하게 빠져나오는 몽상 한복판에서부터, 그 욕망이 세워놓은 배경의 명백한 인위성을 알리는 수단이며 그에 따라 또한 스스로 지녔다고 자처하는 자유의 허망한 성격을 알리는 수단으로 보인다. 그 무대가 좀더 잘 축조되었더라면, 진정한 공간적 일관성이라고는 없이 엉터리 문학의 자투리들로 무작정 얼기설기 만들어지지 않았더라면 각각의 색조들은 야수파 그림에서처럼 강렬함을 띠고 제각기 존재감을 자랑할 수 있었을 터, 혹 급기야는 우리 안에 있는바 지각의 습관을, 세계에 대한 기존의 생각을 해체할 수도 있었을 것이다. 반면 장소와 시각의 일관성을 기했다면 색의 다양성이 그런 식으로, 요컨대 랭보가 뜻하는 것과는 전혀 무관한 물질성을 띠고 두드러지지는 못했을 것이다. 따로 노는 다양한 색이 잡다한 더미 한구석을 차지하겠다는 양 비집고 들어올 수 있는 것, 그러면서 문학의 바자회 여기저기서 취한 기표들과도 따로 놀며 나타날 수 있는 것은 「니나의 대꾸」 속에 상투형과 매너리즘이, 요컨대 하나의 진실성 없는 이미지가 있기 때문이다. 그러니 하나의 자백이 아닌가?

지나친 열성으로 지나치게 이질적인 것들을 끌고 들어와 각각을 부각시키고 그렇게 점철되는 차이들로 허술한 통일성을 무너뜨리면서, 색은 보이지 않게 숨어 있으려던 수사법을 '연루시킨다'. 에로틱한 몽상에 딱히 요구되는 감각 통로가 아니기 때문일까, 색은 더 자유롭게 공상에 빠져들기 위해 평소의 '사실주의'를 억눌렀다가 이제 그로 인해 고난을 겪는 랭보에게 빈곤한 이미지의 죔쇠를 한 틈이나마 늦춰놓을 수 있게 해준다. 그리고 이 상투형들의 장場에서 어쨌거나 그것은 이미 문장 깊은 곳에서 올라온 약간의 글쓰기, 곧 약간의 무의식, 진짜 인격이라 할 수 있는 힘들의 효과다…… 결국, 이 보잘것없는 시에서 모든 게 엉터리 문학은 아닌 셈이다. 사물들 쪽에서 오는 어떤 떨림이 거기에서 감지되고, 저자가 현실에 대해 지닌 뛰어난 감각은 욕망의 소박한 요구를 위해 따로 떨어져나오려 안달하면서—흔히 그것만으로 코드가 전복되지 않는 것도 사실이다—"치졸한 그림"*의 색조, 바보 같은 이미지에 그칠 뻔했던 것에 열을 내며 앙갚음한다.

그런데 「니나의 대꾸」의 짜임 속 저 '색의 증식'이 규명해주는 진실은 이것만으로 그치지 않으며, 나로서는 이제야말로 이 시에 대한 연구가 필요해 보였던 이유를 말해볼 순간이다. 달리 말하자면 그 시에서 어떤 암시가 발산되는가, 전날까지도 품지 못했던 어떤 생각이 거기 랭보의 시학 속에, 그러므로 또한 그 장래 속에 새겨지는가 하는 것이다.

---

* 『지옥에서 보낸 한 철』, 「섬망 II. 언어의 연금술」.

색! 1870년의 이 여름에서 조금만 시야를 넓혀보면 그것이 랭보에게서 지니는 특별한 비중을, 늘 강력하며 즉시로 결정적인 그 추동력을 상기하기는 어렵지 않을 것이다. 물론 「니나의 대꾸」의 뒤를 잇는 시들, 즉 거듭 논하게 되는 저 벨기에 가출 때의 아름다운 소네트들에서 색의 존재감은 잠깐 더 여전히 전통적인 방식으로 부각되며, 이는 유럽 회화가 인상주의의 문턱에 이르기까지 고수했던 방식이기도 하다. 내가 이미 여러 차례 인용한 「초록 주막에서」의 경우 장밋빛, 하얀색, 버터와 맥주와 "뒤처진" 햇살의 노란색이 눈에 띄는 역할을 차지하여 '밝은 그림pittura chiara'*과도 같은 효과를 만들어내는데, 그러면서도 조화로운 구성을 보여준다. 하지만 우리는 당시 랭보가 행복감을 느끼며 새로 태어난 기분을 맛보고 있었음을, 그 색조들의 조화는 아름다운 빛에 싸인 하나의 기호와 다름없음을 또한 알고 있다. 당장 「사르브뤼크의 빛나는 승리」, 부제에서 밝히듯 '찬란하게 채색된 벨기에 판화'를 묘사한 시에서 판화의 채색을 주목하고 더 나아가 강조할 때, 그 경우 다색은 거칠어서, 불타오르는 듯한 갖가지 색조가 "검은 태양" 아래 놓임으로써 그 생경한 광채가 한층 부각된다.

그리고 이듬해 봄과 초여름부터는 「일곱 살의 시인들」을 필두

* 이탈리아 르네상스 시대에 쓰이기 시작한 미술비평 용어로 빛이 풍부하게 쓰인 밝은 화폭을 가리키며, 후일에는 인상주의 비평가들이 원용하는 개념이기도 하다.

로 하는 몇몇 시에서 자기 인식이 갑자기 깊어지면서 스스로에 대한 탐구를 이끌어나가는 듯 보이며, 그와 함께 랭보는 일련의 또다른 시들을 쓴다. 이 시들에서는 자기 성찰, 프로이트를 예고한다고는 해도 여전히 인격의 행위로 남아 있던 저 자기 성찰의 제스처가 어떤 탈중심, 탈인격의 작용으로 상대화되고 뒤엎히는 듯 보이며, 이 작용은 그의 글쓰기 속 색의 돌연한 강화, 색의 분출과 확연한 짝을 이룬다. 이 대대적 시기를 끝맺는 「취한 배」를 특히 그 증거로 들 수 있는데, 첫 연부터가 그렇다. "붉은 피부 인디언들"이, 여기서는 정신 현상의 가장 밑바닥에 자리한 욕구들, 법을 받드는 우리의 종교로 인해 억압되는 욕구들을 상징하는 그들이 "배 끄는 인부들"—다시 말해 우리 사고의 스승들, 우리의 학자들, 뿐만 아니라 바로 얼마 전에 폴 드므니에게 보낸 편지에서 자행된 또다른 '살육'을 감안하면 우리의 시인들, 심지어 우리의 화가들도 틀림없이 포함될 것이다—을 살육할 때, 인디언들은 이들을 "색색의 기둥"에 못박는다. 즉 토템 기둥에서 볼 수 있는 것과 같은 순수하고 거친 색들, 서구 화가들의 작품에서와는 달리 가치체계의 작용 및 모방 기능의 매개를 거치지 않은 색들이 우리 가운데로 난입했음을 의미한다. 지금 랭보는 감각이 아무리 직접적인 것 같아도 갖가지 종교적 문화적 준거와 가치로 더럽혀질 수 있음을 깨달았고, 그래서 그는 감각을 아주 밑바닥에서부터 갈아엎기로 결심했다. 가령 순전히 시각적인 요소, 이미지들의 껍질인 시각 요소를 발가벗은 상태로 이미지들에 대항하여 맞세워 놓는 것이다. 빈곤한 예술과 경직된 습속, 그가 생각하게 된바 서로를 공고히 하는 이 정신적 습관들을 그는 무너뜨리고자 하는 것이다.

다른 식으로 말해보자. 그가 원하는 것은 한 명의 랭보 부인이 세계에 투사하는 의미를 허물어뜨리는 일이다. 이를 위해 지각 작용을 가두고 있는 코드들로부터 각각의 지각작용을 해방시켜야 하고 또 각각의 실제 사물, 남겨둘 수밖에 없는 각각의 개념에서 감각의 라벨을 떼어내야 하는바, 전통이 붙여 놓은 그 라벨들은 그가 생각하기로 더 크고 더 진정한 우리의 가능성을 저해하기 때문이다. "나는 초록의 밤을 꿈꾸었다"고 이 새로운 개척자는 말하고, 그로부터 내처 "노래하는 인광燐光들의 노랗고 푸른 깨어남"이라고도 말하면서 놀랍도록 적확하게 저 '변색성métachromie'을 가리켜 보이거니와, 오늘날에는 개념화되고 억압되어 있는 색깔들 속에 굳어 있는 저 지각의 인광이 널리 퍼져 우리 의식의 미래 속에 나타날 날이 머지않았다고 그는 느낀다. 「취한 배」가 도달하여 가리켜 보이는 색, 기호를 전복시키는 이 질료, 그것은 강한 의미, 니체적 의미에서 서광의 자질을 띤다. 잘 이해하자. 이 점에서 그 색은 실제로 경험한 극한의 순간, 새로운 이미지를 위해 짓누른 "어지러운" 눈*이 체험한 한순간일 뿐만 아니라, 언어의 가장 깊은 밑바닥에 묻혀 때를 기다리던 힘, 이제는 글쓰기에 직접 작용할 수 있는 하나의 힘이다. 사실인즉 "초록"이란 무엇인가, 밤의 "초록",

* "시상視像을 보려고 어지러운 눈을 짓눌러대면서 / 담장의 옴 걸린 나무들이 우글대는 소리를 들었다."(「일곱 살의 시인들」)

"나는 초록의 밤을 꿈꾸었다"의 그 "초록"이란? 하나의 기표가, 초록이라는 단어가 그 통상적 내포 및 외연의 의미로부터 떨어져 나오게 만드는 어떤 운동, 그리하여 하나의 기의가 삭제되는 운동의 매개항이 아니겠는가? 그 결과 하나의 지시대상이 문득 베일을 벗고 "미지"를 향해 열린 채로 우리 앞에 주어지며, 그러면서도 이 문턱에서 우리의 단어 중 하나와 결합하여 시로 되돌아오니, '초록'이라는 단어가 놓인 그 페이지 위로 "경악스러운 것들"*이 몰려든다. 색-의미의 저편은 여전히 하나의 단어이되, 그러나 그것은 새로운 단어다. 투시자의 "작업"에 의해 속죄받은 감각, 그 감각이 사방으로 불어넣을 부활의 바람은 우선 랑그 속으로 불어닥친다. 나는 거기에서 드므니에게 보낸 편지의 기획을 알아본다. 따라서 이 편지가 발원하는 핵심 지점 중 하나는 「니나의 대꾸」에서 초벌 상태로 나타나는 생각인데, 그걸 무엇에 대한 생각이라고 해야 할까? 색 너머의 색?

그렇다. 그 편지는 어느 어린 시인이 나쁜 시를 한 편 쓰면서—분명 본의 아니게, 또한 자신이 채 일 년도 지나지 않아 거기서 끌어내게 될 전복적인 결과를 미처 알지 못한 채—몇몇 관습적인 이미지 속에서 너무 강하게 또한 너무 허다하게 두드러지는 색들에 동조했던 이 시점으로부터 발원한다. 이 시가 여러 면에서 나타내

* "보드빌의 타이틀만 보아도 내 앞에 경악스러운 것들이 세워졌다."(『지옥에서 보낸 한 철』, 「섬망 II. 언어의 연금술」).

보이는 밍밍함, 얼렁뚱땅 만들어진 그 화사한 봄 배경은 첫눈에도 현실성 없는 몽상을 드러낼 뿐이다. 몽상이란 게 사실 용서받을 수 없는 것도 아닌데, 이미 자신의 위대함에 길이 들어 있던 이 시인은 불만을 느끼면서 우선은 약간 교활한 방식으로, 마지막에 "대꾸"를 장치해서 이 시를 코미디로 만들면 백여 줄의 시행을 버리지 않으면서도 그것과의 관계를 끊을 수 있으리라 여겼다. 동시에 무의식적으로는—모든 글쓰기는 거기서 시작되지 않는가—자기가 거기에 자율적인 색들을 스케치해놓았으니까, 그리하여 부조화의 잡색들이 가짜 조화와 가짜 일체성에 대항하여 잘 드러나지는 않되 어쨌든 논쟁을 걸도록 해두었으니, 자신은 이미 그 시와 거리를 두고 있다고 생각하기도 했을 것이다.

매우 구체적인 상황, 요컨대 에로틱한 몽상의 시간에 하나의 생각, 하나의 희망이 그의 정신 속에 모습을 갖추기 시작했다. 즉 그가 품은 욕망이 도대체 일상세계 하나 열어주지 못하고 그를 어느 니나와 맺어주지도 못하는 것은, 우리가 사용하는 개념, 표상, 나아가서는 감각조차 너무 빈곤하고 거짓되어 현실적인 그 무엇에도 도달할 수 없기 때문이라는 생각이다. 이 응고 상태는 그림자에 만족하지 못하는 자들을 마비시킬 수밖에 없는데, 단어들에 대한 새로운 방식의 작업이 그 응고 상태를 풀어낼 수 있을 것이다. 우리가 보고 또 말하는 색깔들, 우리가 다른 도식체계에 끌어다붙이는 색깔들, 그 푸름과 붉음과 초록의 강렬함 속으로, 헐벗은 색 속으로 한 발짝 나아간다면 "니나의 대꾸"는 더이상 없을 것이며, 젊은 여인의 거부도 그녀 애인의 진실치 못한 말도 더이상 없을 것이다. 왜냐하면 시인은 그렇게 재개된 순환을 자기 힘으로, 또한 다른 이들의 힘으로 살 수 있을 것이기 때문이며, 무엇보다도 그가 여자를 해방시킬 것이기 때문이니, 유배의 시기 동안 희생자이며 가해자였던 여자는 "오렌지빛 입술의 소녀"*가 되어 드므니 편지에서 예고하듯 "이상한 것들, 불가사의한 것들, 역겨운 것들, 감미로운 것들을 발견할 것"이다…… 어떤 의미에서 「니나의 대꾸」는 랭보에게서 가장 슬픈 순간 중 하나로, 그가 두려움과 억제의 덫에 걸려 있다는 사실이 가장 뚜렷하게, 누구보다도 먼저 자신의 눈앞에 드러나는 순간이다. 그러나 다른 한편 그 순간은 자기 자신 속에서 비상한 에너지와 비전의 자원을 발견했던, 그리하여 이후에 올 프랑스 시의 삶을 뒤집어놓은 해방의 기획 하나가 출발한 지점 중 하나다.

4

그러나 애통하게도 자기 삶을 바꾸는 데 성공하지는 못했으니, 어쨌든 근본적으로나 지속적으로는 그렇다. 그러니 「니나의 대꾸」 너머, 이 시로부터 남아 울리는 듯한 메아리를 뚜렷이 드러내기 위해서는 몇 마디가 더 필요하다. 그 메아리 속에서 이번에는 "대꾸"

* 『일뤼미나시옹』, 「유년 시절 I」.

자체, 남녀의 대화 속 소외와 적대의 표지가 계속 울려온다. 구원의 열쇠가 되리라 기대했던 "모든 감각의 착란"은 이 년 후 실패에 이르거니와, 주목해야 할 것은 랭보 자신이 그 실패를 예고하고 있으며 이 예고가 매우 일찍, 또다시 색의 수와 강도를 통해 이루어진다는 사실로서, 이 색이라는 것이 기호와 저자 자신의 관계에서 유의미한 변수임을 우리는 확인했다. 이미 「취한 배」에서, 영영 거기 있을 것으로 생각되었던 전통적 감각의 덩어리들이 "푸른 포도주"며 "초록빛 창공"—밤과 마찬가지로 초록이다—"은빛 태양들"을 통해 스물두 개의 연에서 조직적으로 움직이더니, 마지막 두 연이 시작되는 지점에서는—"그러나 정말이지, 나는 너무 울었다!"—돌연 흑백으로 넘어가면서 불행한 교육이 해방을 구하는 자를 영원히 "물웅덩이" 근처에 붙박아놓은 채 단지 꿈만 꾸게 만들어놓았다는 생각에 가닿는다. 이 그리자유에도 약간의 색깔이 있기는 하지만—"5월의 나비처럼 여린 배", 이 배는 장난감이고, 아마 종이배일 것이다—붉은색의 잔해, 황혼을 가로지르는 흔적은 이제 미라가 된 희망을 보여주는 데 필요한 만큼만 겨우 남아있다. 그러니까 이 나비 날개 색깔의 경우, 글쓰기는 기표를 텍스트 속 다른 요소와 연동시키는 게 아니라 작품의 다른 시간 속으로 접어들어 흥분 혹은 활력을 달리하는 작가 자신의 상태와 연동시킨다는 점을 주목하자. 이는 랭보가 그 순간에 싸여 자신의 무거운 과거가 미래를 짓누르게 내버려두는 또다른 방식이다.

그러나 지금은 「취한 배」를 길게 논할 때가 아니므로, 여기서는 다만 「나의 작은 애인들」을 상기하며 글을 끝맺고자 한다. 비슷한 시 「파리 전가」와 함께 드므니에게 보낸 5월의 편지에 인용된 것을 보건대, 틀림없이 1870년 겨울 끝 무렵 아니면 1871년 봄에 쓰인 시일 것이다. 이 새로운 시에 대해 가장 먼저 짚어둘 점은, 이 시가 알려진 랭보의 작품에서는 유일하게 「니나의 대꾸」의 율격, 즉 8음절 시구와 4음절 시구를 번갈아 넣되 연의 개수에는 따로 제한을 두지 않은 형식을 다시 쓰고 있다는 사실이다. 독자의 시선이 다음 시행에 걸쳐지는 1행과 3행에 여성운을 쓰고 있다는 점도 같다. 마치 「니나의 대꾸」의 발언이 중단되지 않고 똑같은 강박을 지닌 채 여기에서 계속되는 것만 같다. 그러나 이 강박이 예전과 같은 방식으로 체험되지는 않는다는 것은 분명하다. 「니나의 대꾸」가 거기 언급되는 각각의 사물들에서 더할 나위 없이 관습적인 공식을, 그것도 호의적으로 받아들였다면, 이 새로운 시는 예전에 관심을 쏟았던 그 모든 대상에게 조롱을 퍼부으며 그 거짓됨 혹은 그로테스크함을 말한다. 여기에는 더없이 신랄한 캐리커처가 있으며, 이는 육체적 결함을 과장함으로써 다른 결점들을 표현하곤 했던 세태 풍자가들의 기법이다. 지난 계절 몹시 사랑했던 여자에 대해,

그대들 견갑골이 탈구되는구나

라고 쓰면서 랭보가 보이는 강력한 혐오감은 놀랍기만 하다. 그에게 이제 성관계는 "앞다리들éclanches"—이 단어는 몸통에서 떼어낸 넓적다리 고기를 가리킨다—을 얻는 도축 작업이 되고, 봄 전

체를 압축하여 전하는 나무, 지난날 생명의 나무였던 것은 이제 피가 아닌 "침을 흘리"며, 그 위로 펼쳐진 "배춧빛 하늘"은 그것대로 옛 창공의 백합과 장미를 조롱한다. 게다가 「니나의 대꾸」에서 그토록 쉽게, 앞서 말했듯 너무 쉽게 안정적 묘사에 동원되었던 색깔들이 여기 "야릇한 달들" 아래에선 영 쾌적하지 않은 조합을 선보인다. 랭보가 "못난이" 여자들에게 추게 만드는 가죽 벗기기 춤 속에서, 다시 말해 새로운 빛 아래 놓인 니나는 이내 "파란 머리" "금발 머리" "검은 머리" "갈색 머리"라 불리는데, 마치 그녀의 실망한 애인에게 남은 욕망이라고는 예전에 그가 사랑의 꿈에 빠져 세계를 장식하느라 끌어들였던 저 고운 색채들을 도로 집어삼키고 싶은 욕망뿐인 것만 같다. "어느 저녁, 너는 날 시인으로 받들었지", 랭보의 외침에 서려 있는 침울한 격분은 실제 경험이 있었음을 알려주는 듯하다. "시인"이라, 물론 니나가 생각하는 시인이다. 어제의 자기만족을 의식하면서 오늘의 원한은 더욱 커진다.

따라서 「나의 작은 애인들」에는 고독과 실패의 표징들이 있으며, 방금 상기한 바와 같이 랭보가 이 시를, 여성 해방 및 양성의 재화합까지 끌어안는 시에 대한 생각을 열렬하게 펼쳐낸 바로 그 편지에 적어넣었다는 점을 고려하면 이 표징들은 더욱 불안하다. 물론 멀리까지 뻗치는 직관으로 가득한 이 편지의 문맥에서, 이 "작은" 애인들은 아직 그대로인 여자들이며 앞으로는 없어질 여자들이다. 「파리가 다시 우글거린다」에서 읽을 수 있는바

시인은 취하리라 추악한 자들의 오열을,
도형수들의 증오, 저주받은 자들의 절규를,
그의 사랑의 빛살은 여자들을 채찍질하리라.
그의 시구들은 약동하리라……

그것은 하나의 기획이며, 「자애의 자매들」에서 좀더 미묘하고 부드럽게 나타나는 여자에 대한 성찰, 그녀는 "내장 더미"이지만 "상냥한 연민"이고 "눈 못 뜬 장님"이지만 "커다란 눈동자"를 지녔다는 성찰이 이 기획을 방증한다. 이 시들에서나 「첫영성체」의 숭고한 마지막 대목에서나, 기독교가 변질시켜놓은 여자와 머지않은 미래에 진정한 본성을 되찾을 여자를 구별할 수 있는 능력이 랭보에게는 남아 있다…… 그렇지만 「자애의 자매들」마저도 실패와 절망을 말한다. 거기에서 상처 입은 "젊은 남자"가 부르는 유일한 여자는 죽음이기 때문이다. 그리고 내가 느끼기로, 「나의 작은 애인들」의 분노는 그토록 고통스럽게 몸을, 가장 무고한 육체를 향하고 있다는 점에서 진정 병든 희망의 증상이다. 심지어 이 시는 랭보가 모든 에너지를 내건 편지에 들어 있지 않은가. 법에 의해 봉인된 한 절대를 그가 내일에 이르러 얼마만한 격렬함으로 강행돌파하건, 하나의 분열이 그에게 남아 있으며 앞으로도 여전히 남아 있을 것이다.

그리하여 전략이 예고되는바, 이 전략 속에서도 색이 수행하는 역할이 있다. 우선 "투시자"의 편지는 모든 지각의 착란을 예고하는데, 「모음들」이 보여주듯 이때 색은 특히 중요한 지각 요소가 될 것이다. 랭보가 꾀하는 해방, 새로운 조화를 창조하고 무지개의 약속을 이행할 실제적 힘을 해방하는 일에, 색은 다른 어떤 감각적 실험보다도 더 큰 기여를 해야 했던 것이다. 그러나 우리는 이 혁명이 얼마 가지 못했음을 안다. 「모음들」 마지막 행에서 나타나는 보랏빛 광선의 눈眼은 선악의 관념에 헌신하는 어머니의 거짓말하는 "푸른 시선"을 이기지 못할 것이며, 감각의 무질서는 이내 폐허가 된 육체, 감정 관계에서의 혼돈, 고독의 악화로 귀결되고 말 것이다. 그런데, 격렬하게 어긋나며 서로 충돌하는 색들, 지상의 장소 그 다양한 차원에서 색 사이에 구축된 관계가 모조리 제거된 색들, 그러한 색들 역시 모순과 강박과 두려움을 표현하거나 풍자의 욕망—"배춧빛 하늘"!—에 동원되기에 알맞지 않을까, 혹은 스스로를 괴롭히려는 자, 자신이 알거나 자신에게 있다고 믿는 잘못에 대해 스스로를 벌하려 하는 자를 그 고약한 부조화를 통해 부추길 수 있지 않을까? 색도 채찍질을 할 수 있다.

"배 끄는 인부들", 랭보가 떨어져나오려 했던 저 사고의 선생들을 누가 "과녁으로 삼"았으며, 누가 그들을 "색색의 기둥에 못박았"는가? "시끄러운 붉은 피부 인디언들"이라고 그는 말한다. 이 형용사에서 나로서는 평소 사회에서 "시끄럽다"고 여겨지는 것들의 울림을 듣지 않을 수 없다. 말다툼, 성난 항의, 매몰찬 꾸중. 마치 질곡들로부터 문득 자유로워져 이제 색이 삶을 도우리라고 기대하던 바로 그 순간, 랭보는 색과 결부되어 있는 어떤 불안을 그대로 간직한 채, 색이 자기 거부의 수단이 될 것임을 예감할 수밖에 없었던 것만 같다. 나는 보들레르의 유명한 시구를 떠올리고는, 이내 시의 의미가 분명 전혀 다른 만큼 이들 위대한 두 시인을 수치라는 차원에서, 나아가 적어도 때때로 그들이 겪지 않을 수 없었던 자기혐오라는 차원에서 비교해보는 일 또한 필요하리라는 점을 알아차린다.

> 내 목소리 속에 있다, 시끄러운 소리는!
> 나의 온 피, 이 검은 독!
> 나는 앙심 품은 여자가 들여다보는
> 불길한 거울.*

---

* 보들레르, 『악의 꽃』, 「스스로 벌하는 자」.

새로운 시간

1998

오늘날 랭보에 대한 성찰에서 무엇을 기대할 수 있는가? 물론 그 성찰은, 하나의 위대한 정신이었던 이 위대한 시인이 지금 이 순간 시를 쓰는 사람들, 또 장차 그것을 시도할 사람들에게 지니는 의미를 이해하는 데 도움이 될 것이다.

그렇지만 랭보의 작품이 지닌 현재적 가치를 가늠하기 위해서는 먼저 그것이 위치해 있던 역사적 순간 속에 되돌려놓아야 한다. 이미 그때 작용중이던 생각과 믿음과 희망이 여전히 우리를 요동치게 하기 때문이다. 회고적이지만 미래를 향해 있는 이러한 작품 읽기야말로 우리 중 많은 이가 하고자 하는 일이다. 요컨대 정초적이라 할 이 물음을 놓고, 나는 몇 가지 개인적인 생각을 나누어보려고 한다. 최소한 증언의 가치는 있는 글이 될 텐데, 시의 운명을 무엇보다도 중요하게 여기는 측에 선 누군가의 증언이다.

그러면서도 이 글은 또다른 점에서 유익할 수 있다. 한 명의 시인이 먼저 다른 시인들에 귀기울이지 않았다면, 설사 그가 랭보라 해도 결코 자신의 진실에 가까이 가지 못하고 심지어 자신의 욕망을 아예 이해하지도 못했을 것이며, 정신 속에서 시가 차지하는 자리에 대해 성찰할 수도 없었으리라는 사실을 상기하고자 하는 것이다. 나는 이것을 깊이 확신한다. 랭보가 우리에게 가치를 지니는 것은 오로지, 그의 시대 이전의 모색들이 먼저 랭보의 눈에 가치를 지녔기 때문이다. 자발성, 열의, 정당한 대의를 지키고자 하는 격렬함이 삶의 핵심이라는 것은 사실이다. 그러나 그 커다란 도약이 정신의 어느 영역을 향해야 하는지를 재빨리 파악하는 일 역시 핵심적이며, 그때 제 길을 가도록 잡아주는 것은 성공했건 아니건 이미 시도되었던 경험들뿐이다.

1

랭보는 무엇이었나? 시적 직관이—가르칠 수 없고 은총과도 같은 무언가가—사춘기 때부터 뒤흔들어놓은 저 정신은 그럼에도 또한 독자였다. 그는 다른 사람들의 작품 속에서 세계 내 존재의 커다란 질문들을 마주쳤고 따라서 몇몇 시인의 영향을 깊이 받았다. 이 영향은 그에게 흔히 생각되는 것보다 훨씬 깊고 훨씬 숙고된 방식으로 작용했다. 오랫동안 통용되어온 그 생각에 따르면 랭보는 그저 혈기 넘치는 반항아였고 야만적인 생활에 매료되어 학교를 적대시했으리라는 것인데, 그가 시험을 앞두고 조급하게 학교를 떠난 것만은 사실이다.

실상을 말하자면 프랑스 사회가 지닌, 또한 필시 프랑스어가 지닌 꽤 항구적인 특성들이 있기에, 프랑스 시인이 못 배운 사람이거나 지식을 경시하는 사람인 경우는 매우 드물다. 프랑수아 비용조차도 대학생이었고, 게다가 학교에서 도망쳐나온 것을 후회했다. 거의 법칙에 가까운 이 경향에서 랭보 역시 벗어나지 않는다. 서구 사회를 거부하기 전에 랭보는 그 문화를 매우 진지하게 탐색했다. 또한 자기 시대 시인들을 재발견하고 그 가치를 전적으로 높이 샀거니와, 당대의 희망과 모순과 때로 비극적인 착오를 이해할 줄 알았던 이들은 그로써 현대의 정신에 생각 거리를 주었으니, 이 생각들의 면면에서 미래의 윤곽이 그려진다.

이처럼 열띤 관심을 기울여 랭보는 보들레르를 읽었고—보들레르야말로 "시인들의 왕이요, 진정한 신"이라고 그는 쓴다—『악의 꽃』에서 하나의 양면성, 하나의 갈등 상황과 마주쳤으니, 아마 시의 정수 그 자체일 이 양면성을 그는 제 출발점으로 삼았다. 이 양면성이란 무엇인가? 시적 창조에 내재한 이 중대한 논쟁은 무엇으로 이루어져 있는가? 간단히 말하면 시인들의 생각 속에서 미, 하나의 진실이리라고 여겨지는 미에 대한 욕구와 동정하는 능력 사이에 벌어지는 투쟁이다. 이 동정의 능력을 통해 다른 존재들이 살아내야 하는 고통 혹은 비참을 보고 그 존재들에 애착을 가지며, 이때에는 아름다움이 전혀 문제되지 않는다.

보들레르는 이 논쟁을 부각시킨 최초의 시인이다. 한편으로는 에드가 앨런 포의 영향 아래, 또한 그 세기 전체에 작용했던 감수성의 변화에 따라, 그는 불완전이며 악惡이라고 치부될 수 있는 보통의 일상적 현실과 단절하기를 꿈꾸면서 가장 정련되고 가장 진귀하며 가장 강력한 형식들에 의지하는 지각작용을 통해 우월한 현실 하나를 재구성하고자 했으니, 그곳에서 정신은 피난처를 탐색하고 심지어는 얻어낼 수도 있을 것이었다. 그러한 것이 소네트 「만물조응」이나, "부드러운 모어母語"에 대해 말하는 저 「여행에의 초대」에서의 생각이다. 또 한 명의 위대한 독자인 말라르메가 후일 말하듯, 보들레르는 그처럼 "꿈의 왕자"로 처신하는 데 지고한 재능을 타고나기도 했다.

그러나 『악의 꽃』의 시들은 그 저자가 예술가로서 미의 증인이 되고자 하고 그렇게 되는 바로 그 순간에 그가 겪게 될 어떤 감정을 또한 드러내며, 처음에는 거기에 당혹감이 곁들여진다. 새로운 풍요의 행복은커녕 그가 느끼는 것은 모종의 불안, 심지어는 불편함이고, 그가 삶에 대한 "침울한 무관심"*이라고 부르는 느낌이다. 그는 이내 그 이유를 이해하고, 그것을 말한다. 순전히 심미적인

* 『악의 꽃』, 「우울」〔"나는 천 년을 산 것보다 더 많은 추억을 가졌다……"〕

탐색을 통해 일상의 경험으로부터 끄집어낸 형상이 미에 다다를 수 있었다면, 이는 단지 그 탐색에서 삶의 결함으로 보이는 것—유한성, 죽음—이, 각각의 존재에 결핍된 것이, 그러나 실상은 가장 본질적인 현실을 이루는 것이 희생되었기 때문이다. 전체로서의 세계라는 것이 순수한 형식들의 보물고가 아니라 제각각 죽게 마련인 삶들의 집합인 만큼, 이 현실이야말로 각각의 존재를 세계 속에 기입시켜주는 것이다. 외견상으로는 삶의 결함인 이 유한성이야말로 저 전체, 저 일자一者에 내밀하고도 생생하게 참여하는 관계를 맺도록 보장해주며, 그것만이 우리가 요구할 수 있는 유일한 재화이다. 지각 및 형식에서 완성을 추구하는 일은 그러므로 정신을 삶 자체에서 유배시켜 고통받게 만드는 헛된 연금술에 지나지 않는다.

이렇게 해서 보들레르는 "우울"이 무엇인지, 또 자신이 그것으로 얼마나 고통받는지를 깨닫고 일상생활 고유의 양상들을 향해, 불완전하다고 여겨지지만 진정하기로는 결단코 유일한 저 현실을 향해 관심을 되돌려 『악의 꽃』에 「파리 풍경」 장章을 덧붙인다. 그 중 한 편의 시에서는 진정으로 값진 것이 한 마리 백조로 상징화되어 나타나, 상처 입고 먼지투성이가 된 채 우리에서 빠져나와 끝내 제자리를 찾을 수 없을 세상 속에서 "넋 나간 눈"을 하고 방황한다. 이 위대한 시 「백조」는 그렇게 시학의 공간 속에 또하나의 극점極點을 만들어낸다. 형식적 아름다움의 극점, 오래지 않아 말라르메 및 19세기 말 상징주의파 시인들이 각각의 방식으로 향하게 될, 시인을 '순수한' 언어의 조탁에 헌신케 하는 저 아름다움의 극점 반대편에, 말하는 주체를 타인에게 이끌어 공통의 조건을 기반으로 근본적 유대 관계를 맺게 하는 시선의 진실이 마주 세워진다. 동정의 극점, 이것이 현 세계보다 '우월'하다고 여겨지는 아름다움을 창공에서 구하느라 핏기가 가신 단어들의 얼굴에 혈색을 돌려준다.

2

요컨대 보들레르는 시라는 것이 무엇인지, 적어도 위대한 작품들에선 그것이 무엇인지 밝혀 보인다. 시란 미의 부인否認까지는 아니라도 최소한 심미적 관점의 한계에 대한 인식을 정신 속에 생생하게 견지하고 그것을 넘어서기를 모색하는 "이중의 청원"*이다. 이러한 생각, 보들레르의 이 경험이야말로 랭보가 곧장 향했던 지점임을, 랭보가 너무 공상적인 희망에서 비롯한 깊은 실망을 겪으면서 세계로부터 벗어나고자 하는 유혹을 가장 강력하게 느꼈던 순간에도 이 지점을 끊임없이 준거로 삼았음을 이해한다면, 랭보에 대해 어떻게 생각해야 하는지 그 핵심이 이미 갖춰진다고 나는 생각한다. 고통받는 존재들에 대한 생각으로 구성된 이 '제2의 극점'은 랭보의 시에서 지체없이 작용하게 되는데, 그러나 사실 이데

* 이 책 22쪽의 각주 참조.

올로기적 속성을 지닌 몽상, 가령 혁명적 기획이 끼어드는 일이 없지도 않아서, 이것이 그에게 미끼를 던지고, 길을 잃게 만들고, 때때로 낙담하게 만든다.

이는 가장 초기의 시들에서부터 뚜렷하게 드러난다. 시가 다른 존재들에 대한 사랑으로, 그들을 향한 도약에서 생겨나는 일종의 앎에 힘입어 시작된다는 느낌은 가장 먼저 쓰인 글들인 「태양과 육체」나 「대장장이」에서부터 이미 확연하며, 이 시들과 함께 쓰인 풍자시들의 사명은 사랑이 지배하지 않는 사회, 지금도 여전한 그대로인 우리 사회를 내리누르는 소외를, 나아가 거짓을 고발하는 일이 된다. 그러나 이처럼 다른 존재들, 그중에서도 억압받는 자들과 사회적 불의의 희생자들을 맨 앞줄에 세우면서, 젊은 시인은 폭력 행동을 통한 인간관계의 근본적 개혁을 꿈꾸게 되기도 한다. 그러한 개혁이, 근본적으로는 선하다고 여겨지는 인간 본성을 소외 상태에서 벗어나게 해주리라는 꿈이다. 물론 약간 생각이 짧은 철학이고, 제반 사실에 오래 저항할 수 없는 너무 낙관적인 정치학이다. 아닌 게 아니라 이 주장과 희망의 시들을 쓴 직후에 랭보는 노동자 파리코뮌의 진압을 목도해야 했으니, 그가 욕지기를 느꼈음을 의심치 말자. 랭보 시의 첫 시기는 이 좌절감으로 끝나며, 그것은 쓰라린 포기로 이어질 수도 있었다.

그러나 오히려 이듬해 그는 베를렌에게 애착을 가질 것이다. 이 역시 마찬가지의 이타적 동기로서, 베를렌에게 전적으로 헌신하되 그를 변모시키고 내부로부터 쇄신시키겠다는 기획을 견지함으로써, 랭보 자신의 말을 빌리자면 베를렌을 "태양의 아들다운 그 원초의 상태"로 돌려놓은 뒤 되찾은 충만함을 함께 누릴 수 있으리라고 생각한 것이다. 새로운 희망, 새로운 실패. "불쌍한 렐리앙"* 의 연약함이 너무 컸던 만큼 오래지 않아 랭보는 이 멋진 계획이 여전히 몽상에 지나지 않음을 확인해야 했고, 이는 그에게 다시금 잔인한 좌절, 삶 전체에서나 시 작업에서나 내가 '두번째 극점'이라고 부르는 길을 잃어버릴 수도 있었을 커다란 위험이었다. 실제로 이때 『일뤼미나시옹』이, 환멸을 느낀 시인이 희귀하고 강력한 감각에, 미의 새로운 형식에 열중하는 시들이 쓰인다. 보들레르를 「우울과 이상」에서 「파리 풍경」으로 이끌었던 변화의 방향과는 역행한 셈이다. 랭보는 『인공 낙원』을 읽었고, 약물에 기대어 지각을 정련하고 비전을 증폭시켰으며, 일종의 꿈 쓰기를 이 산문시들에서 발명하여 이를 통해 허다한 좌절을 잊고자 한 것이다.

"이 세상 밖이라면 어디라도"** 가려는 이 도피 시도는, 그럼에도 랭보가 저 위대한 연장자로부터 한 걸음 후퇴하였음을, 그 짧은 이력 동안 시의 두 가지 청원을 재발견했으나 결국은 하나를 다른 하나에 희생시키고 말았음을 의미하지 않는다. 왜냐하면 두 가지 모두에 대한 그의 의식이 그가 쓴 것들의 매 순간에 무척 강력

---

* "불쌍한 렐리앙Pauvre Lélian"은 베를렌이 『저주받은 시인들』에서 스스로를 지칭하여 쓴 "폴 베를렌Paul Verlaine"의 애너그램이다.

** 보들레르의 산문시집 『파리의 우울』 중 한 편의 제목.

하게 각인되어 있기 때문이고, 시적인 것의 양면성에 대한 그 감정이야말로 운문이건 산문이건 이 시들에 어떤 내적 동요를, 개개 시의 단편적 직관에 앞서는 어떤 격한 기세를 불어넣어 이 시들을 보다 근본적으로, 시의 탐색이 지닌 미끼와 의무에 대한 하나의 직접적 증언으로 만들기 때문이다.

그리하여 「태양과 육체」에서 「취한 배」에 이르는 그의 작품 첫 시기에서 이미 삶을 바꾼다는 기획, "새로운 사랑"* 속에서 각 존재를 서로에게 접근시킨다는 기획이 있는 그대로의 현실을 변모시키려는 노력을 수반하고 있었고, 이 노력은 마찬가지로 이미 지각작용에 대한 작업을 통해 전통적으로 사물들을 명명하는 방식, 따라서 또한 사물들을 체험하는 방식에 혼란을 일으키는 단어 구사를 통해 이루어졌다. 「모음들」이 말하는 것은 바로 이 "언어의 연금술"로서, 이 소네트는 「만물조응」, 즉 젊은 보들레르가 심미적 경험을 통한 세계 접근을 선언했던 또다른 소네트의 직접적 연장선상에서 쓰였다. 역으로 『일뤼미나시옹』에서 랭보가 하릴없이 허상에 몸을 맡긴다고는 할 수 없다. 『일뤼미나시옹』은 여러 텍스트를 묶어놓은 것으로, 기실 이 텍스트들은 여러 시기에 걸쳐 쓰였으며 그중 몽상적 지각에 몰두하는 시들이 반드시 가장 나중에 쓰인 것은 아니다. 가장 나중에 쓰였을 가능성이 높은 텍스트들 중에는 저 비범한 시 「정령」이 있는데, 이 시는 "완벽하고 재발명된 박자"

* 『일뤼미나시옹』, 「어느 이성에게」.

인 사랑의 폭력 행동을 통해 "옛날의 온갖 무릎 꿇음"에서 일으켜 세워야 할 다른 인간 존재에 대한 생각이 여전히 랭보를 좌우하고 있음을 보여준다.

차라리 이렇게 얘기하자. 타인을 온전히 사랑한다는 기획을 랭보가 진정으로 끝까지 밀고 나가지는 못했으며 타인의 자리에 금세 꿈과 허상을 들여놓는 생각으로 그 기획을 약화시키는 했으나, 그럼에도 그는 이 실패를 어떤 불안과 함께 겪었고, 이 불안은 랭보의 성찰 마지막까지 생생하게 남아 강렬한 명철의 순간들을 끌어내기도 했다. 그리하여 『지옥에서 보낸 한 철』이 있다. 프랑스 시에서 다른 무엇과도 비교할 수 없는 이 놀라운 내적 성찰의 작업 속에서, 랭보는 바로 저 두 갈래의 큰길을 상세하게 펼쳐 보이는바, 즉 자신의 두 가지 "섬망", 환상의 중대한 두 순간으로서 "언어의 연금술"과 베를렌을 변화시키려는 노력을 나란히 얘기하는 것이다. 그러고는 마지막 페이지들에서 이제 올 시인들의 과업이 되어야 할 것을 끌어낸다. 꿈을, 고독이 던지는 이 유해한 미끼를 규탄할 것, 자신의 역사적 순간 속에서 다른 존재들과 함께 경험한 하나의 실존, 그 "거친 현실"에 헌신할 것. 명철할 것, 끈질길 것. 랭보는 두 모순적 유혹을 그저 겪기만 한 것이 아니다. 그는 두 유혹을 인정했고, 밝혀 말했으며, 그것을 넘어서고자 했다. 그리고 그토록 어려운 이 경각 상태, 거기에 필요한 힘이 이제 없을 수도 있다는 생각이 들었을 때, 어떤가, 그는 『지옥에서 보낸 한 철』의 프롤로그가 두려워했던 저 "뒤늦게 올 자잘한 비겁함"으로 시를 더럽히느니 차라리 더이상의 모색을 그치고 당시의 세계 끝으로, 아프리카의 외진 지역들로, 시인으로 남는 유혹으로부터 가능한 한 멀리 떠나는 쪽을 택했다.

3

이 명철함, 이 엄격함은 무엇인가? 오늘날의 시를 위해, 또한 내일의 시를 위해 랭보의 본질적 가르침으로 남아 있는 것, 가장 이로운 그의 기여분이다. 「파리 풍경」에서, 상처 입은 백조의 보들레르가 그 길을 가리켜 보였다. 생각과 심정에서 온갖 허상이 들끓는 혈기 가득한 나이에 그 길에 들어선 랭보는 거의 숙명적인 어려움들을 발견하게 된다. 『악의 꽃』의 가르침에 뒤이은, 무척 명확한 만큼 절대적으로 본질적인 가르침! 시의 과업은 그 "이중의 청원"을 인지하고 아는 일일 뿐만 아니라 정말로 아는 일이라는 것, 글쓰기가 제공하는 자유를 누리건 누리지 못하건, 단어들이 걸려드는 망상을 일소하리라는 시의 능력에 환상을 품지 말아야 한다는 것이다. 시가 너무 자주, 필시 너무 항상적으로 소홀히 하는 시의 과업, 이는 시가 어렵다는 것을, 사실은 거의 불가능하다는 것을 아는 일이다. 그것은 결코 완수되지 않는 시적 발명의 작업 속에서 그 어려움 자체를 시의 대상, 주된 대상으로 삼는 일이다. "새로운 시간"은 "최소한 매우 엄격하다". 랭보는 『지옥에서 보낸 한 철』 맨 끝에 그렇게 썼다. 우리는 그것을 잊지 말아야 한다.

지옥에서 보낸 한 철

2003

1

서양은 모든 것을 언어에 기대는 습관을 들여왔다. 성경의 전통, 즉 아담이 신이 지켜보는 가운데 사물들에 이름을 붙여주었으니 이름이란 참되고 우리는 단어들을 믿어도 될 것이라고 가르치는 전통 때문이건, 아니면 기원에서부터 어떤 로고스에 대한 직관이 지배적인 그리스적 사유의 연장에서이건 간에.

그리고 말의 존재에 대한 이 믿음은 우리 고장에서 개념적 사유가, 행동과의 관계에서뿐만 아니라 사람이 자기 자신과 맺는 관계에서도 그토록 큰 중요성을 지닐 수 있었던 이유를 설명해준다. 개념은 그것을 받아들이는 단어와 한몸을 이루며, 따라서 개념의 분화 자체가 개념을 단어들의 체계 속에 붙들어매는데, 확실히 이렇게 보면 개념들로 지어진 언술이라는 것이 랑그의 축조물에 불과한 것이 아닌가 두려워질 만하다. 하지만 현실이 어떤 식으로든 근본적으로 언어라고 한들, 그게 심각한 일인가?, 오랫동안 그렇게 반문할 수 있었다. 제대로 이해되지 않은 몸이라는 것에 의해 결정되는 본능적이고 무의식적인 행동들의 심연 위에서 말하는 존재의 자기의식이 어느 정도로 위험에 처해 있는지 자각하게 되어 있는 내적 경험, 매 순간 불가지不可知와 겯해야 하는 이 내적 경험이 예전에는 말씀인 신과의 대화로서 경험되었고, 따라서 신의 보증에 따라 말하는 존재는 오로지 이 말씀에 기대어 실재에 대한 느낌을 간직할 수 있었다.

그러나 과학적 탐구는, 자연적 상태라는 것이 말에 대한 저 실재론적 관점을 따르는 사유들이 이야기하는 것보다 얼마나 더 복잡한지를 조금씩 밝혀갔다. 새로운 정신은 그때까지 해명을 자처해온 신 중심적이고 인간 중심적인 설명을 한참 벗어나는 물리적 화학적 생물학적 현상들을 가리켜 보였다. 따라서 18세기와 그 이후에, 현실과 언어 사이에 가정된 동일성에 대한, 더하여 사물의 본성이나 세계의 궁극적 본질과 관련하여 우리가 할 수 있는 사유의 진실성에 대한 문제 제기는 치명적인 것이 되었다. 앎을 자처하는 우리의 단어들이 만들어내는 것은 허상에 불과하지 않은가? 우리는 영영 인간적일 따름인 말을 못 벗어나는 게 아닌가? 호사스럽지만 실질 없는 알레고리들이, "축제의" 한 별이 저만을 위해 타오르게 한 꽃장식들이, 불가해한 우주의 높을 것도 낮을 것도 없는 공간 속을 운행할 따름이 아닌가?*

이 믿음의 위기는 분명 사상가들, 철학자들에 의해 마련되었다. 그러나 말의 표현적 가치에 대한 믿음까지는 아니더라도 말에 대한 관심은 상당히 자연스럽게 시인들에게 시험으로 주어지고, 이들 중 적어도 몇몇은 이 위기를 특별한 강도로 경험해야 했다. 말라르메가 이렇게 이해되어야 할 것인데, 그는 과학적 성찰 속에서 전투로 다져진 현대성을 시에서 증언하는 사람들 중에서도 가장 극단적이었다. 말라르메는 그 자체 실재인 것, 즉 우리 몸 역시 속해 있는 물질적 세계의 실재와, 그 속에서 언어가 본다고 믿으며 표명하는 것 사이에 어떤 통로도 인간 정신에 주어져 있지 않음을 확인했다. 우리의 사유란 꿈일 뿐이며, 우리 자신도 "물질의 허망한 형식"**에 지나지 않는 만큼 그 지성의 도식들 속에서 우리의 단어들이 정해주는 한계의 효력을 인정해야 하며, 이 단어들 역시 우리 욕망과 두려움의 장난감일 뿐이다. 바로 여기에서, 시에 하나의 숙제가 주어진다고 말라르메는 생각했다. 시는 더이상 진실의 표명일 수 없으니, 진실이란 없기 때문이다. 시는 주체성에 목소리

* "이름 높은 꽃장식들이 죽음을 둘러쓰고 사리를 틀어올려도, / 제 신념에 눈이 부신 고독자의 눈에 / 그대는 암흑이 거짓 선언한 오만일 뿐…… // 확장되건 부정되건 항상 그대로인 공간이 / 이 권태 속으로 비천한 불들을 운행하여 증인으로 삼으니, / 축제의 한 별로 천재가 타오르고 있다 말하리라."(스테판 말라르메, 〔"어둠이 숙명적인 법칙으로……"〕, 『시집』, 황현산 옮김, 문학과지성사, 2005, 108쪽)

** "그래요, 저는 알고 있어요, 우리는 물질의 허망한 형식에 불과하다고……" (「1866년 4월 28일 카잘리스에게 보낸 편지」, 같은 책, 18쪽)

를 빌려주어서도 안 될 것이니, 주체성은 실질을 결하고 있기 때문이다. 시에 남은 것은 허구들을 환상 없이 조탁하는 일뿐인데, 다만 이는 허구들이 가져다주는 분명 허망할 뿐인 환영에 매혹되기 위해서라기보다는, 자기 이해의 과정에 허구들 전체가 이루는 우화寓話를 완전히 열어놓음으로써 무無라는 사태를, 하나하나의 삶이 쉬이 사라지고 마는 거품 자락에 불과하다는 사실을 명백히 하기 위해서다.

「장송葬送의 건배」의 저자에 따르면, 그래도 높이 살 만한 가치가 있는 훈련이다. 실로 이 훈련은 사물들의 얼굴에서 우리의 순진함이 투영해놓은 공상적이고도 환원적인 표상들을 씻어내줄 것이다. 진실을 찾는 자들, 그리하여 감각적 자명성을 대체하는 편파적 재현에 전념하는 자들이 펼쳐 보이는, 언제나 기만적일 수밖에 없는 비전vision을 대신하여 시적 시각vue, 직접적이고도 단순한 감각적 찬란함으로 되돌려진 장미나 백합을 바라보는 시각이 자리잡을 것이다. 감각적 자명성은 온전하게 빛날 것이다, 되찾은 에덴동산이다. 우리가 지닌 있음의 환상을 멸하라, 우리는 새로이 명철해진 이 시선을 통해 하나의 절대에 도달하리라.

2

이상과 같이 말라르메의 시학에 대해 길게 논한 것은 그것과의 대비를 통해 랭보의 생각, 특히 『지옥에서 보낸 한 철』의 생각이 의미를 지니고 그 진실을 드러내기 때문이며, 이로써 나는 이 생각이—더 깊다고 말하지는 말자—더 진실되다고 제언할 수 있을 것이기 때문이다.

진실이라는 이 관념의 위기라는 측면에서 랭보의 작품과 삶을 살펴보면, 말라르메와 동시대인이었던 그 역시 언어 자체에 딸려오는 것들에 대한 비판은 아니라도 어쨌든 말의 실제상 형식에 딸려오는 것들의 정당성에 대한 비판을 통해 시에 이르렀음을 쉽게 확인할 수 있다. 즉 실제에서 비롯하는데도 그 자체 정합성을 갖추고 언어 내부에서 진정한 랑그로 작동하는, 더없이 위엄 있는 형식들이 비판되는 것이다. 우선 정치적인 말이 있는데, 1848년 이후이자 바야흐로 파리코뮌과 그 진압을 목도하게 될 그 당시에 프랑스에서 울리고 있던 말 같은 것. 확실히 1789년 대혁명이 지나간 자리에는 근사한 원칙이 그것을 시행하기 위한 행동보다 많았다. 빈정거림과 분개로 가득한 몇몇 초기 시, 가령 「대장장이」에서 랭보는 권력자들, 부자들의 언술과 그들의 행동이 표리부동함을 적나라하게 드러낸다. 그들의 현재는 과거가 그랬듯 기만에 그칠 것이다. 이로 인해 사회의 미래가 위태로워진 것은 당연한 귀결이다. 이 미래를 구원하려면 혁명적인 생각과 감수성이 깨어나서 허상과 기만이 얽혀 있는 각종 이데올로기가 해체될 수 있도록 감시해야 할 터, 이는 단어들의 용법을 끊임없이 더럽히는 가식들을 항상적으로 탐문하고 비판하는 열린 말의 상승을 통해, 또한 그 상승 속에서 이루어질 것이다.

이러한 진실과 언술의 분리는 젊은 시인이 보기에 성직자들의 존재 방식과 행동에서도 명명백백하다. 그리스도는 사랑의 말을 펼쳤건만, 「교회의 빈민들」이나 「첫영성체」 같은 뛰어난 시들에서 고통스럽게 확인되는바 그리스도를 내세우는 사제들과 독신자들은 그 말을 그리스도를 배반하는 방식으로, 그가 보인 동정의 본보기를 말짱 헛되게 만드는 방식으로 사용한다. 또한 그들의 복음 해석이 부추기는 몸에 대한 경멸은 명철하고자 하는 일체의 야심에 치명적이다. 종교라는 단어가 아직 의미를 지닌다면 그것이 진정한 신을 발견하게 될 곳은 바로 "육체라는 제단"이라고 「태양과 육체」는 말한다. 한 인격이 자기 자신과 맺는 관계에서 육체의 중요성은 근본적이어서, 행동에서든 사유에서든 그것이야말로 본질적인 정직과 건강의 자리가 된다고 여길 만하다. 또한 랭보는 자기 시대의 도덕적 삶의 온갖 형식을 주저 없이 고발하는데, 그중에는 그 신실함을 의심할 수 없는 경우도 있다. 이는 「일곱 살의 시인들」에 잘 나타난다. 파리 상경 이전의 비판적 시 가운데서도 가장 급진적인 이 시에서 그는 자기에 대한 몰이해를, 자기기만을, 거짓을 조장할 뿐인 소심성을 공격하면서 그토록 단호한 자기 어머니조차, 또한 비통하게도 자기 자신조차 "에너지"를 "도둑맞아" 그 소심성을 품고 있음을 본다. 실존적 사회적 용법들에서 랭보가 마주치는 언어는 별로 믿을 것이 못된다. 이는 앎을 자부한다는 점에서 말라르메가 문제삼았던 형이상학적이거나 종교적인 진술들과 마찬가지이다.

하지만 이 지점에서 또한 주목해야 할 것이 있다. 랭보가 비난하는 것, 진실의 자질을 부인하는 것은, 가령 기독교의 언술처럼 널리 퍼져 있다 한들 본성상 특수한 말들뿐이라는 점이다. 따라서 그의 파괴적 비판이 본래적 언어 그 자체에는 가해지지 않았다. 나아가 「태양과 육체」에서의 신앙고백, 자연의 법을 따르는 삶에 대한 저 혈기 넘치는 변호로부터 추론할 수 있는바, 그 저자가 진실된 것으로 여길 만한 말의 용법이 존재한다. 그 용법이 본능의 깊은 원천으로 거슬러올라가 행동과 사고를 재정비하게 되고, 그처럼 고쳐지기만 하면 말의 문제란 기독교가, 서양의 이 비극적 착오가 야기한 현대의 쇠락에 불과하게 될 것이다. 1871년 5월 15일 폴 드므니에게 보낸 편지, 소위 "투시자"의 편지에서 랭보는 이러한 생각을 개진하기에 이르고, 이와 함께 말과 존재의 잃어버린 일체성을 되세우기 위한 하나의 방법을 제안한다. 담론의 현 체제가 억누르는 초과 상태에 전존재를 내맡김으로써, 현실에 대한 빈곤한 독법을, 단어들의 경직 상태를, 상투형을, 불충분한 코드들을 착란시킬 것. 이렇게 해서 판단과 표상과 가치의 무질서가 생겨나고, 이 무질서는 너무도 광대하고 전면적이어서 퇴락한 단어 사용법이 구축해놓은 대상들 자체가 입 벌린 심연 속에서 허물어지고, 부인되고, 실추되기에 이를 것이며, 그 심연 가운데서 살아 있는 자연의 몸은 회복된 정신을 위해 진정 새롭다 할 이날까지 억눌려 있던 직관과 가치와 가능성을 찾아내줄 것이다. 무엇보다도 유럽

문화에서 크게 폄하된 성性이 해방되어, 틀어진 균형을 다시 세우도록 도울 것이다. 이리하여 랭보가 "진정한 삶"이라고 불렀던, 현 세기에 "없는" 삶이 다시 태어날 것이다. 한편으로 그것은 다른 존재들과의 새롭고 강력한, 솔직하고 직접적인 관계, "새로운 사랑"*이며, 다른 한편으로 더 나은 자기, 소외된 "자아" 아래 존재하는 진정한 "나", 이 "타자"로의 복귀다.

단어들에 대한 작업, 심지어는 하나의 혁명이되, 보다시피 이것이 언어 자체를 실격시키지는 않는다. 현재의 말이 해로운 버릇으로부터 벗어나기만 하면 언어는 그것의 기저 곳곳에 있는 생생한 힘과 새로이 합류하여 우리에게 유익해질 것이다. 말라르메가 간파한 대로 언어가 현상의 본질에 접근할 수는 없다 해도, 어쨌거나 삶의 요구에 응하는 일은 가능할 것이다. 말의 궁극적 가치라는 이 중대한 문제에 대해 랭보는 그렇게 결론지었고, 이러한 생각 속에는 정말이지 되새겨볼 만한 뭔가가 있다.

과연 이러한 생각은 언어의 진실이라는 물음에 접근하는 두 가지 방식이 있음을 깨닫게 해준다. 한편으로는 말라르메 및 그를 내세우는 많은 사람들처럼 언어와 대상 현실—세계에서 우리 바깥에 존재하는 것, 가령 자연 현상—의 관계를 비판의 대상으로 삼을 수 있다. 문제가 이런 식으로 제기될 때는 확실히 말이 대상을

* 『일뤼미나시옹』, 「어느 이성에게」.

꿰뚫을 수 없다는 것을 인정해야 하며, 우리 역시 존재에 대한 이해를 결하게 되는 이상, 계측 도구일 뿐 아무데에도 이르지 못하는 지각작용의 구렁텅이 속 "동질적인 중립성"*에 둘러싸인 스스로를 단순한 우연으로 받아들여야만 한다. 한데 말을 외계 현실과의 관계로 평가해야 할까? 인류에 의해 말이 고안된 것은, 사물들의 본질을 규명하기 위해서가 아니라 인간의 삶이 던져진 장소, 거기에 길을 그려내고 얻을 수 있는 재화들을 거기서 탐지해내고 거기에서의 교류를 개선함으로써 그곳을 더 낫게 만들기 위해서임을, 간단히 말해, 자연을 대지로 바꾸기 위해서임을 상기해야 하지 않을까? 그렇게 말은 하나의 현실을 창설하고자 하며, 그 현실이 이차적이라 할 수 있다 해도 인간 사회에는 더없이 중차대한 현실이다. 지상의 현실, 우리가 결정한 바로 이 차원에서 우리의 존재는 확인되어야 하며, 무無나 불가사의가 아닌 존재의 견지에서 우리 삶에 부여될 의미와 의의를 생각하기 시작해야 한다.

그런데 언어에 대한 이 두번째 고려 방식이 "투시자"의 편지와 랭보의 시편들에서 나타난다. 말라르메 및 그 측근에게서는 전혀 다른, 게다가 그 자체로서는 매우 정합적이기도 한 생각이 시에 대한 결정권을 주장하고 있었던 때다. 랭보가 시도했던 경험에 거는 기대가 클 수밖에 없는 것은 그 때문이다.

* 말라르메, 〔"주사위를 한 번 던짐……"〕.

3

그리고 이는 "하나의 영혼과 하나의 육체 속에서" 진리를 되찾는 일이—『지옥에서 보낸 한 철』 마지막 대목의 말이다—랭보에게서 모순을 일으키지 않았기 때문이 아니며, 이 탐색이 좌절되었다는 느낌, 이 좌절이 그의 숙명이며 "구더기"라는 느낌을 그가 몇 차례씩 맛보지 않았기 때문도 아니다. 하지만 그 탐색이 낸 길 위에서 의혹과 절망, 더하여 비정합성이나 아포리아 등의 행적들이 비추어주는 바가 가장 적으리라는 법도 없으며, 또한 그것들이 우리가 그 길을 계속 가기를 단념해야 하는 이유가 되지도 않는다.

나는 우선, 랭보가 가고자 했던 길이 그에게 단순한 공리공론은 아니었음을 강조하고 싶다. 랭보가 작정한 "착란", 그가 "자신을 천하게 만들기"라고까지 말한 그것은 진짜로 시도되었고 혹독하게 경험되었으며, 그의 생각이 착란에 따르는 시련을 각오하게 했던 만큼이나 착란이 그의 생각을 결정지었다. 이것을 우리가 아는 것은 『지옥에서 보낸 한 철』의 한 장인 「언어의 연금술」 전체가 그에 대한 상세한 이야기이기 때문이다. 먼저 "방법"의 여러 형태 중 하나가 소개된다. "나는 모음들의 색깔을 발명했다!"고 랭보는 쓴다. 이는 보들레르를 이어받아 색깔과 소리의 정확한 조응 관계를 실험했다는 의미가 아니라, 말에서 반복되는 다섯 요소를 스펙트럼의 색깔들과 연결함으로써 사물을 바라보는 시선 속에 하나의 지각을, 단어들이 그저 주어진 의미를 통해 유발하는 지각과는 전혀 다른 지각을 끌어들이기로 했다는 것이다. 예를 들어, 'I'는 빨간색, 'U'는 초록색이라고 자의적으로 말해지는 순간, 청자 혹은 독자는 "밤nuit"이라는 단어에서 초록색과 빨간색을 보게 될 것이며, 이 색깔들은 밤, 그때까지 무턱대고 검은색을 바탕으로 빈곤하게만 생각되어온 그 지시 대상에까지 침투할 것이다. 이리하여 세계에 대한 전통적 이해가 전복될 것, 최소한 흔들리기는 할 것이다.

이 방법을 계속적으로 적용한다면, 갖가지 종류의 취기를 포함해 모든 수단을 써서 거기에 전념한다면, 현대의 시와 회화에서 상용되는 "풍경들"이 "가소로워"질 것이며 삶을 영위하는 방식 자체는 극히 깊게, 지속적으로 헝클어져 몸의 본능적 "리듬"이 제 권리를 되찾게 될 수 있을 것이다. 요컨대 지렛대를 쓰듯이 통상적인 말을 뒤집어버리고 그때 침묵을, 밤을 쓰고, 표현할 수 없는 것을 적고, 현기증을 정착시키는 것이다. 랭보 자신의 말로 표현된 기획이 이와 같으며 그가 일부분 성공했다는 사실, 그가 때때로 "시적 고물"을 "단어들의 환각"으로 바꿔놓을 수 있었다는 사실은 1871년 및 1872년에 쓰인 그의 몇몇 시를 당시 파르나스 시인들의 글과 비교해보는 것만으로도 충분히 확신할 수 있다. 「취한 배」에서부터 그 못지않게 놀라운 「미셸과 크리스틴」이나 「기억」과 같은 시들에 이르기까지, 갖은 속박으로부터 돌연 풀려난 의식이 있었고 이 의식은 날아올라 "될 수 있는 한 우스꽝스럽고 어리둥절"해진다. 무매개의 지각을 향한, 시가 아는 한 가장 섬광 같은 돌파다.

하지만 우리에게 얘기해주는 이 현기증을, 랭보는 그 실험의 파란 많은 기간 동안 아마 너무 강렬하게 겪었을 것이다. "방법"의 몇몇 형태에 대해 진술하는 『지옥에서 보낸 한 철』의 바로 그 장에서 보고되는바, 단어들 속에 존재하는 환각에 이처럼 익숙해지면서 본질적인 건강이 재발견되는 게 아니라 광기—"사람들이 가두어둔 광기"—의 조짐이 나타난다. "내 건강은 위협받았다." "섬망"이라는 표제가 달려 있는 「언어의 연금술」의 한 문장이다. "공포가 찾아왔다." 몸과 정신이 서로를 강화시키기로 되어 있던 순간이건만, 랭보는 그것들에까지 영향을 미치는 깊은 무질서를 이야기한다. 이렇게 해서 그는 삶의 장소, 따라서 교류의 장소를 조직하는 수단인 언어가, 그 교류에 요구되는 결속보다 더 낮은 곳으로부터 올라오는 힘들을 향해, 조심 없이 통제도 없이 열릴 수 있으리라 생각한 것이 "궤변"이었음을 발견하게 된다. 교류에 고유한 차원에서 랑그는 그것의 과거와 변전 속에 일종의 기억을, 습관과 확신과 의혹의 직조물을 품고 있으며, 이것들은 가장 본능적인 충동과 마찬가지로 인격을 구성한다. 나쁘든 좋든, 세계 내 존재에게 이 문화적 요소들은 엄연히 존재하며 결속된 채 얽혀 있어, 거기에 맹목적으로 무질서를 끌어들이는 일은 분명 재난으로 치달을 것이다. 게다가 소위 원시사회, 『지옥에서 보낸 한 철』의 저자가 그에 관한 한 20세기의 선구자 노릇을 하며 높이 평가하고 또 일찍부터 그곳으로 합류할 것을 고려했던 저 "이교도" 사회, 무매개적이지만 규칙이 있는 저 "춤"의 사회의 정신에도 이보다 더 낯선 것은 없을 것이다. "삶을 바꿀" 계획을 이보다 더 헛되게 만들 일

명 빗맞히려는 생각으로 그에게 저 유명한 총격을 가하고 난 직후에—감옥에 가게 된 베를렌은 그가 이 작품을 쓰는 순간에도 여전히 수감되어 있다—랭보는 자기 어머니의 농장 다락방에서 많은 감정을 느끼며 이 "영벌받은 자의 수첩"을 시작 혹은 재개하는 것이다. 그 자신 육체적으로나 정신적으로나 기진해 있다. 하지만 지적으로는 그렇지 않음이 확실하니, 이 종잇장들을 가로질러 두 가지 대실패를 정확히 되짚어 가야 할 길을 다시금 발견하는 일에 성공하고 있기 때문이다. 그 덕에 마지막 페이지들에서 그는 임시적이되 이번에는 보다 나은 토대를 둔 믿음을 되찾는다.

4

이 최종적인 길을 어떻게 규정해야 할까. 『지옥에서 보낸 한 철』의 텍스트에서 앞의 두 길만큼 대단히 명확하게 제시되어 있지는 않은데, 이번에는 랭보 자신에게 스스로의 생각을 보다 잘 납득시킬 수 있게 뒷받침해줄 예들이 없어서다. 하기야 그가 납득시키기를 바랐다고 가정할 때야 할 수 있는 말이다. 사실 이 책은 여하한 독자의 주의를 끌려는 보고서가 아니라 자기 성찰에 바쳐진 책, 저자가 자기 자신 앞에서 맺고자 하는 약속, 자기 자신을 미래와 연결시키고자 하는 맹세임이 분명하기 때문이다. 그럼에도 우리는 가장 먼저 「언어의 연금술」에서 이루어진 그의 부인否認, "조리 있는" 착란 내내 그가 마주쳤던 기쁨, 그러나 또한 현혹과 실망을 상기하면서 이 새로운 랭보에게 다가갈 수 있다. 『지옥에서 보낸 한 철』의 마지막 장이며 가장 감동적인 장이기도 한 「고별」에서 그는 다시금 쓴다. "나는 모든 축제, 모든 승리, 모든 드라마를 창조했다. 나는 새로운 꽃, 새로운 별, 새로운 육체, 새로운 언어를 발명하려고 시도했다. 나는 초자연적인 힘을 획득했다고 믿었다. 그런데 자! 내 상상력과 추억들을 묻어버려야 하는구나! 예술가이자 이야기꾼의 멋진 영광이 하나 사라지고 마는 것이다!" 그러니까 포기되는 것은 전년에 쓰인 그의 글들을 빛나게 했던 희망이며, 그중 몇 편의 시는 바로 이 책에서 인용되어 과거로 내쫓긴 참이다. 하지만 또한 주목해야 할 것은 그럼에도 단어들의 힘을 빌려 규정할 수 있는 어떤 창조의 가능성이 지상에 존재한다고 그가 단언한다는 점인데, 그렇지 않았다면 단어들은 저자 자신에 의해 부인당하는 생각, 이 책 맨 앞에서 상기될 때는 심지어 "욕"이 퍼부어지는 생각에 쓰일 뿐이라고 여겨졌으리라.

이 「고별」의 마지막 문장들에 다다르면서 그는 과연 다음과 같이 외친다. "그러나 지금은 전야前夜다. 흘러드는 생기를, 실제의 다정함을 모두 받아들이자. 그리고 새벽을 맞이하여 타오르는 인내로 무장하고, 우리는 찬란한 도시로 들어가리라." 찬란함이, 아름다움이 여전히 가능하다고 이 문장들은 말한다. 다만 시인이 그것을 알아차리기 위해서는 반복적으로 집요하게 자기 자신에 준거하는 일을 그만두어야 하며 그러한 강박관념, 자신의 권능에 대한 꿈을 접고 "우리"를 택해야 한다. "불과 진흙으로 점철된" 하늘

밑 "도시"라는 표지 아래 나타나는 이 "우리"가 있는 그대로의 사회임은 명백하니, 그 변전은 모든 이에게 속한다. 지상의 사회 세계에서 그 바탕이 되는 아름다움에 다가가는 일은 난폭한 말의 착란을 통해서가 아니라 어떤 노력, 집단적 노력을 통해 이루어진다. 이 집단적 성격으로 인해 우리는 필요와 그 법칙의 차원에 머무르지 않을 수 없으며, 여기에는 신중함만큼이나 끈기가 동원되지만 그럼에도 타오르는 열정이 없지 않고, 비전이나 음악이 없지 않다. 무게를 제대로 파악할 줄 아는, 건축의 아름다움이다. 이러한 것이 『지옥에서 보낸 한 철』 마지막의 지시사항이다. 그에 따르면 "나", 즉 인간이 자기 자신과 맺는 강도 높은 관계란 아무리 자아를 뒤틀어 "나"의 자리를 마련하려고 해봤자 고립된 자아에서는 태어나지 않으니, 그것은 노동에 임하는 공동체의 "타오르는 인내" 속에서 태어나는 까닭이다. 그리고 읽기를 마쳐갈 때 우리는 자문해보아야 할 것이다. 비전의 강렬함에서 그토록 독특하면서도 "진정한 삶"의 가능성을 위해 그토록 긴요한 시들을 우리에게 남겨준 자의 특별한 능력들에, 그의 말이 기댄 중요한 수단들에 위의 생각이 어떤 자리를 할애하는지. "내가! 마법사라고도 천사라고도 자칭하며 모든 도덕에서 면제받았던 내가, 추구해야 할 의무, 끌어안아야 할 거친 현실과 더불어 다시 흙에 돌아오게 되다니! 농부다!" 거의 맺음말 격으로 랭보는 이렇게 쓴다. 현실이 "거칠"다는 것도, 그걸 아는 게 중요하다는 것도 사실이다. 하지만 "마법사"나 "천사"가 되면 안 된다고 해서, "농부"가 시인을 잊히게 할 수 있다고 생각해야 하는가?

내가 보기에 그것은 저 마지막 페이지들 속 랭보의 온전한 생각이 아니다. 이 페이지들에서 실제로 나타나는 필적 또한 텍스트 깊은 곳에서 의식적으로건 무의식적으로건 이 위대한 시인이 어떻게 시에 대한 표면상의 부인을 거스르고 시 실천의 다른 차원, 그의 표현을 빌리자면 "인민의 행진"과 양립 가능한 차원을 향하는지를 알 수 있게 해준다. "지상의 성탄"과 함께하는 차원을.

5

달리 말해, 랭보가 취하게 된 새로운 존재 방식에 따라, 이 페이지들이 순전히 철학적인 주장이나 명제들로 환원되려 했거나 환원될 만했다면 「고별」에 무엇이 남게 되었을지, 나아가 『지옥에서 보낸 한 철』 전체에 무엇이 남아 있었을지 생각해보자. 시 아닌 다른 것이 되고자 하는 듯한 그때조차 우리가 알아내야 할 모종의 이유로 시에 속하는 작품, 나아가 프랑스어로 쓰인 시 중 첫번째 반열에 드는 작품이 우리 앞에 있다고 판단하게 만드는 것, 그런 것은 분명 더이상 없을 것이다.

사라졌을 것은 무엇인가? 내가 하나의 목소리라 부르고자 하는 것이다. 무슨 말이냐 하면, 이 모든 문장 속에서, 그것들의 생각 아래로부터 작동하고 있는 것을 들어보자—듣는다는 것이 정확한 표현이다. "내 입에 베개가 붙었다" "목이 말라 죽겠다, 숨이 막힌다, 소리를 지를 수가 없다" 랭보는 이렇게 쓴다. 이 숨막힘에 대한 두려움이 『지옥에서 보낸 한 철』 전체를 가로지르고 있으며, 그 두려움의 강력함은 질식의 순간들에 상응하듯 텍스트에 구멍을 내는 무수한 말줄임표에서, 줄표(—)로 표시되거나 그런 표시조차 없는 의미상의 생략들 속에서, 불안의 급격한 분출(가령 "거리에 나가 울부짖을 거야")에서 감지된다. 여기에서는 어떤 검열이, "감옥이 늘 다시 삼켜 가두는 저 완악한 도형수"를 억압하는 바로 그 검열이 작동중이며, 그것은 「언어의 연금술」이나 「어리석은 처녀」에서 환기되는 내적 모순 및 억제의 직접적 효과인 만큼이나 사회체제가 보다 광범위하게 가하는 억압적 폭력의 직접적 효과이기도 하다. 그래서 『지옥에서 보낸 한 철』의 말은 하나의 투쟁이며, 이전에도 사실 그랬고 앞으로도 그럴 것이다. 무슨 희망을 품든 무슨 꿈을 꾸든지 간에, 그 말은 자신에게 가해지는 목 조르기의 위협을 인지한다. 목 졸려 어쩌면 끝장날 터, 아프리카에서다.

하지만 금지된 것을 에둘러 피하거나 아예 듣기조차 거부하는 대신 지금처럼 거기에 맞설 때, 그토록 커다란 위험을 무릅쓰는 저 말은 추상이 퇴색시켰던 논리적 연계나 논거를 자신의 사유와 함께 제시하므로 그것이 지닌 설득력의 뇌관을 제거당하지 않을 수 있다. 말은 그 사유를 살고, 이로써 오히려 사유는 그 발원 지점의 상태를 온당하게 간직하는바, 거기에서는 가장 상반되는 생각들이 동시에 제시되고, 비전들이 성찰을 꿰뚫고 뒤흔들며, 정신은 불안하게, 심지어는 기겁하며 장애와 차단과 표류를 목도한다. 비일관성은 그리하여 이 사유에 가장 먼저, 또한 지속적으로 닥쳐오는 위험이 되고, 직관은 그 함정과 신기루의 그물에서 발을 빼야 하는 것이다. 또한 더 심각한 위험, 매 순간 두려워하지 않을 수 없는 사태는, 갖가지 개관과 가설이 그토록 자주 너무도 성급하게 서로를 무효로 만드는 가운데, 사유가 길 내는 일 자체를 단념하게 될 수 있다는 것이다. 그러나 무척 강한 희망이 자기 안에 있음을 알아볼 수 있기로는, 사유되지 않은 것 속에서 이처럼 때로 눈먼 채 위험을 무릅쓰면서 끈질기게 구는 것보다 더 나은 방법이 있을까? 희망이 여전히 시련을 견디고 있으니 말이다. 그리고 이 희망을 표명하기 위해, 독자에게 곱씹어보라고 내놓기 위해 이렇게 소리 높여 외치듯 말하는 것보다 더 나은 방법이 있을까? 비이성적인, 고집스러운 희망이야말로 있는 대로의 인간됨이 우리 안에 자리하는 곳일 테니 말이다. 희망이란 삶이 얼마나 실망스러워 보이든 거기에 의미를 부여하는 것이며, 단어들이 얼마나 허술하든 거기서 타인과의, 또한 우리 안의 타자, 자아 아래에서 감지되는 "나"와의 교류 수단을 발견하는 것이다. 의식이 상대를 찾아 구하는 바로 그 지점, 정신 속의 그 중간 지대에 타인이 자리하며 거기에서 진정한 말은 지극히 파괴적인 이데올로기만큼이나 포기 또한 거부해야 하니, 포기란 대답을 모색하기를 그친 물음들과 다름없다.

요컨대 『지옥에서 보낸 한 철』에는 하나의 존재가 현존한다. 서구 역사 내내 "영주들의 평의회"에서, "그리스도의 평의회"에서조차 빠져 있던 "나쁜 피"의 한 젊은 존재가 여기 모습을 나타내어 평의회 가운데 있어야 할 자기 자리를 요구한다. 그것이야말로 개최되어야 할 단 하나의 평의회로, 지상에서의 짧은 체류에 무슨 의미를 부여할 수 있을지 염려하는 그 자신과 같은 존재들과의 만남이다. 사방으로 부딪히는, 열에 들떠 있는, 자신만만한가 하면 침통해하는 이 페이지들을 읽으면서, 그와 동시대인인 『지하로부터의 수기』의 저자 도스토옙스키를, 또 자화상이나 최후의 풍경화—또하나의 "섬망", 체험하고 실패한 또하나의 연금술—에서 그와 마찬가지로 존재의 한계 상황을 증언하는 반 고흐를 생각하게 되는 것도 그 때문이다. 랭보는 그의 책 속에 현존하면서 자기 자신에게 또 우리에게 진지하게 말한다. 그렇게 하면서 그가 "찬란한 도시"를 건축하는 "우리" 가운데 그저 한 일꾼이 되기를 바라봤자 헛일이라 해도, 그 "우리" 속에 시인을 위한 자리가 있음을 증명한다는 것은 엄연한 사실이다. 랭보 덕분에 우리가 이것을 납득하게 되었으니 말이다. 시인, 즉 사회에서 시인이란, 사회에서 이루어지는 갖가지 숙고를 위해 늘 무질서 상태에 있는 주관성의 경험을, 늘 망상에 시달리는 상상의 경험을, 달리 말해 한없는 욕망과 몽상적 비전을 대면한 자의 경험을 가져다줄 자다. 이 모든 것이 그때부터는 우상화되지 않고 부인되지도 않으면서 다만 가로질러지고 몰아붙여지고 받아들여지며 이해된다.

끝으로 말하자면, 이 "영벌받은 자의 수첩"은 따라서 하나의 시학이니, 그는 영벌받았음에도 긴 성찰을 거쳐 이제는 자기에게 "하나의 영혼과 하나의 육체 속에서 진리를 소유하는 일이 허용"된다고 결론짓는다. 진실된 말로 간주할 수 있는 시학이다. 언어에, 말라르메가 허구를 위한 장소만을 보았던 그것에 하나의 진정한 절대, 죽은 하늘의 절대가 아닌 집단적 발명의 절대를 향해 말 건넬 권리가 있음을 인정한다는 것이, 그 시학의 위대한 기여 중 하나이기 때문이다. 시에 대한 하나의 생각이되 동시에 진실의 재건이기도 하다. 그렇기 때문에 랭보가 저 "새로운 시간", 그가 정초하면서 "매우 엄격하다"고 여긴 시간, 과연 매섭게 서로 다투는 흐름들이 여전히 가로지르고 있는 시간 속에서 받아들여지고 경청되고 이해되기를 바랄 만하다.

얼핏 생각하면 괜한 것으로 여겨질 수 있는 바람이다. 『지옥에서 보낸 한 철』의 저자는 유명하니까. 하지만 그가 마땅한 정도로, 마땅한 식으로 유명한가? 사실 그의 죽음 직후부터 그의 글들은 독선적인 만큼이나 환원적인 이데올로기들의 먹잇감이 되어왔다. 그중 몇 개를 꼽아보면 차례로, 아니 보다 정확히는 동시적으로, 기독교인 랭보, 영지주의자 랭보, 마르크스주의자 랭보, 또는 "불량소년" 랭보가 있었다. 좀더 최근에는 글쓰기란 랑그에 대한 작업이라고 추켜세우는 사람들, 그 랑그라는 무대연출에서 그들에 따르면 배경에 불과한 현실에는 신경쓰지 않는 사람들의 공모자까지는 아니라도 친구쯤 되는 랭보도 있다. 그 모든 경우에 특정 랑그가 부당하게 절대화되거나 언어 자체가 우상화되며, 이러한 사고방식들은 은연중에, 심지어는 공공연하게 랭보를 축소시키는 셈인데, 그에게 말한다는 것은 바로 그 같은 기호들의 폐쇄 상태를 거부하는 일이기 때문이다. 말의 가치는 오직 알려지는 데에 있으며, 그리하여 미지에 속하되 또한 삶에 속하는 어느 밑바닥을 향해, 말을 초과하면서 늘 상대적일 뿐인 말의 축조물을 무너뜨리는 밑바닥을 향해 길을 내고자 한다는 데 있다. 오늘날 랭보는 거의 이해받지 못한다. 우리가 살고 있는 사회에는 더이상 희망의 용기조차 없다고 생각해야 할 것인가?

그보다는 『지옥에서 보낸 한 철』이 바다로 띄워 보내는 저 유리병들 속에 있다고, 마침내는 제대로 해변에 가닿을 것이라고 생각하자. 이렇게 생각하는 것을 우리가 그에게 빚진 신앙 행위로 삼자. 그 자신 먼저 하나의 신앙 행위를 완수할 수 있었던 자, 그는 시라는 것이 무엇보다도 그것임을, 더 정확히는 그것이 아니라면 무엇도 아님을 밝혀 보였다.

본질적인 것은 간결하다

2003

곧장 들어가자, 환하고 맹렬하게 형상화되는 제안들이 있는 작품 속으로. 태어나는 상태의 사유가 거기 있으니, 논증이나 설명 속에서는 사유가 이미 늙게 된다.

이렇게 뛰어드는 일이 랭보에게서는 얼마나 계시적인지! 대부분의 시인들보다 더한 무엇인가가 랭보에게 있다. 탐색하는 자 앞에 그 깊이가 문자 그대로 솟구쳐오른다. 삶 앞에서의 조바심, 마찬가지로 극단적인 자기 자신에 대한 엄격함으로 인해, 그 깊이는 통상적으로 직관과 감정에 수반되면서 그것들을 지탱하는 거의 모든 것을 난폭하게 떨쳐낸다. 랭보는 전혀 증명하려 하지 않는다. 그 순간 절대적 진리라 여기는 것을 향해 단박에 뛰어들고, 그럴 때 그는 인간 조건의 본질에 다가간다고 생각한다. "사랑은 재발명되어야 해." 그는 이런 식으로 쓴다. 혹은, "진정한 삶은 없어요."* "절대적으로 현대적이어야 한다."** 이런 식이다.

그런데 이 간결함은 특히 무엇을 의미하는가? 희망이다. 폴 드므니에게 보낸 편지의 저자인 그는 자기가 거짓의 세기들을, 최소한 착오의 세기들을 끝장낸다고 느끼면서 자신의 계시가 구원의 큰불처럼 퍼져나가 사회를 죄에서 해방시킬 것이라 기대한다. "내가 말하는 것, 이건 신탁이다."*** 이 강렬한 생략, 그것은 이제 곧 무한히 충족되리라고 상상하는 무한한 욕망이다. 그러므로 이미 거의 환희에 찬 이 외침 속에서 이 소년과 합류하자. 그를 이해했다는 게 아니라 그의 기대를 함께하자는 것이다. 그리하여 때로는 같이 꿈을 꾸는 데 그친다 해도, 어쨌든 그것은 반항이 에너지 허비에 지나지 않는다는 생각을 거부하는 일, 요컨대 고독을 거부하는 일이다.

그러고 나서 경험의 두번째 시기에 접어든 그가 "삶을 바꿀" 수 없으리라는 것을 과연 고독 속에서 깨닫게 될 때, 그의 곁에 머물자. 그 확신은 그에게 일찍, 게다가 가혹하게 찾아들었기에, 희망의 잔재를 꾀어낼 만한 미끼라곤 전혀 없었다. "어린애들 몇몇이 하천을 따라가며 저주를 억누른다."**** 당시의 그가 쓴다. 그럼

* 『지옥에서 보낸 한 철』, 「섬망 I. 어리석은 처녀—지옥의 남편」.

** 『지옥에서 보낸 한 철』, 「고별」.

*** 『지옥에서 보낸 한 철』, 「나쁜 피」.

**** 『일뤼미나시옹』, 「젊은 시절 I. 일요일」.

에도 이 불행한 사회에 살고 있는 자기 외의 다른 많은 사람을 위해 그렇게 말하는 것이다. 그토록 욕망에 들떠 있으면서도, 랭보는 놀랍도록 명철해서 재빨리 불가능을 가늠하면서 자신을 억누르는 것들을 파악하고, 이에 대해 기독교의 고통주의dolorisme를 비난한다. "그러나 정말이지, 나는 너무 울었다." 쟁취했다고 믿었던 자유의 희열로 시작된 「취한 배」, 그 마지막 대목에서의 외침이다. 어떤 시인도 서구 세계가 빠져든 궁지를 단 몇 마디 말로 그처럼 힘있게 말할 수는 없을 것이다. 『지옥에서 보낸 한 철』을 쓴 저자의 아프리카행, 돌이킬 수 없는 것이기를 스스로 원했던 그 결단 역시 그의 말이 지닌 격렬한 간결성의 가장 뚜렷한 예다. 그 말은 실로 전부를 지워버린다. 그저 "유럽을 떠나자!"고 말할 뿐이다. 그러면서 밝혀 쓴다. "새로운 애정과 새로운 소리 속으로 출발!"*

그렇다. 랭보와 함께 머물자. 저 『일뤼미나시옹』에 귀를 기울이자. 저주받았다고, 또 패배했다고 느끼는 아이가 거기 혼자서, "추억들의 방문"**을 받으며 자기 꿈에 몰두하고 있다. 요구이기도 한 규탄의 섬광, 싸움에서 이겼다고 생각했던 반항의 취기 이후, 이 페이지들은 한 시인이 자기만을 위해 쓴 것이기에 뚫고 들어가는 게 불가능하다고 여겨질 수도 있다. 하지만 그렇지 않다. 이 급류 속으로, 어둠의 수면들 사이로 잠겨들어가는 자는 꿈꾸어진 빛의

* 『일뤼미나시옹』, 「출발」.
** 『일뤼미나시옹』, 「젊은 시절 I. 일요일」.

파편을 가지고 돌아올 것이다. 세계가 건네는 약속을 우리 정신이 더 잘 들을 줄 안다면, 우리가 아침에 볼 수도 있을 그 빛이다.

베를렌, 그리고 아마도 랭보

1982

1

나는 이 작은 그림을 1978년 1월, 파리 클리시광장 근처의 고미술품 상점에서 구입했다.

네 인물 중 한 명이 현재 남아 있는 폴 베를렌의 사진 및 초상화들과 닮았다는 사실이 이미 여주인의 주의를 끌었던지, 액자에는 '베를렌과 그의 가족'이라는 표찰이 붙어 있었다. 하지만 이 추정을 뒷받침할 정확한 사실이나 문서는 전혀 없었다. 여주인이 내게 말해줄 수 있었던 것은 단지, 자기는 이 그림을 어느 부인에게서 사들였고 그림은 오래전부터 그 부인의 집에 있었으며, 부인의 남편 역시 생전에 이 인물이 베를렌이라고 생각했다든가 알고 있었다든가 하는 것이었다. 매입은 그 동네에서 이루어졌다고 했는데,

여기가 시인의 유년 시절 동네라는 점을 주목하자. 또 이 작품이 어느 때인가는 벨기에에 가 있었을 수도 있다고 했다. 그외에는 알아낼 수 있는 게 없었다.

사정은 그렇고, 이제 그림을 살펴보면 우선 왼쪽 아래에 뭐라고 써놓은 것이 눈에 띈다. '내 친구 봉세르장에게'. 또렷하게 쓰여 아직 잘 남아 있는 이 글씨는 내가 보기에 베를렌의 필적과 다르다고 할 만한 구석이 전혀 없고, 다만 파리나 런던 시절의 랭보 필적과도 상당히 유사하기는 하다. 주지하다시피 둘의 글씨는 가끔씩 무척 비슷했다. 이 경우 특히 랭보를 떠올리게 하는 것은, 가령 '봉세르장Bonsergent'의 대문자 'B'나 마지막 글자들이 「보텀」 수고본의 제목 대문자 'B'나 'claironnant' 'brandissant' 등의 단어에서 보게 되는 필적과 거의 똑같다는 점이다. 이 글자들만 보고서, 또 두 사람 중에서만 골라야 한다면 나는 그래도 베를렌이 썼다는 편으로 기울 테지만, 왼쪽 인물 아래 보이는 글씨는 이 네 단어로 끝나지 않는다. 거기에 이어서, 아니면 그냥 그 옆일까, 이번에는 알아보기가 더 힘들지만 'R' 아니면 합쳐진 'AR'(이 경우 A의 가로선은 빠져 있는 셈이다), 점 하나, 'I'과 'X'일 듯한 글자가 있고, 그 뒤에도 무언가 적혀 있지만 거의 지워져 있어서 나로서는 그 이상 읽어내기가 망설여진다. 서너 글자가 더 있고 그중 마지막 글자는 서명 끝에 길게 늘여 쓴 'S'일 것 같다고 말해두자.

이 예닐곱 개의 글자들을 서명이라고 보는 것이 분명 가장 그럴 듯한 가설일 것이다. 또 이 글자들과 앞의 헌사가 같은 손으로 쓰였다고 확실히 말하기는 힘들고 이 글자들이 앞의 헌사에 더해져 하나의 구문을 이룬다고 보기에는 그 위치 역시 어중간하기에, 일단 거기에 화가 이름이 표시된 것이라고 생각해보았다. 그래서 베네지 사전을, 다음에는 티메·베커 사전을 찾아보았고, 거기서 잊힌 화가 장 앙드레 릭상Jean André Rixens의 이름을 발견했다. 이 화가를 제대로 따져보지 않고 미리 배제해선 안 될 것이다. 릭상은 1846년 11월 30일 생고당스에서 태어나 1924년 파리에서 죽었다. 장레옹 제롬에게서, 특히 아돌프 이본에게서 사사한 뒤 역사화를 전문으로 그린 듯하다. 〈아그리피나의 죽음〉(베지에미술관 소장), 〈카이사르의 주검〉(니오르미술관)이라는 작품을 남겼고, 좀 더 소박한 작품으로는 〈실 잣는 여인〉(낭시)이 있으며—1880년대 들어 그는 꾸준히 살롱전에 출품했는데, 이 작품들은 필시 그 소산일 것이다—파리 시청과 소르본대학의 프레스코화 일부를 그렸다. 우리로서는 릭상이 베를렌보다 두 살밖에 어리지 않다는 점이 흥미로운데, 따라서 그가 보자르에 다니던 시절부터 베를렌을 추앙했을 수도 있기 때문이다. 이에 관해 나는 파스칼 피아, 루이 포레스티에, 피에르 프티피스 등 몇몇 전문가에게 문의했고, 그들이 아는 한에서 두 사람의 조우를 말해주는 바는 전혀 없었지만, 물론 이처럼 우리에게 알려진 바가 없다는 사실 역시 아무것도 증명하지 못한다. 틀림없이 제법 빠르게 부르주아가 된 이 화가(세르슈미디가街에서 보카도르가, 즉 현재의 앙리드레니에가로 옮겨간 그)의 보헤미안 시절을 조금이나마 추적해보는 일이 무척 흥미롭

긴 할 것이다. 이 그림을 본 방문객 한두 명이 주저 없이 그의 이름 전체를 읽어냈으니, 알려져 있는 작품들에서 그의 서명이 지닌 확실한 특징들을 집어내봐야 할지도 모르겠다. 하지만 이쪽 길을 따라가자니 마음에 걸리는 것은, 이 스케치풍 채색화의 필치에서 보이는 자유로움과 거기 그려진 인물들과의 관계에서 느껴지는 친밀함이, 베를렌 특유의 기질 및 그의 주변 사람들을 매우 잘 알고 있는 누군가를 가리키는 듯하다는 점이다. 여기 보이는 인물이 정말 베를렌이라면, 그를 이만큼이나 꿰뚫어볼 수 있었던 증언자가 그 뒤 전위 지식인 및 화가들의 동아리를 완전히 떠났다는 게 의아스럽다.

다른 한편 고백하자면, 둥글게 삐쳐 쓴 획에 가로지른 선이 있는, 그리고 상기하건대 점 하나가 뒤따라 찍혀 있는 이 'R'이, 베를렌에게 보내는 『지옥에서 보낸 한 철』의 저 유명한 헌정사 'A. Rimbaud'의 'R'과 비슷하다는 데에 마음이 흔들렸다. 이 기호들이 헌사 옆에 자리잡은 위치가 좀 어정쩡하기는 해도, 나로서는 둘 모두를 같은 사람이 썼을 가능성을 완전히 배제할 수 없었고, 'R' 뒤에 오는 'IX'가 이름이 아닌 날짜 표시의 첫 부분일 수 있다는, 즉 9일 혹은 11월을 나타내는 로마숫자일 수 있다는 공상을 펼쳐보지 않을 수 없었다. 베를렌의 크로키 〈중산모자를 쓴 랭보〉* 아

* (원주) François Ruchon, *Rimbaud, documents iconographiques*, Genève: Pierre Cailler, 1946, 도판 16번.

래쪽에, 베를렌의 이름에 이어 'I.C.Xbre 86'이라고 적혀 있듯이 말이다.* 아르튀르 랭보가, 혹 이 이름이 너무 모험적이라면 'R'이나 'AR'이라고 서명한 누군가가, 반쯤 지워진 듯한 글씨를 새긴 어느 날짜에, "친구 봉세르장에게" 이 그림을 준 것일까? 더할 나위 없이 무모한 가설임을 나 역시 순순히 인정하지만, 이 가설이 지닌 이점은 작품에 화가의 서명이 없다고 간주함으로써—사실 이 위치에 서명을 하는 화가는 거의 없다—이 작품을 좀더 상황에 잘 들어맞는 화가와 관련지어 볼 수 있다는 것이리라. 포랭, 1872년 혹은 1874년—주지하다시피 불행히도 마지막 숫자는 판독되지 않는다—5월이라는 날짜가 적혀 있는, 랭보의 초상화로 추정되는 그의 그림은 기법상으로 이 베를렌의 초상화와 큰 유사성을 보인다.** 둘 모두 완성을 기한 작품이라기보다는 재빨리 그린 에튀드에 가깝다. 두 차례 모두에서 바탕 밑그림이 잡히자마자 의심이나 수정을 모르는 듯 붓으로 윤곽선을 그려냈고, 이 점에서 두 그림 모두가 비범하게 날카로운 관찰자 기질을 드러낸다. 또한 어스름한 미광 속에서 솟아나는 빛 자국들이나 자잘한 밝은 면들에 대한 취향 역시 두 작품에 공통적으로 나타난다는 점 역시 주목할 수 있다. 마지막 공통점은, 물론 여기에 그다지 무게가 실릴 수 없음을 다시 한번 인정하지만, 포랭의 랭보 초상화 역시 화가가 "내 친구에게"라고 적어 헌정했다는 사실이다.

---

* 라틴어로 9는 'novem', 따라서 위의 방식대로 '11월novembre'을 표기하면 'IXbre'가 된다. 본푸아가 I.C.라고 읽은 부분의 정확한 내용 및 의미는 불분명하다.

** (원주) Y. Bonnefoy, *Rimbaud*, Paris: Seuil, 1961, 159쪽 도판 참조.

2

그런데 우리에게 이 네 단어를 던져준 저 '봉세르장'이라는 이름에서 약간의 빛이 더해지기를 기대해봐야 하지 않을까? 이 헌사를 통해 어쩌면 폴 베를렌의 생애의 어느 한순간이 재발견될 수도 있으리라.

파스칼 피아의 호의에 힘입어, 나는 이런 이름을 가진 누군가가 실제로 베를렌 가까이에 있었음을 알게 되었다. 알프레드 봉세르장이라는 작가로, 이로써 우리의 그림 판독에 중요해 보이는 교차점이 하나 만들어진다. 봉세르장은 베를렌과 나이가 거의 비슷했고, 제정 말기 및 파리코뮌 당시 베를렌과 마찬가지로 온건 공화파였다. 후일 1878년부터 1887년 사이에는 〈청년 프랑스〉지에 기고했는데, 이 잡지의 편집 주간은 폴 드므니, 랭보가 1871년 봄에 저 유명한 편지를 써 보냈던 바로 그 사람이다. 베를렌의 친구 다수의 글이 실린 이 정기간행물에, 봉세르장은 조각에 대한 기사나 여행 노트—나 역시 알게 된 바로는 특히 모리스섬 여행 노트—를 기고했고, 또한 유배중이던 베르메르슈E. Vermersch에 대한 기사를 쓰기도 했는데, 이로써 우리는 다시 베를렌과 랭보, 런던에서 베르메르슈와 어울렸던 그들에게로 다다르게 된다. 이번에도 봉세르장과 베를렌의 개인적 교류를 확증해주는 것은 전혀 없지만, 사실 베를렌의 서한은 아직 충분히 조사되지 않은 상태고, 어쨌든 그들의 길이 때로 교차했을 법하다는 것은 사실인 만큼, 이 작가에 대한 연구 역시 개시되기를 바라야 할 것이다. 잊힌 작가라고는 해도 그의 일가에는 남아 있는 기억들이 있을 수 있다. 그가 쓴 소설들도 다시 읽어보아야 할 것이다. 누가 알겠는가, 다락방 구석의 트렁크에서 베를렌과 얽힌 물건이 더 나올지, 혹 랭보의 쪽지라도 나올는지?

왜 또 랭보의 이름을 꺼내는가?

그러나 이제 이 그림을 애초대로, 또한 응당 그렇게 남아야 할 것으로, 즉 하나의 작품이자 예술가의 한 증언으로 바라보자. 이 그림은 일종의 스케치이고, 작은 크기—대략 가로 35cm에 세로

20cm—의 패널 유채화이며, 필시 원래의 것일 듯한 무척 수수한 액자에 표구되어 있다. 검은색 바탕에 주조색은 갈색이고, 인물들의 얼굴은 노란색과 베이지색 사이의 부드러운 색조로 처리되어 있다. 붉은 기가 도는 밤색의 여자 옷 위로는 갈색 벨벳으로 보이는 리본이 하나 늘어뜨려져 있고, 그림의 우측 전방으로부터 오는 빛이 인물들을 비추고 있다. 밤인 듯하고, 그러나 열중한 기색이 역력한 네 인물이 바라보는 그들 앞의 뭔가는 무척 환한 게 분명하다. 곡마쇼일까, 장터 가판대일까, 가설무대의 가수나 댄서일까, 두 남자가 모자를 쓰고 있는 것을 보면 야외이고, 능숙하게 표현된 놀라움, 긴장어린 흥미, 순진한 즐거움, 한껏 고조된 관심을 드러내는 표정이 인물들에게서 감지되는 것으로 미루어볼 때 어쨌든 일종의 구경거리다. 누가 알겠는가? 어쩌면 크리스마스 요리 같은 것을 저녁 행인들 눈앞에 차려놓은 진열창인지도 모른다. 그렇다면 화가는 상점 안에서 진열창 가까이에 다가선 이 "넋 나간" 네 인물을 바라보는 셈이거나, 아니면 반쯤 어두운 유리창에 비친 그들의 모습을 보고 있는 셈이다—베를렌의 시 기풍에 어울리는 설정이다. 화가는 다름 아닌 저 왼쪽의 인물이 아닐까? 그는 다른 이들이 바라보는 대상보다 약간 더 높은 지점에 시선을 강하게 고정시킨 채, 결단을 주저하는 붓대를 벌써 쥐고 있다는 듯 엽궐련처럼 보이는 뭔가를 들고 있다. 그렇다면 이 남자는, 모인 친구들이 약간의 꿈속에서 그들 자신의 존재를 잊고 붙들려 있는 이 순간에, 그들이 바라보고 있는 것을 바라보는 동시에 그들 존재와 그들의 의미를 바라보고 있는 것이다. 불안이 섞인 그의 놀라움, 그 연원

은 그들이 붙들려 있는 미지의 대상일 뿐만 아니라 그들 자신이기도 할 터이다.

구성의 관점에서도 오른쪽에 서로 가까이 붙어 있는 세 얼굴이 당장 시선을 사로잡아 붙들고, 그중 한 얼굴은 반쯤 가려져 있어 얼핏 미숙함의 소치인 듯싶다가도 실은 그 덕분에 세 인물을 묶고 있는 기이하고도 고통스럽다 할 유대 관계가 더 강하게 암시된다. 하지만 그런 다음에는 곧 중앙의 남자와 그 앞에 있는 젊은 여자 사이의 보다 각별한 관계가 빛과 인물 배치를 통해 부각된다. 그때부터는 이 두 사람의 관계야말로 그림의 숨겨진 주제라는 생각이 든다. 남자로부터 여자에게로, 보호하려는 기색 같은 것이 흐른다. 또 그처럼 감싸였다고 느끼는 여자에게서는 긴장이 가신 듯 마음 편한 기쁨을 되찾은 인상이 풍겨난다. 그러고 보면 그들을 결합시키는 빛, 가정의 불빛 같은 데가 있는 저 빛은, 그들이 품은 서로에 대한 감정, 주고받는 애정이라 해도 좋을 것에 대한 은유라고 여겨진다.

3

숙고를 거친 지금 답해보자. 화가가 관심을, 더하여는 매혹과 경탄을 느끼며 중심점으로 삼은 게 틀림없는 저 남자는, 화폭 전체를 지배하며 화폭에 자기 시선의 무게를 싣고 있는 저 존재는, 과연 베를렌인가? 그렇다. 이를 의심하기란 점점 더 불가능해 보인다.

일단 이 초상이 우리에게 남아 있는 온갖 초상화나 사진에 나오는 얼굴과, 그 자체로 심히 독특하면서도 이에 더해 심히 복잡한 성격을 드러내기도 하는 저 얼굴과 극히 닮아 있다는 사실을 들 수 있다. 우리는 강고함과 유약함이 동시에 내비치는 그 생김새를, 교활하면서도 몽상적인 그 시선을, 또 "몽골인" 같은 광대뼈를 알아볼 수 있다—심지어는 그것을 내부자의 시선으로 보게 되는데, 왜냐하면 오늘 우리에게 주어진 이 작품의 바로 그 조예 깊은 시선으로 이 얼굴을 뜯어보았기 때문이다. 이 새로운 자료의 특징은 무엇보다도, 다른 증언들을 통해 우리에게 알려져 있는 모습보다 더 원기왕성하고 더 확신에 차 있으며 나아가 더 혈기 가득하다고도 할 베를렌을 보여준다는 데 있다. 이 남자는 진정 비범해 보이고, 위대한 시인에게 필요한 직관과 창조의 힘이 그 안에 살아 있다고 느껴지기에, 그의 사진이나 캐리커처가 끊임없이 보여주는 추레한 모습이야말로 동시대 사회가 그에게 던졌던 몰이해의 시선, 나아가서는 적대적 시선의 결과가 아닌가 오히려 자문하게 되는데, 거기에는 때로 베를렌 자신의 공모도 없지 않았다. 보들레르를 생각해보라, 그를 두고 그려진 캐리커처들은 다행스럽게도 나다르Nadar나 카르자가 찍은 훌륭한 사진들, 자기 긍지가 보들레르를 수호하고 있는 그 사진들로 반박되잖는가! 그리고 베를렌을 그린 이 그림 앞에서 가령, "굉장한 베를렌"에 대한 말라르메의 깊은 경탄을 떠올려보라! 너무 쉽게 전락한 시인의 상징이 된, 심지어 전락으로서의 시의 상징이 되기에 이른 저 가엾은 떠돌이의 면모는, 적어도 처음에는 훨씬 더 광활했던 한 천성이 품고 있는 여러 상충적인 면모 중 하나에 지나지 않았다. 다만 범박한 자들이나 그의 자유를 증오하던 자들이 술수를 부려 그런 모습 속에 자기를 가두려 할 때 그가 잠자코 내버려두었을 뿐이다. 그를 고독으로 몰아넣은 이 적개심이 여기에서는 불현듯 벗겨져 있으니, 그 이유만으로도 이 작은 그림은 하나의 유익한 발언이자 시의 진정한 장소로부터 우리에게 도달한 하나의 신호다.

그런데 제 모습을 되찾은 이 베를렌에게서 더 단순하게 알아볼 수 있는 것이 또 있다. 런던 거리를 걷는 베를렌과 랭보를 그린 레가메F. Régamey의 데생에 그려져 있는, 좁고 쳐들린 챙이 달린 중산모 비슷한 모자다.

이 모자는 따라서 중심인물 식별에서 또하나의 추정 근거가 되는 동시에, 여타의 정황과 꼭 맞아떨어진다는 점에서 제작 시기에 대한 명확한 지표가 되기도 한다. 레가메의 데생은 틀림없이 1872년 가을에 그려졌다. 이 데생은 얼마 전 영국에 도착하여 궁핍한 시기에 처한 두 친구를 보여주며, 그런 시기에 그들이 새 모자를 샀을 법하진 않다. 그러니 베를렌의 모자는 필시, 아내에게 줄 "무슨 탕약"을 사러 나섰다가 파리를 떠나는 랭보를 만나 그가 이끄는 대로 갔던 날 아침에 썼던 것과 같은 모자일 것이다. 그러므로 이 모자가 그려져 있다는 사실은 작품이 몇 달간의 영국 생활 때 그려졌거나 파리를 떠나기 전 몇 달 이내에 그려졌음을 말해준다고 하겠다. 그런데 우리에게 남아 있는 베를렌의 온갖 모습 가운데 이 그림과 단연 비슷한 예는, 피에르 프티피스가 『아르튀르 랭보의 삶』에 처음 실었던 1871년의 사진이다.* 이 초상화에서 감지되는 에너지와 활기, 뭔가 젊은 기운, 베를렌의 생애 전체에 걸쳐 이리저리 변하는 모습을 추적해볼 수 있는 턱수염 상태까지, 모든 것이 우리를 그 시기로, 더 정확히는 저 파리의 몇 달간으로 이끈다. 그도 그럴 것이, 어쨌거나 런던은 랭보에게만큼이나 베를렌에게도 당혹과 피로의 시절이었고, 이는 카잘스F. -A. Cazals의 초상화에서도 드러난다. 그런 다음에는 감옥이었고, 거기서 그는 아주 다른 사람이 되어 나왔다. 그가 파리에 다시 나타난 것은 1877년이 되어서다. 어쩌면 그 작은 모자를 여전히 가지고 있었을 수도 있고 같은 유의 다른 모자를 가지고 있었을 수도 있지만, 좁다란 챙 아래 덮인 것은 더이상 전과 같은 자신감이 아니었다. 그러므로 나는 이 초상화가 1872년 7월 7일, 돌이켜보건대 그의 삶을 산산조각 낸 그날 이전의 몇 달 사이에 그려졌다고 추정한다.

이 시기 추정을 확증해주고 나아가 그 범위를 좁혀주는 또하나의 요소가 있으니, 바로 저 젊은 여인이다. 조금 전 우리는 그녀와 그녀 곁의 남자가 어떤 애정 관계로 묶여 있는지 확인했다. 거기서

* (원주) H. Matarasso et P. Petitfils, *Vie d'Arthur Rimbaud*, Paris: Hachette, 1962, 83쪽.

는 천진함과 순진무구함과 명랑함이 느껴지는바, 그런데 베를렌에게서 이러한 성질을 띠었을 여자와의 친분이나 관계는 런던에서도 그후에도 찾아볼 수 없다. 좀더 나중에, 저 무거워진 생활 속에 있었다고 알려진 몇 안 되는 여자들에게는 삶에 대한 환상이 없었고, 아직 애티가 남아 있는 이 뚜렷한 젊음은 더더욱 없었다. 이러한 부류 중 베를렌 가까이에 있었던 유일한 존재는, 짧은 한때였을망정 우리는 그 존재가 얼마나 중요했는지 알고 있으니, 베를렌이 1870년 여름 그녀 나이 고작 열여섯 살 때 결혼했다가 이 년 후에 영영 떠났던 마틸드 모테다. 그렇다면 이 그림에 나온 인물은 마틸드 모테가 아닐까? 내가 아는 한 고작 네 장이 남아 있는 그녀의 사진들을 찾아보았다.* 그중 두 사진은 최소한 십 년 이후의 것이어서 이미 늙고 군살이 붙은 여인을 보여주는데도, 주요 윤곽이며 시선, 베를렌이 말하던 저 "약간 쳐들린 코"와 "붉고 선명한 입술, 적당하게 밝은 안색, 또렷한 반달형 눈썹 아래 모양 좋은 눈"** 등, 여기 베를렌의 봄철, 그의 꿈이라고도 할 것 속에 나타나 보이는 바로 그 인물을 나는 어렵잖게 알아본다.

그러므로 나는, 우리가 살펴본 저 그림이 아내 마틸드와 함께

* (원주) F. Ruchon, 같은 책, 도판 18번; H. Matarasso et P. Petitfils, 같은 책, 115쪽. 나머지 두 사진은 플레이아드 총서 베를렌 앨범에 실려 있다. 하나는 이미 나이가 든 마틸드로, 두번째 결혼에서 낳은 두 아이와 함께 찍은 사진이다. 반면 다른 하나는 꽤 젊은 마틸드로, 이 초상화의 모습과는 머리 움직임까지 비슷하다.

** (원주) F. Ruchon, 같은 책, 209쪽에서 인용.

있는 베를렌을 그린 것이며, 1870~1871년 혹은 1872년 초에 그려진 것이라는 추측이 가능하다고 본다. 이 작품에 딸려 전해진 내력이 결국 틀리지 않았던 셈이니, 이것은 과연 베를렌과 그의 '가족'이다. 그 자신 꽤나 "지옥의" 남편이었던 이의 괴팍함과 난폭함으로 인해 늘상 폭풍우가 몰아치던 저 관계, 그러나 잠잠한 순간들이 없지도 않았으니—「밤새들」이 이러한 순간을 마지막으로 증언하게 될 것이다—그들은 지금 그런 잠깐을 보내는 중이라고 덧붙여 말할 수 있겠다. 방금 막 화해한 남편과 젊은 아내를 상상해본다. 마틸드는 다시 생겨나는 희망의 기쁨에 사로잡혀 있고, 그들은 외출에 나섰다. 아마도 축제가 벌어진 시내인 듯하고, 두 친구가 그들과 함께한다. 내가 앞에서 짐작했던 대로라면 그중 한 명이 화가다.

4

그리고 그는, 곧바로 본 것이든 비친 모습을 통해 본 것이든, 어떤 기색을 발견하고 그에 대해 곰곰이 생각을 해본 듯한 시선을 하고 있다. 하지만 사실 베를렌의 친구 중 누군가가 이런 시선을 한 순간 화가 앞에 내비쳤을 수도 있는데, 이 경우 화가는 화폭에 등장하지 않는 셈이다. 혹은, 이런 기색이 언뜻 스쳐갔을 유리창이나 거울 같은 건 아예 없이, 오른쪽의 남자도 다른 이들이 바라보는 것을 보고 있을 뿐이며 이들 넷을 모아놓은 관계에 대해 생각하는 건 화가 혼자일지도 모른다.

여하튼 이 왼쪽 남자를 마주하면서 내게 드는 생각은 1880년에 마네E. Manet가 그린 카바네르E. Cabaner의 초상화를 살펴보자는 것이다. 두 인물은 상당히 닮았다. 카바네르가 마네의 작업실에 들렀던 게 요양원에 들어가기 바로 직전이었다는 사실까지 감안하면 둘은 훨씬 더 닮은꼴로 보이는데, 같은 인물이라면 열여덟 살이 적은 첫번째 얼굴보다 두번째 얼굴이 더 수척해 보이는 이유가 이로써 설명되기 때문이다.* 카바네르, 〈젠장 서클〉의 지배인, 그는 1871년과 1872년에 베를렌이 날이면 날마다 만나던 이들 중 하나였으며 거의 "가족"이었고, 따라서 이 상황에 또 이 그림 속에 그가 있다는 것은 그지없이 자연스럽다. 그가 여기 자리하면서 그림 속 장면을 감싸고 있는 저 어둠 속으로 담배와 압생트의 추억이, 패러디와 장난질로 허송세월하던 저녁 모임들의 추억이, 요컨대 삶이란 괴로운 놀라움을 느끼며 멀리서 바라보아야 하는 무엇이라는 생각, 다만 저 밤의 엽궐련처럼, "밤이 없는 도시"에서 얼른 삶을 소진시킬 수 있을 따름이라는 생각이 지나간다.

한데 카바네르는 「일곱 숫자의 소네트」의 저자로, 이 시의 "소리와 모음과 색깔이 너희에게 답한다"라는 구절은 어쩌면 「모음

* 두 그림은 대략 팔 년을 사이에 두고 그려졌으므로, 여덟 살이 적다고 해야 할 것이다.

들」이라는 또다른 소네트의 계기가 되었을지 모른다. 그는 에트랑제호텔에 랭보를 묵게 해주었을 뿐 아니라, 자신을 매료시킨 이 인물을 헤아려보면서 그에게 원래의 삶으로 돌아가라고 타이르는 시—"아이야, 이 지상에서 뭘 하고 있니?"—를 한 편 쓰기도 했다. 그리고 어느 몇 개월 동안은 카바네르가 있는 곳, 카바네르와 함께 베를렌이 있었던 곳에 랭보가 없었던 적이 거의 없었다.

그건 그렇고, 이제 우리는 네번째 인물을 조금 더 들여다보아야 한다. 분명 첫눈에는 주의를 끌지 않도록 되어 있던 인물이다. 베를렌의 어깨와 여자의 머리 뒤로 숨겨져 있어서 코, 눈, 앞머리로 가려진 이마밖에는 보이지 않으니 말이다. 숨겨져 있다—단, 이처럼 인물을 군더더기처럼 보일 곳에 배치시킴으로써 이내 우리의 생각을 한층 더 붙들도록. 그리하여 우리는 화가가 구성이나 온전한 얼굴 습작에 대한 관심을 이런 방식으로 희생시킨 것이, 의식적이든 아니든, 보다 절박한 모종의 진실을 가리켜 보이기 위해서라고 생각하게 된다. 맨머리로 베를렌과 동행중인, 어쩌면 사춘기 소년인 듯도 한 저 젊은이는 그렇다면 누구인가? 수염이 금세 덥수룩해지던 그 시기, 베를렌의 친구들 가운데 마틸드 말고는 교류하던 젊은 여자가 없던 것과 마찬가지로 이렇게까지 젊은 청년은 전혀 없었고, 따라서 마틸드가 있다는 사실에 근거하여 우리가 이 그림을 1871년 혹은 1872년의 것이라고 추정한다면, 저 마지막 인물을 보며 랭보를 생각하지 않을 이유가 없다.

고백하건대 나는 여기 모습을 드러낸 것이 바로 랭보임을 확신한다. 얼마 되지는 않지만 하나같이 감동적인 랭보의 도상 목록에 이 그림이 추가되는 셈이다. 어스름한 미광 속의 이 인물, 1871년 10월에 카르자가 찍은 사진에서처럼 먼 데를 탐색하는 저 시선, 그이는 랭보다. 머리 모양이나 고개를 가눈 투도 초상화와 사진이 똑같지 않은가. 다른 점이라곤 초상화 쪽에서 좀더 숱져 보이는 눈썹뿐인데, 알다시피 우리가 보는 사진은 리터치를 거친 것이고 원판에서는 눈썹이 더 뚜렷하고 숱이 많다. 과연 제프 로스만Jef Rosman이 1873년 브뤼셀에서 "사생寫生으로" 그린 뛰어난 초상화에서도, 팡탱라투르H. Fantin-Latour의 데생들과 〈테이블 모퉁이〉에서도 더부룩하다 싶은 눈썹을 확인할 수 있다.

그이는 랭보다. 작품 구성에서 이 인물이 배치된 자리가 이 사실을 확증해준다. 거기에는 설명이 요구되었던바, 잘 짜인 형태 구성이나 인물 관찰보다 더 깊은 층에 깔린 이유가 이제 주어진다. 이 순간 걱정 근심을 잊은 마틸드 뒤에서 랭보는 이제 막 도착하여 그녀보다 더 많이 더 멀리까지 보는 그의 시선으로 젊은 여인의 행복을 위협하고 그녀가 자기 삶에 품었던 계획을 깨뜨릴 존재로 나타난다. 이름 없는 이 작은 그림은 몇몇 인물의 에튀드에 그치지 않고 폴 베를렌의 가족 안에서 이제 막 일어나려 하는 드라마를 계시하고 있다.

베를렌의 증언자 랭보

1993

1

1865~1875년은 확실히 프랑스 시에서 가장 중요한 두세 순간 중 하나다. 전반적인 정신적 상황을 볼 때, 모든 위기 조건이 한데 모여 있다. 한편으로는 전통 교회의 권력이, 최소한 숙고하고 결정하는 사람들이 속한 계층에서만은 약화되었고, 곧이어 다른 문명에 대한 인식과 함께 결국 서구 문명에 대한 관심이 상대적으로 약화되었다. 가령 말라르메의 친구인 카잘리스H. Cazalis의 작품에 반영되는 힌두교의 발견, 또 말라르메가 자신은 미처 몰랐으나 따지고 보면 신자였다고 말하게 될 불교의 발흥을 생각해본다. 서구 사상과 문화가 이처럼 상대화되면서 바로 전까지만 해도 제어되는 것처럼 보였던 개인과 신성의 관계가 문제시되니, 공인된 틀 바깥에 있던 경험의 장 하나가 통째로 열리게 된 셈이다. 다른 한편으

로는 세계에 대한 과학적 접근이 확대되면서 저 신성에 대해 통용되던 표상들의 신빙성이 약화되었다. 과학은 그것들이 신화임을 폭로했고 이제 곧 "신은 죽었다"는 말이 나올 텐데, 사실 장 파울* 과 네르발의 시를 떠올리자면 이미 말해진 셈이기도 하다.

이 모든 사태의 결과로 감각 현실은, 즉 삶을 이루는 제반 사물인 동시에 그것들을 둘러싼 환경이며 존재의 지평이기도 한 감각 현실은 그저 감각 현실에 지나지 않는 것으로 환원되고 마는데, 이로써 이제 감각 현실이란 질료가 취하는 텅 비어 있고 무차별적이며 의미 없는 형식, 부재와 다를 바 없는 현존, 사용하기에는 좋고 즐기기에도 좋으나 그 이상은 아닌 것으로 느껴질 우려가 있다. 이는 시에 얼마간의 가치가 있다고 생각하는 자들에게 불안을 안겨줄 수밖에 없는데, 사실인즉 시에서 단어들은 다분히 사물에 기대고 있으며 심지어 때로는 사물들에 대한 약속처럼 보이기 때문이다. 요컨대 1865년, 1870년 즈음에 "새로운 시간은 최소한 매우 엄격하다." 후일 랭보가 『지옥에서 보낸 한 철』에 쓴 그대로다. 그런데 이 시기에 갑자기 더 철저한 자각이 생겨난 데에는 또하나의 이유가 있다. 이 몇 해간이 1867년에 사망한 샤를 보들레르의 만

---

* 장자크 루소에 대한 존경으로 장 파울이란 필명(본명은 요한 파울 프리드리히 리히터Johann Paul Friedrich Richter, 1763~1825)을 쓴 독일의 소설가. 프랑스에서는 마담 드 스탈이 그의 소설 『지벤케스』 중 일부인 「신 없는 세계 구조에 대한 죽은 그리스도의 말」을 번역해 널리 알려졌다. 특히 네르발은 시 「감람산의 그리스도」의 제사에서 다음과 같이 장 파울을 인용한다. "신은 죽었다! 하늘은 비어 있다…… // 울어라! 아이들아, 너희에겐 이제 아버지가 없다! _장 파울".

년 이후라는 점이다. 보들레르의 위대함과 그가 겪은 경험의 의미를 충분히 인지할 수 있게 된 시점이라는 말이다.

그런데 그 경험이 기여한 바는 결정적이었다. 게다가 다름 아닌 저 초월성 및 일체성과 말하는 존재가 맺는 관계, 그때까지 신성의 전통이 통제해오던 관계의 차원에서 이루어진 경험이었다. 보들레르의 기여란 무엇인가? 간략한 규정을 위해 잠깐 시의 과거를 되짚어보자. 오랫동안, 말하자면 말레르브* 이후 제정기에 이르기까지, 시는 종교적인 사안에 대한 판단을 삼가왔다. 영적 현실들을 보살피는 일은 교회와 신학자들에게 맡겨졌으며, 가령 포르루아얄에 이끌림을 느껴 흔들렸던 라신처럼 어느 시인이 종교적인 물음 때문에 내적으로 극심한 동요를 겪었다 해도 사정은 마찬가지였다. 이런 연유로 18세기 시 창작이 그처럼이나 시시해지면서 어쭙잖게 가장된 심심풀이에 지나지 않게 되는 것이다. 심지어 아예 대놓고 하는 심심풀이가 될 때도 많았는데, 차라리 그 편이 낫다. 그런 다음 대혁명을 준비하면서 혹은 대혁명에 뒤따라 정통 교리가 해체되는 와중에, 진정한 의미에서 과학적이고 이미 산업적이었던 사회의 새벽을 맞아, 낭만주의 시는 반대로 인간 인격과 신성한 존재의 관계를 책임졌고 책임지고자 했으며 나아가 그것을 자기 고유의 사안으로 삼게 되었다. 그러는 중에 아울러 자연의 장소 및

* François de Malherbe(1555~1628). 기존 문학의 지나친 자유를 비판하면서 사상 및 감정, 언어 표현에서 절제와 규율을 강조하는 시학을 주창한 프랑스 시인.

사물에 하나의 생명을, 하나의 숨결을 돌려주었는데, 그 자체로는 좋은 일이되 다만 그 잊힌 차원을 재발견하는 방식은 전혀 비판적이지 못했다. 프랑스 낭만주의의 대시인들은 자신들에 의해 정신의 포부가 온전히 실현될 수 있음을 의심치 않았으니 말이다. 그들 자신에 의해, 즉 자기네 삶의 상황 속에서, 그들이 받아들인 랑그의 범주로, 역사의 우연에 휘둘리면서도 그 실현이 가능하다고 믿은 것이다. 그들은 자기들이 어떤 영감의 혜택을 받고 있다고 믿었고, 우리의 조건에 따라 만들어진 말이 근본적으로 신성한 정수를 지니고 있다고 여겼다. 아직 순진한 이런 언어관 탓에, 그들은 언어가 진실을 전달하는 투명한 매체가 될 수 있다고, 진실이 그 자체로 존재하며 진실에 공식이 있다고 생각하게 된 것이다.

그 결과는 무엇인가? 한 사람의 시각에 불과한 것이, 예컨대 빅토르 위고의 작품에서는 어떤 아우라를 갖추게 된다. 그러한 신성의 암시는 그러나 우리 다른 세기의 독자들이 보기엔 평범성을 더 부각시킬 뿐, 이로써 낭만주의가 진정으로 알았다기보다는 꿈을 꾸었음을 드러낸다. 게다가 그 꿈은 불편한 느낌을 남긴다. 이 수많은 시에, 거짓말까진 아니라 해도 자기만족이 있는 건 아닌지 우려하게 되는 것이다.

2

그리고 바로 이 지점에서 우리가 보들레르라고 부르는 광대하고 새로운 나라가 발견된다. 낭만주의 시인들과 마찬가지로 보들레르도 보다 높은 정수를 지닌 말을 한다고 자부하는 듯한 시들을 썼다. 이를테면 「상승」이 그러하고, 시인이 "구름의 왕자"와 비슷하다고 말하는 저 「알바트로스」가 그러하다. 평범한 능력을 넘어서는 어떤 영감에 대한 관념이 그에게도 남아 있었던 것이다. 그럼에도 『악의 꽃』의 저자는 그 같은 상상이 허망하다는 것을 최초로 자각한 이였다. 이 자각은 우선 꿈의 축조 자체에서 드러난다. 지금 그는 더이상 신이 무엇인지, 신이 무엇을 요구하는지 말하려 애쓰지 않고, 그저 향과 색과 음의 조화로운 조응에 기대어 자신의 지각을 더 가벼운 실체로 변환시키려 할 뿐이기 때문이다. 향과 색과 음 모두에 잠재된 듯한 음계들이 있으며, 그 음계들 덕분에 대상들을 사물로서가 아닌 형식으로서 정신의 거처에 기입할 수 있으리라는 것, 그 본질적 음악성이 일상적 실재의 불완전함으로부터 대상들을 해방시키리라는 것이다. 사물들은 영혼의 풍경 같은 것이 된다. 이렇게 「여행에의 초대」에서 보들레르는 "정다운 모어母語"의 고장을 일별한다. 꿈, 그렇다, 초월의 꿈이다. 그러나 "다른 곳" 일지언정 지상에서 체험되는 삶의 기획으로 하중이 실려 있는 꿈, 따라서 초자연적 포부를 자기 바깥에, 또한 정신의 과거에 남겨두는 꿈이다.

게다가 보들레르는 이 꿈에서 느끼는 행복에도 불구하고, 자신이 현실적이라 할 수 있을 모든 삶에서 필수적인 조건 하나를 무시했음을 깨닫는다. 우리의 유한성이 체현되는 장소와 시간을 받아들여야 한다는 그 조건 말이다. 비일관성으로, 암흑으로 여겨지는 차원에서만 우리 안에 존재한다고 해야 할 그것을 떨쳐낼 수 있을까? 아니다. 보들레르의 많은 시에서 "불길하게" 울리는 추시계가 기억되고, 너무 아름다운 꿈의 방이 크게 두드려지는 소리가 들리며, 상상으로 쌓아올린 구조물의 폐허가 내다보이고, 에로틱한 만족감 근처에서 병과 죽음이 배회하고 있음이 인지된다.

달리 말해, 보들레르는 자신의 꿈이 인정하기를 거부하는 그 바깥을 끊임없이 의식하고 있으며, 나아가 저 사고되지 않는 것에 지고의 가치를 부여하기로 매우 자주, 아주 일찌감치 마음먹고 거기에 꾸준히 주의를 기울이는바, 내가 보기엔 이것이야말로 그의 시적 천재의 본질이다. 이 주의력이란 무엇인가? 색과 향과 음이 만들어내는 음악—이건 심미적 연금술이다—속에서 단순한 소리를, 일상세계를 구성하는 사물들이 내는 소리를 듣는 것. 극장 천장에서 부서지는 악기음보다는 "안뜰 포석"에 "부딪혀 울리는" 장작 부리는 소리를 듣는 것.* 자기 자신의 몽상 너머를 듣는 이 귀기울임이야말로 보들레르의 가장 진정한 기여다. 그가 쉽게 피난처를 구할 수 있을 표상들, 가치들, 태도들로부터 벗어나야 한다고

* 『악의 꽃』, 「가을의 노래」.

그 귀기울임이 그에게 요구하기 때문, 즉 비평 작업을 요구하기 때문이다. 그토록 많은 시인이 순진하게 찾아 품는 근사한 상像의 환상과 신화를 깨뜨릴 것, 우선 그들 자신에 대해 품는 상부터. 진정한 시는 자기 존재나 소유에 대한 믿음을 모두 희생하는 것이다. 그것은 겸손이다. 그러나 또한 하나의 요구이며, 게다가 그 요구에는 한이 없다. 자각과 진실을 기획으로 삼으면서 시인은 그지없이 수상쩍은 사회의 양상에 직면한 정신을 책임질 수밖에 없기 때문이다. 보들레르가 철학자들과 모럴리스트들의 책을 펼칠 때 그는 거기에서 체제가 꽃피고 이데올로기가 열매 맺는 것을 본다. 환상을, 머지않아 기만을 만들어내는 모든 것을 보는 것이다. 그리고 그는 이 언어의 질병을 고칠 수 있는 것이 시인뿐임을 안다.

이러한 것이 보들레르의 제안이다. 자기에 대한 작업, 희생, 하나의 영적 야망, 게다가 프랑스 시에서는 전례없이 큰 야망이었다. 1865~1870년의 프랑스 시는 그저 혼돈이요 불안이었는데 말이다. 특히 젊은 시인들에게서 그러했다. 이들은 누구인가? 위기의 시기였지만 그럼에도 그들 가운데에는 1842년생 말라르메라는 이름이 있고, 1844년생 베를렌이라는 이름이 있으며, 훨씬 더 젊긴 하나 조숙한 1854년생 랭보라는 이름이 있고, 또 1838년생 빌리에 드릴라당, 1860년 말에 작품을 쓴 로트레아몽도 빠뜨릴 수 없다. 다시 말해, 그토록 새로운 주장의 반향과 화성을 심도 깊게 받아들일 자질을 갖춘, 이례적으로 풍요로운 한 세대가 있었다.

그런데 오늘 여기서 이러한 고찰을 앞세운 것은 보들레르의 유산을 살펴보기 위해서가 아니다. 너무 자주 잘못 제기되어온 문제를 제대로 이해하기 위해 저 사실들을 상기했을 따름인데, 즉 랭보와 베를렌이 맺었던 관계의 성격이다.

3

그 관계엔 놀라운 데가 있다. 위대한 두 시인은 서로를 즉각적으로, 또 그만큼 깊이 알아보았던 게 분명하다. 열일곱 살이 되자마자 랭보는 베를렌에게 열광적인 인사를 보낸다. 무척 호소력 있는 편지들이었을 것이다, 베를렌이 거기 답하며 랭보를 파리로 부르니 말이다. 그후 둘 사이가 얼마나 친밀했으며 둘 사이에 어떤 공모가 이루어졌는가는 우리가 아는 바다. 또한 우리는 형 되는 이가 끊임없이 어린 쪽의 천재를 말하게 되리라는 것도 안다. 지극한 주의를 기울여 랭보를 그려내는 대목들이 베를렌의 작품 여기저기에 얼마나 많은가! 특히 「사랑의 죄」가 있고, 『저주받은 시인들』도 있다. 이 소책자 한 권이 크고도 새로운 이름 하나를 역사에 들여놓은 것이다! 그외에도 갖가지 단평이며 암시들이 평생 지속된 충직한 마음을 증언한다.

그럼에도 얼마나 많은 논쟁이 두 사람 사이에 오갔으며 유치하기만 한 장난과 도발을 획책하는 행태들은 또 얼마나 기이하고 한

심한가, 심지어는 얼마나 많은 불화가 있었는가. 그로 인해 마침내 베를렌은 브뤼셀에서, 사실을 말하자면 확신 없이, 다행히도 퍽 서투르게 제 친구를 향해 총을 쏘기에 이른다. 랭보는 랭보대로 이 "어리석은 처녀"에 대해 순간순간 경멸을 내비치는 페이지들을 『지옥에서 보낸 한 철』에 써넣고, 한때의 공동생활에 대한 이 이야기에 "섬망"이라는 제목을 붙인다. 베를렌과 랭보의 관계가 시에 대한 관심 외에 또다른 측면에서도 곧 내밀해졌다는 건 사실이다. 성적인 관계가 되었다는 것, 이는 두드러지는 모순들을 이해하는 데 도움이 될 수 있다.

하지만 일상생활의 그런 사태들과 시에 대한 관심은 어떻게 이어졌는가? 모든 것을 보건대 시야말로 이 시기 내내 그들이 공동으로 모색하던 것이기 때문이다. 나는 방금 「사랑의 죄」를 언급했는데, 흔히 말하듯 베를렌이 브뤼셀에서 저지른 딱한 총질의 대가를 치르느라 감옥에 있을 때 쓴 시다. 이 장시가 드러내 보이는 이는 다름 아닌 랭보다. 갖가지 면모가 제각기 강렬하면서도 어찌나 적확하게 드러나는지, 그중 몇 대목을 두 사람이 함께 썼다고 해도 나는 기꺼이 믿을 것이다. 그뿐만 아니라 베를렌의 「잊힌 아리에트」 시편들, 랭보의 1872년 시편들이 있다. 단어들을 규칙의 제약으로부터 해방시키고자 했던 탐색에서 두 시인이 얼마나 가까웠는지 보여주는 작품들이다. 무질서하고 난잡한 일상에서 진지한 성찰로의 이행이 어떻게 이루어졌던가? 또 무엇이 이 관계를 가능할 뿐 아니라 필요한 것으로 만들었는가? 과연 수수께끼라 하겠는데,

이에 대한 설명은 대체로 불충분하며 심리학적 고찰에 주력할 경우에는 특히 그렇다. 그런 유의 가설은 결코 충분할 수 없는 만큼, 또다른 차원을 찾아내야 한다. 확실히 무척이나 복잡했던, 강렬함이자 가벼움이었던 이 교류를 규명할 수 있을, 못해도 그 교류가 보다 온전한 형태를 펼쳐 보일 수 있을 차원을.

그 같은 필요에 부응하기 위한 나의 제안은 간단하다. 보들레르를 생각하자. 베를렌과 랭보, 위기의 시대 중심에 있는 극히 중요한 이 관계를 꿰뚫어보기 위해 그의 죽음을, 이 위대한 정신의 유언장이 정당한 상속인들 앞에 개봉되었을 때 그것이 불러일으켰을 다양한 자각을 생각하자.

왜 거기서 출발하는가? 보들레르를 의식한다는 것, 젊은이들에게 그것은 보들레르가 무엇을 제안했으며 그가 어떤 존재였는지를 발견하는 일이었고 그를 내면 깊이 받아들이는 일이었으며, 동시에 그럼에도 불구하고 보들레르를 거부해야 할 이유를 찾아내는 일, 또한 그렇게 결심한 각자가 자기 고유의 방식으로 해나가야 할 일이었기 때문이다. 따라서 이 출발점은 모든 것이 돌연 막중해진 시간에 그들에게서 나타나는 유사점과 차이점을 동시에 드러내줄 것이다. 보들레르의 작품만큼 결정적인 작품에 대한 반응은 날카롭고 감정적일 수밖에 없다. 이 때문에 각각의 상속자들은 말하자면 다른 이들 하나하나의 시선 아래 신경을 곤두세우게 되는데, 게다가 빌리에, 베를렌, 말라르메, 이윽고 랭보, 더하여 군소 시인들까지 대부분이 서로 교제하며 알고 지냈던 상황에선 더더욱 그럴 수밖에 없었다. 시인들의 관계에 격동이 이는 순간이다. 랭보와 베를렌을 맺어주었던 관계에서 특히 그러했으리라는 것이 내 가설이다.

4

우선 연장자에 대해 고찰하면서 보들레르에 대한 그의 태도에서 얼핏 생각하기에는 모순처럼 보이는 사실 하나를 지적하자. 그는 수년간 『악의 꽃』의 시인에 탄복한다. 보들레르에 대한 경의의 표현으로 그의 시에 대한 소견을 잡지 〈르뷔 드 라르〉—보들레르가 보던 잡지다—에 발표한 것이 1865년이다. 무척 통찰력 있는 글이라 할 만하다. 베를렌은 우선 현대인을 힘있게 재현한 것이 샤를 보들레르의 위대한 독창성이라고 말하면서 하나의 전형, 영웅으로서의 현대인을 언급한다. 영웅, 보들레르에게서도 분명 뜻깊은 이 단어를 눈여겨보자. 보다 주목할 만한 점은, 다음으로 베를렌이 저 "기막힌" 시인의 작업벽을 강조한다는 사실이다. 이때 작업이란 다른 시대 시인들의 영감과 대비를 이룬다. 다시 말해 베를렌은 『악의 꽃』에서 이 시집의 유명한 헌사*가 주장하는 숙련된 솜

* "흠잡을 데 없는 시인, / 프랑스 문학의 완벽한 마술사, / 친애하는 동시에 존경하는 / 선생이자 친구 / 테오필 고티에에게, / 더없이 깊은 겸허함을 / 표하며 / 이 병약한 꽃들을 / 바칩니다."(『악의 꽃』 1861년판 서문)

씨뿐 아니라 상투형의 거부를, 이미 말해진 것에 대한 재검토를, 진실의 요구를 높이 평가한다는 것이다. 보들레르는 작업을 택한 자이되 진실의 기치 아래서, 말하자면 장조mode majeur로 된 작업을 택했다. 반면 베를렌 자신은, 머지않아 확연해지는바 그렇게 장대한 방식으로는 "작업"하지 않기로 했고 이 선택을 줄곧 견지하면서 섬세하지만 훨씬 덜 까다로운 기교의 길들을 따라 내려가는 편을 선호한다. 이를 위해 작가가 일궈내는 것은 삶을 더 쾌적하게 만들어줄 환영이지 글쓰기를 통해 착오를, 하물며 죄를 드러내야 하는 것은 아니다. 1869년 『페트 갈랑트』에서 그는 명철하게 고백한다. "나는 단조mode mineur로 노래하리."*

이렇게 또하나의 모순이, 이번에는 베를렌에게서 나타난다. 이 모순 역시 의외로운데, 보들레르는 그의 독자들과 계승자들이 꿈을 통해 이상화시키지 않은 자기들 속 실제 존재를 용감하게 인정하도록 격려했다는 점에서다. 시 「독자에게」가 말하듯, 보들레르의 기획은 자기 자신의 상象에서만큼이나 다른 이의 상에서도 "결함"을, "악덕"을 끄집어내는 것이었다. 실제대로의 타인, 위선과 분열과 비일관성을 품고 있는 타인에 대한 이 같은 접근으로부터 보들레르의 말이, 시를 향한 그의 서원이, 다른 무엇보다도 그의 대단한 까다로움이 생겨난다. 그런데 베를렌이야말로 이런 의미에

* 이 인용문에 정확히 대응하는 구절은 『페트 갈랑트*Fêtes galantes*』에 없다. 다만 이 시집의 기조를 밝히는 첫 시 「달빛」에서 "단조"의 노래—"승리하는 사랑과 호시절의 삶을 / 단조로 노래하면서"—가 언급된다.

서 극히 "인간적인", 원체부터 나약하고 부족한 사람이다. 더구나 그 자신이 그걸 모르지 않는 만큼 보들레르가 "독자에게" 설정해 놓은 바로 그 자리에 자신이 있음을, 보들레르가 제안하는 커다란 야망이 자기에게 구원이 될 수 있음을 알아차릴 수밖에 없었다. 그런데 어떠한가? 자신이 이해한 야망을 배반하는 것은 아닌가? 자신의 비참함을 "신의 은총"으로 삼기는커녕 거기에 몸 맡기고 진실로부터 나태하게 멀어져가는 편을 택한다는 것은 시의 가장 현대적인 부분을 알면서도 포기하려는 게 아닌가? 한마디로 베를렌은 보들레르가 남긴 유산의 성질을, 그것이 영적 책무임을 이해했으나 그 상속을 거부한 것이 아닌가.

이렇게 단정짓기 전에, 그러나 짚어둘 것이 있다. 그렇다, 과연 보들레르는 생각에 그친 결심들과 일관성 없는 언행들로 이루어진, 있는 그대로의 말하는 존재를 시의 관심 대상으로 삼았다. 말이 타인을, 또한 타인을 심문하는 자를 그가 보이는 모습이나 보이고 싶어하는 모습이 아니라 있는 대로의 모습으로 받아들이는 법을 배우지 않는 한, 말은 꿈에 지나지 않으며 심지어는 거짓임을 그는 제대로 볼 줄 안다. 과연 「독자에게」는 어리석음, 착오, 죄악, 인색함에 대한 환기로 시작된다. 또 『악의 꽃』이나 『파리의 우울』 많은 대목에서 보들레르는 자신의 관심이 가장 평범한 조건을 향하고 있음을 내비치는바, 모종의 도착성을 이유로 부단히 단죄되는 면모들을 다룰 때조차 마찬가지다. 허다한 예 가운데 하나로 『파리의 우울』의 「마드무아젤 비스투리」, 정신분석의 효시와도 같은 이 놀라운 작품을 떠올려보자.

그런데, 보들레르가 있는 그대로의 인간적 사실에 진정으로 애착을 가졌던 적이 과연 있었나? 아니, 없다. 물론 그가 공감하는 존재들, 그의 관심을 불러일으키는 존재들이 온갖 나약함과 악덕을 지녔을 수 있다. 그럼에도 그들에겐 보들레르가 보기에 유달리 중요한 무엇인가가 있다. 그런 존재라는 고통, 즉 나쁜 기질에 대해, 죄와 악덕 속에 내재한 악에 대해 그들이 내심으로 느끼는 감정이 그것이다. 보들레르에게 인간은 우물 깊은 곳에 닿은 별빛 한 점만으로도 진실의 우물이 될 수 있지만, 다만 "악惡 속에서의 의식"인 한에서다.* 보들레르가 저 비참하고 죄 많고 부족한 인격을 그럼에도 타인이라는 이름에 값하는 존재, 한 명의 진정한 인간으로 받아들이기 위해서는 어떤 노스탤지어, 후회, 회한, 희망이 그 사람에게서 역력하게 감지되어야만 한다. 이것은 오만이 아닌가, 스스로를 단순한 자연 현실 이상의 존재로 여기고 또 그러하기를 바라는 것은? 나약함과 악덕을 지녔어도 그것들로 괴로워하지 않는 나태한 인간은 연민에서 배제된다. 선과 악을 모르는 인간, 「성 베드로의 부인」에서 경멸적으로 그려지듯 천생 "경비대와 취사반의 천민"에 지나지 않는 인간. 따라서 하나의 의문이 당장 제기되며, 제기되어야만 한다. 이러한 배제는 깊은 인식을 도모함에 있어 하나의 결함이 아닌가? 타자에게서 열망, 후회, 고통을 발견해

* 『악의 꽃』, 「불치」.

야 한다는 필요란 여전히 이상의 요구가 아닌가, 하나의 이상이 현실 자체로, 지고의 현실로 인정받도록 하려는 처사가 아닌가? 그렇다, 다시 선과 악이다. 남자든 여자든, 보들레르는 하나의 도덕법, 이원론적 법의 필요성을 어떤 식으로든 인정한 사람들만을 용인하는 셈이다. 예전과 비교해볼 때 법의 자리가 옮겨졌다고 할까, 하지만 그 근본적 이상주의는 폐지되지 않았다.

따라서 보들레르의 정신은 그저 자연에 불과한 것에 주의 기울이기를 한사코 거부하는 것 같다. 자신의 충동, 필요, 배고픔으로 고통스러워하지 않는 존재, 랭보를 따라 말해보자면 "이교도"는 거부되는 셈이다. 그렇다면 보들레르가 시에 제안하는 "작업"은 어떻게 되는가? 인간적인 것의 총체를 돌아보지 않는 그것을 진실하며 가능한 작업이라고 말할 수 있는가? 다른 모습으로 나타날 뿐 그 역시 일종의 고행이 되어, 모든 고행이 그러하듯 삶의 진실에 담긴 정수를, 적어도 그 일부를 스스로 금하려는 것이 아닌가? 긴급한 질문이다. 그리고 이 질문이 베를렌의 비일관성을 새로 보게 만든다.

내가 방금 "이교도"라고 딴은 부정확하게 명명했던 자, 베를렌이 가히 그런 존재였음을 우리는 안다. 물론 이따금씩 나타나는 자기 자신에 대한 분노, 도덕의식의 잔재라 할 막연한 회한이 조금쯤은 있지만 그조차도 본심이라기보다는 꾸며낸 것일 때가 많은데, 그에 반해 쾌락을 반겨 맞아들인다는 점만큼은 한결같다. 가장 직접적이고 가장 관능적이며 가장 단순하게 성적인 의미에서의 쾌락이다. 베를렌 안에서 육체적 쾌락은 저항할 수 없는 부름이다. 그것은 향락이며, 그 향락이 그에게는 현실이다. 그러므로 흔히 회자되듯 그가 일상과는 다른, 조금이나마 이상적이라 할 수 있는 현실을 그리며 만족했던 몽상가였다고 생각해서는 안 된다. 베를렌의 시에 "바이올린의 긴 흐느낌"*이나 "생생한 황금 목소리"**나 장밋빛 회색빛 저녁 속에서 빛나는 피아노***가, 즉 약간의 몽상이 있는 것은 사실이지만 그런 것은 쾌락을 지연시키기 위해 필요한 만큼만 있을 뿐, 전혀 다른 성질의 쾌락이 그의 눈에, 또한 그의 온 감각을 향해 훨씬 더 생생하게 존재한다. 베를렌에게 몽상은 가벼운 덮개나 약간의 레이스로 단 하나 진정한 대상인 관능적 육체를 둘러싸고 싶어하는 전술에 불과하며, 이 육체가 손닿는 곳에 들어오는 순간 불분명함은 삽시간에 스러지고 극히 명확한 것이 드러난다. 베를렌은 존재하고 원하고 느끼는 이러한 방식에 몰두했으며, 그것은 선과 악의 가공물로 변질되지 않았기에 자연스럽다고 일컬을 만한 방식이다. 따라서 그는 보들레르의 과업을 거부할 수밖에 없다. 요컨대 베를렌의 거부는 보들레르의 과업에서 타자인 것을 드러내며, 실로 겸손하기까지 한—이 겸손으로 말하자면 전혀 꾸며낸 게 아니다—이 거부야말로 진정한 증언이 된다. 진정한 증언이기에 그것은 또한 진실의 장래에 전적으로 유용한 공헌이다.

---

* 『토성인 시집』, 「가을 노래」.

** 같은 책, 「네버모어」.

*** 『가사 없는 연가』, 「잊힌 아리에타 V」.

중요한 사실을 짚어두자. 일체의 도덕적 선입견으로부터 해방된 인간 존재에 대한 연구는 베를렌 시대에 시작조차 되지 않았다. 프로이트가 나타나기 이십 년 전이다. 신성에 의거하여 상징을 빌려 세계를 설명하기를 거부하면서 그 대신 경험적 현실을 관심의 중심에 놓았던 혁명은, 우주 및 몇몇 자연 현실의 양상에 관해서라면 17세기 초 갈릴레이의 망원경 속에서 일어난 뒤 뉴턴과 함께, 그다음에는 다윈과 함께 굳세게 나아가고 있었으나, 이 혁명이 도덕적 실체에까지 확장되기란 1860년에도 요원할 따름이었고, 따라서 그것은 거의 르네상스 시대와 같은 신화적 수준에 머물러 있었다.

그리고 아직 불분명하기만 한 이 "새로운 시간"에 베를렌은 무책임하고 진부하게 그저 자기 자신이 됨으로써, 지고한 책임을 지고자 했던 저 위대한 보들레르보다 한층 더 진실에 기여할 수 있으리라고 생각한 것이다…… 정말로 그렇게 단호한 입장과 그렇게 폭넓은 포부를 『고운 노래』의 저자에게 돌릴 필요가 있을까? 분명한 것은, 어쨌거나 베를렌이 초기 시집들에서부터 막대하지도 숭고하지도 않은, 말하자면 평범한 욕망의 권리를 상기시킨 시인으로, 그리고 이를 통해 시의 야망에 또하나의 차원을 보탠 시인으로 여겨졌다는 것이다. 그의 독자 다수에게 베를렌은 계몽주의 시대에 꽃피었다가 낭만주의의 근엄한 신심에 억눌렸던 저 감각주의에 다시 생명을 불어넣은 사람이었다. 또한 무엇보다도, 일상적 존재의 비참과 환상과 시시함이 배어 있는 감각주의를 견지했던 자였다.

5

그런데 이제 곧 보게 될 것처럼 그는 랭보에게도 바로 이러한 존재였으나, 다만 그 방식이 즉시 모순을 일으킬 수밖에 없었다. 랭보 역시 이미 『악의 꽃』을 읽고 하나의 시 경험을, 의심의 여지 없이 더 강렬하고 전혀 다른 방식으로 결정적이었던 경험을 얻어냈기 때문이다. 보들레르야말로 "최초의 견자" "시인들의 왕"이며 "진정한 신"이라고, 폴 드므니에게 보낸 1871년 편지에서 그는 외친다.

진정한 신! 이 단어들은 랭보가 직관적으로 시에 대한 보들레르의 생각을 모든 유의 영웅주의와 맞먹는 정신의 중대한 기획으로서, 우리가 끌어안아야 할 가장 고귀한 책임으로서 받아들였음을 증명한다. 또한 이를 통해 그가 작업의 관념을 자기 것으로 삼아 영감이라는 너무 이상주의적인 관념을 밀어내고 있음을 알 수 있으며, 바로 이 "작업"이라는 단어가 같은 편지의 결정적인 대목들에 나타난다. 그런데 보들레르를 향한 이 열광은 정확히 무엇을 뜻하는가? 타인autrui 경험에서의 보들레르적 한계들 앞에서 베를렌이 취한 유보의 필요를 랭보는 느끼지 않았다고 생각해야 할까?

아니, 일단은 그가 베를렌처럼 반응했다고 생각할 수 있다. 그는 보들레르가 "진정한 신"이라고 말하지만, 이내 "하지만 보들레르는 너무 예술가적인 환경에서 살았다"고 덧붙인다. 즉, 단어들과 형식들 속의 아름다움에 지나치게 관심을 쏟느라 단순한 자연이 제공하는 재화들로부터 멀어지게 되는 환경이라는 것이다. 랭보로 말하자면 이미 「감각」과 「태양과 육체」를 썼다. 물론 십대 소년의 시들이고, 거기 가득한 열렬함을 그가 곧 잃어버린다는 것을 우리는 알지만, 그런 만큼 선악을 넘어서서 전적으로 관능적인 삶을 향한 이들 시의 서원은 더더욱 인상 깊다. 그가 "나는 그대를 믿나니! 나는 그대를 믿나니! 신성한 어머니여"*라고 외치며 자연에 직접 말을 걸 때, 그에게 자연은 선 자체, 마주할 악이 더이상 존재하지 않는 선이다. 성애性愛는 자연의 박동하는 심장이고, 자연이야말로 유일한 현실이다. 훗날 그는 "빛 자연"을 말하며 그 빛 속에서 "황금 불티"로 살고자 했다고 술회할 것이다.** 그런데 자연이란 "이교도"에게 필요한 것이고, 따라서 랭보는 보들레르와 전혀 다르다고 생각할 수 있다. 보들레르가 사회에 의해 양산되어 수천 가지 방식으로 소외되는 존재를 만나고 사랑하는 작업에 매진할 때, 그는 스스로 무매개적인 삶을 사는 작업에 매진한다.

그러나 금세, 이처럼 열렬한 찬동에 대해 우리는 얼마간의 의구

---

* 「태양과 육체」.

** 『지옥에서 보낸 한 철』, 「섬망 I. 언어의 연금술」.

심을 느끼게 된다. 이유인즉 뒤이어 온 수년 동안 그 찬동이 부르짖는 쾌락과 기쁨이 추구되었어야 하는데, 랭보의 삶에서나 그의 시에서나 이제 곧 마주치게 되는 것은 폭력 충동과 감각의 착란, 그것도 어마어마한 고통을 야기하는 모든 감각의 "괴물스러운" 착란뿐이기 때문이다. 누구보다 먼저 랭보가 이 사실을 시인한다. 그가 당시의 동지에게 자기는 "온갖 악덕"*을 다 가졌다고, 음란한 만큼이나 게으르다고, "스스로를 최대한 천하게 만들고 있다"** 고 기별할 때 존재의 행복감은 비치지 않는다. 후일 『지옥에서 보낸 한 철』에서는 이렇게 쓸 것이다. "온갖 기쁨 위로, 나는 사나운 야수처럼 소리도 없이 뛰어올라 그 목을 비틀었다."*** 랭보의 삶에서 금세 확연해지는바, 「태양과 육체」에서 거론된 욕망들은 자기를 쇄신하고 싶다는 고민의 외피에 지나지 않았으니, 따라서 무지막지한 것이 아닌 한 향락 자체는 전혀 관심 밖이다. 「나쁜 피」의 저자가 스스로를 "열등한 종족"이라고, "온갖 악덕"을 지닌 자들의 종족이라고 말하는 것은 단지 그가 온갖 덕목을 지녔다고 자처하는 자들을 줄곧 주시하고 있기 때문이다. 이렇게 보면 그의 열망, 또 그 열망을 휘두르는 난폭함이란 보들레르의 눈에 타인이 값하기 위해 보들레르가 다른 이들에게서 간파해야만 했던 노스탤지어나 고통과 다르지 않다는 결론에 이르게 된다. 「불치」가 "악惡 속에서의 의식"이라 칭했던 것이 랭보에게서도 군림하고 있으며,

* 『지옥에서 보낸 한 철』, 「나쁜 피」.

** 1871년 5월 조르주 이장바르에게 보낸 편지.

*** 『지옥에서 보낸 한 철』, 프롤로그.

랭보에게서도 도덕적 불안이 평범하고 자연스러운 충동을 눌러 이긴다.

따라서 랭보가 표명하는 이러저러한 유보에도 불구하고 그는 보들레르와 많은 점에서 대단히 닮았고, 둘 사이에 하나의 혈통이 이어지고 있다고 말함직하다. 핵심적이라고 여겨지는 이유 하나가 이 혈통을 설명해준다. 둘 모두에게 기독교가 중요했다는 사실이다. 이 종교의 품 안에서 태어난 보들레르로 말하자면, 그가 기독교에 맞서 일어설 때도 있기는 하다. 『악의 꽃』의 한 장이 통째로 여기에 바쳐지며, 「성 베드로의 부인」 「아벨과 카인」 「사탄 신도송」이 묶인 이 장에는 과연 "반항"이라는 제목이 붙어 있다. 그러나 이 반항의 아주 깊은 곳에는 수용이 있으며, 보들레르가 지닌 동정의 자질이 이를 부추긴다. 차라리 그는 약속을 지키지 않는 신을 질책할 것이다. 그가 신을,

> 천한 사형집행인들이 당신의 생살 속에 박아넣는
> 못질 소리를 들으며, 하늘에 틀어박혀 웃음 짓던 자*

라고 규탄하는 것은, 이 생살의 그리스도에게 그가 환상을 잃은 자로서 공감을 느끼기 때문이다. 보들레르가 이해한 바의 인간은 근본적으로 기독교가 고안해놓은 인간, 즉 자기 몸으로부터, 자연으

* 『악의 꽃』, 「성 베드로의 부인」.

로부터 돌이킬 수 없이 불거져나와 붕 떠 있는 인격이다.

한편 랭보에게도 반항이 있다. 더 격렬할뿐더러, 그의 경우에는 거부된 종교가 내밀하게 수용되는 일도 없다. 적어도 흔히 생각할 수 있기로는 그렇다. 랭보는 인격이기를 그칠 권리, 속박에서 벗어나 질료 자체의 거대한 힘이 오가는 장소로 다시 화할 권리를 주장하면서 "에너지 도둑"* 기독교와의 관계를 끝장내고자 했고, 이로써 회한을, 또한 행복 없는 착란을 끝내고자 했지만 사태는 그리되지 않았다. 어째서? 랭보 자신이 그 이유를 설명한다. "나는 유명한 독을 한 모금 삼켰다."** 이렇게 쓰기도 했다. "그리스도, 오, 그리스도여, 영원한 에너지 도둑이여".*** 무슨 말이냐면 원하건 원하지 않건 그는 자신이 단죄한 종교에 붙들려 있다는 것, 습관과 억제에, 기독교적인 가치—특유의 비현실성으로 그를 봉인하고 신경증을 유발시키는 가치—에 붙들려 있다는 것이다. 랭보는 어쩔 수 없이 기독교인이고, 그렇기에 자연적인 삶을 주장하면서도 여전히 도덕적인 일종의 담보를 고통 속에서, 심지어 불행 속에서 구하는 것이다. 그토록 극단적인 선택이란 오만을 키우기 마련, 그 역시 부득불 오만에 빠지는 위험에 처한다. 심지어 그는 신과 대적한다. 그는 신을 부인하지 않는다. 그보다는 신에게 욕설을 퍼부으며 도전한다. 그리고 이 도전은 자기 자신, 시인만의 현실이 된다.

---

* 「첫영성체」.

** 『지옥에서 보낸 한 철』, 「지옥의 밤」.

*** 「첫영성체」.

감각의 무질서 등 그 도전이 내세우는 가치들은 그의 분노와 오만을 엉성하게 숨길 뿐, 실상 그는 오만의 논리에 따라 자기 역시 나름대로 신이 될 수 있다고 느끼는 것이다. 베를렌은 「사랑의 죄」에서 "나는 신의 창조자가 되리라"고 말하는 그를 보여준다. 간단히 말해, 사유만 놓고 보자면 랭보는 보들레르가 상상하던 루시퍼와 전혀 다르지 않다. 보들레르 시의 희생 관념에 랭보 특유의 폭력성이 더해졌을 뿐, 랭보는 그가 주장하는 것만큼 본능적인 것과 자연적인 것을 향해 사유의 장場을 확대시키지는 못한다.

6

이제 결론을 내릴 수 있을 것 같다. 이러한 랭보의 모순들, 보들레르적 용어로 기술될 수 있는 이 분열들이 베를렌과 그의 관계를 설명해준다.

우선 랭보가 『페트 갈랑트』의 시에 애착을 가졌다는 사실이 전혀 놀랍지 않다. 그는 이 시구들 아래 감춰진 베를렌 속 이교도에 이끌리고, 그 시구들 속에서 쾌락과의 어떤 관계를, 즉 쾌락에 결부되는 문제적 가치 따위에 아랑곳없이 이교도의 내면에서 향유되는 쾌락을 발견하며, 거기서 실질의 현실이라고 일컬을 만한 것을 감지하는 한편 시인인데도 아무런 양심의 거리낌 없이 거기에 몸을 맡기는 베를렌에 탄복한다. 따라서 그는 베를렌과 교제하고 싶어할 것이다, 같은 사회에서 같은 시간을 사는 실제 인간의 예시에 기대어 자기 자신 역시 육체를 좇아 살아가는 "함의 아들", 이교도가 되어도 괜찮다고 느끼기 위해서. 그는 베를렌과 교제하기를 바라 마지않는다. 어쨌거나 구원을 믿는 종교의 후계자로서, 또한 미슐레의 독자로서, 그가 집단의 해방에 힘쓸 필요를 절감하는 만큼 이러한 욕구는 더욱 커질 수밖에 없는데, 타인들이 "미지의 검은 자들"*일지라도 해방은 일단 그들을 만나는 일에서부터 시작되기 때문이다.

그에게는 베를렌이 필요하다. 베를렌의 삶 속으로 들어가고, 거기 있던 것들을 뒤흔들고, 아내로부터 베를렌을 떼어놓았던 그의 강압적 방식은 바로 이 필요에서 비롯되거니와, 아내와 있을 때 친구의 삶은 너무 소심해 보여서 그가 보기에 훌륭한 모범으로 남을 수 없었다. 그는 베를렌을 "이교주의"—베를렌에겐 생소했던 난폭하고 메마른 유의 이교주의—로 더더욱 밀어붙이려 했고, 베를렌을 뒤집어엎어 그 존재를 시에 부족하다고 여겨지는 위대한 선동으로 삼고자 했다. 이에 베를렌은 분명 자신의 존재가 정당화된다고 느꼈을 터, 그로서는 제 가련한 삶이 전혀 자랑스럽지 않던 차였다. 그가 정당화되었을 때, 더욱 범람하는 관능이 되라고 격려받았을 때, 그런 관능이 이 청년의 매력을 지나칠 수는 없었다. 유혹한 것은 랭보다. 『지옥에서 보낸 한 철』에서 랭보가 여자의 모습

* ("저것들은 우리에게 무엇이냐, 내 마음이여……")

으로 그려내는 인물은 베를렌일 터, 그는 이렇게 말한다. "그 신비로운 민감함이 저를 사로잡았어요. 인간의 도리를 모두 잊어버리고 저는 그 사람을 따라갔지요."* "어리석은 처녀"는 불안해하는데, 이유가 없지도 않다. 더없이 하찮은 자기 기질로는 측량조차 할 수 없다고 느껴지는 저 요구, 저 기대, 저 까다로움에 응하기 위해 필요한 힘이 베를렌에게는 없기 때문이다. 같은 대목에서 그는 말하리라. "저는 지옥 남편의 노예입니다" "무섭습니다". 그는 흙그릇, 랭보는 철그릇이다.

자기 의지와는 상관없이 여전히 기독교인인 랭보는, 이때 그토록 나약한 이 영혼을 경멸할 수밖에 없다. 그와 동시에 실은 그토록 스스럼없는 베를렌의 관능을 시샘한다. 그에게는 자기 짝이 그런 관능을 지닐 필요가 있었지만, 목적으로서가 아니라 수단으로서다. 자신은 될 수 없으며 되고 싶지도 않은 존재가 되는 일에서 그토록 천연스러운 베를렌에게 랭보는 화가 치밀 수밖에 없다. 댄디도 심미적 몽상의 마돈나도 아닌 여자에 대해 보들레르가 했던 말은 그대로 베를렌에 대한 랭보의 말이 될 수 있다. 그는 자연스럽고, 따라서 "가증스럽다". 그래서 그는 베를렌을 붙들고 있으면서도 베를렌이 자기 곁에 있다고 원망한다. 베를렌을 자기 어머니 비탈리 퀴프의 눈으로 보면서 욕을 퍼붓고, 이때 그의 욕설은 무엇보다도 일단 잣대질, 그것도 도덕적인 잣대질이 된다. 그들의 관계

* 『지옥에서 보낸 한 철』, 「섬망 I. 어리석은 처녀—지옥 남편」.

가 착란의 실행이었을까? 그렇다, 하지만 과격함을 통해 너무 진부하게 에로틱해진 친밀성을 다시 정신적인 것으로 만들기 위해서였을 뿐이다. 다시 한번 "어리석은 처녀"의 명철하기 그지없는 소견을 들어보자. "하지만 그 사람인들 제 흐릿하고 맥없는 생애로 뭘 어찌할 수 있었겠어요?…… 그이는 나를 몰아세우지요, 이 세상에서 저와 무슨 관계가 있었다 싶은 것은 무엇이든 들먹이며 제게 창피를 주는 것으로 시간을 보내고, 제가 울면 화를 내지요."

그러나 모든 것이 말해지진 않았다. 이 대치극에서 베를렌은 가련한 모습으로 퇴장하고, 그래서 랭보는 가련함을 느끼고, 이로써 그 "도둑맞은 가슴"은 고통주의와 청교도주의 때문에 그가 멀리했던 것을 재발견하게 되기 때문이다. 즉 자신이 지닌 동정과 자애의 자질을 다시금 발견하고, 심지어는 자애의 창조적 가치를 예감하게 된 것이다. 그는 있는 그대로의 베를렌을 그 자체로 사랑하리라고, 사랑을 통해 베를렌이 빠져든 비탄으로부터 그를 해방시키리라고 결심하기에 이른다. 베를렌과 함께 "정다운 모어"의 다른 나라를 향해 떠나리라고. 내게 시간이 있었다면 여기에서 「방랑자들」을 길게 다루었을 것이다. 그 시에서 랭보는 "동굴의 술과 거리의 비스킷으로 배를 채우"는, 주목하건대 고행의 성격을 강하게 띠는 방랑생활을 거쳐 제 동무를 "태양의 아들다운 그 원초의 상태"로 되돌려놓겠노라고 말한다. 이 무슨 역설인가! 한 명의 이교도로 돌아가겠다는 꿈이 랭보를 이끌어 그의 팔다리를 자르는 기독교, 그가 벗어나고자 했던 저 기독교 특유의 생각들로, 존재 및 삶의 방식으로 다시 데려온다. 그러고는 얼마 안 가서 뭐라 말하는가? "나는 여행하며, 뇌수에 쌓인 마법들을 털어내야 했다. 내 더러움을 씻어주리라는 양 내가 사랑했던 바다 위로, 위안의 십자가가 떠오르는 것을 나는 보았다."* 그러나 이 십자가 역시 하나의 꿈이며 또하나의 매혹에 지나지 않으니, 그의 증오가 너무 깊은 까닭이다. 한번 더 "어리석은 처녀"의 말을 듣자. "그이가 덜 거칠기만 해도 우리는 구원을 받을 텐데! 하지만 그이의 다정함도 역시 치명적이지요." 그것이 막다른 기획이었음은 이후 사실들이 보여준 대로다.

* 『지옥에서 보낸 한 철』, 「섬망 II. 언어의 연금술」.

출전

「우리에게는 랭보가 필요하다Notre besoin de Rimbaud」는 비슷한 목적으로 이루어진 두 강연, 즉 2007년 5월 17일 옥스퍼드 올솔스 칼리지에서 이루어진 〈자하로프 독회〉 강연과 2007년 6월 11일 오베르빌리에 테아트르드라코뮌에서 이루어진 콜레주드프랑스 강연의 미간행 원고에 꽤 많은 내용을 덧붙여 이참에 새로 쓴 글이다.

『랭보에 의한 랭보*Rimbaud par lui-même*』는 1961년 쇠유출판사에서 '영원의 작가들Écrivains de toujours' 총서로 출판되었다. 그 개정판이 1994년 같은 출판사에서 같은 총서로, 제목은 『랭보』로 바뀌어 나왔다. 이 책에 큰 수정 없이 재수록된 것은 이 버전이다.

「다시 랭보Rimbaud encore」는 로제 뮈니에의 설문, 『오늘 랭보*Aujourd'hui Rimbaud*』(Archives des lettres modernes, Minard, 1976, n° 160)에 대한 답이다. 이 글은 『붉은 구름*Le Nuage rouge*』(Mercure de France, 1992)과 『말의 진실 및 기타 에세이집*La Vérité de parole et autres essais*』(coll. Folio Essais, Gallimard, 1995)에 재수록되었다.

「랭보 부인Madame Rimbaud」은 마르크 아이겔딩거 편編, 『아르튀르 랭보의 〈시집〉 연구*Études sur les《Poésies》de Rimbaud*』(La Baconnière, 1979)에 실려 출판되었고, 이후 『말의 진실*La Vérité de parole*』(Mercure de France, 1988)과 『말의 진실 및 기타 에세이집』에 재수록되었다. 나는 약간의 수정을, 어떤 대목에서는 많은 수정을 가하지 않을 수 없었으나, 어떤 경우든 순전히 표현 형식을 다듬었을 뿐이다.

「꽃에 대해 시인에게 하는 말Ce qu'on dit au poète à propos de fleurs」은 『드니 드 루주몽, 작가, 유럽인: 드니 드 루주몽 70세 기념 논문 및 일화 집록*Denis de Rougemont, l'écrivain, l'européen. Études et témoignages publié pour le soixante-dixième anniversaire de Denis Rougemont*』(coll. Langages, La Baconnière, 1976)에 실렸다. 이 글과 다음 글의 경우, 몇몇 대목에서 형식을 가다듬어야 했음을 밝힌다.

「색 너머의 색L'outre-couleur」은 『장소와 공식: 마르크 아이겔딩거 헌정 논문집*Le Lieu et la formule. Hommage à Marc Eigeldinger*』(coll. Langages, La Baconnière, 1978)에 「니나의 대꾸」라는 제목으로 처음 실렸으며, 앙드레 기요 편, 『랭보*Rimbaud*』(L'Herne, 1993)에

현재의 제목으로 재수록되었다.

「새로운 시간L'heure nouvelle」은 1998년 제네바에서 열린 전시회 도록 『"오늘 아침 도착합니다": 아르튀르 랭보의 시세계*J'arrive ce matin... L'universo poetico di Arthur Rimbaud*』(주세페 마르체나로, 피에로 보라지나 편)에 실린 에세이다. 그후 2000년 토론토에서 개최된 제임스 롤러 기념 학회 논문집 『랭보 읽기: 비평적 접근*Lire Rimbaud. Approches critiques*』에 서문으로 실렸다.

「지옥에서 보낸 한 철Une saison en enfer」은 『지옥에서 보낸 한 철』(La Compagnie typographique, 2003)의 서문으로 실렸다.

「본질적인 것은 간결하다La briéveté de l'essentiel」는 스테판 크레메르 편, 『아르튀르 랭보, 1854~1891*Arthur Rimbaud, 1854-1891*』(La Martinière, 2003)에 서문으로 실렸다.

「베를렌, 그리고 아마도 랭보Verlaine, et peut-être Rimbaud」는 1982년 『브뤼셀대학교 리뷰*Revue de l'Université de Bruxelles*』 1~2호(특별호 제목: '랭보 독해Lectures de Rimbaud') 9~18쪽에 실렸다.

「베를렌의 증언자 랭보Rimbaud, témoin de Verlaine」는 1991년 12월 오르세미술관에서 열린 강연을 바탕으로 재작성되었으며, 이 구두 발표문이 당시 오르세미술관의 강연·회담 잡지 〈48/14 Quarante-huit/Quatorze〉 5호(1993. 4.)에 게재된 바 있다. 강연을 옮겨 적은 것에 불과했던 첫 버전을 파기하고 이 텍스트로 대체한다.

한국어판 부록

꽃에 대해 시인에게 하는 말

니나의 대꾸

옮긴이 해제

본푸아의 펜 아래 새로 드러난 랭보의 가치

* 여기서 참조한 랭보 시의 출전은 다음과 같다: Arthur Rimbaud, *Œuvres complètes*, éd. André Guyaux, Paris: Gallimard, coll. Bibliothèque de la Pléiade, 2009.

꽃에 대해 시인에게 하는 말
: 테오도르 드 방빌 씨에게

I

이렇듯, 매양, 황옥의 바다

출렁이는 검은 창공을 향해,

백합들, 이 황홀의 관장기灌腸器들이

그대의 밤에 작동하리라!

사고야자의 우리 시대,

식물들이 일꾼들인 이때에

백합은 그대의 종교적 영창 속에서

푸른 혐오를 마시리라!

—케르드렐 씨의 백합,

천팔백삼십 년의 소네트,

카네이션, 맨드라미와 함께
가객에게 수여되는 백합!

백합! 백합! 그런 건 보이지도 않네!
그런데 그대의 시구 속에서는, 발걸음 얌전한
죄 많은 여인들의 소매통같이
매양 그 순백의 꽃들이 떨고 있구나!

매양, 친애하는 이여, 그대가 멱을 감을 때마다,
황금빛 겨드랑이의 그대 셔츠는
저 지저분한 물망초 위로 부는
아침 산들바람에 부풀어 오르니!

사랑이 그대의 세관에서 통과시키는 건
라일락들뿐, —오 흔들그네로다!
또 있다면 숲제비꽃들뿐,
검은 님프들의 달콤한 가래침이로다!……

II
오 시인들이여, 그대들이 장미를,
월계수 가지와
통통 부은 1천 행 8음절 시구 위로
빨갛게 부풀어오른 장미를 가질지라도!

방빌이 그것으로, 핏빛
소용돌이치는 눈보라를 휘날려,
껄끄러운 독서에 생소한
넋 빠진 눈에 한 방 먹일지라도!

오 대단히 평온한 사진사들이여!
그대들의 숲과 그대들의 초원의
플로라는 다양하기가 거의
물병 마개 수준이로구나!

매양 프랑스적인 식물들,
퉁명스러운, 폐병을 앓는, 우스꽝스러운
그것들 사이를 땅딸보 개들의 배腹가
황혼녘마다 평화롭게 항해하지.

매양, 푸른 수련이나 해바라기의
끔직한 데생을 앞세워
영성체 받는 소녀들을 위한
장밋빛 판화, 성스러운 주제들이 펼쳐지고!

아소카로 지은 오드는
논다니 창문의 시구에 죽을 맞춰대고,

휘황찬란한 무거운 나비들이
데이지에 똥을 누네.

낡은 푸르름에 낡은 금실 테두리!
오 과자 식물들이여!
낡은 살롱전의 괴기스러운 꽃들이여!
—방울뱀이 아니라 풍뎅이가 어울리는 꽃들,

눈물에 젖은 이 포동포동한 식물 아기들에게
그랑빌이 걸음마 줄을 매어주면
챙 모자를 쓴 심술궂은 별들이
갖가지 색깔로 젖을 먹였지!

과연, 그대들 피리에서 흘러나오는 침은
값비싼 포도당인 셈이로구나!
—묵은 모자 속 계란프라이 한 무더기,
백합, 아소카, 라일락이며 장미하고는!……

III

오 하얀 사냥꾼이여, 양말도 없이
판의 목초지를 가로질러 달리는가,
그대 몫의 식물학을 조금은
알 수 없는가, 알아야 하잖는가?

그대가 갖다붙이지나 않을까, 나는 그게 걱정이다
다갈색 귀뚜라미와 가뢰를,
푸른 라인강에 리오의 황금빛을,
요컨대, 노르웨이에 플로리다주를.

그런데, 친애하는 이여, 예술은 이제 더이상
—진실로 말하건대—허용하지 않아,
놀라운 유칼립투스에
12음절 시구 보아 뱀들이 엉키는 것을.

자, 보게나!…… 마치 우리들의 기아나에서조차
마호가니 나무가 쓰일 데라곤
거미원숭이들의 폭포나
넝쿨들의 무거운 착란밖에 없다는 듯이!

—결론적으로, 로즈메리든
백합이든, 살아 있건 죽었건, 꽃이
바닷새 똥만큼의 가치는 될까?
한 방울 양초의 눈물만큼이라도 될까?

—그래 나는 하고 싶은 말을 했을 뿐!
그대는, 거기, 대나무 오두막집에서조차

그저 앉아서는, —덧창을 닫고,
갈색 페르시아 사라사로 장막을 치고, —

비범하기도 한 우아즈강에 어울릴
꽃 넝마전을 얼렁뚱땅 차려내겠지!……
—시인이여! 그런 구실들이란
오만한 만큼이나 가소로워!……

IV

말하라, 무시무시한 반란으로 검게 탄
봄철의 팜파스가 아니라,
담배를, 목화를!
말하라 이국의 수확물들을!

말하라, 포이보스가 볶아댄 하얀 이마여,
아바나의 페드로 벨라스케스가
연금을 몇 달러나 받는지,
백조들이 수천 마리씩 날아가는

소렌토의 바다에는 똥이나 싸라!
그대의 시는 한 절 한 절 광고가 되어야 하리
물뱀들과 파도에 파헤쳐진
맹그로브 나뭇더미를 위해!

그대의 4행시는 피 젖은 숲에 잠겨든 뒤
다시 돌아와 인간들에게
백설탕이며 기관지약이며
고무며 다양한 주제들을 제시하지!

그대를 통해 알아보자꾸나, 적도 근처,
눈 덮인 산정의 황금빛이
알 까는 벌레들 때문인지
현미경적인 이끼들 때문인지!

찾아라, 오 사냥꾼이여, 우린 원한다,
자연이 바지로 피워낼
향기로운 꼭두서니 같은 것을!
—우리의 군대를 위해서지!

찾아라, 잠자는 숲 근처
물소의 검은 머리털 위로
황금빛 포마드를 흘려대는
콧방울 같은 꽃들을!

찾아라, 실성한 초원 그 파랑 위
은빛 솜털이 몸을 떠는 곳에서

불의 알들로 가득찬 꽃받침들,
향유 속에 구워진다!

찾아라, 목화 엉겅퀴를,
잉걸불 같은 눈의 당나귀 열 마리가
그 솜뭉치에서 실 뽑는 노동을 할지니!
찾아라, 의자가 될 꽃들을!

그래, 검은 광맥의 심장부에서 찾아라
거의 돌 같은 꽃들을, ―유명하지 않은가!―
딱딱한 황금 씨방 근처에
보석 같은 편도를 품고 있을 텐데!

오 익살꾼이여, 그대는 할 수 있잖은가,
으리으리한 은도금 쟁반에
백합 시럽 스튜 요리를 차려내어
우리의 알페니드 숟가락을 물어뜯는 거다!

V

혹자는 위대한 사랑을 말하리,
음울한 면죄부를 훔친 도둑은.
하지만 르낭도 무르 고양이도
어마어마한 푸른 바쿠스 지팡이는 보지 못했네!

그대 시인이여, 우리의 무기력 속에
갖가지 향기로 히스테리를 뛰놀게 하라,
마리아보다 더 순진무구한
순진무구로 우리를 앙양하라……

상인이여! 식민자여! 영매여!
장밋빛이건 흰빛이건, 그대 각운은
나트륨 불빛처럼,
흘러나오는 고무액처럼 솟아야 할지니!

그대의 검은 시들에서—어릿광대여!
흰빛, 초록빛, 붉은 굴절광으로
기이한 전기 꽃들이며
전기 나비들이 새어 나올지니!

그래! 지금은 지옥의 세기!
그러므로 전신주들,—철의 노래를 연주하는
리라가 되어 장식하리라,
그대의 수려한 견갑골을!

특히, 감자의 병에 관한
설명에 운을 맞춰라!

—또한, 신비로 가득한 시를
짓기 위해서라면

트레기에에서부터
파라마리보까지 읽어야 할지니,
피귀에 선생의 전집을 살 것이니라,
—삽화판으로!—아셰트 선생 출판사에서!

알시드 바바
A. R.

니나의 대꾸

그—……………………………………

내 가슴에 네 가슴을 포개고,

　　우린 갈 거야, 그렇지?

콧구멍 가득 바람 들이켜면서,

　　시원한 빛을 향해

포도주 같은 햇살로 그대를 씻어주는

　　저 푸른 아침에……

사랑으로 말을 잃고

　　숲이 온통 떨며 피 흘릴 때

가지가지마다 초록 방울,

　　맑은 새순들,

피어나는 것들 속에서 느껴지지,
　　육체들의 떨림이.

너는 자주개자리 풀숲에
　　네 흰 잠옷을 담그겠지,
네 검고 큰 눈을 둘러싼 푸른 시울을
　　바람에 장밋빛으로 물들이면서,

들판의 애인 되어,
　　자지러지는 웃음을
샴페인 거품처럼
　　사방에 흩뿌리고.

나에게 웃겠지, 나는 취기로 험해져,
　　너를 덮칠 테고,
이렇게, —그 탐스러운 머리 타래를,
　　오! —나는 마실 거야,

너의 산딸기 나무딸기 맛을,
　　오 꽃 같은 살이여!
네 입술을 훔치는
　　팔팔한 바람에 너는 웃겠지,

애교스럽게 널 성가시게 하는
　　분홍 들장미나무에 웃을 테고
무엇보다, 오 정신 나간 얼굴이여,
　　네 연인에 웃을 테지!……

……………………………………

—내 가슴에 네 가슴을 포개고,
　　우리 둘 목소리를 섞으며,
천천히, 우리는 골짜기에 이를 거야,
　　그다음엔 큰 숲에!……

그럼 죽어가는 소녀인 양
　　너는 심장이 혼미해져서,
널 안고 가달라고 내게 말할 테지,
　　눈은 반쯤 감은 채……

나는 파닥이는 너를 안고 가겠지,
　　오솔길 속으로.
새는 안단테 노래를 뽑아낼 테지,
　　개암나무에서 운운……

나는 네 입 속에다 말할 거야.

나는 가리라고, 지긋이
네 몸을 어린아이 안아 재우듯 껴안고
나는 취하겠지

장밋빛 색조를 띤 네 하얀 피부 아래로
파랗게 흐르는 피에.
그러고는 네게 솔직한 언어로 말하겠지……
자!…… —너도 아는 언어야……

우리의 큰 숲은 수액 냄새를 풍길 테지,
그리고 태양은
그 초록빛 진홍빛 거대한 꿈에
순금의 모래를 뿌려주고

………………………………………

저녁엔?…… 우린 하얗게 뻗은 길로
다시 돌아올 거야,
풀 뜯는 가축떼인 양 어정거리며
파란 풀밭과

비틀어진 사과나무로 실한 과수원을
빙 돌아서!

그 짙은 향기가 십리 길 내내
　　어찌나 진동하는지!

반쯤 어두워진 하늘 아래
　　우리는 다시 마을로 들어설 거야,
그리고 저녁 공기에서는
　　우유 냄새가 나겠지.

외양간 냄새가 나겠지,
　　뜨뜻한 두엄 그득한 곳,
느긋한 숨결의 리듬이 그득한 곳,
　　그 커다란 등허리들은

희미한 빛 아래 하얗게 빛나고.
　　그리고, 바로 거기에서,
암소 한 마리가 똥을 눌 거야, 자랑스럽게,
　　걸음걸음마다……

―할머니의 돋보기안경과
　　기다란 코는
미사경본 속에 파묻혀 있고. 납 테가 둘린
　　맥주 단지는

씩씩하게 타오르는 큰 담뱃대들
　　사이에서 거품을 내고.
무시무시한 입술들이
　　연기를 내뿜으면서도

포크의 햄덩이를 덥석 물지,
　　이만큼, 이만큼 또 더.
이부자리와 궤짝들을
　　환히 밝혀주는 불.

반들거리는 통통한 두 볼기짝의
　　토실토실한 아이
무릎 꿇고, 사발 속에
　　뽀얀 얼굴을 들이밀면

콧방울 하나가 스치듯 다가와
　　다정한 톤으로 야단치고는
귀여운 어린 것의
　　동그란 얼굴을 핥고……

....

저 오막살이집들에서, 내 사랑아,

우리는 얼마나 많은 것을 보게 될까,
난롯불이 잿빛 유리창을
환하게 밝힐 때면!……

—그런 다음엔, 어둡고 시원한
라일락 덤불 속에
폭 싸인 작은 둥지, 숨은 유리창이
저쪽에서 웃음 짓고……

너는 올 거야, 너는 올 거야, 널 사랑해!
아름다울 거야.
너는 올 거야, 그렇잖니, 게다가……

그녀— 그럼 내 사무실은?

1870년 8월 15일
랭보

본푸아의 펜 아래 새로 드러난 랭보의 가치

이 책은 프랑스 시인 이브 본푸아가 랭보에 대해 쓴 평문 중 주요한 글을 엮은 것이다. 모두 1961년부터 2008년까지 사십칠 년에 걸쳐 발표한 글들이다. 저자는 자신이 랭보와 나눈 줄기찬 대화의 기록이자 "시인에 대한 애정을 기록한 일기"라고 소개하지만, 그것을 한국어로 옮기고 보니 난해하게만 여겨지는 시인 랭보에 다가가기 위한 좋은 안내서가 되리라는 기대를 싣지 않을 수 없다. 거기에 또다른 안내의 말을 더하는 것이 공연한 짐을 늘리는 일처럼 여겨지기도 하나, 이 책을 읽는 한국 독자들에게 본푸아와 그의 도정, 랭보 비평에서 그의 글이 차지하는 위상에 대한 약간의 정보가 유용한 이정표로 쓰일 수도 있을 것이다.

이브 본푸아는 1923년 투르에서 태어났다. 1942년 수학 전공으로 푸아티에대학에 입학했으나, 초현실주의 시를 접하면서 문학에 뜻을 두고 이듬해 파리로 상경, 소르본대학 수학과에 형식상으로

적을 둔 채 문인 및 예술가들과 활발히 교류하며 독서와 글쓰기에 매진한다. 양차대전 사이에 시작된 초현실주의가 여전히 문학 및 예술의 전초기지를 자처하면서 젊은 정신들을 끌어당기던 시기였고, 본푸아의 문학 입문도 이 조류 속에서 이루어졌다. 1946년 초현실주의 잡지 〈혁명 밤*La Révolution la Nuit*〉 창간에 참여했던 일, 같은 해 뉴욕에서 귀국한 앙드레 브르통과 만났던 일도 이 시기 이력에서 자주 거론된다. 하지만 얼마 지나지 않아 본푸아는 이 운동에 회의를 품고 그로부터 거리를 두기 시작하는데, 1947년 국제 초현실주의 박람회를 기하여 발표된 선언에 서명하기를 거부한 것이 단적인 표현이다. 이후 첫 시집 『두브의 운동과 부동에 대하여*Du mouvement et de l'immobilité de Douve*』(1953)를 내며 문단의 주목을 끌고, 뒤이어 『사막에 군림하는 어제*Hier régnant désert*』(1958), 『문턱의 미끼에 붙들려*Dans le leurre du seuil*』(1975) 등을 출간, 동시대를 대표하는 시인 중 하나로 자리잡은 뒤 1981년에는 아카데미 프랑세즈 시 대상을 수상, 그후로도 『빛 없이 있던 것*Ce qui fut sans lumière*』(1987), 『굽은 판자*Les Planches courbes*』(2001), 『현존하는 시간*L'Heure présente*』(2011) 등 부단히 작품활동을 이어간다. 그의 사후 칠 년이 지난 올해 2023년 4월, 고전 작품의 정본 편찬에 주력하는 갈리마르출판사 플레이아드 총서로 본푸아의 『시 전집*Œuvres poétiques*』이 출간되었다는 사실은 그의 모색이 문학사적으로도 기릴 만한 것임을 방증한다. 물론 오랜 기간 동안 많은 변화를 보인 본푸아의 시에 대한 평가는 관점에 따라 갈릴 수 있으나, 누구나 동의하는 점은 그가 20세기 후반 프랑스 문단을 거쳐간 어떤 유행에도 휩쓸리지 않고 독자적인 길을 열어나갔다는 것이다.

그러나 이 개성은 고독의 소산이 아니다. 본푸아는 여러 작가에 대한 관심과 더불어 자신의 시학을 다듬어갔기 때문이다. 그가 1949년 철학과에 등록하여 「보들레르와 키르케고르」라는 제목으로 학위 논문을 쓴 것, 뒤이어 이탈리아 여행에서 발견한 르네상스 시대 조형예술에 대한 관심을 심화시켜 1950년 파리고등연구실천학교 미학과에서 또다른 학위 논문 「피에로 델라 프란체스카에 있어서의 형태의 의미」를 쓴 것이 초현실주의와의 결별 직후라는 사실은, 이러한 견지에서 시사적이다. 마찬가지로 평생 이어질 셰익스피어 번역이 첫 시집과 거의 비슷한 시기에 착수되었으며, 알베르 베갱과 공동 번역한 『성배의 탐색*La quête du Graal*』(1958), 여러 해에 걸친 문학평론을 모은 『있을 법하지 않은 것*L'improbable*』(1959)의 출간 역시 첫 시집과 두번째 시집 사이 그의 시가 괄목할 만한 변화를 겪는 와중에 이루어졌다.

따라서 본푸아에게 비평은 창작만큼 중요하다. 『붉은 구름*Le nuage rouge*』(1977), 『말의 진실*La vérité de parole*』(1988), 『이미지의 장소와 운명*Lieux et destins de l'image*』(1999) 등 꾸준한 간격으로 묶여 나온 평문은 다양한 시대 다양한 성격의 작가들과 내내 함께했던 정신의 족적을 보여준다. 게다가 그 영역은 문학뿐 아니라 예술 전반을 아우른다. 예술사 시론 『프랑스 고딕 벽화』(1954)로 시작된 미술 분야 비평 작업은 비평가협회상을 받은 『1630년 로마』(1970)를 거쳐 말년의 『알베르토 자코메티』(1991) 작가론까지 이어지면서 그의 관심이 단순한 애호가의 식견에 그치지 않았음을 입증한다. 시인이자 연구자이며 번역가이자 비평가, 다층적이나 서로 불가분인 이 활동들의 연관성은 그가 콜레주드프랑스에 재직(1981~1993년)할 당시 열었던 강좌명 '시적 기능의 비교 연구'에서도 얼마간 드러난다. 이때 시는 특정한 언어형식이라기보다는 도처에서 기능하는 힘이다. 이 책에 실린 「랭보 부인」에서도 역설하는바, 그에게 중요한 것은 완성된 개개의 작품 혹은 장르로서의 시poème가 아니라 시poésie, 존재하는 것들에서 빛을 찾아내고 무기력해진 삶을 끌어올리고자 하는 열망, 그리하여 언어건 형상이건 그것이 담기는 그릇 자체를 깨뜨리기도 하는 정신이다.

완결된 형식으로 영위되는 문학과 예술, 그와 달리 삶에 작용하는 정신으로서의 시, 둘을 구분하고 후자를 우위에 두는 본푸아의 입장은 그가 랭보를 높이 사는 이유이기도 하다. 본푸아가 랭보에 대해 느끼는 각별한 애착은 그의 도정 곳곳에서 짐작된다. 한때 피에르조르주 카스텍스를 지도교수로 삼아 랭보에 대한 박사논문을 쓰고자 했고—콜레주드프랑스에 임용되면서 이 계획은 무산되었다—짧은 언급이나 인용으로 참조되는 경우를 제외하고 랭보를 본격적인 화두로 삼는 글만 해도 책 한 권에 다 묶이기 힘들 정도로 많다. 몇몇 평자는 본푸아 시학의 변화나 그의 시에 자주 나오는 이미지 등에서 랭보의 영향을 읽어내기도 한다. 그러나 본푸아에게서 랭보가 보들레르와 함께 가장 중요한 시인으로 꼽힌다는 사실은 당연하지만은 않은데, 「다시 랭보」에서 고백하듯 그는 일단 기질상 랭보의 격렬함에 거부감을 느낀다. 게다가 그가 보기에는 이미지야말로 시가 빠지기 쉬운 기만이자 대항해야 할 환영인데, 어떤 면에서 랭보는 단연 이미지의 시인처럼 보인다. 60년대 이후 신비평이 문단과 학계를 풍미하면서 랭보가 평단 및 학계의 주된 관심사에서 밀려난다는 시대 분위기까지 고려하면, 랭보와 그의 만남에 장애가 적지 않았던 셈이다. 그럼에도 랭보의 목소리에 담긴 열렬함, 그의 시가 되살리는 감각의 생생함이 본푸아를 랭보에게로 이끌고, 거기에서 그는 결정적으로 랭보의 시가 작품이 아닌 삶을 향하고 있다는 사실을 주목한다. 그것이야말로 그가 랭보에게서 뜻깊게 여기는 자질이다.

그리하여 평생에 걸쳐 이루어진 정신과 정신의 대면, 말 속에서 이루어지는 공동의 경험에서 랭보가 어떤 존재로 자리잡았는가에 대해서는 본푸아의 설명에 사족을 더할 필요가 없다. 여기에서는 역으로 랭보에게 본푸아가, 정확히 말해 랭보 독해에서 본푸아의 비평이 어떤 위상을 차지하는지를 가늠해보고자 한다. 이를 위해서는 본푸아 이전의 랭보 수용을 짚어볼 필요가 있다.

1870년부터 1874년까지 시를 쓰는 동안 파리의 문단을 잠깐씩만 스쳐갔던 랭보의 이름이 문학사에 남을 수 있었던 것은 오로지 폴 베를렌Paul Verlaine 덕분이다. 그가 1883년 8월에서 1884년 1월까지 정치문학 잡지 〈뤼테스〉에 연재한 산문 『저주받은 시인들*Les poètes maudits*』(1884)이 젊은 문인들의 관심을 끌어모은 것이다. 이때 트리스탕 코르비에르에 이어 두번째로 랭보를 소개하면서, 베를렌은 랭보의 작품이 처해 있는 특히 불리한 여건을 단적으로 말한다. "코르비에르와 말라르메는 출판을 했다—이 사소한 점이 막중하다." 랭보의 시가 파리 문인들이 읽을 만한 잡지에 실린 것은 단 한 차례에 불과하며(「까마귀들」, 〈문학과 예술의 르네상스〉, 1872년 9월), 작품으로 보나 실린 지면의 성격으로 보나 당시 랭보가 추구하던 시학을 제대로 드러낼 만한 계기는 아니었고, 실제로 반향은 전혀 없었다. 『지옥에서 보낸 한 철』의 경우, 브뤼셀의 무명 인쇄소에서 인쇄까지는 마쳤으나 비용을 치르지 못했기에, 저자 증정본 몇 부만이 소수의 친구에게 전해졌을 뿐 나머지는 고스란히 창고에 남겨졌다가 1901년에야 발견된다. 랭보는 랭보대로, 1875년부터 유럽 및 근동 아시아 각지를 떠돌다가 1880년 이후 아프리카에 자리잡은 뒤로는 문학에 일체 관심을 두지 않는다. 따라서 『저주받은 시인들』에 인용된 몇몇 시편, 그중 특히 「모음들」과 「취한 배」로 랭보가 유명해지기 시작할 때, 그 자리에는 작가가 없었고 작품은 부족했다. 이 결여를 채우듯 갖가지 일화나 기행에 대한 회고와 소문, 더 나쁘게는 약간의 재기로 랭보의 필치를 모방하려 하는 위조작들이 랭보의 '신화'를 만들어냈다. 막무가내 철부지 반항아, 계산적이고 냉혹한 반사회인, 예술가 행세를 하며 무위도식하는 뻔뻔한 부랑자, 괴팍한 천재 등 저마다의 관점에 따라 다양한 초상이 그려지고, 특히 〈르 데카당〉의 데카당파와 〈라 보그〉의 상징주의자들이 각자의 랭보를 내세운다. 전자에게 랭보가 문학을 교묘한 농담과 동일시하는 냉소적 예술가라면, 후자에게는 희귀한 감각을 가꾸어 현실세계를 넘어서고자 하는 까다로운 심미주의자다.

뒤늦은 유명세가 일으킨 열광이 물론 모두 허황된 것만은 아니었다. 랭보에 대한 기억을 아직 간직하고 있는 이들로부터 증언들

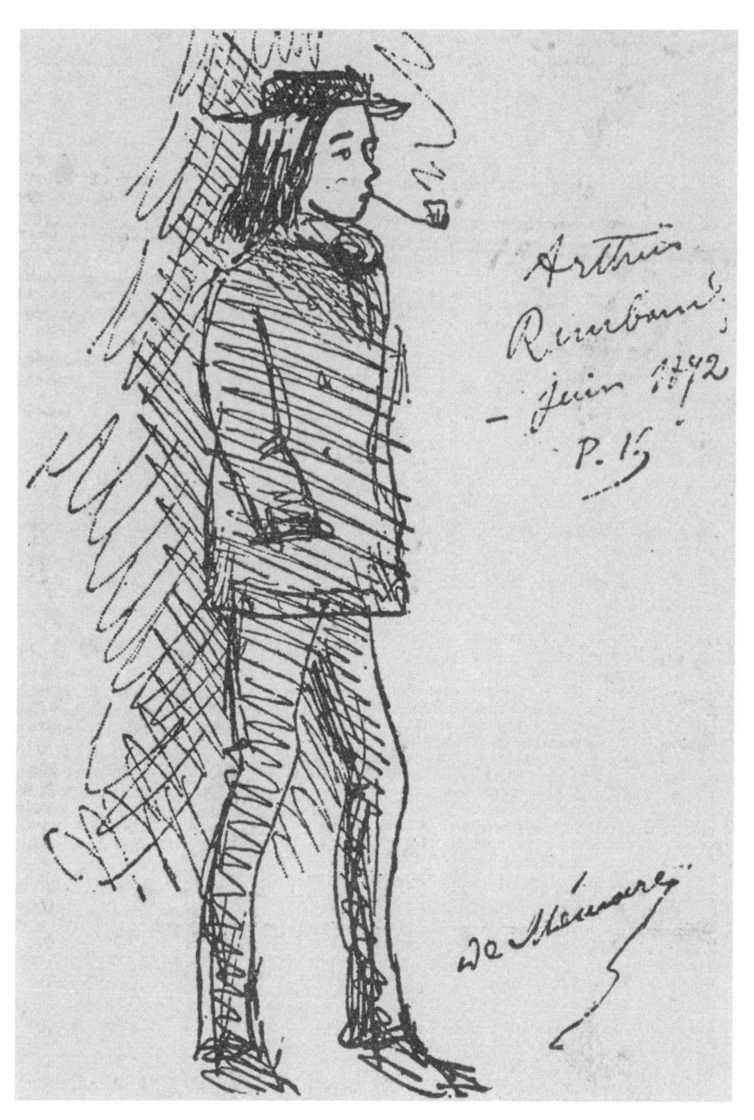

베를렌이 『시 전집』(1895)을 기하여 그린 1872년 6월의 랭보.

이 모였고, 흩어져 있던 원고가 수합되어 작품을 되살릴 수 있었다. 차차 문단에서 주류로 자리잡게 된 상징주의자들의 공도 크다. 1886년 귀스타브 칸과 펠릭스 페네옹은 베를렌이 영영 못 찾으리라 여겼던 『일뤼미나시옹』 원고를 되찾아 『지옥에서 보낸 한 철』과 함께 〈라 보그〉에 게재한다. 『성유물함*Le Reliquaire*』(1891)이라는 제목의 시 모음집이 나오기까지는 랭보의 시를 백방으로 수소문한 로돌프 다르장의 수고가 있었다. 「상징주의 선언」의 저자 장 모레아스 등과 친밀했던 출판인 레옹 바니에는 1892년 랭보의 『시집*Poésies*』을, 1895년에는 베를렌이 서문을 쓴 『시 전집*Poésies complètes*』을 낸다. 따라서 처음의 경탄에 작품 정비 및 체계적 이해의 노력이 뒤따랐다고 말할 수 있겠으나, 그럼에도 랭보에 대한 가장 깊고 끈질긴 오해가 상징주의자들에게서 발원하는 것 또한 사실이다. 이들 문인에게서 회자되면서 랭보의 「모음들」은 상징주의 옹호자들에게뿐만 아니라 그 비판자들, 심지어 문학사가들에게까지 상징주의의 원리를 대변하는 작품으로 통용된다. 이에 따라 랭보는 보들레르의 「만물조응」의 미학을 발전시켜 상징주의 시학을 예고한 시인으로 여겨진다.

1890년대 말에는 누이동생 이자벨 랭보와 그의 남편 파테른 베리숑이 랭보의 작품 및 전기 출판에 나서면서 또하나의 신화가 꾸며진다. 랭보의 반항과 시, 고행에 가까운 방랑생활이 결국은 신에게로 돌아가기 위한 긴 여정이었다는 주장이다. 이 종교화를 만들어내기 위해 『지옥에서 보낸 한 철』의 마지막 장 「고별」은 죄 많은 과거, 특히 문학에 대한 부인으로 원용되고, 교화적 전기에 어

1895년 베를렌의 서문과 직접 그린 랭보 캐리커처가 있는 『시 전집』 내부.

울리지 않는 기록은 은폐, 변형되며, 반대측 증언자들은 고발 위협을 받기도 한다. 최대한의 자료를 온전하게 모아야 했을 시기에 이러한 왜곡은 그 자체로 해로움이 지대했으나, 랭보 이해의 역사에서 더욱 불운한 것은 그것이 세기 초 부르주아사회에서 나타난 가톨릭 재부흥의 움직임과 맞물리면서 예기치 않은 지지를 얻었다는 것이다. 스스로의 개종 경험을 투영하여 랭보를 읽었던 폴 클로델도 거기에 일조한다. 1916년 베리숑이 낸 시 전집에 그의 글이 서문으로 실리면서, 한 세대 이상이 클로델의 인상적인 문장들과 함께 랭보를 만나게 된다. "야만 상태의 신비주의자" 랭보, 신에게 이르기 위해 신에게서 멀어지는 랭보는, 그렇게 해서 소수 예술가들의 전위이기를 그치고 대중 독자층을 얻는다.

그러나 머지않아 젊은 예술가들이 랭보를 탈환하기 위한 싸움을 개시한다. 1910년대 말 다다이즘이, 1920년대 초현실주의가 가톨릭의 랭보에 항의하며 삶의 혁명가 랭보를 내세운다. 1924년 브르통의 「초현실주의 선언」에서 랭보는 "삶의 실천에서 그리고 다른 곳에서 초현실주의자"로 기려지고, 1927년에는 랭보 기념상을 건립하려는 샤를빌에 아라공, 브르통, 엘뤼아르, 페레, 레리스 등이 서명한 항의 전단이 배포되기도 한다. 저마다 시인이었던 이들은 랭보의 문체가 지닌 힘을 포착하여 표어로 삼는 데도 능했다. 그리하여 "삶을 바꾸어야 한다" "진정한 삶은 없다" 등의 문구는 랭보에게서 현대성의 창시자를 보고 그 계보를 잇고자 하는 젊은 이들에게 정언명령이 된다.

본푸아 역시 초현실주의를 통해 랭보를 접했으나, 초현실주의 시학과 멀어지면서 그 자장 아래서 형성된 랭보 이해와도 멀어진다. 아마 두 계기가 서로 얽혀 있었을 터, 본푸아 자신은 1950년대 말에 랭보를 보다 진지하게 읽게 된 것이 브르통과 그의 초현실주의로부터 벗어나는 데 도움이 되었다고 회고한다. 필경 그 독서의 소산이었을 1961년의 「랭보」는 과연 진지한 랭보를 발견하여 시인과 작품에 대한 접근에 새로운 전기를 마련했다.

본푸아의 랭보는 상징주의자도 신비주의자도 아니다. 감각의 단련을 통해 인공의 아름다움을 꿈꾸거나 초월적 세계의 오의奧義를 구하는 저들과 달리, 랭보는 당장의 현실을 바꾸고자 했다. 「취한 배」나 『일뤼미나시옹』의 찬란한 이미지를 상찬하며 삶을 "다른 곳"에서 찾는 초현실주의 역시 마찬가지 이유로 비판된다. 랭보의 진짜 욕망은 환상이나 꿈이 아닌 일상세계에 있기 때문이다. 따라서 「모음들」과 「취한 배」의 비전들 못지않게 「꽃에 대해 시인에게 하는 말」의 대담한 시 비판이나 『지옥에서 보낸 한 철』의 자기 분석과 반성 역시 정신의 혁혁한 모험이라 할 만하다. 「고별」에서 대부분의 주해자들이 실패의 고백 혹은 문학과의 결별 선언만을 읽어낸 것과 달리, 본푸아는 오히려 희망을 읽어낸다는 점도 특기할 만하다. 무산된 의미를 확인한 뒤 그럼에도 의미가 있어야 하므로 다시 기대하기를 무릅쓰는 결단, 그것이 본푸아가 찾아낸 랭보의 진지함이다.

특히 강조하고 싶은 것은, 이 책이 작가 전기와 시 해설을 겸한다는 점이다. 사실 랭보에 대한 전기를 훌륭히 써내기란 쉬운 일이 아니다. 행적에 대한 정확한 자료도 부족하고, 생애의 사건들과 시 작품의 관계도 단순하지 않기 때문이다. 일화를 인용한 뒤 적당히 어울리는 시구를 덧붙이는 서술 방식이야 들라에와 베리숑이 초기 전기 때부터 흔히 써온 미봉책이다. 그 결과 사실과 설명과 추정이 경계 없이 뒤섞이게 된다. 이에 반해, 본푸아의 글쓰기는 시대와 상황, 삶의 제반 조건을 살피고 그 속에 놓인 의식의 움직임에 동참하며 그 공명 속에서 시의 핵심 쟁점을 포착한다. 예를 들어 「색 너머의 색」 「꽃에 대해 시인에게 하는 말」에서 그가 비판하는 랭보의 한계는 억압된 한 의식이 겪어야 했던 궁지를 깊이 공감한 자만이 내놓을 수 있는 직관이다. 명석한 설명은 때로 감동을 자아내기도 한다. 가령 본푸아가 「모음들」에서 일체의 신비를 제거하고 그 시가 어떤 점에서 시에 대한 기존 생각의 근간을 뒤흔드는지를 짚어낼 때 우리 역시 당시의 충격을 신선하게 체험한다. 따라서 이 접근법은 전통적인 전기비평과도 다르다. 본푸아 자신이 한 글에서 단언하는바, "한 인간의 삶이 어땠느냐를 아는 것은 별로 중요하지 않다. 그가 만들어낸 것의 의미를 알아내는 데 필요한 정도로만 알면 된다." 이는 주어진 환경이 모든 것을, 특히 시를 설명할 수 없다는 입장과도 통한다. 일체의 결정주의에 대한 거부는 자유에 대한 믿음, 인간의 결단과 용기에 현실을 더 낫게 만들 힘이 있다는 믿음이기도 하다. 구조주의와 함께 득세한 텍스트 비평에 대한 본푸아의 줄기찬 비판도 그러한 지향에서 비롯한다. 바꾸어야 할 현실로 돌아오지 않는 말, 완결된 말의 세계에 갇혀 있는 말을 경계하고, 시를 작가의 현실로부터 분리하여 자족적 실체로 다루려 하는 형식주의의 접근법을 매섭게 비판하는 것은 결국 그가 말에 희망을 걸고 삶의 의미를 믿기 때문이다. 정확히 말하자면 의미를 믿기로 결단했기 때문이다.

「랭보」는 1961년 발표된 이래 지금까지 랭보에 관심을 가지는 이에게 가장 먼저 추천되는 글이다. 본푸아가 스스로의 이해를 수정하면서 심화시키는 글 「랭보 부인」, 시 한 편에 천착하면서 치밀하고도 예리한 논증을 펼치는 1970년대의 글들 역시 필수적인 참고문헌이 되었다. 서구 정신사의 맥락 속에서 랭보를, 그와 함께 보들레르와 베를렌, 말라르메를 성찰하는 90년대 이후의 글들은 19세기 후반 프랑스 시에 대한 훌륭한 소개글이 될 만하다. 랭보 이후 색깔들이, 꽃들이 더이상 전처럼 말해질 수 없었다고 단언한 본푸아의 표현을 빌리자면, 본푸아 이후 랭보는 더이상 천재로만 남아 있을 수 없게 되었다. 말에 매달리며 진지하게 작업에 임하는 랭보, 본푸아의 펜 아래 새로이 드러난 이 면모에 오늘날의 랭보 연구 거의 전체가 빚지고 있다.

이 책은 본래 공동 번역으로 나올 예정이었다. 대학원 진학 첫해에 황현산 선생의 수업에서 본푸아의 「랭보」를 접한 이래, 기회가 있을 때마다 선생께 어서 번역되어야 할 책이 아닌가 여쭈며 넌지시 간청을 드리곤 했는데, 번역되어야지 하실 뿐 번역을 하시겠다는 약속은 내주지 않으셨다. 그 글이 2009년에 나온 『우리에게 랭보가 필요하다』 글 모음집에 엮여 다시 출간되고 2012년 드디어 선생의 답을 얻었을 때, 기쁨과 함께 예기치 않았던 흥분과 두려움도 느껴야 했다. 선생이 「랭보」를, 나머지를 내가 맡는다는 조건이었기 때문이다.

2014년에 그중 몇 편의 초역을 선생에게 드리고 프랑스로 유학을 떠났다. 선생께선 여러 작업으로 분망하셨고, 나 또한 일을 서두를 형편이 아니었다. 2016년 본푸아의 타계 소식을 접했을 때는 마치지 못한 숙제를 떠올리지 않을 수 없었으나 애도는 애도라고, 순전하게 슬퍼해야 할 일에 어설픈 책무감을 섞지 말자고 마음을 다졌다. 얼른 공부를 마치고 선생 곁으로 돌아가는 것이 가장 빠른 수라고 생각하기도 했다. 그리고 2018년 여름, 선생을 잃었다.

선생께 맡겼던 번역을 펼쳐보면서는 등이 서늘했다. 거칠게 남겨놓을 수 있었던 것은 초고이기 때문이기도 했지만, 선생이 살펴줄 것이라는 이유가 더 컸다. 선생이라는 안전그물이 있었던 것을, 불만족스러워도 불안하지는 않았던 것을 그제야 실감했다. 틀린 것과 모르는 것을 보아줄 이가 없다고 생각하니 아찔했다. 게다가 선생의 문장으로 읽고 싶었던 「랭보」가 내 앞에 남아 있었다. 매 문장이 못마땅하고 조마조마해도 도리 없이 했는데, 하고 보니 숙제 덕분에 애도의 시간을 지낼 수 있었던 것 같다. 대학원 첫해의 강의 노트를 들춰볼 때면 랭보와 본푸아와 내 선생의 말이 섞이는 순간들이 있었다. 믿음, 희망, 의미, 자유……, 말하기도 듣기도 민망해진 단어들에 원래의 힘을 되찾아 실을 줄 아는 그 목소리들이 나의 자조와 비관을 밀어내왔고 그 목소리들은 지금도 여전하다. 아직 말의 힘을 믿는 이들—믿고자 하는 이들—에게 그 기운이 전해졌으면 좋겠다.

거친 원고를 다듬어준 문학동네 편집부에 감사를 전한다. 다시 떠올려주지 않았다면 영영 묻혔을 책이다. 도움을 준 친구들, 노재희와 이상인과 문성욱에게도 고마움을 전한다. 원고 전체를 읽어준 문성욱은 본푸아의 문장에 자주 감동했는데, 그것이 큰 용기를 주었다. 그렇게 여러 도움에 기대어서야 내놓을 수 있게 된 책이다. 이제 우리에게 올 더 많은 깨우침을 희망한다.

2023년 봄

위효정

참고문헌

이브 본푸아, 『움직이는 말, 머무르는 몸』, 이건수 옮김, 민음사, 2017.

이브 본푸아, 『빛 없이 있던 것』, 한대균 옮김, 지만지, 2011.

Adrien Cavallaro, *Rimbaud et le rimbaldisme. XIX*^{e}*-XX*^{e} *siècles*, Paris: Hermann, coll. Savoir lettres, 2019.

Adrien Cavallaro, Yann Frémy et Alain Vaillant (dir.), *Dictionnaire Rimbaud*, Paris: Classiques Garnier, coll. Dictionnaires et synthèses, 2021.

Marie-Claire Bancquart, "Yves Bonnefoy et Arthur Rimbaud", *Europe*, n° 890-891, juin-juillet 2003, pp. 172~188.

Michèle Finck, "Yves Bonnefoy et Rimbaud", *Rimbaud*, éd. André Guyaux, Paris: L'Herne, 1993, pp. 359~374.

Patrick Née, "De la critique poétique selon Yves Bonnefoy", *Littérature*, n° 150, 2008, pp. 85~124.

Yves Bonnefoy, *L'inachevable. Entretiens sur la poésie 1999-2010*, Paris: Livre de Poche, 2012.

Yves Bonnefoy, "Rimbaud devant la critique", dans *Rimbaud*, Paris: Hachette, coll. Génies et réalités, 1968, pp. 269~287.

우리에게는 랭보가 필요하다

초판 인쇄 2023년 5월 19일 | 초판 발행 2023년 5월 31일

지은이 이브 본푸아 | 옮긴이 위효정
책임편집 송지선 | 편집 김지연
디자인 최윤미 이원경 | 저작권 박지영 형소진 최은진 오서영
마케팅 정민호 김도윤 한민아 이민경 안남영 김수현 왕지경 황승현 김혜원 김하연
브랜딩 함유지 함근아 박민재 김희숙 고보미 정승민 배진성
제작 강신은 김동욱 임현식 | 제작처 천광인쇄사

펴낸곳 (주)문학동네 | 펴낸이 김소영
출판등록 1993년 10월 22일 제2003-000045호
주소 10881 경기도 파주시 회동길 210
전자우편 editor@munhak.com | 대표전화 031) 955-8888 | 팩스 031) 955-8855
문의전화 031) 955-1927(마케팅) 031) 955-2686(편집)
문학동네카페 http://cafe.naver.com/mhdn
인스타그램 @munhakdongne | 트위터 @munhakdongne
북클럽문학동네 http://bookclubmunhak.com

ISBN 978-89-546-9334-9 03860

잘못된 책은 구입하신 서점에서 교환해드립니다.
기타 교환 문의 031) 955-2661, 3580

www.munhak.com